mtb

Der Preis dieses Bandes versteht sich einschließlich der gesetzlichen Mehrwertsteuer.

Umwelthinweis:
Dieses Buch wurde auf chlor- und säurefreiem Papier gedruckt.

Susanne Schomann

Die Farbe des Mondes

Roman

mtb

MIRA® TASCHENBUCH
Band 25740
1. Auflage: April 2014

MIRA® TASCHENBÜCHER
erscheinen in der Harlequin Enterprises GmbH,
Valentinskamp 24, 20354 Hamburg
Geschäftsführer: Thomas Beckmann

Konzeption/Reihengestaltung: fredebold&partner GmbH, Köln
Umschlaggestaltung: pecher und soiron, Köln
Redaktion: Bettina Lahrs
Titelabbildung: Getty Images, München
Autorenfoto: © by Sabine Kayser, Fotostudio Blendenspiel, Hamburg
Satz: GGP Media GmbH, Pößneck
Druck und Bindearbeiten: CPI – Ebner & Spiegel, Ulm
Printed in Germany
Dieses Buch wurde auf FSC®-zertifiziertem Papier gedruckt.
ISBN 978-3-95649-002-6

www.mira-taschenbuch.de

Werden Sie Fan von MIRA Taschenbuch auf Facebook!

Für meine wahren Freundinnen,
für all das gemeinsame Lachen und Weinen.
Vor allem aber, weil Frühstücksrunden, die
ungefähr acht Stunden andauern und dann „abrupt“
beendet werden müssen, einfach unbezahlbar sind.
Danke, Mädels!

PROLOG

In einem Ferienhaus an einem kleinen See irgendwo in Schleswig-Holstein

Nach einem glühend heißen Tag brachte auch die Nacht nur wenig Abkühlung.

Benjamin Larsen stand am weit geöffneten Fenster seines Zimmers und verfluchte die brütende Hitze, die ihn schon seit Stunden wach hielt. Selbst die Geräusche der Nacht verändern sich bei diesen ungewöhnlich hohen Temperaturen, dachte er. Die Grillen schienen lauter zu zirpen als sonst, doch das vertraute Rufen der Nachtvögel blieb aus. Vielleicht war es nicht allein die Hitze, die die Eulen verstummen ließ und ihn um den Schlaf brachte, sondern auch der silbrig helle Vollmond, der sich im ruhigen, dunklen Wasser des kleinen Sees spiegelte und die Landschaft in seltsames, fast feierlich anmutendes Licht tauchte.

Während er sich mit einem Handtuch den Schweiß vom nackten Oberkörper wischte, ließ er den Blick nachdenklich über die glänzende Wasserfläche schweifen, über die Baumwipfel und die nähere Umgebung. Seine Gedanken führten nun schon seit Monaten ein Eigenleben, das machte ihn immer wütender. Er wollte das nicht und betete jeden Tag darum, endlich wieder von dieser Last befreit zu werden. Ja, wenn er ehrlich war, wusste er nur zu genau, was ihn wirklich wach hielt; schließlich schienen die anderen Menschen im Haus trotz der Hitze und des Vollmonds friedlich in ihren Betten zu schlummern. Betrübt schüttelte er den Kopf und starrte weiter in die mondhelle Nacht hinaus.

Der leichte Wind, der das Schilfgras am Seeufer in Bewegung brachte, sah verlockend nach ein wenig Erfrischung aus. Hier oben am Haus kam die sanfte Brise jedoch kaum an. Kurz entschlossen wandte sich Benjamin vom Fenster ab und warf das Handtuch beiseite. Leise öffnete er die Zimmertür und schlüpfte auf den Flur hinaus, um nach unten zu gehen. Da er die Angewohnheit hatte, in Boxershorts zu schlafen, trug er auch jetzt nicht mehr am Leib, aber darauf kam es nicht an. Nahezu geräuschlos verließ er das Haus und ging barfuß über die Terrasse und den abschüssigen Rasen hinunter bis zum See. Hier blieb er kurz stehen, verschränkte die Finger hinter dem Kopf, streckte sich und genoss den kühlen Windhauch, der angenehm seine erhitzte Haut streichelte.

Leises Rascheln veranlasste ihn dazu, sich umzudrehen, und da sah er sie.

Kaum drei Meter links von ihm saß sie still im Gras und sah ihn an. Die nackten Beine hatte sie angezogen und hielt sie mit den Armen umfangen. Zögernd bewegte er sich auf sie zu, bis er direkt vor ihr stand. „Was machst du hier?", hörte er sich fragen und kam sich sofort albern dabei vor, denn auch er befand sich ja mitten in der Nacht allein am Seeufer. Jedenfalls hatte er bis gerade eben noch gedacht, es sei außer ihm niemand da.

Kurz sah sie zu ihm auf und zuckte mit den schmalen Schultern. Mit einer schnellen Kopfbewegung warf sie ihr langes Haar zurück und gab einen Laut von sich, der vermutlich zum Ausdruck bringen sollte, wie wenig erfreut sie darüber war, ihm jetzt und hier zu begegnen.

„Dasselbe könnte ich dich fragen", stieß sie hörbar genervt hervor.

Ihr Blick aus den grünen Augen traf ihn hart wie ein Pfeil, aber das war nicht neu für ihn. Er wusste, dass sie ihn nicht unbedingt gernhatte.

„Der Mond hat eine eigenartige Farbe heute Nacht", stellte er fest, um irgendetwas zu sagen, und ärgerte sich sofort darüber. Was redest du nur für einen Stuss, dachte er gereizt.

Sie saß da, starrte zu ihm auf, und er starrte zurück – und während er das tat, veränderte sich plötzlich alles …

1. KAPITEL

Jahre später, Frankfurt am Main

Pling.

Nora Brehlow lächelte und seufzte leise auf. Das vertraute Geräusch, kurz bevor sich die Tür des Fahrstuhls öffnete, klang in ihren Ohren wie ein süßes Versprechen auf Ruhe und Abgeschiedenheit. Ihr Tag war äußerst erfolgreich verlaufen, doch nun, da die Anspannung der vergangenen Stunden von ihr abfiel, spürte sie deutlich die geistige und körperliche Erschöpfung. Sie sehnte sich nach einem heißen Bad, einem klitzekleinen Schluck Rotwein, einem guten Buch, vor allem aber nach ihrem Bett.

In ihrer Wohnung angekommen, schlüpfte Nora aus den Pumps, zog die Kostümjacke aus und marschierte auf direktem Weg in ihre kleine Küche, um Hugo und Adele, ihr Kanarienvogelpärchen, mit frischem Wasser und Futter zu versorgen. Wie immer hatte sie Hugos inbrünstigen Gesang schon vor der Wohnungstür gehört. Das orangegelbe Kanarienvogelmännchen schien all seine Lebenskraft aus seinem eigenen Getriller zu ziehen. Nahezu von morgens bis abends gab er aus voller Kehle seine individuellen Kompositionen zum Besten.

„Na, ihr Goldschätze, wie war euer Tag?“, fragte sie wie jeden Abend, wenn sie diese angenehme Aufgabe erledigte – und wie jeden Abend hüpften beide Vögel aufgeregt hin und her, bevor sie sich über das Körnerfutter hermachten.

Auf der Anrichte neben dem Vogelkäfig stand seit einigen Tagen eine angebrochene Flasche Chianti. Nora zog den Korken aus dem Flaschenhals, holte ein kleines Weinglas aus dem Küchenschrank und schenkte sich zwei Fingerbreit ein. Genussvoll nahm sie den ersten Schluck, lehnte sich mit dem Glas in der Hand an den Küchentresen und sah noch eine Weile ihren munteren gefiederten Mitbewohnern zu. Schließlich verließ sie die Küche und ging hinüber ins angrenzende Wohnzimmer.

Sie knipste zwei kleine Lampen an, die auf der breiten Fensterbank standen, und sank erleichtert in einen der futuristisch geformten Sessel. Während sie die Ruhe genoss und ab und zu an ihrem Wein nippte, streckte sie die Beine aus, wackelte mit den Zehen und ließ in Gedanken noch einmal die zurückliegenden Stunden Revue passieren.

Die Verhandlungen, die hinter ihr lagen, hatten fast den ganzen Tag angedauert und waren nicht einfach gewesen, aber letztlich hatte sie es doch geschafft. Der neue Investor, den sie unter Vertrag genommen hatte, würde einem kleinen Delikatessenladen für weitere Jahre die Existenz sichern. Der Laden lag ihr besonders am Herzen. Vor einiger Zeit war sie eher zufällig dort vorbeigekommen und spontan hineingegangen, weil ihr die liebevoll gestaltete Dekoration in den Schaufenstern so gut gefallen hatte. Eigentlich hatte sie vorgehabt, sich nur ein wenig umzusehen, vielleicht eine Kleinigkeit fürs Abendessen einzukaufen, doch bald befand sie sich mitten in einer Unterhaltung mit dem älteren Herrn hinter dem Verkaufstresen. Der Mann stellte sich als Inhaber des Ladens heraus, und sie erfuhr von ihm, dass es nicht besonders gut um das charmante Geschäft stand. Sofort hatte sie jene eigenartige Herausforderung gespürt. Und heute war es ihr tatsächlich gelungen, den kleinen Laden zu retten.

Nora musste lächeln, als sie an die Anfänge ihrer Selbstständigkeit zurückdachte. Ihr Betriebswirtschaftsstudium hatte sie noch in ihrer Heimatstadt Hamburg absolviert. Während dieser Zeit hatte sie sich jeden erdenklichen Zusatzkurs angetan und unzählige schlaflose Nächte damit verbracht, die Erfolgsgeschichten verschiedenster Unternehmen zu lesen und daraus zu lernen. Sie hatte jede Informationsquelle ausgeschöpft, die ihr weiterhelfen konnte. Sogar Vorlesungen anderer Studienfächer hatte sie als Gasthörerin besucht. Ob es nun um die Psychologie erfolgreicher Personalführung oder um Steuerrecht ging, sie hatte sich alles angeeignet, um rundherum informiert zu sein.

Gleich nach ihrem Abschluss hatte sie das Angebot einer renommierten Firma angenommen und dort als Unternehmensberaterin gearbeitet. So war sie in Frankfurt gelandet. Sehr bald musste sie aber feststellen, dass ihre Arbeit eigentlich nur dazu beitrug, die großen Konzerne noch größer und mächtiger zu machen. Kleinere Unternehmen wurden hingegen verkauft, zerschlagen oder von den großen geschluckt. Sie hatte jedoch eine vollkommen andere Vorstellung von ihrer Tätigkeit und fühlte sich in ihrem Job von Tag zu Tag unwohler. Schließlich ergriff sie – zum Ärger ihres damaligen Vorgesetzten – die Partei einer kleinen Handelsgesellschaft, deren verzweifelter Inhaber kaum noch eine Möglichkeit sah, das alte Familienunternehmen zu retten.

Natürlich verlor sie sofort ihren gut bezahlten Job, aber niemals würde sie das befriedigende Gefühl vergessen, das sie erfüllte, als es ihr gelungen war, der Handelsgesellschaft wieder auf die Beine zu helfen. Letztlich waren nur ein paar Umstrukturierungen nötig gewesen, um den Fortbestand des alteingesessenen Familienbetriebs zu sichern.

Zu ihrer großen Freude und Überraschung sorgte der Inhaber daraufhin dafür, dass ihr Name und ihr Erfolg Schlagzeilen machten. Seither fielen Aufträge dieser Art ihr nur so in den Schoß. Freunde und auch ihre Familie, allen voran ihr Vater, hatten zwar den Kopf über sie geschüttelt, als sie sich selbstständig gemacht hatte, dennoch war sie davon überzeugt gewesen, dass sie es allein schaffen würde. Anfangs war es tatsächlich nicht ganz einfach gewesen, ihren Lebensunterhalt zu sichern, aber das war zum Glück inzwischen anders. Die harte Arbeit der letzten Jahre begann sich auszuzahlen. Der Name Nora Brehlow war in der Geschäftswelt zu einem Begriff geworden. Man hielt sie heute nicht nur für ungemein kompetent und erfolgreich, nein, man hielt sie schlichtweg für brillant.

Das Klingeln des Telefons riss sie aus ihren Gedanken. Seufzend stellte sie das Glas beiseite und ging hinüber an den Schreibtisch. Während sie den Hörer abhob und sich meldete, bewegte sie ihre verspannten Schultern und rollte sie vor und zurück.

„Hallo, ich bin es."

„Hallo, Hendrik."

„Hast du vielleicht Lust auf ein gemeinsames Abendessen?"

Nora schloss für einen Moment die Augen und seufzte leise. „Ich bin viel zu fertig, Hendrik, sei mir nicht böse, aber ich wollte eigentlich nur noch ein langes, heißes Bad nehmen und mich gleich danach mit einem guten Buch ins Bett legen."

„Leg dich doch lieber mit mir ins Bett. Ich kann unter gewissen Umständen mindestens genauso entspannend sein wie dein Schmöker."

Sie konnte an seiner Stimme hören, dass er lächelte. Automatisch zogen sich auch ihre Mundwinkel in die Höhe. „Heute nicht, Hendrik, tut mir leid, ich bin wirklich zu erschöpft."

Eine Weile blieb es still am anderen Ende der Leitung.

„In Ordnung, Liebes. Dann schlaf dich gründlich aus und melde dich bei mir, sobald du wieder munter bist. Wir können ja am Wochenende was zusammen unternehmen, wenn du möchtest."

„Ich rufe dich gleich morgen früh an, Hendrik. Gute Nacht."

„Schlaf gut, Nora."

Langsam legte sie den Hörer zurück und lächelte dabei. Hendrik war wirklich ein Schatz. Seit über einem Jahr war er jetzt sozusagen der Mann an ihrer Seite – und es überkam sie immer häufiger das Gefühl, dass sie diesem Zustand besser bald ein Ende setzen sollte, damit dieser wunderbare Kerl die Chance bekam, seinem Leben die Richtung zu geben, die er sich eigentlich wünschte. Natürlich machte der Gedanke an eine Trennung sie traurig, doch sie wusste, dass sie unumgänglich war. Sie mochte Hendrik sehr. Sie schätzte seine Gesellschaft, seinen klugen Kopf und die tiefgründigen Gespräche, die sie mit ihm führen konnte, aber sie liebte ihn nicht. Hendrik war sich dieser Tatsache bewusst, trotzdem machte er ihr alle paar Wochen einen Heiratsantrag. Den sie natürlich jedes Mal ablehnte.

Dr. Hendrik Behrmann war Mediziner. Außer bei Notdiensten, die er dann und wann als Vertretungsarzt übernahm, arbeitete er jedoch nicht direkt mit Menschen, sondern in einem

Laboratorium. Er war Wissenschaftler aus Leidenschaft. Hauptsächlich beschäftigte er sich mit der Erforschung diverser Bakterienstämme. Wenn er ihr tatsächlich einmal etwas von seiner Arbeit erzählte, verstand sie noch nicht mal die Hälfte davon.

Hendrik war sechsunddreißig Jahre alt, und es wurde Zeit, dass sie ihm ermöglichte, seinem Leben eine Wendung zu geben. Er sehnte sich nach einer Familie und machte auch keinen Hehl daraus. Natürlich wussten sie beide, dass sie nicht bereit war, ihm diesen Wunsch zu erfüllen, doch Hendrik Behrmann war ein durch und durch anständiger Kerl und hatte hohe moralische Ansprüche, vor allem an sich selbst. Solange er sich an sie gebunden fühlte, würde er sich niemals einer anderen Frau zuwenden.

Aus einem Impuls heraus nahm sie den Hörer erneut auf und wählte seine Nummer. „Hendrik, ich bin es noch mal."

„Ja?"

Seine Stimme klang so verflucht hoffnungsvoll.

„Wir müssen uns endlich unterhalten über … na, du weißt ja." Sie hörte, wie er sich nervös räusperte.

„Ist es also so weit."

Ihr Zögern währte nur kurz. „Es tut mir leid, Hendrik, ich wollte das eigentlich nicht am Telefon besprechen, aber ich … ich möchte dir weiteren Kummer ersparen. Du verdienst es, glücklich zu werden."

„Du bist es, die mich glücklich machen könnte, Nora."

Angestrengt versuchte sie den verzweifelten Unterton in seiner Stimme zu überhören und atmete tief durch. „Du weißt genau, dass es mit uns beiden nicht so ist, wie es sein sollte."

„Was mich angeht, trifft diese kühle Analyse nicht zu."

„Mach es mir doch nicht noch schwerer."

Sein tiefes Seufzen ließ ihr die Kehle eng werden. Sie sah direkt vor sich, wie er den Bügel seiner Goldrandbrille zwischen Zeigefinger und Daumen hin- und herdrehte. Das tat er in der Regel, sobald er angestrengt über etwas nachdachte.

„Ich werde immer für dich da sein, Nora. Jederzeit."

„Das weiß ich, Hendrik."

„Versprich mir, dass du dich ohne zu zögern an mich wendest, wenn du mal die Hilfe eines verlässlichen Freundes brauchen solltest."

„Ich verspreche es." Der Mann würde sie tatsächlich noch zum Weinen bringen.

„Mach es gut, Liebes." Er legte auf, ohne ein weiteres Wort von ihr abzuwarten.

Nach dem Klicken in der Leitung ließ auch Nora den Hörer sinken, griff nach ihrem Glas und stürzte den letzten Rest Wein hinunter. Sie hatte nicht vorgehabt, ihre Beziehung am Telefon zu beenden. Das war überhaupt nicht ihr Stil, doch nun hatte es sich so ergeben.

Es ist gut so, sagte sie sich ein weiteres Mal. Sicher, sie würde Hendrik vermissen, aber für ihn war eine Trennung zweifellos der bessere Weg. Sie wünschte ihm von Herzen eine Liebe, die auf Gegenseitigkeit beruhte, und war überzeugt, dass dieser wunderbare Mann schon bald in festen Händen sein würde.

Das leere Glas noch in der Hand, ging sie hinüber ins Badezimmer und drehte den Wasserhahn über der Badewanne auf. Als sie wenig später im duftenden Schaumbad lag, klingelte mehrere Male das Telefon, aber sie ignorierte es einfach. Erst als sie bereits im Bett lag und es wieder läutete, nahm sie das Gespräch schließlich an.

„Nora, endlich! Hier ist Ben."

„Ben?" Der hatte ihr gerade noch gefehlt. „Was ...?"

„Du wirst nach Hause kommen müssen", hörte sie Benjamin Larsen mit seiner dunklen, leicht rauchig klingenden Stimme sagen. „Deinem Vater geht es nicht gut."

„Was ist passiert, um Gottes willen?"

„Sein Herz. Du weißt ja."

„Wie schlimm ist es diesmal?"

„Sehr schlimm. Clemens ist heute Morgen in die Klinik gekommen. Meine Mutter ist fast rund um die Uhr bei ihm. Sie sagt, er fragt alle paar Minuten nach dir. Er möchte unbedingt, dass du herkommst, Nora. Ich habe schon seit Stunden versucht, dich zu erreichen, verdammt. Warum hast du überhaupt ein Handy, wenn du nicht rangehst?"

„Mist!", stieß sie heiser aus. „Ich war den ganzen Tag in einer Verhandlung und habe einfach vergessen, es anschließend wieder anzustellen. Tut mir leid."

Am anderen Ende hörte sie Ben seufzen.

„Sieh zu, dass du so schnell wie möglich herkommst, ja? Es sieht nicht gut aus."

Obwohl sich sofort unendliche Traurigkeit und eine tiefe Angst in ihr Herz fraßen, arbeitete ihr Gehirn bereits auf Hochtouren. In Sekundenschnelle ging Nora gedanklich die Termine für die nächsten Tage durch. „Ich muss einige Telefonate erledigen, dann fahre ich los."

„Wenn du den ganzen Tag gearbeitet hast, leg dich lieber noch ein paar Stunden hin. Es hilft deinem Vater nicht, falls du am Steuer einschläfst und überhaupt nicht hier ankommst."

„Okay, dann werde ich mich in aller Frühe auf den Weg machen. Danke für deinen Anruf, Ben."

„Stets zu Diensten."

Keine halbe Stunde später hatte sie die wichtigsten Gespräche erledigt. Zum Abschluss wählte sie die Privatnummer von Andrea Trenkler, die nicht nur ihre Assistentin, sondern auch eine gute Freundin war. Nora hoffte inständig, dass Andrea den Freitagabend zu Hause verbrachte, und wurde zum Glück nicht enttäuscht.

„Ich werde wohl einige Tage in Hamburg bleiben müssen", erklärte sie nach einer kurzen Beschreibung der Situation. „Meinst du, dass du das in der Zeit ohne mich hinbekommen kannst?"

„Locker, Chef. Kümmere dich in aller Ruhe um deinen Vater. Es liegt ja im Augenblick nichts Dringendes an. Du warst ganz schön lange mit diesem kleinen Laden beschäftigt. Die anderen Projekte werden nun auch noch ein paar Tage länger auf dich warten können. Natürlich nur, solange mein Gehalt nicht gefährdet ist."

Nora überging Andreas humorvolle Bemerkung. Normalerweise alberte sie gerne mit ihr herum, doch an diesem Abend war ihr nicht nach Scherzen zumute. „Wenn irgendjemand laut um Hilfe schreien sollte, kannst du ihm Jonathan Goldschmidt empfehlen. Der Junge hat zwar erst im letzten Jahr sein Studium abgeschlossen, aber trotzdem schon eine Menge auf dem Kasten. Seine Mitarbeit war mir in den vergangenen Monaten eine große Hilfe. Sag den Kunden einfach, dass ich ihm voll und ganz vertraue – und hilf ihm notfalls ein bisschen."

„Na, das werde ich sogar mit dem größten Vergnügen tun. Ich finde den Jungen, wie du ihn nennst, nämlich richtig süß."

„Du willst mir doch nicht weismachen, du hast es noch nicht gemerkt? Vergiss ihn, Andrea, Jonathan spielt nicht mit Mädchen."

„Och, wie ärgerlich. Es sind immer die besonders Hübschen."

„Gräme dich nicht, auch für dich werden wir eines Tages schon einen armen Teufel auftreiben."

„Apropos armer Teufel, was macht eigentlich dein Doktor?"

Nach Bens Anruf war Nora zwar überhaupt nicht danach, Andrea davon zu erzählen, andererseits würde es sie vielleicht ein wenig von den Sorgen um ihren Vater ablenken, ihrer Freundin von der Trennung zu berichten. Nach kurzer Überlegung beschloss sie, auf die Frage einzugehen, wenn auch möglichst knapp. „Ich habe die Sache endlich hinter mich gebracht."

„Schade, ich mochte ihn. Er hätte einen perfekten Ehemann und Vater abgegeben."

„Ja, und ich hoffe, ich habe mit meiner Entscheidung dazu beigetragen, dass er das irgendwann unter Beweis stellen kann."

„Na dann, halte dich aufrecht, Chef."

„Ich werde es versuchen. Spätestens übermorgen melde ich mich wieder bei dir und wir sehen weiter. Ich muss mir erst mal ein Bild von der Situation machen. Bens Informationen waren nicht sehr ausführlich."

„Ben ist dein Bruder, oder?"

„Nein, das ist er nicht! Benjamin Larsen ist der Sohn von

Thea, der Lebensgefährtin meines Vaters. Die beiden haben niemals geheiratet. Ben ist noch nicht einmal mein Stiefbruder."

„Aber ihr seid doch zusammen aufgewachsen."

„Nicht wirklich. Ich war immerhin schon zwölf, als Thea mit ihm zu uns ins Haus zog, und Ben ist fünf Jahre älter als ich, das macht in dem Alter eine Menge aus. Außer den üblichen gemeinsamen Mahlzeiten, den Feiertagen und einigen Familienurlauben hatten wir eigentlich nie sehr viel miteinander zu tun."

„Du magst ihn nicht sonderlich, oder?"

„Na, sagen wir mal, er … stört mich."

„Oookay."

„Ich würde ja gerne noch weiter mit dir plaudern, Andrea, aber ich bin todmüde. Der morgige Tag wird auch kein Zuckerschlecken werden, deshalb sollte ich so langsam zusehen, dass ich zur Ruhe komme."

„Oh, ja klar. Ich nehme an, du wirst mit dem Wagen nach Hamburg fahren?"

„Du weißt ja, wie ungern ich fliege. Und letztlich würde ich bei dem ganzen Aufwand am Flughafen sowieso nur höchstens eine Stunde sparen. Wie gesagt, ich melde mich bei dir, sobald ich weiß, wann ich wieder hier sein kann."

„Ja, mach das. Gute Nacht! Und alles Gute für deinen Papa."

Ben hatte am Telefon nicht übertrieben, stellte Nora fest, als sie im Krankenhaus in Hamburg ankam. Es war viel schlimmer als die anderen Male. Dies war kein normaler Herzkasper, wie ihr Vater die Herzanfälle so gern nannte, die er in den vergangenen Jahren schon hinter sich gebracht hatte.

Der Herzfehler, mit dem Clemens Brehlow bereits auf die Welt gekommen war, machte sich immer öfter bemerkbar. Seit Langem drängten seine Ärzte darauf, dass er sich endlich auf die Transplantationsliste setzen ließ, aber ihr Vater hatte sich von Anfang an dagegen zur Wehr gesetzt. Die Vorstellung, man würde ihm sein eigenes Herz aus dem Leib schneiden, um es durch ein fremdes Organ zu ersetzen, war ihm unerträglich.

Er war fest entschlossen, sein Schicksal zu akzeptieren. Das entsprach nun einmal seiner Lebensphilosophie, und er vertrat diese Einstellung im wahrsten Sinne des Wortes mit unerschütterlicher Beherztheit.

Nach den Aussagen der Ärzte würde sich Clemens Brehlow dieses Mal nicht wieder erholen. Sein strapaziertes Herz war müde und am Ende. Ihr Vater lag zweifelsohne im Sterben.

Nora war nur kurz in ihrem ehemaligen Zuhause gewesen, hatte dort Thea, die Lebensgefährtin ihres Vaters, getroffen und war zusammen mit ihr ins Krankenhaus gefahren.

Ihr Vater sah furchtbar aus. Seine Haut wirkte wächsern und fast durchsichtig. Sein langgliedriger, magerer Körper war durch mehrere Schläuche mit medizinischen Geräten verbunden, die wie Computerbildschirme aussahen. In seinem rechten Arm steckte eine Kanüle, deren Schlauch an einem Tropf angeschlossen war.

Plötzlich wünschte Nora sich, Hendrik wäre bei ihr und würde ihr in seiner beruhigenden Art all diese unbekannten und beunruhigenden Dinge erklären. Überwältigt von ihrem Schmerz streichelte sie das hagere Gesicht ihres Vaters und weinte still vor sich hin.

„Nicht weinen, meine Kleine. Du weißt doch, dass das nichts hilft. Niemals“, flüsterte er.

Das Sprechen fiel ihm schwer, und sie legte ihm besorgt einen Finger auf den Mund, er schob ihn weg.

„Nein, nicht. Ich muss dich um etwas bitten, bevor … Thea, sie … weiß, was mir wichtig ist. Hör auf das, was sie sagt, Nora. Versprich es mir.“

„Ja, ja, natürlich, Papa. Du strengst dich zu sehr an, nicht reden.“

„Hör mir zu, ich habe alles aufgeschrieben … alles verfügt. Mein Hotel … das Brehlow. Du wirst es … zusammen mit … Ben führen, ja?“

Nora stutzte. *Ben? Das Hotel?* Was sollte das jetzt? Es war doch völlig unwichtig, was aus diesem Hotel wurde.

„Antworte mir, Nora!"

„Papa, ich ... Meine Arbeit in Frankfurt wartet. Ich ..."

„Versprich es mir. Bitte!"

Es war keine Zeit für Überlegungen, ihr Vater würde nicht mehr lange leben und ihr Kummer darüber war lähmend. „Ja, ich verspreche es. Ich werde mich um das Hotel kümmern."

„Nicht einfach nur kümmern, Nora – leiten! Du wirst es ... tatsächlich leiten, und zwar zusammen mit Ben. Es ist ... seit jeher ... eines der besten Häuser in Hamburg."

Innerlich schüttelte Nora den Kopf. Sie wusste nicht, was ihr Vater sich dabei dachte. Ben war inzwischen ein angesehener Rechtsanwalt. Weder er noch sie hatten jemals das geringste Interesse am Hotel aufbringen können. Es würde ein Leichtes für sie sein, einen fähigen Manager einzusetzen, damit sie beide weiterhin ihrer geliebten Arbeit nachgehen konnten. Verständnislos sah sie zu Thea, die stumm am Fußende des Bettes stand und sie ruhig und entschlossen ansah. Dieser feste Blick genügte, um den unliebsamen Gedanken hervorzurufen, dass längst über ihren Kopf hinweg etwas entschieden worden war, das ihr gesamtes Leben aus den Angeln heben würde.

„Ben weiß bereits Bescheid. Er ist schon dabei, seine Kanzlei aufzulösen", sagte Thea Larsen mit ihrer weichen Stimme.

„Wie bitte? Was sagst du da?" Nora konnte es nicht fassen. Ihre Familie schien das tatsächlich ernst zu meinen. „Ben gibt seine heilige Kanzlei auf? Als er seinen heiß geliebten Doktortitel bekam, war er doch nach eigenen Aussagen am Ziel seiner Träume! Jetzt will er das alles plötzlich hinschmeißen?"

„Ja, das wird er tun." Theas Augen füllten sich unvermittelt mit Tränen. „Es ist wohl besser, wenn er dir heute Abend selbst erklärt, weshalb er dazu bereit ist."

Für einen Moment ließ Nora den aberwitzigen Gedanken zu, sie würde tatsächlich zusammen mit Ben Larsen das alte Hotel an der Alster führen, fand allein die Vorstellung aber schlichtweg unerträglich. Das konnte nur in ein heilloses Fiasko münden. Höchstwahrscheinlich würden Ben und sie sich binnen kürzester Zeit gegenseitig zerfleischen. Ihr ging plötzlich auf, dass sie ihn schon über drei Jahre nicht mehr gesehen hatte. Das war nicht zuletzt der Tatsache zu verdanken, dass sie peinlich genau darauf geachtet hatte, Begegnungen mit ihm aus dem Weg zu gehen. Eigentlich war das auch gar nicht sonderlich schwer gewesen, denn Ben war beruflich mindestens so eingespannt wie sie. Sie hatten es sogar irgendwie hinbekommen, ein direktes Zusammentreffen an Feiertagen und Geburtstagen zu vermeiden. Thea hatte sich schon mehrmals darüber beschwert, dass sie seit Jahren nicht mehr alle zusammen unter dem Weihnachtsbaum gesessen hatten. Wenn Ben zu Hause war, war sie, Nora, stets bewusst verhindert gewesen. Theas Sohn Ben agierte offenbar ähnlich, denn er war in der Vergangenheit sehr gerne über die Feiertage in den Wintersport gefahren. Sie selbst war eine viel beschäftigte Frau, da gab es immer irgendwelche Ausreden, weshalb sie an bestimmten Tagen nicht nach Hamburg kommen konnte.

„Heute Abend?", fragte sie nun tonlos. Ihr Kopf fühlte sich leer an. Sie würde sich wohl oder übel mit der Tatsache abfinden müssen, dass sie ihm dieses Mal nicht ausweichen konnte.

„Ja, heute Abend. Gregor wird übrigens auch da sein. Er ist noch immer unser Familienanwalt und der Notar deines Vaters. Du erinnerst dich doch an Gregor Warner?"

Nora nickte erschöpft. „Ja, sicher."

Einen Becher Kaffee vor sich, saß Benjamin Larsen allein am Küchentisch und wartete ungeduldig auf seine Mutter und auf Nora. Er hatte mit Thea telefoniert, deshalb wusste er, dass die beiden Frauen unterwegs waren und jede Minute eintreffen würden.

Drei lange Jahre hatte er Nora nicht mehr gesehen. *Drei Jahre!* Es war ihm klar, dass sie ihm in dieser Zeit ebenso bewusst aus dem Weg gegangen war wie er ihr. Bereits als sie noch Teenager gewesen waren, hatte sie es verstanden, ihn zu meiden. Er hatte seit jeher gespürt, dass sie ihn aus tiefstem Herzen ablehnte, wenn er auch niemals begreifen würde, weshalb das so war. Schon seiner Mutter zuliebe hatte er sich – gerade am Anfang – besondere Mühe gegeben, nett zu Nora zu sein. Nun gut, ein Mal, nur ein einziges Mal, hatte er sich ihr gegenüber nicht so verhalten, wie es angebracht gewesen wäre, aber er war sich ziemlich sicher, dass sie ihm diesen einen Ausrutscher in seiner Jugend nicht ernsthaft und für alle Zeiten übel nehmen konnte. Viel logischer erschien es ihm, dass sie den Vorfall schon lange verdrängt und schließlich sogar vergessen hatte.

Und doch … es würde alles andere als leicht werden, was ihm jetzt bevorstand, da brauchte er sich nichts vorzumachen.

Als er endlich den Wagen vorfahren hörte, fühlte er deutlich, wie sich in seiner Brust etwas verkrampfte. Er fluchte leise, stand auf und sah aus dem Fenster. Nora hatte sich kaum verändert, stellte er sofort fest. Ihr überlanges kastanienbraunes Haar hatte sie geflochten und zu einem lockeren Knoten verschlungen am Hinterkopf festgesteckt, so wie sie es schon früher gerne getan hatte. Sie war noch immer eine Spur zu schlank, und natürlich trug sie ein einfaches, marineblaues Kostüm, eine helle Bluse und halbhohe schlichte Pumps. Auf diese Entfernung entsprach ihre Erscheinung dem üblichen Bild einer karrierebewussten und eher kühlen Geschäftsfrau, aber er wusste es besser, denn er hatte ihr in die Augen gesehen, und das grüne Feuer in ihrem Blick war ihm nur allzu vertraut.

Nora folgte Thea ins Haus und holte noch einmal tief Luft, um sich auf die bevorstehende Begegnung mit Ben vorzubereiten. Kaum hatten sie ihre Jacken an die Garderobe gehängt, trat er auch schon aus der Küche, um sie zu begrüßen. Er drückte seiner Mutter einen Kuss auf die Wange, erst dann sah er sie an.

„Hallo, Nora."

Ganz der alte Ben, stellte sie insgeheim fest und setzte ein betont distanziertes Lächeln für ihn auf. „Tag, Ben."

Um seinen Mund sah sie kurz den leicht spöttischen Zug, der sie schon früher nervös gemacht hatte. Eine kleine Ewigkeit lang erwiderte er ihren direkten Blick in seine dunklen Augen, dann wandte er sich wieder seiner Mutter zu.

„Wie geht es ihm?", fragte er besorgt und mit einem weichen Unterton in der Stimme, der ihr nicht verborgen blieb.

Egal, was sie sonst von ihm hielt, war ihr doch bewusst, dass Ben ihrem Vater sehr zugetan war, und er liebte und verehrte seine Mutter von ganzem Herzen. Auch das war für sie immer offensichtlich gewesen.

Thea Larsen senkte die Lider und schüttelte kaum merklich den Kopf. „Unverändert. Er hat vorhin eine neue Infusion bekommen und wird die nächsten Stunden schlafen. Der Arzt hat uns nach Hause geschickt und gemeint, wir sollen uns in der Zwischenzeit selbst ein wenig Ruhe und Ablenkung gönnen."

„Willst du nachher noch einmal zu ihm fahren, Mama?"

Nickend strich Thea ihrem Sohn über den Arm. „Ja, gleich nach dem Abendessen, sobald wir mit Gregor gesprochen haben. Es ist Clemens unglaublich wichtig, dass wir das hinter uns bringen, und ich möchte ihm gerne diesen Wunsch erfüllen. Wenn Gregor da ist, können wir essen, es ist alles vorbereitet. Begleitest du mich später ins Krankenhaus, Ben?"

Er nickte und sah dann Nora an. „Du wirst ja sicherlich auch so schnell wie möglich wieder zu ihm wollen, oder?"

Nora erwiderte seinen Blick und musste sich räuspern, bevor sie antworten konnte. „Ja, natürlich fahre ich nachher mit, doch jetzt müsst ihr mich eine Weile entschuldigen. Ich werde eben auspacken und möchte nach der langen Autofahrt schnell unter die Dusche springen." Sie lächelte Thea kurz, aber liebevoll zu. „Zum Abendessen bin ich fertig." Nora wandte sich ab, ging hinüber zur Treppe und machte sich auf den Weg nach oben in ihr altes Zimmer. In ihrem Rücken spürte sie Bens Blick, bis endlich, endlich die Zimmertür hinter ihr zufiel.

„Nun, wie sieht sie aus?", fragte sein Freund Gregor Warner neugierig.

Vor einigen Minuten war er im Brehlow-Haus eingetroffen.

Sie beide hatten sich bereits ins Esszimmer begeben, um dort auf seine Mutter und auf Nora zu warten. Ben zuckte mit den Schultern. „Wie immer. Sie hat sich eigentlich kaum verändert."

„Na, das ist doch mal eine erfreuliche Mitteilung. Da produziert man gleich eine kräftige Dosis Testosteron mehr, nicht wahr?"

Gregor hob grinsend sein Glas und nahm einen großen Schluck von dem Wein, den Ben ihnen eingegossen hatte.

„Pass lieber auf, dass deine Elfie dich nicht so reden hört, mein Guter."

„Ich bin verheiratet, nicht tot." Gregors Grinsen wurde eine Spur breiter. „Immerhin war ich nie so verrückt nach ihr wie unser gemeinsamer Kumpel Markus. Frag ihn, wenn du das nächste Mal mit ihm telefonierst. Du erinnerst dich doch sicher, er war völlig vernarrt in dein kleines katzenäugiges Schwesterchen."

Ben schnaufte entnervt. Gregor machte ihn wütend. „Verdammt noch mal, wann begreifst du es endlich? Nora ist nicht meine Schwester!"

Nora hatte ausgiebig geduscht und war in frische und bequemere Kleidung geschlüpft. Jetzt stand sie vor dem Spiegel des kleinen Badezimmers, das zu ihrem alten Mädchenzimmer gehörte, und legte etwas Make-up auf. Zum Schluss bürstete sie ihr taillenlanges Haar kräftig durch und band es zu einem einfachen Pferdeschwanz zusammen. Nach einem letzten prüfenden Blick in den Spiegel ging sie zurück ins Zimmer und ließ sich einen einsamen und damit erholsamen Moment lang auf das Bett fallen. Es war ihr noch immer unmöglich, einen klaren Gedanken zu fassen. Das Herz in ihrer Brust schien tonnenschwer zu sein. Der nahende Verlust ihres Vaters war grausam, aber offenbar unausweichlich, die unerwünschte Begegnung mit Ben drückte ihre Stimmung zusätzlich.

Er war ganz der Alte. Sein eigenartiges, stets überlegen wirkendes Lächeln machte sie noch immer so nervös wie früher. Und auch sein dunkler Blick war unergründlich und undurchschaubar wie eh und je. Sie hatte sich inzwischen eine gute Menschenkenntnis erarbeitet, denn die war unverzichtbar für ihre Arbeit. Sie hatte gelernt, die Personen einzuschätzen, mit denen sie zu tun hatte, ihre Gefühle und Absichten zu durchschauen oder zumindest zu erraten, aber bei Ben wusste sie nie genau, woran sie war. Sie war sich sicher, dass dies der Grund für die leichte Unsicherheit war, die sie jedes Mal bekämpfen musste, wenn sie in seine Nähe kam. Unerwartet und fast schroff wie eine Beleidigung drängte sich ihr plötzlich eine ganz bestimmte Erinnerung auf. Ein Erlebnis, an das sie schon sehr lange nicht mehr gedacht hatte – und an das sie auch nicht denken wollte.

Die Gefühle, die sie damit verband, waren selbst nach all der Zeit noch ungewohnt heftig. Unweigerlich fragte sie sich, ob Ben sich ab und zu daran erinnerte oder ob er diese wenigen Minuten einfach aus seinem Gehirn gestrichen hatte.

Damals hatte sie ihn zum ersten und gleichzeitig zum letzten Mal in ihrem Leben schwach und hilflos erlebt. Seine ganze schöne Überlegenheit war innerhalb von Sekunden in sich zusammengefallen, und sie hatte es in der Hand gehabt, ihm den endgültigen Stoß zu verpassen. Ein einziges Wort zu ihrem Vater hätte genügt, und Ben Larsen wäre polternd vom Thron gestürzt. Doch genau wie Ben hatte sie sofort beschlossen, diese aufreibenden Minuten ein für alle Mal zu vergessen und lieber so zu tun, als hätte es sie nie gegeben, auch wenn sie sich manchmal fragte, warum sie damals so gehandelt, weshalb sie Ben geschont hatte.

Nora schüttelte den Kopf, um die unwillkommene Erinnerung zu vertreiben. Sie seufzte und erhob sich schließlich. Thea, Ben und Gregor würden sicher schon auf sie warten. Außerdem wollte sie so schnell es ging zurück ins Krankenhaus, um wieder bei ihrem Vater zu sein.

Das Abendessen brachten sie in kurzer Zeit hinter sich. Offenbar hatte niemand großen Hunger. Thea servierte ihnen anschließend Kaffee und setzte sich auf den Platz neben ihrem Sohn.

„Fang endlich an, Gregor“, forderte Ben seinen Freund auf.

Gregor nickte und schlug eine Aktenmappe auf, in der er ein wenig herumblätterte, bevor er zu sprechen begann. „Okay, das Wichtigste ist euch eigentlich ja schon bekannt. Das Testament wird natürlich offiziell erst nach Clemens' Tod eröffnet, aber er hat mich vorgestern bevollmächtigt, nein, besser gesagt, er hat mich dringend darum gebeten, euch vorab über die Hauptbestandteile zu informieren, damit ihr euch so schnell wie möglich darauf einstellen könnt.“

Er hüstelte. „Also in aller Kürze: Dieses Wohnhaus wird zu gleichen Teilen an Nora und Ben gehen. Thea hat natürlich ein lebenslanges Wohnrecht.“

Nora schluckte und sah automatisch zu Ben, doch der wich ihrem Blick aus und schaute unverwandt Gregor an.

„Das Hotel ... Clemens hat vermutlich schon mit euch darüber gesprochen. Er hat verfügt, dass das Hotel zu einundfünfzig Prozent an Nora und zu neunundvierzig Prozent an Ben geht. Und es ist sein letzter großer Wunsch, dass ihr beide zusammen es leiten werdet, und zwar verbindlich für mindestens fünf volle Jahre, aber das wisst ihr ja auch bereits. Des Weiteren hat Clemens festgelegt, dass die Leitung des Hotels, unabhängig von der Aufteilung der Besitzanteile, absolut gleichberechtigt erfolgen muss. Um es euch zu verdeutlichen, das heißt, dass Nora, wenn es um die Geschäftsführung und die Hotelleitung geht, kein höheres Stimmrecht beanspruchen kann, sollte es einmal zu Diskrepanzen kommen. Ihr müsstet euch einigen und anfallende Entscheidungen gemeinsam und einvernehmlich treffen. Die unterschiedlichen Besitzanteile würden erst nach Ablauf der fünf Jahre nur im Falle eines Verkaufs zum Tragen kommen.“

Gregor nahm einen Schluck von seinem Kaffee. „Zusätzlich steht eine größere Menge an Wertpapieren und Bargeld zur Verteilung an. Clemens hat auch das prozentual unter euch aufgeteilt. Natürlich bekommt hiervon Nora den Löwenanteil. Die Aufteilung beträgt sechzig zu vierzig. Für Thea wurde vorab ausreichend gesorgt.“

„Was ist mit dem Ferienhaus in Holstein?", fragte Nora.

„Das hat Clemens doch schon vor Jahren offiziell an Ben veräußert. Wusstest du das nicht?" Gregor schaute irritiert zwischen ihr und Ben hin und her.

„Nein, das ist mir neu", gab sie erschüttert zu. „Wieso hat er es ... dir verkauft?" Ihr Blick heftete sich auf Ben.

„Weil ich ihn dazu überredet habe. Er war wild entschlossen, das Grundstück abzustoßen. Mir tat das irgendwie leid. Ich wollte ganz einfach, dass dieses kleine Haus in der Familie bleibt."

„Aber ich ..."

„Nora, mein Schatz", mischte Thea sich nun zum ersten Mal in das Gespräch ein. „Clemens hat immer gewusst, dass dir das Ferienhaus etwas bedeutet, doch er ist nun einmal durch und durch Geschäftsmann, wie du ja selber weißt. Wir sind gar nicht mehr hingefahren. Er wollte das Häuschen und das dazugehörige Grundstück verkaufen und nicht verschenken. Von dir hätte er niemals Geld genommen, und so groß war dein Interesse daran ja nun auch nicht. Nur ein einziges Mal warst du in den letzten fünf Jahren dort. Ben hat Clemens davon überzeugt, dass diese Lösung für alle die beste wäre. Schließlich kannst du so jederzeit dorthin, wenn dir danach ist. Ich habe doch recht, Ben, oder?"

„Natürlich. Das Ferienhaus steht dir zur Verfügung, wann immer du möchtest", bestätigte Ben sofort. „Ich sagte ja, ich wollte, dass es der Familie erhalten bleibt, denn ich mag es sehr."

Familie! Eigentlich seid ihr gar nicht meine Familie, hätte Nora am liebsten geschrien, aber sie schluckte den aufwallenden Groll hinunter. In der nächsten Sekunde erkannte sie die Ungerechtigkeit ihrer Empfindungen. Thea hatte das nicht verdient. Im Gegenteil. Außerdem hatte sie ja gewusst, dass Ben von ihrem Vater schon immer bekommen hatte, was er wollte. Warum also nicht auch ihr geliebtes kleines Ferienhaus am Waldsee? Dennoch machte es sie wütend, dass gerade er nun der Eigentümer war und dass sie das bisher nicht erfahren hatte.

„Im letzten Jahr warst du doch eine ganze Woche dort", erinnerte Ben sie und riss sie aus ihren Gedanken.

„Ich hatte keine Ahnung, dass es inzwischen deins ist! Natürlich bin ich davon ausgegangen, dass es noch immer im Besitz meines Vaters ist. Mir hat ja niemand etwas gesagt." Selbst in ihren Ohren klang ihre Stimme schrill.

„Und? Wo ist der Unterschied, ob es nun auf dem Papier mir gehört oder deinem Vater?" Auch Bens Ton wurde eine Spur schärfer. „Du hast dich dort doch wohlgefühlt, oder etwa nicht?"

„Vielleicht wäre das nicht der Fall gewesen, hätte ich gewusst, dass ich deine statt Vaters Gastfreundschaft ausnutze", erwiderte sie und schnaufte.

Ben blickte kopfschüttelnd an die Zimmerdecke und schürte so ihre Wut.

„Wenn ihr jetzt erlaubt, würde ich gerne fortfahren", sagte Gregor schließlich mit süffisantem Unterton. „Ich war noch nicht fertig mit meinen Ausführungen. Das wichtigste Detail fehlt nämlich noch." Er holte tief Luft und strich sich eine dunkelblonde Haarsträhne aus der Stirn, bevor er weitersprach. „An das Testament ist eine Bedingung geknüpft. Solltet ihr, Ben und Nora, dem letzten Wunsch von Clemens nicht entsprechen und die persönliche und gemeinsame Leitung des Hotels jetzt oder innerhalb der nächsten fünf Jahre ablehnen beziehungsweise wieder aufgeben, werden dieses Haus, sämtliche Wertgegenstände und das Hotel veräußert. Der Erlös der Verkäufe, die Wertpapiere und das gesamte Barvermögen würden, abgesehen von Noras Pflichtteil, an eine gemeinnützige Organisation fließen. Das heißt im Klartext, ihr würdet nicht nur den Familiensitz und eine Menge Geld verlieren, sondern auch noch dafür sorgen, dass Thea leer ausgeht und sogar ihr Zuhause verliert. Schließlich ist sie nicht mit Clemens verheiratet."

Die anhaltende Stille, die auf diese Neuigkeit folgte, war nahezu lähmend.

Erst nach mehreren tiefen Atemzügen suchte Nora erneut Bens Blick. „Jetzt verstehe ich, warum du so bereitwillig deine Kanzlei aufgeben willst", brachte sie mit zitternder Stimme heraus.

Ben erhob sich ruckartig und schüttelte aufgebracht den Kopf. „Mach dich nicht lächerlich! Ich habe genau wie du gerade eben erst von dieser Bedingung erfahren. Meine Entscheidung hatte allein mit Clemens zu tun, aber ich glaube nicht, dass ich in diesem Augenblick dazu bereit bin, dir meine persönlichen Beweggründe zu erläutern."

Sie zuckte unter seinem zornigen Blick zusammen. Er war tief gekränkt, das konnte sie deutlich von seinem Gesicht ablesen.

Aufgewühlt erhob auch Nora sich und ging auf ihrer Seite des Esstisches mit großen Schritten auf und ab. „Wie kann Papa dir das nur antun, Thea? Nach all euren gemeinsamen Jahren! Ich verstehe das nicht. Und überhaupt ... ich liebe meine Arbeit!", stieß sie zwischen zusammengebissenen Zähnen hervor. „Ich habe eine tolle Wohnung in Frankfurt, Freunde und ..."

„... natürlich einen Mann, der schon sehnsüchtig darauf wartet, dass du zu ihm zurückkehrst", beendete Ben zynisch für sie.

Ihre grünen Katzenaugen funkelten, so wütend war sie. Dieser Anblick wirkte auf ihn wie ein Tritt in die Weichteile. Um diese Wirkung zu vertuschen, setzte er sein spöttischstes Grinsen auf und zog die rechte Augenbraue missbilligend in die Höhe. Wie er wusste, zeugte sein Gesichtsausdruck in diesem Augenblick von beleidigender Arroganz und Überheblichkeit. Er hatte diese Miene schon oft im Gerichtssaal eingesetzt, um einen unbequemen Zeugen zu verunsichern.

„Ich wüsste zwar nicht, dass dich das etwas anginge, aber nein, ich bin zurzeit ungebunden", hörte er Nora mit heiserer Stimme antworten.

Seltsamerweise empfand er Erleichterung. „Nun, dann solltest du dir zügig darüber klar werden, ob du dem letzten und innigsten Wunsch deines Vaters entsprechen wirst", entgegnete er.

Sie straffte die Schultern und reckte das Kinn in die Höhe. „Darüber werde ich wohl auch noch später nachdenken dürfen, oder? Erst einmal möchte ich so schnell wie möglich wieder bei ihm sein.“ Abrupt drehte sie ihm den Rücken zu und verließ den Raum.

„Warte, Nora.“ Er folgte ihr hinaus in den Eingangsbereich des Hauses. „Ich hole meinen Autoschlüssel, dann können wir los.“

„Danke, nein! Ich fahre lieber selbst.“

Ratlos zuckte er mit den Schultern und ging fluchend zurück ins Esszimmer. Thea war ebenfalls aufgestanden. Sie sah ihn mit einem eigenartig forschenden Blick an, sagte aber nichts.

Gregor grinste etwas dümmlich in sich hinein und kratzte sich am Kopf.

„Teufel auch, mein Freund, an der wirst du noch eine Menge Freude haben.“

Keinem von ihnen sollte es vergönnt sein, auch nur noch ein Wort mit Clemens Brehlow zu wechseln. Als Nora das Krankenhaus erreichte, war ihr Vater im Schlaf in tiefe Bewusstlosigkeit geglitten. Kurz nach ihr kamen Thea und Ben dazu und sie saßen zu dritt am Krankenbett. Sie sprachen kaum miteinander, schwiegen fast während der ganzen Nacht und gaben sich ihren Gedanken hin.

Nora reichten diese stillen Stunden aus, um die notwendige Entscheidung zu fällen, die ihr Leben von nun an völlig verändern würde.

Um vier Uhr morgens tat Clemens Brehlow seinen letzten, rasselnden Atemzug.

2. *KAPITEL*

Die ersten Tage nach dem Tod ihres Vaters und die Beerdigung erlebte Nora in einer Art Trance. Erstaunlicherweise leitete sie trotzdem in dieser Zeit die erforderlichen Schritte für ihren Umzug nach Hamburg ein und fuhr sogar direkt nach der Beisetzung für zwei Tage zurück nach Frankfurt. Sie sprach mit einigen Kunden und legte ihnen Jonathan Goldschmidt ans Herz. Sie überließ dem jungen Mann praktisch ihr gesamtes Inventar, all ihre Bücher und die wichtige Computersoftware, und behielt nur das Notwendigste. Jonathan erklärte sich dafür bereit, ihr den Papierkram und alle anfallenden Arbeiten abzunehmen, die mit ihrem Umzug einhergingen. Auch den Verkauf ihrer geliebten Wohnung würde er übernehmen. Nora stellte ihm die entsprechenden Vollmachten aus und wünschte ihm für seine Zukunft viel Glück.

Nach kurzer Überlegung und einem noch kürzeren Telefongespräch mit Ben bot sie ihrer Freundin Andrea an, weiterhin für sie als Sekretärin tätig zu sein.

„Du meinst das nicht wirklich ernst, oder?"

„Doch, absolut, Andrea. Du bist jung und ungebunden. Das ist eine echte Chance für dich. Sicher, es ist eine andere Branche, aber du wirst meine Assistentin bleiben. In Sachen Büroorganisation macht dir so schnell niemand etwas vor. Ben ist damit einverstanden, dass du sozusagen unser Vorzimmer übernimmst."

„Heißt das, ich müsste auch für ihn arbeiten?"

Nora verzog das Gesicht. „Davon gehe ich aus, natürlich nur, solange die anfallenden Arbeiten nicht zu viel für eine Sekretärin werden. Mein Vater hat das jedenfalls mit einer einzigen Assistentin hinbekommen. Im Augenblick können wir noch nicht alles überblicken. Ehrlich gesagt wissen wir beide überhaupt nicht, was da im Einzelnen auf uns zukommt. Ich kann dir nur garantieren, dass du auf jeden Fall an vorderster Front bleiben wirst, falls dir das eine Entscheidungshilfe ist. Ben hat die Lage schon mal ein wenig sondiert. Wir werden wohl gewaltig umstrukturieren müssen, denn mein Vater hat praktisch als Alleinherrscher regiert. Seine persönliche Sekretärin hat uns gebeten, ihren vorzeitigen Ruhestand zu befürworten. Sie möchte sich nicht mehr auf neue Chefs einstellen müssen, nachdem sie jahrelang ausschließlich für meinen Vater gearbeitet hat. Ich finde das sehr verständlich. Nebenbei bemerkt habe ich Ben natürlich deine organisatorischen Fähigkeiten angepriesen, und zwar in den höchsten Tönen." Nora lächelte absichtlich honigsüß. „Außerdem würde ich dich schrecklich vermissen, Liebelein."

Andrea seufzte. „Ich denke jetzt einfach nicht groß darüber nach, Chef. Eine Großstadt ist so gut wie die andere. Warum also nicht einmal im Leben ins kalte Wasser springen? Ich bin dabei."

„Großartig! Du nimmst mir eine riesige Last vom Herzen."

„Ha! Tatsächlich habe ich nur Mitleid mit möglichen Nachfolgerinnen. Niemand außer mir kann deine eigenartige Arbeitsweise ertragen. Ich hoffe nur, dass dein Geschäftspartner auch so gute Nerven mitbringt."

Wieder lächelte Nora, doch dieses Mal musste sie sich dazu zwingen. „Nun, das werden wir schon sehr bald erfahren."

Die erste gemeinsame Zeit im Hotel verlief überraschend friedlich, denn es gab einfach zu viel zu tun, um sich gegenseitig das Leben schwer zu machen.

Zunächst verschafften Nora und Ben sich einen Überblick. Sie lösten das alte Büro von Clemens auf und richteten sich jeder in einem separaten Raum neu ein. Dazwischen befand sich praktischerweise ein kleines Durchgangszimmer, der ideale Arbeitsplatz für Andrea.

Die Wochen vergingen wie im Flug. Sie wälzten Aktenordner, sprachen mit Angestellten, delegierten Aufgaben, organisierten mit Andreas Hilfe Abteilungen um und erarbeiteten sich nach und nach erste Einblicke in das übliche Tagesgeschäft eines Luxushotels. Natürlich war es bei alldem ein großer Vorteil, dass zumindest Nora praktisch im Brehlow aufgewachsen war, doch auch Ben kannte das Hotel gut, und die Angestellten unterstützten sie, wo es möglich war.

Zu Hause sprachen sie und Ben allerdings kaum miteinander und gingen sich aus dem Weg. Dennoch kümmerten sie sich beide um Thea. Bens Mutter litt furchtbar unter dem Verlust ihres langjährigen Lebensgefährten. Sie selbst versuchten jeder auf seine Weise, mit der Trauer um Clemens Brehlow fertigzuwerden. Die Arbeit im Hotel half ihnen dabei.

Natürlich kam es zu kleineren Meinungsverschiedenheiten, aber erstaunlicherweise wurden sie sich in den grundlegenden Dingen immer schnell einig, daher blieb die allgemeine Lage entspannt.

Diese trügerische Ruhe zerplatzte wie eine Seifenblase an dem Tag, als sie zusammen in ihrem Büro saßen und endlich Zeit fanden, über die notwendigen Renovierungen und Umbauten zu sprechen. Es war eine der letzten Amtshandlungen ihres Vaters gewesen, diesen Punkt ganz oben auf die Agenda zu setzen, und nach einigen Wochen im Hotel war auch ihnen bewusst geworden, wie unumgänglich diese Arbeiten waren.

„Ein paar der Zimmer im ersten und zweiten Stock sehen tatsächlich erbärmlich aus. Wir sollten das möglichst schnell in Ordnung bringen und dort für eine neue Einrichtung sorgen“, begann Nora das Gespräch, nachdem sie beide eine Weile stumm in den alten Unterlagen ihres Vaters geblättert hatten.

„Da bin ich ganz deiner Meinung. Man hätte die Sofas und Sessel schon vor Jahren neu beziehen lassen sollen. Außerdem müssen dringend neue Matratzen für die Betten her, bevor uns irgendein Hoteltester auf den Leib rückt.“

Nora zog die Nase kraus. „Du willst den alten Plunder behalten? Ach, Ben, die Dinger sind doch furchtbar. All dieser rote Plüsch – schrecklich. Wir sollten zusehen, dass wir möglichst viele Zimmer frischer und moderner einrichten.“

„Das Brehlow ist ein traditionelles Haus. Mit moderner Sachlichkeit liegst du hier völlig daneben. Außerdem haben diese

Möbel einen gewissen Charme. Sie gehören hierher, der Rahmen stimmt."

„Typisch! Du bist eben ein öder, altmodischer und verknöcherter Jurist."

„Du wirst unsachlich, Nora, und ich bin nicht bereit, auf deine Streitlust einzugehen."

Er blieb tatsächlich vollkommen ruhig, und das ärgerte sie. „Du weißt genau, dass mir nicht daran gelegen ist, unnötige Kosten zu verursachen, aber eine gewisse Modernisierung sollte doch wohl möglich sein und wird sich auf längere Sicht immer auszahlen."

Er atmete tief ein, erhob sich gemächlich und ging hinüber ans Fenster. Die Hände schob er in die Taschen seiner dunkelgrauen Anzughose. „In einem Punkt stimme ich dir zu", sagte er schließlich. „Wir müssen in jedem Fall renovieren. Ich schlage vor, wir bringen frische Farben in die Zimmer. Das klassische Rot und der plüschige Samt können meinetwegen verschwinden, aber ich bin nicht bereit, alle alten Möbel auszutauschen oder den Grundstil der Räume zu verändern. Das würde den Charme dieses Hauses zerstören, da mache ich nicht mit. Es gibt durchaus Alternativen und Kompromisse."

„Meine Güte, Ben, stell dir das doch nur für einen Augenblick vor: helle, freundliche und schlicht elegante Möbel. Das wäre traumhaft. Gib wenigstens einmal nach, du Sturkopf."

Seine Miene blieb unverändert ernst. „In einem alten, stuckverzierten Gebäude? Ich hätte dir beileibe mehr Stil zugetraut, Nora Brehlow. Du enttäuschst mich."

Nun schnellte auch sie von ihrem Platz hoch und funkelte ihn ärgerlich an. Seine arrogante Art brachte sie auf, sie würde sich nie daran gewöhnen. „Wer wird nun unsachlich, Benjamin Larsen?"

Er hob geringschätzig die linke Augenbraue. „Inkompetenz ruft nun mal einen gewissen Unwillen bei mir hervor. Dagegen kann ich nichts machen."

„Inkompetenz?" Kochend vor Wut stieß sie heftig den Atem aus. „Wer von uns beiden hier wohl inkompetenter ist! Ich weiß wenigstens, wie man ein Geschäft zu leiten hat, im Gegensatz zu dir, du vertrockneter Paragrafenreiter!"

Langsam nahm er die Hände aus den Hosentaschen und baute sich in seiner ganzen beeindruckenden Größe vor ihr auf. „Sei vorsichtig, Partner", warnte er sie mit gefährlich leiser Stimme. „Du beweist nämlich gerade, dass du nicht die geringste Ahnung hast, mit welcher Art von Geschäft du es zu tun hast. Dies ist ein Hotel der gehobenen Klasse, meine Liebe! Es geht hier verdammt noch mal nicht um irgendein Produktionsunternehmen oder eine verfluchte gewinnorientierte Handelsgesellschaft, kapiert?"

„Plustere dich bloß nicht so auf, du Gockel! Dir mache ich allemal was vor!"

„Na, dann öffne endlich mal deine Augen, Mädel, und schau lieber genau hin, wo du dich hier befindest! Dies ist das Brehlow, Nora! Eines der ältesten und renommiertesten Hotels in der Stadt. Wir sind einer gewissen hanseatischen Tradition verpflichtet." Er machte eine kleine Pause und holte tief Luft. „Und wir sind es nicht zuletzt auch deinem Vater schuldig, das Haus zwar zeitgemäß, aber doch in seinem Sinne weiterzuführen. Kannst du mir folgen, oder ist dein Erbsengehirn dafür zu klein?"

Sein Grinsen wirkte fast teuflisch. Offensichtlich hatte sie es endlich geschafft, ihn wütend zu machen. Leider verfehlten seine Worte ebenfalls nicht ihr Ziel.

„Fang an zu denken, Nora, auch wenn es dir schwerfällt."

Am liebsten hätte sie in diesem Moment wie ein kleines hysterisches Mädchen mit den Füßen getrampelt und ihm gleichzeitig das Gesicht zerkratzt. Stattdessen schloss sie kurz die Augen, übte sich bewusst in Zurückhaltung und erinnerte sich an ihre mühsam erlernte Selbstbeherrschung. Nach drei aufeinanderfolgenden tiefen Atemzügen hatte sie ihren Zorn unter Kontrolle. „Bastard!"

„Elende Xanthippe!"

Er grinste wieder, dieses Mal eher belustigt, und zu ihrer Überraschung brachte er sie damit tatsächlich zum Lächeln.

„Okay, das Erbsengehirn nehme ich zurück. Entschuldige bitte."

„Das ist auch das Mindeste."

„Meinst du, wir sind in der Lage, einen Kompromiss zu erarbeiten, der uns beiden irgendwie entgegenkommt?", fragte er schmunzelnd.

Nora ließ sich auf den Schreibtischstuhl sinken und sah zu ihm hoch. „Setz dich wieder hin, du hirnloser Affe, und lass es uns angehen."

„Reizend wie eh und je."

„Eine Beleidigung hatte ich noch gut." Nora lachte und griff nach den Aufzeichnungen ihres Vaters.

Er schaffte es letztlich doch, sie zu überzeugen, und das erstaunte Ben ebenso sehr wie Nora. Allerdings versprach er ihr, die Auswahl der neuen Farben und Stoffe allein ihr zu überlassen. Und erfreulicherweise wurden sie sich bei den Fragen, die sich zur anstehenden Modernisierung der Küche ergaben, schnell und problemlos einig. Der einvernehmliche Waffenstillstand war schon fast unheimlich.

Auch zu Hause drehten sich ihre seltenen Gespräche hauptsächlich um das Hotel, sodass in einigen, allerdings sehr wenigen Momenten sogar eine unverkrampfte Atmosphäre zwischen ihnen zustande kam. Ihre gegenseitige Akzeptanz begann schleichend, war aber für stille Beobachter wie Thea und Andrea durchaus spürbar.

Zum Wohle des Hotels brachten sie es schließlich beide fertig, das Können und das Wissen des anderen zu respektieren, zu achten und zu nutzen. Zu ihrer eigenen Überraschung erreichten sie so in Windeseile eine logisch fundierte Arbeitsaufteilung.

Nach weiteren drei Monaten harter Arbeit saßen sie und Ben eines Abends zusammen und gestanden sich zögernd ein, dass ein Rechtsgelehrter und eine Wirtschaftsexpertin in der Tat das perfekte Team für die Leitung eines großen Hotels abgaben.

„Ehrlich gesagt hatte ich zwischendurch riesige Zweifel, ob ich überhaupt weiterhin mit dir zusammenarbeiten kann“, gab er lächelnd zu.

Auch Nora lächelte. „Zugegeben, mir ging es ähnlich. Vorsichtig ausgedrückt.“

Er schmunzelte über ihre Offenheit, hob sein Wasserglas und wollte ihr zuprosten, hielt aber mitten in der Bewegung inne. „Ich finde, das schreit nach einem Glas Champagner, was meinst du, Partner?“

Nora hob die Schultern. „Klar, warum nicht.“ Sie sah ihm nachdenklich hinterher, als er mit seinem typisch wiegenden Gang den Raum verließ. Über ihr eigenes Privatleben machte sie sich zurzeit keine Gedanken, aber ihr ging plötzlich auf, dass auch Ben die meisten, nein, eigentlich alle Abende entweder hier im Haus verbrachte oder zusammen mit ihr im Hotel, um bis spät in die Nacht hinein zu arbeiten. Sie fand das ungewöhnlich für einen Mann wie ihn. Bisher hatte sie nie darüber nachgedacht, wieso es noch immer keine Frau in seinem Leben gab, er war schließlich schon fünfunddreißig Jahre alt und an Angeboten hatte es ihm weiß Gott nie gemangelt.

Ben setzte ihren Überlegungen ein Ende, indem er zurück ins Esszimmer kam. In der einen Hand hielt er zwei Gläser, in der anderen den Champagner. Sie wartete still ab, bis er die Flasche geöffnet und ihnen eingeschenkt hatte.

„Auf das beste Hotel in Hamburg “, sagte er und prostete ihr zu.

„Auf das Brehlow “, erwiderte sie. Als sie tranken, begegneten sich ihre Blicke und Nora registrierte, dass Ben sofort die Lider senkte. „Schade, dass Thea sich heute Abend so früh zurückgezogen hat“, bemerkte sie, um irgendetwas zu sagen.

„Viele Menschen sind eben lieber allein, wenn sie mit starken Gefühlen fertigwerden müssen. Sie trauert unendlich um deinen Vater.“

„Ja, ich weiß. Ich habe ihr übrigens Hugo und Adele überlassen, weil sie so viel Freude an ihnen hat. Mir ist aufgefallen, dass sie stets lächelt, sobald Hugo trällert, was das Zeug hält. Natürlich habe ich so getan, als hätte ich jetzt nicht mehr genug Zeit für die Piepmätze."

„Ich habe mitbekommen, dass sie sich um die Vögel kümmert. Das war sehr nett von dir."

Bens warmes Lächeln machte sie verlegen. „Ich hatte einfach das Gefühl, dass Thea die pure Lebensfreude der beiden viel nötiger hat als ich. Wie du schon sagtest, sie hat Papa sehr geliebt."

„Ja, bedingungslos und leidenschaftlich."

Seine Stimme klang plötzlich heiser und er trank einen Schluck. Nora brachte es nicht fertig, ihn noch einmal anzusehen, und starrte in ihr Glas, das bereits leer war, wie sie überrascht und etwas erschrocken feststellte.

Ben schenkte wortlos nach. Schließlich fingen sie gleichzeitig zu sprechen an und lachten.

„Du zuerst", sagte Ben.

Sie erwiderte sein Lächeln und ließ es sogar darauf ankommen, ihn direkt anzuschauen. „Warum gehst du niemals aus?"

Sein Blick wurde ungläubig. Es war ihr durchaus bewusst, dass sie ihn mit ihrer persönlichen Frage verblüffte. Normalerweise drehten sich ihre Gespräche nur ums Hotel, allenfalls um Thea, um die sie sich beide sorgten.

„Du willst doch eigentlich wissen, wieso ich zurzeit keine Freundin habe, oder?"

Er bemerkte, dass sie mit einer leichten Verlegenheit kämpfte, das sah sie ihm an. Seine Miene wirkte jedoch nachsichtig und überhaupt nicht herausfordernd.

„Hm, einfach keine Zeit, schätze ich."

„Das ist doch ausgemachter Blödsinn. Dafür hat man immer Zeit", stellte Nora fest und griff erneut nach ihrem Glas.

„Ach ja?"

Das Thema schien ihn zu amüsieren. Sein Mund zog sich jedenfalls noch eine Spur mehr in die Breite, während er zum dritten Mal ihre Gläser füllte.

Nora war es inzwischen ziemlich warm geworden, ihre Wangen glühten. Sie nahm einen weiteren kräftigen Schluck, um sich abzukühlen, und betrachtete offen sein Gesicht. „Ich meine, du bist ja nicht unbedingt hässlich", sagte sie und unterdrückte ein Kichern. „Sicher, du bist widerlich eingebildet und grenzenlos überheblich, aber bestimmt nicht hässlich – nein, das bist du wahrlich nicht. Die hellblonden Haare und diese dunklen Welpenaugen dazu, das hat schon was, ehrlich! Ist 'n seltener Kontrast."

„Nora, du hast einen gehörigen Schwips."

Sie bemerkte, dass er noch immer belustigt in sich hineingrinste, doch das störte sie im Moment kein bisschen. „Ich glaube, ich habe dir bis heute verschwiegen, dass ich überhaupt keinen Alkohol vertrage. Ich bin nämlich schon nach zwei Gläsern Rotwein blau wie tausend Russen."

Ben unterdrückte ein Schmunzeln. „Ach tatsächlich? Na, dann bin ich ja wirklich froh, dass wir gerade keinen Rotwein trinken." Natürlich hatte er bemerkt, dass der Champagner ihr praktisch sofort in den Kopf gestiegen war. Eine Nora, die sich im Umgang mit ihm nicht ständig kontrollierte, war ihm sehr sympathisch. Lächelnd schob er sein eigenes Glas beiseite und studierte interessiert ihr Gesicht.

„Jawoll! Lass uns darauf trinken, dass wir keinen Rotwein trinken!", säuselte sie.

Ein weiteres Mal hob sie ihr Glas und stürzte auch noch den Rest hinunter, dann holte sie zu seiner Belustigung geräuschvoll und seufzend Luft.

„Ich denke, ich sollte jetzt besser ins Bett gehen. Was guckst du mich eigentlich so komisch an?"

„Ach, nur so." Ben schüttelte den Kopf. „Vielleicht sollte ich dir lieber dabei behilflich sein, Partner." Er stand auf und ging um den Tisch herum zu ihr. Wie er es sich gedacht hatte, kostete es sie Mühe, sich gerade zu halten, und er legte vorsorglich einen Arm um ihre Taille.

„Untersteh dich, mich anzufassen, du …“ Ihre Zunge stieß beim Sprechen an, und Nora schnaufte unwillig.

„Das wird sich wohl nicht vermeiden lassen, wenn du heil nach oben kommen willst. Sieht so aus, als hättest du viel zu schnell getrunken. Du bist nämlich sternhagelvoll, Kleine.“

„Himmelherrgott! Du sssollst das doch nich zu mir ssagen! Hab ich mich früher schon drüber geärgert.“ Ihre Artikulation ließ sehr zu wünschen übrig.

„Gut, ich entschuldige mich hiermit in aller Form dafür. Und nun komm, ich bringe dich die Treppe rauf.“

Nora ergab sich tatsächlich in ihr Schicksal und ließ sich von ihm die Treppe hinaufführen. Sein rechter Arm hielt sie fest umfangen, sie schien das überhaupt nicht unangenehm zu finden. Nach einer Weile waren sie oben angekommen und er öffnete ihre Zimmertür. Er wollte sie in den Raum schieben, doch als er sie kurz losließ, schwankte sie so stark, dass er sofort wieder zugriff. Sie prallte in voller Länge gegen ihn.

„Schuldigung“, lallte sie und sah schuldbewusst zu ihm auf.

Ihre Blicke trafen sich, instinktiv wurde sein Griff fester. Dicht aneinandergeschmiegt standen sie da und sahen sich in die Augen.

Er wollte sich abwenden, nicht in diese verlockenden grünen Tiefen sehen, aber er schaffte es nicht. Diesmal nicht.

„Ben?“

Der Klang ihrer leisen und immer etwas heiseren Stimme glich fast einer Liebkosung und brachte sein Blut in Wallung.

„Mir ist schwindlig, Ben.“

„Ja?“

„Ja, furchtbar schwindlig sogar.“

„Der Champagner.“ Es war eher eine Frage als eine Feststellung, das wusste er selbst.

„N…nein, ich glaube, es ist … nicht der Champagner.“

Er musste schlucken. „Nora.“

„Ja?“

Verfluchter Idiot, tu es nicht, ermahnte er sich, während er langsam den Kopf senkte.

Ihre Lider begannen zu flattern und sie befeuchtete mit der Zungenspitze ihre Unterlippe.

Er hörte sich selbst leise aufstöhnen, zuckte zurück und stieß einen Fluch aus. Fast ein wenig grob schob er sie von sich. „Nein! Dem werde ich mich nicht aussetzen", murmelte er schwer atmend. „Nicht noch einmal!"

Er stürmte hinaus, rannte regelrecht auf die gegenüberliegende Seite des Hauses und warf wütend die Tür zu seinem eigenen Zimmer hinter sich zu. Mit zwei großen Schritten ging er hinüber ans Fenster und riss es weit auf. Mit tiefen Atemzügen pumpte er Sauerstoff in seinen Körper und versuchte angestrengt, sich zu beruhigen.

Er hätte es besser wissen müssen.

Mit allem hatte er gerechnet, damit absurderweise nicht. Endlose Diskussionen hatte er vorausgesehen. Auf anstrengende Kräche, gegenseitige Beleidigungen und nervtötenden Streit war er innerlich vorbereitet gewesen, aber darauf nicht.

„Idiot!"

Erst nach einer ganzen Weile schloss er das Fenster schließlich wieder und befreite sich mit heftigen Bewegungen von seinen Kleidern. Er war unglaublich wütend auf sich selbst – und natürlich auf Nora. Die Frau brachte nur Ärger! Von Anfang an hatte diese Göre ihm das Leben zur Hölle gemacht.

Sie war noch ein Kind, als ich sie zum ersten Mal sah, überlegte er, während er unter die Bettdecke schlüpfte. Schon damals war sie ein durch und durch widerborstiges Geschöpf gewesen. Obwohl er ein unerfahrener Teenager gewesen war, hatte er sich so viel erwachsener gefühlt. *Meine Güte.* Sie hatte keine Möglichkeit ausgelassen, um ihm zu zeigen, wie sehr sie ihn verabscheute. All die vielen Jahre nicht.

Seine Mutter hatte Nora stets Verständnis und liebevolle Zuneigung entgegengebracht. Clemens' Tochter habe in ihren jungen Jahren schon viel zu viel Kummer ertragen müssen, erklärte sie ihm mehr als einmal. Thea Larsen hatte oft an seine Vernunft appelliert, wenn er wieder mal stinkwütend auf Nora gewesen war. Um seine Mutter und Clemens nicht zu enttäuschen, hatte er seinen Ärger und die damit verbundene Frustration stets heruntergeschluckt. Irgendwann hatte er sich dann ihr gegenüber genauso verhalten, wie Nora es vorzugsweise mit ihm tat. Er versuchte sie zu ignorieren. Das funktionierte bei ihm allerdings nur bedingt, denn sie veränderte sich gerade in jener Zeit zusehends und in einer für ihn beunruhigenden Weise, wie er sehr bald feststellen musste.

Oh ja! Er wusste noch ganz genau, wann es angefangen hatte. Eines Morgens, ohne jegliche Vorwarnung, hatte er sie plötzlich mit anderen Augen angesehen. Er würde diesen Moment niemals vergessen. Es hatte ihn getroffen wie ein Blitz aus heiterem Himmel.

Sie hatte ihm beim Frühstück gegenübergesessen – schweigend wie üblich und mit möglichst unbeteiligtem Gesicht, auch wie immer. Sie sprachen morgens nie miteinander, wenn es sich tatsächlich einmal nicht verhindern ließ, dass sie zur gleichen Zeit am Tisch saßen. Aus irgendeinem Grund sah er sie an und sie erwiderte aus unerfindlichen Motiven seinen Blick. Damals hatte er es zum ersten Mal gespürt, heftig, umfassend und schmerzhaft. Noras grüne Augen schienen wahre Feuerpfeile auf ihn abzuschießen, er war völlig wehrlos dagegen, hatte diesem Ansturm rein gar nichts entgegenzusetzen. Mit seinen fast zwanzig Jahren war er bei Weitem nicht mehr unerfahren gewesen, wenn es um das andere Geschlecht ging, doch in dem Moment wurde ihm der Hals trocken und eng. Das Atmen fiel ihm schwer und sein Herzschlag beschleunigte sich beängstigend. Innerhalb von Sekunden wurde er so hart, dass er nicht hätte aufstehen können, ohne dass es für alle sichtbar gewesen wäre. Eine kleine Ewigkeit starrten sie sich an, so lange, bis Nora sich schließlich abrupt erhob und fluchtartig das Esszimmer verließ.

An diesem Morgen hatte sein persönliches Martyrium begonnen.

Jeden Tag war es ein bisschen schlimmer geworden. Im Grunde war es ein Wunder, dass er bei Verstand geblieben war.

Nur knapp ein Jahr später war es dann zu diesem verhängnisvollen Vorfall am Seeufer gekommen. Auch daran konnte er sich noch ganz genau erinnern, an jede einzelne Sekunde. Für einige Tage waren sie alle zusammen im Haus am Waldsee gewesen, um dort den Geburtstag seiner Mutter zu feiern, so wie sie es sich gewünscht hatte.

Der gemeinsame Aufenthalt im Ferienhaus stellte allerdings eine starke Belastung für seine überreizten Nerven dar, denn dort war es fast unmöglich, sich aus dem Weg zu gehen. Noras Kleidung, verflucht, vor allem dieser knappe, golden schimmernde Bikini, den sie zum Schwimmen trug, machte ihn und sein Gewissen völlig fertig.

Mitten in einer dieser besonders heißen Sommernächte wachte er schweißüberströmt auf. Natürlich hatte er wieder einmal von ihr geträumt, aber damit hatte er sich inzwischen schon fast abgefunden. Diese wilden Träume waren ihm so vertraut geworden wie das quälende Begehren und die dunkle Niedergeschlagenheit, die diese verbotenen Träume stets zurückließen.

Aufgewühlt und erhitzt schlich er aus dem Haus, um am See ein wenig Abkühlung zu finden. Und dort, im hellen, silbrig schimmernden Mondschein, traf er unerwartet auf Nora. Regungslos saß sie am Ufer des Waldsees und starrte auf das schwarzgrüne Wasser. Während er sein Schicksal verfluchte, ging er langsam zu ihr, weil er einfach nicht anders konnte.

So, als wäre es völlig normal, sich mitten in der Nacht unten am See zu treffen, blickte sie nur kurz, fast gleichgültig, zu ihm auf. „Was machst du hier draußen?“, fragte er sie. Wie gewohnt antwortete sie ihm giftig und einsilbig. Noch ganz genau konnte er sich an den immer stärker werdenden Aufruhr in seinem Inneren erinnern, als er direkt vor ihr stand und sie ansah. Er gab irgendeinen Unsinn über die Farbe des Mondes von sich und schämte sich deshalb.

Nora!

Er war so unglaublich verliebt gewesen, damals …

War es noch. Würde es für immer sein.

Ben seufzte und trat die Bettdecke fort. Der Schweiß lief ihm bereits über den nackten Körper, denn die Erinnerung katapultierte ihn vollends zurück in diese heiße Sommernacht, und die Szene wurde wieder einmal in seinem Kopf abgespult.

Das Mondlicht brach sich glitzernd im Wasser des Sees und spiegelte sich in Noras schräg stehenden, herrlich smaragdgrünen Augen. Aber nicht nur das. Der Mond schien ihre Gestalt mit einem glänzend silbernen Schleier zu umhüllen, als würde auch er magisch von ihr angezogen werden.

Das Herz trommelte wild in seiner Brust, und in seinen Ohren hörte Ben nur noch sein Blut rauschen. Hilflos seinen überschäumenden Empfindungen ausgeliefert, ging er langsam neben ihr in die Knie und berührte sanft ihr offenes Haar, das in wilden Kaskaden wie ein dunkler Wasserfall über ihren schmalen Rücken fiel. Nur am Rande registrierte er, dass sich ihre Augen vor Überraschung weiteten. Für ihn gab es plötzlich kein Halten mehr. Er wollte – nein, er musste wenigstens ein einziges Mal dieses feengleiche Geschöpf berühren. Ehe er sich richtig darüber klar wurde, was er tat, lag er auch schon halb auf ihr, nicht in der Lage, sich diesem unerbittlichen Drang zu entziehen. Die Umgebung nahm er kaum noch wahr. Alles außer diesem Moment, alles außer Nora war mit einem Schlag unwichtig.

Er verdrängte, dass sie erst seit ein paar Wochen sechzehn war und höchstwahrscheinlich wenig Erfahrung mit Jungen hatte. Es war ihm gleichgültig, dass sie wie Bruder und Schwester in einem Haus zusammenlebten und dass die Folgen dieser kopflosen Handlung all das zerstören könnten, was ihm wichtig geworden war: sein lang ersehntes, geliebtes Zuhause, sein kostbares Verhältnis zu Clemens – sein ganzes schönes Leben. Daran konnte und wollte er in diesem Augenblick nicht denken. Stattdessen küsste er Nora wie ein Wahnsinniger, vollkommen verrückt vor Verlangen. Minutenlang gab er sich dem Ansturm seiner Gefühle hin, ließ seine Hände gierig über ihren Körper gleiten. Die unglaubliche Lust, die er empfand, brachte ihn fast um. Sie trug nur ein langes T-Shirt und einen winzigen Slip darunter. Er zog ihn herunter und streichelte sie dort. Sie war feucht und keuchte leise, und um ein Haar wäre er gekommen, weil ihn ihre heftigen Atemzüge noch wilder machten.

Um sich die Shorts abstreifen zu können, richtete er sich ein wenig auf und dabei sah er ihr ins Gesicht. Innerhalb eines Wimpernschlages kam er so plötzlich zur Besinnung, als hätte ihm jemand einen eiskalten Guss verpasst. Nora lag schwer atmend, still und zitternd vor ihm und starrte ihn aus weit aufgerissenen Augen an.

Tiefes Schamgefühl stieg in ihm auf, gefolgt von wilder Panik. Erschüttert und schockiert setzte er sich auf und bedeckte sein Gesicht mit den Händen. Als er sie irgendwann sinken ließ, sah er Nora über die Wiese zurück zum Haus laufen. Er rannte ihr nach und holte sie kurz vor der Terrasse ein. Als sie sich zu ihm umdrehte, glaubte er sterben zu müssen unter dem grünen Feuer, das in ihrem Blick loderte.

„Bitte, Nora … verzeih mir. Nora. Verzeih mir“, stammelte er, aber sie antwortete ihm nicht, sondern wandte sich ab und verschwand im Haus.

Ben schreckte aus seinen Erinnerungen auf und merkte, dass er schnell und heftig atmete, auf seiner Stirn hatte sich ein Schweißfilm gebildet. Er fragte sich zum wiederholten Male, wie er die Wochen nach diesem Vorfall überlebt hatte.

Wegen seines schlechten Gewissens und ihres wissenden Blicks aus tiefgrünen Augen war er oftmals kurz davor gewesen, völlig zu verzweifeln. Sie sprachen nie wieder über die Nacht am See, aber die Erinnerung daran wurde zum festen Bestandteil seines Daseins.

So viele Jahre war das jetzt her und er hatte sie seitdem nie mehr bewusst berührt, bis zu diesem Abend. Wie hatte er nur jemals annehmen können, er hätte seine verfluchten Gefühle endlich unter Kontrolle? Er würde sie niemals wirklich in den

Griff bekommen! Jahrelang hatte er vergeblich versucht, sich etwas vorzumachen.

Er rieb sich das Kinn und stöhnte auf.

Eine Lösung, ich brauche dringend eine Lösung für dieses Problem.

Nora würde ihn mit dem größten Vergnügen in kleine Stücke zerteilen und zum Frühstück verspeisen, wenn sie auch nur die geringste Ahnung hätte, was für ein Gefühlschaos sie bei ihm auslöste und welche Macht sie über ihn hatte.

Als Nora erwachte, war es neun Uhr. Sie fluchte und stand eine Minute später unter der Dusche. Ein prüfender Blick aus dem Fenster bestätigte ihre Vermutung, Ben war bereits weg. Er war meistens vor ihr auf, das war schon früher so gewesen, deshalb war das nichts Neues für sie.

Nachdenklich putzte sie sich die Zähne und versuchte sich daran zu erinnern, was am vergangenen Abend genau passiert war, doch die Bilder waren verschwommen. Er hatte sie nach oben gebracht, das stimmte so weit. Und er hatte sie im Arm gehalten, um sie zu stützen, aber hatte er sie tatsächlich auf diese besondere Art angesehen? Sie glaubte sogar, dass Ben sie beinahe geküsst hätte. In ihrer vernebelten Erinnerung war sein Mund dem ihren schon ganz nah gewesen. Wirklich sicher war sie sich dessen jedoch nicht, denn der Gedanke, Ben Larsen würde sie küssen wollen, war absurd.

Verfluchter Alkohol!

Sie kannte doch die grauenvolle Wirkung, die dieses Zeug auf sie hatte.

Absurd?

Wenn sie es sich genau überlegte, war die Vorstellung, Ben würde sie küssen wollen, gar nicht so absurd. Schließlich hatte er es schon einmal getan, auch wenn das unendlich lange her war. Er hatte sie geküsst. Und wie er das getan hatte! Es war ihr erster Kuss überhaupt gewesen – und gleichzeitig das erste Mal, dass sie das ungezügelte Verlangen eines Mannes zu spüren bekommen hatte.

Nora schüttelte den Kopf, um die Gefühle zu vertreiben, die trotz der vielen Jahre, die seither vergangen waren, sofort in ihr aufwallten, sobald sie daran zurückdachte. Damals hatte sie sich nach reiflicher Überlegung dazu entschlossen, diese Nacht am See ein für alle Mal zu vergessen – dabei sollte es bleiben, befand sie.

Eine halbe Stunde später öffnete sie die Tür zum Vorzimmer ihres Büros.

„Guten Morgen, Chef. Ausgeschlafen?" Andrea setzte ein breites Grinsen auf.

Nora nickte. „Danke der Nachfrage. Ist er da drin?" Sie deutete auf die Tür zu Bens Büro.

„Ja, er hat schon mit einigen Handwerkern wegen der anstehenden Umbauten gesprochen. Ich glaube, er hat heute ziemlich schlechte Laune, hat jedenfalls kaum ein Wort mit mir gewechselt, seit ich hier bin."

„War er etwa vor dir da? Du bist doch immer die Erste."

„Gabi vom Empfang sagte mir, er ist vor sieben gekommen."

„Was ist denn mit dem los?" Nora schüttelte den Kopf.

Andrea zuckte die Achseln. „Jedenfalls ist er heute Morgen ziemlich brummig. Scheint nicht besonders gut geschlafen zu haben, der Gute."

Nora brachte ihre Aktentasche in ihr Büro, setzte sich aber gar nicht erst an den Schreibtisch, sondern marschierte entschlossen zurück und klopfte bei Ben an. Wenn am Abend etwas geschehen war, das sie besser wissen sollte, würde sie es irgendwie herausfinden müssen.

„Ja bitte!"

Seine dunkle Stimme klang tatsächlich barsch. Sie öffnete die Tür nur einen Spaltbreit und steckte den Kopf hindurch. „Guten Morgen, Ben. Störe ich gerade?"

„Morgen", gab er brummig zurück und ihr fiel auf, dass er sie nicht direkt ansah.

„Nein, komm rein. Ich muss sowieso mit dir über diese verfluchten Umbauten im Seitentrakt sprechen."

Nora trat ein und schloss die Tür hinter sich. Langsam trat sie an seinen Schreibtisch und setzte sich ihm gegenüber auf den Besucherstuhl.

„Hast du schon Kaffee gehabt?", fragte er, wobei er weiterhin ihrem Blick auswich.

„Ja, hab ich. Ist was nicht in Ordnung mit den Umbauten?"

Ben stand auf, wandte sich von ihr ab und sah aus dem Fenster. „Wir müssen die Termine ziemlich genau hinbekommen. Der Kongress der Tierärzte steht an."

„Wie viel Zeit bleibt uns denn bis dahin?"

„Zwei Monate."

„Das wird wohl reichen. Es geht hier schließlich nur um einen Flügel des Hauses. Auf dieser Seite haben wir doch inzwischen alles so weit im Griff, oder nicht?"

Er nickte. „Ja, schon, ich will nur unnötigen Ärger vermeiden. Wir können es uns nicht leisten, dass sich irgendein hochnäsiger Herr Doktor über etwaigen Baulärm beschwert."

Nora grinste. „Soweit ich mich erinnere, bist auch du *irgendein Doktor*."

Sein Räuspern klang nicht unfreundlich und sie konnte an seinem Profil erkennen, dass er lächelte.

„Hab ich schon fast vergessen. Neuerdings bin ich nämlich ganz einfach nur noch in der Hotelbranche."

„Tröste dich, ich auch."

Endlich drehte er sich zu ihr um und sah sie sogar direkt an, allerdings nur kurz.

„Gut geschlafen?"

Seine persönliche Frage brachte sie etwas aus dem Konzept. „Ja … ja, durchaus. Tut mir übrigens leid, wegen gestern Abend. Ich vertrage wirklich nur winzige Mengen Alkohol."

Wieder sah er sie an. Sein Blick blieb für einen Moment an ihrem Mund hängen, bevor er ihn zum Fenster richtete. Erneut räusperte er sich und setzte sich zurück auf seinen Platz.

„Ich werde es mir für die Zukunft merken."

Während er sprach, trommelte er mit den Fingern der linken

Hand auf der Schreibtischunterlage herum. Nora wunderte sich darüber, denn Nervosität passte eigentlich nicht zu ihm.

„Wir müssen über die Modernisierung der Küche sprechen", nahm er den ursprünglichen Gesprächsfaden wieder auf.

Erfolglos versuchte sie noch einmal, seinen rastlosen Blick einzufangen, aber offenbar gab es tausend interessantere Dinge in diesem Zimmer für ihn zu sehen. Wenigstens hält er nun seine Finger still, dachte sie erleichtert.

„Apropos Küche, ich habe dir gestern Abend gar nicht mehr gesagt, wie begeistert ich davon bin, dass du Markus Breitenbach als neuen Chefkoch engagieren konntest. Das ist wirklich großartig, Ben."

„Ja, das finde ich auch, und das nicht nur, weil er ein alter Freund von mir ist. Er kommt spätestens nächste Woche aus den Staaten zurück, wo er ein Jahr in der Nähe von Los Angeles in einem renommierten Hotel verbracht hat. Etwas Besseres hätte uns nicht passieren können. Markus ist ein echter Meisterkoch, sehr erfahren. Er genießt hier in Fachkreisen große Anerkennung. In den anderen Häusern wird man vor Neid erblassen."

Nachdenklich kratzte Nora sich am Kopf. „Mir kommt gerade eine Idee. Vielleicht sollten wir einfach Markus' Meinung zur Modernisierung des Küchenbereichs abwarten. Ich meine, ein Koch seines Formats wird doch wohl am besten beurteilen können, was wir wie verändern müssen."

„Das ist ein sehr guter Vorschlag, Partner." Um seinen Mund erschien erneut ein leichtes Lächeln. Nacheinander betrachtete er eingehend die wenigen Gegenstände auf seinem Schreibtisch. „Was machen übrigens deine vielen Berechnungen?", fragte er und spielte damit auf ihre derzeitige Hauptbeschäftigung an.

Vor einiger Zeit hatte sie begonnen, die Wirtschaftlichkeit des Brehlow akribisch zu überprüfen.

„Du hämmerst seit Tagen auf diese altertümliche Rechenmaschine ein, für die du offenbar eine Schwäche entwickelt hast."

Jetzt fand sie es angenehmer, sich von ihrem Platz zu erheben. Sie seufzte leise und schritt gedankenvoll an der Bücherwand entlang, die Ben sich hier eingerichtet hatte. Er liebte Bücher, das war schon immer so gewesen. Während sie ihm antwortete, strich sie mit einem Zeigefinger über die Buchrücken. „Es macht etwas Mühe, die vielen Bereiche zu checken, aber langsam blicke ich durch. Alles, was mit den Lieferungen zu tun hat, habe ich bereits optimiert. Im Augenblick beschäftige ich mich hauptsächlich mit dem Personal. Dafür ist es nötig, jeden einzelnen Angestellten und seinen Aufgabenbereich zu überprüfen. Leider habe ich bisher den Eindruck, mein Vater neigte dazu, eher zu viele Leute einzustellen als zu wenige. Vielleicht sollten wir darüber nachdenken …"

„Du sprichst doch nicht etwa von Entlassungen?", unterbrach er sie. „Was wäre dann zum Beispiel mit den Kongressen und Konferenzen, die mehrmals im Jahr hier stattfinden? Das Brehlow ist schließlich bekannt für die perfekte Organisation und Betreuung von größeren Veranstaltungen."

„Es dürfte kein Problem darstellen, für diese besonderen Fälle Aushilfskellner und so weiter zu bekommen. Es gibt in diesem Land so wunderbare Erfindungen wie Zeitarbeitsvermittlungen. Es ist absolut unnötig, die Hälfte des Jahres überflüssige Gehälter auszuzahlen." Nora setzte während ihrer Ausführungen ihren Rundgang durch das Büro fort. „Ach ja, ich habe übrigens den Steuerberater gewechselt. Das ist doch in Ordnung für dich, oder?"

„Wenn deine Rechenmaschine von Gehirn beschlossen hat, dass das nötig war, bitte sehr."

Sie blieb genau in der Mitte des Zimmers stehen, stemmte beide Hände in die Hüften und sah ihn herausfordernd an. „Hast du etwas an meiner Arbeit auszusetzen?"

„Das habe ich nicht gesagt."

„Aber gedacht." Oh Wunder, er sah ihr endlich einmal ins Gesicht.

„Entlassungen, Nora! Es fällt mir eben schwer, Menschen, die von mir abhängig sind, einfach so den Lebensunterhalt zu entziehen."

„Für mich ist das auch kein Vergnügen, doch wir haben hier einen ziemlich großen Betrieb zu führen. Da geht es allein um Effizienz und um Gewinnerwirtschaftung."

Die Konturen seines Gesichtes schienen sich zu verhärten. „Warst du schon immer so gnadenlos kaltblütig?"

Wütend machte sie zwei große Schritte auf ihn zu, stützte sich mit beiden Händen auf seinem Schreibtisch ab und beugte sich weit vor, sodass sie auf Augenhöhe mit ihm war. „Ich bin nicht kaltblütig, sondern professionell, Herr Anwalt!"

Er wich ein gutes Stück zurück, doch für seinen Geschmack kam sie ihm trotzdem noch viel zu nahe. Sich jetzt ihrem Blick zu entziehen, käme jedoch einer Kapitulation gleich, also hielt Ben durch, auch wenn es ihn enorme Kraft kostete. Entschlossen konzentrierte er sich auf seine stärkste Waffe, die einzige Waffe, mit der er ihr beikommen konnte, wie er mit den Jahren gelernt hatte. Bewusst zog er eine Augenbraue in die Höhe und lächelte Nora spöttisch an. „Netter Versuch, deine dir angeborene Unfähigkeit, Mitgefühl zu empfinden, zu entschuldigen, Kleine."

„Verdammt, Ben, ich …"

Das Klopfen an der Bürotür unterbrach sie, er registrierte belustigt, dass sie vor Zorn mit dem Fuß aufstampfte, wie ein beleidigtes Kleinkind.

Andrea schaute herein. „Tut mir leid, wenn ich störe, aber ein Herr Breitenbach steht in meinem Büro und …"

Erfreut sprang Ben auf. „Markus? Markus!", rief er durch die offene Tür. „Du bist schon da?"

Ein breit grinsendes Männergesicht erschien hinter Andrea.

Ihre Assistentin ließ den neuen Koch an sich vorbei eintreten und zog sich zurück, wobei ein eigenartiges Lächeln auf ihren Lippen lag, das an Noras Adresse gerichtet war, wie Ben irritiert bemerkte.

„Du erinnerst dich doch sicher noch an Nora, oder?", fragte er, nachdem er seinen alten Freund begrüßt hatte.

Markus Breitenbach schenkte ihr ein eindrucksvolles Lächeln und ging mit ausgestreckten Armen auf sie zu.

„Natürlich erinnere ich mich! Nora, ich freue mich wahnsinnig, dich wiederzusehen!", rief der neue Chefkoch des Brehlow aus und umarmte sie. „Du siehst fantastisch aus, wenn ich das bemerken darf."

Ben musste mit ansehen, wie Nora seinen alten Schulfreund mit ihrem bezauberndsten Lächeln bedachte.

„Vielen Dank, Markus! Herzlich willkommen im Brehlow. Ich hoffe, du wirst dich bei uns wohlfühlen."

Die tiefblauen Augen des Kochs leuchteten auf. „Ich habe in dieser Minute beschlossen, dass nichts daran etwas ändern könnte."

Überwältigt von Empfindungen, die er für grauenhafte Verbitterung hielt, beobachtete Ben die Szene, die sich vor seiner Nase abspielte. Es dauerte einen Augenblick, bis er darin das Aufwallen heftiger Eifersucht erkannte.

Nora schien tatsächlich gegen eine gewisse Verlegenheit anzukämpfen, während sie mit Markus Breitenbach sprach. Noch nie zuvor hatte er direkt mit ansehen müssen, dass sie flirtete. Die Art, wie sie seinen alten Freund ansah, machte ihn wütend und brachte sein Blut zum Überschäumen, doch er hatte jahrelang trainiert, selbst in den kniffligsten Situationen ein unbeteiligtes und möglichst gleichgültiges Gesicht aufzusetzen. Diese Fähigkeit war unerlässlich für seine Arbeit im Gerichtssaal gewesen und er beherrschte sie inzwischen nahezu perfekt.

„Ich werde euch Männer jetzt mal alleine lassen", hörte er Nora schließlich sagen. „Ihr habt euch sicher eine Menge zu erzählen."

Ben fand ihren gekonnten Augenaufschlag einfach lächerlich. Fast noch lächerlicher erschien ihm aber, wie leicht und rasant sie Markus damit um den Finger zu wickeln schien. Offensichtlich war sein Freund hingerissen von ihr. Ben erinnerte sich nur sehr ungern daran, dass das schon in früherer Zeit so gewesen war. Markus hatte aus seiner Schwärmerei für Nora nie ein Geheimnis gemacht, auch wenn er damals überhaupt keine Chance bei ihr gehabt hatte. So wie es aussah, war das jetzt anders.

„Ich hoffe, wir werden uns bald wiedersehen", rief Markus ihr nach.

An der Tür drehte sie sich noch einmal zu ihnen beiden um.

„Ach, Markus, komm doch heute zum Abendessen zu uns. Ich würde mich wirklich darüber freuen – für Thea wäre das sicher auch eine nette Abwechslung. Sie hat dich ja schon jahrelang nicht mehr gesehen, nicht wahr? Und ich weiß, dass sie dich immer besonders gernhatte."

Ben verdrehte insgeheim die Augen, blieb nach außen aber beherrscht.

Markus lächelte breit. „Oh, ich komme mit Vergnügen. Und natürlich freue ich mich darauf, Thea wiederzusehen."

Ben konnte nicht anders, er atmete erleichtert aus, nachdem Nora sein Büro verlassen hatte. Er hätte dieses Geplänkel wahrscheinlich nicht viel länger ausgehalten, ohne zu platzen. Auch seine Selbstbeherrschung hatte Grenzen.

„Sie sieht echt klasse aus", schwärmte Markus, während er sich auf dem Besucherstuhl niederließ. „Dieses ungewöhnliche Gesicht hat mich schon immer fasziniert."

„Hm, ich würde sagen, das ist reine Geschmackssache." Ben ging um den Schreibtisch herum und setzte sich ebenfalls.

Markus grinste. „Na klar, du bist ja auch mit ihr aufgewachsen. Dir fehlt der Blick dafür."

„Nun erzähl mal, weshalb du uns bereits heute mit deiner Ankunft überraschst", wechselte er eilig das Thema.

Das gemeinsame Essen sollte sich zu einer einzigen Kraftprobe für sein Nervenkostüm entwickeln.

Nora und Markus flirteten tatsächlich auf Teufel komm raus miteinander. Schon sehr bald nachdem seine Mutter sich zurückgezogen hatte, erhob auch er sich, um diesem quälenden Schauspiel und damit dem schrecklichen Abend ein Ende zu setzen. „Es tut mir leid, Markus, aber es ist spät geworden und Nora und ich haben morgen wieder einen ziemlich harten Tag. Vielleicht ist es besser, wenn wir für heute Schluss machen."

„Oh, geh du ruhig schon schlafen, Ben. Wir trinken noch ein letztes Glas zusammen, nicht wahr, Markus?"

Eigentor!

Markus nickte beglückt. Noras leicht heisere Stimme war von schier unerträglicher Sanftheit, fand Ben. Fassungslos ergab er sich in sein Schicksal und wünschte eine gute Nacht. Jede andere Reaktion hätte jetzt lächerlich gewirkt. Am meisten Sorge bereitete ihm allerdings, dass Nora sich gerade ein Glas Rotwein einschenkte.

Unvernünftiges Weibsbild! Er würde wach bleiben müssen, bis auch sie endlich nach oben kam.

Es schien ihm, als hätte er eine Ewigkeit auf das erlösende Geräusch des anlaufenden Motors von Markus' Wagen gewartet, als es endlich erklang. Es war die längste und quälendste Stunde seines ganzen bisherigen Lebens gewesen. Vorsichtig öffnete er die Tür seines Zimmers, um ins Treppenhaus zu spähen. Einige Minuten später sah er Nora heraufkommen, dabei summte sie leise vor sich hin. Zuerst traute er seinen Ohren nicht, aber sie summte tatsächlich.

Zur Hölle mit diesem Weib! Zur Hölle mit Markus Breitenbach!

Du wolltest doch eine Lösung, erinnerte ihn eine zynische Stimme in seinem Kopf.

Aber nicht diese, verdammt! Das ist keine Lösung, das ist die reinste Folter!

3. KAPITEL

In den folgenden Wochen wurde Nora von Markus Breitenbach mit Beschlag belegt, sobald seine und ihre Arbeitszeit es zuließen. Sie verbrachte viel Zeit mit dem Chefkoch, der mit seiner offenen und fröhlichen Art dafür sorgte, dass sie sich wunderbar amüsierte. Sie gingen zusammen ins Kino, sahen sich die neuesten Theateraufführungen und Musicals an oder machten sich einen netten Abend in der Hotelbar.

Da Ben sich immer mehr zu einem mürrischen und humorlosen Zeitgenossen entwickelte, kam Nora diese Entwicklung nicht ungelegen. Sie sah keinen Grund für Bens anhaltend schlechte Laune, dachte aber auch nicht viel darüber nach.

An einem Freitagnachmittag erschien Markus in voller Arbeitsmontur in ihrem Büro, sie stand ihm ausgezeichnet, wie Nora sofort bemerkte. Aus dem schlaksigen, etwas tollpatschigen Teenager, an den sie sich noch sehr genau erinnerte, war mit den Jahren ein attraktiver Mann geworden.

„Nanu, hast du etwa nichts zu tun, du Meisterkoch?"

Seine Mundwinkel gingen in die Höhe. „Im Augenblick ist es unten ruhig, meine Crew hat das perfekt im Griff. Heute habe ich meinen freien Abend, und ich wollte dich eigentlich nur schnell fragen, ob du Lust hast, ihn mit mir zu verbringen. Ich habe noch nie im privaten Rahmen für dich gekocht. Was sagst du?"

Sie zögerte kurz, lächelte dann aber. „Du möchtest also, dass ich zu dir nach Hause komme?"

„Meine neue Wohnung wird dir gefallen, glaub mir. Die Küche ist fantastisch ausgestattet. Einer der Gründe, weshalb ich das Apartment überhaupt gemietet habe."

Wieder zögerte sie.

Markus' Lippen kräuselten sich. „Na los, spring schon rein in die kalte Brühe, Nora Brehlow."

Sie lachte. „Na gut, du Witzbold, gegen sieben bin ich bei dir, ist das in Ordnung?"

„Absolut. Du wirst es nicht bereuen."

Kaum war Markus gegangen, tauchte Andrea auf, um ihr eine Unterschriftenmappe vorzulegen. „Ben hat übrigens schon Feierabend gemacht. Ich soll dir sagen, dass du ihn in der nächsten Stunde unten im Schwimmbad erreichen kannst, falls noch etwas Wichtiges sein sollte. Danach wird er direkt nach Hause fahren. Er faselte irgendwas davon, dass er dringend ein wenig Erholung bräuchte."

Nora schüttelte den Kopf. „Der Kerl ist wirklich ein Fitnessfanatiker. Jeden Morgen steht er in aller Herrgottsfrühe auf, um zu joggen. Im Keller unseres Hauses haben wir eine wilde Ansammlung irgendwelcher Fitnessgeräte, die er mindestens dreimal die Woche benutzt. Jetzt geht er auch noch schwimmen. Wenn du mich fragst, ist der Typ völlig plemplem. Kein Wunder, dass er keine Freundin hat. Welche vernünftige Frau würde es mit dem aushalten?"

„Och, ich wüsste da die eine oder andere."

Nora hob ungläubig den Kopf. „Du findest Ben Larsen anziehend?"

Andrea Trenkler verdrehte vielsagend ihre himmelblauen Augen. „Sag mal, wo lebst du eigentlich? Abgesehen von dir kenne ich in diesem Hotel nicht eine einzige Frau, die nicht heimlich davon träumt, wenigstens ein Mal an seiner Seite aufzuwachen. Die glotzen ihn alle an wie ein leckeres Tortenstück, wenn er an ihnen vorbeigeht. Bist du denn mit Blindheit geschlagen? Der Mann ist doch die reinste Offenbarung. Man könnte ihn sogar als Herausforderung für die weiblichen Sinne bezeichnen. Allein dieser Körper! An seine herrlichen Samtaugen will ich gar nicht erst denken, die sind buchstäblich zum Dahinschmelzen schön!"

Nora lachte. „Andrea, du bist köstlich! Außerdem übertreibst du mal wieder maßlos."

„Ach, für dich ist er ja sowieso eher wie ein großer Bruder. Du kannst das eben nicht beurteilen."

Nora wurde augenblicklich ernst. „Er ist nicht mein Bruder! Und als solchen habe ich ihn auch nie betrachtet. Ich glaube, wir sprachen bereits darüber." Ihre Stimme klang schneidend.

„Du brauchst mir ja nicht gleich ins Gesicht zu springen, Chef." Andreas Blick senkte sich auf die Unterschriftenmappe. „Die beiden Briefe da hat er mir vorhin diktiert. Ich soll sie dir zeigen, damit du informiert bist. Also tu mir den Gefallen und lies sie, dann kann ich sie noch heute rausschicken."

Ehe Nora ihre Freundin besänftigen konnte, hatte Andrea ihr Büro verlassen.

Ben Larsen – eine Herausforderung für die weiblichen Sinne, dass ich nicht lache!

Verständnislos schüttelte sie den Kopf und konzentrierte sich auf die Schriftstücke, die Andrea ihr vorgelegt hatte. Den ersten Brief las sie schnell durch, mit dem zweiten wollte sie genauso verfahren, aber der Inhalt ließ sie stutzen. Es handelte sich um die Anforderung eines Kostenvoranschlags für einen weiteren Umbau, den Ben nicht mit ihr besprochen hatte. Offensichtlich hatte er vor, einen erheblichen Teil der großen Hotelterrasse zu einem Wintergarten mit Bar- und Bistrobetrieb umgestalten zu lassen. Diese Idee war ihr vollkommen neu und sie konnte direkt fühlen, wie es in ihr vor Zorn zu brodeln begann.

Aufgebracht sprang sie auf und rannte an der verständnislos dreinblickenden Andrea vorbei auf den Hotelflur und auf den Fahrstuhl zu. Kochend vor Wut drückte sie den Knopf für das Untergeschoss, in dem sich der Hotelpool befand.

Um diese Zeit war dort verhältnismäßig wenig los, und als sie das Schwimmbad betrat, zog nur Ben einsam seine Runden im Wasser. Kaum dass er sie entdeckte, schwamm er mit langen, kräftigen Kraulzügen zur breiten Treppe des Schwimmbeckens und stieg heraus.

Nora schlüpfte aus ihren Pumps und marschierte ihm wütend entgegen. „Was hast du dir denn dabei gedacht?" Mit ausgestrecktem Arm hielt sie ihm das Schriftstück unter die nasse Nase. Ben wandte sich in aller Ruhe von ihr ab, um nach seinem Handtuch zu greifen, das in der Nähe auf einem hölzernen Deckchair lag. Nora verfolgte jede seiner Bewegungen.

Imposant!

Genau dieser Ausdruck ging ihr beim Anblick seines durchtrainierten Körpers durch den Kopf und brachte sie vorübergehend aus dem Gleichgewicht.

Ben rieb sich mit dem lächerlich kleinen Handtuch erst das Gesicht, dann die Brust und schließlich die Arme trocken.

Verdammt! Die albernen Lobeshymnen von Andrea hatten sie anscheinend durcheinandergebracht. Während sie ihn anstarrte, merkte sie, dass ihr die Zunge plötzlich am Gaumen zu kleben schien.

Ben legte sich das Handtuch um den Nacken, umfasste die herabhängenden Enden und kam einige Schritte näher, um einen Blick auf das Schreiben werfen zu können, das sie so wütend gemacht hatte.

Nora bemerkte irritiert, dass sie selbst es fast schon vergessen hatte, weil das eindrucksvolle Spiel seiner Muskeln ihre ganze Aufmerksamkeit beanspruchte. Nervös befeuchtete sie sich die Lippen mit der Zungenspitze.

„Und? Wo ist dein Problem? Irgendwelche Einwände?“, hörte sie ihn fragen.

Geräuschvoll sog sie die Atemluft durch die Nase ein. „Warum wusste ich nichts davon?“ Es fiel ihr schwer, den Blick von seiner ansehnlichen Brust zu lösen. Zu ihrer Überraschung war ihre Wut auf ihn verraucht, daher fehlte ihr die Energie, die sie brauchte, um mit Ben streiten zu können. Eine eigenartige Schwäche machte sich stattdessen in ihr breit.

„Du hattest sehr viel zu tun in der letzten Zeit und wir waren uns über unsere Aufgabenbereiche doch einig“, erinnerte er sie in gelassenem Tonfall.

„Aber das ist …“ Nora versuchte sich zu sammeln. Ihr Herz schlug schneller als gewöhnlich. In normaler Kleidung war es unerträglich heiß in der Schwimmhalle. Sie schluckte trocken und schnappte nach Luft. „Da du … du eine Menge Geld für dieses Projekt ausgeben wirst, betrifft das wohl auch automatisch meinen Bereich, oder?“

Ben sah ihr direkt ins Gesicht, was er ausgesprochen selten tat. Sein Blick wirkte prüfend.

„Du bist gar nicht wütend. Ich erkenne, wenn du wirklich sauer auf mich bist. Jetzt gerade bist du es jedenfalls nicht. Was also soll das hier?"

Meine Güte, das ist lächerlich, reiß dich gefälligst zusammen, du dumme Kuh, rief sie sich innerlich zur Ordnung, doch es half nichts. Im Gegenteil. Ihre Nervosität wurde von Sekunde zu Sekunde schlimmer. Je länger sie diesem halb nackten Muskelprotz gegenüberstand, desto unsicherer wurde sie.

„Ach, vergiss es einfach."

„Bitte?"

„Ich sagte, vergiss es! Okay, okay, die Idee ist genial. Du hast meine Zustimmung."

Nur weg hier!

Sie wandte sich abrupt von ihm ab und stürzte in einen der Vorräume, um gleich darauf zurückzueilen, weil sie ihre Pumps vergessen hatte. Hastig schlüpfte sie hinein.

Auch nachdem sie schon eine ganze Weile weg war, blieb Ben verwirrt an Ort und Stelle stehen. Der Ausdruck in ihren Augen war ihm absolut nicht fremd gewesen. Er kannte ihn von anderen Frauen, als erfahrener Mann wusste er ihn zu deuten. Nora hatte ihn jedoch noch nie so angesehen. Die Gewissheit zuzulassen und sich einzugestehen, dass sie es soeben tatsächlich getan hatte, fiel ihm schwer. „Himmel!"

Die Hitze, die ihn plötzlich durchströmte, veranlasste ihn dazu, so schnell wie möglich die Umkleidekabine aufzusuchen.

Nora ließ sich auf ihren Schreibtischstuhl fallen und machte einige lange und tiefe Atemzüge.

„Was war das denn eben, zum Teufel? Komm wieder zu dir, Kindchen, das war Ben. Ben, herrje! Das war nur Ben!", schimpfte sie laut mit sich selber.

Das Herz klopfte ihr bis zum Hals hinauf und ihr war noch immer unnatürlich heiß. Widerwillig und entsetzt über sich, gestand sie sich zögerlich ein, dass sie soeben das stärkste körperliche Verlangen verspürt hatte, an das sie sich überhaupt erinnern konnte. Wenn sie nur eine einzige Minute länger in seiner Nähe geblieben wäre, hätte sie wahrscheinlich dem idiotischen Drang nachgegeben, mit den Fingern die herrlichen Konturen seiner nackten Brust nachzuzeichnen. Ihr Körper schien unter Strom zu stehen, das musste an ihrer monatelangen Abstinenz liegen.

Ohne noch einmal darüber nachzudenken, legte sie das Schreiben wegen des Kostenvoranschlags zurück in die Mappe und brachte sie Andrea.

„Alles klar mit dir, Chef?"

„Äh ... ja, was soll sein?" Nora strich sich durchs Haar und überprüfte den Sitz des schweren Knotens an ihrem Hinterkopf. Kleine feuchte Strähnen kringelten sich in ihrem Nacken, wie sie feststellte. Sie räusperte sich. „Andrea, ich ... ich gehe jetzt auch nach Hause. Du kannst ebenfalls für heute Schluss machen, wenn du willst."

Einige Stunden später parkte sie ihren Sportwagen vor dem Haus ein, in dem Markus Breitenbach seine Wohnung hatte. Beim Aussteigen blieb sie irgendwo hängen und zerriss sich ärgerlicherweise die Strumpfhose.

„Mist!", fluchte sie leise, setzte sich zurück in den Wagen, zog das kaputte Kleidungsstück kurzerhand aus und schlüpfte barfuß in die Pumps.

Markus erwartete sie bereits. Zur Begrüßung reichte er ihr ein Glas eiskalten Champagner und küsste sie leicht auf die Wange. Nora folgte ihm in die Küche, die tatsächlich ein wahres Meisterwerk der Innenarchitektur war, und sah ihm bei den letzten Handgriffen zu, während sie ab und zu an ihrem Champagner nippte. Seine schönen, schmalen Hände bewegten sich sicher und schnell und sie fand den Anblick äußerst ästhetisch und irgendwie sexy.

„Du kannst dich gerne schon mal setzen", schlug Markus vor. „Ich bin in einer Minute fertig. Dann können wir loslegen."

Nora ging nach nebenan zum kleinen Esstisch, auf den er gedeutet hatte, und nahm Platz. Markus brachte ein Tablett herein, auf dem neben ihren Salattellern eine gefüllte Karaffe mit Rotwein stand, und stellte es auf einem Servierwagen ab.

„Vielleicht enttäusche ich jetzt den Fachmann, aber ich hätte lieber ein Glas Wasser zum Essen, Markus. Ich vertrage Alkohol nicht besonders gut."

„Oh, das ist schon in Ordnung. Mach dir darüber keine Gedanken. Dann werde auch ich auf den Wein verzichten."

„Das musst du doch nicht. Nicht meinetwegen."

Er lachte einnehmend. „Das fällt mir nicht schwer. Ich trinke ganz gerne Mineralwasser. Außerdem bleibt mir ja noch der Champagner als Aperitif."

Erst während des Essens bemerkte Nora, wie hungrig sie war. Es war ein Zustand, der ihr normalerweise fremd war. Die tägliche Nahrungsaufnahme war für sie schon immer eher Notwendigkeit als Freude gewesen. In der Regel aß sie, da es vernünftig war, etwas zu sich zu nehmen, weil man dann zu besserer Leistung fähig war. Doch diese Gerichte waren köstlich und sie genoss sie in vollen Zügen.

„Das ist der reinste Hochgenuss", lobte sie den Koch.

Markus lächelte zufrieden. „Es freut mich, wenn es dir schmeckt." Er sah zu, wie sie gesättigt ihr Besteck auf den leeren Teller legte. „Bereit für ein fantastisches Dessert, meine Dame?"

„Auch noch ein Dessert?" Nora verdrehte die Augen.

„Natürlich. Zu einem guten Mahl gehört immer ein himmlischer Abschluss. Die Krönung des Ganzen, sozusagen."

„Ich platze gleich."

Er erhob sich, befreite sie von dem leeren Teller und sah mit blitzenden Augen auf sie hinab.

„Es wird dir guttun. Ich beobachte dich nun schon seit Wochen. Du arbeitest zu viel und isst zu wenig. Vor allem genießt du die Mahlzeiten überhaupt nicht richtig."

Nachdem er ihr zugezwinkert hatte, brachte er die Teller in die Küche, um einige Minuten später eine beeindruckende Dessertkomposition aus cremigem Vanilleeis und frischen Früchten zu servieren. Zu ihrer Verwunderung kostete es sie weit weniger Anstrengung, als sie gedacht hatte, auch noch diese Köstlichkeit zu verspeisen.

Markus lächelte still und zufrieden in sich hinein.

„Das spornt mich an. Ich sollte häufiger für dich kochen, damit du lernst, besser auf dich zu achten."

„Ich achte durchaus auf mich", widersprach sie und nippte an dem Kaffee, vor dem sie inzwischen saßen.

„Nein, das tust du nicht. Du arbeitest zu viel, aber darin seid ihr euch ja irgendwie einig, Ben und du. Bei ihm ist es nicht ganz so schlimm, er war schon immer in der glücklichen Lage, durch seinen Sport oder die Musik für den nötigen Ausgleich zu sorgen. Du bist jedoch fast ausschließlich auf deine Arbeit konzentriert."

„Oh, das stimmt nicht. Ich lese zum Beispiel sehr gern."

Er zog die Stirn kraus. „Ach ja? Was liest du denn gerade?"

Ihr nachdenkliches Gesicht und das darauf folgende verlegene Lächeln sprachen Bände.

„Siehst du. Ich hatte recht. Höchstwahrscheinlich hast du schon seit Jahren keinen Unterhaltungsroman mehr gelesen, stimmt's?"

Sie nickte. „Zugegeben, aber so was würde ich wahrscheinlich auch nur langweilig finden. Warum soll ich mich in meiner Freizeit mit Themen befassen, die mich nicht die Bohne interessieren?"

Lachend hob er beide Hände. „Okay, okay, dann lies eben mal einen guten Wirtschaftskrimi, was weiß ich."

Nora fiel in sein Lachen ein und erhob sich. „Komm, ich helfe dir beim Abräumen."

Sie brachten das restliche Geschirr in die Küche, und Markus räumte es in die Spülmaschine ein. Nora stand mit verschränkten Armen am Küchenschrank und sah ihm zu. „Bist du eigentlich zufrieden mit dem Ergebnis der Umbauten?", wollte sie von ihm wissen. „Ich spreche von der Hotelküche."

Schnaufend richtete Markus sich auf. „Das habe ich mir gedacht, Frau Hotelmanagerin. Sag mal, kannst du dich nicht einmal davon lösen?" Entschlossen warf er das Küchentuch auf die Arbeitsplatte, kam zu ihr, legte seine Hände auf ihre Schultern und zog sie sanft ein Stück zu sich heran. „Ich will heute Abend nicht mit dir über die Arbeit sprechen, Nora. Ich möchte viel lieber das hier mit dir tun."

Ehe sie reagieren konnte, küsste er sie. Dieser Vorstoß kam für sie alles andere als überraschend. Bereits seit einigen Tagen bereitete sie sich innerlich darauf vor, dass Markus ihrer Beziehung die von ihm gewünschte Richtung geben würde. Schon am Nachmittag in ihrem Büro war ihr klar gewesen, dass das der Hauptgrund für die Einladung in seine Wohnung war, und sie war ganz und gar nicht abgeneigt gewesen. Manchmal konnte sie Sex richtig genießen, obwohl er in ihrem Leben meistens eine untergeordnete Rolle gespielt hatte, und Markus war ein sehr anziehender Mann.

Angespannt wartete sie nun darauf, dass sein Kuss irgendetwas bei ihr auslöste, aber ihr Körper wollte einfach nicht reagieren.

Mit geschickten Fingern löste er ihre Haarklammern und legte sie beiseite, dann ließ er seine Hände zärtlich über ihre Arme hinunter bis zu ihren Hüften gleiten.

„Ich sehne mich nach dir", flüsterte er schließlich dicht an ihren Lippen. „Oh, Nora, ich träume seit Wochen davon, dich endlich berühren zu dürfen."

Statt der erhofften Lust schien ihr Körper sich sogar gegen seine Zärtlichkeiten zur Wehr zu setzen, wie sie enttäuscht bemerkte.

„Ich glaube, ich habe mich ernsthaft in dich verliebt", raunte Markus in ihr offenes Haar.

Instinktiv strich Nora in einer beschwichtigenden Geste über seine Brust und versuchte sich von ihm zu lösen. Ein anderes

Bild machte sich in ihrem Kopf breit und störte, es störte sogar enorm. „Entschuldige, was hast du gesagt?", fragte sie irritiert.

Markus atmete tief durch und zog sich etwas von ihr zurück. „Ich habe dir gerade so was wie eine Liebeserklärung gemacht." Seine Stimme klang zunächst leicht gekränkt, nahm dann aber schnell den gewohnt humorvollen, lockeren Ton an. „Wenn ich dich damit überrumpelt haben sollte, muss ich es eben später noch einmal probieren."

„Es tut mir leid, Markus. Ich war einfach in Gedanken."

„Und?"

„Was und?" Plötzlich wollte sie nur nach Hause.

„Ich sagte, dass ich mich in dich verliebt habe. Ziemlich sogar. Und ich hätte schon gerne gewusst, was diese Tatsache für dich bedeutet."

Ihr Blick glitt forschend über sein gut geschnittenes Gesicht. „Ich kann ... dir darauf jetzt nicht antworten. Ich hoffe, du nimmst mir das nicht übel."

Sein Lächeln war von herzzerreißender Zärtlichkeit, in diesem Augenblick erinnerte er sie sehr an Hendrik Behrmann.

„Mir ist es lieber, du sagst mir beizeiten die Wahrheit, als mir barmherzige Lügen aufzutischen. Ich bin kein unerfahrener Junge mehr, weißt du. Du hast, sagen wir mal, nicht gerade euphorisch auf meinen Versuch reagiert, dich zu küssen und dich eventuell sogar zu verführen."

Seufzend strich sie ihm über die Wange. „Ich weiß auch nicht ... irgendwie ... bin ich nicht in Stimmung. Es tut mir leid."

„Das muss dir nicht leidtun. Dafür kann niemand etwas."

„Danke."

„Wofür bedankst du dich?"

„Vielleicht erst einmal für diesen schönen Abend und das wunderbare Essen."

„War mir ein Vergnügen."

„Allerdings würde ich jetzt lieber nach Hause fahren. Du bist mir doch nicht böse deshalb, oder?"

Er legte den Kopf leicht auf die Seite. „Böse bin ich dir sicherlich nicht, aber ich kann auch nicht gerade behaupten, dass ich froh darüber bin. Natürlich habe ich ursprünglich gehofft, du würdest diese Nacht hier bei mir verbringen."

„Ein anderes Mal … vielleicht." Sie ging zurück zu ihrem Platz und griff nach ihrer Handtasche.

„Nun ja", sagte er, „wenigstens lässt du mir die Hoffnung auf ein nächstes Mal." Sein Lächeln wirkte etwas gezwungen. „Tut mir übrigens leid, ich habe offenbar deine hübsche Frisur zerstört."

„Ach, das ist doch nicht schlimm." Während sie in ihre Jacke schlüpfte, hauchte sie ihm einen Kuss auf die Wange. Mit einem Gummiband, das sie aus ihrer Jackentasche zog, band sie sich schnell einen Pferdeschwanz. „Siehst du, schon erledigt. Bis morgen dann."

„Schlaf gut, Nora."

Es war nach Mitternacht, als Nora nach Hause kam. Erleichtert atmete Ben auf, als er ihre Schritte im Flur hörte. Natürlich hatte er die Tür zum Wohnzimmer absichtlich halb offen gelassen, damit sie sehen konnte, dass das Licht brannte. Gleich nach dem Abendessen hatte er es sich im Sessel vor dem gemauerten Kamin gemütlich gemacht. Seit Stunden schon hielt er ein dickes Buch in den Händen, doch während des gesamten Abends hatte er nicht eine einzige Zeile gelesen. Als sie tatsächlich zu ihm hereinkam, so wie er es gehofft hatte, sah er auf.

„Du bist noch wach?", fragte sie überflüssigerweise.

„Wie du siehst." Ben griff nach dem Cognacschwenker, der neben ihm auf einem kleinen Beistelltisch stand. Er setzte das Glas an die Lippen und trank, ohne sie dabei aus den Augen zu lassen. Bereits auf den ersten Blick hatte er bemerkt, dass sie keine Strumpfhose oder Strümpfe mehr trug. Auch die nachlässige Art, wie ihr Haar frisiert war, teilte ihm eine ganze Menge mit. Er hatte gesehen, wie sie das Haus verlassen hatte. Nora war wie immer perfekt gekleidet und ihr Haar aufgesteckt gewesen. Nun fiel ein einfacher dicker Pferdeschwanz über ihren Rücken.

„Es ist wohl überflüssig, dich zu fragen, ob du einen netten Abend hattest, oder?“ Selbst in seinen Ohren klang seine Stimme kalt und scharf wie ein frisch geschliffenes Schwert und er wunderte sich nicht, dass Nora leicht zusammenzuckte.

„Oh, ich sehe schon, du bist mal wieder blendender Laune, Ben Larsen. Sag mal, wird das langsam bei dir zum Dauerzustand? Na dann … gute Nacht!“

Nora wandte sich ab, um sich schnurstracks nach oben zu begeben. Von Ben würde sie sich den Abend nicht verderben lassen.

„Müde?“, fragte er deutlich herausfordernd.

Sein Blick traf auf ihren, als sie sich zu ihm umdrehte, und glitt vielsagend an ihr herunter.

„Nach einem langen Tag bin ich meistens müde“, antwortete sie knapp.

Ben leerte mit einem einzigen Schluck sein Glas und erhob sich dann, um zum Barschrank hinüberzugehen und sich einen weiteren Cognac einzuschenken. Etwas an der Art, wie er sich bewegte, hielt sie davon ab, sich endgültig zurückzuziehen. Mit dem neu gefüllten Glas in der Hand kam er einige Schritte näher.

„Stimmt, normalerweise arbeitest du viel und lange, aber heute warst du gleich nach unserem Gespräch am Pool verschwunden. Ich war nämlich noch einmal oben im Büro, um dir die Sache mit dem Wintergarten zu erklären, da warst du schon weg.“

Sie sah ihn ungläubig an. „Ich sagte dir bereits am Nachmittag, dass das nicht mehr nötig ist. Es ist … okay. Ich bin mit allem einverstanden.“

„Jedenfalls habe ich den Brief vorerst zurückgehalten. Wir können die Idee gerne durchdiskutieren, wenn es dir so wichtig ist.“

Nora atmete tief ein und warf ihre Handtasche auf einen Sessel, der in ihrer Nähe stand. Zögernd ging sie an Ben vorbei und schenkte sich Wasser aus einer bereitstehenden Karaffe ein. Nun ebenfalls ein Glas in der Hand, sah sie ihn an. „Du hast mich heute Nachmittag vollkommen falsch verstanden. Deine Idee ist sogar ganz wunderbar. Ich habe mich nur ein bisschen darüber geärgert, dass du es nicht für nötig befunden hast, sie vorher mit mir zu besprechen."

Ein angedeutetes Lächeln spielte um seine Mundwinkel, wahrscheinlich wegen des Kompliments, das sie eingeflochten hatte.

„Du hast natürlich vollkommen recht mit deiner Kritik. Ich war so begeistert von diesem Wintergarten, dass ich gar nicht daran gedacht habe, mit dir darüber zu reden. Allerdings solltest du bedenken, dass ich lediglich einen Kostenvoranschlag anfordern wollte. Es war nicht die Rede von einem endgültigen Bauauftrag, Partner. Ursprünglich hatte ich vor, dich mit dem fertigen Kostenplan in der Hand von der Sache zu überzeugen. Ich weiß ja, wie wichtig dir Zahlen sind."

Er lächelte, doch das Lächeln erreichte seine Augen nicht, und Nora blieb ernst. „Gut, dann sind die Fronten ja mal wieder geklärt." Sie nahm einen Schluck aus ihrem Glas und stellte es ab. Als sie an ihm vorbeiging, um nun endlich schlafen zu gehen, griff er nach ihrem Arm und hielt sie zurück.

Automatisch starrte Nora auf die große Hand, die sich um ihren nackten Unterarm gelegt hatte und ihn umspannte. Langsam sah sie zu Ben hoch. Erst jetzt bemerkte sie, dass er mehr getrunken haben musste als nur die zwei Gläser Cognac, denn sein Blick wirkte verhangen.

„Warst du heute Abend bei Markus?", fragte er mit seltsam rauer Stimme.

„Ich wüsste nicht, dass dich das etwas anginge."

Sein vernebelter Blick nagelte ihren fest. Lange, quälende, endlos scheinende Sekunden starrten sie sich in die Augen, bis sie ihren Arm mit einem Ruck aus seinem Griff befreite, nicht zuletzt, um der prickelnden Wärme zu entkommen, die von seiner Berührung ausging. Aufflammende Wut machte sich unerwartet in ihr breit. Sie hätte im Augenblick nicht sagen können, wo dieser brennende Zorn so plötzlich herkam. Er war einfach da, versengte sie, fegte mit einem Schlag ihre Selbstbeherrschung und jede Hemmung weg.

„Fass mich nie wieder an, Benjamin Larsen! Niemals! Hörst du! Ich kann das einfach nicht … ertragen." Abrupt drehte sie ihm den Rücken zu, ließ ihn stehen und ging nach oben.

Am ganzen Körper zitternd schloss sie die Tür ihres Zimmers hinter sich, lehnte sich von innen dagegen und bemühte sich schwer atmend, die Fassung zurückzuerlangen. Sie hatte vollkommen übertrieben und lächerlich kindisch reagiert, das war ihr klar, aber die späte Einsicht half nichts mehr. Erschöpft und niedergeschlagen sank sie auf ihr Bett. Sie hatte ihn praktisch ohne ersichtlichen Grund angeschrien und sogar beleidigt. Es tat ihr jetzt schon leid.

Nachdenklich zog sie das Gummiband aus ihrem Haar und schüttelte ihre Mähne aus. Nein, ich bin mit Sicherheit kein Feigling, dachte sie. Es war in jedem Fall besser, sich sofort zu entschuldigen, da die nächsten Tage mit Ben ansonsten unerträglich werden würden. In der letzten Zeit war es sowieso schwierig. Es half nichts – sie musste weiterhin mit ihm zusammenarbeiten, das erforderte eine gewisse Selbstkontrolle und Professionalität.

Es überraschte sie zwar nach wie vor, aber das Hotel war inzwischen zum wichtigsten Bestandteil ihres Lebens geworden, sie würde ihre Arbeit nicht gefährden, nur weil sie sich hatte hinreißen lassen – zu was auch immer. Entschlossen öffnete sie die Zimmertür, genau in dem Moment nahm Ben die letzte Stufe der Treppe.

Er wirkte erschöpft, stellte sie fest, sah ausgelaugt und verletzt aus. Sie hatte ihn vorher noch nie so erlebt, schon gar nicht verletzlich. Normalerweise strotzte dieser Mann vor Energie.

„Ben, es tut mir leid", stieß sie zu hektisch hervor. „Ich habe das eben nicht so gemeint. Wirklich nicht."

Langsam, mit bedächtigen Schritten, kam er zu ihr, leicht schwankend, wie sie bemerkte. Sein Blick wirkte müde und seltsam gleichgültig. Ben beugte sich ein wenig zu ihr herunter und stützte sich mit einem Arm ab, den er neben ihrem Kopf an den Türrahmen lehnte. Unsinnigerweise drängte sich ihr in dieser Sekunde die Frage auf, ob er schon immer diesen zarten, goldenen Rand um seine Pupillen gehabt hatte, den sie ausgerechnet jetzt entdecken musste.

„Du kannst es also nicht ertragen, wenn ich dich berühre – das habe ich doch richtig verstanden, oder?"

Nora versuchte zurückzuweichen, traf aber nur auf die Wand in ihrem Rücken. Wäre sie direkt in der Tür stehen geblieben, hätte sie einen guten Schritt rückwärts machen können, leider war sie neben die Zimmertür getreten. Ben schnitt ihr den Fluchtweg ab.

„Ich hab es nicht so gemeint", wiederholte sie, während ihr Herzschlag einige Male auszusetzen schien, um gleich darauf in schnellen Galopp zu verfallen.

„Das sagtest du schon mal, Kleine."

„Ben, ich …"

„Gut! Friede! Vergessen! Dann hab ich jetzt also wieder die offizielle Erlaubnis, dich anzufassen, nicht wahr?"

Er griff in ihr offenes Haar, umfasste ihren Hinterkopf und bewegte seine Hand sanft auf und ab. Sie hielt automatisch die Luft an.

„Lass mich … was ausprobieren, Nora", sagte er, sein Tonfall wirkte nun fast zärtlich.

„Du hast getrunken." Ihr Brustkorb begann zu schmerzen, weil sie es kaum wagte, auf vernünftige Weise ein- und auszuatmen. Sie spürte seine Fingerspitzen auf ihrer Kopfhaut, sanft kreisend und doch hitzig.

„Ja", sagte er schlicht und nickte. „Ich habe getrunken. Furchtbar viel sogar. Den ganzen, verfluchten Abend lang habe ich getrunken. Sieh mich an, verdammt noch mal." Er zog plötzlich seine Hand aus ihrem Haar, umfasste ihr Kinn und hob es an. „Weißt du, warum ich das getan habe?"

„Ben, bitte, lass mich los."

„Willst du es gar nicht wissen?"

Soweit das überhaupt möglich war, schüttelte Nora den Kopf. „Lass mich los."

„Ich sagte, ich will … Ich muss erst was ausprobieren."

„W…was denn?" Bestürzt bemerkte sie, dass ihre Stimme kippte.

„Das weißt du doch …"

Unbeirrt hielt er ihr Kinn fest und drückte seine Lippen auf ihre.

Nora war so überrascht, dass sie stillhielt und sich nicht zur Wehr setzte. Diese wenigen Augenblicke reichten aus, um ihren Verstand auszuknipsen.

Ben küsste sie mit unglaublicher Hingabe und Zärtlichkeit, sodass ihre Beine nachzugeben drohten. Seufzend sank sie an seine Brust und krallte die Finger in sein Hemd, damit sie nicht unter der ungeheuren Wucht der verschiedensten Empfindungen zusammensackte.

Seine Hand gab ihr Kinn frei, er umfing sie mit seinen starken Armen, presste sie an sich. Ein leises, dunkles Stöhnen löste sich aus seiner Kehle, doch er beendete diesen herrlichen Kuss noch immer nicht.

Er drang mit seiner Zunge in ihren Mund vor, saugte an ihrer, schmeckte und genoss sie mit allen Sinnen. Und sie schmeckte Ben! Das Aroma des Cognacs, den er getrunken hatte, erregte sie ebenso wie sein Verlangen nach ihr, das sie spüren konnte. Es war berauschend und beängstigend zugleich. Alte, längst vergessene und verdrängte Gefühle waren ungefragt wieder da und ebenso viele neue kamen machtvoll hinzu. Nora wurde von einer wahren Schockwelle erfasst, ihre Erregung war so stark, dass sie über die Intensität erschrak. Sie begann hilflos und unkontrolliert zu zittern, ihr Unterleib schmerzte vor Verlangen. Instinktiv schmiegte sie sich an Ben und rieb sich an ihm.

Wieder drang sein dunkles Stöhnen in ihr Bewusstsein. Auch er war erregt, sie konnte es fühlen und drängte ihren Schoß an ihn, wollte ihn mit aller Macht spüren. Seine Hände glitten über ihren Körper. Schnell und fieberhaft. Sein Atem traf warm und in kurzen Stößen auf ihr Gesicht.

Genauso unvermittelt, wie er ihn begonnen hatte, beendete er den Kuss, und sie stürzte in einen unsichtbaren und seltsam kalten Abgrund. Einen Moment lang hielt Ben sie noch an sich gepresst, dann umfasste er ihre Schultern und schob sie von sich. Mit sengendem Blick sah er sie an. Sein Atem ging schwer.

„Das könnte tatsächlich zu einem echten Problem werden", murmelte er mit heiserer Stimme mehr zu sich selbst.

Nora war außer sich, sie zitterte noch immer und konnte nicht einen vernünftigen Gedanken fassen. Ihr Körper sehnte sich brennend nach ihm. „Ben … ich …"

Sein Zeigefinger, den er ihr auf den Mund legte, brachte sie zum Schweigen. Allein diese kleine Berührung reichte aus, um sie heftig erschauern zu lassen.

„Ich habe mir schon vor langer Zeit geschworen, das niemals wieder zu tun", sagte er im Flüsterton.

So sanft, dass sie es kaum wahrnahm, strich er dabei über ihr Haar.

„Niemals wieder wollte ich in diesen teuflischen Strudel geraten. Ich habe das Versprechen gebrochen, das ich mir damals selbst gegeben habe, aber verdammt noch mal, das war es wert."

„Ben." Sie hatte ihm nicht einmal richtig zugehört, konnte nur auf diesen herrlich sinnlichen Mund und in die unglaubliche Tiefe seiner dunklen Augen sehen. „Bitte." Nora wusste nicht, worum sie eigentlich bat, oder vielleicht doch. Sie war völlig durcheinander, erfüllt von verzehrender ungestillter Sehnsucht, einem Verlangen, das in seiner Heftigkeit vollkommen fremd für sie war und sie hilflos machte.

Ben strich mit dem Zeigefinger sanft über ihre Wange und lächelte. „Bittest du mich etwa in dein Heiligstes, Kleine? Bettelst du darum, dass ich zu Ende bringe, was ich soeben angefangen habe?"

Beinahe hätte sie *Ja, Ja* geschrien, *komm zu mir! Liebe mich!*

Im letzten Moment traf die grausame Erkenntnis sie wie ein Faustschlag. Seine Augen glitzerten vor Genugtuung und nicht mehr vor Leidenschaft, sein Lächeln war inzwischen alles andere als zärtlich, geradezu diabolisch. Der alte verletzende spöttische Ausdruck hatte sich auf seinem Gesicht breitgemacht und stach wie ein Messer mitten in ihr Herz.

„Geh zum Teufel, Ben Larsen!“ Sie nahm all ihre Kraft zusammen und schob ihn mit beiden Händen von sich.

„Tja, Lady, ich hätte dich sowieso enttäuschen müssen. Ich schätze es nämlich ganz und gar nicht, die kläglichen Reste zu nehmen, die ein anderer Kerl übrig gelassen hat.“

Außer sich vor Wut verpasste sie ihm eine schallende Ohrfeige, aber er zuckte noch nicht einmal zurück. Im Gegenteil. Er sah zufrieden aus, fast so, als hätte er diese Reaktion sehnsuchtsvoll erwartet.

Zornig hob sie den Kopf und blitzte ihn ein letztes Mal an, dann schlüpfte sie mit einer schnellen Drehung in ihr Zimmer und knallte die Tür hinter sich zu. Ein Schluchzen bahnte sich den Weg aus ihrer Brust hinauf in ihre Kehle. Fassungslos warf sie sich aufs Bett und überließ sich den Tränen.

Fast den gesamten Samstagvormittag verkroch Nora sich in ihrem Bett. Erst nachdem sie gegen Mittag Ben mit dem Wagen wegfahren hörte, zog sie Jeans und einen Pullover über und wagte sich hinunter in die Küche, um ihrem Bedürfnis nach einer großen Tasse Kaffee nachzugeben.

Thea saß dort in aller Ruhe am Küchentisch und blätterte in einer Zeitschrift. Sie blickte lächelnd auf. „Na, mein Kind, hast du endlich mal ordentlich ausgeschlafen?“

Die sanften braunen Augen der älteren Frau streichelten förmlich ihr Gesicht. Nora war sich Theas ehrlicher Zuneigung bewusst und schenkte ihr ein kleines Lächeln. „Ja. Ich … ich hatte es wohl nötig.“

Bens Mutter nickte verständnisvoll und deutete auf den Vogelkäfig, der seinen Platz in der Küche gefunden hatte. „Ich habe unsere Spätzchen bereits versorgt. Die machen mir richtig Freude."

Nora ging hinüber zum Käfig und betrachtete lächelnd die hübschen Vögel. „Ich habe viel zu wenig Zeit für die beiden, seit ich mich um das Hotel kümmere. Ich bin froh, dass du sie so lieb gewonnen hast, Thea."

„Ich mag Hugos Gesang. Er klingt so ... lebensfroh. Adele scheint ihn zu lieben, sie putzt ständig an ihm herum." Ihr kurzes Lachen klang warm und mütterlich. „Dort ist Kaffee. Nimm dir eine Tasse und setz dich zu mir. Ich kriege euch zwei ja kaum noch zu sehen."

„Das liegt nicht nur an Ben und mir. Du verstehst es ebenfalls, dich zu entziehen."

„Stimmt schon, ich bin im Moment ganz gerne allein."

„Du solltest wieder mehr am Leben teilhaben. Papa hätte das sicher auch gewollt."

„Ich weiß. Und ich habe beschlossen, dass es an der Zeit ist, etwas zu unternehmen. Ihr beide ... ich meine, ihr braucht mich im Augenblick nicht besonders. Ihr seid so wahnsinnig beschäftigt mit eurer Arbeit ... und ... na ja. Ich denke ernsthaft daran, eine längere Reise zu machen, zu meiner Schwester Anna."

„Was? Du spielst tatsächlich mit dem Gedanken, nach Australien zu fliegen?"

Thea nickte. „Ja. Ich war noch nie dort, weil dein Vater unter dieser Flugangst litt und ich es nicht fertiggebracht habe, mich für mehrere Wochen von ihm zu trennen. Anna hat mich schon so oft gebeten, sie endlich einmal zu besuchen. Sie hat bereits im vergangenen Jahr ihren Mann verloren und lebt allein auf ihrer Farm, wenn man von ihren Angestellten absieht. Kurzum, ich finde, der Zeitpunkt ist perfekt. Es gibt jetzt immer mal wieder Tage, an denen ich mich langweile. Das kann ich gar nicht gut vertragen, und ihr zwei kommt ganz gut zurecht. Die gemeinsame Arbeit scheint euch jedenfalls zu gefallen." Thea lächelte.

Nora nahm schnell einen Schluck von ihrem Kaffee. „Du hast recht. Flieg zu deiner Schwester, das wird dir sicher Freude und Ablenkung bringen." Sie erhob sich, umrundete den Tisch und drückte Bens Mutter einen Kuss auf die Wange. „Habe ich dir eigentlich jemals gesagt, wie lieb ich dich habe, Thea?"

Die Augen der älteren Frau füllten sich sofort mit Tränen. „Nicht oft, doch es bedeutet mir unendlich viel, dass du es jetzt tust, Liebes. Ich weiß, dass es Zeiten für uns gegeben hat, da war das anders."

Nora nickte nachdenklich. „Ja, das ist richtig, ich bin jedoch kein bockiges kleines Mädchen mehr. Meine Mutter wollte nun mal nicht weiterleben und es war ihr egal, dass sie mich und Papa allein zurückließ. Damit musste ich erst mal fertigwerden, bevor ich dich akzeptieren konnte. Ich fühlte mich verlassen und zurückgestoßen, wollte meine Mutter zurück, aber das war natürlich unmöglich. Du musstest es ausbaden, das tut mir noch heute leid."

„Im Gegensatz zu dir war ich eine erwachsene Frau und konnte deine Gefühle gut einordnen. Ich habe dich immer verstanden und dich sehr schnell geliebt, mein Kind."

„Ja, das weiß ich. Ich möchte dir nur sagen, wie froh ich bin, dass ..." Nora zuckte zusammen, als sie Bens Wagen vorfahren hörte. Instinktiv sprang sie auf. Am liebsten wäre sie weggerannt.

Verdutzt sah Thea sie an. „Was ist denn? Du bist ja plötzlich weiß wie ein Laken."

„Ähm ... ich ... werde mich noch ein Weilchen ... ausruhen, Thea. Wir können ..." Da Ben die Küche betrat, brach sie ab und holte tief Luft. Sein Blick strich jedoch nur kurz über sie hinweg.

Er wandte sich an seine Mutter: „So, Mama, ich habe alles so weit für dich organisiert. Gut, dass deine Papiere in Ordnung waren. Wenn du willst, kannst du sofort abreisen. Wir können den Termin telefonisch an das Reisebüro durchgeben, sie schicken uns dann das Ticket zu."

Thea lächelte dankbar zu ihrem Sohn auf. „Danke, Ben, du bist ein wahrer Schatz."

Er drückte seiner Mutter einen Kuss auf die Wange. Nora registrierte, dass es die gleiche Stelle war, die sie zuvor mit ihren Lippen berührt hatte, fand es aber sofort lächerlich, dass es ihr überhaupt aufgefallen war.

„Willst du Nora nicht einen guten Morgen wünschen, Ben? Ihr zwei habt euch doch heute noch nicht gesehen, oder?", fragte Thea tadelnd.

Ben drehte sich kurz zu ihr um. „Das wäre wohl eher unpassend um diese Zeit."

„Trotzdem danke", brachte Nora heiser hervor.

„Außerdem trafen Nora und ich uns heute schon mal, Mama. Wir hatten eine frühe und äußerst erfrischende Begegnung oben im Flur."

„Ach ja?" Thea blickte verständnislos von ihrem Sohn zu ihr.

Nora konnte kaum glauben, dass Ben das tatsächlich gesagt hatte. Sie fühlte, wie ihr Gesicht zu brennen begann. Liebend gerne hätte sie ihm in diesem Moment ein riesiges Messer direkt in den von ihm so liebevoll trainierten Bauch gerammt.

„Wenn die beiden Damen mich jetzt entschuldigen würden. Ich werde für eine Weile im Keller verschwinden, um zu trainieren", sagte er, als ob er ihre Gedanken gelesen hätte. „Man weiß ja nie, wann man einen kräftigen und gesunden Körper gebrauchen kann."

Bewaffnet mit seinem undurchsichtigen Ben-Lächeln verschwand er aus der Küche, ohne sie noch einmal anzusehen.

Nora kochte vor Wut, aber auch vor Scham.

„Habt ihr zwei euch etwa schon wieder gestritten, Liebes?" Thea sah verwirrt drein.

„Nein, nein, es ist alles in bester Ordnung", stieß Nora zwischen zusammengebissenen Zähnen hervor. „Alles ist in bester Ordnung", wiederholte sie, dann verließ sie ebenfalls die Küche und ließ Bens besorgt dreinblickende Mutter allein dort zurück.

Eine halbe Stunde später hielt sie es in ihrem Zimmer nicht mehr aus. Mit kräftigen, rabiaten Bewegungen bürstete sie ihr Haar durch und machte sich anschließend mit entschlossenen Schritten auf den Weg hinab in den Keller.

Schon auf der Treppe hörte sie das vertraute Klappern der Geräte, die Ben so gerne bewegte.

Er saß auf einer lederbespannten Bank und zog in regelmäßigen Abständen eine lange Eisenstange, die einen ganzen Stapel Gewichte anhob, mit weit ausgestreckten Armen hinunter bis in Bauchhöhe.

Dummerweise hatte sie nicht bedacht, dass er beim Training nur in knappen Shorts und einem ärmellosen T-Shirt vor ihr hocken könnte, aber das tat er. Für einen Augenblick geriet sie aus dem Konzept.

Ben hielt sofort in der Bewegung inne, als er sie bemerkte, und sah sie an. „Nanu, willst du etwas für deine unterentwickelten Muskeln tun?“

„Sei nicht albern. Außerdem habe ich keine unterentwickelten Muskeln.“

Sein Blick glitt langsam und provokant über ihren Körper.

„Nun, darüber kann man durchaus geteilter Meinung sein.“ Grinsend wischte er sich mit einem Handtuch den Schweiß von Gesicht, Nacken und Oberarmen. „Was kann ich sonst für dich tun, Herzchen? Eine kalte Dusche vielleicht, oder geht’s inzwischen wieder?“

Nora holte geräuschvoll Luft. „Du bist … du bist …“

„Ja? Was bin ich denn?“

„Du bist ein Schwein, Ben! Ein ekelhaftes, selbstverliebtes Schwein!“

Ebenso verzweifelt wie fassungslos drehte Nora sich auf dem Absatz um und flüchtete zurück nach oben.

Erst als sie in ihrem Zimmer war, merkte sie, dass sie vollkommen vergessen hatte, ihn zur Rede zu stellen. Die Chance war nun vertan und sie wusste nicht, wie es mit ihnen weitergehen sollte. Sie hatte Ben Larsen noch nie sehr gemocht, aber in diesem Augenblick hasste und verachtete sie ihn aus tiefstem Herzen. Was hatte der Kerl damit bezweckt, dass er sie küsste? Hatte er ihr beweisen wollen, wie unwiderstehlich er war? Nora fand keine Antwort auf die vielen Fragen, die sie seit der vergangenen Nacht beschäftigten. Sie hatte kaum geschlafen. Am meisten beunruhigte und beschämte sie ihre eigene starke körperliche Reaktion.

Ben sackte regelrecht in sich zusammen, nachdem Nora fort war. Eine Weile starrte er einfach bloß auf die Tür, durch die sie soeben verschwunden war, dann bedeckte er sein Gesicht mit den Händen und machte einige tiefe, dennoch wenig befreiende Atemzüge. Schließlich stieß er einen derben Fluch aus und erhob sich.

„Restlos vermasselt!“, sagte er laut zu sich selbst. „Verdammt! Verdammt noch mal! Verfluchter Stolz! Verfluchtes Ego! Du hast es endgültig vermasselt.“

In den folgenden Tagen gingen sie sich, soweit das möglich war, aus dem Weg. Volle zwei Wochen schafften sie es, ausschließlich berufliche Angelegenheiten miteinander zu erörtern, aber auch das war selten notwendig. Normalerweise war er morgens schon lange vor Nora im Hotel, und wenn sie mit der Arbeit begann, tat sie es ihm gleich und verschanzte sich in ihrem Büro. Nur im Notfall zeigte sich einer von ihnen in der Hotelhalle. Außerdem achteten sie peinlich darauf, nicht zur selben Zeit zum Mittagessen in das Restaurant hinunterzugehen.

Andrea Trenkler wunderte sich zwar über ihre verstockten Chefs, schaffte es jedoch immer wieder, das notwendige Gleichgewicht herzustellen, zumindest wusste sie genau, wie sie mit Nora umzugehen hatte.

Ben Larsen kannte sie natürlich noch nicht ganz so gut, aber auch ein vollkommen Fremder hätte sehen können, dass der Mann unglaublich traurige Augen hatte und sich mit irgendetwas herumquälte. Sie hätte ihn am liebsten ständig in den Arm genommen.

Um sein anhaltend mürrisches und wortkarges Verhalten etwas abzuschwächen, versuchte sie es mit der altbewährten Methode, ihn sooft es ging anzulächeln und ihn ein bisschen zu verwöhnen, soweit das als Sekretärin in ihrer Macht stand. Manchmal gelang es ihr sogar, ihm ein kleines Lächeln zu entlocken. Er tat ihr leid, denn sie wusste inzwischen, dass er ein herzensguter Mensch war. Seine Beliebtheit bei den Angestellten des Hotels nahm von Tag zu Tag zu. Er war verständnisvoll und mitfühlend, wenn es um die Belange der Mitarbeiter ging.

„Das Schreiben an die Baubehörde muss auch Nora unterzeichnen", sagte er an diesem Nachmittag zu ihr, als er ihr die Unterschriftenmappe zurückgab, die er gerade durchgearbeitet hatte. „Würden Sie bitte dafür sorgen, dass sie es tut, Andrea?"

Sie nickte und klemmte sich die Mappe unter den Arm. „Natürlich, Herr Larsen."

„Ich danke Ihnen."

Er lächelte knapp wie immer und griff nach einem Aktenordner, den er zuvor an den Rand des Tisches geschoben hatte. Schließlich sah er irritiert zu ihr auf, da sie vor seinem Schreibtisch stehen geblieben war, und räusperte sich.

„Ich brauche Sie für heute nicht mehr."

Andrea strich sich das Haar hinters Ohr und nahm all ihren Mut zusammen. „Wenn ich sonst noch, ich meine … nach Feierabend, etwas für Sie tun kann." Sie legte eine Pause ein und lächelte vielsagend. „Dann … äh, nicht dass Sie mich jetzt falsch verstehen, ich meine natürlich nur, dass ich wirklich gut zuhören kann."

Das offensichtliche Angebot schien ihren Chef zu überraschen, aber damit hatte sie gerechnet. Amüsiert kräuselte er die Lippen und erwiderte offen ihren Blick.

„Vielleicht werde ich irgendwann darauf zurückkommen", sagte er freundlich.

Während er auf dem Heimweg durch die Stadt fuhr, erwischte Ben sich dabei, dass er tatsächlich darüber nachdachte, sich mit Andrea Trenkler zu verabreden. Er war schon lange nicht mehr aus gewesen. Etwas Ablenkung von der Arbeit und von Nora würde ihm sicherlich guttun, aber die Tatsache, dass Andrea für ihn arbeitete, und die Schwierigkeiten, die das mit sich bringen konnte, waren nicht zu übersehen. Er war kein Dummkopf, solche Dinge sollte man mit äußerster Vorsicht angehen.

Natürlich konnte er den Charakter von Andrea Trenkler inzwischen ganz gut einschätzen. Sie war eine ehrliche und gescheite Person. Auch sie dürfte sich darüber im Klaren sein, auf welches Risiko sie sich einließ, wenn sie mit ihm ausging. Ben war sich sicher, dass Andrea zu den Frauen gehörte, die nicht einfach blind in so eine Geschichte tappten. Schließlich war vor allem sie es, die dabei einiges zu verlieren hatte.

Er fuhr die lange Auffahrt hinauf und stellte seinen Wagen vor der Doppelgarage ab. Nora war noch im Büro, das wusste er. Andrea war schon eine ganze Weile weg gewesen, aber Noras kleiner Sportwagen hatte in der Tiefgarage des Hotels gestanden, als er losgefahren war. Ein kurzer Blick auf seine Armbanduhr, und er schüttelte den Kopf. Es war mal wieder recht spät geworden, sogar fast zu spät für ein Abendessen. Trotzdem knurrte sein Magen und er beschloss, sich schnell einen einfachen Imbiss zuzubereiten. Normalerweise nahm er den Großteil seiner Mahlzeiten im Hotel ein, aber heute war er vor lauter Terminen kaum dazu gekommen, etwas zu essen, also marschierte er in die Küche.

Während er sich über das inbrünstige Gezwitscher des Kanarienhahns amüsierte, stellte er Brot und Käse zurecht. Gerade als er sich daranmachte, dicke Scheiben von beidem abzuschneiden und auf einen Teller zu legen, hörte er Noras Wagen vorfahren. Auch sie kam kurz darauf auf direktem Weg in die Küche.

Bei der unerwarteten Begegnung hielt sie kurz in ihrer Bewegung inne, doch sie fing sich schnell wieder, spazierte wortlos an ihm vorbei und versorgte mit geübten Handgriffen das lebensfrohe Vogelpärchen. Nachdem sie die Futterdose weggestellt hatte, ging sie hinüber an den Kühlschrank, öffnete die Tür und schaute eine Weile hinein. Keiner von ihnen sprach ein Wort.

Schweigend schob Ben ihr den Brotlaib und das Käsebrett hin und setzte sich an den Tisch. Er hatte beschlossen, sein Abendbrot nun doch in der Küche zu verspeisen statt in seinem Zimmer. Erst als er saß, bemerkte er, dass ihm etwas fehlte, und er erhob sich. Noch einmal ging er an den Kühlschrank und holte eine Flasche Bier heraus, die er sofort öffnete und im Stehen an die Lippen setzte. Er meinte Noras Blick zu spüren, aber als er sie kurz ansah, war sie bereits wieder mit der Vorbereitung ihres Nachtmahls beschäftigt. Zu seiner Verwunderung nahm auch sie am Küchentisch Platz und begann zu essen, allerdings vermied sie weiterhin jeden Blickkontakt.

Ben bemerkte irritiert, dass sie heftig zusammenzuckte, als er sich räusperte – in diesem Augenblick traf er eine Entscheidung.

„Wir sollten wohl endlich miteinander reden“, sagte er knapp, ohne aufzublicken.

Nora nickte, aber das erahnte er nur.

„Ja.“ Sie hustete kurz und trocken. „Du hast recht, das sollten wir tun.“

Noch einmal setzte er die Bierflasche an die Lippen und trank sie fast leer. „Ich habe mich dir gegenüber fürchterlich benommen, dafür muss ich mich entschuldigen.“

Seine heisere Stimme verriet ihr vermutlich die Anstrengung und Überwindung, die ihn diese Entschuldigung kostete, doch es war ihm wichtig, die Sache aus der Welt zu schaffen. Vor allem wollte er endlich Klarheit. Die Erinnerung an den Kuss verfolgte ihn, immer wieder musste er daran denken. Noras Reaktion war eindeutig gewesen und das ließ ihn nicht mehr los. Damals, am Waldsee, war er selbst noch zu jung und unerfahren, aber nun … Er konnte sich nicht geirrt haben. Sie hatte ihn begehrt, da war er sich sicher.

„Du … du warst betrunken, da macht man schon mal Dinge …“ Sie hob langsam den Kopf. „Ich hab es praktisch längst vergessen.“

Vergessen? Sein Blick traf auf ihren.

Ihre leicht schräg stehenden Augen zogen sich ein wenig zusammen, aber es war ihm nicht möglich, ihren Gesichtsausdruck zu deuten.

„Ich habe abscheuliche Dinge zu dir gesagt, auch … am nächsten Tag im Keller. Es tut mir wirklich leid. Verzeih mir bitte, Nora."

„Es ist okay."

„Da ist noch etwas …" Er zögerte und machte einen tiefen Atemzug, bevor er weitersprach: „Ich hatte das Gefühl, dass dieser Kuss dir gefallen hat."

Nora schluckte angestrengt. „Da hast du dich geirrt. Er hat mir absolut nicht gefallen."

Nun war er es, der die Augen leicht zusammenkniff. Einen Moment lang fixierte er sie, schließlich erhob er sich abrupt. „Gut, dann habe ich mich wohl tatsächlich geirrt. Belassen wir es dabei. Glaub mir, ich werde dir diese Belastung nicht noch einmal zumuten."

„Dann sind wir uns ja einig. Gute Nacht, Ben."

Nora ging nach oben, sodass ihm das Wohnzimmer allein zur Verfügung stand. Nach kurzer Überlegung schenkte Ben sich einen winzigen Cognac ein und ließ sich in seinen Lieblingssessel fallen. Einige Zeit drehte er nachdenklich das Glas in den Händen und beobachtete den Lichteinfall im Kristall, dann stellte er entschlossen den Schwenker beiseite und griff nach seinem Handy, das neben ihm auf dem Beistelltisch lag. In der Telefonliste fand er die Nummer, die er gesucht hatte, und wählte sie aus. Es dauerte eine ganze Weile, bis abgehoben wurde, beinahe hätte er aufgelegt.

„Hallo, Andrea, hier ist Ben Larsen."

„Ben? Ich meine … 'n Abend, Herr Larsen."

„Ben ist schon in Ordnung." Er lächelte und gab sich einen Ruck. „Ich habe mich gerade gefragt, ob Sie vielleicht Lust hätten, am Samstagabend mit mir essen zu gehen?"

„Wäre es nicht besser, diese Frage mir zu stellen?", fragte sie lachend.

Dieses helle Lachen wirkte herrlich unverkrampft, fand er. „Nun, dann fühlen Sie sich hiermit gefragt."

„Sie wissen bereits, dass ich das sehr gerne tun würde."

„Sagen wir, ich hole Sie gegen sieben ab, ist das in Ordnung für Sie?"

„Natürlich, sieben Uhr ist okay."

„Ich hoffe, ich habe Sie nicht gestört. Ich meine ... Sie haben doch nicht geschlafen, oder? Es hat einen Moment gedauert, bis Sie abgehoben haben."

„Ach, wo denken Sie hin! Ich war nur gerade unter der Dusche und habe wahrscheinlich das Telefon nicht sofort gehört. Ich gehe selten vor Mitternacht ins Bett."

Er räusperte sich. „Nun gut, dann bis Samstag."

„Sind Sie morgen nicht im Büro?"

„Äh ... natürlich bin ich das. Entschuldigung. Also bis morgen und ... schlafen Sie gut."

„Ja, Sie auch – und danke für die Einladung. Ich freue mich auf Samstag."

„Ich mich auch. Gute Nacht."

„Gute Nacht, Ben."

Er wartete das Klicken in der Leitung ab und legte dann selbst auf. Ein Lächeln huschte über sein Gesicht. Er fühlte sich ein wenig erleichtert und beschloss, dass er die beste Entscheidung seit Wochen getroffen hatte.

Einige Kilometer entfernt ließ Andrea Trenkler sich atemlos auf ihr Sofa sinken und lächelte glücklich in sich hinein. Sie hatte so sehr gehofft, Ben Larsen würde sie, nach dem mutigen Vorstoß, den sie am Nachmittag gewagt hatte, früher oder später einladen. Die ganze Zeit hatte er den Eindruck eines Mannes auf sie gemacht, der nach weiblicher Gesellschaft und der damit verbundenen Zuwendung geradezu lechzte, dennoch war sie etwas überrascht darüber, wie schnell und einfach es jetzt passiert war.

Warum ist ein so interessanter, warmherziger und attraktiver Kerl nur so verflucht einsam? Diese Frage beschäftigte sie schon seit vielen Wochen. Nora war es, die ihr erzählt hatte, dass er fast jeden Abend allein zu Hause verbrachte und höchstens mal seinen verheirateten Freund Gregor Warner besuchte, weil er ab und an dort zum Essen eingeladen wurde.

Mit Markus Breitenbach schien ihn dagegen nicht mehr viel zu verbinden, obwohl Nora behauptet hatte, dass er ein alter und guter Freund von Ben sei. Sie nahm an, dass diese Freundschaft zurzeit auf Eis lag. Höchstwahrscheinlich verstand Ben nicht, wieso sich Markus mit Nora traf. Es wurde auch für sie immer deutlicher, dass Nora und Ben auf privater Ebene nicht besonders gut miteinander harmonierten. Nun, sie konnte nur hoffen, dass ihr mit Nora jetzt nicht das gleiche Schicksal wie Markus mit Ben bevorstand, nur weil sie mit Ben ausgehen würde.

Nora, dachte Andrea, ich sollte sie an meinem Glück teilhaben lassen.

Aufgeregt wählte sie die Nummer von Noras Mobiltelefon und wartete darauf, dass ihre Freundin sich meldete.

„Andrea? Was gibt's denn so Wichtiges? Ich liege schon im Bett."

„Oh, habe ich dich geweckt?"

„Nein, ich habe gelesen. Also, was willst du alte Nervensäge um diese Zeit noch von mir?"

„Stell dir vor, er hat mich eingeladen."

„Toll! Und von wem bitte schön redest du?"

„Na, von Ben natürlich."

Sekundenlang blieb es still in der Leitung, Andrea wartete vergebens auf eine Reaktion. „Nora? Bist du noch dran?"

„Äh … ja. Ben hat dich also eingeladen?"

„Ja, wir haben uns für Samstagabend verabredet. Er will mit mir essen gehen."

„Hat er … ich meine, hat sich das irgendwie schon vorher abgezeichnet?"

Andrea zögerte. „Nun ja, ich habe ihn heute Nachmittag sozusagen mit der Nase auf mich gestoßen. Ich hatte das Gefühl, der Mann bräuchte dringend einen kleinen Wink mit dem

Zaunpfahl. Du weißt ja, ich kann es einfach nicht leiden, wenn man mich nicht beachtet." Sie lachte. „Ich bin ja so furchtbar aufgeregt!"

„Das brauchst du nicht zu sein. Der Typ ist ein echter Langweiler."

Andrea bemerkte, dass die Stimme ihrer Freundin aggressiv klang. „Sag mal, hast du irgendwie schlechte Laune?"

„Nein, ich … ach, tut mir leid, Liebelein. Ich bin wahrscheinlich nur ein bisschen müde."

Andrea hörte Nora tief einatmen.

„Wenn du dich auf deine Verabredung mit Ben freust, dann tu das. Ich wünsch dir jedenfalls viel Spaß dabei."

Der eigenartige Unterton in Noras Stimme war noch immer da. „Danke, liebste Freundin, danke für deine herzliche Anteilnahme an meinem Leben!" Andrea hatte den Eindruck, dass mit Nora etwas nicht stimmte, und fühlte sich lächerlicherweise von ihr angegriffen, obwohl es dazu weiß Gott keinen Grund gab.

Thea Larsen machte sich Sorgen, hatte es jedoch längst aufgegeben, bei den beiden ständig nachzufragen, ob alles in Ordnung war. Ben brachte sie und ihr Gepäck mit seinem Wagen zum Flughafen, und Nora fuhr ihnen mit ihrem eigenen Auto praktisch hinterher. Sie empfand es als belastend, wie ihre Kinder sich verhielten, sagte aber nichts dazu.

Offensichtlich hielten Ben und Nora es inzwischen noch nicht einmal mehr eine halbe Stunde lang zusammen aus. Thea war sehr traurig darüber, doch es ließ sich nun mal nicht ändern, dass die beiden sich augenscheinlich immer weniger zu sagen hatten. Auf der anderen Seite erschien es ihr fast wie ein Wunder, dass das Hotel besser denn je lief und in den letzten Monaten schöner und komfortabler geworden war. In der ganzen Stadt war es ein offenes Geheimnis, dass sich das Brehlow unter ihrer gemeinsamen Führung zu einem wahren Schmuckkästchen entwickelte.

Thea verabschiedete sich mit gemischten Gefühlen, aber auch erleichtert von den beiden Menschen, die ihr so sehr am Herzen lagen. Sie hoffte inständig, dass sich die Unstimmigkeiten zwischen ihnen bald auflösen würden.

Ben war ihr einige Schritte voraus, als sie kurz nacheinander die Büroräume betraten, dennoch hörte Nora, wie er mit warmer Stimme Andrea begrüßte.

„Einen wunderschönen guten Morgen, Andrea!"

„Guten Morgen, Herr Larsen."

Obwohl Ben bereits vor seiner Bürotür stand, wandte er sich noch einmal um und sah Andrea an. Auf seinen Lippen zeigte sich ein jungenhaftes einnehmendes Lächeln. Ihre Anwesenheit schienen beide überhaupt nicht wahrzunehmen, und Nora fühlte einen heftigen Stich in der Brust.

„Wir hatten uns doch auf Ben geeinigt, oder?", hörte sie ihn mit dieser watteweichen Stimme sagen.

„Ja, das hatten wir", antwortete Andrea glückselig.

„Gibt's noch Kaffee?"

„Klar! Kommt sofort."

„Guten Morgen, Andrea", sagte Nora etwas zu laut. „Ich hätte auch gerne einen Kaffee, das heißt, natürlich nur, wenn es dir nichts ausmacht."

Ben zog missbilligend eine Augenbraue in die Höhe und verschwand wortlos in seinem Büro.

Am späten Vormittag sah sich Ben sogar in der Lage, mal wieder in der Hotelhalle vorbeizuschauen. Er und Nora hatten sich darauf geeinigt, dass es von Zeit zu Zeit wichtig und angebracht war, sich dort sehen zu lassen. Sowohl die Angestellten als auch einige der Stammgäste wussten das zu schätzen und nutzten diese Gelegenheiten gerne zu einem kleinen Plausch.

Ihm lag das nicht so wie Nora, die sich mit den repräsentativen Aufgaben leichter tat als er, aber er war seit mindestens zwei Wochen nicht mehr unten gewesen. Selbst die mittäglichen

Besuche im Restaurant hatte er so kurz wie möglich gehalten, weil ihm nicht nach Gesprächen zumute gewesen war. Heute raffte er sich wieder einmal dazu auf.

Andreas Platz war leer, als er aus seinem Büro kam, und er nahm an, dass sie bei Nora war. Er schrieb ihr eine Nachricht, um nicht in Noras Büro zu müssen, und verließ das Vorzimmer. Im Fahrstuhl zog er den Knoten seiner Krawatte fest, bevor sich die Tür öffnete und er sich in der Hotelhalle wiederfand. Ein höfliches Lächeln auf den Lippen, ging er langsam hinüber zum Eingangsbereich und begrüßte mit einem leichten Kopfnicken den Empfangschef und die zwei Frauen, die dort arbeiteten. Schließlich plauderte er eine Weile mit einem der beiden Portiers an der Rezeption. Zurzeit waren keine Gäste in der Lobby, darüber war er froh. Wenn er ehrlich war, empfand er diesen gekünstelten Small Talk stets als Belastung, so gern er das Hotel auch leitete.

Gemächlich machte er sich also auf in Richtung Restaurant, um die Gelegenheit zu nutzen und zu Mittag zu essen. Kurz vor der großen Flügeltür hielt er inne und schwenkte nach rechts, um einen Blick in die Küche zu werfen und es den Köchen zu ermöglichen, ein Wort mit ihm zu wechseln.

Im Gegensatz zur ruhigen Hotelhalle war hier um diese Zeit die Hölle los, die meisten Köche hatten gar nicht die Muße, sich zu unterhalten. Einige nickten ihm höflich zu, andere lächelten ihn an. Hinten, in einer abgelegenen Ecke, kurz vor den Kühlkammern, stand Markus und trank eine Tasse Kaffee. Sein Freund winkte ihn zu sich, als er ihn sah.

„Nanu." Markus grinste ihn an. „Wolltest du mal sehen, wie es aussieht, wenn man richtig arbeiten muss?"

„Haha, sehr witzig." Auch Ben grinste. „Du siehst eher aus, als würdest du zusehen."

Markus zeigte seine blendend weißen Zähne. Sein Lächeln verstärkte sich. „Pause, Mann! Ich habe gerade zweihundert Lachsröllchen gemacht, weil diese verfluchten Küchenhilfen nicht in der Lage dazu sind. Die können jetzt ruhig mal eine

Weile allein weiterschuften." Wieder lachte er. Natürlich war das nur ein Scherz und das war auch Ben klar. Jeder hier wusste, wie sehr Markus seine Mannschaft schätzte und dass ihm keine Arbeit in der Küche zu viel wurde.

„Ganz meine Meinung. Setz dich ruhig durch, Chefkoch."

„Willst du 'n Kaffee?"

„Nein danke, lieber erst nach dem Essen. Ich hatte heute sowieso schon zu viel davon."

„Hm, dieses Laster hat auch mich fest in den Krallen."

Ben blickte eine Weile nachdenklich hinüber zu den lärmenden Köchen und Küchenhilfen. „Wie geht's dir denn so, Markus? Wieder eingelebt? Fühlst du dich wohl hier?"

Markus Breitenbach nickte. „Klar! Die Arbeit macht Spaß. Ich habe eine klasse Wohnung ... und eine tolle Frau."

Ben zuckte unmerklich zusammen. „Eine tolle Frau?"

„Na ja, so eine Redewendung. Nora ist natürlich bis jetzt nicht wirklich meine Frau."

Ihm war mit einem Mal unangenehm heiß in dem Jackett. „Du hast also vor, Nora zu ..."

Markus hob beide Hände. „Langsam, langsam, alter Freund. Meine Schöne weiß bisher nichts von meinen festen Absichten und dabei will ich es auch noch eine Weile belassen. Erst einmal muss ihr endgültig klar werden, was für einen tollen Fang ich abgebe."

Ein einzelner Schweißtropfen lief ihm unter dem Hemd den Rücken hinunter und er konnte direkt fühlen, wie sein Puls sich beschleunigte. „So, so." Mehr fiel ihm nicht ein. Ein Anflug von Übelkeit machte sich in seinem Magen breit.

„Wünschst du mir kein Glück, Kumpel?"

„Äh ... natürlich wünsche ich dir Glück. Nora ist ... Nora ist ..."

„... fabelhaft, nicht wahr? Das wolltest du doch sagen."

„Ja." Ben fischte ein Taschentuch aus der Innentasche seines Jacketts und wischte sich die Stirn trocken. „Genau das wollte ich sagen." Sein Magen begann ernsthaft zu revoltieren. „Ja ...

ich … entschuldige, Markus, hier in der Küche ist es verflucht heiß. Ich werde besser hinüber ins Restaurant wechseln."

„Gut, gut. Ich empfehle dir das Kalbsragout. Einfach göttlich, sag ich dir. Das Rezept ist von mir."

Ben hob eine Hand, winkte und flüchtete durch die Tür, die über einen kleinen Flur direkt in das noch fast leere Restaurant führte. Zielsicher strebte er dem Ecktisch zu, an dem er für gewöhnlich saß. Wieder zog er im Gehen das Taschentuch hervor und tupfte sich die feuchte Stirn ab. Kaum saß er, da kam bereits einer der Kellner an seinen Tisch.

„Einen schönen guten Tag, Herr Larsen, was können wir heute für Sie tun?"

„Tag, Chris. Auf keinen Fall das Kalbsragout. Machen Sie mir einen anderen Vorschlag."

4. KAPITEL

Wie so häufig in letzter Zeit verbrachte Nora den Abend nicht zu Hause. Ben ging davon aus, dass sie zu Markus gefahren war, denn er wusste, dass der Chefkoch des Hotels freihatte.

Nach einer erfrischenden Dusche schenkte er sich ein großes Glas Rotwein ein und nahm es mit nach oben. Wie üblich würde er auch diesen Feierabend lesend verbringen.

Vor Noras Zimmertür blieb er stehen, widerstand jedoch dem unmoralischen Wunsch, einen Blick hineinzuwerfen, und ging schnell weiter zu seinem Zimmer.

Es ist Freitagabend, dachte er, sicher wird sie heute bei ihm übernachten.

Meine Güte, sie lässt mich an Dinge denken, die ich sowieso niemals tun würde.

Zwei Minuten später stand er erneut vor ihrer Zimmertür und drückte langsam die Klinke herunter. Inständig hoffte er, dass Nora abgeschlossen hatte, doch die Tür gab nach. Natürlich kannte er ihr Zimmer, aber seit sie wieder hier wohnte, hatte er es noch nicht betreten.

„Was tue ich eigentlich? Meine Mutter würde mich dafür vierteilen“, sagte er halblaut zu sich selbst.

Sein Blick glitt umher, nahm jede Kleinigkeit auf und blieb schließlich wie gebannt am zartgelben Satinnachthemd hängen, das auf der aufgeschlagenen Bettdecke lag.

Komisch, er hätte sie für eine Frau gehalten, die morgens ihr Bett ordentlich machte und nicht nur einfach die Bettdecke zurückschlug. Das Nachthemd fesselte ihn und er trat einen Schritt näher. In diesem Raum konnte er sie riechen, besser als in allen anderen Zimmern im Haus. Seine Lider senkten sich und er atmete tief durch die Nase ein.

Jetzt ist es auch egal, sagte er sich, während er fast gierig den weichen Satin betastete. Der fließende Stoff wirkte wie eine Liebkosung auf ihn. Voller Sehnsucht ließ er ihn durch seine

Finger gleiten. Schließlich gab er dem verrückten Drang nach und hob Noras Nachthemd an sein Gesicht.

„Kätzchen“, flüsterte er überwältigt und zugleich unendlich traurig in den duftenden, zarten Satin. „Ach, mein süßes Kätzchen.“

Als er wenig später zurück in seinem eigenen Zimmer war, konnte er kaum glauben, was er soeben getan hatte. Schwer atmend ließ er sich auf das Bett sinken und legte einen Arm über sein Gesicht. Einen verrückten Moment lang hatte er sogar mit dem abstrusen Gedanken gespielt, das Nachthemd einfach mitzunehmen. Natürlich hatte er diesen erschreckenden Einfall sofort wieder fallen lassen. Wie konnte er nur auf solche absurden Ideen kommen? Was war aus ihm geworden?

Dr. jur. Benjamin Paul Larsen, ein bisher angesehener und moralisch unantastbarer Rechtsanwalt, war offenkundig zu einem verzweifelten, nichtswürdigen und mitleiderregenden Individuum mutiert, das heimlich in fremde Zimmer eindrang und sich dort an irgendwelcher Frauenwäsche ergötzte.

Nein, nicht einfach irgendwelche Wäsche, verbesserte er sich in Gedanken, ihre Wäsche. *Nora! Verdammt, Nora! Wann hört das endlich auf?*

Zur gleichen Zeit saß Nora neben Markus in der Hotelbar und nippte an einem alkoholfreien Fruchtcocktail.

„Es ist gut, dass wir nicht mehr ins Kino gegangen sind“, stellte Markus lächelnd fest. „Was hältst du davon, wenn wir austrinken und dann zu mir fahren?“ Vielsagend wackelte er mit den Augenbrauen. „Ich wäre viel lieber mit dir allein.“

Nora wünschte so sehr, sie könnte das auch von sich behaupten, aber im Grunde suchte sie bereits nach einer Ausrede, um ihn auf Abstand zu halten, so wie sie es immer mit Männern tat. Sie seufzte leise. „Markus … ich …“

Sein Blick sprach Bände, als er sie unterbrach.

„Wieso sagst du nicht endlich, was Sache ist? Du willst doch gar keine Beziehung mit mir, oder? Warum treffen wir uns dann überhaupt? Warum gehst du mit mir aus? Ich verstehe das nicht."

„Ach Markus, ich bin eben gerne mit dir zusammen. Können wir nicht einfach nur gute Freunde sein?"

„Ich fürchte, dass eine reine Freundschaft nicht unbedingt das ist, was ich mir von unserem Miteinander erhoffe, meine Liebe. Ich habe dir mehrmals gesagt, wie ich zu dir stehe."

Nora atmete tief durch und schüttelte den Kopf. „Ich bin im Augenblick nicht bereit für eine körperliche Beziehung."

Seine Miene wirkte müde, aber er lächelte leicht.

„Was du da gerade scheppern hörst, ist mein Selbstbewusstsein, das genau in dieser Sekunde in sich zusammengefallen ist."

„Das hast du nicht nötig, bitte glaub mir das."

„Du bist eine erwachsene Frau, Nora. Du wirst in dieser Hinsicht doch auch Bedürfnisse haben."

„Ich habe dir meine Einstellung dazu gerade mitgeteilt", entgegnete sie leise. „Denk einfach in Ruhe darüber nach, ob du zu einer Freundschaft auf platonischer Ebene mit mir bereit bist."

Markus rutschte vom Barhocker, ein bitteres Lächeln auf den Lippen. „Denk lieber du noch einmal über alles nach, mein Schatz. Und sag mir Bescheid, wenn sich deine Wünsche geändert haben." Er drückte ihr einen Kuss auf die Wange, wandte sich ab und verließ die Bar.

Nora sah ihm ratlos nach. Zum wiederholten Male fragte sie sich, was eigentlich mit ihr los war. Markus war ein gut aussehender und sehr netter Mann. Er hatte ihr auf Anhieb gefallen. Sie fand ihn attraktiv, mochte sein dunkles Haar und die tiefblauen Augen, und doch konnte sie sich einfach nicht dazu entschließen, die Beziehung mit ihm zu vertiefen. Sie verstand sich selbst nicht.

Als er ihr die Frage nach ihren Bedürfnissen gestellt hatte, hatte er bei ihr das seltsame Gefühl ausgelöst, bei irgendwas Verbotenem ertappt worden zu sein.

Wenn sie ehrlich war, fühlte sie sich schon seit längerer Zeit physisch angespannt und ungewohnt aufgepeitscht. Ihr Körper stand neuerdings fast ständig unter Strom. Sie schlief schlecht ein und selten eine Nacht durch. Immer wieder träumte sie verrückte Sachen. Meistens wusste sie hinterher nicht einmal mehr, was es gewesen war, nur, dass diese wilden Träume mit Sex zu tun hatten, dass sie ihr aber keine Erfüllung verschafften. Eine Weile hatte sie ihre Arbeit für die Anspannung verantwortlich gemacht, doch dann hatte sie sich irgendwann eingestanden, dass sie tatsächlich erotischer Natur war.

Vollkommene körperliche Entspannung hätte mir gerade im Augenblick bestimmt gutgetan, dachte sie ärgerlich. Ihr war völlig unverständlich, wieso sie die eindeutigen Avancen von Markus Breitenbach zurückwies.

Das Haus war dunkel, als sie vorfuhr, aber es war ja auch schon fast ein Uhr. So leise wie möglich stieg Nora die Treppe nach oben.

Seufzend öffnete sie in ihrem Zimmer ein wenig das Fenster, um frische Luft einzulassen, und zog sich aus. Anschließend ging sie in ihr kleines Badezimmer und erledigte ihre Abendtoilette. Nur mit einem Höschen bekleidet, griff sie nach ihrem Nachthemd, das auf dem Bett bereitlag, und schlüpfte hinein. Ein eigenartiges Gefühl durchfuhr sie unvermittelt. Fremd und doch seltsam vertraut rieselte der zarte Stoff über ihre Haut, und sie erschauerte. Instinktiv strich sie über den glatten Satin des Hemdes, berührte dabei mit leichtem Druck auch ihren Bauch.

Wieder dieses Gefühl. Warm, prickelnd und von süßem Schmerz begleitet. Sie fröstelte. Ein Bild schoss jäh durch ihren Kopf. Das Bild eines Mannes – eines ganz bestimmten Mannes. Automatisch krallten sich die Finger in den Saum des kurzen Nachthemds, aber das Prickeln ließ nicht nach und Ben wollte nicht aus ihrem Kopf verschwinden.

Nora schlüpfte schnell unter die Bettdecke, schloss die Augen und rollte wild den Kopf auf dem Kissen hin und her. Nein, sie wurde diese Gedanken einfach nicht mehr los. Im Gegenteil. Sie musste hinnehmen, dass sich die prickelnde, süße Wärme unaufhaltsam ausbreitete und sich zu einem heißen Strom entwickelte, der ihre Adern bis in die kleinsten Gefäße durchzog. Als ihre Hände sich auf ihre harten Brustwarzen legten, keuchte sie verzweifelt seinen Namen in die kalte, einsame Dunkelheit.

Der Morgen war ungewohnt kühl, als Ben von seinem täglichen Lauf zurückkam. Schon als er losgelaufen war, hatte er bemerkt, dass Noras Auto vor der Garage stand. Obwohl Samstag war, hatte sie offenbar doch nicht bei Markus übernachtet. Sein Blick glitt hoch zu ihrem Fenster. Die Gardinen waren noch zugezogen. Seine Mundwinkel hoben sich leicht.

Sie lag jetzt in ihrem Bett mit der geblümten Bettwäsche und trug höchstwahrscheinlich dieses zartgelbe Etwas, das er vor wenigen Stunden in seinen Händen gehalten und sogar mit seinem Mund berührt hatte. Die Vorstellung hatte was Sündiges und war irgendwie beschämend, gefiel ihm aber trotzdem ungemein.

Er lenkte sich von diesen Gedanken ab, indem er die Kaffeemaschine in Gang setzte, bevor er nach oben ging, um zu duschen.

Fünfzehn Minuten später saß er in der Küche und frühstückte ausgiebig. Er war gerade bei seiner zweiten Tasse Kaffee, als Nora die Treppe herunterkam und einige Augenblicke lang unschlüssig in der Küchentür stehen blieb. Mit einer Kopfbewegung deutete er auf die Kaffeemaschine. „Es ist noch genug Kaffee in der Kanne. Setz dich und iss. Ich habe vorhin Brötchen mitgebracht. Die Vögel sind ebenfalls schon versorgt."

Nora lächelte zaghaft, als ihr Blick auf den Tisch fiel. Offensichtlich erkannte sie erst jetzt, dass er für sie mit gedeckt hatte.

„Danke, das war nett von dir."

„Nun, meine Mutter ist weg. Irgendwer muss sich ja schließlich am Wochenende um das Frühstück kümmern. Schätze, das wird wohl eher an mir hängen bleiben, wenn du weiterhin so lange pennst."

Er brachte ein freches Grinsen zustande, damit sie merkte, dass er nur scherzte und nicht auf Streit aus war. Tatsächlich lächelte sie ihn kurz an, nahm sich Kaffee und setzte sich ihm gegenüber.

Warum dachte er nur genau in diesem Moment an das winzige, zartgelbe Nachthemd in ihrem Bett? Er hätte zu gerne gewusst, ob sie es in der Nacht getragen hatte.

„Warst du schon laufen?“, unterbrach sie seine sündhaften Gedanken.

Bevor er antworten konnte, musste er sich räuspern. „Ja, so wie jeden Morgen.“

„Aha.“

Er spielte ein wenig mit dem Messer auf seinem Teller herum und trank seinen Kaffee aus. „Es ist recht kühl heute Morgen“, informierte er sie und hob den Blick.

Nora sah Ben an und der Bissen, den sie sich gerade in den Mund gesteckt hatte, blieb ihr im Halse stecken. Sie hustete und trank schnell einen großen Schluck Kaffee hinterher. Ihre Reaktion war ihr peinlich, denn sie wollte auf keinen Fall, dass er erfuhr, wie nervös es sie machte, wenn er sie so direkt anschaute.

Ben räusperte sich erneut, griff nach der Zeitung und legte sie zusammen. „Hast du heute noch etwas Besonderes vor?“, fragte er beiläufig.

Sie schüttelte den Kopf. „Nein. Ich denke, ich werde mich erholen. Ein bisschen Gartenarbeit vielleicht, mal sehen.“

„Wir haben einen Gärtner.“

„Natürlich. Dann lege ich mich eben in die Sonne oder gehe spazieren. Und was machst du heute?“, fragte sie und hätte sich im nächsten Moment am liebsten auf die Zunge gebissen. Für einen winzigen Augenblick hatte sie tatsächlich vergessen, dass er mit Andrea verabredet war.

Er zuckte kurz mit seinen breiten Schultern. „Vielleicht noch ein bisschen trainieren und lesen. Heute Abend … habe ich eine Verabredung.“

„Oh“, sagte sie lächerlicherweise. „Eine Verabredung.“

„Ja. Ich … gehe mit Andrea aus."

„Soso." Nora schob ihren Teller beiseite und trank ihren Kaffee aus.

Ben fühlte, wie ihm der Hals eng wurde, und verfluchte seine Gedanken. Er kam sich idiotisch vor. Sein Blick glitt zurück zu Nora, und weil sie gerade aus dem Fenster sah, gestattete er sich, sie einen Augenblick zu betrachten.

Ihre Gesichtszüge faszinierten ihn immer wieder aufs Neue – er wusste, dass es nicht nur ihm so erging. Dieses kleine, schmale Gesicht war vermutlich nicht im üblichen Sinne schön, aber unbeschreiblich anziehend. Es war … anders, ja, anders. Die hohen, ausgeprägten Wangenknochen, ihr Mund, der für das zarte Gesicht eigentlich zu breit war und gerade deshalb wie ein erotisches Signal wirkte, das etwas zu spitze Kinn, das einen Mann regelrecht dazu aufzufordern schien, es zwischen Daumen und Zeigefinger zu nehmen, um es anzuheben. Er war in seinem Leben durchaus schon schöneren Frauen begegnet, und doch würde es keine andere jemals mit Nora Brehlow aufnehmen können, schoss es ihm durch den Kopf, während sein Blick das lange offene Haar streichelte, das ihr bis auf die schmalen Hüften fiel.

Seine Rechte ballte sich unter dem Tisch automatisch zusammen, als würden seine Finger gierig zugreifen. Diese seidige, rötlich braune Fülle, die er schon so oft unauffällig, aber durchaus absichtlich berührt hatte, wirkte wie ein Magnet auf ihn. Ihr herrliches Haar war mindestens genauso anziehend wie die smaragdgrünen, schräg gestellten Katzenaugen und ihre verführerisch üppigen Lippen.

„Nora."

„Ja?"

Er hatte gar nicht bemerkt, dass er mit heiserer Stimme ihren Namen ausgesprochen hatte, und fuhr leicht zusammen. „Ach, nichts. Es ist … nichts." Ben stand rasch auf und verließ mit langen Schritten die Küche.

„Ich räume hier auf", rief sie ihm nach.

Den Rest des Tages gingen sie sich wieder einmal aus dem Weg.

Als er Nora am späten Nachmittag dabei beobachtete, wie sie das Grundstück verließ, um den angekündigten Spaziergang zu machen, konnte er nicht länger widerstehen und öffnete kurz ihre Zimmertür, nur um nachzusehen, ob das gelbe Satinhemd noch auf ihrem Bett lag. Er lächelte und fühlte eine seltsame Zufriedenheit, als er es dort auf der zurückgeschlagenen Bettdecke liegen sah. Schnell schloss er die Tür und marschierte schnurstracks in sein Zimmer, um sich für den Abend umzuziehen.

Sie hat es getragen.

Der Gedanke war albern und kindisch, aber er löste trotzdem ein rasendes Glücksgefühl bei ihm aus. Der seidige Stoff, den er berührt, in den er sein Gesicht gewühlt hatte, war über ihren nackten Körper geflossen, als sie sich das Nachthemd übergestreift hatte. Mit geschlossenen Augen stellte er sich diesen Moment vor und heftiges, atemloses Verlangen durchrieselte ihn.

„Es kann nicht mehr lange dauern, du hirnloser Idiot, dann drehst du endgültig durch", sagte er laut zu sich selbst. Geräuschvoll atmete er aus und versuchte sich auf seine bevorstehende Verabredung zu konzentrieren.

Ben verließ gerade das Haus, als sie zurückkam. Länger als eine Stunde war Nora durch den Wald marschiert, um in aller Ruhe nachdenken zu können. Jetzt war sie sich zumindest über einige Dinge klar geworden.

Ihr Blick verfolgte seinen Weg zum Auto. Erst als er direkt davorstand, entdeckte er sie und winkte ihr kurz zu. Sie lächelte, obwohl es ihr schwerfiel. Er sah fantastisch aus, bemerkte sie sofort. Lässig, aber geschmackvoll. Außerhalb des Hotels trug er niemals Anzug und Krawatte. Auch heute Abend hatte er darauf verzichtet. Stattdessen hatte er sich für eine leichte, dunkelblaue Leinenhose und ein himmelblaues Polohemd entschieden. Über seinem rechten Arm lag der helle, sandbraune Leinenblazer, der ihm so gut stand und den er schwungvoll auf den Beifahrersitz warf, nachdem er die Autotür geöffnet hatte.

Sie hatte fast den Eindruck, als zögerte er einen Moment, bevor er einstieg und den Motor anließ. Direkt neben ihr hielt er kurz an, ließ die Seitenscheibe herunter und wünschte ihr einen schönen Abend.

„Den wünsche ich dir ebenfalls."

„Äh … frühstücken wir morgen früh wieder zusammen?"

„Gerne." Falls du heute nach Hause kommst, dachte sie wie betäubt. Es war unfassbar, aber ihr Herz platzte fast vor Eifersucht.

Nora betrat gerade das Haus, als das Telefon klingelte. Eine Sekunde überlegte sie, ob sie überhaupt darauf reagieren sollte, schließlich hob sie doch ab und meldete sich.

„Hast du in den vergangenen vier Monaten wenigstens einmal den Versuch gemacht, mich anzurufen, Nora Brehlow?"

Für einen Moment war sie sprachlos, dann stieß sie ein kurzes, lautes Lachen aus. „Verena? Verena Körner! Meine Güte! Dich gibt es tatsächlich noch? Ich hätte gedacht, du lebst jetzt in Paris, Rom oder London!"

Verena Körner war eine ihrer ältesten Freundinnen aus der Schulzeit. Wahrscheinlich die beste Freundin, die sie jemals gehabt hatte. Sie war das einzige Mädchen in ihrem Umfeld gewesen, das nicht sofort das Gefühl bekam, in heftige Konkurrenz mit ihr treten zu müssen, denn Verena war schon immer eine vollendete Schönheit gewesen. Bereits als Zehnjährige hatte sie als Werbekind vor der Kamera gestanden, daran hatte sich bis heute nichts geändert. Sie war Model – hoch bezahlt und mit einem Exklusivvertrag mit einem der führenden Kosmetikunternehmen gesegnet.

Verena lachte ebenfalls. „Du hast nicht so ganz unrecht, meine Süße. Ich bin erst seit zwei Wochen wieder im Lande. Meine Mutter hat mir verraten, dass auch du seit einiger Zeit im guten alten Hamburg weilst und zusammen mit Benny-Boy das Hotel leitest. Tut mir übrigens leid. Das mit deinem Vater, meine ich. Ich hatte ihn unheimlich gern."

„Danke, Verena, das weiß ich. Sag schon, wie geht es dir? Dein Gesicht strahlt einem ja von sämtlichen Hochglanzmagazinen entgegen."

Nora hörte Verena schnaufen.

„Strahlte, Nora, strahlte! Ich werde ein wenig kürzertreten."

„Was soll das denn heißen?"

„Nun, ich … ach, sag mal, was machst du gerade?"

„Hm, ich sitze hier rum und telefoniere mit einer uralten Freundin."

„Hast du heute noch irgendwelche Termine?"

„Nein, und du?"

„Auch nicht. Soll ich …?"

„Ja, komm her. Ich besaufe mich sogar mit dir, du blondes Gift."

„Na, wenn ich mich recht erinnere, gehört dazu bei dir ja nicht unbedingt viel."

Bereits eine Stunde später saßen sie zusammen im Wohnzimmer und prosteten sich zur Feier ihres Wiedersehens mit einem Glas Champagner zu.

Verena war fast ungeschminkt und trotzdem makellos schön, wie Nora neidlos anerkannte. Es gab nicht viele Frauen, denen goldblondes Haar von der Natur gegeben war, und Verenas Augen waren schlichtweg nur als Sensation zu bezeichnen: groß und von überlangen, dunklen Wimpern umrahmt. Das Blau ihrer Iris war so außergewöhnlich, dass man es eigentlich violett nennen musste.

„Du siehst klasse aus – schön wie eh und je", lobte Nora.

„Danke. Das Kompliment gebe ich gerne zurück. Obwohl … Mädchen, ehrlich gesagt bist du etwas blass um die Nase. Hast du Kummer? Du hast schon immer ein wenig zur Blässe geneigt, wenn dich was bedrückt hat."

Nora schüttelte den Kopf und winkte ab. „Bei mir ist alles gut. Erzähl du mal", versuchte sie abzulenken. „Warum willst du unbedingt kürzertreten? Du bist doch fantastisch im Geschäft, und hast du nicht gesagt, die Branche sei hochempfindlich? Kannst du dir da eine Auszeit überhaupt leisten?"

Nachdem sie einen weiteren ausgiebigen Schluck von ihrem Champagner genommen hatte, stellte Verena das Glas beiseite und sah sie ernst an.

„Darum, ob ich es mir leisten kann, geht es hier nicht. Ich habe in den letzten zehn Jahren meine Schäfchen ins Trockene gebracht, das kannst du mir glauben. Es ist eine höllisch anstrengende, aber auch enorm lukrative Arbeit." Sie seufzte. „Es gibt verschiedene Gründe, die mich dazu bewogen haben aufzuhören. Und um genau zu sein, ich will nicht nur eine Auszeit nehmen oder etwas kürzertreten, wie ich vorhin sagte, sondern ich will vielmehr ganz aufhören, aussteigen – Scheinwerfer aus, Feierabend."

„Einfach so?"

„Nicht einfach so. Ich habe mir die Entscheidung zu diesem Schritt nicht leicht gemacht, das kannst du mir glauben. Die Branche ist wirklich gnadenlos. Ich bin jetzt dreißig Jahre alt, das heißt, meine Tage als Model sind gezählt."

Nora lachte laut auf. „Das ist doch Blödsinn, Verena. Du siehst makellos aus."

„Da kennst du die Branche nicht, Liebes. Aber das ist es nicht allein. *Caro-Cosmetics* hat meinen Exklusivvertrag nicht verlängert. Sie wollen ein neues, frisches Gesicht. Zurzeit ist eben wieder brünett angesagt. Damit habe ich auch kein Problem, im Augenblick laufen mir einige andere Leute sogar die Türen ein, ich sehe es allerdings durchaus als Hinweis. Jetzt ist einfach der beste Zeitpunkt, um einen Schlussstrich zu ziehen. Solange es Leute gibt, die es schade finden, wenn man aufhört, ist es okay."

„Du spinnst! Du könntest doch noch locker einige Milliönchen einstreichen", warf Nora ein und brachte ihre Freundin damit zum Lachen.

„Typisch, immer ganz Geschäftsfrau, was?" Verena schüttelte den Kopf. „Im Ernst, ich sagte ja bereits, es gibt verschiedene Gründe für meinen Entschluss. Geld habe ich genug, darum geht es mir schon lange nicht mehr. Ich bin ausgelaugt und müde, verstehst du? Ich habe keine Lust mehr, auf Befehl zu lächeln. Ich möchte endlich einmal wieder lächeln, nur weil mir danach zumute ist. Dazu kommt noch, dass es meiner Mutter nicht sonderlich gut geht und dass ich gehörige Sehnsucht nach Hamburg hatte. Ich war viel zu selten hier in den vergangenen Jahren. Ich wollte meine Ruhe haben und nach Hause kommen, das sind wohl die beiden Hauptgründe, nehme ich an." Verena griff nach ihrem Glas und prostete ihr zu. „Wünsch mir Glück."

Nora war sprachlos. „Du willst doch nicht ernsthaft in deinem Alter in den Ruhestand treten, oder?"

„Nein, nein, keine Sorge. Im Augenblick weiß ich zwar noch nicht so genau, was ich eigentlich machen möchte, aber da wird mir gewiss etwas einfallen. Jedenfalls werde ich nicht irgendeine Modelagentur gründen. Darauf habe ich keine Lust. Ich will mit dieser Branche nichts mehr zu tun haben. Wenn ich aussteige, dann steige ich richtig aus. Basta!"

„Was ist mit deiner Mutter? Du sagtest, ihr geht es nicht gut."

„Sie hat Krebs, Lungenkrebs. Irgendwann rächt es sich eben, wenn man jeden Tag das Gift von mindestens dreißig Zigaretten in sich hineinpumpt. Jedenfalls werde ich in nächster Zukunft hier in Hamburg bleiben und die geliebte Hafenluft schnuppern, das steht schon mal fest." Sie atmete tief durch. „So, und nun erzähl mal von dir. Wie gefällt es dir denn, die Chefin vom berühmten Hotel Brehlow zu sein, Frau Direktor?"

Nickend erwiderte Nora das Lächeln ihrer Freundin. Sie war plötzlich unglaublich froh, dass Verena ausgerechnet an diesem Abend angerufen hatte. „Gut. Ich muss sagen, entgegen meinen Befürchtungen geht es mir beruflich sogar sehr gut. Die Arbeit gefällt mir. Ben und ich haben die Sache von Anfang an richtig angepackt und das Hotel fast vollständig renovieren lassen. Es wurde Zeit, den Muff der vergangenen Jahrzehnte endlich loszuwerden."

„Ja, ich habe davon gehört und gelesen. Ihr habt Markus Breitenbach verpflichten können, nicht wahr?"

„Stimmt. Allerdings war das allein Bens Verdienst. Er stand noch immer in Kontakt mit ihm." Nora lachte kurz auf. „Ist dir eigentlich schon mal aufgefallen, dass unsere ehemalige Schule eine ganze Menge Prominenz hervorgebracht hat? Einen Starkoch, ein berühmtes Model, und von Constantin Afra und unserer früheren Schulband will ich gar nicht erst anfangen. Die Afra-Brüder und die Jungs von der Band haben den Vogel abgeschossen, wenn es um Berühmtheit geht. Diese Schule war offenbar eine echte Talentschmiede."

„Du hast recht. Darüber hab ich noch nie nachgedacht. Ich habe gelesen, dass Conny im vergangenen Jahr im Brehlow geheiratet hat."

„Ja, das stimmt. Aber da war mein Vater der Direktor. Ben und ich waren zu der Zeit leider nicht in Hamburg."

„Wie geht es eigentlich unserem Ben? Ich habe jetzt lange nichts mehr von ihm gehört. Ist er noch zu haben?" Verena zwinkerte ihr verschwörerisch zu.

„Er ist nicht verheiratet, wenn du das meinst", erwiderte Nora.

„Eine feste Freundin?"

Sie schüttelte den Kopf und schluckte angestrengt. „Jedenfalls bis vor wenigen Stunden nicht."

„Ich verstehe kein Wort."

„Ben hat heute Abend eine Verabredung mit einer Freundin von mir. Ich kenne sie sehr gut, sie wird nichts unversucht lassen. Andrea ist seit Wochen heimlich in ihn verschossen. Außerdem leidet sie unter der altbekannten Torschlusspanik."

„Ist sie hübsch?"

„Ja – ziemlich. Dunkelhaarig, sportlicher Typ. Sie ist unsere gemeinsame Sekretärin. Ich habe sie aus Frankfurt mitgebracht. Sie arbeitet schon seit drei Jahren für mich."

„Eure gemeinsame Sekretärin? Oho, wie heikel."

„Warum fragst du nach Ben? Noch immer nicht über ihn hinweg?"

„Er war meine erste große Liebe und für eine sehr lange Zeit danach mein bester Freund. Nicht zu vergessen, war er mein erster Mann in sexueller Hinsicht – und er war in jeder Beziehung großartig. Das macht es nun mal für jeden Nachfolger schwer. Nachdem er damals mit mir Schluss gemacht hat, habe ich gelitten wie ein Hund, doch das ging irgendwann vorüber. Dennoch … ich trauere ihm nicht mehr hinterher. Das habe ich hinter mir. Er und ich haben eigentlich nie zusammengepasst. Es hat eine Weile gedauert, aber dann habe auch ich es mir schließlich eingestanden. Wir sind zu verschieden. Ich glaube, ich war ihm sowieso immer viel zu anstrengend. Er hat jede einzelne Party gehasst, auf die ich ihn geschleppt habe, weißt du noch?"

„Ja, ich erinnere mich."

„Und ich habe jeden verfluchten Abend gehasst, den er mit mir in Ruhe zu Hause verbringen wollte. Solange wir nicht gerade Sex hatten, fand ich es auf Dauer richtig langweilig mit ihm. Trotzdem hat er mir das Herz gebrochen, als er Schluss gemacht hat. Ich war rasend verliebt in diesen Mann."

Nora wurde der Hals eng. „Ihr seid ein wunderschönes Paar gewesen", stellte sie fest.

„Ja, da gebe ich dir unumwunden recht. Die zwei blonden Engel hat meine Mutter uns immer genannt. Nun aber zu dir, Nora", wechselte Verena übergangslos das Thema. „Was ist los, Schätzchen? Irgendwas stimmt nicht."

„Mir geht es gut, das sagte ich doch schon."

„Ist es Ben?"

Nora fühlte sich ertappt und ihr Kopf schoss in die Höhe, bevor sie es verhindern konnte. „Wie kommst du denn darauf?"

Nachdenklich sah Verena sie an. „Nur so eine Idee. Ihr habt euch nie besonders gut verstanden. Schließlich musst du jetzt täglich mit ihm zusammenarbeiten. Das stelle ich mir in eurer Situation eben ziemlich anstrengend vor."

„Äh … ja. Ja, es ist nicht immer ganz leicht, aber wir bekommen es hin. Sogar besser, als ich zunächst angenommen hätte."

„Ihr lebt hier zusammen im Haus, nicht wahr?"

„Ja." Nora griff nach ihrem Glas und nahm einen kräftigen Schluck.

„Und Thea?"

„Sie ist zurzeit in Australien bei ihrer Schwester."

„Soso."

„Was soll das heißen – soso?"

„Nichts. Nur soso, mehr nicht."

Für Nora war der eindringliche Blick ihrer Freundin kaum auszuhalten. Innerlich wand sie sich.

„Der alte Bastard!", sagte Verena schließlich und zog langsam die Mundwinkel in die Höhe.

„Was soll denn das nun schon wieder heißen?"

„Vergiss es, Nora. Vergiss es einfach. Hör mal, wenn dir irgendwann nach Reden zumute ist, dann wende dich vertrauensvoll an mich, klar?"

„Mit mir ist alles in bester Ordnung." Sie betonte absichtlich jedes einzelne Wort.

„Unsere Gläser sind leer."

Nora langte nach der Flasche und schenkte nach. Es wurde Zeit, das Thema zu wechseln. Genüsslich nahm sie einen großen Schluck und zog die Beine unter sich. „Es tut richtig gut, dir gegenüberzusitzen und mit dir zu plaudern, Verena Körner. Ich habe dich vermisst, weißt du das?"

„Ganz meinerseits!" Sie prosteten sich zu. „Du glaubst ja gar nicht, wie froh ich bin, dass auch du wieder hier bist. Wir werden noch viel Spaß miteinander haben, Schätzchen. Genau wie früher."

Ben hatte die Rechnung bezahlt und half Andrea in die Jacke.

„Das Essen war toll, danke", sagte sie, während sie hineinschlüpfte.

Der Abend hatte sich tatsächlich als ausgesprochen unterhaltsam herausgestellt. Wenn er ehrlich war, war er sogar ein wenig überrascht darüber, wie gut ihm Andreas Gesellschaft tat. Sie war eine angenehme und aufgeschlossene Gesprächspartnerin. Er verstand jetzt, wieso Nora mit ihr befreundet war. „Gehen wir noch ein paar Schritte?“, fragte er, als sie vor dem Restaurant standen.

„Gerne. Der Abend ist herrlich.“

„Ja.“ Er bot ihr seinen Arm an. „Dieses Jahr kommt der Sommer früh.“ Nach einer Weile spürte er ihren Blick. „Ist was?“

Andrea schüttelte verlegen den Kopf. „Ich bin nur noch niemals mit meinem Chef ausgegangen“, sagte sie lachend.

„Oh, das ist nicht wahr. Sie waren doch schon häufiger mit Nora aus, oder etwa nicht?“ Er zwinkerte ihr zu und sie lachte abermals.

„Ach, Sie! Das zählt natürlich nicht.“

Ben nahm sie an die Hand und zog sie hinter sich her über eine der hübschen Fleetbrücken. „Dort drüben ist eine kleine Bar, wirklich gemütlich. Würden Sie noch ein letztes Glas mit mir trinken, bevor ich Sie wieder zu Hause abliefere?“

„Ja, sehr gerne.“

Als er eine Stunde später vor ihrer Wohnung einparkte, duzten sie sich bereits und Andrea hatte einen winzigen Schwips. Da er noch selbst fahren wollte, hatte Ben sich auf einen alkoholfreien Cocktail beschränkt. Er lächelte ihr kurz zu und stieg aus, um zu ihrer Seite herumzugehen und ihr die Autotür zu öffnen. Andrea erwiderte sein Lächeln und ergriff die dargebotene Hand. Einen Augenaufschlag lang standen sie sich gegenüber und sahen sich an.

„Kaffee?“, fragte sie mutig.

Ben zögerte. „Ich … denke nicht, Andrea. Wir sollten den Abend an dieser Stelle ausklingen lassen. Für heute zumindest.“

„Gut.“

Weil er das Gefühl hatte, dass sie darauf wartete, umfasste er sanft ihr Gesicht und gab ihr einen kleinen Kuss. Andrea seufzte leise und lehnte sich für einen Moment an ihn.

„Bis Montag, Andrea.“

„Ja, bis Montag, Ben.“

Er wandte sich ab, ging um den Wagen herum und stieg ein. Sie hatte die Haustür kaum geöffnet, da fuhr er auch schon los.

Es brannte Licht, stellte er überrascht fest, als er das Haus betrat. Ben zog den Blazer aus und legte ihn über einen Stuhl, der neben der Garderobe stand. Gerade wollte er nachsehen, ob Nora noch im Wohnzimmer saß oder ob sie einfach nur vergessen hatte, das Licht auszuschalten, als ihm strahlend und barfüßig Verena entgegenkam.

„Hey, unser Supermodel!", rief er erfreut aus. „Ich habe mich schon gefragt, wann du dich endlich bei uns blicken lässt." Er streckte ihr die Arme entgegen und sie warf sich hinein. Einige Male wirbelte er sie im Kreis herum.

„Benjamin Larsen, du alter Herzensbrecher, wie geht es dir?" Verena drückte ihm einen herzhaften Kuss direkt auf den Mund.

„Hab schon gehört, dass du wieder im Lande bist", sagte er grinsend, ohne auf ihre rhetorische Frage einzugehen. Er sah prüfend an ihr vorbei und stellte sie gleichzeitig zurück auf ihre nackten Füße.

„Wo ist denn Nora abgeblieben?"

„Sternhagelvoll", antwortete Verena lachend. „Meine liebe Freundin liegt auf dem Sofa und schnarcht wie ein Bergmann nach der Nachtschicht. Ich wollte mir gerade ein Taxi rufen, als ich dich nach Hause kommen hörte."

Ben zog die rechte Augenbraue in die Höhe. „Was hat sie alles getrunken, zum Teufel?"

„Och, nur zwei oder drei kleine Gläschen Champagner, dann war sie restlos hin."

Verena kicherte albern. Sie selbst konnte zwar einiges vertragen, aber auch an ihr war der Champagner offensichtlich nicht spurlos vorübergegangen, schließlich dürfte sie einige Gläser mehr konsumiert haben als ihre Freundin.

„Und wo kommst du jetzt her, mein edler, blonder Ritter?"

Ben umfasste ihre Schultern und schob sie sanft beiseite, um nach Nora zu sehen. „Ich hatte eine Verabredung", antwortete er beiläufig im Gehen.

Verena schlenderte hinter ihm her und betrachtete lächelnd sein Gesicht, während er auf Nora hinuntersah, die mit angezogenen Knien tief schlafend auf dem Sofa lag.

„Ihr geht es gut, mach dir keine Sorgen."

„Ich mache mir keine Sorgen."

„Doch, das tust du. Ich kenne diesen fürsorglichen Blick, Ben Larsen."

„Quatsch! Sie kann nichts vertragen, das sollte sie langsam gelernt haben. Es ärgert mich einfach, wenn Menschen so unvernünftig sind."

Verena kicherte erneut, irgendetwas schien sie äußerst lustig zu finden.

„Trink noch was mit mir, Benny-Boy, um der alten Zeiten willen, okay?"

Nach kurzem Überlegen nickte er. „Aber nur ein einziges Glas, ich bin hundemüde. Lass uns am besten in die Küche gehen, da stören wir sie nicht."

„Einverstanden." Verena bückte sich und griff nach den langen Riemchen ihrer hochhackigen Sandaletten, die vor einem der Sessel auf dem Teppich lagen. Mit den Schuhen in der Hand tapste sie hinter ihm her.

„Du bleibst wohl bei Champagner, oder?", fragte er.

„Jep, besser ist es." Sie ließ sich auf einem der Küchenstühle nieder und versuchte ihre Sandaletten anzuziehen. Die winzigen Schnallen an den zarten Lederriemchen bereiteten ihr einige Probleme.

Ben öffnete eine neue Flasche und beobachtete sie amüsiert. Er schenkte ein und stellte den Champagner vorsichtshalber zurück in den Kühlschrank, damit er außer Reichweite blieb. Dann zog er sich einen Stuhl heran und setzte sich. „Komm schon, lass mich das machen", sagte er schmunzelnd.

Verena bedachte ihn mit einem verführerischen Blick, wobei sie ihm keck eins ihrer langen Beine entgegenstreckte. Er legte eine Hand um ihre schmale Fessel und platzierte ihren Fuß auf seinem Oberschenkel. „Spar dir deinen gekonnten Augenaufschlag, Schatz", sagte er lachend, während er nacheinander die Riemchen ihrer Schuhe schloss. „Kein Bedarf."

„Wirklich zu schade." Sie seufzte. „Ich hätte gerne mal wieder diese faszinierende Traurigkeit aus deinen Augen vertrieben, Benny-Boy. Ich meine, sie steht dir zwar gut, enorm gut, aber es hätte mich doch gereizt, sie verschwinden zu lassen."

„Du irrst dich, Verena, ich bin nicht … traurig."

„Wenn du das sagst, muss ich es wohl glauben." Leise kichernd griff sie nach ihrem Glas. „Prost, mein Süßer, auf unser Wiedersehen."

„Prost, Verena."

Sie plauderten noch eine ganze Weile über alte Zeiten und tauschten Neuigkeiten aus, doch dann erhob sich Verena entschlossen. „Jetzt muss ich aber wirklich ins Bettchen. Ob nun mit dir oder ohne dich. Da du es vorziehst, mein ausgesprochen verlockendes Angebot abzulehnen, du ignoranter Kerl, werde ich mir ein Taxi rufen und einsam und unbefriedigt einschlafen. Dies ist also deine allerletzte Chance, mich davon abzuhalten, Ben."

Er lachte und schüttelte amüsiert den Kopf. „Übertreibe es nicht, Verena, sonst führst du mich doch noch in Versuchung."

Wie ein junges Mädchen gluckste sie vor sich hin und marschierte in den Flur, um sich ein Taxi zu rufen.

Als der Wagen vorfuhr, brachte Ben sie bis vor die Tür und gab ihr zum Abschied einen Kuss auf die Wange.

Bevor Verena endgültig einstieg, drehte sie sich noch einmal zu ihm um. „Versprich mir, dass du unser Mädchen vernünftig ins Bett bringst. Sie sollte nicht die ganze Nacht dort auf dem schmalen Sofa liegen. Kümmere dich um sie, hörst du!"

In seinem Inneren braute sich irgendwas zusammen. Offenbar konnte Verena das trotz der Dunkelheit von seinem Gesicht ablesen, denn sie zog ihre hübsche Stirn kraus.

„Ben?"

„Ja, ja", sagte er heiser und räusperte sich. „Ich werde sie ins Bett bringen. Mach dir keine Sorgen." Er sah dem Taxi so lange hinterher, bis es außer Sichtweite war, erst dann drehte er sich um und ging ins Haus.

Als er zurück ins Wohnzimmer kam, lag Nora in unveränderter Haltung da – auf der Seite und mit angezogenen Beinen. Die Handflächen lagen aneinander und darauf hatte sie ihr Gesicht gebettet. Ihre vollen Lippen waren leicht geöffnet.

Schnell wandte Ben den Blick von ihrem Mund ab und bückte sich, um die Arme unter ihren Körper zu schieben und sie hochzuheben. Sie erschien ihm federleicht. Ihr Kopf sank wie leblos an seine Brust. Ihr Haar hatte sich bereits zum Teil aus der Spange an ihrem Hinterkopf gelöst und fiel weich über seinen Unterarm und die rechte Hand und schien ihn zu streicheln.

Ben schloss kurz die Augen und holte tief Luft, dann drehte er sich entschlossen um und trug sie die Treppe hinauf in ihr Zimmer.

Sein Blick fiel auf ihr Nachthemd, das an der gleichen Stelle wie am Nachmittag lag, und er musste schlucken. Widerstrebend ließ er Nora auf die Matratze sinken. Einen schier endlosen Augenblick lang sah er auf sie hinab. Er musterte ihren schmalen Körper bis hinunter zu ihren Füßen. Sie hatte noch immer Schuhe an, also zog er sie ihr aus und stellte sie vor das Bett. Wieder betrachtete er das gelbe Nachthemd und fühlte sich peinlich berührt, deshalb schob er es beiseite. Unschlüssig stand er da, weil er nicht wusste, ob er sie nun einfach so liegen lassen oder ihr zumindest die leichte Baumwollhose abstreifen sollte, die sie trug.

Nur im T-Shirt und Unterwäsche schläft es sich viel bequemer, sagte er sich und löste behutsam das Band, das die Hose in ihrer Taille zusammenhielt. Erneut musste er schlucken, als er eine Hand unter ihre Hüfte schob und mit der anderen den Hosenbund über ihr Becken herunterzog. Seine Finger berührten die Rundung ihres Pos und er sog geräuschvoll den Atem durch die Nase ein. *Herr im Himmel!*

Endlich hatte er diese aufreibende Aufgabe hinter sich gebracht. Nun brauchte er ihr die Hose nur noch abzustreifen. Er tat es und legte das Kleidungsstück ordentlich ans Fußende des Bettes. Sein Blick klebte an ihren Beinen, die sie wieder anzog, um sich wie ein kleines Kind erneut auf die Seite zu drehen.

Wie hypnotisiert starrte Ben einige Sekunden auf die apricotfarbene Spitze ihres Höschens. Das Verlangen, sie dort zu berühren, brachte ihn fast um. Stattdessen griff er nach der Bettdecke, breitete sie rasch über ihren Körper und zog sie hoch bis zu ihren Schultern. Ihr Gesicht war vollkommen entspannt, ihre Lippen halb geöffnet.

Die Haarspange, dachte er, diese blöde Spange muss doch furchtbar drücken.

Unter größter Anstrengung befreite er auch den Rest ihrer Haare und legte die Spange auf den Nachttisch. Er konnte nicht widerstehen und berührte ein letztes Mal ihr Haar, strich ihr sanft eine Strähne aus der Stirn. Von ihrem Anblick bezaubert, betrachtete er sie.

Nur noch einen Moment.

„Ben."

Ihr Flüstern, fast klang es flehend, ließ ihn leicht zusammenfahren, doch dann bemerkte er erleichtert und gleichzeitig fasziniert, dass sie im Schlaf gesprochen hatte. Ohne den Blick von ihr zu wenden, ging er langsam in die Hocke. „Sag es noch mal", flehte er. „Bitte, Kätzchen, sag nur noch einmal auf diese Weise meinen Namen."

Minutenlang sah er sie an, aber sie blieb stumm. Erst als er vorsichtig mit einer Fingerspitze über ihre Wange strich, seufzte sie, doch seinen Namen flüsterte sie nicht.

Schließlich erhob er sich und rieb sich mit beiden Händen kräftig das Gesicht. „Ich liebe dich so sehr", murmelte er, dann verließ er schnell das Zimmer.

Nora erwachte, weil gleißendes Sonnenlicht ihr direkt ins Gesicht fiel. Die Gardinen waren nicht wie sonst zugezogen und so hatte die Sonne sie wecken können.

Sie blinzelte in die peinigende Helligkeit und bemerkte sofort das heftige Pochen hinter ihren Schläfen. „Meine Güte." Sie presste die Daumen fest auf die schmerzenden Stellen, bewegte sie kreisend und versuchte den bohrenden Schmerz zu lindern, jedoch ohne den geringsten Erfolg zu erzielen. Sie zog eine Grimasse, erhob sich und nahm eine lange, erfrischende Dusche, danach zog sie sich mit bedächtigen Bewegungen an.

Wie bin ich eigentlich ins Bett gekommen?

Nachdenklich griff sie nach der beigebraunen Baumwollhose, die sie am Abend zuvor getragen hatte, zog sie über einen Bügel und hängte sie in den Schrank. Es war ihr schleierhaft, wie sie es geschafft hatte, die Hose auszuziehen und sie sogar ordentlich zusammenzulegen. Sie konnte sich überhaupt nicht daran erinnern. Offensichtlich hatte sie einen klassischen Filmriss, denn das Letzte, was ihr noch bewusst war, war, dass sie zusammen mit Verena im Wohnzimmer gesessen und fröhlich geplaudert hatte.

Wahrscheinlich hatte Verena ihr geholfen, ins Bett zu kommen.

Nora warf einen Blick auf den Wecker und verließ das Zimmer. Ein ordentlicher Kaffee würde ihr jetzt guttun.

Wie erwartet, saß Ben bereits in der Küche und frühstückte.

Als sie eintrat, faltete er die Zeitung zusammen und wünschte ihr eigenartig lächelnd einen guten Morgen.

„Morgen, Ben“, erwiderte sie, marschierte schnurstracks auf die Kaffeemaschine zu und beschloss, sein blödes Grinsen zu ignorieren.

„Vielleicht solltest du nach deinem gestrigen Besäufnis lieber ein Glas Orangensaft anstatt Kaffee trinken.“

Nora schüttelte vorsichtig den Kopf und schenkte sich großzügig einen Becher Kaffee ein. „Nein, mir ist jetzt sogar sehr nach Kaffee.“ Dann stutzte sie. „Moment mal, woher … haben wir uns gestern Abend noch gesehen, du und ich?“

„Ich habe dich nach oben getragen.“

„Du hast … was?“ Ein Anfall von Übelkeit machte sich in ihrem Magen bemerkbar und sie stellte den Becher ab.

„Du warst vollkommen hinüber. Ich habe dich hinaufgetragen. He, du bist ja weiß wie die Wand hinter dir, Mädchen, du solltest dringend etwas essen.“

„Und du hast mich auch … ausgezogen?"

„Nur deine Schuhe und die Hose. Den Rest habe ich uns beiden erspart, wie du sicherlich bemerkt haben wirst."

Zischend holte sie Luft. „Was fällt dir ein? Wie kannst du …"

Sein Blick blieb unverändert ruhig.

„Ich wollte nur nett sein."

Die Betonung lag auf dem Wort nett, und damit brachte er Nora noch eine Spur mehr aus dem Gleichgewicht. „Natürlich, es … es tut mir leid. Ich … es war albern von mir. Ich sollte mich wohl eher bei dir bedanken, nehme ich an."

„Lass es gut sein, Partner." Er stand auf, nahm einen Glaskrug aus dem Kühlschrank und ein großes Glas vom Küchenregal, das er fast bis zum Rand vollschenkte. „Ich habe Orangen für dich ausgepresst. Hier, trink das, aber langsam, damit dein Magen nicht rebelliert. Stell den Kaffee besser weg. Und dann isst du was, verstanden? Ich hole dir aus dem Medizinschrank ein paar Aspirin, aber die bekommst du erst, wenn du etwas im Magen hast."

Sie starrte ihm fassungslos nach, als er mit langen Schritten die Küche verließ. Er hatte sie nach oben getragen und ausgezogen! Nora schloss die Augen und atmete tief ein. Ich war ja praktisch bewusstlos, dachte sie beschämt – und er hat mich im Höschen gesehen!

Hilflos und ohne Bewusstsein. Meine Güte! Wenn ich nun etwas gesagt oder getan habe, das … oh mein Gott!

Ben kam zurück und legte eine Packung Aspirin auf den Tisch. „Du hast ja noch keinen einzigen Schluck Saft getrunken", stellte er vorwurfsvoll fest.

Automatisch griff Nora nach dem Glas und nahm ein paar kleine Schlucke. Schließlich, nach einem eindringlichen Blick von Ben, angelte sie sich sogar ein Croissant aus dem Brotkorb und knabberte lustlos daran herum.

„Komm schon, Nora, wer saufen kann, muss am nächsten Tag auch die Folgen tapfer ertragen können." Er grinste sie schief an.

„Habe ich … ich meine, habe ich mich vielleicht irgendwie danebenbenommen?“ Sie räusperte sich verlegen. „Gibt es etwas, wofür ich mich entschuldigen müsste?“

Sein Blick schien sich endlos lange in ihren zu bohren. Nora schluckte und setzte erneut das Glas an die Lippen, ohne ihn aus den Augen lassen zu können.

Endlich schüttelte er den Kopf. „Dein Benehmen war absolut perfekt. Du hast geschlafen, mehr nicht. Du hast nicht geredet, nicht mit mir gestritten, du hast dich noch nicht einmal dagegen zur Wehr gesetzt, dass ich dich ins Bettchen gebracht habe, Partner. Wirklich absolut perfekt! Es war also sozusagen ein Ereignis von großem Seltenheitswert.“

Sein Grinsen war wieder da, diesmal wesentlich breiter.

„Du machst dich über mich lustig.“

Natürlich litt sie allein bei der Vorstellung Höllenqualen, dass gerade er sie ins Bett gelegt hatte. Das konnte er ihr vom Gesicht ablesen. Er verstand sie sogar, praktisch war sie ihm ausgeliefert gewesen, an ihrer Stelle würde es ihm nicht anders ergehen.

„Ich folge bloß einer alten Tradition, wenn ich dich damit ein bisschen aufziehe, oder?“, sagte er lächelnd. „Komm schon, Nora, sei kein Frosch! Da musst du jetzt durch. Falls es dich irgendwie beruhigt, Verena war auch nicht so ganz nüchtern. Ich meine, lange nicht so beduselt, wie du es gewesen bist, aber sie war durchaus beschwipst. Sie hat es noch nicht mal mehr geschafft, sich alleine die Schuhe anzuziehen.“

Noras Augenbrauen zogen sich über ihrer Nasenwurzel zusammen. „Ach ja? Ihr habt euch also getroffen?“

„Ja, wir haben sogar ein letztes Glas gekippt. Auf unser Wiedersehen gewissermaßen.“

„Aha.“

„Irgendwann ist sie in ein Taxi gestiegen und hat sich nach Hause chauffieren lassen. Gleich danach habe ich dich, wie schon erwähnt, nach oben in dein Zimmer getragen.“

Nora räusperte sich erneut. Inzwischen hatte sie es tatsächlich geschafft, den Saft auszutrinken und das Croissant aufzuessen.

„Bekomme ich nun mein Aspirin?"

„Klar doch, mein tapferes Mädchen, klar doch!", antwortete er feixend.

„Hör jetzt sofort damit auf, mich zu ärgern, Benjamin Larsen! Mir geht es hundsmiserabel", gab sie leise zu.

Zu seiner Überraschung huschte ein Lächeln über ihr blasses Gesicht.

„Das sehe ich", erwiderte er, stand auf und schob die Schachtel mit den Tabletten vor sie hin. „Nimm gleich zwei davon und leg dich ins Bett. Ich werde heute Abend irgendein Essen für uns auf den Tisch bringen, das dich wieder völlig herstellt, einverstanden?"

Sprachlos sah sie zu ihm hoch und nickte. Erneut trafen sich für einen kurzen Moment ihre Blicke, dann wandte er sich ab und verließ die Küche.

5. KAPITEL

Am Montagmorgen stellte Nora ihr Auto tatsächlich vor Ben in der Tiefgarage des Brehlow ab. Sie hatte fast den gesamten Sonntagnachmittag geschlafen und war deshalb lange vor ihrer normalen Zeit aufgewacht. Körperlich ging es ihr wieder gut. Sie fühlte sich frisch und herrlich ausgeruht.

„Guten Morgen, du treulose Tomate", rief sie Andrea fröhlich zu, die ihr eher distanziert entgegenblickte.

„Wieso treulos?"

„Na, weil du dich normalerweise am Wochenende immer mal bei mir meldest."

„Du hast mich ja auch nicht angerufen."

„Zugegeben, aber verwundert hat es mich doch ein bisschen. Schließlich hattest du Samstagabend ein Date, oder nicht?"

„Ja."

Andrea suchte irgendetwas in einer Schreibtischschublade, das sie offenkundig nicht finden konnte.

„War es so furchtbar mit ihm?"

„Nein, das war es ganz und gar nicht, aber wenn du erlaubst, würde ich jetzt gerne arbeiten. Ich habe ein paar Erledigungen für Ben zu machen."

Nora stutzte. „Oh, entschuldige meine Neugierde. Kommt nicht wieder vor."

Andreas Kopf schoss hoch. „Du kannst ihn ja sowieso nur miesmachen. Ich habe keine Lust dazu, mir dein Gezeter über Ben anzuhören! Du bist schrecklich voreingenommen, wenn es um ihn geht, und … gönnst ihn mir anscheinend nicht, das ist es doch, oder?"

Nora war völlig fassungslos. „Andrea? Was ist denn in dich gefahren?"

„Ach, lass mich einfach eine Weile zufrieden, Chef. Das wird das Beste für uns beide sein, denke ich."

„Wie du willst." Nora schüttelte den Kopf und verschwand in ihrem Büro.

Kurz darauf traf auch Ben ein.

Andreas Laune war auf dem Tiefpunkt angelangt, denn sie hatte den gesamten Sonntag damit zugebracht, auf einen Anruf von ihm zu warten. Leider war es nur verschenkte Zeit gewesen und ihre Enttäuschung darüber kannte keine Grenzen.

„Guten Morgen, Andrea." Er bedachte sie mit einem herzlichen Lächeln.

„Guten Morgen, Ben", brachte sie etwas atemlos hervor. „Hattest du einen netten Sonntag?" Sie konnte sich diese Bemerkung einfach nicht verkneifen.

„Na ja, ruhig, würde ich sagen. Und du?"

Andrea spürte Wut in sich aufsteigen. Es schien so, als hätte dieser Kerl noch nicht einmal daran gedacht, sie anzurufen. „Ganz ähnlich." Sie ließ ihren Blick deutlich abkühlen. „Du möchtest bitte einen gewissen Herrn von Winterberg anrufen. Er ist zurzeit nicht in seinem Büro, deshalb hat er mir seine Handynummer durchgegeben. Sie liegt auf deinem Schreibtisch." Sie wandte sich dem Bildschirm ihres Computers zu.

Ben zögerte, dann verschwand auch er hinter der Tür seines Büros.

Eine Zeit lang stand er tatenlos vor dem Fenster und starrte nachdenklich hinaus auf das glitzernde Wasser der Alster. Schließlich hob Ben kurzerhand den Telefonhörer ab und wählte die Nummer des Blumenhändlers, der sich um die Blumenarrangements für das Hotel kümmerte. Nach einem kurzen Gespräch legte er sich die Notiz von Andrea zurecht und tippte die Telefonnummer von Rudolf von Winterberg in den Apparat ein.

Rudolf Freiherr von Winterberg, ein alter Schulfreund von Clemens Brehlow, war früher sein Klient gewesen. Mit den Jahren hatte sich annähernd so etwas wie eine Freundschaft zwischen ihnen entwickelt. Rudolf von Winterberg besaß nicht nur einen großen Gutshof in der Nähe von Hamburg, auf dem er edle Reitpferde züchtete, sondern er leitete auch eine erfolgreiche Werbeagentur. Außerdem gehörten ihm einige der größten

Bürokomplexe in der Hansestadt. Er war ohne Frage einer der reichsten und einflussreichsten Männer in Norddeutschland, hielt sich dennoch stets diskret im Hintergrund. Die Öffentlichkeit nahm kaum Notiz von ihm und seiner Familie, und Rudolf von Winterberg empfand das als Privileg, wie Ben wusste.

„Rudi, hier Ben. Du wolltest mich sprechen."

„Ah ja, Ben, danke, dass du so schnell zurückrufst. Hör zu, ich mach es kurz. Ich brauche für Freitagnachmittag dringend einen Tagungsraum, in den circa fünfzig Menschen hineinpassen. Außerdem bräuchte ich für die Nacht von Freitag auf Samstag voraussichtlich fünf Einzel- und drei Doppelzimmer. Kannst du das für mich möglich machen?"

Ben lachte. „Den Raum kann ich dir schon mal fest zusagen, was die Zimmer betrifft – ich stehe nicht an der Rezeption, mein Freund. Ich habe keinen Überblick über die Belegung in den nächsten Tagen. Da musst du mir Zeit lassen, mich zu erkundigen."

„Kein Problem. Ich warte auf deinen Anruf. Bis gleich."

Ben blieb gelassen. Er war die manchmal etwas schroffe und stets eilige Art von Rudolf von Winterberg gewohnt und konnte damit gut umgehen. In aller Ruhe erkundigte er sich nach der Belegung und wählte dann die Nummer seines alten Klienten erneut.

„Alles klar, Rudi, die Zimmer sind für dich und deine Gäste gebucht. Ist es ein besonderer Anlass?"

„Kann man so sagen. Ich werde die Kampagne für ein neues, sehr exklusives Shoppingcenter in einem der Vororte übernehmen und suche noch einige Investoren. Wie sieht es aus, hast du nicht auch Lust, ein bisschen Geld gut anzulegen?"

„Vergiss es, Rudi, das ist nicht so ganz meine Preisklasse, nehme ich an. Außerdem, du weißt ja, mir liegt es nicht, auf Risiko zu spielen."

„Ja, aber dadurch entgeht dir eine Menge Spaß, glaub mir. Und, Ben, es ist jedermann in Hamburg bekannt, dass Investitionen dieser Art inzwischen durchaus deiner Preisklasse entsprechen."

„Keine Chance. Ich habe es vorgezogen, mein neu erworbenes Vermögen nicht anzurühren, sondern nur anzulegen. Eigentlich ist es mir etwas unangenehm, dass Clemens mir so viel hinterlassen hat. Ich war schließlich nicht wirklich sein Sohn."

„Clemens hat dich aber immer als solchen betrachtet, und das solltest du als Ehre und mit dem nötigen Stolz annehmen."

„Glaub mir, das tue ich. Er war der einzige Vater, den ich jemals hatte."

„Zurück zum Geschäft." Gewohnt rasant beendete Rudolf von Winterberg den persönlichen Teil des Gespräches.

„Okay, ich stelle dich zu unserem Serviceteam durch, dann kannst du mit den Leuten da unten direkt die Einzelheiten wegen des Caterings besprechen."

„Gut, und danke für deine schnelle Hilfe, Ben."

„Jederzeit."

Ben stellte die Verbindung her, legte den Hörer auf und erhob sich, um zu Nora hinüberzugehen; Andrea schaute kaum auf, als er aus seinem Büro kam.

Er klopfte bei Nora an, trat nach ihrer Aufforderung ein und sah schmunzelnd auf die vielen, für ihn undurchschaubaren Berechnungstabellen, die ausgebreitet vor ihr auf dem Schreibtisch lagen. Wieder einmal wurde ihm bewusst, wie heilfroh er sein konnte, dass nicht er derjenige war, der sich mit diesem Bereich der Hotelleitung befassen musste.

„Eigentlich wollte ich dich nur kurz fragen, wie es dir heute geht. Alles in Ordnung?" Sein offenes Lächeln zeigte Wirkung, sie lächelte zurück.

„Danke ja, alles bestens."

„Gut, das freut mich. Ich habe übrigens den Kronensaal für Freitagnachmittag vergeben. Rudolf von Winterberg hält dort ein Meeting ab."

„In Ordnung. Hat dieser steinreiche Kauz wenigstens auch um ein erstklassiges Büfett gebeten?"

„Er spricht gerade mit der zuständigen Abteilung darüber."

„Bravo! Ich liebe großzügige Männer."

„Ach ja? Das ist ja interessant." Er registrierte zufrieden, dass sie zunehmend nervöser wurde.

„Was ist los, Ben?"

„Oh, nichts. Rein gar nichts. Einen schönen Tag noch, Partner."

„Ja ... den wünsche ich dir ebenfalls."

Ben konnte sein Grinsen auch nicht abschalten, als er an Andrea, die ihn weiterhin kaum beachtete, vorbei in sein Büro marschierte. Es dauerte nur ein paar Minuten, nachdem er sich an den Schreibtisch gesetzt hatte, bis es an der Tür klopfte und Andrea den Kopf durch den Türspalt steckte. Er hatte sich schon gefragt, wie lange es dauern würde, bis der riesige Strauß gelber Rosen gebracht wurde, den er vor über einer Stunde angefordert hatte.

„Danke", sagte sie strahlend.

„Komm doch bitte kurz rein", bat er und erhob sich, um ihr ein paar Schritte entgegenzugehen. „Die Blumen sind nicht nur ein Dankeschön für den netten Samstagabend, sondern auch ... eine Entschuldigung. Ich habe den Eindruck, ich habe etwas falsch gemacht. Kann es sein, dass du aus irgendeinem Grund verärgert bist?"

Andrea holte geräuschvoll Luft. „Ich warne dich, ich bin ein gnadenlos ehrliches Wesen."

„Na dann, was ist los?"

„Ich ... na ja, ich habe gehofft, dass du anrufst."

Er nickte bedächtig. „Der Kuss, oder?"

„Ja, du hast mich geküsst. Okay, es war kein leidenschaftlicher Kuss, aber immerhin. Ein Abschiedskuss vor der Haustür hat nun mal eine Bedeutung. Er hinterlässt etwas – eine Art Versprechen, meinst du nicht?"

Unschlüssig stand er vor ihr, betrachtete ihr fein geschnittenes Gesicht mit der frechen Stupsnase und sah in ihre leuchtend blauen Augen. Im Grunde entsprach Andrea seinem Typ. Er mochte zierliche Frauen mit großen blauen Augen, egal ob sie nun dunkelhaarig oder blond waren – und er mochte Frauen, die sportlich und unkompliziert wirkten, aber trotzdem eine gewisse Eleganz ausstrahlten. Andrea Trenkler hatte diese Ausstrahlung.

„Ich möchte auch offen und ehrlich mit dir sein, Andrea."

„Dann sei ehrlich."

Er griff nach ihren Händen, hielt sie fest, strich mit den Daumen über ihre Handrücken. „Nicht hier. Bist du heute Abend zu Hause?"

Ihre Augen weiteten sich hoffnungsvoll. „Ja, natürlich."

Noch einmal dachte er kurz nach, dann nickte er. „Gut. Ich werde gegen acht Uhr bei dir sein. Aber mach dir bitte keine unnötige Mühe, um diese Zeit habe ich bereits gegessen."

„Okay", sagte sie heiser.

„Ben, ich ... oh, Entschuldigung!" Nora blieb wie angewurzelt stehen.

Da die Tür zu seinem Büro halb offen gestanden hatte, war sie ohne groß nachzudenken hineingegangen und sah sich nun Andrea und Ben gegenüber, die dicht beieinanderstanden. Automatisch senkte sich ihr Blick. Ben hielt Andreas Hände in seinen, ließ sie nun aber langsam los. Beide, Andrea und er, sahen sie überrascht an. Es war offenkundig, dass sie in eine sehr intime Besprechung geplatzt war.

Nora drehte sich auf dem Absatz um und flüchtete zurück in ihr Büro. Atemlos schloss sie die Tür und lehnte sich von innen dagegen. Der heiße Schmerz, der ihr soeben in die Knochen gefahren war, wollte nicht nachlassen, und sie kniff die Augen zu und konzentrierte sich darauf, ruhiger zu atmen. Einen Moment später klopfte es.

„Nora?"

Sie holte tief Luft, versuchte eine möglichst unbeteiligte Miene aufzusetzen und ging schnell zu ihrem Schreibtisch, um sich dahinter zu verschanzen. „Ja, bitte!"

Ben trat ein und sah sie merkwürdig an, wie sie sofort bemerkte.

„Alles in Ordnung?“, fragte er.

„Ja, was soll denn nicht in Ordnung sein?“

„Du wolltest mir eben irgendetwas mitteilen, denke ich“, erinnerte er sie.

„Ach so … ja … das hat sich erledigt. Ich … kümmere mich schon darum.“

„Kann ich wirklich nichts für dich tun?“

Sie schüttelte heftig den Kopf und wünschte Ben sehnlichst auf den Mond oder sonst wohin, nur verschwinden sollte er, aus ihrem Büro, aus ihren Augen – und am besten auch gleich aus ihrem Leben.

„Gut, ich geh dann mal wieder.“

Er sah sie noch immer skeptisch an. Nachdem er endlich fort war, nahm sie eilig den Telefonhörer ab und drückte eine Taste für eine interne Verbindung.

„Norbert? Nora Brehlow hier. Ist Markus gerade in der Nähe?“

Einige Augenblicke dauerte es, bis Markus sich meldete.

„Nora?“

„Hast du Lust, heute Abend für mich zu kochen?“, fragte sie ihn ohne Umschweife.

Sie waren fast gleichzeitig im Begriff, das Haus zu verlassen. Nora kam genau in dem Moment die Treppe herunter, als er gerade nach seiner Jacke greifen wollte. Ben glaubte seinen Augen nicht zu trauen und starrte sie ungläubig und zugleich fasziniert an. Eine Hitzewelle rauschte durch seinen Körper. Niemals zuvor hatte er Nora so gesehen.

Sie trug ein schwarzes hautenges Minikleid, schwarze Strümpfe und so hochhackige Pumps, wie er sie eigentlich nur von Verena kannte. Das Schlimmste für ihn aber war, dass sie ihr herrliches Haar offen gelassen hatte. Glänzend wie Seide floss es ihr in einer rotbraunen Kaskade über den Rücken, die lockigen Spitzen schienen bei jeder Bewegung die Rundung ihres Hinterteils zu liebkosen. Ihren üppigen Mund betonte ein kirschroter

Lippenstift. Normalerweise legte sie nur selten Lippenstift auf, und wenn doch, höchstens eine dezente Farbe.

„Ist was?“, fragte sie.

„N...“ Er tat, als müsste er husten. „Nein.“ Seine Stimme versagte fast, so heiser war er.

Völlig unbeteiligt stolzierte Nora an ihm vorbei, stellte sich vor dem großen Spiegel der Garderobe in Positur und drehte sich prüfend einige Male hin und her, während sie über ihren Po strich, um das Kleid zu glätten, das gerade dort allerdings absolut straff saß.

Er stand reglos da und starrte sie an, weil er es nicht fertigbrachte, den Blick abzuwenden.

„Einen schönen Abend, Ben“, kam es ihm wie ein Hauch aus ihrem kirschroten Mund entgegen, dann öffnete sie die Haustür und war im nächsten Augenblick verschwunden.

Es war ihm unmöglich, sich zu bewegen, er konnte nur die Tür fixieren und schnappte nach Luft, erreichte damit aber bloß, dass er noch mehr vom betörenden Duft ihres Parfüms einatmete, den sie zurückgelassen hatte. Endlich drehte er sich um und ließ sich erschöpft gegen das Treppengeländer sinken. Er war so erregt, dass es ihm Schmerzen verursachte, und stieß einen wilden Fluch aus, der durch das Haus hallte.

Da er eine Weile brauchte, um sich wieder zu beruhigen, erschien er eine Viertelstunde zu spät zu seiner Verabredung mit Andrea.

„Tut mir leid, ich wurde aufgehalten“, entschuldigte er sich lahm.

Andrea winkte lächelnd ab. „Kein Problem. Komm rein.“

Ihre kleine Wohnung entsprach genau der Vorstellung, die er sich davon gemacht hatte. Sie war hell und freundlich eingerichtet. Moderne Möbel, klare Formen und farblich aufeinander abgestimmte Accessoires.

Das gemütliche Wohnzimmer wurde von zartem Mintgrün und knalligem Dottergelb beherrscht. Da es direkt in eine offene Küche überging, fand sich auch dort das zarte Grün wieder, das einen hübschen Kontrast zu den schlichten weißen Küchenschränken bildete.

Ben kam Andreas Aufforderung nach und setzte sich auf die helle Ledercouch.

„Wein?“, fragte sie.

„Gerne, aber nur ein kleines Glas.“ Sein Blick folgte ihr. Sie trug verwaschene Jeans und ein kurzes, eng anliegendes T-Shirt, das ihre wohlgeformte Figur perfekt in Szene setzte.

Als sie zurück war, nahm er ihr die Flasche ab, öffnete sie und schenkte ihnen ein.

„Du wolltest ehrlich sein“, knüpfte sie unumwunden an ihr Gespräch vom Vormittag an, während sie sich ihm gegenüber in einem Sessel niederließ.

Ben nickte und bemerkte erst jetzt, dass er sich noch keine Gedanken darüber gemacht hatte, was er ihr eigentlich sagen wollte oder sollte. Er war im Grunde nicht bereit, überhaupt mit irgendjemandem über seine wahren Gefühle zu sprechen. Andrea war eine gute Freundin von Nora, das erschwerte die Sache zusätzlich.

„Und?“, hakte sie nach. „Schieß los, Ben.“

Er entschloss sich kurzerhand dazu, es mit der Wahrheit zu versuchen, seine unerfüllte Liebe zu Nora allerdings besser aus diesem Gespräch herauszuhalten. Nein, er würde kein Risiko eingehen. Der Preis war ihm zu hoch.

„Du solltest wissen, dass ich generell kein Mann bin, der diese Dinge überstürzt, Andrea.“

„Kein Mann für eine Nacht also?“

Sie lächelte offen, das machte es ihm leichter.

„Oh, das habe ich nicht unbedingt gemeint.“ Er lachte. „Es ist vielmehr so, dass ich vorsichtig bin, wenn es um Beziehungen geht, egal welcher Art sie auch sein mögen. Verstehst du, was ich damit sagen will?“

„Hm. Du bringst gerade einen typischen Männerwunsch vor, Ben. Frei nach dem Motto: unkompliziert gerne, jedoch ohne weitere Verpflichtungen.“

„Das trifft es nicht so ganz."

„Wie dann?"

„Ich finde dich äußerst anziehend, aber ... du willst doch Ehrlichkeit, oder?" Er wartete ihr Nicken ab. „Aber ich bin nicht in dich verliebt, und das wird sich auch nicht ändern, das weiß ich."

„Du bist wirklich verteufelt ehrlich, Ben."

Sie sah ihn unverwandt an. Nur ihre Stimme verriet die kleine schmerzende Verletzung, die er ihr gerade zugefügt hatte.

„Ich möchte, dass du weißt, woran du mit mir bist. Wenn du dich trotzdem weiterhin mit mir treffen willst, wäre ich sehr glücklich darüber – auch das ist ehrlich gemeint. Rein egoistisch betrachtet kann ich es zurzeit nämlich ganz gut gebrauchen, einen Menschen in meiner Nähe zu wissen, jemanden, der gerne seine Zeit mit mir verbringen würde. Die Entscheidung liegt allerdings allein bei dir."

Sie griff nach ihrem Weinglas und nahm einen kräftigen Schluck, dann sah sie ihn wieder an. „Ich würde wirklich sehr gerne Zeit mit dir verbringen, Ben."

Er lächelte automatisch. „Hast du dir das auch gut überlegt?"

„Da gibt es nicht viel zu überlegen. Weißt du, warum ich darüber nicht weiter nachdenken muss?"

Er zuckte mit den Schultern und das Lächeln in ihren Augen vertiefte sich.

„Es gibt nicht viele Männer, die das sagen würden, bevor man mit ihnen im Bett landet. Ich weiß es zu schätzen, dass du es getan hast. Du bist in Ordnung, scheint mir. Allerdings habe ich eine kleine Bedingung."

„Und die wäre?"

„Dass du auch weiterhin ehrlich bist. Unkompliziert gerne, aber keine Lügen. Und wenn es für einen von uns beiden vorbei ist, sollte der andere es auch sofort erfahren, okay?"

„Das entspricht absolut meinen eigenen Vorstellungen."

„Gut."

Sie lächelte und erhob sich. Direkt vor ihm blieb sie stehen und sah ihm in die Augen.

„Vielleicht ist es dann an der Zeit, dass du mir endlich zeigst, was ich sonst noch von dir zu erwarten habe, Herr Larsen." Ohne zu zögern, ließ sie sich rittlings auf seinem Schoß nieder.

Ben erwiderte überrascht ihren eindringlichen Blick, fühlte sich aber plötzlich unwohl in seiner Haut. „Meinst du nicht, wir sollten uns damit lieber ein bisschen Zeit lassen?", fragte er. „Ich erwarte nicht …"

„Nein."

Andrea schüttelte so vehement den Kopf, dass es ihn rührte.

„Ich weiß, dass du das nicht erwartest, aber ich will es." Langsam beugte sie sich vor, um ihn zu küssen.

Er folgte allein seinem Gefühl, als er ihr auswich und sie bedächtig von sich schob. Andrea stutzte und sah ihn groß an. „Stimmt was nicht?"

„Ich denke … wahrscheinlich werde ich mich schon in wenigen Stunden einen verdammten Idioten schimpfen, aber ich …"

„Ich verstehe." Seufzend erhob sie sich von seinem Schoß und stand dann unentschlossen vor ihm.

„Es tut mir leid, Andrea. Ich habe wirklich gedacht, ich könnte …"

„Es ist also eine andere Frau, richtig?", fragte sie leise.

Ben holte tief Luft, antwortete ihr jedoch nicht.

„Meine Güte, Nora, sprich endlich mit mir." Markus war klar, dass er erschöpft klang und noch immer nach Luft rang. Er hatte ihr erst vor wenigen Augenblicken die Tür geöffnet und sie voller Erstaunen und Bewunderung angesehen.

Sie war in seine Wohnung stolziert, hatte ihre Handtasche fallen lassen und war praktisch sofort über ihn hergefallen, um ihn wild zu küssen. Zunächst glaubte er schon, er könnte tatsächlich in einen seiner erotischen Träume geraten sein, so wie sie aussah und sich benahm – zumindest bis zu dem Zeitpunkt, als sie plötzlich hemmungslos zu weinen anfing. In dem Augenblick wurde ihm spätestens klar, dass er wach war und sich in der Realität bewegte.

„Entschuldige bitte", sagte sie schließlich, nachdem sie sich einigermaßen beruhigt hatte. „Es war ... wohl keine sehr gute Idee, heute Abend hierherzukommen. Das ist so verdammt unfair dir gegenüber."

„Da muss ich dir leider zustimmen." Markus atmete tief durch und rückte von ihr ab, während Nora sich kerzengerade hinsetzte und ihr wirres Haar ordnete, damit es sich nicht gänzlich verhedderte.

„Es tut mir leid, das musst du mir glauben. Ich wollte ..." Sie holte seufzend Luft. „Ich wollte so sehr, dass es mit uns funktioniert, aber ... es geht einfach nicht."

Er streichelte kurz ihre feuchte Wange. „Ich hole uns was zu trinken. Beruhige dich erst mal."

Als Ben sich am nächsten Morgen vor dem Badezimmerspiegel rasierte, hörte er Nora vorfahren.

Nein, ich werde nicht aus dem Fenster schauen, dachte er grimmig. *Ich will sie nicht noch einmal in diesem wahnsinnigen Kleid sehen, das Markus ihr wahrscheinlich gierig vom Körper geschält hat. Verflucht! Ich hätte es ganz sicher getan, wenn sie so vor meiner Tür gestanden hätte. Dieser Fummel hätte es bei Gott nicht überlebt!*

Verdammt, du tust es schon wieder.

Allein diese Gedanken waren das reinste Gift für sein Seelenheil.

Nora zerrte sich das hautenge Kleid vom Körper und kickte schwungvoll die gefährlich hohen Pumps von den Füßen. Sie machte kurz einen Abstecher ins Bad und öffnete dann ihren Kleiderschrank, um nach einem ihrer Kostüme zu greifen. Mitten in der Bewegung verlor sie plötzlich jede Antriebskraft und ließ sich niedergeschlagen aufs Bett sinken.

Nein, es ging ihr nicht viel besser als am Tag zuvor. Nachdem sie sich aufgelöst und überstürzt von Markus verabschiedet hatte, war sie praktisch die halbe Nacht durch die Stadt gefahren.

Schließlich hatte sie sich unten an der Elbe auf eine einsame Bank gesetzt und stundenlang auf das Wasser und die vorbeifahrenden Schiffe gestarrt. Geholfen hatte ihr all das nicht.

Es tat noch immer verflucht weh und diese Gewissheit machte ihr Angst. Was war bloß passiert? Wieso hatte sie plötzlich diese schrecklichen Empfindungen für Ben? Ausgerechnet für Ben! Wie war es möglich, so umfassend und quälend nach jemandem zu verlangen, den man nicht ausstehen konnte? Warum nur träumte sie neuerdings fast jede Nacht von ihm? Eindeutige Träume – Träume, die ihr am Morgen unangenehm waren –, Träume, in denen er ihr die Kleider vom Leib riss und sich voller Begehren und mit heißen, gierigen Händen auf sie stürzte.

Der Kuss vor ihrer Zimmertür! Sie konnte einfach die Wirkung dieses Kusses nicht vergessen.

Heftig schüttelte sie den Kopf, um die belastenden Gedanken daraus zu vertreiben. Dann erhob sie sich, um sich endlich für den Arbeitstag umzuziehen. Gerade als sie ihre brave, hellblaue Hemdbluse zuknöpfte, hörte sie den Motor seines Wagens aufheulen. Nora ging ans Fenster und schob die Gardine beiseite, aber sie sah nur noch, wie seine silbergraue Limousine das Grundstück verließ.

Natürlich saß auch Andrea schon auf ihrem Platz, sah ihr mit ihren leuchtend blauen Augen entgegen und wünschte ihr einen guten Morgen, als Nora später die große Milchglastür zu den Büroräumen öffnete.

Allein der Anblick ihrer Sekretärin und Freundin versetzte ihr einen schmerzhaften Stich. Sie erwiderte den üblichen Morgengruß und begab sich rasch in ihr Büro, um Andreas Bericht über ihren Abend mit Ben auszuweichen. Da befasste sie sich viel lieber mit den verlässlichen Zahlen, die waren wenigstens herrlich klar, überschaubar und absolut berechenbar.

Gegen Mittag rief Markus an und erkundigte sich nach ihrem Befinden.

„Ich habe gestern Nacht noch versucht, dich zu erreichen, Nora. Bist du gut nach Hause gekommen?“

„Ja, alles ist gut. Ich bin ein bisschen durch die Gegend gefahren. Ähm … Markus, ich habe wirklich viel zu tun."

Am anderen Ende der Leitung blieb es einen Augenblick still. Die Situation kam ihr sehr bekannt vor und sie beschimpfte sich in Gedanken als gefühlsarme Kuh. Mit Hendrik war sie ähnlich umgegangen. Auch Markus würde niemals wichtig für sie sein, er könnte ihren Panzer nie durchbrechen, das erkannte sie jetzt deutlich.

„Okay, wenn du wieder einmal Lust darauf hast, mich zu sehen, ruf einfach an, ja?"

Der enttäuschte Ton, in dem Markus antwortete, war ihr unangenehm vertraut. Allerdings verstand er es etwas besser als Hendrik, seinen Stolz zu wahren. Er entsprach damit absolut den Erwartungen, die man automatisch an einen Mann knüpfte, der genau wusste, wie attraktiv er war.

Nora räusperte sich. „Ja, das werde ich."

„Du hättest wirklich offen mit mir reden können."

„Ja, ich weiß. Du warst furchtbar nett zu mir letzte Nacht. Danke für dein Verständnis. Es gibt nicht viele Männer, die so nachsichtig reagiert hätten." Es lag ihr sehr daran, ihn wissen zu lassen, wie unangenehm es ihr war, wie sie sich verhalten hatte.

An seiner Stimme konnte sie hören, dass er lächelte, als er sagte: „Es ist okay, mach dir keine Gedanken mehr darüber. Bis bald."

„Tschüss, Markus." Sie legte auf und wandte sich wieder ihrer alten Rechenmaschine zu, die inzwischen schon eine meterlange Papierschlange ausgeworfen hatte. Einige Minuten später klopfte es. Nora schnaubte unwillig wegen der erneuten Unterbrechung.

Andrea steckte den Kopf zur Tür herein. „Du hast Besuch. Die Dame sagt …" Sie schlüpfte aufgeregt ganz durch die Tür und kam ein paar Schritte näher. „Es ist … Verena Körner, Nora. *Die* Verena Körner! Mann! Sieht die toll aus! Warum hast du mir nicht gesagt, dass du mit ihr befreundet bist?"

Nora lächelte. „Ich hab's sicherlich mal erwähnt, aber du hörst mir ja nie richtig zu. Schick sie endlich rein, um Gottes willen!"

„Ja, natürlich. Entschuldige."

In dem Augenblick, als Andrea die Tür öffnete, kam offensichtlich auch Ben aus seinem Büro. Jedenfalls hörte Nora, wie er und Verena sich herzlich und voller Überschwang begrüßten. Sie kannte Verena gut genug, um zu wissen, dass sie Ben in diesem Moment am Hals hing und ihn hemmungslos abküsste.

„Hallo, du einzige Liebe meines Lebens!", hörte sie Verena ausrufen.

Arme Andrea, dachte sie. Ihre Sekretärin stand noch immer in der offenen Tür, und so konnte Nora sehen, wie schockiert Andrea war und wie brennende Eifersucht sich deutlich auf ihrem Gesicht abzeichnete. Offensichtlich hatte Verena es gerade fertiggebracht, sich eine weitere Feindin unter ihren Geschlechtsgenossinnen zu machen.

Nora stand auf und ging an Andrea vorbei ins Vorzimmer, um ihre Freundin ebenfalls zu begrüßen. Wie erwartet, stand Verena dicht vor Ben, dessen Hände locker auf den Schultern der wunderschönen Frau lagen. Beide sahen sich strahlend in die Augen.

Der merkt noch nicht einmal, dass seine kleine Freundin vor Wut kocht, dachte Nora verwundert.

Schließlich entdeckte Verena auch sie. „Süße! Endlich! Da bist du ja, mein Herz!"

Das Supermodel zog eine vollendete Show ab. Nora kam der Verdacht, dass sie Andreas entgleiste Gesichtszüge ebenfalls richtig gedeutet hatte und dass sie das ganze Theater ein wenig zu sehr genoss.

Freudig und mit ausgestreckten Armen kam Verena auf sie zu und küsste sie auf beide Wangen. Wie immer sah sie fantastisch aus. Mit ihrem millionenschweren Lächeln auf den perfekt geschminkten, feucht glänzenden Lippen wandte sie sich noch einmal um und warf Ben eine Kusshand und einen verführerischen Augenaufschlag zu.

„Du entschuldigst uns zwei Hübschen doch, nicht wahr, Benny-Boy?“ Verena setzte einen erheblich kühleren Blick auf und richtete ihre lavendelblauen Augen auf Andrea. „Danke, Schätzchen.“

Kaum waren sie beide sicher in ihrem Büro und die Tür geschlossen, prusteten sie los und lachten, bis ihnen die Tränen über die Wangen liefen.

„Was für ein Auftritt! Du bist wirklich die reinste Bestie, Verena Körner“, brachte Nora schließlich atemlos hervor. „Eine widerliche, aber enorm herzerfrischende Bestie.“

„Meine Güte, die Kleine hat geguckt wie ein Autobus. Es hat mich einfach gereizt, und da ich ja von dir wusste, dass Ben mit ihr aus war – nun ja. Ich konnte es nicht lassen.“ Verena grinste zufrieden.

Bei ihr machte sich allerdings das schlechte Gewissen bemerkbar. „Übertreibe es nicht, ich habe Andrea nämlich wirklich gern. Wie du ja weißt, ist sie eigentlich eine gute Freundin von mir.“

Verena zog die schmal gezupften Augenbrauen in die Höhe. „Eigentlich? Ja, wie um alles in der Welt hat sich das süße Mädchen denn einen Teil deiner sonst so unerschütterlichen Sympathie verscherzt, Nora Brehlow?“

Nora winkte ab. „Ach, das ist unwichtig. Erzähl mal, was willst du hier?“

Verena ließ ihr winziges, perlenbesetztes Dior-Täschchen einige Male in der Luft kreisen und setzte sich schließlich ebenso elegant wie schwungvoll in einen der beiden schalenförmigen Besucherstühle, die vor dem Schreibtisch standen. „Wenn du es genau wissen willst, ich sterbe vor Langeweile, meine Liebe. Das Nichtstun ist viel schwerer, als ich dachte, also habe ich beschlossen, dich einfach mal zu besuchen und dich zu fragen, ob du vielleicht Lust hast, mit mir zu Mittag zu essen. Natürlich bin ich frech davon ausgegangen, dass du mich hier in deinem piekfeinen Hotel zum Essen einlädst, Frau Direktor. Also ist dieser Besuch alles andere als uneigennützig." Sie lachte breit.

„Ich denke ..." Nora warf schnell einen Blick auf ihren überfüllten Schreibtisch und anschließend einen auf ihre Armbanduhr. „Ja, ich denke, dass du mich soeben überredet hast, eine ausgiebige Pause zu machen. Na, dann mal los!"

„Was hältst du von einem ausgedehnten Einkaufsbummel am Samstagvormittag?", fragte Verena nach dem Essen, das wieder einmal hervorragend gewesen war, wie Nora insgeheim zufrieden feststellte. „Nur wir zwei. Oder besser, du nimmst dir einfach morgen etwas früher frei. Am liebsten gleich mittags. Schließlich bist du ja die Chefin. Wir geben herrlich viel Geld für vollkommen unnützes Zeug aus und lassen es uns richtig gut gehen. Vielleicht ist dir auch ein entspannender Nachmittag in einem Kosmetiksalon lieber. Finnische Sauna und muskelbepackter Masseur inklusive. Na, sag schon!"

„Halt mal die Luft an, Verena." Nora musste lachen. „Ich habe hier nicht nur so etwas wie eine repräsentative Aufgabe, ganz im Gegenteil. Da oben wartet echte Arbeit auf mich, auch wenn du dir das nur schwer vorstellen kannst. Allein diese verlängerte Mittagspause werde ich in spätestens zwei Stunden bitter bereuen, weil mir dann langsam klar werden wird, dass ich die Zeit leider hinten dranhängen muss." Nora stutzte, denn Verenas Aufmerksamkeit richtete sich plötzlich in Richtung Eingang.

„Ach, sieh mal an, mein Ex mit eurer willigen Assistentin."

„Oh nein, dann lass uns möglichst schnell von hier verschwinden." Nora wollte sich dem ganz und gar nicht aussetzen.

„Warum denn? Jetzt wird es doch erst richtig interessant. Sieh mal, Herzchen, der Filou setzt sich natürlich so hin, dass er uns gut im Auge behalten kann. Typisch Ben, er will immer die Oberhand haben."

Nora sah nur kurz hin, ihr Magen schien sich schmerzhaft

zusammenzuziehen. Auch wenn sich die beiden kaum berührten, war die neue Intimität, die Andrea und Ben miteinander verband, unübersehbar. Ihre Freundin himmelte Ben regelrecht an und der Blick, mit dem er Andrea bedachte, war voller Wärme und Zuneigung.

„Verena, lass uns gehen", bat sie fast flehentlich.

Verena holte tief Luft und beugte sich zu ihr. „Was, zum Teufel, ist los, Nora?", fragte sie flüsternd.

„Nichts. Rein gar nichts."

„Lüg mich gefälligst nicht an. Los, komm, lass uns auf der Stelle rauf in dein Büro fahren und dann will ich wissen, was hier für ein Lied gespielt wird."

Nora ging voraus und ließ Verena eintreten. Sie hatte es geschafft, an Ben und Andrea vorbeizumarschieren, ohne ihnen besondere Beachtung zu schenken. Jetzt war sie regelrecht erschöpft und ließ sich matt auf den Bürostuhl fallen.

Verena stand breitbeinig vor ihr und stemmte die Hände in die Hüften. „Und?"

„Was und?"

„Nora, bitte! Spiel hier nicht die Ahnungslose. Ich bin vielleicht nicht so gebildet wie du, aber ich bin auch kein dummes Blondchen, selbst wenn ich so aussehe. Ich will wissen, was da zwischen dir und Ben läuft!"

Nora hielt es nicht mehr auf dem Stuhl und sie sprang auf. „Zwischen mir und Ben läuft überhaupt nichts! Was denkst du dir eigentlich?"

Verena kniff ihre herrlichen Augen ein wenig zu.

„Verstehe – ja, ich verstehe. Es ist genau, wie ich es mir gedacht habe."

„Was soll das denn schon wieder heißen?"

„Das ist das Problem, nicht wahr, meine Liebe? Das ist es doch. Es läuft nichts zwischen dir und Ben."

„Verena, du machst dich lächerlich und mich furchtbar wütend. Hör sofort auf damit, sonst …"

„Gib es lieber gleich zu, das befreit ungemein, glaub mir. Ich weiß, wie das ist. Meine Güte, ich bin diesem Mann jahrelang mit hängender Zunge hinterhergelaufen. Du musst wissen, es ist nicht so einfach, wenn die Jungs bei dir Schlange stehen und ausgerechnet der, den du wirklich willst, gibt dir den Laufpass. Nein danke, Lady, du bist leider doch nichts für mich, oder so ähnlich. Meine Güte, was hab ich in mein Kissen geheult! Also, wenn irgendwer dich verstehen kann, dann bin ja wohl ich es. Nora, sag mal, hörst du mir überhaupt zu?"

Nora stand vor dem Fenster, legte sich eine Hand an die Stirn und schüttelte den Kopf. „Bitte hör endlich damit auf, du weißt genau, dass ich ihn nicht ausstehen kann."

„Du begehrst ihn, stimmt's? Du bist verrückt nach ihm. Um ehrlich zu sein, habe ich dir das schon am Abend unseres Wiedersehens vom Gesicht abgelesen, und gerade eben erst habe ich dich da unten beobachtet. Allein die Vorstellung, dass deine niedliche Freundin ihre rosa lackierten Fingerchen auf ihn legt, macht dich völlig fertig."

Verenas Stimme hatte jeden zynischen Unterton verloren. Sie klang warm und nach ehrlichem Verständnis. Nora hob den Kopf und blickte direkt in die schönen Augen ihrer Freundin. Langsam und fast unmerklich nickte sie und schloss gleich darauf voller Verzweiflung die Lider. „Ich hasse es, Verena! Ich hasse diesen elenden Zustand – und ich hasse *ihn* dafür." Als sie tief Luft holte, hörte sich das wie ein Schluchzen an. „Frag mich bitte nicht, wie es dazu kommen konnte, denn ich weiß es nicht. Es hat wie aus dem Nichts angefangen und lässt mich nicht mehr los. Ich werde noch verrückt."

„So schlimm?"

„Noch viel schlimmer! Wenn der Scheißkerl es wüsste, hätte er seinen Spaß daran."

Verena stellte sich zu ihr und sah nachdenklich hinaus. Auch Nora wandte sich nun dem Fenster zu. Nebeneinander standen sie da und spürten die stille Verbundenheit neu erwachen, die in der Vergangenheit zwischen ihnen bestanden hatte.

Draußen regnete es mal wieder. Ein heftiges Frühsommergewitter zog sich über Hamburg zusammen. Das Donnergrollen kam näher und in der Ferne sah man bereits helles Wetterleuchten. Die Oberfläche der Alster begann unruhig zu werden und wirkte in diesem diffusen Licht fast gespenstisch.

„Was macht dich da eigentlich so sicher?“, fragte Verena nach einer Weile.

„Was meinst du?“

„Na, du glaubst, dass Ben es umgehend gegen dich ausspielen würde, falls er es herausbekäme, das habe ich doch richtig verstanden, nicht wahr?“

„Ja.“

Verena schüttelte den goldblonden Kopf. „Er ist einer von den richtig guten Jungs, Nora. Das war er immer, auch wenn du es nie wahrhaben wolltest.“

Nora schnaubte ärgerlich. „Du kennst ihn nicht so gut wie ich. Ich bin mit ihm aufgewachsen. Seit jeher verabscheut er mich und ich ihn, daran hat sich nichts geändert. Seit unserer Kindheit wetzen wir die Messer. Was soll ich sagen – keiner von uns zeigt dem anderen gegenüber gerne eine Schwäche. Und diese ganz spezielle Schwäche könnte er dazu noch sich selbst an die breite Brust heften. Das würde sein übergroßes Ego ins Unermessliche anwachsen lassen. Ich weiß, wie er ist – und ich weiß, dass er das niemals erfahren darf. Niemals!“

Der mitfühlende Blick ihrer Freundin wurde noch um eine Spur weicher.

„Du irrst dich in ihm. Ben ist … er ist ein so … verdammt noch mal, du glaubst mir ja doch nicht, wenn ich dir sage, dass er der liebste, aufrichtigste und gefühlvollste Mann ist, dem ich jemals begegnet bin – und ich bin vielen Männern begegnet, Schätzchen. Die Wahrheit ist vielmehr, Benjamin Larsen würde niemals irgendjemandem absichtlich wehtun. Im Gegenteil. Er würde eher einen seiner Arme hergeben, bevor er zulässt, dass dir was passiert, glaub mir. Ich kenne ihn.“

Obwohl Nora dagegen ankämpfte, wurden ihre Augen

feucht. Sie schluckte hart. Im Augenblick fehlte ihr die Kraft, Verena zu widersprechen, aber natürlich glaubte sie ihr nicht. Sie wusste es besser. Jedes einzelne Wortgefecht mit Ben war ihr in allzu lebhafter Erinnerung.

Wieder schwiegen sie minutenlang, dann hatte Nora sich allmählich im Griff. „Ich weiß nicht, wie lange ich das noch aushalte. Nie zuvor habe ich mich so gefühlt. Ehrlich gesagt, diese … Begierde ist mir vollkommen fremd. Irgendwann renne ich wahrscheinlich mitten in der Nacht in sein Zimmer und stürze mich auf ihn." Bei dieser Vorstellung musste sie sogar ein wenig lächeln, auch wenn ihr eigentlich nicht danach zumute war.

Verena lächelte ebenfalls. Im Gegensatz zu Nora glaubte sie nicht daran, dass Ben ihre Freundin verabscheute. Sie war vom Gegenteil überzeugt. Sie hatte sein Gesicht und seine Augen gesehen, als er auf die schlafende Nora geblickt hatte, aber sie wollte nicht den Fehler begehen, Ben bloßzustellen. Er war ebenso ihr Freund, wie Nora ihre Freundin war, und es gab schließlich keine Garantie dafür, dass sie seinen Blick richtig gedeutet hatte.

„Sag mal, wie benimmt er sich eigentlich dir gegenüber? Hast du ihm vielleicht mal was angemerkt? Ich meine, könnte es nicht sein, dass er … sagen wir mal, ähnliche Begierden entwickelt hat, die sich in deine Richtung bewegen?"

Noras Augen weiteten sich. „Nein!", rief sie erschrocken aus. „Nein, sicher nicht!"

„Nora!" Verena legte den Kopf schief und sah sie ungläubig an. „Nora, Nora, Nora!"

„Er hat …" Nora hustete trocken.

„Nun? Er hat was?"

„Er hat mich mal geküsst, aber das hat er nur getan, weil …"

„Aha, hab ich es mir doch gedacht."

„Nein, du irrst dich gründlich, Verena, er wollte mich damit nur ärgern, mich erniedrigen und quälen. Er hat sich ganz furchtbar benommen an dem betreffenden Abend. Außerdem … außerdem war er betrunken. Er wusste ja gar nicht mehr, was er tat."

„Mal von der unumstößlichen Tatsache abgesehen, dass Benjamin Larsen eigentlich immer weiß, was er tut, du bist trotzdem dahingeschmolzen wie Butter in der Sonne, oder?"

„Verdammt noch mal, ja!"

Verena winkte ab und nickte gleichzeitig. „Du brauchst mir gar nichts zu erklären, ich weiß genau, wie dieser Teufel küssen kann, wenn er es darauf anlegt."

„Was soll ich nur tun?"

„Sag mal, du bist doch nicht etwa in ihn verliebt, oder?"

„Absolut nicht, nein!"

„Wir reden hier also nur von … körperlicher Anziehung, hab ich recht?"

„Genauso ist es."

„Und da bist du dir wirklich sicher?"

„Ich kann diesen selbstherrlichen Kerl nicht ausstehen."

Verena setzte sich und stützte ihr Kinn auf die gefalteten Hände. „Unter normalen Umständen würde ich dir jetzt sagen: Was soll's, Nora, wenn du so heiß auf ihn bist, schnapp ihn dir einfach und die Sache ist gegessen. Er ist auch nur ein Mann, mein Gott! Aber in diesem speziellen Fall …" Sie zuckte mit den Schultern. Plötzlich kam ihr ein Gedanke. Sie drückte ihr Rückgrat durch und lächelte böse.

„Was ist?", fragte Nora alarmiert.

„Du willst also nicht, dass du diejenige bist, die eine Schwäche zeigt, richtig?"

„Genau."

Nora starrte sie eine Weile an, erst dann schien sie zu begreifen, welche Richtung ihre Gedanken soeben eingeschlagen hatten.

„Oh nein! Ganz bestimmt nicht! Vergiss es, Verena! Niemals!"

„Es ist die einzige Möglichkeit. Glaub mir, ich kenne ihn, das hält er nicht lange durch. Er ist ziemlich … nun ja, egal –

das wirst du noch alleine herausfinden. Wenn du ihn richtig in die Zange nimmst und es geschickt anstellst, liegt er dir spätestens in einer Woche zu Füßen und winselt verzweifelt um Gnade."

„Selbst wenn ich über deinen verrückten Vorschlag nachdenken würde, hast du dabei Andrea vergessen. Sie wird schon dafür sorgen, dass der Mann keine Not leidet."

„Herrgott, Nora! Es geht hier doch nicht um einen verfluchten Samenstau! Es geht um das, was er wirklich will. Sobald du ihn erst einmal an der Angel hast, wird Andrea die tollsten Verrenkungen machen können und es würde nichts helfen. Hast du dir schon mal die Mühe gemacht, über die Männer im Allgemeinen nachzudenken, Schätzchen? Offensichtlich nicht, denn du hast nicht die geringste Ahnung." Verena betrachtete Nora eingehend. „Sag mal, wie viele von diesen strengen marineblauen Kostümen besitzt du eigentlich?"

Nora schnaubte. „Ich habe durchaus auch andere Sachen im Schrank, aber diese Kostüme sind einfach praktisch fürs Büro. Man sieht immer ..."

„... langweilig darin aus", vervollständigte Verena. „Komm schon, Nora, du bist eine hinreißende Frau, das weißt du doch. Lass wenigstens die Röcke dieser braven Arbeitskleidung eine Handbreit kürzen und vielleicht sogar ein wenig enger nähen. Glaub mir, die Wirkung wäre enorm. In diesem Bereich bin nämlich ich die Fachfrau, und die Kerle, meine Liebe, sind in dieser Hinsicht sowieso alle gleich gestrickt."

Nora schüttelte den Kopf. „Ich kann es nicht fassen, dass ich es tatsächlich in Betracht ziehe, Ben Larsen zu verführen." Dann fiel ihr etwas ein. „Wir haben noch was vergessen, Verena!"

„Was meinst du?"

„Also, erst einmal wieder Andrea. Sie ist seit mehreren Jahren meine Freundin. Ich würde niemals ..."

„Ich bitte dich. Hältst du dieses kleine Techtelmechtel da unten etwa für was Ernstes?"

„Äh ... woher soll ich das denn wissen?"

„Na, dann finde es eben heraus. Du sagst doch selbst, dass sie deine Freundin ist, du Schlaukopf."

„Du bist ja … wirklich ausgekocht, du Teufelsweib. Aber das könnte ich nicht. Außerdem will ich auch gar nichts davon hören. Womöglich erzählt sie mir noch irgendwelche Einzelheiten. Gott bewahre – nur das nicht!"

„Na, und wenn schon – willst du Ben, oder willst du Ben? Ich wiederhole mich nur ungern, aber ich kenne den Mann gut genug. Falls er die Kleine tatsächlich liebt, wird er dich nicht mal mit den Fingerspitzen anrühren. Er ist nämlich ein elender Moralist, unser Benny-Boy. Denk darüber nach, wenn sie ihn nicht wirklich hat, kannst du ihn ihr nicht wegnehmen."

Nora grübelte eine Weile still vor sich hin.

„Stell dir das doch nur mal im Ansatz vor", sagte Verena, wobei sie ihrer Stimme einen heiseren Unterton gab. „Nur im Ansatz, ja. Du wirst genüsslich beobachten können, dass er allmählich wahnsinnig wird. Du wirst es in der Hand haben. Mach nur für einen Moment deine hübschen Augen zu und stell dir vor, wie der Mann langsam, aber sicher die Kontrolle verliert, weil er nur noch daran denken kann, wie er dich endlich in sein Bett bekommt. Na? Überzeugt dich diese himmlische Vorstellung nicht? Er wird dir aus der Hand fressen. Vorausgesetzt natürlich, wir stellen es richtig an."

„Wir?" Nora kniff stöhnend die Augen zu. „Ich habe schon immer gewusst, dass du einen verdammt schlechten Einfluss auf mich ausübst."

Verena grinste und warf demonstrativ einen Blick auf den Schreibtisch. „Vorsichtig, Schätzchen, du bist hier doch wohl nachweislich die Spezialistin für Berechnungen."

Am Abend kam Verena bei ihr zu Hause vorbei und inspizierte hemmungslos ihren Kleiderschrank. Bei einigen Kleidungsstücken jubelte sie sogar auf.

„Dieses Kleid … wow, das ist wirklich der reine Wahnsinn!" Sie zog ein smaragdgrünes Minikleid hervor und hielt es sich vor dem großen Spiegel an. „Meine Güte, genau die Farbe deiner Augen! So was solltest du tragen und nicht diese schrecklich langweiligen Businesskostümchen."

Nora lächelte. „Ich habe das Teil auch noch in Schwarz. Allerdings habe ich es heute Morgen in die Reinigung gegeben, weil ich es erst vor Kurzem getragen habe." Plötzlich ging ihr etwas auf. „Wenn ich es mir genau überlege … du könntest sogar recht haben. An dem Abend, als ich es anhatte, um präzise zu sein, es war erst gestern …"

„Ja?"

„Hm, ich hatte das Gefühl, dass Ben … sagen wir mal, auffallend wortkarg wurde, als ich darin nach unten kam."

Verena grinste heimtückisch. „Perfekt! Wenn sein Sprachvermögen leidet, ist er schon so gut wie erledigt. Also, wann gehen wir für dich einkaufen?" Ihre Augen wurden schmal. „Dir liegt noch etwas auf der Seele, oder?"

Nora nickte. „Ich weiß nicht genau, wie ich es ausdrücken soll."

„Versuch es einfach."

„Was ist, falls es tatsächlich dazu kommt? Er wird doch merken, dass ich … dass ich ihn will."

„Wäre das so schlimm, wenn er derjenige ist, der sich die Blöße gibt und den ersten Schritt macht? Ich dachte, allein darauf käme es dir an."

„Das stimmt schon. Aber ich will nicht, dass er auch nur ahnt, dass ich … mich so sehr nach ihm … verzehre, verstehst du?"

„Du kennst die Männer wirklich nicht. Natürlich wird er automatisch in die Rolle des Verführers schlüpfen. Du wirst absolut unschuldig dastehen, meine Liebe. Unschuldig, überrascht und von ihm schrecklich überrumpelt. Ben ist durch und durch ein echter Kerl! Er wird es ganz allein auf seine tolle Verführungskunst und seinen zugegeben beeindruckenden Körper schieben, wenn er dich so weit hat. Vergiss nicht, er wird kämpfen, nicht du! Es darf nur nicht der geringste Verdacht bei ihm aufkommen, du könntest es etwa darauf anlegen. Das ist alles, was du beachten musst, aber die Gefahr ist schwindend gering, eben weil er ein Mann ist. Männern fehlen nämlich grundsätzlich die Antennen für so was. So, und jetzt hörst du mir zuerst einmal zu."

Nora verdrehte die Augen. „Was kommt denn nun noch?"

„Nun, mein Kind, wir haben einen entscheidenden Vorteil. Ich weiß ziemlich genau, worauf dieser Kerl abfährt, schon vergessen?"

„Verena!"

„Ach, halt den Mund. Für irgendwelche Skrupel habe ich keinerlei Verständnis. Zuerst verrate ich dir, dass er es regelrecht hasst, wenn Frauen ihr Haar hochstecken. Er ist verrückt nach langem Haar, aber es muss offen sein und darf gerne tausend Meter lang sein. Und ich kenne keine Frau, die auch nur annähernd so prachtvolles Haar hat wie du."

„Ich kann sie doch im Büro nicht offen tragen, das wäre unpassend und äußerst unpraktisch."

„Nun, es gibt einfache Methoden, so lange Haare ordentlich zu bändigen und sie trotzdem über den Rücken wallen zu lassen."

„Hm, stimmt. Ich besitze einige Kämmchen, die ich …"

„Perfekt! Du wirst in den nächsten Tagen ganz genüsslich dein Aussehen verändern. Und natürlich wird es ihm auffallen und er wird denken, dass du es für einen anderen Mann tust – das ist genau der richtige Anfang."

Nora zuckte heftig zusammen. „Ein anderer Mann? Verdammt! Ich hab Markus völlig vergessen!"

„Markus? Redest du von Markus Breitenbach?"

„Ja, ich … habe mich ab und zu mit ihm getroffen. Er ist …"

„Ist es kompliziert? Ich meine, ist er ernsthaft in dich verknallt?"

„Ich glaube es fast, ja."

„Warst du mit ihm im Bett?"

Nora schüttelte den Kopf und fixierte das nachdenkliche Gesicht ihrer Freundin.

„Weiß Ben davon?"

„Ja, äh … nein. Ich meine, er weiß zwar, dass ich mich mit Markus treffe, aber natürlich nicht, dass ich nicht mit ihm geschlafen habe."

„Na super! Besser hätte es doch gar nicht kommen können. Das fördert ungemein den männlichen Drang zum Wettstreit."

„Du bist wirklich gefährlich, Verena Körner."

„Ich weiß."

6. KAPITEL

Da sie sich für fünfzehn Uhr mit Verena zum Einkaufen verabredet hatte, bereitete Nora sich bereits direkt nach dem Mittagessen auf ihren Feierabend vor. An diesem Morgen hatte sie zwar noch einmal eines ihrer dunklen Kostüme angezogen, aber darunter trug sie keine hochgeschlossene Hemdbluse, sondern ein weißes, eng anliegendes T-Shirt. Die Kostümjacke ließ sie offen. Sie hatte Verena versprechen müssen, ihr Haar nur mit zwei Kämmchen locker zurückzustecken. Ansonsten fiel es ungebändigt über ihren Rücken. Nora musste zugeben, dass es sie bei der Arbeit tatsächlich nicht gestört hatte. Im Gegenteil, sie fühlte sich sogar freier ohne all die lästigen Klammern und Haarnadeln.

Kurz vor halb drei schnappte sie sich ihre Aktenmappe und verließ ihr Büro. Ben stand gerade vor Andreas Schreibtisch und wechselte ein paar Worte mit ihr. Er hatte seine Unterschriftenmappe in der Hand.

„Ich werde für heute Schluss machen“, sagte sie an beide gewandt.

Bens Blick glitt über sie hinweg. „Hast du was Besonderes vor?“, fragte er in beiläufigem Tonfall.

Nora zuckte nur gelangweilt mit den Schultern. „Ich denke kaum, dass es dich sonderlich interessiert, wenn eine Frau dringend etwas Neues zum Anziehen braucht, aber auch bei mir tritt dieser Fall ab und an mal ein.“ Sie lächelte verhalten. „Ach, Andrea“, wandte sie sich an ihre Sekretärin und zog unter ihrer Aktenmappe ihre eigene Unterschriftenmappe hervor. Sie klappte sie auf und legte sie offen vor Andrea auf deren Schreibtisch, um sie auf einen kleinen Tippfehler aufmerksam zu machen. Natürlich war ihr bewusst, dass Ben nun direkt hinter ihr stand, als sie sich weit vorbeugte, wobei einige vorwitzige Haarsträhnen über ihre Schultern nach vorne glitten.

Ben starrte automatisch auf die wahre Flut kastanienbrauner Haare, die er da zum Greifen nah vor sich hatte. Wie hypnotisiert flog sein Blick zu Noras kleinem, festen Hintern, den sie ihm geradezu entgegenzustrecken schien. Die Kehle wurde ihm eng, und er räusperte sich leise. Einen rauen Abschiedsgruß auf den Lippen, flüchtete er zurück in sein Büro.

Als Nora wenig später Verena davon berichtete, glitzerten ihre grünen Augen regelrecht vor Freude. „Als er verschwand, nahm er seine Unterschriftenmappe wieder mit. Ich könnte schwören, dass er sie eigentlich Andrea dalassen wollte, als ich dazugekommen war. Das ist ja so verdammt einfach gewesen, Verena. Ich habe mich noch nicht einmal großartig anstrengen müssen und habe ihn trotzdem gewaltig irritiert. Ich habe seinen Blick richtig körperlich gespürt, huu, es war … hmm."

Verena lachte. „Werde mir bloß nicht übermütig. Das war nichts weiter als normales männliches Interesse. Jeder Mann hätte hingesehen, glaub mir. Sie können nicht anders. Wichtig ist nur, dass du jetzt am Ball bleibst. Die Gedanken an dich müssen ihn so sehr verfolgen, dass er richtiggehend wütend auf dich wird. Pass auf, es dauert nicht lange, und er wird versuchen, mit dir zu streiten. Du wirst dich natürlich auf keinen Streit mehr einlassen, hörst du? Das ist wirklich wichtig. Ich weiß, dass dir das schwerfällt, aber du musst dich unbedingt zurückhalten. Eine Auseinandersetzung wäre nämlich ein willkommenes Ventil für ihn, verstanden? Ach ja, Nora, gleich heute gehen wir Punkt zwei an. Das wird ihn völlig fertigmachen, ich kenne ihn."

„Du wiederholst dich, Verena!", sagte Nora grinsend.

„Oh, pardon."

Als Ben abends nach Hause kam, traute er seinen Augen nicht. Nora stand schweißnass in der Küche und hielt sich eine Literflasche Mineralwasser an die Lippen.

Und wie sie das tat! Und was hatte sie da eigentlich an?

Bevor er zum zweiten Mal an diesem Tag dem rettenden Gedanken an Flucht nachgeben konnte, entdeckte sie ihn und lächelte breit.

„Gut, dass du endlich da bist. Ich könnte wirklich deine Hilfe gebrauchen."

Er sah noch einmal an ihr herunter, nur um sicherzugehen, dass er sich nicht geirrt hatte. Nein, sie trug tatsächlich knappe Sportshorts und ein Top mit lächerlich dünnen Bändchen, die offensichtlich als Träger dienen sollten, jedoch ständig von ihren Schultern rutschten, wenn sie sich bewegte.

„Was ..." Er hustete. „Was kann ich denn für dich tun?"

Erfreut strahlte sie ihn an. „Ich muss dringend etwas für meinen Po und meine Oberschenkel tun, bevor sie endgültig der Erdanziehungskraft zum Opfer fallen. Du kennst dich doch so gut mit diesen Folterinstrumenten im Keller aus. Bitte, Ben! Du musst mir einfach helfen."

Wieder glitt sein Blick an ihr herunter. Er konnte nicht das geringste Anzeichen dafür erkennen, dass die Erdanziehung irgendwelche unangebrachten Auswirkungen auf die von ihr benannten Körperteile gehabt hätte.

„Ähm ... ja, wenn du meinst, dass das nötig ist."

„Oh ja, bitte, Ben", wiederholte sie mit flehender Stimme und setzte damit innerhalb eines Augenaufschlages einen Teil seines Denkvermögens außer Kraft. Sein Magen begann zu kribbeln und wieder musste er trocken husten.

Dann gewann in seinem Kopf auch noch der verlockende Gedanke Oberhand, sie bei der Gelegenheit vielleicht berühren zu können. Ob es nun vernünftig war oder nicht, wen scherte es? „Ich muss mir nur schnell etwas Bequemeres anziehen. Geh ruhig schon mal nach unten. Ich komme gleich nach."

Langsam, Schritt für Schritt nahm Nora die Treppe in Angriff, die in den Keller führte. Das Herz klopfte ihr bis zum Hals hinauf. Es funktionierte! Es funktionierte tatsächlich! Wer hätte das gedacht?

Etwas unschlüssig stand sie vor den verschiedenen Trainingsgeräten, als Ben zu ihr herunterkam. Er war ebenfalls in Sportshorts und T-Shirt geschlüpft und sie konzentrierte sich darauf, nicht auf seine beeindruckenden Oberarme zu starren.

„Okay, Nora, du möchtest also trainieren?"

„Ja, das will ich."

„Wie ich bemerkt habe, hast du dich schon etwas … warm gemacht."

„So ist es, ich habe mich auf diesem Fahrrad dahinten ordentlich abgestrampelt."

Er nickte und strich sich durchs Haar. „Gut, das ist auch wichtig. Dann fangen wir mal mit den Kniebeugen an. Sehr effektiv, wenn es um … äh … um das Hinterteil geht."

Er zeigte auf ein Gestell, an dem eine große Querstange befestigt war. Für sie sah es wie ein übergroßer Kleiderständer aus. Ben tauschte die schweren Gewichte am Ende der Stange gegen kleine Scheiben aus und machte ihr die Übung und die erforderliche Atemtechnik vor.

„Jetzt bist du an der Reihe. Stell dich da drunter. Keine Angst, die Stange läuft in einer festen Führung, und ich bin bei dir. Warte, ich muss nur die passende Höhe für dich einstellen. Bleib so."

Er stand ihr gegenüber und stellte die Vorrichtung auf ihre Körpergröße ein. Sein Brustkorb berührte sie fast und sie bemühte sich, leise und gleichmäßig ein- und wieder auszuatmen.

„So, umfass die … Stange, und leicht anheben. Ja, so ist es richtig. Leg sie dir auf die Schultern, ganz locker. Gut so." Er trat einen Schritt zurück und betrachtete ihre Körperhaltung. „Rücken gerade, Nora. Nein – gerade, habe ich gesagt. Und den Po rausstrecken."

Ihr wurde augenblicklich heiß, als er ihre Haltung korrigierte. Die Wärme seiner kräftigen Hände durchströmte sie wie flüssiges Feuer. Angestrengt konzentrierte sie sich darauf, gleichmäßig weiterzuatmen. Immerhin war sie klar genug, um die Beschleunigung seines Atems wahrzunehmen und den stillen

Triumph zuzulassen, der eine weitere Hitzewelle durch ihren Körper trieb.

„Hintern raus, hab ich gesagt", forderte Ben mit rauer Stimme. „Ja, perfekt."

Zögernd nahm er seine Hände weg. Nora sah in sein Gesicht und versuchte ein Lächeln, während sie ihre ersten Kniebeugen mit Gewichten vollführte.

„Konzentriere dich", mahnte er, „und atme, wie ich es dir gezeigt habe."

Er war bis an die Grenzen des Erträglichen erregt.

Nach wenigen Minuten hörte Nora auf, ihren Atem pustend auszustoßen. Stattdessen stöhnte sie leise, was ihn fast umbrachte. Ben zog vorsichtshalber beiläufig sein T-Shirt aus den Shorts und ließ es weit über den Hosenbund und somit über eine gewisse Körperregion fallen, die nur allzu gerne ein Eigenleben führte. Die Sache wurde langsam anstrengend.

„Das reicht für den Anfang", sagte er schroff, griff nach der Stange mit den Gewichten und hakte sie in ihrer alten Höhe in die Verankerung ein. „Du solltest es beim ersten Mal nicht gleich übertreiben."

„Du meinst, das war es schon? Wir machen heute keine anderen Übungen?"

Himmel! „Nein, du wirst morgen einen kräftigen Muskelkater haben, glaub mir."

„Och, zeig mir doch noch etwas."

Er verdrehte die Augen und verfluchte wieder einmal stumm sein Schicksal. „Gut, wenn du es unbedingt so haben willst. Aber nur eine leichte Übung für den Oberkörper. Man sollte nämlich dem ganzen Körper Aufmerksamkeit schenken."

„Da hast du wahrscheinlich recht."

Bildete er es sich ein, oder blickte sie bewundernd an ihm herab? Ihre schräg stehenden Katzenaugen wurden noch eine Spur grüner, er sah es genau und litt Höllenqualen.

„Warte bitte einen Moment", sagte sie. „Der Zopf drückt so."

Mit einer geübten Bewegung löste sie das breite Zopfband an ihrem Hinterkopf und fächelte mit beiden Händen ihre Mähne auseinander. Ben hatte das sichere Gefühl, den Boden unter den Füßen zu verlieren, und schnaubte unwillig.

„Tut mir leid", sagte sie leise. „Ich wollte dich nicht verärgern. Wahrscheinlich stelle ich mich furchtbar dämlich an."

„N...nein, das tust du nicht."

Er ließ sie einige Übungen für den Oberkörper machen, obwohl es die reinste Folter für ihn war, ihr dabei zuzusehen. Ihre kleinen Brüste zeichneten sich deutlich unter dem lächerlichen Hemdchen ab, das sie anhatte. Offensichtlich trug sie keinen BH, denn ihre dunklen Brustspitzen drückten sich hart durch die dünne Baumwolle. Der Anblick brannte sich für alle Zeiten in sein Gedächtnis. Erst nach einer ganzen Weile bemerkte er erschrocken, dass er inzwischen regelrecht keuchte, obwohl doch sie diejenige war, die trainierte. Aufgebracht wandte er sich ab und versuchte seine Atmung wieder unter Kontrolle zu bringen.

„Mach ich es richtig so?", fragte Nora.

„Ja", stieß er rau hervor. „Ja, verdammt!"

Abrupt hielt sie in ihrer Bewegung inne. „Was ist denn? Ist es so schlimm mit mir?"

„Nein, du machst das ... perfekt." Du hast es gleich überstanden, sagte er sich, gleich ist es vorbei, doch in dem Moment erhob sie sich von der Bank, griff sich fahrig an die Stirn und sackte in sich zusammen, ihm direkt in die Arme.

„Nora?", rief er erschrocken aus. „Um Gottes willen, Nora!"

Er hielt sie an sich gepresst, bis sie wenige Augenblicke später zu sich kam, wenn auch langsam. Ihr Gesicht war bleich und ihre Augenlider flatterten. Entschlossen hob er sie auf die Arme und trug sie nach oben ins Wohnzimmer.

„Ben", flüsterte sie an seiner Brust.

„Sch, sch, Kleine, du bist ohnmächtig geworden. Es war zu viel. Meine Schuld. Gleich ist es wieder gut."

Es war der erste Kreislaufzusammenbruch in ihrem Leben gewesen – und er war nicht gespielt.

Ben war völlig außer sich, bemerkte sie. Außer sich vor ehrlicher Sorge. Wärme durchrieselte ihren Körper und brachte sofort ihre Lebensgeister zurück. Oh, es war herrlich, in seinen starken Armen zu liegen! Offenbar sah er es genauso, denn obwohl er inzwischen direkt vor dem Sofa stand, legte er sie nicht darauf ab, sondern hielt sie weiterhin an sich gepresst.

Nora beschloss, dieses unerwartete Geschenk zu genießen, lehnte den Kopf an seine Brust und atmete dabei seinen männlichen Duft ein.

„Ben", flüsterte sie erneut. Sie fühlte, wie er tief einatmete, und spürte seinen schnellen, kräftigen Herzschlag an ihrer Wange. Sein Brustkorb hob und senkte sich unregelmäßig. Schließlich ließ er sie auf die Sitzfläche des Sofas gleiten und ging vor ihr in die Hocke.

„Geht es wieder? Warte, ich hole dir ein Glas Wasser."

„Nein! Bleib noch einen Augenblick bei mir."

„Ja … ich bleibe."

Seine Stimme war belegt, klang aber unerwartet sanft. Sie lehnte sich zurück, schloss die Augen und spürte trotzdem, dass er sie ansah. Als sie es endlich wagte, ihn anzuschauen, begegneten sich ihre Blicke und hielten sich fest. Tiefer, immer tiefer, bis sie glaubte, er würde ihr bis in die Seele sehen. Keiner von ihnen sagte ein Wort. Sie sahen sich nur an, bewegungslos, heftig atmend und gefangen vom Blick des anderen.

Nora bemerkte gar nicht, dass er eine Hand hob. Bei der sanften Berührung seiner Fingerspitzen auf ihrer Wange fuhr sie zusammen, und er zuckte zurück und erhob sich hastig.

Damit war der Bann gebrochen und sie ließ zischend den Atem entweichen. Ben strich sich mit zitternden Fingern durchs Haar und wandte sich ab.

„Ich hol dir jetzt das Wasser." Mit langen Schritten verließ er das Wohnzimmer.

Nora bemerkte, dass sie eine Hand auf ihre Herzseite gepresst hatte, und kam sich deshalb albern vor. Bedächtig setzte sie sich auf. Sie fühlte sich ausgelaugt und gleichzeitig seltsam aufgepeitscht. Es war eben etwas zwischen ihnen geschehen, aber sie hätte nicht genau sagen können, was das gewesen war. Ehe sie darüber nachdenken konnte, war Ben auch schon zurück und hielt ihr ein Glas mit frischem Wasser vor die Nase.

„Trink, das wird dir guttun – und wenn du aufstehst, mach lieber langsam."

„Danke." Während sie trank, versuchte sie fast verzweifelt, noch einmal seinen Blick einzufangen, aber es war sinnlos. Wie erwartet wich er ihr aus. Das kannte sie ja.

„Alles wieder klar?", fragte er in seinem gewohnt abgeklärten Tonfall.

Nora nickte und trauerte plötzlich unerwartet heftig diesem kurzen, wunderbaren Augenblick nach, der unwiederbringlich verloren schien.

„Du hättest mir sagen müssen, dass du eine Kreislaufschwäche hast", sagte Ben anklagend.

„Ich habe keine Kreislaufprobleme!"

„Du bist umgekippt wie ein nasser Sack!"

Seine Stimme hatte nun eindeutig einen angriffslustigen Unterton.

Ah, er will streiten! Bravo! Leider werde ich dir den Gefallen nicht tun, mein Süßer. Lass deinen Frust woanders ab, nicht bei mir.

Seufzend atmete sie aus und nahm einen kühlen, erfrischenden Schluck Wasser.

„Du hast natürlich recht", sagte sie schuldbewusst und honigsüß. „Ich hätte besser auf meinen Körper hören sollen. Du kannst nichts dafür, glaub mir. Im Gegenteil, ich bin dir ja so dankbar, dass du mir geholfen hast, und wäre froh, wenn du mir bei Gelegenheit noch einige Übungen zeigen könntest. Das wäre wirklich sehr nett von dir."

Er war so irritiert, dass er sie nun doch ansah. *Warum geht sie nicht auf mich los, wie sonst auch, wenn ich so von oben herab mit ihr spreche?*

Innerlich aufstöhnend hörte er sich sagen: „Ich werde dir gerne welche zeigen, kein Problem. Ähm, kommst du alleine klar, oder soll ich …"

„Nein, nein – danke. Ich komme schon zurecht. Wirklich. Mir geht es gut."

„Na, dann … gehe ich jetzt."

„Bis später."

„Ja, bis später."

Er hatte eigentlich vorgehabt, selber zu trainieren, ließ es nun aber lieber sein. Er war viel zu erschöpft, körperlich ebenso wie mental. Die Erschöpfung war so umfassend, dass er sogar leicht zitterte, sobald er sich nicht genug darauf konzentrierte, seinen Körper zur Ruhe zu zwingen. Also ging er nicht wieder in den Keller, sondern hinauf in sein Zimmer. Dort angekommen, legte er sich lang ausgestreckt aufs Bett, verschränkte die Arme hinter dem Kopf und versuchte durch reine Willensanstrengung, einigermaßen normale Denkprozesse in seinem überforderten Gehirn anzukurbeln.

Schon nach kurzer Überlegung kam er zu dem Schluss, dass es auf keinen Fall so weitergehen durfte. Sogar für ihn selbst war es offensichtlich, dass er zusehends die Kontrolle verlor. Dieser Zustand war inakzeptabel. Im Büro bekam er es noch irgendwie hin, dort herrschte eine andere Stimmung vor, aber zu Hause? Allein mit ihr! Nein, das konnte gar nicht mehr lange gut gehen – unmöglich! Er musste hier raus, und zwar schnell, sonst würde er sich bald zum Affen machen. Es ging über seine Kräfte, sie nur ein paar Schritte weit weg zu wissen. Es war unerträglich, dass sie nachts nur einige Meter von ihm entfernt in ihrem Bett lag.

Ben stöhnte laut auf und fluchte. Wäre sie weiterhin so bösartig wie früher zu ihm, könnte er sie wenigstens dann und wann zu hassen versuchen, aber das war sie nicht. Offenkundig gab sie sich neuerdings sogar große Mühe, nett zu ihm zu sein. Meine Güte, wenn sie wüsste, wie sehr er ihre alte Boshaftigkeit, ihre Kaltschnäuzigkeit und die offen zur Schau gestellte Abneigung vermisste! Sie würde sich wahrscheinlich totlachen.

Falls sie weiterhin nett und freundlich zu ihm wäre, ihn oft und so wundervoll anlächelte, würde er es nicht mehr lange ertragen, sie nicht berühren zu dürfen.

Ben schloss die Augen. Bei der Erinnerung daran, wie sie Hilfe suchend seinen Namen geflüstert hatte, nachdem sie umgekippt war, musste er unweigerlich lächeln.

Er liebte das. Er liebte ihre leicht heisere Stimme und war richtiggehend verrückt danach, zu hören, wie sie seinen Namen aussprach. Sie konnte das auf mindestens tausend verschiedene Arten. Allein damit schaffte sie es, dass er vollkommen aus der Fassung geriet. Und dann erst dieser Blick!

„Verflucht noch mal, das wäre fast schiefgegangen! Hier bin ich nicht mehr sicher“, sagte er laut. „Hier ist vor allem sie nicht mehr sicher!“

„Du hattest ja so recht, Verena! Der Mann ist tatsächlich ziemlich leicht aus der Fassung zu bringen. Wenn das so weitergeht, braucht er nicht einmal die volle Woche, die du ihm zugestanden hast.“ Nora lachte ins Telefon. Sie fühlte sich so beschwingt, als hätte sie ein Glas Champagner getrunken.

„Vorsichtig, Nora, unterschätze ihn nicht.“

„Er begehrt mich, Verena. Daran gibt es nicht den geringsten Zweifel. Ja, stell dir vor, Ben will mich!“

Bens Gedanken drehten sich derweil im Kreis. Er war der festen Überzeugung, dass es für ihn und Nora das Beste wäre, wenn sie nicht mehr länger unter einem Dach leben müssten, aber bei näherer Betrachtung stellte sich dieser Entschluss als undurchführbar heraus. Die äußeren Umstände ließen es nicht zu.

Da wäre zunächst einmal seine Mutter. In einigen Wochen würde sie wieder nach Hause kommen. Thea Larsen war ein durchsetzungsfähiges Persönchen – und er liebte sie über alles. Wie sollte er ihr einleuchtend erklären, dass er nach so langer Zeit nun doch endgültig sein geliebtes Zuhause verließ? Wenn er eine eigene Familie gründen wollte, das würde seine Mutter verstehen, aber einfach so? Das Haus war groß genug, niemand, der hier wohnte, brauchte Bedenken wegen seiner Privatsphäre zu haben.

Thea würde es auch nicht gelten lassen, sollte er unüberbrückbare Differenzen zwischen Nora und ihm anführen. Nein, vor allem, weil es die ja gar nicht mehr gab. Das brachte seine Überlegungen zum nächsten Punkt.

Nora war nett zu ihm und er war nett zu Nora.

Sie verstanden sich in beruflicher Hinsicht sogar hervorragend, hatten nur dann und wann kleinere Auseinandersetzungen, die sie beide nicht ernst nahmen. Alles klappte wie am Schnürchen zwischen ihnen.

Verdammt! Er konnte ja wohl kaum zu seiner Mutter sagen: *Tut mir leid, Mama, aber wenn ich noch länger hier wohnen bleibe, werde ich entweder in kürzester Zeit reif für die Psychiatrie sein oder irgendwann über Nora herfallen.*

Außerdem war es viel zu wichtig, dass Nora niemals erfuhr, wie es um ihn stand. Das durfte nicht passieren. Die Folgen wären fatal. Zwar hatte sie ihm schon vor Jahren sein Herz abgenommen, aber dann würde ihm auch noch alles andere abhandenkommen. Sein Stolz, jegliches Selbstwertgefühl, seine Ehre und der klägliche Rest seiner Lebensfreude. Die Situation war schlicht ausweglos.

Es blieben ihm nur zwei Möglichkeiten: Er musste es irgendwie durchstehen oder sein Verhalten ihr gegenüber ändern, ihre zurzeit erloschene Abneigung gegen ihn erneut schüren – konnte und wollte er das wirklich?

Es gab inzwischen viele Gelegenheiten für ihn, in denen er endlich annähernd so etwas wie Glück empfand. Zugegeben, es waren nur kurze Augenblicke, aber er genoss sie. Das gemeinsame Frühstück am Wochenende gehörte dazu, oder wenn sie einen weiteren beruflichen Erfolg auskosteten und sich zusammen darüber freuen konnten. Die berauschenden Momente, wenn er sie einfach nur ansehen durfte, wann immer er wollte – vorausgesetzt, er fühlte sich gerade in der Lage, es auch zu tun.

Es war wunderbar, mit ihr zu lachen, zu sehen, wenn ihre Augen aufblitzten wie frisch geschliffene Smaragde, nur weil sie mal wieder eine Möglichkeit gefunden hatte, irgendwelche Kosten einzusparen. Und es war herrlich, sich gegenseitig zu schätzen, einfach zu wissen, dass die Arbeit, die sie täglich leisteten, vom jeweils anderen beachtet und inzwischen sogar bewundert wurde.

Ja, Nora und er waren ein grandioses Team. Sie hatten es in der Tat geschafft, Clemens Brehlows Traum zu erfüllen, und das innerhalb weniger Monate.

Das war haargenau der alles entscheidende Punkt!

Nicht zuletzt war er es auch Clemens schuldig, diese Sache durchzustehen. Niemals würde er es fertigbringen, dessen Erwartungen an ihn zu enttäuschen. Wenn er die Augen schloss, konnte er noch immer Clemens' knarrende Stimme hören: *Junge, du schaffst das schon. Meine ganze Hoffnung liegt bei dir. Du bist derjenige von euch beiden, der stark und ausdauernd ist. Meine Tochter braucht dich, das wird sie irgendwann merken.*

Ben war sich nicht sicher, ob das der Wahrheit entsprach. Er hielt sich nicht unbedingt für stärker und ausdauernder als Nora. Vor allem war ihm klar, dass Nora ihn niemals brauchen würde, aber darauf kam es nicht an. Es ging einzig und allein darum, was Clemens von ihm erwartet hätte.

Ben stieß lang anhaltend den Atem aus. Es musste eine Möglichkeit für ihn geben, die Situation einigermaßen würdevoll durchzustehen. Er dachte an Andrea, und sein Gewissen meldete sich wieder einmal. Inzwischen war er mehrere Male mit ihr ausgegangen, hatte vielleicht sogar neue Hoffnung bei ihr geweckt.

Es gefiel ihm absolut nicht, dass er sie regelrecht ausnutzte. Natürlich, er hatte ihr offen gesagt, was er empfand, oder besser, nicht für sie empfand – trotzdem fühlte er sich nicht wohl bei der Sache. Zugegeben, er genoss ihre innige Zuwendung und auch ihre Freundschaft. Andrea linderte so manchen Schmerz, nur weil sie für ihn da war.

Er atmete einige Male tief ein und wieder aus, dann rappelte er sich auf, beugte sich hinüber zum Telefon, das auf einem kleinen Tisch direkt neben seinem Bett stand, und wählte. „Andrea?"

„Hi, ich hab mich schon gefragt, ob ich heute noch von dir hören werde."

Sie klang erfreut, das hellte auch seine Stimmung gleich etwas auf.

„Hast du Lust auf ein Treffen? Ich könnte ein bisschen Gesellschaft ganz gut gebrauchen."

„Gerne. Kommst du her oder willst du lieber was unternehmen?"

„Lass uns ins Kino gehen. Du darfst den Film aussuchen, okay?"

„Schon überredet. Ich freue mich auf dich, Ben."

Ich freue mich auf dich, Ben! Wie gut es tat, das zu hören.

Am nächsten Morgen hatte sich Nora gerade angezogen, als ihr plötzlich etwas Erschreckendes einfiel, das sie bisher nicht bedacht hatte. Wie hatte ihr das nur passieren können? Sie behielt doch sonst immer den Überblick. Das brachte sie so durcheinander, dass sie sofort zum Telefon griff und hektisch Verenas Nummer eintippte. „Verena, ich bin es."

„Meine Güte, Nora, ich habe noch geschlafen."

„Tut mir leid, aber mir ist da gerade ein fürchterlicher Gedanke gekommen. Was ist denn danach?"

„Bitte?"

„Wenn ich tatsächlich mit ihm im Bett gelandet bin, was dann? Wir werden doch nicht einfach so zur Tagesordnung übergehen können, nachdem das zwischen uns erst einmal passiert ist! Du weißt selbst, dass Sex alles verkompliziert. Es geht nicht, Verena. Ich kann nicht mit Ben schlafen. Auf gar keinen Fall! Schließlich muss ich noch viele Jahre mit ihm zusammenarbeiten. Wie soll das funktionieren?"

„Ruhig, ganz ruhig, Schätzchen. Atme bewusst ein paar Mal tief ein und wieder aus. Gut so. Und jetzt lass mich kurz eine Kleinigkeit einwenden. Hör zu, so wie es im Augenblick zwischen euch läuft, kann es doch auch nicht weitergehen, oder irre ich mich?"

Stille.

„Nora, bist du noch dran?"

„Ja, ja, du hast natürlich recht. Es ist gehupft wie gesprungen. Egal, was ich tue, es wird sowieso in einer Katastrophe enden, ich fühle das. Ich spüre direkt, wie sich über meinem Kopf ein Unwetter zusammenbraut."

„Liebes, vielleicht siehst du das alles auch viel zu eng. Geh die Sache einfach weiter locker an und warte ab. Es fing doch gerade an, dir Spaß zu machen. Achte hinterher darauf, dass du so tust, als wäre nichts gewesen. Damit nimmst du ihm den Wind aus den Segeln und machst es euch gleichzeitig leicht, wieder zum normalen Alltag zurückzufinden. Ihr seid schließlich keine Kinder mehr, sondern zwei erwachsene Menschen."

Einen Moment lang dachte Nora nach. „Ja, das stimmt natürlich. Wenn er nicht so recht weiß, wie er hinterher mit mir umgehen soll, zeige ich ihm einfach, dass er sich darüber nicht den Kopf zu zerbrechen braucht, indem ich die ganze Geschichte sofort relativiere. Das müsste eigentlich zu schaffen sein."

Verena lachte perlend. „Siehst du, du hast verstanden, was ich meine. So, jetzt bin ich endgültig wach. Sag mir, was du heute anhast. Du bist doch schon angezogen, oder?"

Auch Nora musste lachen, das entspannte etwas ihre Nerven. Ihre Ängste lösten sich nach und nach auf. Verena hatte es mit ihrer unnachahmlich lässigen Einstellung wieder einmal geschafft, ihre Skrupel zu vertreiben. „Ich habe mich für das grüne Minikleid entschieden, das dir so gut gefallen hat. Damit es geschäftsmäßiger aussieht, werde ich einen sandfarbenen Blazer darüber tragen, zufrieden?"

„Klasse Wahl. Du machst dich."

Nora musste ihrer Freundin versprechen, sich sofort zu melden, falls es einen weiteren Fortschritt geben sollte, dann verabschiedeten sie sich voneinander und legten auf.

Nach einem letzten prüfenden Blick in den Spiegel verließ sie ihr Zimmer.

Sie hatte schon damit gerechnet, Ben noch unten anzutreffen, trotzdem klopfte ihr Herz schneller, als sie ihn, einen Becher Kaffee in der Hand, in der Küche vorfand. Er stand vor der Flügeltür, die in den weitläufigen Garten führte, sah aber nicht nach draußen, sondern beobachtete eingehend die beiden Kanarienvögel, die fröhlich und aus voller Kehle ihrer Lebenslust Ausdruck verliehen. Als er das Klappern ihrer Absätze hörte, wandte er sich ihr zu. Seine Augen wurden für einen kurzen Moment weit, und sie erkannte offene Bewunderung in seinem Blick. Ein angenehmer Schauer rieselte ihr über den Rücken.

„Guten Morgen, Ben."

„Guten Morgen."

Wie so oft, wenn er nervös oder besonders angespannt war, räusperte er sich.

„Hattest du einen schönen Abend gestern?", fragte sie.

„Ja, es war sehr nett."

Nett? Nora schmunzelte in sich hinein. Sie hatte ihn spät nach Hause kommen hören und wusste deshalb, dass er bisher nicht bei Andrea übernachtet hatte. „Ist noch Kaffee da?"

Er nickte. „Bedien dich, ich habe reichlich gemacht."

Nora griff nach einem sauberen Becher und schenkte sich ein. Ben rührte sich nicht von der Stelle, daher stand sie nun direkt neben ihm und betrachtete ebenfalls das muntere Treiben der Vögel. Dennoch blieb es ihr nicht verborgen, dass er versuchte, sie unauffällig zu mustern.

„Neues Parfüm?", fragte er schließlich.

Sie sah zu ihm hoch und lächelte. „Gefällt es dir nicht?"

Wieder räusperte er sich. „Äh, doch … riecht wirklich gut."

„Das freut mich. Ich meine, dass du es magst.“ Sie trat einen Schritt von ihm zurück, weil sie die direkte Nähe nicht mehr ertrug. Der Drang, ihn anzufassen, diese weichen, skandinavisch blonden Strähnen aus seiner Stirn zu streichen, wurde fast übermächtig.

„Könntest du mich heute in deinem Wagen mitnehmen?“, fragte sie. „Ich meine, ist doch einfacher, wenn wir schon mal zur gleichen Zeit das Haus verlassen.“

„Klar, kein Problem.“

Natürlich dürfte er sich noch genau daran erinnern, wie viel Wert sie vor wenigen Wochen darauf gelegt hatte, in ihrem eigenen Auto zu fahren, aber das war ihr gleichgültig. Sie registrierte allerdings seinen gedankenvollen Blick, während er stumm abwartete, dass auch sie ihren leeren Becher abstellte. Schließlich wandte er sich ab und ging voraus zur Haustür.

Weil es seiner guten Erziehung entsprach, öffnete Ben ihr die Beifahrertür und wartete, bis Nora eingestiegen war. Auf dem Weg um den Wagen herum zur Fahrerseite schüttelte er verwirrt den Kopf. Er hatte das sichere Gefühl, dass hier etwas nicht stimmte, aber er hätte nicht sagen können, was es war.

Der Vormittag verlief verhältnismäßig ruhig. Vielleicht zu ruhig.

Nora saß über Berichten und Abrechnungen zum Bau des Wintergartens, der inzwischen schon fast fertiggestellt war. Nach einiger Zeit erhob sie sich und ging an Andrea vorbei, hinüber zu Bens Büro, klopfte an und öffnete die Tür. Da Andrea brav auf ihrem Platz saß, musste sie nicht befürchten, wieder in eine Liebesszene hineinzuplatzen.

„Kann ich dich mal kurz sprechen?“

Ben schob die Tastatur seines Computers beiseite und winkte sie herein. „Gibt es ein Problem?“

„Der Wintergarten“, setzte sie an. „Die Fliesen für den Fußboden sind ungeheuer teuer, finde ich. Gab es da keine Alternative?“

„Wir sollten in diesem Fall allein nach der Qualität entscheiden. Dieser italienische Marmor wird Generationen überdauern. Außerdem passt er hervorragend zur Einrichtung und den Pastelltönen, die du ausgewählt hast."

Sie kniff leicht die Augen zusammen, und Ben straffte automatisch die Schultern, wie sie bemerkte. Sie hatte schon befürchtet, dass es ihr früher oder später nicht mehr gelingen würde, einem Streit mit ihm aus dem Weg zu gehen. Überdies kam auch ihr ein Ventil nur recht. Die aufgeheizte Atmosphäre, die beständig zwischen ihnen herrschte, war kaum noch zu ertragen. „Du willst ja wohl jetzt nicht mir die Verantwortung für diesen Marmor aufs Auge drücken. Der Umbau fällt ganz klar in deinen Aufgabenbereich."

„Ich habe nur darauf hingewiesen, dass du die Möbel und die vorherrschenden Farben für den Raum ausgesucht hast und dass der italienische Marmor ausgezeichnet dazu passt, mehr nicht."

Er war fast dankbar für die Konfrontation, konnte nicht widerstehen, zog missbilligend eine Augenbraue in die Höhe und setzte sein spöttisches Lächeln auf, obwohl er genau wusste, dass dieser Gesichtsausdruck sie noch wütender machen würde.

„Ich habe lediglich einen Vorschlag gemacht und du hast ihn angenommen, zum Teufel! Schließlich ist es auch mein Hotel!" Ihre Stimme wurde lauter.

„Oh ja, es lag leider nicht in meiner Macht, das zu verhindern."

„Fahr zur Hölle, Ben!"

Nora stemmte die Fäuste in die Seiten, während ihm der frustrierende Gedanke durch den Kopf ging, dass er schon längst in der Hölle schmorte und sie diejenige war, die das Feuer schürte. Ihre Augen blitzten, vermutlich vor Wut, die Beine leicht gespreizt, stand sie vor ihm. Ihr kurzer Rock spannte sich straff über ihre Oberschenkel. Sie hatte wahrscheinlich keine Ahnung, wie aufreizend sie in diesem Moment aussah und wie sehr dieser Anblick an seinen angeschlagenen Nerven zerrte.

Langsam erhob er sich und ging um den Schreibtisch herum zu ihr. Dabei holte er tief Luft und schloss einen winzigen Augenblick die Lider. „Hör zu, Nora, du hast gerade selbst gesagt, dass die Verantwortung für die Umbauten in meinen Arbeitsbereich fällt. Ich habe diesen Scheißmarmor ausgesucht, weil es das Beste ist, was wir kriegen können, verdammt noch mal! Es ist zum Himmeldonnerwetter mein Job, dafür zu sorgen, dass diesem Hotel nur das Beste widerfährt. Sind wir uns so weit einig?"

„Und es fällt nun mal in meine Verantwortung, die Kosten so niedrig wie möglich zu halten, du ignoranter Hornochse!"

„Schon mal was von lohnenden Investitionen gehört, du dreimalkluge Wirtschaftsexpertin?" Inzwischen stand er so dicht vor ihr, dass er ihren Atem schmecken konnte. Während sie sich gegenseitig anbrüllten, kämpfte er weniger gegen seinen Zorn als gegen das heftige Verlangen an, das ihn heiß durchzuckte.

Unerwartet und innerhalb eines einzigen Augenaufschlags schlug ihre Wut in Begierde um. Erschüttert und irritiert von der Wucht dieses Gefühls, rang Nora nach Atem.

Trotzdem blieb ihr nicht verborgen, dass Ben offensichtlich den Faden verloren hatte, so wie er ihr aufgebracht ins Gesicht starrte – und sie bemerkte auch, dass sich während dieser wenigen Sekunden sein Gesichtsausdruck veränderte. Plötzlich wirkte er verwirrt und ungläubig.

„Verdammt noch mal!", stieß er aus. „Verdammt, Nora!"

Seine dunklen Augen sprühten Funken und sein Blick heftete sich verlangend auf ihren Mund. Einen kurzen, wunderbaren Moment lang erwartete sie schon, er würde sie stürmisch an sich ziehen, stattdessen trat er einen großen Schritt zurück und wandte sich abrupt von ihr ab. Ihre Reaktion darauf war ein tiefes, fast schluchzendes Seufzen, das sie nicht unterdrücken konnte. Sein Kopf schnellte zu ihr herum, dann senkte er ihn und strich sich das Haar nach hinten. Seine Hände zitterten, das blieb ihr nicht verborgen.

„Wenn du … wenn es dir so wichtig erscheint, werde ich noch ein paar andere Angebote einholen“, sagte er schließlich mit müder Stimme. „Ich …“

„Nein! Es … du hast vollkommen recht. Es ist okay. Lass diesen italienischen Marmor verlegen, wenn du meinst, dass es das Beste für das Hotel ist. Ich … sollte endlich damit anfangen, deine Entscheidungen zu akzeptieren.“

Tiefer, ziehender Schmerz durchfuhr seine Brust. Nora rang tatsächlich um Fassung, unglaublich.

„Du brauchst heute Abend nicht auf mich zu warten, wenn du was anderes vorhast“, sagte sie. „Ich kann mir auch ein Taxi nehmen oder mich von Markus fahren lassen.“

Ihre Stimme klang wieder etwas fester und das erleichterte ihn. „Das kommt gar nicht infrage. Wir sind zusammen hergekommen, also werden wir auch zusammen nach Hause fahren.“

Sie schluckte. „Ich danke dir, Ben.“

„Wofür bedankst du dich?“

Sie schenkte ihm ein kleines unsicheres Lächeln und wandte sich schon ab, um sein Büro zu verlassen, hielt jedoch inne.

„Sag mal, hättest du nicht Lust, heute Abend mit mir zu essen?“

Ihre Frage irritierte ihn, aber er zeigte keinerlei Regung, sondern zögerte nur kurz, dann nickte er. „Okay. Wo würdest du gerne hingehen?“

„Nein, nicht auswärts. Lass uns doch zusammen etwas kochen, ja? Auf dem Heimweg könnten wir einkaufen, was sagst du dazu? Es fehlen sowieso einige Dinge, die dringend besorgt werden müssten. Das lässt sich bei der Gelegenheit gleich mit erledigen.“

In seinem Kopf war die Hölle los. Alles, was er fertigbrachte, war ein weiteres Nicken.

Kaum war sie aus seinem Büro verschwunden, ließ er sich auf den Stuhl fallen und atmete einige Male tief ein und aus, wartete darauf, dass die heftige Erregung nachließ. Er war hart wie selten zuvor in seinem Leben und sein Puls raste, trotzdem versuchte er seine Gedanken zu sammeln.

Hier stimmt was nicht! Mit Nora stimmt was nicht. Sie hat mich wieder so angesehen. Begehrlich. Ja – begehrlich! Gott im Himmel, das kann für uns beide nur in einem Desaster enden.

Sein Griff zur Sprechanlage war eine logische Folge.

„Andrea, könntest du mal eben zu mir kommen, bitte?"

„Bin sofort da", hörte er ihre helle, freundliche Stimme. Lächelnd betrat sie kurz darauf sein Büro. „Was gibt's?"

„Ich muss mit dir reden." Er wartete, bis sie die Tür geschlossen hatte, dann stand er auf und ging zu ihr. „Hier ist zwar eigentlich nicht der richtige Ort für diese Art von Gespräch, aber es lässt sich leider nicht länger aufschieben."

Leise ließ sie den Atem entweichen und sah ihn an. „Es geht nicht weiter mit uns, oder?", fragte sie tonlos.

Sein Zögern war nur kurz. „Vor einiger Zeit habe ich dir Ehrlichkeit versprochen", erinnerte er sie und griff nach ihren Händen.

Sie nickte und er erkannte die Traurigkeit in ihren Augen.

„Andrea, die Wahrheit ist, ich bin schon seit vielen Jahren unglücklich in eine andere Frau verliebt. Das hätte ich dir von Anfang an deutlicher sagen müssen. In den vergangenen Stunden ist mir klar geworden, dass ich nicht mehr der Mann bin, der trotzdem eine … Affäre haben könnte. Ich kann das einfach nicht durchziehen, und es wäre dir gegenüber auch unfair. Noch haben du und ich nicht miteinander geschlafen, und ich muss zugeben, dass ich jetzt froh darüber bin, ich mag dich wirklich sehr."

Andrea nickte, und er bewunderte sie in diesem Augenblick für ihre Stärke, denn er fühlte genau, wie verletzt sie war.

„Du hast mich über das Fehlen bestimmter Gefühle nicht im Unklaren gelassen, Ben. Du hast dir überhaupt nichts vorzuwerfen. Gleich am Anfang hast du mir deutlich gesagt, dass du nicht in mich verliebt bist. Alles andere ist schließlich deine Sache. Wenn du eine andere Frau liebst, geht mich das im Grunde ja auch nichts an, solange du mir nichts vormachst. Und das hast du nicht getan, oder?"

„Stimmt. Das habe ich vermutlich nicht. Aber ich habe …

dich, deine Gesellschaft benutzt, weil ich glaubte, das würde mir helfen. Auf deine Gefühle habe ich praktisch keine Rücksichten genommen. Ich habe dir Hoffnung gemacht, und das ist unverzeihlich."

„Ach Ben, du hast doch mir die Entscheidung überlassen, schon vergessen? Ich wollte mit dir zusammen sein – ich wollte dich, sonst hätte ich mich nicht mit dir getroffen und weiterhin darauf gehofft, dass du dich vielleicht trotzdem in mich verliebst. Du hast mir versprochen, immer ehrlich zu sein. Gerade bist du sehr ehrlich, das weiß ich zu schätzen." Sie schluckte. „Auch wenn es wehtut."

„Freunde?"

„Ich weiß es noch nicht, mal sehen."

„Okay, das muss ich wohl oder übel akzeptieren."

Einige Stunden später stand er vor dem Weinregal eines Supermarktes und hielt grinsend eine Flasche Chianti in die Höhe. „Und? Der wäre doch perfekt zu den Steaks, oder?"

Noras Lippen kräuselten sich. „Ärgere mich nicht, du ..."

„Schon gut, schon gut!" Ben winkte ab. „Aber du hast selbst gesagt, ein Gläschen wäre in Ordnung für dich."

„Na, nimm sie halt mit, diese gefährliche Flasche." Sie musterte prüfend den Einkaufswagen. „Ich glaube, wir haben jetzt alles. Oder fällt dir noch etwas ein?"

Auch er warf einen Blick in den übervollen Wagen und schüttelte den Kopf. „Lass uns lieber schnell zur Kasse marschieren, bevor du noch mehr hineinwirfst."

„Reg dich nicht auf, Partner, wir teilen uns natürlich den Spaß."

„Na, das will ich doch hoffen."

Es dämmerte bereits, als sie zu Hause ankamen. Zunächst schleppten sie gemeinsam die schweren Einkaufstüten in die Küche, dann schlüpfte Nora aus ihrem Blazer und warf ihn ihm zu.

„Hier, häng das bitte für mich weg. Ich fang schon mal mit den Vorbereitungen an."

„Willst du dir nicht auch erst einmal etwas Bequemeres anziehen?“, fragte er hoffnungsvoll. Jetzt, nachdem sie den Blazer ausgezogen hatte, verdoppelte sich die verheerende Wirkung, die dieses aufreizende Kleid auf ihn ausübte.

Nora sah an sich hinab und lächelte. „Oh, ich finde das durchaus nicht unbequem, mach dir darüber keine Gedanken. Mir geht es gut.“

Mir aber nicht, dachte er grimmig, wandte sich ab und hängte ihren Blazer an die Garderobe. „Ich würde allerdings gerne diesen Anzug loswerden, wenn du gestattest.“

„Ja, ja, mach nur“, erwiderte sie, während sie bereits die Einkäufe auspackte.

Ben nahm immer mehrere Stufen auf einmal. In seinem Zimmer angekommen, zog er sich in Windeseile um, weil er schnell wieder bei ihr sein wollte. Einen ganzen Abend mit Nora allein zu verbringen, stellte nicht nur eine Herausforderung dar, sondern war auch ein Geschenk, das er in vollen Zügen genießen würde, das nahm er sich fest vor. Egal, wie dieser Abend endete, er würde sich jede einzelne Sekunde davon einprägen und sie niemals wieder vergessen.

Als er kaum fünf Minuten später zurück in die Küche kam, war er barfuß, trug Jeans und dazu ein bequemes weißes Baumwollhemd, das locker über dem Hosenbund hing.

Nora war inzwischen aus ihren Pumps geschlüpft, wie er bemerkte. Sie hatte die Einkäufe ausgepackt und alle Lebensmittel verstaut, die sie im Augenblick nicht brauchen würden.

„Was soll ich tun?“, fragte er, während er sich die Hemdsärmel bis zum Ellenbogen hochkrempelte.

„Kannst du dich um die Steaks kümmern? Dann übernehme ich den Salat.“

„Eine meiner leichtesten Übungen“, sagte er grinsend.

„Gib nicht immer so schrecklich an, Ben.“

Ihr Lächeln war so hinreißend, dass es eine kleine Eruption in seinen Eingeweiden auszulösen schien.

Nora wünschte sich sehnlichst, sie wäre entspannter. Ihre Nerven lagen blank und sie war mindestens so aufgeregt wie bei ihrer allerersten Verabredung. Sie fühlte ganz einfach, dass sie ihn so weit hatte. Wenn sie es richtig anstellte, würde er versuchen, sie an diesem Abend zu verführen, dessen war sie sich sicher. Sobald sie nur daran dachte, fingen ihre Hände an zu zittern. Bewusst bemühte sie sich um gleichmäßige, ruhige Atemzüge und schaffte es nach einiger Zeit tatsächlich, sich fast ausschließlich auf die Zubereitung des Dressings zu konzentrieren.

„Essen wir drüben oder hier in der Küche?", fragte Ben nach einer Weile.

„Ich denke, im Esszimmer ist es angenehmer. Der Salat ist fertig. Ich werde den Tisch für uns decken."

„Nimm schon mal den Wein mit." Mit einer Kopfbewegung deutete er auf die Flasche, die vor ihr auf dem Küchentisch stand, während er die Steaks wendete.

Kurz darauf saßen sie sich am Esstisch gegenüber und genossen das reichhaltige Mahl.

„Die Champignons sind göttlich", schwärmte Nora. „Wo hast du das gelernt?"

Er winkte lächelnd ab. „Ach, da ist nichts dabei. Ein bisschen Kräuterbutter und einen Schuss Cognac mit in die Pfanne – und fertig. Willst du nicht doch einen kleinen Schluck von dem Wein probieren? Er ist es wert, gekostet zu werden."

Nora zog die Nase kraus. „Na gut, aber wirklich nur ein Schlückchen. Sicherlich bekommt es auch dir besser, wenn du nicht die ganze Flasche allein trinkst." Sie bedachte ihn mit einem unverschämten Grinsen.

„Frechdachs", sagte er, musste jedoch schmunzeln und schenkte ihr ein halbes Glas ein.

„Danke."

„Gern geschehen." Er konnte in dieser Sekunde fast körperlich fühlen, wie sich etwas in ihm veränderte. Es war, als würde jemand einen Vorhang zur Seite ziehen. Endlich schaffte er es, sich offen einzugestehen, dass sein Unterbewusstsein schon vor einigen Stunden beschlossen hatte, sich nicht mehr gegen seine Gefühle zur Wehr zu setzen. Also sah er Nora direkt an und hob sein Glas. Erstaunt stellte er fest, dass diese Selbsterkenntnis auf eine seltsame Art seine Nerven beruhigte und ihm neue Kraft gab. „Auf dein Wohl, Partner."

Während sie ihr Glas hob und es an die Lippen setzte, rieselte Nora ein prickelnder Schauer über den Rücken. Der Ausdruck in Bens Augen hatte sich verändert; etwas war aus seinem Blick verschwunden, und sie glaubte zu wissen, was es war. In ihrem Bauch begann es lang anhaltend zu kribbeln, es fiel ihr immer schwerer, still sitzen zu bleiben.

„Bist du eigentlich zufrieden hier?", erkundigte er sich plötzlich. „Ich meine, hast du es schon bereut, in Frankfurt alles aufgegeben zu haben?"

Entschieden schüttelte sie den Kopf. „Nein, überhaupt nicht. Ich hätte es zwar niemals für möglich gehalten, aber mir gefällt die Arbeit im Hotel von Tag zu Tag besser. Daran hat sich nichts geändert. Auch jetzt nicht, nachdem die Umbauten und Umstrukturierungen fast abgeschlossen sind."

„Vermisst du Frankfurt inzwischen nicht doch?"

Sein Blick glitt über ihren Mund, löste dort ein Prickeln aus. Nora zog automatisch die Unterlippe zwischen die Zähne. „Nein, ich vermisse nichts. Und wie ist es mit dir? Fehlen dir deine Kanzlei und die ruhmreichen Auftritte im Gerichtssaal?"

Er schüttelte den Kopf. „Komischerweise nicht die Bohne. Mir geht es da genau wie dir. Auch ich hätte es nicht für möglich gehalten, dass mir dieser alte Kasten so schnell ans Herz wachsen würde. Anfangs war ich sogar wütend auf Clemens. Die Jahre des Studiums und ... meine Güte, ich hatte mir einen guten Ruf als Strafverteidiger erarbeitet – alles für die Katz, habe ich gedacht. Und heute – ja, die Arbeit im Hotel ist äußerst ... befriedigend." Er griff nach seinem Glas und nahm einen Schluck, ohne sie dabei aus den Augen zu lassen. „Das Brehlow stellt eine ganz eigene kleine Welt dar, findest du nicht? Ich weiß nicht, wie es dir geht, ich habe manchmal sogar das Gefühl, einen zwar winzigen, aber doch eigenständigen Staat zu regieren. Der Betrieb und die vielen Menschen in einem so großen Hotel … es ist einfach faszinierend. Ich habe, glaube ich, erst jetzt richtig verstanden, warum dein Vater so daran hing."

Nora nickte nachdenklich und verdrängte den kurzen heftigen Schmerz, der sich jedes Mal wie eine Faust um ihr Herz legte, wenn sie an ihren Vater dachte. „Du hast das erstaunlich gut beschrieben. Ein kleiner, eigenständiger Staat, ja, da ist tatsächlich etwas dran. Allerdings gibt es einen Unterschied. Die Menschen, die im Brehlow arbeiten, wohnen dort in der Regel nicht. Trotzdem, ich wusste ja gar nicht, dass du so philosophisch sein kannst."

Er lächelte versonnen und betrachtete sie offen und mit unverhohlener Bewunderung, die sich deutlich in seinen glänzenden, dunklen Augen zeigte. Durch ihren Körper rieselte ein warmer, prickelnder Schauer, der bis in die kleinsten Nervenbahnen vordrang. Nora erhob sich überstürzt. „Ich werde dann mal hier abräumen", sagte sie atemlos.

Noch immer lächelnd griff Ben nach der Weinflasche und stand ebenfalls auf. „Ich helfe dir schnell."

Sie räumten das Geschirr zusammen und brachten es gemeinsam in die Küche, wo Ben es in die Geschirrspülmaschine einsortierte.

„Hättest du gerne Kaffee oder einen Espresso?", fragte sie.

Er schloss die Klappe des Geschirrspülers und drehte sich zu Nora um.

„Nein, keinen Kaffee. Lass uns lieber rübergehen und in Ruhe unseren Wein austrinken." Ohne schlechtes Gewissen genoss er den Anblick ihres Körpers. Er blendete bewusst die Zweifel aus, die sein Verstand ihm noch immer aufdrängen wollte, denn sein Instinkt gab ihm inzwischen die Sicherheit, dass Nora tatsächlich auf ihn reagierte. Er kannte die Symptome zu gut von sich selbst. Sie brachte es nicht einmal mehr fertig, seinem Blick standzuhalten, und sie war fahrig und unsicher, das passte eigentlich nicht zu ihr.

Gut, dachte er, wenn ich mich voll und ganz darauf konzentriere, wie es ihr ergeht, behalte ich mich viel besser unter Kontrolle.

„Komm", sagte er schlicht, legte ihr sanft eine Hand auf den Rücken und dirigierte sie Richtung Tür. „Nimm doch dein Glas mit. Wir setzen uns ins Wohnzimmer. Dort ist es gemütlicher als hier."

Ihr Verstand arbeitete nur noch schleppend, und Nora bemühte sich angestrengt, ihn wieder in Gang zu bringen. Ben hatte unmerklich die Führung übernommen, das hatte sie ja genau genommen beabsichtigt. Allerdings hatte sie nicht geplant, dass er ihr so umfassend das Heft aus der Hand nehmen würde, wie er es jetzt gerade tat. Wortlos griff sie nach ihrem Weinglas und folgte ihm ins Wohnzimmer.

„Ach, übrigens", informierte er sie beiläufig, „meine Mutter hat sich heute bei mir gemeldet. Es geht ihr blendend und ich soll dir liebe Grüße ausrichten. Sie spielt mit dem Gedanken, volle drei Monate in Australien zu bleiben. So lange würden jedenfalls die Behörden mitspielen. Sicher ist sie sich allerdings noch nicht."

„Ach, das wäre …" Nora verlor den Faden, weil der Blick, mit dem Ben sie gerade von oben bis unten ansah, sie tatsächlich an einen hungrigen Wolf erinnerte. Ohne nachzufragen, was sie eigentlich hatte sagen wollen, hob er sein Glas und prostete ihr zu, dann setzte er sich aufs Sofa und streckte lässig seine langen Beine aus.

„Komm, setz dich doch zu mir, Nora."

Nur weil er sich in diesem Moment ein weiteres Mal räusperte, wurde ihr seine Unsicherheit bewusst. Seit sie mit ihm arbeitete, hatte sie ihn besser kennengelernt als in den vielen Jahren ihrer gemeinsamen Jugend. Ein wenig sicherer ließ sie sich neben ihm nieder und stieß mit ihm an. „Du hast recht, der Wein ist köstlich."

„Ja. Es gibt Chianti und es gibt Chianti."

Es machte sie nervös, dass er auf einmal nicht die geringsten Schwierigkeiten damit hatte, sie anzusehen. Normalerweise vermied er direkten Blickkontakt mit ihr, sie hatte dieses Verhalten von ihm stets als Bestätigung seines schlechten Charakters angesehen. Indem er ihrem Blick ausgewichen war, hatte er ihr das Gefühl vermittelt, er wolle etwas vor ihr verbergen, undurchschaubar bleiben.

Nun sah er sie fortwährend an. Und wie er es tat, brachte sie durcheinander, und sie schaffte es nicht, sich zu entspannen.

„Triffst du dich noch mit Markus?"

Seine Frage kam gezielt und traf sie unvorbereitet.

„Ähm ... nein, eigentlich nicht." Schnell nahm sie einen kleinen Schluck von ihrem Wein.

„Eigentlich? Wie soll man das denn verstehen?"

Er legte einen Arm locker auf die Rückenlehne des Sofas und drehte sich ihr ein Stück weiter zu. Sein Blick glitt forschend über ihr Gesicht.

„Wir ... ich habe mir sozusagen eine Auszeit erbeten." Sie holte tief Luft. „Aber ich glaube nicht, dass ich mit dir darüber reden möchte."

Er stellte sein Weinglas zur Seite und hob dann beschwichtigend beide Hände. „Okay, okay, nur keine Panik, ich wollte nicht neugierig sein, sondern mich nur ein wenig mit dir unterhalten. Du musst nicht gleich wieder in Kampfstellung gehen."

Er lächelte leicht, und nach einer kleinen Weile lächelte auch sie. „Tut mir leid. Ich bin auf persönlicher Ebene ein bisschen zu empfindlich, denke ich."

„Nimm es nicht so schwer. Einsicht war schon immer der erste Schritt zur Besserung", erwiderte er grinsend.

„Ben Larsen! Reiz mich ja nicht!"

Sein Gesicht veränderte sich eindeutig. Die leicht kantigen Konturen seiner Wangenknochen und seines festen Kinns traten deutlicher hervor und seine Augen wurden noch ein wenig dunkler. Ihr Herz verfiel in einen schnelleren Takt.

„Vielleicht will ich dich ja … reizen. Schon mal darüber nachgedacht?“

Ihr blieb nichts anderes übrig, als nach Luft zu schnappen. „Worüber nachgedacht?“ Plötzlich machte sich Panik bei ihr breit. Es lief anders als geplant. Sie hatte damit gerechnet, dass er wortlos zum Angriff übergehen und sie einfach an sich ziehen würde, doch offensichtlich wollte er reden. Darauf war sie weiß Gott nicht vorbereitet. Aufgebracht starrte sie ihn an.

„Darüber, dass ich dein Blut vielleicht … auch auf eine andere, weitaus angenehmere Art zum Kochen bringen könnte als nur immer im Streit.“

Seine linke Augenbraue stieg in die Höhe, und sie verfluchte ihn innerlich dafür, dass er in diesem Augenblick so unglaublich anziehend aussah und auf eine so beunruhigende Weise er selbst war. Sie schluckte und stand instinktiv auf, um eine größere körperliche Distanz zu ihm herzustellen. Ihre weichen Knie erwiesen sich dabei als hinderlich, aber sie schaffte es trotzdem, zur Anrichte hinüberzugehen und ihr Glas dort abzustellen. Die ganze Zeit über spürte sie seinen Blick.

„War ich etwa zu direkt?“

„Ich …“ Sie hustete und reckte das Kinn in die Höhe. „Ich habe überhaupt nicht verstanden, was du damit gemeint hast.“

Auch er stand auf, das jagte ihr einen Riesenschrecken durch die Glieder, denn sein Blick hielt ihren gnadenlos fest. Schlimmer noch, Ben kam auf sie zu. Langsam, aufreizend langsam, setzte er einen Fuß vor den anderen. Im gleichen Tempo wich sie vor ihm zurück.

„Du musst mir nichts vorspielen“, sagte er gepresst. „Ich weiß genau, dass du …“

„Bleib weg von mir!“

Es war völlig verrückt. Die ganze Situation war absurd. Sie hatte sich so sehr danach gesehnt, von ihm berührt, noch einmal so herrlich von ihm geküsst zu werden, doch jetzt verursachte diese Vorstellung ihr nichts als blanke Panik. Wieder machte sie einen Schritt rückwärts – und prallte gegen die Armlehne des

Sessels, in dem Ben so gerne saß, wenn er eins seiner Bücher verschlang. Sein Lächeln wirkte fast nachsichtig.

„Was machst du denn, Nora? Warum läufst du vor mir weg? Wir sollten diesem qualvollen Spielchen endlich ein Ende setzen, meinst du nicht?"

„Was hast du vor?", fragte sie lächerlicherweise.

Er lachte trocken auf und kam näher, Schritt um Schritt.

Sie hatte inzwischen den Sessel umrundet und spielte ernsthaft mit dem Gedanken, an ihm vorbei nach oben zu flüchten, ihren ganzen schönen Plan einfach fallen zu lassen, der ihr mit einem Mal grotesk vorkam. Aber schon nach kurzer Überlegung musste sie sich eingestehen, dass es ein völlig nutzloser Versuch wäre, ihm zu entgehen. Sie war beileibe nicht schnell genug, um an ihm vorbeizukommen. Nein, das würde ihm nur noch mehr Gelegenheit geben, über sie zu spötteln. Plötzlich fühlte sie wieder die altbekannte Wut. Was dachte der Kerl sich eigentlich dabei, sie so in die Enge zu treiben?

„Ben!", stieß sie warnend hervor. „Bitte!"

Sie befand sich im wahrsten Sinne des Wortes mit dem Rücken an der Wand, als er sie schließlich erreichte und sich so dicht vor sie stellte, dass sie seinen Atem spürte. Ihr Atemrhythmus beschleunigte sich zusehends und sie sah hilflos zitternd auf seine Brust, die sich unregelmäßig hob und senkte. Der Anflug von Zorn verschwand ebenso schnell, wie er gekommen war, und machte dem inzwischen schon vertrauten, beängstigend intensiven Verlangen Platz.

„Sieh mich an, Nora Brehlow."

Bens Stimme klang fremd in ihren Ohren und wie betäubt hob sie den Kopf, um seiner Aufforderung nachzukommen.

„Musst du mich ständig gegen irgendwelche Wände drücken?", fragte sie matt und atemlos.

Er lachte heiser auf, antwortete aber nicht, sondern legte seine Hände auf ihre Schultern und ließ sie hoch zu ihrem Gesicht gleiten. Die Empfindungen, die er allein damit bei ihr auslöste, veranlassten sie dazu, kurz die Augen zu schließen.

Er berührte federleicht ihre Wangen und ihre Augenbrauen. Strich mit den Fingerspitzen sanft über die dünne, sensible Haut an ihren Schläfen, dann zog er die beiden Kämme aus ihrem Haar, ließ sie einfach fallen, schob die Hände in die prachtvolle Mähne, ballte sie zu Fäusten und atmete tief ein. Während der ganzen Zeit sah er Nora beharrlich an und erkannte erstaunt, wie unerwartet nachgiebig sie auf diese wenigen Berührungen reagierte. Sie zitterte leicht vor Verlangen, das löste ein beflügelndes Gefühl von Unbesiegbarkeit und eine heiße Welle der Erregung in ihm aus. In seinen Ohren begann es zu rauschen und sein Puls raste. „Ich glaube, ich kann schon jetzt nicht mehr aufhören", flüsterte er heiser.

„Das … sollst du auch nicht. Bitte nicht aufhören."

„Gut. Oh ja, gut!"

Er inhalierte ihren nächsten heftigen Atemzug, nahm die Hände aus ihrem Haar, strich an ihrem Körper hinab und umfasste besitzergreifend ihre Taille. Ohne den Kuss zu unterbrechen, hob er Nora mühelos an, zog sie von der Wand fort, drehte sich mit ihr um und zwang sie sanft mit sich hinunter auf den dicken Teppichboden des Wohnzimmers.

Sie ließ es einfach geschehen, denn sie hätte ihm sowieso nichts entgegenzusetzen gehabt. Eine Art Jubel tobte in ihrem Inneren, als sie die Arme um Bens starken Nacken legte.

Sein Kuss setzte die fiebrigen Empfindungen frei, nach denen sie so sehr verlangt hatte. Sie waren so berauschend, dass es ihr unmöglich erschien, jemals wieder darauf zu verzichten oder auch nur noch einen Tag, eine einzige Minute länger darauf zu warten. Wild und hungrig, wie er war, ließ er sie alles andere vergessen. Sie wollte mehr, sie wollte viel mehr von ihm, und zwar so schnell es ging, denn sie wartete schon so lange darauf.

Viel zu lange! Jahrelang! Der Gedanke erschreckte sie, weil er der Wahrheit entsprach, wie sie in dieser Sekunde erkannte.

Jetzt gab sein Mund ihren frei und Ben sah ihr mit glänzenden Augen forschend ins Gesicht. An ihren Handflächen konnte sie fühlen, wie schnell und stark sein Herz schlug.

„Bitte, Ben", brachte sie mühsam und keuchend hervor.

Er senkte seine Lippen auf ihren Hals, schien die empfindliche Haut dort in Brand zu setzen, und schob gleichzeitig eine Hand unter den kurzen Rock ihres Kleides.

„Ja." Er stöhnte. „Ja, sag meinen Namen. Gott, ist das schön!"

Ihr Aufkeuchen kam einem Schluchzen nahe und spornte ihn weiter an.

Nora wand sich unter ihm, rieb sich an seiner Härte und erschauerte, als er ihr das enge Kleid langsam, viel zu langsam die Oberschenkel hinaufschob. „Ben! Schneller! Bitte!"

„Sch, sch … ruhig, mein Kätzchen, ruhig", murmelte er.

Dann, ohne dass irgendetwas sie auf die umfassende Wirkung hätte vorbereiten können, berührte er sie, streichelte sie und alles um sie herum löste sich auf, verschwand in watteweichem Nebel. Es gab nichts mehr außer Ben und dieser unfassbaren, grenzenlosen und befreienden Herrlichkeit, in die er sie führte. So schnell, oh Gott, so schnell, dachte sie atemlos und drängte ihm gierig das Becken entgegen, schämte sich fast dabei. Sein großer Daumen rieb kreisend ihre Klitoris, zweimal, dreimal … dann schien ihr Inneres in silbrig wonnige Scherben zu zerspringen.

Ben flüsterte unendlich zärtlich klingende Wortfetzen direkt an ihrem Mund, küsste sie und gab ihr dadurch Zeit, ein wenig Kraft zu sammeln. Es war noch lange nicht genug.

„Du bist unglaublich", hörte sie ihn heiser sagen. „Einfach unglaublich."

Alles in ihr gierte danach, diesen herrlichen Körper, den sie so sehr begehrte, endlich richtig zu berühren, und so riss sie ungeduldig an seinen Hemdknöpfen. „Ich will … alles", keuchte sie.

„Warte." Schwer atmend setzte Ben sich auf und öffnete mit fliegenden Fingern sein Hemd, dann zog er sie kurz zu sich hoch, damit er den Reißverschluss ihres Kleides aufziehen konnte. Behutsam schälte er sie aus dem engen Kleidungsstück, lächelte dabei. In seinen Augen sah sie nichts als Bewunderung und grenzenloses Begehren.

Ihre Hände glitten wie ferngesteuert unter sein Hemd und

schoben es nach hinten über seine Schultern, sodass er es abstreifen konnte. Hingebungsvoll streichelte sie die harten Konturen seines muskulösen Oberkörpers, erforschte jedes Tal, jede Erhebung und erregte ihn damit ebenso sehr wie sich selbst.

Aufstöhnend flüsterte er ihren Namen, zog sie wieder an sich, presste seinen Mund auf ihre Kehle und küsste eine flammende Spur hinunter bis zum Spitzenrand ihres Büstenhalters. Während er hastig den Gürtel öffnete und sich die Hose und seine Shorts abstreifte, sah er sie eindringlich an.

Seine vollkommene Nacktheit entfachte bei ihr erneut einen heftigen Sturm des Verlangens, sie war kaum noch fähig, sich kontrolliert zu bewegen. Ben legte eine Hand auf ihren Bauch, als wollte er sie ein wenig beruhigen, bewirkte aber mit dieser Berührung nur das Gegenteil. Dann zog er ihr den Büstenhalter und das Höschen aus. Nun lag sie nackt vor ihm. Aus dunklen Augen betrachtete er sie eingehend, die Leidenschaft in seinem Blick ließ ihr den Atem stocken.

„Ben, bitte! Jetzt, um Gottes willen, Ben!"

„Ja", flüsterte er ächzend und beugte sich über sie. „Lass mich … wenigstens … du lässt mir keine Zeit, dich richtig zu genießen."

Seine Lippen schlossen sich heiß und feucht um eine ihrer harten Brustwarzen, und Nora bäumte sich unter ihm auf. Ihre Finger glitten seinen Rücken hinauf bis zu den herrlichen Schultern und bohrten sich dort in festes Fleisch. Das leise Wimmern, das ihrer Kehle entschlüpfte, konnte sie nicht verhindern.

„Sieh mich an, Nora. Sieh mich an." Er umfasste ihren Kopf und zwang sie so, ihm ins Gesicht zu sehen. „Jetzt, Nora! Sieh mich an und sag meinen Namen, ich bin es!"

Seine Stimme klang, als würde er tonnenschwere Lasten tragen. Einige Male ließ er seine Zungenspitze über ihre Unterlippe gleiten und bat flehend: „Hörst du? Sag meinen Namen. Ich bin es, Kätzchen, mein süßer Liebling."

Unter bleischweren Lidern blickte sie in seine fiebrig glänzenden Augen und flüsterte noch einmal seinen Namen.

Er stieß einen dunklen Laut aus, fast ein Knurren, dann spürte sie ihn endlich. Vor Erleichterung stiegen heiße Tränen in ihr auf. Quälend langsam bahnte er sich seinen Weg – drang Millimeter für Millimeter in sie ein, ohne seinen durchdringenden Blick von ihrem Gesicht abzuwenden.

Noras Augenlider waren inzwischen geschlossen, aber er sah deutlich, wie unverfälschte, dankbare Lust ihre Gesichtszüge weich und unendlich sinnlich machte.

Jetzt erst erlaubte er es sich, kräftiger zuzustoßen, und füllte sie endgültig und vollständig aus. Sie schrie auf, kurz und heiser, legte jedoch ihre Beine um seine Hüften.

„Es … Ben … Oh ja, Ben!"

Ben biss die Zähne zusammen. Auch er hatte seine Grenzen erreicht. Es war zu viel, viel zu herrlich, unerträglich schön.

Noch ein Stoß und noch einer, dann schienen sie emporgeschleudert zu werden. Höher und höher, bis alles andere ausgelöscht war und nur noch Raum blieb für das endgültige Verschmelzen in der gemeinsamen und endlos scheinenden Erlösung.

Minuten später atmete er nach wie vor schwer und wagte kaum, sich zu bewegen. Als er es endlich fertigbrachte, die Augen zu öffnen, sah er, dass ihr Haar auf dem Boden ausgebreitet lag wie ein überdimensionaler Fächer. Er hielt mehrere der gelockten Strähnen in seiner fest verschlossenen Faust. Widerstrebend öffnete er die Hand.

Seine Kehle wurde bedenklich eng. Nur zu gerne hätte er Nora jetzt gesagt, was er tief in seinem Herzen empfand, aber es fehlte ihm der Mut dazu, also blieb er stumm. Irgendwann schaffte er es sogar, den Kopf zu heben und sie anzuschauen.

Sie sah ihn mit diesem weichen Blick aus seegrünen Augen an, der ihm fremd und doch seltsam vertraut war, dann hob sie eine Hand und strich ihm zärtlich eine Haarsträhne aus der Stirn. Ben schluckte hart und erwiderte ihr leicht verlegen wirkendes Lächeln.

„Du bist verdammt schwer“, sagte sie leise.

„Oh!“

Vorsichtig und mit einem Anflug von Bedauern löste er sich von ihr, rutschte neben sie und zog sie zu sich heran, weil ihm die Vorstellung, sie nicht mehr zu spüren, unerträglich war. Sie legte eine Hand auf seinen Oberarm und strich mit den Fingerspitzen dort leicht hin und her.

In ihrem Kopf ging alles drunter und drüber, aber sie weigerte sich hartnäckig, sich den Empfindungen zu stellen, die wie ein Orkan in ihrem Inneren tobten und alles durcheinanderwirbelten.

Sie hatte tatsächlich mit Ben geschlafen! Jetzt wusste sie, wie es war, von ihm berührt, gestreichelt, geküsst, begehrt und ausgefüllt zu werden. Das war es, was sie gewollt hatte.

Seinen Panzer aus Arroganz und Überheblichkeit zu durchbrechen, noch einmal diese Schwäche bei ihm zu spüren, war doch das Wichtigste an dem Spiel gewesen, das sie in den letzten Tagen gespielt hatte, oder? Über ihre eigene Schwäche wollte sie lieber nicht nachdenken. Nein, da war es viel angenehmer, sich weiterhin vorzumachen, dass allein sie es gewesen war, die die Fäden gezogen hatte. Nun musste sie nur ihren geplanten Weg weitergehen. Sie erinnerte sich an ihr letztes Telefonat mit Verena. Es war wichtig, ihm möglichst deutlich zu zeigen, dass alles wieder wie vorher sein konnte und dass es keinerlei Verpflichtungen zwischen ihnen gab. Den schmerzhaften Druck, der sich bei diesen Gedanken in ihrer Brust breitmachte, ignorierte sie geflissentlich.

Meine Güte, dachte sie, gleichzeitig verlegen und überrascht, ich habe noch nie zuvor dabei geschrien.

Ben hielt sie mit seinen kräftigen Armen umfangen, drückte sie zärtlich an seinen großen, festen Körper. Neben ihm fühlte sie sich so winzig, als wäre sie ein kleines Kind. Sie spürte seine Lippen auf ihrer Stirn und seufzte leise.

Es war verdammt unfair, dass er so liebevoll mit ihr umging, irgendwas bei ihr setzte sich dagegen zur Wehr, weil er mit seiner

Sanftheit etwas in ihr anrührte, von dem sie nichts wissen wollte. Im Laufe ihres gemeinsamen Lebens hatte sie ihm viele Eigenschaften und Charakterzüge zugeschrieben, die Bereitschaft zu dieser verwirrenden Zärtlichkeit war nicht dabei gewesen.

Plötzlich hielt er in seiner Bewegung inne und zog den Kopf zurück, um ihr ins Gesicht sehen zu können.

„Verdammt, ich habe vollkommen vergessen ... wir haben nicht verhütet, Nora."

Er sah tatsächlich besorgt aus, das verstärkte unsinnigerweise den Unwillen, der sich immer mehr bei ihr breitmachte. Sie wusste nicht, warum, aber endlich fand sie die Kraft, ihm so zu begegnen, wie sie es sich ursprünglich vorgenommen hatte.

Ihre Augen nahmen das gewohnte kühle Jadegrün an und auch ihr Gesicht veränderte sich. Der sinnliche, weiche Ausdruck verschwand.

Ben registrierte sofort, wie sie sich innerlich gegen ihn wappnete, und diese Erkenntnis traf ihn schmerzhaft.

Die winzige Hoffnung, die er in den letzten Minuten in seinem Herzen genährt hatte, löste sich auf und hinterließ einen bitteren Nachgeschmack.

„Mach dir darüber keine Gedanken. Ich bin gesund und nehme die Pille."

Ihre Stimme hatte den distanzierten Unterton angenommen, der ihm nur allzu vertraut war. Verdammt noch mal, was ist los mit dieser Frau, dachte er verwirrt, wir haben uns doch gerade erst wie verrückt geliebt.

„Gut." Mehr fiel ihm beim besten Willen nicht ein. Ohne dass sie die entsprechenden Worte für eine Abfuhr benutzt hätte, fühlte er sich auf quälende Weise von ihr abgewiesen. Er holte tief Luft und zog sich instinktiv ein wenig von ihr zurück. Auch Nora entzog sich ihm nun.

Ben ließ sich auf den Rücken zurückfallen und legte einen Arm über seine Augen. Es war schwer, verdammt schwer, mit dieser Situation umzugehen. Er verstand Nora nicht, würde sie wahrscheinlich niemals verstehen. Als er den Arm hob, sah er, dass sie bereits in ihre Unterwäsche geschlüpft war. Bedächtig setzte er sich auf. „Willst du … nicht darüber sprechen?“, fragte er und hörte selbst, dass seine Stimme belegt war.

Auch wenn sie ihn jetzt wieder ansah, hätte er weder ihren Blick noch ihre Miene deuten können.

„Ich wüsste wirklich nicht, was ich dir sagen sollte, Ben. Wir hatten … Sex miteinander, offenbar war das aus irgendeinem Grund für uns beide notwendig und wohl nicht länger vermeidbar. Das soll schon mal vorkommen zwischen zwei erwachsenen Leuten.“

Jedes Wort traf ihn wie ein Faustschlag mitten ins Gesicht. Verständnislos sah er sie an. „Eine unvermeidbare Notwendigkeit? Das war es also für dich?“

„Ich weiß, Dr. Larsen, dir wäre es natürlich bedeutend lieber, wenn ich mich von nun an in die lange Reihe deiner Bewunderer einfügte, besser noch, zu deinen Füßen läge und dankbar schnurrte, aber da muss ich dich leider enttäuschen.“ Sie stand auf und griff nach ihrem Kleid. „So was liegt mir einfach nicht.“

Fassungslos erhob auch er sich, angelte nach seinen Shorts und schlüpfte hinein.

Nora bückte sich und reichte ihm schief lächelnd seine Jeans.

Mit versteinerter Miene nahm er ihr die Hose ab und zog sie an, ohne den Reißverschluss oder den Knopf zu schließen. Dann wandte er sich von ihr ab, weil er es nicht länger ertrug, sie anzusehen.

Mit zwei großen Schritten ging Ben hinüber zum Barschrank und griff nach einer Kristallkaraffe mit einer goldbraunen Flüssigkeit darin. Whiskey, wie Nora annahm. Großzügig schenkte er sich ein und leerte das Glas auf einen Zug.

Hinter seinem breiten Rücken schlüpfte sie in ihr Kleid und suchte auf dem Boden nach den beiden Steckkämmen, die er ihr aus dem Haar gezogen hatte. In ihrer Brust schmerzte es und sie hatte Mühe, die Tränen zurückzuhalten. Das wird vergehen, sagte sie sich und straffte automatisch die Schultern. Als sie sich ihm wieder zuwandte, trank er bereits seinen zweiten Whiskey. Diesmal nippte er allerdings nur daran.

Sein Blick wirkte glitzernd, hart und eiskalt.

„Gut, Nora, gehen wir also zur Tagesordnung über, das ist es doch, was du willst, nicht wahr?"

Dieser kalte Blick jagte ihr Angst ein und das ärgerte sie.

„Ich … ich weiß nicht, Ben."

„Ach, du weißt es nicht."

Mit einer schwungvollen Bewegung knallte er das Glas auf den Tisch und war in der nächsten Sekunde bei ihr. Unerbittlich legte er ihr die Hände um die Oberarme und zog sie so heftig an sich, dass sie an seine nackte Brust prallte.

„Du weißt, dass es damit nicht vorbei ist", flüsterte er gefährlich leise. „Du weißt genauso gut wie ich, dass es niemals aufhören wird. Es … hat doch niemals aufgehört, verdammt!"

Erschreckt starrte sie ihn an, brachte aber keinen Ton heraus.

Er schob seine Rechte in ihr Haar und im nächsten Augenblick presste er seinen Mund hart und kurz auf ihre Lippen. „Niemals!", wiederholte er, ließ sie ebenso plötzlich wieder los, und sie taumelte zurück.

Fast unbeteiligt hob er sein Hemd vom Boden auf, griff nach dem Whiskeyglas und verließ das Zimmer, ohne sie noch einmal anzusehen.

Nora merkte anfangs nicht mal, dass sie weinte. Lautlos, aber unaufhörlich kamen die Tränen, sobald er fort war.

Verloren blickte sie sich um. Ihre Schuhe lagen neben der Anrichte und sie schlüpfte hinein. Das Weinglas, das sie vorhin dort abgestellt hatte, war noch halb voll. Sie griff danach und trank es in einem Zug aus. Halb blind vom Tränenschleier nahm sie auch Bens leeres Weinglas und brachte beide in die Küche. Auf dem Küchentisch stand noch immer die Flasche. Kurz entschlossen schenkte sie sich den Rest daraus ein. Ihr Glas war nun bis zum Rand gefüllt.

Ich will schlafen, ich will nur noch schlafen.

So, wie er heraufgekommen war, in offener Jeans und mit freiem Oberkörper, saß Ben breitbeinig und vornübergebeugt auf der Bettkante. In den Händen hielt er das leere Whiskeyglas und drehte es hin und her. Das sanfte Licht der Nachttischlampe brach sich darin. Ohne sie wirklich zu sehen, starrte er nachdenklich auf die glitzernden Facetten des Kristalls.

Wieder einmal ging er hart mit sich ins Gericht. *Es war ein Fehler. Ein großer Fehler. Es hätte nicht passieren dürfen, nicht auf diese Weise.*

Es wäre viel besser gewesen, er hätte verzichtet. Das offene Angebot, das sie ihm seit Tagen gemacht hatte, hätte er ignorieren müssen, auch wenn es ihn in den Wahnsinn getrieben hätte.

Ben fluchte laut und knallte das Glas so heftig auf den Nachttisch, dass es ein Wunder war, dass es nicht zerschellte.

Natürlich hätte er es gar nicht geschafft, ihr noch länger zu widerstehen, gestand er sich ein. Er begehrte sie einfach schon zu lange, zu intensiv – und er liebte sie schon zu lange und viel zu sehr. Oh Gott, wie sehr! Unter dem scharfen Schmerz in seiner Brust verzog er das Gesicht. Ja, er begehrte sie maßlos, selbst in dieser Sekunde mehr denn je, aber in seinen Wunschträumen hatte er sie stets langsam, voller Genuss und Zärtlichkeit geliebt. Nora hatte ihm heute Abend keine Zeit dafür gelassen. Alles, worauf es ihr angekommen war, war schneller, schweißtreibender Sex gewesen, ohne jede zärtliche Hingabe, ohne die kleinste Empfindung, die über das Körperliche hinausging. Sogar seine anschließenden Liebkosungen waren ihr offenkundig unangenehm gewesen.

„Herrgott!" Vor wenigen Minuten erst hatte er mit ihr den berauschendsten, herrlichsten und zugleich frustrierendsten Geschlechtsakt seines ganzen Lebens erlebt. Er fragte sich, wie er bloß – wenn auch nur für diese paar Sekunden danach – auf die Idee gekommen war, zu hoffen, sie könnte mehr für ihn empfinden. Es hätte ihm doch von vornherein klar sein müssen, dass diese Wunschvorstellung schlicht absurd war. Wundervoll im wahrsten Sinne des Wortes, aber eben aberwitzig. Jetzt war er froh, dass er dem gewaltigen Bedürfnis widerstanden hatte, ihr seine Liebe zu gestehen.

Er stand auf, schlüpfte aus der Jeans und legte sich lang ausgestreckt auf das Bett. Er war zu ausgelaugt, um zu duschen, das musste bis morgen früh warten, beschloss er und zog sich die Bettdecke über den Körper.

Nein, wenn er ehrlich war, widerstrebte es ihm, ihren süßen Duft abzuwaschen, der ihn so herrlich umfing. Er wollte sie riechen, den gemeinsamen Sex riechen, bis er es vielleicht irgendwann schaffen würde einzuschlafen.

7. KAPITEL

Nora erwachte vom Motorengeräusch seines Wagens. Ein Blick zur Uhr sagte ihr, dass es schon fast acht war. Es wunderte sie nicht, dass sie so spät aufwachte, denn sie war erst im Morgengrauen eingeschlafen.

Sie war erleichtert, dass Ben das Haus bereits verlassen hatte. Das verschaffte ihr ein bisschen Zeit bis zum nächsten unausweichlichen Zusammentreffen. In der Nacht war sie kurz davor gewesen, noch einmal an seine Tür zu klopfen, nachdem sie den Wein hinuntergestürzt hatte wie ein Glas kühles Wasser. Natürlich war sie sofort beschwipst gewesen, letztlich hatte sie es dann doch nicht fertiggebracht, ihrer unvernünftigen Sehnsucht nachzugeben und zu ihm zu gehen.

Nein, sie würde sich nicht vor ihm erniedrigen. Nicht vor Ben!

Bewegt schloss sie die Augen und ließ das Erlebte noch einmal aufleben. Heftiges und qualvolles Verlangen war die Folge, sie schüttelte den Kopf. Sie hatte ihn doch gehabt! Sie hatte bekommen, wonach sie verlangt hatte! Warum nur begehrte sie ihn noch immer?

Plötzlich setzte sie sich ruckartig auf, weil sie sich daran erinnerte, was er zu ihr gesagt hatte, bevor er in sie eingedrungen war. Immer wieder gab er ihr Rätsel auf. Wieso nur hatte er sie kurz vor ihrer körperlichen Vereinigung darauf aufmerksam gemacht, dass er es war, mit dem sie es tat?

Sieh mich an, ich bin es, hatte er keuchend hervorgebracht und sie mehrmals gebeten, seinen Namen zu sagen. Nora schüttelte den Gedanken ab und erhob sich unwillig.

Es würde ein schwieriger Tag werden, das wusste sie schon jetzt. Vielleicht kann ich es irgendwie schaffen, ihm aus dem Weg zu gehen, überlegte sie hoffnungsvoll, während sie in die Duschkabine stieg.

Ben saß an seinem Schreibtisch und trank schluckweise den Kaffee, den Andrea ihm vor fünf Minuten serviert hatte. Es war notwendig, einen klaren Kopf zu bekommen. Dies war der Tag, an dem Rudolf von Winterberg die Konferenz wegen des geplanten Einkaufszentrums abhielt. Natürlich würde auch er sich dort sehen lassen müssen. Aufstöhnend lehnte er sich im Schreibtischstuhl zurück und fluchte leise. Ihm war absolut nicht nach nervtötendem Small Talk zumute.

Am liebsten hätte er sich überhaupt nicht aus dem Bett gequält. Er sehnte sich geradezu nach Einsamkeit und Ruhe. Es würde ihn unendlich viel Kraft kosten, einigermaßen normal zu funktionieren.

Nun gut, dachte er resigniert, auch dieser Tag wird vorübergehen – und dann werde ich möglichst früh von hier verschwinden, damit ich mich endlich verkriechen und den Rest der Welt aussperren kann.

Am späteren Nachmittag verließ Nora zum ersten Mal an diesem Tag ihr Büro. Bisher war sie Ben noch nicht begegnet, denn er hatte den ganzen Tag mit der Gesellschaft im Kronensaal zu tun. Nun hatte er ihr durch Andrea mitteilen lassen, dass der Veranstalter darum gebeten hatte, sie kennenlernen zu dürfen.

Rudolf von Winterberg war nicht nur ein früherer Klient von Ben, sondern auch ein alter Freund ihres Vaters und vor allen Dingen ein zahlungskräftiger Gast mit immensem Einfluss in der Stadt. Es konnte für das Hotel also nur von Vorteil sein, wenn er zufrieden war. Ihr blieb nichts anderes übrig, als hinunter in den Kronensaal zu gehen.

Im mannshohen Spiegel des Aufzuges überprüfte Nora ihr Aussehen, während sie nach unten in die Hotelhalle fuhr. Bevor die Türen des Lifts sich öffneten, atmete sie noch einige Male tief ein. Sie wusste, dass auch Ben sich im Kronensaal aufhalten würde, in dem vor wenigen Minuten der offizielle Teil der Konferenz zu Ende gegangen war.

Das Rückgrat durchgedrückt, das Kinn erhoben, trat sie schließlich durch die weit geöffnete Flügeltür.

Ben stand inmitten einer kleinen Gruppe von Männern direkt am Büfett und war offensichtlich in eine angeregte Unterhaltung vertieft. Im Sonnenlicht, das zur Fensterfront hereinfiel, leuchtete sein Haar golden auf, und automatisch musste sie daran denken, wie fest und gleichzeitig seidig es sich zwischen ihren Fingern angefühlt hatte.

Nora riss den Blick von ihm los und ließ ihn stattdessen über die Gesichter der anderen Anwesenden schweifen. Sie erkannte sofort, bei welchem der Männer es sich um Rudolf von Winterberg handeln musste. Seine Erscheinung war in jeder Weise auffällig. Der Mann war sogar noch ein Stückchen größer als Ben und überragte alle im Raum fast um Haupteslänge. Sein Haar war schneeweiß, aber ungewöhnlich voll und kräftig. Obwohl er die sechzig sicherlich schon lange überschritten hatte, wirkte sein schlanker Körper sportlich und ausgesprochen vital. Rudolf von Winterberg war hanseatisch elegant und teuer gekleidet. Seine Körperhaltung und die Art, wie er den Kopf bewegte, konnte man nur als aristokratisch bezeichnen.

Bedächtig ging sie auf die kleine Gruppe zu.

Als hätte er ihre Anwesenheit gespürt, drehte Ben sich zu ihr um und sah ihr entgegen. Nora wich seinem kühlen Blick aus und zauberte ein professionelles Lächeln auf ihr Gesicht. Sobald sie die Gruppe erreichte, fühlte sie Bens warme Hand auf ihrem Rücken. Bei der Berührung meinte sie eine leise Vibration in ihrem Körper zu spüren, die noch lange anhielt, nachdem er die Hand zurückgezogen hatte. Nacheinander stellte er sie den Herren vor.

Die azurblauen Augen von Rudolf von Winterberg leuchteten auf und wurden eine Spur strahlender und heller. Schon im nächsten Moment ergriff er ihre Hand und deutete einen formvollendeten Handkuss an.

„Ich freue mich sehr, unsere Bekanntschaft endlich erneuern zu dürfen, Nora. Als ich Sie das letzte Mal sah, waren Sie ein kleines Mädchen, und nun steht eine schöne junge Frau vor mir.“ Noch immer hielt er ihre Hand, drückte sie nun leicht.

„Gestatten Sie mir, Ihnen trotz der verstrichenen Zeit mein Beileid zum Tode Ihres Vaters auszusprechen. Clemens war ein sehr lieber Freund von mir. Leider war es mir nicht möglich, an seiner Beisetzung teilzunehmen, da ich mich zum fraglichen Zeitpunkt in Übersee aufhielt. Ich hoffe jedoch, Sie nehmen auch jetzt noch mein ehrlich gemeintes Mitgefühl entgegen."

Das Lächeln des älteren Mannes wirkte äußerst charmant. Um seine Augen herum zeigten sich Strahlenkränze von winzigen Lachfältchen, die sein edles, leicht gebräuntes Gesicht noch attraktiver erscheinen ließen. Ihr Lächeln wurde automatisch herzlicher. Obwohl sie sich beim besten Willen nicht daran erinnern konnte, ihm schon einmal begegnet zu sein, mochte sie Rudolf von Winterberg sofort.

„Ich danke Ihnen von Herzen, Herr von Winterberg. Mir ist es ebenfalls eine große Freude, Sie wiederzusehen. Mein Vater hat oft von Ihnen gesprochen – und nur Gutes, wenn ich das hinzufügen darf."

Ohne sich weiter um die anderen Anwesenden zu kümmern, löste sich Rudolf von Winterberg aus der kleinen Gruppe und zog sie sanft hinter sich her.

„Machen Sie einem alten Mann die Freude, in aller Zweisamkeit ein Gläschen Champagner mit ihm zu trinken, bezaubernde Nora."

Sie fühlte Bens Blick, spürte ihn schmerzhaft wie ein scharfes Messer, das ihr tief ins Fleisch drang, aber sie versuchte, nicht darüber nachzudenken, während sie sich zu einem abgelegenen Tischchen führen ließ und sich setzte.

Er war völlig erschöpft, als er am frühen Abend endlich die Einfahrt zum Brehlowschen Grundstück passierte. Seit Stunden hatte er nichts anderes getan, als sich darauf zu konzentrieren, dass niemand ihm seinen wahren Gemütszustand ansah.

Natürlich war es ihm gelungen, das wusste er. Er war ein Meister darin, so zu tun, als wäre alles in bester Ordnung. Schon als kleiner Junge hatte er es in dieser Disziplin zu Höchstleistungen – und seine Mutter damit regelmäßig zur Verzweiflung gebracht. Nun war er nur noch froh darüber, dass sich dieser schreckliche Tag endlich dem ersehnten Ende zuneigte.

Ben zog den Zündschlüssel ab und stieg aus dem Auto. Der Platz, an dem Nora normalerweise ihren kleinen Sportwagen abstellte, war wie erwartet leer. Er war schon darauf vorbereitet gewesen, dass sie nicht zu Hause sein würde. Rudolf von Winterberg hatte sie zum Abendessen eingeladen, und Nora war vor einiger Zeit kurz nach Hause gefahren, um sich für diesen Anlass umzuziehen.

Ein leiser, deftiger Fluch entwich ihm, während er die Haustür aufschloss und mit schwerfälligen, müden Schritten den Flur des Hauses betrat. Es ging ihm richtiggehend schlecht. Er fühlte sich krank und hatte das deutliche Gefühl, endgültig den Boden unter den Füßen zu verlieren. Sein viel gepriesener Verstand versagte ihm den Dienst und er verspürte sogar körperliche Schmerzen. Seit gestern Abend suchte er verzweifelt nach einer Lösung, aber je mehr er darüber nachdachte, umso mieser fühlte er sich. Es schien keinen Ausweg zu geben, und er war nicht in der Lage, neue Energien zu mobilisieren. Er war schlichtweg am Ende.

Schlussakkord.

Einen Moment stand er untätig vor der Garderobe, dann ging er ins Wohnzimmer und genehmigte sich einen kleinen Feierabendcognac.

Schlussakkord?

Sein Blick blieb an der geschlossenen Flügeltür hängen, die in den angrenzenden Raum führte, den man ohne Übertreibung als Bibliothek des Hauses bezeichnen konnte. Früher war diese Tür stets weit geöffnet und das Wohnzimmer dadurch doppelt so groß gewesen, doch nun war sie eigentlich immer zu. Er betrat das Zimmer nur noch durch die kleinere Tür vom Flur aus, um sich dann und wann mit Lesestoff zu versorgen.

Langsam ließ er sein Glas sinken und stellte es auf der Anrichte ab. Zögerlich ging er auf die Tür zu und blieb einige Atemzüge lang vor ihr stehen, schließlich drückte er die schweren Messingklinken herunter und öffnete beide Flügel gleichzeitig.

Dort stand er!

Jahrelang war er an ihm vorbeigegangen, ohne auch nur einen einzigen Blick auf ihn zu werfen, nun nahm er ihn zum ersten Mal wieder bewusst wahr. Unerschütterlich, geduldig wartend und glänzend schwarz stand er noch immer an Ort und Stelle: der Flügel, sein Flügel!

Ben wusste, dass er regelmäßig gereinigt und gestimmt wurde. Seine Mutter sorgte dafür, dass das wertvolle und einst von ihm so geliebte Instrument nicht verkam. Clemens Brehlow hatte ihm den Flügel zu seinem siebzehnten Geburtstag geschenkt, und er war unglaublich stolz darauf gewesen. Fast ehrfürchtig trat er näher und berührte mit den Fingerspitzen sanft die glänzende Oberfläche des geschlossenen Deckels. Wärme schien ihn zu durchrieseln und plötzlich wusste er, wo er neue Kraft und etwas Linderung finden würde.

Schon nach einigen Takten glaubte er eins zu sein mit dem Instrument und mit der Musik. Natürlich war ihm bewusst, dass er noch nicht wieder so flüssig spielte, wie er es vor Jahren getan hatte, aber von Minute zu Minute fühlte er sich ein wenig besser, allein darauf kam es ihm an.

Das durchdringende Klingeln der Türglocke katapultierte ihn zurück in die Realität, die ihm offenbar über eine Stunde lang vollkommen entglitten war, wie er erstaunt bemerkte, als er einen Blick auf seine Armbanduhr warf.

Als er die Tür geöffnet hatte, blickten ihm die ernsten, dunkelblauen Augen eines ihm unbekannten Mannes entgegen. Der Fremde versuchte sich verlegen an einem höflichen Lächeln.

„Äh, entschuldigen Sie die Störung. Dr. Larsen, nehme ich an? Mein Name ist Dr. Hendrik Behrmann. Ich bin ein guter Freund von Nora. Ich komme gerade aus Frankfurt und hatte gehofft, sie um diese Zeit hier anzutreffen."

Ben brauchte einen Augenblick, um sich an die üblichen Gesetze eines höflichen Miteinanders und der Gastfreundschaft zu erinnern. „Oh ja … ich bedaure, aber Nora ist zurzeit nicht im Hause. Entschuldigen Sie mein Benehmen, treten Sie doch bitte näher. Kommen Sie herein." Endlich reichte er Hendrik Behrmann die Hand. „Kann ich … kann ich Ihnen vielleicht was anbieten?", fragte er, als sie schließlich unschlüssig in der Eingangshalle standen.

„Hm, ja, gerne." Hendrik Behrmann versuchte erneut ein Lächeln, das ihm nun schon besser gelang. „Ein kühles Getränk würde mir jetzt ehrlich gesagt guttun. Ich bin seit sechs Stunden mit dem Auto unterwegs und hatte seither noch keine Gelegenheit, mich etwas zu erfrischen."

Ben führte seinen Gast in das Wohnzimmer und deutete auf die Couch. „Nehmen Sie doch Platz. Wie wäre es mit einem kalten Bier?" Dieser unbeholfene Kerl gefiel ihm irgendwie.

Hendrik lächelte dankbar. „Das wäre wirklich perfekt."

Ben marschierte in die Küche und nahm zwei Flaschen Bier aus dem Kühlschrank. Zurück im Wohnzimmer, reichte er Hendrik Behrmann eine davon. „Ein Glas?"

„Nein danke, Dr. Larsen. Bier trinke ich eigentlich lieber aus der Flasche."

Ben prostete seinem Gegenüber zu. „Genau wie ich. Na denn."

„Göttlich!", entfuhr es Hendrik, nachdem er einen kräftigen Schluck genommen hatte.

Ben lächelte und nickte.

„Ich hoffe, ich störe Sie nicht gerade bei irgendetwas. Ich hörte Klaviermusik, als ich draußen vor dem Haus stand." Mit einer Kopfbewegung deutete er zum Flügel. „Spielen Sie, Dr. Larsen?"

„Ja, das heißt, ich habe es heute zum ersten Mal seit Jahren wieder versucht."

„Mhm, für mich klang es perfekt."

„Danke für das Kompliment, doch das war es sicher nicht." Ben grinste und sie prosteten sich zu.

„Wann, glauben Sie, wird Nora nach Hause kommen? Ich weiß, ich hätte mich anmelden sollen, aber ich wollte sie eigentlich überraschen." Sein Gast schüttelte den Kopf und setzte erneut die Flasche an die Lippen. „Überraschungen klappen bei mir sowieso nie. Ich hätte es wirklich besser wissen müssen."

„Nun, sie ist zum Abendessen mit einem alten Freund ihres Vaters verabredet. Ich habe leider keine Ahnung, wann sie hier auftauchen wird."

Es entstand eine kleine Verlegenheitspause.

„Sie kommen also aus Frankfurt?", fragte Ben schließlich, um das Gespräch wieder in Gang zu bringen.

„Ja."

„Mediziner?"

Hendrik nickte. „Richtig. Allerdings übernehme ich nur ab und an einige Notdienste im Krankenhaus und fahre einmal im Monat als Notarzt auf einem Rettungswagen mit, um den Zugang zu den Menschen nicht völlig zu verlieren. Die meiste Zeit arbeite ich in der Forschung. Mein Interesse gehört den Viren und Bakterien. Diese kleinen Biester faszinieren mich."

„Klingt interessant."

„Das kommt ganz auf die jeweilige Sichtweise an, denke ich. Und Sie sind Jurist, wenn ich mich richtig erinnere."

„Stimmt, aber ich arbeite inzwischen nicht mehr in meinem Beruf."

Die Bierflaschen waren geleert.

„Nun, dann will ich Sie wirklich nicht länger stören."

Hendrik Behrmann erhob sich und Ben tat es ihm nach. „Wissen Sie schon, wo Sie wohnen werden? Oder sind Sie nur auf der Durchreise?"

„Nein, ich hoffte, Nora würde mir ein günstiges Hotel oder eine Pension empfehlen, wo ich mich für ein paar Tage einmieten kann. Ich bin anlässlich eines Kongresses in Hamburg, der übermorgen beginnt."

Ben schmunzelte. „Nun, offensichtlich wird diese Veranstaltung nicht im Brehlow ausgetragen, sonst wüsste ich davon."

Hendrik winkte ab. „Oh nein, wir treffen uns im Hörsaal des Instituts für Tropenkrankheiten. Es ist nur ein sehr kleiner Kongress, eher eine Zusammenkunft leicht versponnener Wissenschaftler, so wie ich einer bin. Wahrscheinlich wurde deshalb auch vorausgesetzt, dass sich die Teilnehmer selbst um ihre Unterkünfte kümmern."

Er lächelte unsicher und Ben lächelte automatisch zurück.

„Befindet sich Ihr Gepäck im Wagen?"

„Äh, ja ... Wie gesagt, komme ich direkt von der Autobahn."

„Na, dann holen Sie es herein. Sie sind ein Freund von Nora und können selbstverständlich hier bei uns wohnen. Nora würde mich vierteilen, wenn ich Sie jetzt hinaus in irgendein fremdes Hotelzimmer schickte. Wir haben schließlich mehrere ungenutzte Gästezimmer im Haus."

Hendrik Behrmann sah betreten zu Boden. „Das kann ich wirklich nicht annehmen, Dr. Larsen."

„Doch, das können Sie durchaus, Hendrik. So, nun lassen Sie uns endlich Ihr Gepäck in eines der Gästezimmer bringen, und dann trinken wir noch ein Bier zusammen. Ich weiß ja nicht, wie es Ihnen geht, aber mir knurrt der Magen. Mein Vorschlag wäre, wir essen eine Kleinigkeit zu Abend und warten auf Nora, einverstanden?"

Gemeinsam trugen sie Hendriks Gepäck nach oben, anschließend setzten sie sich an den Küchentisch und nahmen ein kräftiges Abendessen aus Schinken- und Käsebroten zu sich, die sie mit einem weiteren kühlen Bier hinunterspülten. Die Unterhaltung verlief von Minute zu Minute flüssiger. Kurze Zeit später nannten sie sich bereits beim Vornamen und tauschten sich eingehend über ihre Arbeit aus.

Gegen Mitternacht warf Hendrik Behrmann einen Blick auf seine Armbanduhr. „Nora kommt spät", stellte er lakonisch fest.

Ben zuckte die Achseln. „Sie ist erwachsen. Wenn du müde bist, geh ruhig schon nach oben."

„Nein, nein." Hendrik winkte ab. „Ich bin absolut nicht müde."

„Noch ein Bierchen gefällig?“ Ben erhob sich und trat an den Kühlschrank. Er selbst war nach dem zweiten Bier zu Mineralwasser übergegangen, aber das schien Hendrik nicht zu stören.

„Na, eins noch.“

Während er für Hendrik eine weitere Flasche öffnete und sie ihm über den Tisch zuschob, kam ihm plötzlich ein Gedanke, und ehe er sich versah, stellte er seinem Gast auch schon die Frage, die ihm durch den Kopf geschossen war. „Was ist das für eine Freundschaft mit Nora? Warst du mal mit ihr liiert?“

Hendrik setzte gerade die Flasche an die Lippen, hielt aber nun inne, sein Arm sackte hinab. Er nickte. „Wir waren über ein Jahr zusammen. Ich wollte sie sogar heiraten.“

Ben sog überrascht den Atem ein. „Heiraten?“

„Ja, ich war ziemlich verliebt in sie ... bin es wahrscheinlich immer noch, denn sie fehlt mir.“

Nun trank er doch, sodass Ben trocken schluckte, weil Hendrik es nicht sehen konnte, dann presste er die Lippen zusammen. Im Stillen fluchte er unflätig. Hendrik gegenüber würde er kein Wort sagen. Der Mann war ihm viel zu sympathisch, als dass er ihn als einen weiteren Verehrer von Nora und somit als potenziellen Rivalen betrachten könnte, also nahm er sich vor, diese Möglichkeit erst einmal auszublenden.

„Was ist passiert? Ich meine ... warum habt ihr nicht geheiratet?“

„Sie wollte nicht. Um zu präzisieren, sie wollte *mich* nicht. Ich bin nicht der richtige Mann für sie, nehme ich an. Ja, ich denke, sie hatte damit sogar recht.“ Wieder hob Hendrik die Flasche. „Aber, verdammt noch mal, sie ist eine wirklich tolle Frau.“

„Oh ja, Mann, das ist sie!“ Sofort biss Ben sich auf die Lippen, es war jedoch zu spät, es war heraus. Er konnte nur hoffen, dass Hendrik Behrmann diese Bemerkung und vor allem die entlarvende Art und Weise, wie sie ihm entschlüpft war, nicht registriert hatte, doch seine Hoffnung wurde schon in der nächsten Sekunde zunichtegemacht.

Hendrik hob den Blick. Zunächst voller Erstaunen, dann mit

deutlichem Verständnis in den klaren blauen Augen, sah er ihm prüfend ins Gesicht.

„Hm …"

„Hör zu, Hendrik …"

„Ich habe das gar nicht gehört, Kumpel."

Ben atmete erleichtert auf. „Danke. Sie darf das nämlich auf keinen Fall erfahren."

„Ach, und warum nicht?"

„Weil ich das nicht mit voller geistiger Gesundheit überstehen würde – darum nicht!"

„Was macht dich da so sicher? Ich meine, Nora ist doch ein so liebes Wesen."

Ben brach in schallendes Gelächter aus. „Liebes Wesen? Hast du eben liebes Wesen gesagt und damit tatsächlich Nora gemeint? Armer Mann! Du bist erledigt, Junge!" Fassungslos schüttelte er den Kopf.

Hendriks Gesichtszüge verhärteten sich. „Ich sehe sie so. Nora ist das liebste und wundervollste Wesen für mich. So ist es nun mal."

Auch Ben wurde wieder ernst. „Entschuldige, ich wollte deine Gefühle nicht verletzen. Ich habe nicht das Recht, über deine Einstellung zu Nora zu urteilen. Es ist nur so, dass … Nun, Nora und ich haben eben unsere eigene Geschichte. Ich kenne sie anders. Für mich ist sie nun mal eher … ja, was soll ich sagen? Mir fallen ganz andere Attribute ein, wenn ich an sie denke: ungezähmt, selbstbewusst, temperamentvoll und bissig. Manchmal zeigt sie sich durchaus mitfühlend, und sie ist unbestreitbar mit beeindruckender Klugheit gesegnet. Dazu sieht sie in der Tat faszinierend aus und ist auch noch sagenhaft sexy. Das sind nur ein paar von den Dingen, die mir zu ihr einfallen. Ich könnte die Liste tagelang weiterführen, aber lieb? Nein! Nora Brehlow ist in meinen Augen alles andere als ein liebes Wesen."

Hendrik hatte ihm mit unverändert ernster Miene zugehört. Jetzt hob er seine Flasche und trank erneut, dann sah er ihn direkt an.

„Das war wirklich eindrucksvoll. Du solltest dir ernsthaft die Frage stellen, wen von uns beiden sie tatsächlich erledigt hat."

Ben wollte gerade etwas erwidern, als sie Noras Wagen vorfahren hörten. Beide erhoben sie sich und gingen auf den Flur hinaus. Als Nora ins Haus trat, sah sie sich ihnen unmittelbar gegenüber.

„Hendrik! Oh, Hendrik, was machst du denn hier, um Himmels willen?" Auflachend fiel sie Hendrik Behrmann um den Hals und küsste ihn auf beide Wangen.

„Hallo, mein Mädchen! Ich bin für ein paar Tage beruflich in der Stadt und wollte dich bei der Gelegenheit mal besuchen kommen. Dein … ich meine, Ben ist so nett gewesen und hat mir eines eurer Gästezimmer angeboten."

Nora warf ihm einen kurzen Blick zu. „Danke, das war wirklich sehr nett von dir."

Ben räusperte sich und deutete ein Nicken an „War doch selbstverständlich. Ich wusste, ich handele damit in deinem Sinne."

„Natürlich."

Ihr Blick streifte seinen Mund, oder bildete er sich das nur ein?

Sie verbrachten eine gesellige Stunde zu dritt, dann zog Ben sich zu Noras Erleichterung zurück. Seine Anwesenheit hatte sie auf seltsame Art aufgewühlt und sie sah sich eigentlich erst jetzt in der Lage, ihre Unterhaltung mit Hendrik richtig zu genießen. Allerdings hatte sie einen anstrengenden Tag hinter sich, somit dauerte diese Zweisamkeit nicht mehr lange an.

„Es tut mir leid, Hendrik, aber ich bin todmüde."

„Dafür musst du dich nicht entschuldigen. Du weißt ja, ich bin eine alte Nachteule. Es ist mir deshalb gar nicht aufgefallen, wie spät es inzwischen geworden ist. Ab ins Bett."

Er lächelte sein warmes, beruhigendes Lächeln, das sie immer schon so sehr an ihm gemocht hatte, und stand auf.

„Komm, mein Mädchen, gehen wir nach oben."

Auch Nora erhob sich und sie stiegen nebeneinander die breite Treppe hinauf. Der sehnsüchtige Blick, den Hendrik zunächst auf ihren Mund und danach auf ihre Zimmertür warf, ließ nur einen Schluss zu. Nora sah ihm in die Augen und schüttelte den Kopf.

„Gut, wie du willst", sagte er, während seine Hand kurz über ihre rechte Wange glitt. „Ich kann also nicht auf eine Änderung deiner Meinung hoffen?"

„Nein, Hendrik. Es tut mir leid."

„Das muss dir nicht leidtun, Nora. Gute Nacht." Er zögerte. „Nur für den Fall, dass du es dir anders überlegen solltest, ich schlafe in dem Zimmer ganz am Ende des Flurs." Er deutete auf die geschlossene Tür eines der Gästezimmer.

Nachsichtig lächelte sie ihn an. „Ich werde es mir nicht anders überlegen, Hendrik."

Sie war noch schnell unter die Dusche gesprungen und schlüpfte gerade in ihr Nachthemd, als es leise an ihrer Zimmertür klopfte. Verständnislos schüttelte sie den Kopf. Sie hatte Hendrik für vernünftiger gehalten und erwartet, dass er merkte, wie ernst es ihr mit der erneuten Abfuhr gewesen war. Etwas unwillig riss sie die Tür auf.

„Hendrik, ich habe doch deu…" Das Wort blieb ihr im Halse stecken. Es war nicht Hendrik Behrmann, der dort stand und allzu lässig im Rahmen lehnte, es war Ben.

„Was … was willst du denn hier?" Der Schreck fuhr ihr in die Glieder und ihre Stimme versagte fast.

Ohne ein Wort zu sagen, schob er sie ein wenig zur Seite und kam ins Zimmer.

„Ben! Ich habe dich etwas gefragt. Was soll das?" Sie machte einige Schritte rückwärts und stieß mit der Hüfte unsanft gegen einen der hölzernen Bettpfosten, während Ben in aller Seelenruhe die Zimmertür schloss und auf sie zukam.

„Schätze, wir beide sollten uns unterhalten", brachte er grimmig zwischen zusammengebissenen Zähnen hervor.

Sie konnte nicht einordnen, ob er zornig war oder ob es einen anderen Grund für seinen missmutigen Gesichtsausdruck gab. Allerdings jagte seine Nähe so etwas wie unwillkommene Stromstöße durch ihren Körper. Die Müdigkeit war wie weggeblasen.

„Worüber willst du verdammt noch mal mitten in der Nacht mit mir reden?" Angestrengt versuchte sie, sich selbstsicher zu geben.

„Du hast recht, wir sollten uns erst den wirklich wichtigen Dingen zuwenden." Er machte einen weiteren Schritt auf sie zu und griff nach ihr.

„Ben! Was zum Teufel …" Ihre Knie gaben genau in dem Moment nach, als seine Lippen ihre berührten. Langsam und mit träger Sinnlichkeit küsste er sie – und sie ließ es geschehen, weil sie sich erstaunt eingestehen musste, dass sie wie verrückt danach verlangt hatte. Den ganzen Tag schon hatte sie sich nach seinen Küssen gesehnt, und nun fehlte ihr die Kraft, sich ihren Sehnsüchten länger zu widersetzen. Mit seinen Lippen und seiner Zunge schien er eine Wunde zu heilen, die ihr über viele Stunden hinweg höllische Schmerzen bereitet hatte. Hitze durchflutete rauschartig ihren Körper. Wie eine Marionette, der man die Fäden gekappt hatte, sackte sie an seine Brust und ließ sich von ihm halten.

Der Kuss dauerte lange, viel zu lange. Ben raubte ihr damit nicht nur den kläglichen Rest Selbstsicherheit, der ihr verblieben war, sondern jagte gleichzeitig ihre Selbstbeherrschung zum Teufel.

Erst als er mit den Lippen ihr Kinn und ihren Hals entlangstrich, drangen ihr ihre heftigen keuchenden Atemzüge ins Bewusstsein.

„Kätzchen", murmelte er, während seine Küsse ihre Haut in Brand setzten, egal wo er sie berührte. „Süßes … mein süßes, wildes Kätzchen. Du hast auf mich gewartet."

Nora klammerte sich an seine kräftigen Oberarme und glaubte jede Sekunde in tausend Einzelteile zu zerspringen. „Ben!"

Auch sein Atem ging stoßweise. Begierig schob er ihr Nachthemd hoch.

„Ich kann nicht vergessen, verdammt, ich konnte nicht mehr länger …“

Seine Lippen pressten sich erneut auf ihren Mund. Nora nestelte an der Schnalle seines Gürtels herum, während er sie ungeduldig zum Bett drängte. Er lag bereits neben ihr, als sie ihn endlich aus der einengenden Umklammerung seiner Hose befreite. Sie keuchte vor Verlangen auf, als ihr Blick auf seine aufragende Erektion traf.

Mit wenigen Bewegungen und schwer atmend wie ein Langstreckenläufer warf Ben den Rest seiner Kleidung ab. Sie selbst riss sich ihr Nachthemd herunter, konnte die Augen dabei aber nicht von ihm abwenden.

„Ben, oh Gott, Ben.“

„Nicht denken, Nora, nur fühlen.“ Er presste seine Lippen auf den Ansatz ihrer Brüste. „Du duftest so verdammt gut“, murmelte er.

Als er ihre Haut mit der Zunge streichelte, war es, als würden elektrisch geladene Blitze durch ihren Körper zucken. Er rutschte tiefer und tiefer, und sie wand sich beinahe verzweifelt unter ihm, als würde sie fliehen wollen vor dieser herrlichen und doch so gefährlichen Wonne, die er ihr bereitete. Am liebsten hätte sie das auch getan. Besitzergreifend umfasste er ihre Hüften und strich mit den Daumen über die Wölbung ihrer Beckenknochen.

„Meine Schöne“, murmelte er.

Dann hob er ihr Becken leicht an und ließ seine Zunge vorschnellen, einmal, zweimal, dreimal … unendlich viele Male. Schließlich senkte er seinen heißen Mund auf ihren Schoß. Der zarte Druck seiner kreisenden Zungenschläge peitschte Nora in Ekstase hinein, bis der Orgasmus sie mit der Kraft einer Flutwelle erfasste und mit sich riss. Sie schrie seinen Namen, krallte ihre Finger in sein Haar und ließ sich von der ungeheuren Macht dieses Gefühls, das sie überrollte, in eine andere Dimension katapultieren.

Nach dem Abebben der Lustschauer sank sie zurück in die

Kissen und atmete schwer. Ben richtete sich auf und betrachtete sie einen endlosen Augenblick lang. Seine Atemzüge waren ebenso laut wie ihre.

Ihre Blicke trafen sich, brannten sich ineinander. Nora beugte sich vor und strich mit den Fingerspitzen seinen festen Bauch hinunter und dann über seine Oberschenkel. Ben kniete noch immer vor ihr, zwischen ihren gespreizten Beinen, sein Kopf fiel leicht nach hinten in den Nacken.

„Oh, ja!“ Er stöhnte auf. „Fass mich an!“

Aufreizend langsam ließ sie ihre Finger über seine Schenkel gleiten, bis sie sich unterhalb seines Bauchnabels trafen. Sie reizte ihn, quälte ihn, bis er keuchte. Es kostete Ben unglaubliche Willensanstrengung, nicht einfach nach ihren Händen zu greifen, um sie zu führen.

„Nora, verdammt! Ich …“

Die Laute, die sich dunkel und vibrierend aus seiner Kehle lösten, als sie ihn schließlich mit einer Hand umfasste und bedächtig liebkoste, verrieten seine unbezähmbare Lust, aber er konnte sie nicht zurückhalten und wollte es auch nicht.

Nur kurz ertrug er ihre süße Folter, dann drückte er sie auf die Matratze und drang kraftvoll in sie ein.

Beide bewegten sie sich zunächst kaum. Nora legte ihre Arme und Beine um seinen Körper, umschlang ihn, hielt ihn fest, während er ihr Gesicht umfasste und sie unverwandt ansah.

Schließlich, nach einer kleinen Ewigkeit, zog er sich langsam zurück, um gleich wieder in sie einzudringen. Noras Antwort war ein kurzer heiserer Schrei. Der Rhythmus seiner Stöße beschleunigte sich automatisch. Ihr lustvolles Stöhnen wurde lauter und peitschte ihn auf. Er fühlte sich vollkommen eins mit ihr, spürte ihren Höhepunkt auflodern und beobachtete, wie sich die Lust auf ihrem Gesicht abzeichnete.

„Ben, oh Ben!“

Sie seufzte, drängte sich ihm entgegen und presste sich an ihn.

Sein eigener Orgasmus kam einer Explosion gleich.

Erst in den frühen Morgenstunden gaben ihre Körper endgültig auf und zollten der umfassenden Erschöpfung Tribut.

Ben genoss es, Nora ungestört betrachten zu können, nachdem sie wie hingegossen, das Gesicht von ihrem Haar halb bedeckt, in seinem Arm einschlief. Er dachte gar nicht daran, auch nur eine einzige wertvolle Sekunde mit Schlaf zu verplempern.

Als sie sich regte und mühsam die Augen öffnete, lächelte er sanft. „Wenn wir so weitermachen, werden wir uns noch gegenseitig ins Jenseits befördern", murmelte er leise in ihr Haar.

„Ja, wahrscheinlich." Vorsichtig löste sie sich von ihm und setzte sich auf. „Du hast es irgendwie geschafft, uns zuzudecken", stellte sie verwundert fest.

„Stimmt." Ächzend rutschte auch er in eine etwas aufrechtere Position, verzog jedoch sofort das Gesicht. „Meine Güte, gewisse Körperregionen spüre ich gar nicht mehr. Vielleicht sollte ich mich vergewissern, ob noch alles an Ort und Stelle ist." Er hob einen Zipfel der Bettdecke an und warf einen kurzen Blick darunter.

„Okay", sagte er breit grinsend. „Es scheint tatsächlich noch alles da zu sein, wo es hingehört." Langsam ließ er sich zurück in die Kissen sinken und schloss die Augen, die inzwischen vor Müdigkeit brannten.

Nora fragte sich im Stillen, ob auch er darüber nachdachte, wie es mit ihnen weitergehen sollte. Sie sah in sein entspanntes Gesicht und kam zu dem Schluss, dass es ihm in dieser Minute höchstwahrscheinlich vollkommen egal war, wie sie in Zukunft mit dieser neuen Situation umgehen würden. Eines stand jedenfalls fest, die vergangene Nacht war großartig gewesen. Ihr ganzer Körper schmerzte zwar, aber sie fühlte sich wundervoll.

„Ben?"

„Mhm."

„Wir beide sind hier in diesem Haus mehr oder weniger zusammen aufgewachsen, na ja, fast …Was ich eigentlich sagen will, wenn wir ehrlich sind, mögen wir uns doch überhaupt nicht, trotzdem schlafen wir auf diese Art miteinander, das ist irgendwie … krank." Sie bemerkte erschrocken, dass ihre Stimme wie die einer ältlichen Gouvernante klang. Streng, scharf und auch ein bisschen angeekelt.

Mit gleichbleibend gelassenem Gesichtsausdruck öffnete er die Augen und sah sie an. „Ich habe dir gesagt, dass es nicht aufhören wird. Ich wusste es von Anfang an. Wir haben die Lawine losgetreten – jetzt müssen wir mit den Folgen leben."

„Und damit ist die Sache für dich erledigt? Du willst mir doch nicht sagen, dass es immer wieder passieren wird, egal, wie wir zwei ansonsten zueinander stehen? Das wäre …"

„Krank – so nanntest du es gerade, oder?" Er setzte sich auf und rückte sich ihr Kopfkissen im Rücken zurecht. „Was meinst du eigentlich, wenn du sagst: auf diese Art? Auf welche Art tun wir es denn deiner Meinung nach?"

Sie schluckte und spürte, dass sie rot wurde. „Du weißt genau, was ich meine. Wir … sind doch beide völlig … außer uns, wenn wir …"

Er grinste frech und hob die linke Augenbraue, wackelte ein bisschen damit. „Neue Erfahrung, was? Fehlen dir etwa die Worte, Kleine?"

„Verdammt, Ben, sei nicht so widerlich selbstgefällig!"

Sein breites Grinsen verschwand, er legte eine Hand auf ihren Nacken und zog sie zu einem langen Kuss zu sich heran, der sofort wohltuende Wärme durch ihren Körper trieb.

„Fühlt sich das für dich irgendwie falsch oder krank an?", fragte er, nachdem er ihren Mund freigegeben hatte.

„Nein, nur … gefährlich."

„Gefährlich?"

„Ich glaube, wir sollten das nicht tun. Es ist sicher nicht gut für uns. Es kann gar nicht gut sein. Es wird unser Leben belasten und höchstwahrscheinlich auch unsere gemeinsame Arbeit beeinträchtigen. Es ist und bleibt falsch."

Er neigte seinen Kopf wieder ein Stück tiefer, bis sie erneut seinen Atem auf ihrer Haut spürte.

„Was soll daran verkehrt sein? Ich will dich und du willst mich – wir beide wollen uns sogar ziemlich heftig, wenn ich die vergangenen Stunden richtig deute."

„Ich mag Typen wie dich nicht! Ich kann dich im Grunde nicht ausstehen. Das ist daran verkehrt."

Ben hoffte, dass seine Miene sich nur so viel veränderte, dass höchstens seine eigene Mutter festgestellt hätte, wie sehr er in diesem Augenblick litt. „Ich mag dich ebenso wenig, Kleines, was soll's." Absichtlich gab er seiner Stimme einen distanzierten und kühlen Klang. „Lass uns kein Drama daraus machen. Du kannst es eh nicht mehr ändern. Wir haben es getan – und wir werden es wieder tun. Ich wusste schon damals am See, dass wir es eines Tages tun würden, denn du hast mich genauso gewollt wie ich dich. Ja, auch damals schon. Streite es gar nicht erst ab."

Im Grunde sprach er damit nur einen geheimen Wunsch aus, eine winzig kleine wilde Hoffnung in kalte Worte gefasst, die er jahrelang genährt hatte – nicht zuletzt, um sein schlechtes Gewissen zur Ruhe zu bringen. Es war so einfach, sich arrogant und überlegen zu geben.

„Du bist und bleibst ein eingebildeter Affe, Ben Larsen."

Vielleicht war es die Art, wie sie auf seine Behauptung reagierte, möglicherweise aber auch ihr Gesichtsausdruck, der ihm ihre Unsicherheit verriet. Nach all den Jahren wusste er plötzlich, dass er richtiglag. Trotzdem verlangte alles in ihm danach, es von ihr zu hören.

„Du hast gezittert vor Lust."

„Nein, vor Angst, du elender Bastard. Ich war erst sechzehn!"

Lächelnd schob er die Hände hinter seinen Kopf und verschränkte sie dort. „Du hattest niemals Angst vor mir, höchstens vor dir selbst, aber sicher nicht vor mir. Du wolltest mich schon damals, und das wissen wir beide. Ich denke, wir haben es immer gewusst. Und diese Tatsache hat dich all die Jahre höllisch fertiggemacht. Du konntest es noch nicht einmal vor dir selbst zugeben, richtig?"

Dieses Mal fing er ihre Hand ab, bevor sie ihm eine schallende Ohrfeige verpassen konnte. „Das solltest du dir endlich mal abgewöhnen.“ Er hielt ihr Handgelenk fest umklammert und zog sie daran zu sich herunter. Seine Arme schlossen sich wie Stahlseile um ihren Körper, ihre Gesichter berührten sich fast. Für einen kurzen Moment verlor er einen Teil seiner sonst so ehernen Selbstkontrolle.

„Verflucht, Nora, ich kann es doch auch zugeben. Warum schaffst du es dann nicht? Jagt dir der Gedanke wirklich so große Angst ein? Ich gebe offen zu, dass ich dich will und dich schon damals wollte. Herrgott, ich wollte dich besitzen, seit du … plötzlich warst du kein kleines Mädchen mehr und ich … habe dich begehrt, wie ich noch niemals zuvor jemanden begehrt habe.“

Sanft legte er seine Stirn an ihre. „Gott, Nora, gib es einfach zu. Nur ein Mal! Ich habe dich damals berührt. Ich habe doch gespürt, wie sehr du mich wolltest. Und ich habe es nicht wieder vergessen können.“

„Ja.“

Sie flüsterte, er konnte sie kaum hören.

„Ich gebe zu, dass ich dich begehrt habe. Ja, Ben. Ich habe … gebrannt, und ich wollte dich in dieser Nacht damals am See ebenso sehr, wie du mich wolltest.“

Dieses Eingeständnis überraschte sie selbst vermutlich mehr als ihn, vor allem, weil Nora erst jetzt, so viele Jahre später, feststellen musste, dass es uneingeschränkt der Wahrheit entsprach.

Langsam lockerte Ben seinen festen Griff und umfasste ihren Kopf. Sein Gesichtsausdruck wurde seltsam weich.

„Danke“, sagte er schlicht, dann zog er sie an sich und streichelte sanft und still ihren nackten Rücken.

Diese unerwartete Zärtlichkeit brachte sie so durcheinander, dass ihre Augen zu brennen begannen und sich ein riesiger Kloß in ihrem Hals breitmachte, der ihr bedenklich die Luft nahm. Sie schluckte und atmete dagegen an, heilfroh, dass Ben in diesem

Moment nicht noch einmal versuchte, sie zu küssen. Nein, er küsste sie nicht, hielt sie nur fest und streichelte sanft ihre Schultern, ihre Arme und ihren Rücken. Und weil es so angenehm und so beruhigend war, seine großen, feingliedrigen Hände zu spüren, rückte sie ein Stückchen näher an seinen warmen Körper heran, schlüpfte wieder zu ihm unter die Decke – und sie schliefen beide ein.

Ben erwachte zwei Stunden später. Noch immer hielt er Nora an sich gedrückt. Vorsichtig drehte er sich auf die Seite, betrachtete eine Weile ihr Gesicht und gab ihr schließlich einen zärtlichen Kuss auf die Stirn, dann löste er sich von ihr und stand auf. Leise und ohne sie dabei aus den Augen zu lassen, schlüpfte er in seine Hose und sammelte den Rest seiner verstreut herumliegenden Kleidung auf. Noras Hand glitt im Schlaf suchend über die Stelle der Matratze, die vermutlich noch warm von seinem Körper war, und er musste lächeln.

Erst gegen Mittag sah er Nora wieder.

Zusammen mit Hendrik saß sie auf der großen Terrasse des Hauses. Sie hatten sich offensichtlich eine Riesenpizza kommen lassen, die sie sich nun schmecken ließen. Er war volle zwei Stunden durch das kleine Waldgebiet gelaufen, das an das Brehlowsche Grundstück grenzte, hatte geduscht, sich umgezogen und gerade beschlossen, doch noch einmal im Hotel vorbeizufahren, als er ihre fröhlichen Stimmen hörte.

Nun trat er ebenfalls auf die Terrasse. Nora wich seinem Blick aus, sie konzentrierte sich ausschließlich auf das Stück Pizza, das vor ihr auf dem Teller lag.

Ben räusperte sich und begrüßte Hendrik.

„Komm, setz dich doch zu uns und iss etwas mit. Dieses Monstrum von Pizza ist sowieso viel zu groß für uns zwei“, forderte Hendrik ihn lächelnd auf.

Ben hob beide Hände und schüttelte den Kopf. „Besten Dank, aber ich wollte mich nur von euch verabschieden.“ Er wandte sich an Nora. „Ich fahre ins Brehlow, mal sehen, was so anliegt.“

Erst jetzt bemerkte Nora, dass er einen seiner Anzüge trug. „Du wolltest doch heute nicht …“

„Ich weiß“, unterbrach er sie. „Das Wochenende ist kurz genug, aber … nun ja. Bis dann. Hendrik, einen schönen Tag wünsche ich dir. Dir natürlich auch, Nora.“

Ruckartig wandte er sich ab und ging mit großen Schritten zurück ins Haus. Gleich darauf hörte man bereits das Geräusch seines davonfahrenden Wagens.

„Nun, was fangen wir zwei Hübschen denn mit dem Rest dieses sonnigen Samstages an?“

Hendriks Frage klang betont fröhlich, doch bevor Nora ihm antworten konnte, hörten sie schon wieder ein Motorengeräusch.

„Nanu, hat Ben etwas vergessen?“, fragte Hendrik erstaunt.

Sie schüttelte den Kopf. „Ich weiß, wie sich sein Wagen anhört. Das ist nicht Bens Auto.“ Noch während sie sich erhob, läutete es bereits an der Tür.

Zu ihrer großen Freude war es Verena, die sie eigentlich zu einem ausgedehnten Einkaufsbummel abholen wollte. Nora hatte überhaupt nicht mehr daran gedacht. „Wie konnte ich nur unsere Verabredung vergessen? Es tut mir leid, Verena-Schatz.“

„Ach, kein Problem, oder hast du etwa was anderes vor?“

Nora zögerte. „Ich habe überraschend Besuch aus Frankfurt bekommen“, raunte sie ihrer Freundin zu. „Ich kann hier wohl jetzt nicht weg.“

Auch Verena senkte automatisch die Stimme. „Wer ist es denn?“

Nora grinste. „Komm, ich werde euch miteinander bekannt machen“, sagte sie wieder in normaler Lautstärke.

Hendrik Behrmann reagierte genauso, wie Nora es sich vorgestellt hatte. Er neigte sowieso zur Schüchternheit, und Verenas Prominenz und der atemberaubende Anblick, den sie wie immer bot, brachten ihn ordentlich durcheinander. Verena selbst war sichtlich hingerissen von dem attraktiven, etwas zurückhaltenden Mediziner und flirtete auf Teufel komm raus mit ihm. Nora amüsierte sich königlich darüber, das lenkte sie ein wenig von ihren eigenen Problemen ab.

„Wie ist es, Doktorchen?“, fragte Verena schließlich nach einer ausgedehnten nachmittäglichen Plauderstunde und einer großen Kanne Kaffee, die sie sich hauptsächlich brüderlich mit Hendrik geteilt hatte. „Wollen wir noch gemeinsam was Nettes unternehmen? Nora und ich könnten dir ein bisschen vom ausschweifenden Nachtleben der Nordlichter zeigen.“

„Oh ja, sehr gerne.“ Hendriks Augen strahlten. „Es wäre mir eine Freude, mit zwei so bezaubernden Damen den Abend genießen zu dürfen.“

Das kurze, helle Lachen, das Verena ausstieß, klang verführerisch und samten.

„Doktorchen, Doktorchen, du bist eine wirklich süße Nummer“, sagte Verena. „Also abgemacht! Aber dann werden wir drei uns wohl noch ein wenig hübsch machen müssen.“

Nora zog die Nase kraus. „Ich denke, Hendrik, ich kann dich beruhigt meiner lieben Freundin überlassen, ohne dass du mir böse sein wirst, oder? Seit heute Morgen habe ich schon diese bohrenden Kopfschmerzen und die sind leider nicht besser geworden.“

„Oh, das tut mir leid, mein Mädchen.“ Hendrik wirkte ehrlich besorgt. „Soll ich dir etwas dagegen geben?“

Sie winkte ab. „Nein, nein, mach dir keine Mühe. Ich habe noch genug von meinen Tabletten. So häufig brauche ich die Dinger ja zum Glück nicht mehr, aber heute werde ich wohl nicht drum herumkommen.“

„Dann solltest du dich tatsächlich lieber frühzeitig ins Bett legen“, sagte Verena und lächelte süffisant. „Ich werde das Doktorchen schon gebührend unterhalten, sei ganz unbesorgt, meine Liebe.“ Wieder an Hendrik gewandt, sagte sie: „Du brauchst übrigens nicht zu fahren, ich hole dich gegen acht Uhr ab. Aber du darfst mich natürlich gerne zu einem guten Abendessen einladen. Anschließend machen wir ein bisschen die Stadt unsicher. Ist das in Ordnung für dich?“

Hendrik Behrmann schluckte trocken und nickte. „Das wäre mir sehr recht."

In stiller Übereinkunft erhoben sie sich. Hendrik verschwand nach einem kurzen Abschied nach oben und Nora begleitete Verena hinaus.

„Der ist ja total süß!"

Nora lächelte. „Ja, Hendrik ist der netteste Mann, den ich kenne, aber er ist auch empfindsam. Treibe keine Spielchen mit ihm, hörst du!"

„Keine Sorge. Außerdem ist er doch wohl ein erwachsener Mann – und recht sexy, wie ich feststellen muss. Wenn er so nervös am Bügel seiner Lesebrille herumknabbert, wird mir ganz anders. Ich habe das unbestimmte Gefühl, dass hinter der schüchternen Fassade des Wissenschaftlers so einiges brodelt. Das reizt mich wirklich."

„Er ist unheimlich klug, aber eben auch sehr sensibel. Versprich mir, daran zu denken, bevor du ihn dir zur Brust nimmst. Sein Herz ist zurzeit besonders zerbrechlich – es hat sowieso schon einen gehörigen Knacks abbekommen."

„Ich habe eine angeborene Schwäche für empfindsame Männer mit angeknackstem Herzen."

Nora lachte laut auf. „Du hast eine angeborene Schwäche für alle attraktiven Männer, Verena."

Auch Verena lachte und drückte sie kurz an sich. „Ach, apropos attraktive Männer, wie weit bist du eigentlich mit Benny-Boy?"

Nora wusste, ihr Gesicht sprach Bände. „Darüber sollten wir vielleicht lieber in Ruhe reden, nicht so zwischen Tür und Angel."

„Du hast es geschafft, oder? Ihr seid zusammen im Bett gewesen."

„Ja."

„Und? Er ist doch fantastisch, nicht wahr? Er ist einfach …"

„Hör auf damit!", unterbrach Nora ihre Freundin viel zu heftig.

„Um Gottes willen, Nora, was ist denn passiert?"

„Ich … verdammt, Verena, er ist so …" Sie brach ab und rieb sich mit beiden Händen über das Gesicht.

„Du hast dich in ihn verliebt, meine Süße."

„Nein, das habe ich nicht! Ich mag ihn noch nicht einmal! Daran hat sich überhaupt nichts geändert. Niemand sonst kann mich so wütend machen und gleichzeitig so … schwach. Ich hasse ihn!"

Der Ausbruch und die Tränen kamen unerwartet. Ehe Nora sich versah, hatte Verena die Arme um sie geschlungen und wiegte sie wie ein kleines Kind an ihrer Brust hin und her.

„Herrje, Nora-Schatz, du bist ja das reinste Nervenbündel."

Nora löste sich verlegen aus der Umarmung ihrer Freundin und zog ein Papiertaschentuch aus ihrer Hosentasche, um sich das Gesicht trocken zu wischen und sich zu schnäuzen. „Entschuldige bitte. Das sind wahrscheinlich nur diese widerlichen Kopfschmerzen. Mir geht es einfach … nicht gut. Es tut mir leid."

„Niemand braucht sich für seine Tränen zu entschuldigen, wenn er verzweifelt ist. Wir müssen bald in Ruhe miteinander reden, hörst du?"

Sie winkte ab. „Ach, ich bin schon wieder ganz in Ordnung. Mach dir keine Sorgen, ich sag ja, das sind nur diese fiesen Kopfschmerzen."

„Du musst mir nichts vormachen, dir geht es nicht gut. Wir sollten zumindest versuchen, das so schnell wie möglich zu ändern."

Verena stutzte plötzlich und deutete auf die Stufe vor der Eingangstür. Direkt neben der Tür lag ein Päckchen. „Nanu, was ist das denn?"

Nora drehte sich um und bückte sich, um das kleine Paket aufzuheben. Offensichtlich handelte es sich um eine Schachtel. Sie war in schillerndes weinrotes Folienpapier verpackt wie ein Geschenk. Obendrauf prunkte eine seegrüne Seidenschleife, an der ein Kärtchen befestigt war. Darauf stand mit schwarzen Druckbuchstaben nur ein Wort: Nora.

„Oh, da hat dir jemand ein Präsent vor die Tür gelegt, wie romantisch."

Ein bisschen ratlos drehte Nora das Päckchen hin und her.

„Das ist ja … merkwürdig", sagte sie „Wer kommt denn auf so eine verrückte Idee?"

„Herrgott noch mal! Mach schon auf. Ich platze fast vor Neugierde!"

Mit Daumen und Zeigefinger umfasste Nora das Ende der prachtvollen Schleife und zog daran, um sie zu lösen. Das Papier entfaltete sich von ganz allein, nachdem sie das Schleifenband fortgezogen hatte. Wie erwartet hielt sie eine graue, etwa handtellergroße flache Pappschachtel in ihren Fingern. Sie zögerte, wusste aber eigentlich nicht, warum.

„Was ist?", fragte Verena aufgeregt. „Warum machst du die Schachtel nicht auf?"

„Mach du sie für mich auf."

„Spinnst du? Es ist dein Geschenk."

„Bitte, Verena."

„Na gut, wenn du willst. Ich für meinen Teil liebe Überraschungen!"

Verena hob den Deckel ab. Verständnislos reichte sie ihr das offene Kästchen. „Ein Schmetterling", stellte sie enttäuscht fest.

„Was?" Nora nahm die Schachtel und starrte hinein.

„Das ist ja widerlich. Durch den kleinen Körper hat jemand eine Nadel gestochen."

Beide blickten sie verwirrt und angewidert auf den toten Falter.

„Das machen doch diese Typen, die Schmetterlinge sammeln, stimmt's? Die stechen Nadeln durch sie hindurch", sagte Verena. „Wer zum Teufel sollte dir so ein seltsames Geschenk machen?"

„Ich habe nicht die geringste Ahnung. Außerdem kenne ich niemanden, der Schmetterlinge aufspießt – und ich glaube, ich möchte so jemanden auch gar nicht kennen. Ich werde das einfach wegwerfen und es vergessen."

„Ja, du hast recht. Vielleicht hat sich da jemand einen üblen Scherz mit dir erlaubt."

Nora legte den Deckel zurück auf die Schachtel. „Armer Kleiner. Er war so wunderschön."

Nachdem Verena sich verabschiedet hatte, warf Nora das seltsame Geschenk in die Mülltonne und ging nach oben in ihr Zimmer, um endlich etwas gegen ihre Kopfschmerzen zu unternehmen. Das Pochen hinter ihren Schläfen schien von Minute zu Minute schlimmer zu werden. Sie nahm zwei der starken Migräne-Tabletten ein, zog sich aus und schlüpfte unter die Decke.

Bens typischer Duft stieg ihr in die Nase. Sie fluchte leise, wühlte dann aber doch das Gesicht ins Kissen und war schon kurze Zeit später fest eingeschlafen.

Sie hörte weder Verena und Hendrik wegfahren noch Ben nach Hause kommen. Sie bemerkte auch nicht, dass Ben leise in ihr Zimmer kam und eine ganze Weile nachdenklich vor ihrem Bett stehen blieb, um sie anzusehen.

8. KAPITEL

Die neue Arbeitswoche begann hektisch. Sie fanden kaum die Zeit, ein persönliches Wort miteinander zu wechseln.

Nora hatte Termine bei der Bank und beim Steuerberater zu absolvieren, und Ben musste gleich vier verschiedene Kongresse organisieren, die teilweise zeitgleich im Brehlow stattfinden oder sich zumindest zeitlich überschneiden würden. Sein Schreibtisch war voll beladen mit offenen Aktenordnern, nebenbei diktierte er Andrea mehrere Briefe und segnete Programmpunkte für eine Hochzeitsfeier ab, die ebenfalls in der kommenden Woche anstand.

„Okay, das war's, Andrea", sagte er schließlich erleichtert, nachdem die Korrespondenz für diesen Tag erledigt war. „Es wäre schön, wenn du das alles heute noch schaffen könntest."

„Kein Problem, Boss. Was hältst du von einem ordentlichen Kaffee? Und zwar einen, den du in Ruhe genießt und nicht nebenbei runterstürzt. Du solltest wenigstens mal eine kurze Pause einlegen."

Ben schnaufte und begutachtete den Stapel Aktenordner. „Das ist die beste Idee des Tages. Eine Kaffeepause könnte ich jetzt wirklich gebrauchen."

„Kommt sofort, Boss."

Wie versprochen kam sie schon wenige Minuten später mit einem dampfenden Becher in sein Büro zurück. Er nahm ihn ihr dankbar ab. „Du bist ein wahrer Engel, Andrea. Danke."

„Wie geht es dir?"

„Gut. Warum fragst du?"

„Ach, nur so. Ich finde, du wirkst einfach ziemlich angespannt in der letzten Zeit. Ben, ich … ich bin noch immer für dich da, wenn du Hilfe oder Zuspruch gebrauchen kannst." Sie lächelte. „Vor einer Weile hast du mich gefragt, ob wir Freunde sein können, richtig? Ich habe darüber nachgedacht und glaube inzwischen, dass ich dazu in der Lage bin."

Ben spürte tief empfundene und dankbare Zuneigung, die er Andrea nach wie vor entgegenbrachte. „Ich danke dir für deine Loyalität und Freundschaft. Ich halte das nicht für selbstverständlich und weiß dein Angebot zu schätzen, aber ich ... mir geht es gut."

„Ich wollte auch nur, dass du weißt, dass ich im Ernstfall jederzeit ansprechbar für dich bin."

„Ich werde daran denken, versprochen."

„Okay. Und ich setze mich dann mal an meinen Computer und lege los. Genieße in Ruhe deinen Kaffee, Boss."

Kurze Zeit später erkundigte er sich über die Gegensprechanlage bei ihr, ob Nora von der Bank zurück war. Als er hörte, dass das der Fall war, durchquerte er das Empfangszimmer, in dem Andrea an ihrem Schreibtisch saß, und klopfte an Noras Bürotür. Ohne eine Antwort abzuwarten, trat er ein.

Wie so häufig saß sie vor irgendwelchen Papieren und hämmerte Zahlenreihen in ihre archaische Rechenmaschine ein.

„Was gibt's?", fragte sie kühl. „Ich stecke bis zum Hals in Arbeit."

„Ja, ich weiß. Bei mir sieht es ähnlich aus. Ich ... wollte dich auch nur kurz fragen, wie es dir geht. Samstag warst du schon im Bett, als ich nach Hause gekommen bin, und gestern hast du überhaupt nicht dein Zimmer verlassen. Ich habe mir Sorgen gemacht, mich aber nicht getraut, dich zu stören. Hendrik sagte mir, du hättest eine schlimme Migräne. Ich kann mich natürlich daran erinnern, dass du die häufig als junges Mädchen gehabt hast, doch ich wusste nicht, dass du noch immer darunter leidest."

Ihre Augen verdunkelten sich unter seinem prüfenden Blick.

„Ja, von Zeit zu Zeit. Leider. Jetzt ist es wieder gut. Wahrscheinlich war auch das Schlafdefizit nicht ganz unschuldig daran."

Ihr Gesicht blieb völlig unbewegt, und er schluckte angestrengt. „Sehe ich dich heute Abend?" Er merkte, dass seine Stimme ungewohnt heiser klang.

Sie starrte ihn eine Weile an, dann wurden ihre Augen schmal.

„Wie hättest du es denn gerne? Soll ich diesmal zu dir ins Bettchen hüpfen oder doch lieber erwartungsvoll in meinem Zimmer auf dich warten?“

Ben atmete tief ein und schloss kurz die Augen. „Fahr zur Hölle, Nora Brehlow!“, presste er wütend hervor.

Eine Weile starrten sie sich voller Zorn an, dann wandte er sich ruckartig ab. Seine Hand lag bereits auf dem Türgriff, als es klopfte und Andrea eintrat.

„Nora, da ist ein Päckchen für dich mit der Post gekommen. Leider steht kein Absender drauf.“

„Ein Päckchen?“

Ben stutzte, denn er registrierte etwas in ihrem Blick, das ihn beunruhigte, deshalb blieb er. Andrea legte ein kleines, flaches, in Packpapier eingeschlagenes Paket auf den Schreibtisch. Schwarze Druckbuchstaben bedeckten fast die gesamte Vorderseite. Es war an Nora adressiert.

„Mach du es bitte auf, Andrea“, sagte sie, und ihre Stimme klang hohl.

„Es steht der Zusatz *persönlich* drauf.“

„Bitte!“

„Okay, ganz wie du willst.“

Andrea löste die Klebestreifen und zog das braune Packpapier herunter. Ein schillernd weinrotes, von einer grünen Seidenschleife gekröntes Geschenkpäckchen kam zum Vorschein. Nora schluckte angestrengt. Ihre Reaktion blieb weder Andrea noch ihm verborgen. Mit drei langen Schritten war er bei ihr. „Was ist los, Nora?“

„Ich habe schon so ein Päckchen bekommen. Erst vor zwei Tagen. Es lag … es lag Samstagnachmittag vor unserer Haustür. Ich habe Verena verabschiedet und …“

Argwöhnisch beobachtete sie, wie Andrea die Schachtel auf ihrem Schreibtisch ablegte.

„Und? Lass dir nicht jedes Wort aus der Nase ziehen! Was war drin?“

„Ein toter Schmetterling.“

„Ein Schmetterling?“, fragten er und Andrea wie aus einem Mund.

„Ja. Ein toter, auf einer Styroporplatte aufgespießter Schmetterling.“

Noras Blick heftete sich Hilfe suchend auf sein Gesicht. Kurz entschlossen griff er nach dem Päckchen und öffnete es. „Ein Schmetterling“, sagte er und zeigte den Frauen den Inhalt der Schachtel. „Wer zum Teufel schickt dir tote Schmetterlinge?“

Nora starrte ratlos auf den Falter. „Ich habe keine Ahnung. Ich weiß nur, dass mir die Sache jetzt irgendwie unheimlich ist.“

Ben betrachtete das tote Tier genauer. „Schmetterlingssammler spießen sie so auf.“

„So weit war ich auch schon.“

„Es ist ein Trauermantel“, stellte er fest.

„Was sagst du da?“

„Es ist ein Trauermantel. So heißt er. *Nymphalis antiopa*, ein Edelfalter. Lebt häufig in Wäldern oder zumindest an Waldrändern. Ein besonders schönes Exemplar übrigens.“

Andrea starrte ihn voller Bewunderung an, doch Nora verdrehte die Augen.

„Danke für diesen zoologischen Vortrag, Mister Oberschlau.“

Ben reagierte nicht auf ihren herausfordernden Ton. „Das gefällt mir nicht. Das gefällt mir ganz und gar nicht.“ Er warf Nora einen Blick zu und stellte fest, dass sie aschfahl war. „Sah der andere Falter genauso aus?“

Sie schluckte. „Nein, er war heller und kleiner. Gelblich, fast orangefarben mit einem dunklen Muster auf den Flügeln.“

„Dunkle Säume?“

„Mhm … ja. Ja, ich glaube, er hatte dunkle Ränder.“

„Hast du ihn noch?“

„Er liegt zu Hause in der Mülltonne. Ich habe ihn weggeworfen.“

Ben dachte einen Moment nach. „Also nicht der gleiche Falter. Kennst du jemanden, der sich damit auskennt?“

„Außer dir niemanden, Klugscheißer.“

Er zog eine Grimasse, musste aber doch grinsen. „Okay, wir werden das im Auge behalten. Sag mir sofort, wenn du noch so ein nettes Präsent erhältst. Das gefällt mir überhaupt nicht."

„Das sagtest du bereits."

Andrea hatte während der ganzen Zeit von einem zum anderen geblickt und die Unterhaltung verfolgt. „Ich gehe dann mal wieder an die Arbeit", sagte sie.

Ben meinte einen eigentümlichen Ausdruck auf ihrem Gesicht zu sehen, als sie das Büro verließ.

„Die Müllabfuhr kommt erst am Mittwoch. Der erste Falter müsste also noch in der Tonne liegen. Ich werde ihn mir auf jeden Fall ansehen." Es ließ ihn absolut nicht kalt, wie Nora reagierte. Wenn der Absender der eigenartigen Präsente beabsichtigte, ihr Angst zu machen, hatte er damit offenbar Erfolg, allein deshalb schon entwickelte er heftige Wut auf den Unbekannten. „Soll ich das an mich nehmen?"

„Ja, bitte tu das."

Sie sah zu, wie er die flache Pappschachtel in die Tasche seines Jacketts schob und um den Schreibtisch zu ihr herumkam.

„Ich möchte dir noch was sagen, Nora."

Unbewusst erhob sie sich und machte ihrerseits einen Schritt auf ihn zu. Sie sah ihm an, wie besorgt er war, und erkannte tatsächlich so etwas wie offene Zuneigung in seinen dunklen Augen. Auch seine Stimme war sanft und voller Zärtlichkeit.

„Hör zu, ich will nur … Ich will einfach keinen verdammten Krieg mehr gegen dich führen. Mir fehlt inzwischen restlos der Antrieb dafür. Was ich meine, ist … meine Güte, offensichtlich habe ich gerade meine freimütigen Minuten. Du solltest wissen, dass ich … Ich begehre dich heute noch mehr, als ich es Freitagnacht getan habe. Das ist leider die unumstößliche Wahrheit und ich kann nichts daran ändern. Ich würde es tun, wenn ich dazu in der Lage wäre, aber ich muss mich wohl oder übel mit der Tatsache abfinden, dass es zurzeit nicht in meiner Macht liegt, meine Hände von dir zu lassen."

Nora wurde die Kehle eng. Sie wusste genau, was es für ihn bedeutete, diese Schwäche ihr gegenüber so unumwunden zuzugeben. „Ich begehre dich ebenso, Ben. Und auch ich kann nichts dagegen tun. Du hast mit allem recht gehabt, was du in dieser Nacht gesagt hast."

Sein offenes Lächeln wärmte sie. Zärtlich zog er sie an sich und drückte seine Lippen auf ihren Mund, den sie automatisch leicht öffnete.

„Kein anderer Mann, Nora", flüsterte er heiser an ihren Lippen. „Versprich es mir. Während wir beide … Keine anderen Partner, weder für dich noch für mich. Das ist meine einzige Bedingung."

„Kein anderer Mann", wiederholte sie seine Worte, dann schlang sie die Arme um seinen Nacken und setzte gierig den Kuss fort.

„Kann man diese verdammte Tür abschließen?", fragte er schwer atmend, als sie sich irgendwann voneinander lösten.

„Du wirst dich schon bis heute Abend gedulden müssen, Ben. Genau wie ich mich auch."

Er strich beruhigend über ihren Rücken, ließ sie aber nicht aus seiner Umarmung. Sein Blick schien ihr Gesicht zu streicheln.

„Mein Motor läuft sofort auf Hochtouren, wenn ich dir nur in deine grünen Katzenaugen sehe."

„Hm, das könnte dich in ziemlich peinliche Situationen bringen." Nora musste lachen, als seine linke Augenbraue in die Höhe schnellte.

„Was ist so lustig?", fragte er, während er mit seinen Lippen eine ihrer Schläfen streifte.

„Och, ich habe mir das nur gerade vorgestellt und das Bild, das sich mir da auftat, hat mir sehr gefallen."

Ben stöhnte auf. „Ah, hör auf damit, sonst müssen wir doch noch abschließen. Wenn du in dieser erotisch rauchigen Tonlage sprichst, hat deine Stimme eine verheerende Wirkung auf mich."

Nora ging das Risiko ein, umarmte ihn und zog ihn zu sich herunter, um ihn erneut zu küssen. Seine Küsse waren wundervoll. Berauschend und süchtig machend. Ihr Schoß begann unweigerlich zu schmerzen vor Verlangen, als seine Zunge gemächlich über ihre Unterlippe glitt. Wieder stöhnte er.

„Nora, ich …“

„Ben.“ Auch sie atmete schwer, zog sich aber von ihm zurück.

Keuchend stützte Ben sich mit beiden Händen auf dem Schreibtisch ab und fluchte leise lachend, wobei er den Kopf schüttelte.

„Hexe! Biest!“

Noras Wangen glühten. „Wenn du glaubst, dass ich besser dran bin als du, täuschst du dich.“ Sie kicherte. „Ich freue mich schon auf heute Abend.“ Ihr ging auf, dass sie förmlich schnurrte. Den Schmetterling hatte sie tatsächlich fast vergessen.

„Tu mir den Gefallen und halt jetzt mal für ein paar Minuten deine zuckersüße Klappe, damit ich wieder zu mir finde.“

Bevor sie sich erlaubte, auch nur an den Feierabend zu denken, machte Nora einen ihrer Rundgänge durchs Hotel. Zufrieden warf sie einen Blick in den neuen Wintergarten. Zwei Mitarbeiter waren dabei, die Bar einzurichten und zu bestücken – andere schoben gerade die zartgrünen Korbmöbel, die sie ausgesucht hatte, zwischen den Kübelpflanzen hin und her, um sie ansprechend im Raum anzuordnen. Lächelnd nickte sie ihren Angestellten zu.

„Ihr werdet das Prunkstück bestimmt in ein paar Tagen eröffnen können“, sagte plötzlich eine vertraute Stimme hinter ihr.

Nora drehte sich um und befand sich direkt Markus Breitenbach gegenüber. Er hatte sich bereits umgezogen, trug nicht mehr seine Arbeitskleidung, sondern Jeans und ein meerblaues Polohemd, das fantastisch seine Sonnenbräune zur Geltung brachte und das strahlende Blau seiner Augen intensivierte.

„Hallo.“

„Hallo, Nora. Wie geht es dir?“

Sein Blick glitt langsam über ihre gesamte Erscheinung hinweg.

„Mir geht es gut, danke. Und dir?"

„Ich habe Sehnsucht nach dir."

„Markus, ich …"

Er hob die Hände und brachte sie so zum Schweigen. „Du sagtest, du brauchst eine Pause. Wie lange noch?"

„Habe ich von einer Pause gesprochen?"

„Ich habe dich jedenfalls so verstanden, Schatz." Er trat einen Schritt näher und berührte sanft ihr Haar. „Gib uns eine Chance, Nora. Wir sind ein wirklich tolles Paar."

„Es tut mir leid, mein Freund. Sie hat kein Interesse."

Weder sie noch Markus hatten Ben bemerkt, der offenbar schon eine ganze Weile die Szene beobachtet hatte. Beide zuckten sie nun regelrecht zusammen. Normalerweise wäre Nora furchtbar wütend auf ihn geworden, weil er sich anmaßte, sich in ihre persönlichen Angelegenheiten einzumischen, doch sie registrierte erstaunt, wie erleichtert sie war, dass er genau das getan hatte – nicht zuletzt, weil sich das, was er gesagt hatte, vollkommen mit ihrer Meinung deckte.

Es war allerdings nicht zu übersehen, dass Markus geradezu vor Wut kochte. „Wer hat dich nach deiner Meinung gefragt, Ben?"

Ben blieb gelassen, stellte sich direkt hinter sie und verzog den Mund zu einem angedeuteten Lächeln, wie Nora bemerkte. Plötzlich schien Markus zu verstehen. Ungläubig sah er zunächst sie, dann ihn an.

„Ihr macht Witze, oder?", fragte er gepresst.

„Nein, Markus, das … ist kein Witz", sagte sie heiser.

Markus fuhr sich mit beiden Händen durchs Haar und schüttelte den Kopf. „Nora, verdammt! Das kann nicht dein Ernst sein. Das ist Ben, zum Teufel! Es ist Ben!"

Sie spürte, wie Ben seinen kräftigen Körper leicht gegen ihren lehnte. Auf ihrem Rücken breitete sich wohltuend die Wärme aus, die von ihm ausging.

„Ja, Markus, es ist Ben", sagte sie schlicht.

„Herrgott, er ist doch dein …"

„Wage es ja nicht, das auszusprechen, Markus! Ben ist nicht mein Bruder, und das weißt du auch genau."

Sie konnte fühlen, wie sich Bens Griff an ihren Armen verstärkte.

„Wenn ich den Dienstplan richtig im Kopf habe, hast du schon seit einiger Zeit Feierabend, Markus. Es wird das Beste sein, du fährst jetzt nach Hause, mein Freund", sagte er bestimmt.

Markus sog geräuschvoll die Luft durch die Nase ein und richtete sich zu seiner vollen Größe auf, offenbar, um wenigstens annähernd mit Ben auf Augenhöhe zu sein.

„Nenn mich niemals wieder deinen Freund, Larsen, hörst du!" Er wandte sich ab und verließ mit langen Schritten den Eingangsbereich des Wintergartens.

Nora atmete erleichtert aus. Ben gab ihre Arme frei und sie drehte sich zu ihm um.

„Tut mir leid, dass ich mich eingemischt habe, aber ich konnte direkt sehen, wie du dich gewunden hast."

Sie nickte. „Sei froh, dass mein Nervenkostüm zurzeit etwas angenagt ist, sonst hätte ich dir wahrscheinlich dafür die Augen ausgekratzt." Rasch blickte sie sich um, stellte sich dann kurzerhand auf die Zehenspitzen und streifte seinen Mund mit ihren Lippen. „Danke."

Seine Gesichtszüge wurden weich. „Jederzeit, Kätzchen, jederzeit."

Beide bemerkten nicht, dass sie beobachtet wurden.

Blaue Augen blieben minutenlang starr auf sie gerichtet.

Blaue Augen, in denen sich Hass und Wut vereinten.

9. KAPITEL

Die Sommerhitze war lähmend, doch Nora bemerkte erst, wie heiß es war, als sie in ihrem offenen Cabrio die Tiefgarage des gut klimatisierten Hotels verließ. Ben war bereits vorausgefahren, und nun gönnte sie sich endlich den Luxus, sich auf einen gemeinsamen Abend mit ihm zu freuen.

Am Stadtrand, wo sich das Brehlowsche Anwesen befand, war die brütende Hitze etwas besser zu ertragen als in der Innenstadt. Während sie ihren Wagen abschloss und langsam auf den Eingang des Hauses zuging, atmete sie gierig die frische Luft ein. Verenas veilchenblauer Sportwagen stand vor den Garageneinfahrten und Nora schmunzelte in sich hinein. In den vergangenen Tagen hatten ihre Freundin und Hendrik fast jede freie Minute miteinander verbracht und offenbar jede einzelne davon genossen.

Drinnen war es angenehm kühl, von der Südterrasse drangen die fröhlich klingenden Stimmen von Ben, Hendrik und Verena zu ihr in den Flur. Gut gelaunt warf sie ihre Kostümjacke über das Treppengeländer und machte sich auf den Weg nach draußen. Die beiden Männer erhoben sich sofort, als sie die Terrasse betrat, und Verena strahlte sie an.

„Hast du schon etwas gegessen?“, fragte Ben nach der allgemeinen Begrüßung.

„Ja, ich habe vorhin noch eine Kleinigkeit im Restaurant zu mir genommen.“

Die Männer setzten sich wieder, doch Nora blieb stehen.

„Es wäre sonst Salat und gegrilltes Hähnchen in der Küche, falls du magst“, sagte Verena. „Stell dir vor, das Doktorchen und ich haben gekocht.“

Nora tauschte einen kurzen Blick mit Ben.

„Gemeinsame Kocherlebnisse können unter Umständen in guter Erinnerung bleiben“, sagte er, wobei er schief grinste. „Wenn man es richtig anstellt, meine ich.“

Jetzt war es an Verena und Hendrik, sich groß anzusehen. Verena zuckte mit den Schultern und lächelte in sich hinein.

„Setz dich doch, Nora-Schatz", forderte ihre Freundin sie auf.

„Ich würde gerne erst duschen und mir was Bequemeres anziehen. Wenn ihr mich also für einige Zeit entschuldigt."

Hendrik hüstelte verlegen. „Vielleicht könntest du das aufschieben. Ich … äh … möchte euch etwas sagen. Es wird nicht lange dauern." Er deutete auf einen freien Stuhl und sah sie bittend an.

„Okay." Nora ließ sich neben Ben nieder. „Aber mach schnell, ich verlange nach der Autofahrt wirklich sehr nach einer erfrischenden Dusche, Hendrik."

„Ich will mich eigentlich nur bei euch beiden für eure nette Gastfreundschaft bedanken."

„Fährst du etwa schon wieder zurück?"

„Nein, nein, ganz und gar nicht. Es sieht vielmehr so aus, dass ich noch einige Monate in Hamburg zu tun haben werde. Das Tropeninstitut hat mir ein tolles Angebot gemacht. Meine Forschungen scheinen hier ein anderes Echo zu finden als in Frankfurt. Ich will euch gar nicht erst mit Wissenschaftlerlatein langweilen, also komme ich gleich zum Punkt. Ich bekomme die Möglichkeit, meine Arbeit in einem eigenen Labor mit eigenen Mitarbeitern und, nicht zu vergessen, mit der nötigen finanziellen Unterstützung weiterzuführen. Das Institut hat mir eine kleine möblierte Wohnung zur Verfügung gestellt, die ich sofort beziehen kann."

„Das ist ja wunderbar! Ich gratuliere dir. Ein eigenes Labor! Davon hast du immer geträumt." Nora freute sich ehrlich für ihn.

„Danke, das ist jedoch nicht alles." Er warf einen kurzen intensiven Blick auf Verena, die lächelnd nach seiner Hand griff und nickte.

„Verena und ich … wir sind zusammen."

Vor Überraschung und vor Freude fehlten Nora die Worte. Sie konnte Hendrik nur anstrahlen. Nie zuvor hatte sie ihn so ausgeglichen und gelöst erlebt, und zu ihrer großen Beruhigung leuchtete auch Verena das Glück aus den Augen.

„Ich freue mich für euch.“ Ben hob die Bierflasche, die vor ihm stand, um Hendrik zuzuprosten.

„Ich hoffe also, es macht euch nichts aus, wenn ich noch heute Abend meine Koffer packe und verschwinde“, sagte Hendrik lachend und griff zu seiner Flasche.

Erst eine gute Stunde später stand Nora endlich unter dem ersehnten Wasserstrahl. Verena und Hendrik hatten das Gepäck des Mediziners in Verenas Auto geladen und waren davongefahren. Jetzt war sie allein mit Ben – und wie so oft in der letzten Zeit, hatte sie diesem Moment den ganzen Tag entgegengefiebert.

Sie trocknete sich ab und verteilte sorgfältig Lotion auf ihrer Haut. Dann wickelte sie sich in ein großes Frotteetuch und verließ das Badezimmer.

Ben lag ausgestreckt und splitternackt mit hinter dem Kopf verschränkten Händen auf ihrem Bett und grinste ihr entgegen. „Nettes Outfit, Kätzchen.“

Nora überlegte nicht lange, sondern gesellte sich zu ihm. Sofort hieß er sie in seinen Armen willkommen.

Und wieder trug der wilde Sturm der Leidenschaft sie davon, doch Ben fühlte sich seltsam leer und alleingelassen, als es vorbei war.

Das Gefühl war ihm inzwischen vertraut, aber das machte es nicht leichter. Er hielt die Frau, die er über alles liebte, in seinen Armen, spürte ihren Körper dicht an seinem, genoss ihre seidig weiche Haut unter seinen Fingern und sog verlangend ihren Duft ein. Nichts auf der Welt hatte er sich mehr gewünscht und doch war er noch nie zuvor in seinem Leben so unglücklich und einsam gewesen. Zum ersten Mal zog er ernsthaft in Erwägung, Nora einfach die Wahrheit über seine Gefühle zu sagen. Jedoch bestand durchaus die Möglichkeit, dass er sie dann verlor, und er bezweifelte, dass er das jetzt, nach alldem, ertragen könnte. Sein ganz persönlicher Teufelskreis hatte sich geschlossen. Er kam sich vor, als stünde er auf dem höchsten Punkt eines Scheiterhaufens, während die tödlichen Flammen nach ihm züngelten, um ihn zu verschlingen.

Nora konnte ihn im Grunde nicht ausstehen, diese Tatsache würde ihn wahrscheinlich irgendwann umbringen. Trotzdem gab es auch von ihrer Seite diese verhängnisvolle, sexuelle Anziehung, die es ihnen im Augenblick unmöglich machte, die Hände voneinander zu lassen.

Nach all den Jahren wusste er inzwischen, dass es bei ihm immer so bleiben würde – und genau diese Gewissheit machte die Sache kompliziert. Er kannte den Ablauf einer derartigen Beziehung aus eigener Erfahrung. Nora liebte ihn nicht und würde früher oder später genug von ihm haben, sich vielleicht sogar ernsthaft in irgendeinen Glückspilz verlieben, dann wäre sein Leben endgültig vorbei. Blind vor Verlangen und Liebe hatte er bisher alle Gedanken an die Zukunft verdrängt, weil er sich eine Illusion erhalten wollte, die er nicht mehr aufgeben konnte. Vor einiger Zeit hatte er noch geglaubt, Nora würde ihn vernichten, wenn sie wüsste, dass er sie liebte, doch das war grundlegend falsch, denn sie würde ihn in jedem Fall vernichten. Die Gefahr bestand nicht darin, dass sie es erfahren könnte, sondern schlichtweg darin, dass er sie liebte. An dieser Liebe würde er früher oder später emotional zugrunde gehen. Er fühlte, dass er bedrohlich nah an seine Grenzen kam. Aber er wollte sie auf keinen Fall verlieren, er brauchte sie, deshalb verwarf er zum wiederholten Mal den Gedanken, ihr endlich seine Gefühle zu gestehen. Noch hatte er nicht die Kraft, auf Nora zu verzichten. Das hatte er schon zu lange getan.

Verdammt, dieses Gegrübel führt doch zu nichts.

Ben seufzte so tief auf, dass Nora den Kopf hob und ihn anblickte.

„Alles in Ordnung?“

„Ja, alles okay.“ Er stand auf und rieb sich mit beiden Händen das Gesicht. „Willst du auch was trinken?“

Er trug wieder die undurchdringliche Maske, die ihr seltsam vertraut und zuwider war. Er schlüpfte in seine Jeans, ließ sie aber offen. Diese Angewohnheit von ihm kannte sie inzwischen ebenfalls gut.

Wenn sie sich liebten, schien alles herrlich leicht zu sein – leicht und schwerelos. Sobald es vorbei war, war es wieder, als würde er sie in ein Eismeer stoßen und zusehen, wie sie darin erfror oder ertrank oder beides gleichzeitig.

Nora überlief ein unangenehmes Frösteln, als sie jetzt zu ihm aufblickte, in dieses umwerfend attraktive Gesicht, das nun wie gemeißelt wirkte. „Wenn du mir ein Glas Wasser mitbringen würdest …"

„Kein Problem. Bin gleich zurück."

Nachdem er das Zimmer verlassen hatte, rollte sie sich auf den Rücken und starrte an die Decke.

Meine Güte, wir fallen hemmungslos übereinander her, um anschließend wieder fast wie Fremde miteinander zu reden.

So langsam machte sie sich Sorgen um die Zukunft. Es war unmöglich, ihre Affäre mit Ben auf dieselbe Art zu betrachten wie die anderen Beziehungen, die sie früher geführt hatte. Der Unterschied lag auf der Hand. Ben war eben Ben, präsent, stark, äußerst pflichtbewusst und von unverrückbarer Verlässlichkeit. Das Hotel hielt ihn hier, ebenso wie es sie hielt. Er hatte diese Aufgabe übernommen und deshalb würde er immer da sein, immer in ihrer Nähe bleiben. Oh ja, es war geradezu bombastisch, was er im Bett mit ihr anstellte, aber sie war sich inzwischen sicher, dass es ein Fehler gewesen war, ihrem Verlangen nachzugeben und sich mit ihm einzulassen. Es war ein Kinderspiel für ihn, diese Lustgefühle bei ihr zu wecken, die ihr in ihrer Intensität unheimlich waren. Manchmal schien es ihr, als spielte er mit der gleichen Virtuosität auf ihr wie auf dem Flügel in der Bibliothek. Seit sie mit Ben schlief, hatte sie einen völlig neuen Zugang zu ihrer Sexualität gefunden. Sie lernte Facetten ihrer Sinnlichkeit kennen, die sie fast ein wenig erschreckten, und sie dachte häufig an Sex in der letzten Zeit. Eigentlich viel zu oft – und immer im Zusammenhang mit Ben. Niemals zuvor hatte sie einen Mann auf diese umfassende Art begehrt, und sie konnte sich beim besten Willen nicht vorstellen, jemals wieder mit einem anderen zu schlafen. Ben schien diesen Bereich in ihrem Leben vollkommen und absolut zu beherrschen, daher fragte sie sich unweigerlich, was mit ihr passieren würde, wenn er genug von ihr hatte.

Ihr Magen schlug einen Purzelbaum und ihr Herz begann schneller zu schlagen. Er war nach wie vor stärker als sie. Wieder hatte er sie übertrumpft, hatte sie dazu noch in der Hand und nahm ihr somit jede Hoffnung auf ein normales Lebensglück. Groll kroch in ihr hoch. Niemals, schwor sie sich, niemals durfte er erfahren, wie sehr sie ihn inzwischen brauchte.

Als er mit zwei gefüllten Gläsern zurückkam, sah Nora ihm mit einem Blick entgegen, der kälter nicht hätte sein können und der ihn direkt ins ohnehin wunde Herz traf und es in Stücke riss.

Ben verbrachte jede Nacht in ihrem Bett, aber er war meistens schon fort, wenn Nora erwachte. Ihr Tagesablauf wurde zu einem gleichmäßigen, ruhigen Fluss, nur unterbrochen von den Stromschnellen der gemeinsamen Nächte. Diese unvergleichlichen Nächte – wie wildes Wasser, das sie jedes Mal aufs Neue in einen Strudel riss, sodass sie sich aneinanderklammerten wie Ertrinkende.

In den folgenden zwei Wochen arbeiteten, aßen und schliefen sie miteinander. Und sie hätten beide nicht unglücklicher sein können.

„Du scheinst in der letzten Zeit immer einsilbiger und blasser zu werden“, stellte Verena fest, die sie über den Bistrotisch hinweg forschend ansah.

Sie hatten einen ausgedehnten Einkaufsbummel hinter sich und saßen nun in einem kleinen Café, um ihren geschundenen Füßen ein wenig Erholung zu gönnen.

„Vielleicht solltest du mal einen Arzt konsultieren. Ich kenne da zufällig einen sehr netten Doktor."

Nora lächelte müde. „Mir geht es gut, Verena."

„Was ist mit dir und Ben? Schläfst du noch mit ihm?"

„Ja."

„Ihr seid also jetzt ein Paar. Das ist irgendwie … lustig."

„Nein."

„Nein?"

„Nein, wir sind kein Paar – und es ist sicher nicht lustig." Nora blitzte ihre Freundin an, und Verena schob sich lächelnd einen Löffel Vanilleeis in den perfekt geschminkten Mund.

„Ihr lebt also unter einem Dach, verbringt eure Nächte miteinander, aber ihr seid kein Paar?"

„Genau."

„Schätzchen, was seid ihr denn?"

„Wir … wir … sind … Ach, verdammt noch mal, das geht dich nichts an."

Verena zog die Augenbrauen in die Höhe. „Oh! Entschuldige bitte meine Neugierde."

Nora blickte schuldbewusst in die lavendelblauen Augen ihrer Freundin. „Tut mir leid, Verena. Verzeih mir. Ich weiß, du meinst es nur gut. Das war unfair von mir."

„Schon vergessen, Liebes, ich sehe ja, dass es dir sauschlecht geht. Hör zu, da wir gerade dabei sind, solltest du besser gleich deinen ganzen Frust bei mir abladen. Du scheinst nämlich eine ganze Menge davon angesammelt zu haben. Lass es raus, meine Süße!"

Nora setzte ihre Kaffeetasse an die Lippen und trank einen großen Schluck. „Ja, du hast vermutlich recht. Ich weiß nur nicht genau, wie ich dir erklären soll, warum es mir nicht gut geht."

„Versuch es."

„Nun, wir schlafen miteinander."

„Das ist mir bereits bekannt."

Seufzend starrte Nora in ihre Tasse. „Das klingt einfach, doch das ist es überhaupt nicht. Es ist nämlich nicht so, dass wir nur Sex haben. Oh ja, wir haben … Sex, aber es ist … ach, wie soll ich dir das nur erklären?“ Entnervt brach sie ab und nahm einen weiteren Schluck Kaffee.

„Es ist also gut?“

Verena fing ihren rastlosen Blick auf und hielt ihn fest. Nora nickte. „Es ist nicht bloß gut. Es ist fantastisch, sensationell, süchtig machend. Ja, wir sind vollkommen süchtig nacheinander. Es ist beängstigend.“

„Für mich klingt das eher himmlisch und hört sich an wie die Antwort auf stumme Gebete und die Erfüllung heimlicher Wünsche und erotischer Sehnsüchte.“ Verena atmete tief und seufzend ein.

„Ja, das ist es im Grunde ja auch, wenn …“

„Wenn?“

„Wenn es nicht gerade Ben wäre.“ Nora brach ab und seufzte, als sie in das Gesicht ihrer Freundin sah. Verena verstand offensichtlich noch immer kein Wort.

„Wir sehen einer grauenvollen Zukunft entgegen“, fuhr sie fort. „Wenn es eines Tages zwischen uns vorbei ist – und der Tag wird garantiert kommen –, dann … Wir werden es beide nicht unbeschadet überstehen. Das kann gar nicht gehen. Die Arbeit, das Hotel. Wir werden wahrscheinlich alles verlieren, was uns wichtig ist. Alles! Wir werden uns das Leben gegenseitig zur Hölle machen – den ganzen, beschissenen Rest unseres Lebens. Er und ich … wir können gar nicht anders.“

„Redet ihr darüber?“

„Bitte?“ Nora riss die Augen auf.

„Redet ihr überhaupt miteinander, oder fallt ihr nur regelmäßig übereinander her?“

Ein brennender Kloß machte sich in ihrer Kehle breit und drohte ihr die Luft abzuschneiden. Verenas Beschreibung kam der Realität viel zu nahe. „Wir reden über das Hotel, über unsere Arbeit. Manchmal sogar über andere Menschen und irgendwelche Belanglosigkeiten, aber über … uns haben wir nur ein einziges Mal und nur sehr kurz gesprochen, das heißt, eigentlich haben wir das Thema nur angerissen, ehrlich gesagt.“

„Und?"

„Wenn ich Ben richtig verstanden habe, ist es ihm vollkommen egal, wie es mit uns weitergeht – und endet. Ich weiß noch nicht einmal, wie das alles funktionieren soll, sobald Thea erst zurück ist. Ich mag gar nicht daran denken. Ich kann mir nicht vorstellen, wie ich ihr überhaupt jemals wieder in die Augen schauen soll. Herrje! Ben und ich … wir haben unsere Jugend doch fast wie Geschwister verbracht."

„Ja. Und ihr habt beide stets darauf bestanden, dass man euch nicht als solche bezeichnet. Diesen Instinkt habt ihr ja wohl auch miteinander geteilt, oder? Ihr habt es wahrscheinlich irgendwo tief da drinnen gewusst, Nora. All die Jahre."

„So ähnlich hat Ben es ebenfalls ausgedrückt."

„Und er hat mal wieder recht, unser Schlaukopf." Verena lächelte sanft. „So, nun vergiss mal vorerst Thea. Das wird sich alles irgendwie richten. Und was Ben angeht, ich kann mir beim besten Willen nicht vorstellen, dass er dieser ganzen Geschichte so gleichgültig gegenübersteht, wie du es anscheinend glaubst. Das passt nicht zu ihm. Ich weiß, dass ich mich wiederhole und dass es dich ärgert, wenn ich es sage, aber ich kenne ihn. Ich kenne diesen Mann wirklich gut, Nora. Ben sind Gleichgültigkeit und Ignoranz, in welcher Form auch immer, total fremd, wenn es um die Menschen in seiner Umgebung geht. Er kann so gar nicht denken und empfinden. Tut mir leid, Schätzchen, doch so ist es nun mal. Du bist völlig verblendet, sobald es um ihn geht. Benjamin Larsen ist und bleibt ein guter Junge. Rede endlich mit ihm! Das ist die einzige Möglichkeit. Sag ihm freiheraus, was dich bedrückt."

„Darüber kann ich mit ihm nicht sprechen."

„Warum nicht?"

„Ich kann ihm ja wohl kaum sagen: Ben, ich bin so dermaßen verrückt nach dir, dass ich schon allein bei der Vorstellung, du könntest mich eines Tages nicht mehr beglücken, meinen Verstand einbüße. Ich mach mich doch nicht lächerlich! Nicht vor Ben."

Verena schüttelte den Kopf. „Meine Güte, ihr beide habt wirklich ein Problem."

Nora trank den Rest ihres Kaffees aus, und bevor sie sich versah, sprudelte alles aus ihr heraus. „Sex war niemals wichtig für mich. Ein netter Zeitvertreib, ab und zu sogar sehr nett, aber er hatte zu keiner Zeit diesen Stellenwert in meinem Leben. Heute sieht die Sache ganz anders aus. Ben hat kaum mein Bett verlassen, da sehne ich mich schon danach, dass er endlich wieder all diese Dinge mit mir tut. Puh, und ich … ich hasse mich dafür. Es ist völlig verrückt. Manchmal geht es im Büro schon los. Ich habe so was noch nie zuvor erlebt. Er sieht mich mit diesem speziellen Blick an und meine Haut fängt an zu glühen, so als würde er mich bereits berühren. Diese Augen! Seine unglaublich tiefgründigen Augen! Ich kann nicht anders, als ihn ebenfalls zu beobachten, seine kraftvollen und sinnlichen Bewegungen zu verfolgen und mir diesen unbeschreiblich anziehenden Körper unter seinem korrekten Anzug vorzustellen. Wir sitzen zum Beispiel in irgendeiner Besprechung mit dem Personal, und plötzlich spüre ich seinen abtastenden, begehrlichen Blick. Ich weiß dann genau, was in ihm vorgeht. Ich fühle körperlich, dass er mich in Gedanken berührt. Niemals vorher habe ich diese umfassende, hilflos machende Art von Erregung erlebt. Ständig müssen wir aufpassen, dass wir uns nicht verraten. Stell dir vor, zweimal schon haben wir es sogar einfach im Büro getan. Und wenn wir nach Hause kommen … Manchmal schaffen wir es noch nicht einmal mehr bis nach oben."

„Du machst Witze." Atemlos hatte Verena zugehört.

„Nein, wir sind oftmals so überreizt, dass wir übereinander herfallen, sobald sich die Haustür hinter uns schließt. Ich sag doch, ich bin auf dem besten Wege, den Verstand zu verlieren."

„Meine Güte, Nora! Mein Doktorchen wird heute Abend ordentlich was zu tun bekommen, wenn du nicht bald den Mund hältst." Verena holte tief Luft und fächelte sich mit der Getränkekarte des Bistros Luft zu.

„Du wolltest es hören."

„Ja, ich wollte es hören."

Nora musste plötzlich lächeln. „Aus irgendeinem Grunde geht es mir jetzt besser."

„Du bist allerdings immer noch ziemlich blass. Mein Rat ändert sich nicht. Du solltest dringend mit ihm darüber sprechen. Man kann sehr gut mit Ben reden. Wenn es dich nicht gäbe, würde ich sicherlich ihn als meinen besten Freund bezeichnen. Er hatte für jedes Problem in meinem Leben stets ein offenes Ohr und oft genug auch eine Lösung parat. Ben ist ungeheuer gescheit, Nora. Vergiss das nicht."

„Nein, das vergesse ich bestimmt nicht. Wie könnte ich? Das wurde mir ja schließlich schon als Kind ständig aufs Brot geschmiert. Du vergisst nur immer wieder, dass er und ich ein ganz spezielles Verhältnis zueinander haben – wenn du mal den Sex beiseitelässt, meine ich natürlich. Ben und ich können nicht miteinander reden. Sieh das endlich ein! Wir können es schlichtweg nicht."

„Lass es doch einfach darauf ankommen."

„Vielleicht denke ich mal darüber nach, mehr aber auch nicht, okay?"

„Gut, das ist ein Anfang. Hast du eigentlich noch einen von diesen Schmetterlingen bekommen?"

Nora rieb sich die Arme, weil sie schon bei dem Gedanken daran eine Gänsehaut bekam, und schüttelte sich leicht. „Nein, zum Glück nicht. Nach dem zweiten nicht mehr. Das ist jetzt gute zwei Wochen her."

„Ich frage mich, was das sollte."

„Glaub mir, ich mich auch. Ich kann einfach dieses bedrückende Gefühl nicht vergessen, das mich jedes Mal kalt erwischt, wenn ich an diese Päckchen denke. Irgendwie ist es bedrohlich. Eigenartig."

Verena zuckte mit den Schultern. „Mir würde es ähnlich gehen. Zumindest beim zweiten Mal fand ich es genauso unheimlich wie du. Da denkt man doch sofort an irgend so einen verdammten Psychopathen."

„Stimmt genau. Wir haben offensichtlich beide zu viele einschlägige Filme gesehen. Jedenfalls bin ich froh, dass nichts mehr gekommen ist. Vielleicht wollte sich nur jemand einen Scherz mit mir erlauben."

Die Empfangsdame lächelte und winkte ihr fröhlich zu, als sie zurück ins Hotel kam. Nora erwiderte das Lächeln und ging zielstrebig durch die große Hotelhalle zu den Aufzügen. Ein Blick auf ihre Armbanduhr sagte ihr, dass Andrea wohl schon Feierabend gemacht hatte, aber sie hoffte, dass Ben noch da war.

Sehnsucht, dachte sie, ich sehne mich nach ihm.

Die Tür zu seinem Büro stand weit offen und sie hörte die Stimmen von Ben und Gregor Warner bereits, als sie das leere Vorzimmer betrat.

„Ich bin es!", gab sie sich kurz zu erkennen und wollte in ihr eigenes Büro verschwinden, da sie ohnehin noch einiges zu tun hatte.

„Oh, Nora! Komm doch bitte herein!", rief Ben.

Sie stellte ihre Einkaufstüten auf Andreas Schreibtisch ab und ging lächelnd hinein. Gregor erhob sich. Zur Begrüßung hauchte er ihr einen leichten Kuss auf die Wange. Normalerweise war ihr die allzu vertraute Begrüßungsgeste eher unangenehm.

„Du siehst wie immer entzückend aus, Nora", stellte Gregor fest.

„Setz dich doch", forderte Ben sie auf. „Ich habe Gregor gerade zur Einweihungsfeier des Wintergartens eingeladen. Ich hoffe, das war in deinem Sinne, Partner?"

„Natürlich! Du bist herzlich willkommen, Gregor. Vielleicht lerne ich bei dieser Gelegenheit endlich einmal deine Frau kennen. Ben schwärmt in den höchsten Tönen von ihr und von ihrer Kochkunst."

Gregor zog die Mundwinkel süffisant nach oben. „Er hat es nur nie verwinden können, dass meine hübsche Elfie niemals einen Blick für ihn übrig hatte. Der elende Herzensbrecher musste schließlich damit fertigwerden, dass sich ein Mädchen mal nicht für ihn, sondern für mich, seinen unscheinbaren Freund, interessierte."

Gregors Lächeln wirkte ausnahmsweise mal ansteckend und erstaunlich sympathisch. Seine hellblauen Augen leuchteten auf. Automatisch machte er bei ihr einige Punkte gut. Sie erwiderte sein Lächeln ohne die üblichen Vorbehalte, die sie ihm schon seit ihrer Kindheit entgegenbrachte.

„Oh, du willst jetzt sowieso nur von mir bestätigt bekommen, dass du alles andere als unscheinbar bist, nicht wahr? Nun, ich würde mich jedenfalls freuen, deine Elfie endlich einmal kennenzulernen, Gregor."

„Und sie wird sich ebenfalls freuen. Wegen der Kinder bleibt ihr nicht viel Freiraum für Vergnügungen. Manchmal habe ich schon ein schlechtes Gewissen, weil ich sie so oft mit all dem Alltagsstress alleine lassen muss. Es wird ihr guttun, mal wieder auszugehen."

Gregor Warner wurde ihr immer sympathischer. Sie wusste, dass er Vater von Zwillingen war. Ben und Thea hatten ihr einige Male von den beiden wilden Jungen berichtet. Sie waren vier Jahre alt und offenbar von nervtötender Lebensfreude und Aktivität.

Ihr Lächeln vertiefte sich wie von selbst. Früher hatte sie Gregor stets für einen oberflächlichen und selbstsüchtigen Menschen gehalten. Offenkundig war er zu einem liebevollen Ehemann und Vater gereift. Intuitiv schob sie diese positiven Veränderungen Elfies Einfluss zu. Obwohl sie Gregors Ehefrau noch nicht persönlich kannte, mochte sie diese schon jetzt.

„Und vergiss nicht, dein alter Freund Ben feiert am selben Tag seinen Geburtstag." Sie zwinkerte Gregor zu.

„Wie könnte ich das vergessen?"

Verschwörerisch zwinkerte er zurück. Sie wussten beide, dass Ben Geburtstage nicht ausstehen konnte. Also feixten sie noch eine Weile und beobachteten amüsiert, wie er versuchte, diesen harmlosen Spaß heroisch hinzunehmen.

Ben war bereits zu Hause, als Nora zwei Stunden später endlich auch dort ankam. Nur mit T-Shirt und Shorts bekleidet stand er in der Küche am Herd. Allein der Duft, der dem Topf entströmte, in dem er rührte, ließ ihr das Wasser im Munde zusammenlaufen. Sie hatte in der letzten Zeit die Vorteile einer guten Mahlzeit schätzen gelernt.

„Mhm, das duftet ja wunderbar."

Kurz drehte er sich zu ihr um und lächelte ihr entgegen, dann wandte er sich wieder den Töpfen zu. „Es gibt Spaghetti mit meiner berühmten Fleischsoße. Mach dich schnell frisch und zieh dir was Bequemeres an. Ich habe uns den Tisch auf der Terrasse gedeckt. In zehn Minuten ist alles fertig."

„Das war himmlisch, Ben. Du kochst fantastisch", lobte Nora ihn später. Gesättigt schob sie ihren leeren Teller zurück und griff nach dem Glas mit der Rotweinschorle, die er ihr kredenzt hatte.

„Meine Kochkünste beschränken sich lediglich auf ein paar Gerichte. Trotzdem vielen Dank für das nette Kompliment", erwiderte er lächelnd und prostete ihr zu. „Wie war dein Treffen mit Verena? Geht es ihr gut?"

Nora wusste nicht, warum sie plötzlich gegen diesen starken, bitter schmeckenden Unwillen ankämpfen musste, nur weil er nach ihrem Nachmittag mit Verena fragte. Unwillkürlich dachte sie an das offene Gespräch zurück, das sie mit ihrer Freundin geführt hatte. Inzwischen war es ihr fast peinlich.

„Oh ja. Anscheinend hat sie Hendrik voll und ganz im Griff", erwiderte sie ungewollt grimmig.

Ben stutzte. „Du sagst das, als würde es dir nicht so recht passen, dass die beiden zusammen sind."

Der lang gezogene Seufzer schien sich tief aus ihrer Brust zu lösen. „Ich mach mir eben ein bisschen Sorgen. Das ist alles."

„Um Hendrik? Oder etwa um deine liebste Freundin?"

Seine Stimme klang plötzlich hohl. Nora blickte auf und sah ihm direkt ins Gesicht. „Nun, ich schätze, irgendwie um alle beide. Ich bin mir nicht sicher, ob Verena wirklich die Richtige für Hendrik ist."

Bens linke Augenbraue stieg steil in die Höhe. „Eifersüchtig?"

„Quatsch!" Sie stand auf und stellte die leeren Teller aufeinander. „Ich denke nur, dass …"

„Du machst dir Sorgen darüber, dass unsere Schönheit ihm das angeknackste Herz ganz entzweibricht, stimmt's?"

„Ja, irgendwie schon. Versteh mich richtig, Ben. Verena ist meine beste Freundin. Ich mag sie wirklich ungeheuer gerne, aber … manchmal ist sie mir einfach eine Spur zu eigennützig."

Seine Miene blieb unbewegt. „Wir wissen beide, dass Verena im Grunde ein aufrichtiger und guter Mensch ist. Okay, sie ist egozentrisch und querköpfig wie ein hilfloses, aber eben sehr liebebedürftiges Kind, nichts weiter. Das war sie schon immer. Sie ist ehrlich verliebt, für mich ist das offensichtlich. Hendrik Behrmann ist kein Dummkopf, oder? Ich kenne ihn natürlich noch nicht so lange, doch wie ich ihn einschätze, wird er ganz gut mit ihr fertigwerden." Ben griff nach seinem Weinglas und hob es kurz an die Lippen. „Sag mal, warum hast du den Doc nicht selber behalten, wenn du dir solche Sorgen um sein Seelenheil machst, Kleine?"

Nora spürte, wie sich ihr Unmut verstärkte. Die fast zärtliche Art, in der er über Verena sprach, ärgerte sie. „Wieso kann man nur niemals ein normales Gespräch mit dir führen, Ben Larsen?" Wütend nahm sie die Teller und drehte sich auf dem Absatz um. Auf dem Weg in die Küche schüttelte sie mehrere Male verständnislos den Kopf.

Kurze Zeit später kam Ben hinter ihr her, stellte die Spaghettischüssel und den Soßentopf neben der Küchenspüle ab und sah sie prüfend an.

„Aus irgendeinem Grund hast du furchtbar schlechte Laune, Nora. Was macht dich eigentlich so sauer, wenn ich fragen darf?"

„Du!", brach es aus ihr heraus – und sie bereute es sofort. Sie holte tief und seufzend Luft. Ihre Wangen begannen zu brennen.

Ben verschränkte die Arme vor der Brust, blickte äußerlich ruhig und gelassen auf sie herab und zog dabei einen seiner Mundwinkel nach oben. „Soso. Ich bin also mal wieder schuld an deiner üblen Laune."

„Nein! Nein, so meinte ich das nicht. Du kannst natürlich gar nichts dafür."

In seinen Ohren klang das wie ein verzweifelter Versuch, ihre Entgleisung herunterzuspielen. Tatsächlich war es aber nicht zu übersehen, dass sie nicht nur wütend, sondern auch durcheinander war. Ihr zerrüttetes Nervenkostüm stand ihr förmlich ins Gesicht geschrieben. Zärtlichkeit wallte in ihm auf und Erkenntnis gesellte sich wie aus dem Nichts hinzu. Er hob eine Hand und zog sanft die Linie einer ihrer Wangen mit dem Zeigefinger nach. „Du kommst auch nicht wirklich klar damit, oder, Kätzchen?"

Seine Stimme klang ein wenig rau und gleichzeitig unendlich zärtlich. Nora wurden die Knie weich und sie senkte automatisch die Lider. „Ach Ben …"

„Komm her", sagte er leise und zog sie kurzerhand in die Arme.

Überwältigt von seiner wohltuenden Nähe, gab sie nach und schmiegte sich an seine Brust. Der vertraute Duft seines Körpers und seine Wärme schienen durch sie hindurchzuströmen. Sie wurde tatsächlich etwas ruhiger, fühlte sich dabei aber trotzdem unendlich hilflos und beängstigend unsicher. „Du solltest nicht so furchtbar lieb zu mir sein, Ben."

Er legte sein Kinn auf ihren Kopf, und sie merkte, dass er in sich hineinlächelte. Unbeirrt hielt er sie fest umfangen. Mit der Rechten umfasste er ihren Hinterkopf. Bedächtig wiegte er sie in seinen Armen und drückte dann und wann seine Lippen auf ihr Haar und ihre Stirn.

„Warum nicht?"

„Ich kann überhaupt nicht damit umgehen, wenn du so liebevoll bist."

„Ist es denn so furchtbar, den Gedanken zuzulassen, ich könnte vielleicht doch ein ganz netter Kerl sein?"

Sie schluckte. Die Kehle wurde ihr eng, und eine passende Antwort wollte ihr einfach nicht einfallen.

Langsam schob er sie ein Stück von sich, legte einen Zeigefinger unter ihr Kinn und hob es an. Seine Augen schimmerten wie frisch poliertes Mahagoniholz.

„Der Teufel soll mich holen, aber ich bin sogar verdammt gerne lieb zu dir, Nora Brehlow."

Er küsste sie sanft und umfasste dabei mit den Händen ihr Gesicht.

Es war kein stürmischer, leidenschaftlicher Kuss. Seine Lippen strichen federleicht über ihre und sie antwortete ihm in der gleichen Weise, bedächtig und genussvoll. Unverändert behutsam liebkoste er ihre Wangen, berührte sie kaum, als er ihre Wimpern streifte, und doch durchrieselte sie ein warmes Glücksgefühl, das jede einzelne Faser ihres Körpers gefangen nahm und das vertraute Verlangen nach mehr weckte.

Ben beendete den Kuss und betrachtete Noras Gesicht, ergötzte sich insgeheim an ihrer Hingabe. Das Bedürfnis, ihr zu sagen, was er tatsächlich für sie empfand, wurde übermächtig. „Nora!", flüsterte er hingerissen. „Nora, ich muss dir …"

„Lass uns nach oben gehen. Ich brauche dich so sehr", unterbrach sie ihn drängend.

Alles in ihm schien sich plötzlich zu verhärten. Langsam richtete er sich zu seiner vollen Größe auf, um besser gegen den gnadenlosen Schmerz ankämpfen zu können, der ihn qualvoll durchflutete. Darauf war er nicht vorbereitet gewesen. Beinahe hätte er ihr seine Liebe gestanden, und sie dachte einzig daran, mit ihm ins Bett zu gehen. Fast ein wenig grob schob er sie von sich, denn er brauchte jetzt dringend Distanz.

„Ben?"

Der unsägliche Schmerz, der tief in seiner Brust wilde Kapriolen schlug, verwandelte sich allmählich in beißende Wut.

„Du willst doch auch eine Lösung, oder?" Die plötzliche Kälte in seiner Stimme erschreckte ihn selbst.

Nora brauchte eine Weile, um sich auf Bens Stimmungsumschwung einzustellen. Sie verstand ihn nicht, konnte ihm nicht folgen. Sie wusste nur, dass er ihr mit diesem undurchdringlichen Blick und dem harten Tonfall entsetzlich wehtat, nachdem er gerade eben erst so zärtlich zu ihr gewesen war. Automatisch wich sie ein gutes Stück von ihm ab. „Ich verstehe nicht."

„Du kommst nicht klar damit und ich auch nicht. Wir sollten es also besser ganz lassen. Diese verfluchte Geschichte bringt uns keinen Schritt weiter. Im Gegenteil. Wir sollten an das Hotel denken, und gut."

Aufgebracht und überfordert von seinem Stimmungswechsel, starrte Nora ihn an, entdeckte dabei nicht die kleinste Gefühlsregung in seiner Miene. In ihrer Brust schmerzte es immer stärker.

„Okay. Lassen wir es also", brachte sie schließlich heiser hervor. „Ganz wie du willst. Ich werde mich dir bestimmt nicht aufdrängen. Entschuldige bitte." Hastig wandte sie sich ab und verließ die Küche.

Ben unterdrückte den dringenden Wunsch, Nora aufzuhalten, sie für alle Zeiten einfach festzuhalten. Aufgewühlt strich er sich mit beiden Händen durchs Haar und sah ihr nach.

Verloren! Ich habe sie wieder verloren!

Grenzenlose Traurigkeit ergriff ihn. Das Durchatmen fiel ihm schwer, weil quälender Schmerz seinen Brustkorb zusammenzupressen schien. Er hörte, wie sie die Treppe nach oben lief, vernahm das Geräusch der zufallenden Zimmertür – und tat nichts. Gar nichts! Er bewegte sich noch nicht einmal.

Erst ihr gellender Schrei riss ihn aus der Lethargie, in die er gefallen war, seit sie die Küche verlassen hatte.

Panik überrollte ihn.

Angstvoll ihren Namen rufend, rannte er mit riesigen Schritten die Treppe nach oben. Dort fand er sie vollkommen aufgelöst vor. Keuchend und zitternd vor Angst, das Gesicht in den Händen verborgen, hockte sie auf dem Fußboden vor ihrem Bett.

„Nora! Um Himmels willen, Nora!"

Ben ging vor ihr in die Knie und riss sie an sich. Sie schlotterte. „Was ist los? Antworte mir! Sch, sch. Ich bin ja da. Kätzchen, ganz ruhig. Ich bin ja bei dir, mein Liebling."

„Ben", krächzte sie zwischen mehreren heftigen Schluchzern. „Oh Gott ... Ben!" Sie schlang die Arme um seinen Nacken und hielt ihn krampfhaft fest. „Er war ... hier!"

Er zog sie an sich, sodass sie auf seinem Schoß saß. Nora schmiegte ihr Gesicht an seine Brust und er konnte fühlen, dass sie sich etwas beruhigte. „Wer war hier?"

Noch bevor er die Frage vollständig ausgesprochen hatte, sah er das Päckchen. Es lag direkt vor ihm auf der Bettdecke und er fragte sich, wieso er das glänzend rote Papier mit der großen grünen Seidenschleife nicht sofort bemerkt hatte, als er hereingekommen war.

„Er war ... hier. In unserem Haus! In meinem Zimmer! Er war hier!" Sie schluchzte wild auf.

„Ruhig, Nora, bitte, sei ganz ruhig! Ich bin da. Niemand kann dir etwas tun, wenn ich bei dir bin. Ich lasse das nicht zu, hörst du, Kätzchen! Ich lasse es nicht zu, dass dir irgendjemand was antut." Bewusst sprach er in gleichmäßigem, beruhigendem Ton. Er hielt sie noch einige Augenblicke an sich gepresst und strich ihr übers Haar, bis sie wieder fast normal atmete und sich das starke Zittern langsam legte, das ihren Körper durchschüttelte. Dann erhob er sich und zog sie vorsichtig mit sich, ohne sie loszulassen. Es wäre auch gar nicht möglich gewesen, denn sie klammerte sich an ihn wie eine Ertrinkende. Währenddessen bemühte er sich, seine Nerven unter Kontrolle zu bringen und einen klaren Kopf zu behalten.

Wer immer es sein mochte, der Nora diese Päckchen schickte, war tatsächlich in ihrem Haus gewesen. Er war in ihr Zimmer vorgedrungen, in Noras Zimmer! Der Gedanke ließ ihn vor Angst erschauern.

„Komm, mein Kleines. Wir gehen runter in die Küche. Du bist eiskalt und zitterst wie Espenlaub. Das ist der Schock."

„Bleib bei mir, Ben!"

„Ich lass dich nicht allein, Nora. Niemals!“ Er dachte kurz daran, dass es weitaus vernünftiger wäre, auf der Stelle die Polizei zu rufen und alle Räume durchsuchen zu lassen, verdrängte den Gedanken aber sofort wieder. Außerdem glaubte er nicht wirklich, dass der Überbringer des seltsamen Geschenks sich tatsächlich noch im Haus aufhielt. Das Päckchen war mit Sicherheit schon am Nachmittag hier deponiert worden, während sie beide im Hotel gewesen waren. Noras Befinden stand für ihn im Vordergrund, also legte er einen Arm fest um ihre Schultern und mit der anderen Hand griff er nach der Schachtel. „Komm.“ Zusammen gingen sie hinunter in die Küche.

„Setz dich, Nora. Setz dich hin. Ich hole dir …“

„Nein! Lass mich nicht allein.“ Sofort begann sie wieder stärker zu zittern.

„Ich gehe nur kurz rüber ins Wohnzimmer. Du kannst mich die ganze Zeit sehen. Ich gehe nicht weg, hörst du? Atme tief ein und aus, Kleines, tu es für mich. Ja, so ist es richtig. Und jetzt setz dich dort hin. Fein.“

Er nahm seine Hände von ihren Schultern, nachdem sie auf einem der Küchenstühle Platz genommen hatte, wartete ihr Nicken ab, ging hinüber ins Wohnzimmer, schnappte sich die Karaffe mit dem Cognac und ein Glas und schenkte ihr ein.

„Ben.“

„Trink das. Nimm einen ordentlichen Schluck. Gleich wird es dir besser gehen, glaub mir.“

Er sah zu, wie sie das Glas mit beiden Händen umfasste und trank. Sie verschluckte sich und musste husten. Er zog sich einen Stuhl heran und setzte sich neben sie.

„Noch einen Schluck, das jagt dir ein bisschen Wärme in die Knochen. Gut so. Das reicht.“ Er nahm ihr den Cognacschwenker aus den zitternden Fingern und genehmigte sich ebenfalls einen kräftigen Schluck, dann stellte er das Glas beiseite und fixierte ihr Gesicht, um sicherzugehen, dass der Alkohol auch wirklich die gewünschte Wirkung auf ihre Nerven hatte. Währenddessen nahm er ihre Hände und hielt sie fest. „Besser?“

„Ja“, wisperte sie kaum hörbar.

Ihr Blick fiel auf das Päckchen, das er auf den Küchentisch geworfen hatte. Er griff danach und öffnete es.

„Ist es wieder …?“

„Ja“, erwiderte er ausdruckslos. „Es ist ein Schmetterling.“ Seufzend neigte er ihr den kleinen Karton entgegen, damit sie hineinsehen konnte.

Ein leuchtend orangeroter Falter lag darin. Wie schon die ersten zwei war auch dieser wunderschön. Seine zarten, schwarz gesäumten Flügel erinnerten an winzige, ausgezupfte Blütenblätter. Wieder hatte ihn jemand mit einer Nadel auf einer dünnen Styroporplatte befestigt.

„Er ist kleiner als die anderen“, stellte Nora leise fest.

Ihre Stimme klang noch immer heiserer als sonst, doch ihr Atemrhythmus hatte sich zu seiner Erleichterung inzwischen deutlich normalisiert. „Ja. Es ist ein Dukatenfalter“, erwiderte er mechanisch und blickte ihr tief in die Augen. „Ein Männchen. Die Weibchen sind eher bräunlich.“ Ohne den Blick von ihr zu wenden, nahm er wieder ihre Hände in seine. „Es ist an der Zeit, etwas zu unternehmen. Die Sache läuft aus dem Ruder. Er war hier im Haus, sogar in deinem Zimmer. Meiner Ansicht nach ändert das die Situation vollkommen. Wir können das nicht mehr einfach als schlechten Scherz betrachten.“

„Du meinst, wir sollten die Polizei einschalten?“

„Ich glaube, es ist höchste Zeit, dass wir das tun, Kätzchen. Weißt du, ich kenne da einen Typen von der Kripo, mit dem ich früher beruflich näher zu tun hatte, als ich nach meinem Studium als Referendar in der Staatsanwaltschaft gearbeitet habe. Ein guter Mann mit einem klugen Kopf. Eigentlich arbeitet er bei der Mordkommission, aber da mir so was wie Zuständigkeit im Augenblick ziemlich egal ist, werde ich ihn anrufen und um Hilfe bitten, einverstanden?“

„Ja, natürlich.“ Sie schluckte und legte eine Hand auf seinen Unterarm. „Danke, Ben. Danke, dass du für mich da bist.“

Er hob ihre kühlen Fingerspitzen kurz an seine Lippen. Ohne

Frage war er ein moderner und aufgeschlossener Mann, der durchaus zu schätzen und zu achten wusste, wenn eine Frau stark, selbstbewusst und eigenständig war. Deshalb schämte er sich, weil er in diesen Minuten ihre Hilflosigkeit und Schwäche ein ganz klein wenig zu sehr genoss. Es war das erste Mal, dass er das Gefühl hatte, von ihr gebraucht zu werden, diese Tatsache machte ihn glücklich und kitzelte sein Ego. Dagegen konnte er nichts tun.

Wieder verspürte er für einen kurzen Augenblick den Drang, ihr zu sagen, was er für sie fühlte. „Nora, wir beide, ich meine, ich …“ Er stockte, dann gab er es auf und erhob sich abrupt. „Komm, wir rufen am besten gleich an.“

Wie so oft hatte er im letzten Moment auf die warnende Stimme in seinem Inneren gehört, die niemals ganz verstummte. Während sie zusammen ins Wohnzimmer gingen, spürte er Noras forschenden Blick.

Bevor er den Hörer des Telefons anheben konnte, griff Nora nach seinem Arm.

„Was wolltest du mir gerade sagen, Ben? Dich beschäftigt doch was.“ Ihre Blicke trafen sich. „Sag mir, was los ist.“ Sie sah, wie er mit sich kämpfte. Seine dunklen Augenbrauen zogen sich über der Nasenwurzel zusammen, also hakte sie noch einmal nach: „Verheimlichst du mir etwas?“

Sein Zögern war nur kurz. „Ich habe mir vorhin ein paar Gedanken darüber gemacht, wie es mit uns weitergehen soll. Was erwartest du eigentlich von mir, Nora?“

Sie schauderte erneut, aber dieses Mal hatte das nichts mit den Schmetterlingen zu tun. Sachte legte sie eine Hand an seine Wange. „Ich weiß es nicht“, sagte sie flüsternd. „Vielleicht erst einmal Ehrlichkeit und Wahrhaftigkeit.“

„Vielleicht willst du meine Wahrheiten ja gar nicht hören. Vielleicht tut uns beiden das alles tatsächlich überhaupt nicht gut.“

Verständnislos starrte sie in seine samtig wirkenden Augen. „Tut mir leid. Ich kann dir mal wieder nicht folgen, Ben.“

„Nein, das kannst du nicht. Wie solltest du auch?“ Er atmete tief ein und rang mit sich. „Du willst also meine Wahrheit kennenlernen, ja?“

Sie nickte und er legte einen Finger unter ihr Kinn und hob es an. Einen endlosen Augenblick lang verschmolzen ihre Blicke miteinander. Trotzdem war es ihr nicht möglich, bis in seine Seele zu sehen.

„Erst einmal finde dich lieber damit ab, dass ich von nun an ständig in deiner Nähe sein werde. Belassen wir es zunächst dabei, okay?“

In ihrer Brust schien etwas anzuschwellen und ihr den Atem zu nehmen, aber sie konnte nicht einordnen, was es war. „Du musst mir sagen, falls da was ist, das ich wissen sollte.“

Nun strich er mit den Fingerspitzen zart über ihre Wangen. So, als würde er jede Erhebung und jede Kontur nachzeichnen wollen. Eine Weile sah er sie direkt an, dann sog er geräuschvoll die Luft ein und rückte entschieden von ihr ab. Wie unter starken Schmerzen verzog er das Gesicht. „Wenn ich nur daran denke, wie verflucht nah er dir gekommen ist …“

Sie war so durcheinander, dass sie es noch immer nicht fertigbrachte, einen klaren Gedanken zu fassen. Instinktiv tat sie das, wonach es sie im Augenblick am meisten drängte. Sie schmiegte sich in seine Arme, umklammerte seinen kräftigen Körper und flüsterte mehrere Male seinen Namen.

„Ich bin so froh, dass du bei mir bist, Ben.“

Er strich ihr durchs Haar und streichelte sanft ihren Rücken. Irgendwann hob sie den Kopf und sah zu ihm auf. Ben neigte sich zu ihr und küsste sie auf die zitternden Lippen, küsste ihr die Tränen von den Wangen. Er konnte nicht anders, das Verlangen nach ihr war allgegenwärtig, hatte ihn fest im Griff, also gab er nach. Er vertiefte kurz den Kuss und zog sich dann seinem Instinkt folgend zurück. „Nicht jetzt, Kätzchen“, raunte er ihr ins Ohr. „Das wäre nicht gut, glaub mir.“

„Ich will dich, Ben.“

„Ich will dich ja auch, Nora. Ich will dich immer." Er hauchte sanft kleine Küsse auf ihre Augenlider, dann umfasste er ihre Oberarme und sah Nora an. „Erst mal müssen wir dich hier rausbringen. Wir sollten für einige Zeit ins Hotel ziehen. Ja, wir bleiben im Brehlow, bis diese Sache geklärt ist. Wir können eine der Suiten im Penthouse nehmen. Derzeit sind beide frei, wir wären da oben vollkommen ungestört, und die Sicherheitsstandards sind hoch, da sie ja speziell auf prominente Gäste ausgerichtet sind. Wir hätten sogar einen eigenen Aufzug mit Zahlencode. Dort bist du auf jeden Fall sicherer als hier im Haus."

Sie atmete stoßweise und wirkte erregt. Er hatte davon gehört, dass das Aufflackern sexueller Begierde nach heftiger Panik ein psychisches Phänomen war, hatte es aber bisher noch nicht erlebt.

„Du hast recht." Nora seufzte. „Ich werde tun, was du sagst."

„Oh, Himmel, dass ich das mal erleben darf." Er grinste übertrieben und verdrehte theatralisch die Augen.

Nora verpasste ihm einen Knuff in die Rippen. „Werd ja nicht frech, Ben Larsen!"

Froh, dass er es geschafft hatte, sie ein wenig aufzuheitern und die Situation mit dem kleinen Scherz zu entspannen, lachte er und drückte ihr schmatzend einen Kuss auf die Nasenspitze. „Lass mich den Kripomann anrufen und drück die Daumen, dass er noch an seinem Schreibtisch sitzt. Ich würde ihn nur ungern zu Hause stören. Alexander Hellberg ist nämlich frischverheiratet."

Zwei Stunden später saß Nora neben Ben auf dem nachtblauen, samtbezogenen Sofa in einer der Penthousesuiten des Brehlow.

Kriminalhauptkommissar Alexander Hellberg, der vor wenigen Minuten bei ihnen eingetroffen war, hörte sich in aller Ruhe Bens Bericht an. Hinterher nickte der auffallend attraktive Mann verständnisvoll und bedachte sie mit einem beeindruckenden Lächeln, das auch seine dunkelgrauen Augen erreichte und bei ihr sofort ein beruhigendes Gefühl von Zutrauen und Sicherheit erweckte.

„Rein rechtlich gesehen haben wir hier einen Fall von Hausfriedensbruch. Gestohlen wurde ja nichts, aber ich verstehe durchaus, warum Ihnen diese eigenartigen ... Präsente Angst machen. Meiner Meinung nach grenzt das hart am Tatbestand der Körperverletzung. Dennoch sollten wir uns zunächst darauf konzentrieren, dass jemand in ihr Haus eingedrungen ist, der dort offenkundig nichts zu suchen hat."

Sie nickte und Alexander Hellberg wandte sich an Ben: „Wer außer euch beiden besitzt einen Hausschlüssel?"

„Meine Mutter natürlich, aber sie ist in Australien bei ihrer Schwester. Ihren Schlüssel hat sie in ihrer Handtasche, nehme ich an. Für den Notfall haben wir einen Hausschlüssel im kleinen Safe in meinem Büro hier im Hotel deponiert. Sonst ... nein, sonst niemand."

Auch Nora schüttelte den Kopf.

Der Kriminalbeamte zog nachdenklich die Augenbrauen in die Höhe. „Wer hat Zugang zu diesem Safe, Benjamin?"

„Nur Nora und ich."

„Niemand sonst?"

„Nein."

„Was ist mit eurer Sekretärin?"

„Andrea Trenkler hat natürlich Schlüssel zu unseren Büros, aber nicht zum Safe. Ich glaube, sie weiß noch nicht einmal, dass es ihn überhaupt gibt. Er ist gut hinter einem Bücherregal verborgen."

„Wo befinden sich üblicherweise eure persönlichen Schlüssel?"

„Meiner ist eigentlich immer in meiner Handtasche", antwortete Nora. „Nur wenn ich die Haustür aufschließe, nehme ich ihn heraus."

„Und mein Schlüsseletui steckt grundsätzlich in meiner linken Hosentasche. Mein Autoschlüssel ist auch dran. Nur wenn ich mich zu Hause umziehe, lege ich es auf den Nachttisch."

„Nora, haben Sie Ihre Handtasche im Büro immer im Blick?"

Nachdenklich legte Nora die Stirn in Falten. „Normalerweise hänge ich sie entweder über die Rückenlehne meines Schreibtischstuhls, oder ich stelle sie einfach auf die Fensterbank. Wenn ich nur mal kurz zu Ben rübergehe, nehme ich sie natürlich nicht mit. Wer in mein Büro will, muss allerdings direkt an unserer Sekretärin vorbei. Zu Hause steht sie eigentlich immer in meinem Zimmer, weil ich ab und zu die Handtasche wechsle und dann alles umpacke."

Alexander Hellberg lächelte. „Oh ja, das kenne ich von meiner Frau. Die Farbe der Tasche muss zur Kleidung, besonders aber zu den jeweiligen Schuhen passen."

Auch Nora lächelte. „Natürlich."

„Bleibt nur noch die Frage nach einem offenen Fenster."

Sie und Ben schüttelten gleichzeitig den Kopf. „Wir nehmen das beide ziemlich genau, Alex. Stimmt doch, nicht wahr, Nora?"

„Ja. Wir kontrollieren immer, ob alles verschlossen ist, bevor wir das Haus verlassen."

Hauptkommissar Hellberg schnaufte. „Eine Alarmanlage haben Sie nicht?"

„Nein", sagte Nora, „aber es gibt auch keine außergewöhnlichen Wertgegenstände im Haus, das heißt, wenn man einmal von Bens Flügel und einigen antiquarischen Büchern absieht. Und so ein Flügel klaut sich schließlich nicht so leicht."

„Die Frage danach, ob Ihnen jemand einfällt, der als Täter infrage käme, erübrigt sich ja wohl, oder?"

„Stimmt, Herr Hauptkommissar. Darüber haben wir natürlich zuallererst nachgedacht. Ich kenne niemanden, der sich mit Schmetterlingen beschäftigt."

„Ich auch nicht", fügte Ben hinzu.

„Gibt es da vielleicht einen besonders anhänglichen Verehrer, Frau Brehlow?"

Nora zuckte nur kurz mit den Schultern.

„Oder einen zurückgewiesenen Liebhaber? Entschuldigen Sie bitte meine intimen Fragen, aber es muss sein."

Nora räusperte sich, das Thema war ihr peinlich, und sie bedachte Ben mit einem flehenden Blick.

Er nickte. „Vor einiger Zeit hat Nora sich von Markus Breitenbach, unserem Chefkoch, getrennt. Er ist ein alter Schulfreund von mir, und ich würde meine Hand dafür ins Feuer legen, dass er mit dieser Sache nichts zu tun hat. So etwas passt absolut nicht zu ihm. Andere Verehrer? Nun, zum Beispiel schickt ihr Rudolf Freiherr von Winterberg fast jede Woche einen riesigen Blumenstrauß, er sieht sich selbst allerdings eher als väterlichen Freund und macht sich wohl keine ernsthaften Hoffnungen auf eine amouröse Verbindung. Ich kenne ihn recht gut, deshalb weiß ich es so genau. Er ist ein traditionsbewusster, souveräner und sehr anständiger Kerl.

Außerdem gibt es da noch einen zweiten abgelegten Liebhaber: Dr. Hendrik Behrmann. Aber den können wir getrost gleich wieder vergessen, denn er hat sich gerade frisch verliebt."

Alexander Hellberg legte die Stirn in Falten. „Könnte ich die Schachteln mal sehen?"

„Klar." Ben erhob sich und ging hinüber ins angrenzende Schlafzimmer. Nach einer Weile kam er mit drei aufeinandergestapelten Päckchen zurück.

Nora hob verwundert die Brauen. „Den ersten hatte ich doch in die Mülltonne geworfen."

Ben nickte lächelnd. „Ich habe ihn wieder herausgefischt, weil ich ihn mir ansehen wollte."

„Ach ja." Sie erinnerte sich. „Wir sprachen im Büro darüber."

Er legte die Kartons auf den Couchtisch und hob die Deckel ab, und sie starrten auf die toten Schmetterlinge.

„Erkennst du da irgendeinen tieferen Sinn, Benjamin?", fragte der Beamte.

„Nun, ich kann sie zufälligerweise alle drei bestimmen, aber das hilft uns auch nicht weiter."

„Und? Lass hören, du Multigenie."

„Der erste Schmetterling ist ein Großer Fuchs, beim zweiten handelt es sich um einen Trauermantel und der kleinste, der dritte, ist ein sogenannter Dukatenfalter. Alle drei gehören zu den Edelfaltern und sind einheimisch, das heißt, in Europa vorkommende Schmetterlinge."

Alexander schüttelte verblüfft den Kopf. „Du erstaunst mich immer wieder, Benjamin."

Nora rümpfte ein wenig die Nase. Sie hörte nur sehr selten, dass jemand Ben mit seinem vollen Vornamen ansprach. In ihren Ohren klang das fremd. „Haben Sie denn eine Idee, Herr Hellberg?", schaltete sie sich ein.

„Mhm, Schmetterlinge … nun ja, das Übliche. Sie sind eine äußerst attraktive Frau, zierlich gebaut – und Sie kleiden sich eher elegant als sportlich. Schönheit gepaart mit Eleganz und Zartheit … Sie verstehen, was ich meine? Vielleicht vergleicht derjenige Sie ganz einfach mit einem schönen Schmetterling."

Nora blickte betreten zu Boden.

„Das muss Ihnen nicht unangenehm sein."

Wieder wurde sein gut aussehendes Gesicht von diesem einnehmenden Lächeln erhellt. Nora lächelte automatisch zurück, wenn auch verhaltener.

„Benjamin", sagte Hellberg schließlich und erhob sich. „Ihr solltet tatsächlich darauf achten, dass Nora in der nächsten Zeit nicht alleine ist. Nur zur Vorsicht. Wir bleiben natürlich in Verbindung. Ich will es sofort erfahren, falls noch so ein Geschenk ankommt, okay? Du weißt ja ohnehin, was zu tun ist. Es war übrigens die richtige Entscheidung, vorübergehend hierher ins Hotel zu ziehen. Im Augenblick können wir leider nicht viel tun, deshalb … passt gut auf euch auf, okay?"

Ben nickte und erhob sich ebenfalls. An der Tür blieb Alexander Hellberg stehen. „Wenn du nichts dagegen hast, werden meine Kollegen und ich uns euer Haus einmal genauer ansehen. Sobald wir fertig sind, solltest du die Schlösser auswechseln lassen."

„Kein Problem. Warte, ich gebe dir meinen Schlüssel. Und … danke, Alex, dass du uns einen Teil deines Feierabends geopfert hast. Ich weiß das sehr zu schätzen."

Ben zog seinen Schlüsselbund aus der Hosentasche, löste den Haustürschlüssel daraus und reichte ihn Hellberg.

„Gern geschehen", entgegnete dieser. „Auf Wiedersehen, Nora. Schlafen Sie sich ordentlich aus und hören Sie auf das, was Benjamin Ihnen sagt. Wir werden diesem Kerl schon auf die Spur kommen, machen Sie sich keine übermäßigen Sorgen."

Nora brachte nur ein mattes Nicken zustande.

„Richte deiner Linda liebe Grüße von mir aus, Alex. Wie geht es ihr eigentlich? Es müsste doch bald so weit sein, oder?", fragte Ben.

Die Miene des Kriminalbeamten erhellte sich sofort. „Oh ja, unser Mädchen kommt demnächst auf die Welt, dann ist die Familie endlich komplett." Alexander lachte. „Linda ist kugelrund, wunderschön wie immer, aber schon sehr ungeduldig. Im Großen und Ganzen geht es ihr blendend. Lass uns morgen früh telefonieren, okay? Ich sitze schätzungsweise ab acht Uhr an meinem Schreibtisch."

„Ich melde mich bei dir, sobald ich unten im Büro bin. Danke!"

Nachdem Hauptkommissar Hellberg gegangen war, kam Ben zum Sofa zurück und ging vor ihr in die Hocke.

„Ein wirklich netter Mann", bemerkte Nora.

„Ja, das ist er – und ausgesprochen kompetent dazu. Er hat einen exzellenten Ruf und ist ein hervorragender Ermittler."

„Er nennt dich Benjamin. Das klingt so ungewohnt."

Ben grinste. „Nun, so heiße ich schließlich. Mich stört es jedenfalls nicht. Mach dich jetzt für das Bett fertig, okay? Alex hat recht. Du solltest dich schleunigst ausruhen, Kätzchen. Komm."

Er zog sie vom Sofa hoch. Noras Blick fiel auf die drei Kartons, die offen auf dem Tisch lagen. „Was will derjenige mir nur damit sagen? Warum tut er das bloß?"

Ben legte einen Arm um sie und führte sie ins Schlafzimmer. „Denk nicht mehr darüber nach. Du bist nicht allein, hörst du. Ich werde mir einen Schlaftrunk genehmigen und dann bin ich bei dir. Komm, Kleine, es ist fast Mitternacht."

„Nenn mich bitte nicht Kleine. Das habe ich schon gehasst, als wir noch Teenager waren, du …"

Ben lachte trocken auf. „Sag bloß, dir fällt tatsächlich mal keine passende Beschimpfung für mich ein?"

Nora war müde, dennoch musste auch sie lächeln. „Ich bin einfach nur zu kaputt, sonst hätte ich dir schon längst gehörig die Meinung gesagt."

„Ich weiß. Und nun ab mit dir." Schmunzelnd küsste er sie auf die Nasenspitze und gab ihr einen kleinen Schubs in Richtung Badezimmer.

Am nächsten Morgen machten sie sich gemeinsam auf den Weg hinunter in den Bürotrakt. Sie begrüßten Andrea, die bereits an ihrem Schreibtisch saß, und Nora verschwand danach sofort in ihr Zimmer. Andreas Gesichtsausdruck wirkte verwundert, als sie ihrer Chefin nachsah.

„Geht es ihr nicht gut?" Aus ihrer Stimme war ehrlich gemeinte Besorgnis herauszuhören.

„Nein, nicht sonderlich. Hör zu, Andrea, sollte noch einmal ein Päckchen eintreffen, das ausdrücklich an Nora adressiert ist, bringst du es zuerst zu mir, verstanden? Es wird keine Ausnahme gemacht, ist das klar?"

„Ja, klar. Was ist denn los? Hat sie etwa wieder so einen Schmetterling bekommen?"

Ben nickte nur.

Andrea starrte einen Moment lang betreten auf die Tastatur ihres Computers. „Ich habe sie noch nie so erlebt. Sie ist so furchtbar blass. Die Sache scheint sie mitzunehmen."

„Ja, ich weiß." Er schluckte trocken. „Ach, wir sind übrigens für einige Tage nach oben in eine der Suiten im Penthouse gezogen."

Sie hob den Kopf und sah ihn fragend an. „Ähm … in eine Penthousesuite? Ihr beide? Zusammen?"

„So ist es."

„Ben?"

Ihre forschenden Augen hielten seinen Blick gefangen.

„Ich denke, ich muss das jetzt nicht weiter erklären, Andrea."

„Himmel! Es ist Nora? Sie ist die Frau, die du …"

Wortlos wandte er sich ab und ging ebenfalls in sein Büro.

Nachdem er aus dem Jackett geschlüpft war und es über die Rückenlehne seines Stuhls gehängt hatte, warf er einen Blick auf seine Armbanduhr, dann wählte er die Nummer von Alexander Hellberg.

„Wie war die Nacht?", fragte Hellberg nach der Begrüßung. „Hat Nora geschlafen?"

„Ja, sie war restlos fertig und hat sich gleich hingelegt. Sie ist praktisch sofort eingeschlafen. Schieß los, Alex. Ich hatte gestern das Gefühl, dass du mir noch etwas sagen wolltest."

„Da liegst du absolut richtig. Hör zu, mir gefällt diese Sache nicht. Es sieht auf den ersten Blick recht harmlos aus, aber diese Schmetterlinge … In meinem Kopf läutet ein ganzes Orchester von Warnglocken, seit ich diese aufgespießten Viecher gesehen habe."

„Ja, ich weiß, was du meinst. Mir geht es ähnlich. Was schlägst du vor?"

„Wie ich gestern Abend schon sagte, können wir momentan leider nicht viel tun. Lass sie vorerst nicht aus den Augen. Du solltest wirklich auf sie achten."

„Das versteht sich ja wohl von selbst. Was glaubst du, wie wird er weiter vorgehen?"

„Nun, es gibt in diesen Fällen so etwas wie ein psychologisches Muster. Eine Art Fahrplan, nach dem die überwiegende Zahl solcher kranken Typen sich verhält. Die Handlungsabläufe ähneln sich jedenfalls häufig. Versteh mich richtig, das muss natürlich nicht auf unseren Schmetterlingsfreund zutreffen, aber es könnte."

„Und wie sieht dieser Fahrplan aus?"

„Er wird sich bald nicht mehr damit zufriedengeben, ihr Schmetterlinge zu schicken, weil es ihn auf Dauer nicht befriedigt, ihr nur Geschenke zu machen."

Ben schüttelte sich. „Scheiße! Pardon, aber das hört sich gar nicht gut an."

„Es könnten Nachrichten sein, die er beilegt, vielleicht versucht er sogar, eine gewisse Nähe herzustellen, das muss sie nicht mal unbedingt bemerken. Wirklich gefährlich für Nora könnte es dann werden, wenn es ihn nach und nach dazu drängt, sich ihr zu erkennen zu geben. Mit anderen Worten, ich befürchte, er wird sie irgendwann … haben wollen."

„Ich verstehe." Seine Eingeweide verkrampften sich schmerzhaft.

„Noch mal zur Erinnerung, es könnte auch ganz anders oder sogar harmlos sein und wir hören gar nichts mehr von ihm. In solchen Fällen ist alles möglich."

„Aber du bist eher skeptisch, stimmt's?"

„Ehrlich gesagt, weiß ich nicht so recht, was ich glauben soll. Diese aufgespießten Falter sind irgendwie … heftig."

10. KAPITEL

Auch nachdem die polizeilichen Untersuchungen im Brehlowschen Haus abgeschlossen waren und er den Auftrag für neue Schlösser und eine Alarmanlage erteilt hatte, konnte sich Nora nicht entschließen, wieder dort einzuziehen, also blieben sie vorerst im Hotel wohnen.

Ben fuhr ab und zu nach Hause, um nach dem Rechten zu sehen. Er tat das nur am Tage, wenn er sicher sein konnte, dass jemand in Noras Nähe war. Er achtete geradezu peinlich genau darauf, dass sie niemals alleine war, und erteilte verschiedenen Leuten strikte Anweisung, sie nicht aus den Augen zu lassen. Nora war zwar noch immer beunruhigt und ängstlich, trotzdem gingen ihr seine Sicherheitsvorkehrungen langsam auf die Nerven.

„Herzlichen Glückwunsch zum Geburtstag, Ben!"

Ganz gegen seine sonstige Gewohnheit schlug Ben nur zögernd und eher unwillig die Augen auf, versuchte sich dann aber doch an einem Grinsen, das etwas schief geriet.

Nora lag auf ihm, stützte sich auf seiner Brust ab und lächelte ihn breit und für diese frühe Stunde ungewohnt munter an.

„Alles Gute, du alter Brummbär."

Herzzerreißend falsch brachte sie ihm ein Geburtstagsständchen, bis er es vor Lachen nicht mehr aushielt, sodass auch sie in haltloses Gekicher ausbrach.

„Danke, danke! Hab Erbarmen mit meinem empfindlichen Gehör, Kätzchen." Er umfasste ihre Taille und hob sie von sich herunter, dann beugte er sich über sie und drückte ihr schmatzend einen Kuss auf den Mund.

Nora löste sich aus seiner Umarmung und sprang aus dem Bett. „Stell dir vor, ich habe sogar ein Geschenk für dich."

Schmunzelnd setzte Ben sich auf. „Das ist doch wohl nicht dein Ernst. Du hast mir noch nie etwas zum Geburtstag geschenkt. Ich meine, wenn man mal von deinen gelegentlichen Boshaftigkeiten absieht." Wieder grinste er.

„Oh, Ben, halt den Mund, du Teufel!"

Sie war vollkommen nackt, denn sie hatten sich die halbe Nacht geliebt. Hingerissen von ihrem Anblick beobachtete er, wie sie in der untersten Schublade der Wäschekommode zu wühlen begann. Nachdem sie einige ihrer Dessous beiseitegeschoben hatte, kam tatsächlich ein Päckchen zum Vorschein.

„Welch herrlicher Ort, um mein Geschenk zu verstecken." Er lachte. „Zwischen deinen Spitzenhöschen. Ich fasse es nicht, Nora Brehlow."

Sie zuckte nur lachend mit den Schultern und kam zurück ins Bett, um ihm sein Geburtstagspräsent zu überreichen.

„Herzlichen Glückwunsch zum Geburtstag, Ben", wiederholte sie, diesmal klang es feierlich.

Er lächelte unsicher und schief und nahm ihr das Paket ab. Es hatte in etwa die Größe eines Schulheftes, war aber deutlich dicker. „Ah, ein Buch!", hörte er sich selbst mit heiserer Stimme sagen.

„Mach auf." Nora kniete vor ihm auf der Matratze und rutschte aufgeregt hin und her. „Nun mach doch schon!"

„Du hast es so schön eingepackt. Ich will …"

„Ben, ich warne dich!"

Lachend löste er die dunkelblaue Samtschleife und zog sie ab. Dann zupfte er geduldig an jedem einzelnen Klebestreifen.

Nora stöhnte entnervt auf. „Ben!"

Als er endlich das himmelblaue Geschenkpapier auseinanderklappte, kam eine schlichte milchkaffeebraune Ledermappe zum Vorschein. Altes Leder, das konnte er auf den ersten Blick sehen. Bedächtig strich er darüber und schlug sie auf. Nora ließ ihn dabei nicht aus den Augen.

Sie beobachtete, wie sich sein Gesicht erhellte, als er die Blätter in der Mappe betrachtete, wie sich seine Augen weiteten und wie sprachlos er war.

„Meine Güte, Nora!"

„Du wirst es kaum glauben. Ich habe sie in Lindas Laden gefunden. Du weißt schon, diese Geschenk- und Antiquitätenboutique in Blankenese, die der Frau von Alexander Hellberg gehört. Stell dir vor, die Mappe lag im Schaufenster. Einfach so. Eigentlich wollte ich mir das kleine Geschäft nur mal ansehen, aber dann habe ich entdeckt, dass die Mappe Noten enthält, und musste sofort an dich denken. Linda erzählte mir, dass sie aus der Sammlung eines alten Klavierlehrers stammt. Fast alle berühmten Partituren sind dabei. Die Notenblätter sind teilweise uralt. Einige sind sogar datiert."

„Ja, ich sehe es." Ben wirkte fassungslos. „Das ist … Nora, das ist eine Kostbarkeit für mich."

„Natürlich ist es das." Als sie sah, wie er sich freute, strahlte auch sie.

Bedächtig legte er die Ledermappe beiseite und zog sie an sich. „Ich danke dir, Kätzchen", flüsterte er ihr ins Ohr. „Das ist das schönste Geschenk, das ich jemals bekommen habe."

Am späten Nachmittag bereiteten sie sich auf die Einweihungsfeier des Wintergartens vor, deren Beginn für achtzehn Uhr angesetzt war.

Nora hatte sich extra zu diesem Anlass ein neues Abendkleid gekauft, in dem sie nun vor dem hohen Spiegel des Kleiderschranks stand und sich zufrieden betrachtete.

„Du siehst unglaublich aus!" Ben lehnte in der offenen Badezimmertür und konnte nichts anderes tun, als sie anzustarren. Bei ihrem Anblick wurde ihm augenblicklich heiß.

„Es gefällt dir also?"

„Oh ja! Tolle Verpackung. Ist der Reißverschluss wie üblich hinten?" Absichtlich setzte er ein freches Grinsen auf. „Nein, im Ernst, Nora. Es ist … atemberaubend."

Das knöchellange hautenge Kleid war aus glänzender Chinaseide und hatte exakt die Farbe ihrer Augen. Ein langer, seitlicher Schlitz sorgte für die nötige Bewegungsfreiheit. Aber der eigentliche Clou war, dass der spitz zulaufende, von glitzernden, smaragdgrünen Steinen eingefasste Ausschnitt erst knapp über ihrem Bauchnabel endete.

Sein Blick glitt an diesem Ausschnitt entlang. Er kannte ihren Körper und wusste, dass gerade noch ihre Brustwarzen von der grünen Seide bedeckt waren. „Wie hält das Ding, zum Teufel?“

Auf Noras Gesicht erschien ein verführerisches Lächeln. „Das wird nicht verraten.“

Zweifelnd zog er die linke Augenbraue in die Höhe. „Aber … es wird doch halten, oder?“

Sie lachte. „Oh ja, Ben. Es hält. Mach dir keine Sorgen.“

Er trat einen Schritt auf sie zu und strich mit einem Zeigefinger leicht über eine der beiden freiliegenden Rundungen. „Jeder Mann, der heute Abend anwesend ist, wird von nun an wissen, welch herrliche Form deine Brüste haben. Ich weiß nicht genau, ob mir das gefällt, Kätzchen.“

Nora lächelte aufreizend zu ihm auf, aber er konnte sehen, dass sie seine sanfte Berührung genoss.

„Dir bleibt leider nichts anderes übrig, als es hinzunehmen und dich damit abzufinden.“ In ihrer Stimme schwang ein verführerischer Unterton mit.

Als er bewusst anzüglich mit der Zunge schnalzte und sie unter halb geschlossenen Lidern betrachtete, entging ihm nicht, dass sie erschauerte. „Nun, dann werde ich mich eben den ganzen Abend mit dem Wissen trösten müssen, dass allein ich es bin, der dich nachher aus diesem Kleid herausholen darf. Jetzt bleibt uns ja leider keine Zeit mehr dafür.“

Zweieinhalb Stunden später hatten sie den offiziellen Teil der Einweihungsfeier hinter sich gebracht.

Nora saß einigermaßen entspannt an einem der kleinen Tische und unterhielt sich angeregt mit Verena, der es gelungen war, Hendrik für einige Minuten abzuschütteln.

„Sieh dir das an, dein Hendrik unterhält sich mit Rudolf von Winterberg, aber sein Blick klebt an dir. Du hast den armen

Mann gründlich eingewickelt.“ Nora prostete ihrer Freundin mit einem Glas Mineralwasser zu.

Das Glück strahlte Verena aus den Augen, als sie auflachte. „Du kannst mir glauben, Nora, diese Tatsache beruht ganz und gar auf Gegenseitigkeit. Mein Doktorchen gebe ich so schnell nicht wieder her. Ich habe schon gedacht, solche Männer gibt es heute gar nicht mehr. Er ist ein wahrer Schatz.“

Nora nickte. „Ja, das ist er.“

„Allerdings“, warf Verena schmunzelnd ein, „wirst auch du von mindestens einem der anwesenden Männer keine Sekunde aus den Augen gelassen, meine Liebe.“

„Ben?“ Nora wusste, dass er einige Meter hinter ihr stand. Sie fühlte stets, wo er war, sobald er sich im selben Raum mit ihr aufhielt, auch wenn sie ihn nicht sah. Sie spürte seine Anwesenheit und seine Blicke fast körperlich. So war es immer.

„Ja, natürlich Ben. Er ist verrückt nach dir. Selbst ein Blinder kann das sehen.“

„Im Augenblick ist das wohl so, ja.“

Verena stutzte. „Hat sich zwischen euch etwas verändert? Habt ihr endlich miteinander geredet?“

„Nein. Es ist einfach zu viel passiert in der letzten Zeit. Du weißt ja.“

„Ja. Diese verdammten Schmetterlinge.“ Verena nahm einen Schluck von ihrem Champagner. „Ihr wohnt jetzt auf ziemlich engem Raum zusammen, nicht wahr?“

Nora zuckte mit den Schultern. „Eng? Du warst doch vorhin oben. Einen riesigen Wohnraum, zwei Schlafzimmer und zwei Bäder würde ich nicht unbedingt als enge Wohnsituation bezeichnen. Die Suiten im Penthouse sind nun wirklich nicht klein.“

„Nein, aber es ist trotzdem anders als in dem großen Haus, wo ihr beide eure persönlichen Räume habt. Das kannst du wohl kaum abstreiten. Jedenfalls könnt ihr euch derzeit nicht aus dem Weg gehen, oder?“

„Stimmt. Verena, ich …“

„Entschuldigt bitte." Ben unterbrach ihre Unterhaltung und reichte ihr die Hand. „Wir sollten den Tanz eröffnen, Nora. Die Band möchte beginnen. Kommst du?"

Dankbar für die Unterbrechung, erhob sie sich. „Natürlich."

Merkwürdigerweise hatten sie bisher noch nie miteinander getanzt. Es war ihnen immer gelungen, das zu vermeiden, doch als Ben nun einen Arm um sie legte, war das Gefühl so vertraut, dass Nora am liebsten wohlig geschnurrt hätte wie eine zufriedene Katze. Es war, als hätten sie niemals etwas anderes getan. Überrascht sah sie zu ihm auf und zauberte dabei bewusst ein strahlendes Lächeln auf ihr Gesicht. „Ein weiteres Talent, Ben Larsen?"

„Halt den Mund", raunte er ihr grinsend zu. „Du bringst mich sonst noch aus dem Takt."

Er sah in seinem Abendanzug fantastisch aus. Elegant und doch ungeheuer männlich. Unauffällig blickte sie sich im Raum um. Nein, sie konnte keinen anderen Mann entdecken, der auch nur annähernd so auffallend attraktiv war wie Ben.

„Lass uns heiraten, Nora Brehlow."

Sie war so beschäftigt mit ihren Gedanken gewesen, dass sie einige Sekunden brauchte, um zu begreifen, was er ihr da eben ins Ohr geflüstert hatte. Mitten in der Bewegung verharrte sie und starrte in seine geradezu herzerweichenden Welpenaugen. Ihr stockte der Atem, sie kam aber sofort zu dem logischen Schluss, dass er nichts anderes vorhatte, als sie einmal mehr zu veralbern. Schließlich hatte er im Gegensatz zu ihr schon einige Gläser Champagner getrunken.

„Musst du gerade jetzt so üble Scherze mit mir machen? Sieh dich um! Wir haben eine Menge Gäste und ich kann mich nicht vernünftig zur Wehr setzen."

Ben blickte sich im Raum um und sah lauter tanzende Pärchen.

Er erhaschte einen Blick auf Verena in ihrem wallenden, sonnengelben Chiffonkleid, wie üblich engelhaft schön. Glücklich lächelnd strahlte sie Hendrik Behrmann an. Er sah auch seinen

Freund Gregor Warner und dessen hübsche Frau Elfie, die sich sichtlich amüsierten – und dann schaute er wieder Nora an.

Oh ja, sie war verwirrt, aber damit hatte er gerechnet, deshalb zog er sie hinter sich her nach draußen auf die Hotelterrasse. Entschlossen manövrierte er sie um einige Blumenkübel herum in eine abgelegene Ecke, die fast unbeleuchtet und vom Wintergarten aus nicht einzusehen war. Nur zögerlich ließ er ihre Hand los und umfasste ihre Schultern.

„Es gibt nur einen einzigen Menschen, der mich wirklich interessiert, Nora, und das bist du. Du bist die faszinierendste und anziehendste Frau, die ich kenne. Heirate mich!"

Nora schnappte nach Luft. „Wie … wie stellst du dir …"

„Man geht zum Standesamt, reicht die notwendigen Papiere ein und sagt irgendwann an passender Stelle Ja."

„Ach, Ben."

„Sag Ja, Nora." Unverwandt und entschlossen sah er sie an, versuchte, alles, was er für sie empfand, in diesen Blick zu legen, aber er kannte sie gut und las von ihrem geliebten Gesicht deutlich ihre Zweifel und ihre Verwirrung ab.

„Nora? Sag doch endlich was."

„Warum?"

„Bitte?"

„Sag mir besser die Wahrheit, Ben. Warum willst du mich plötzlich heiraten?"

Ich liebe dich, Nora. Ich liebe, liebe, liebe dich, hätte er am liebsten hinausgeschrien, doch er brachte es nicht über die Lippen. „Nun, wir haben dieses Hotel zusammen …" Er sah noch immer in ihre Augen und verfluchte sich und seine grenzenlose Feigheit, aber es half nichts. „Außerdem … schlafe ich gerne mit dir, Kätzchen. Sogar sehr gerne, das hast du ja sicher längst bemerkt. Ich … begehre dich über alle Maßen und ich weiß, dass es dir nicht anders ergeht. Du bist … Wir sind ja auch sonst ein verdammt gutes Team. Wir arbeiten miteinander und wir leben doch sowieso schon zusammen." Er schluckte trocken. „Wie ich bereits sagte, ich finde dich sehr anziehend und …"

„Und du hast offensichtlich zu viel getrunken."

Langsam ließ er die Hände von ihren Schultern gleiten. Dann überlegte er es sich anders und zog Nora an sich. „Sieh mich an, Nora!"

Sie tat es und hob den Blick. Die gewohnte Wärme stieg in ihr auf, die sie stets zu überfluten schien, wenn er sie so hielt und sie glühend ansah.

„Glaub mir, ich werde dich nicht noch einmal fragen. Nur dieses eine Mal! Sag Ja! Ich will ganz einfach, dass du meine Frau wirst."

Plötzlich war sie vollkommen durcheinander. Die Zweifel verschafften sich immer mehr Raum und zogen einen leichten Übelkeitsanfall nach sich. Sie schluckte. „Ben, wir beide können nicht heiraten", stieß sie schließlich aus.

„Natürlich können wir das", entgegnete er barsch.

In ihrem Kopf ging nun alles drunter und drüber. Verzweifelt suchte sie nach einem klaren Gedanken. Irgendetwas, das ihn wieder zur Vernunft brachte, bevor …

… bevor ich Ja sage!

„Nein, wir … wir passen überhaupt nicht zueinander. Sieh uns doch an! Ich kann das nicht. Nein! Ich kann dich nicht heiraten, niemals! Ich will keine unglückliche Ehe ohne Liebe führen, so wie meine Eltern es getan haben. Wir würden uns den Rest unseres Lebens nur gegenseitig zur Hölle machen, das weißt du genauso gut wie ich."

Er atmete einige Male tief ein und wieder aus und löste sich schließlich von ihr. Die Worte *ohne Liebe* und *unglücklich* hallten in seinem Kopf wider und schienen ihn zu verhöhnen. Wie hatte er nur ernsthaft darauf hoffen können, bei Nora tatsächlich so etwas wie echte Zuneigung erweckt zu haben?

Er hatte sich getäuscht. Schrecklich getäuscht.

Die vergangenen Tage, ihre Hilflosigkeit und ihre Schwäche, die Art, wie sie mit ihm umgegangen war, ihn gebraucht hatte, und natürlich auch ihr liebevolles Geburtstagsgeschenk hatten ihn völlig den Halt und den klaren Blick auf die Dinge verlieren lassen. In Gedanken beschimpfte er sich als hirnlosen Fantasten. In seiner Brust formierte sich gnadenloser Kummer, der ihm mit einem Schlag jegliche Hoffnung nahm.

„Unglücklich, Nora? Ich mache dich also unglücklich, ja?" Sein Brustkorb weitete sich und er hörte selbst, dass seine Stimme nun deutlich härter, fast abweisend klang. „Nun, Kleine, ich hatte ehrlich gesagt nicht gerade den Eindruck, als wärst du unglücklich, wenn du dich stöhnend unter mir windest. Da habe ich mich wohl gründlich geirrt, was?" Der quälende Schmerz in seiner Brust ließ ihn ungerecht werden, aber das war ihm in diesem Augenblick egal. „Tja, ich habe ja schon immer dein schauspielerisches Talent bewundert. Und ich habe doch tatsächlich für einige Zeit verdrängt, dass ich seit jeher dein auserkorenes Lieblingsopfer gewesen bin. Böser Fehler! Ganz böser Fehler! Allerdings allein mein Problem. Hab ich recht, Kleine?"

Nora zuckte zusammen. Die Härte in seiner Miene ließ die Konturen seines Gesichts schärfer hervortreten. Ihre Übelkeit wurde stärker und sie schwankte leicht. „Ben, rede doch nicht so. Du weißt genau, dass ich niemals ..."

„Hör auf, Nora! Halt verdammt noch mal deinen Mund! Häng dir meinetwegen einen Siegerkranz über dein Bettchen, aber versuch am besten gar nicht erst, den Karren wieder aus dem Dreck zu ziehen, der steckt nämlich viel zu tief drin."

Brüsk wandte er sich ab und ging mit großen Schritten davon.

Nora stand fröstelnd in der kühlen Abendluft und sah ihm nach. Sie konnte nicht glauben, was sich in den letzten Minuten zwischen ihnen abgespielt hatte. Ben hatte ihr einen Antrag gemacht – und er hatte ihn offensichtlich ernst gemeint. Wie konnte er nur so leichtfertig sein? Und natürlich sah es ihm ähnlich, jetzt ihr den Schwarzen Peter zuzuschieben! Ben Larsen durfte sich schließlich keine Schwäche eingestehen.

Langsam ging auch sie zurück in den Wintergarten. Schon aus

einiger Entfernung konnte sie sehen, dass Ben an der Bar stand und einen doppelten Whiskey in sich hineinschüttete. Gleich darauf kippte er bereits den zweiten.

Was dachte er sich bloß dabei, sich gerade jetzt so schrecklich aufzuführen! Aufgebracht marschierte sie zwischen den tanzenden Paaren hindurch zu ihm. „Ben!"

Mit einer raschen Bewegung wirbelte er zu ihr herum. Seine hasserfüllte Miene sprach Bände. Er war augenscheinlich unglaublich wütend auf sie.

„Was willst du noch?"

„Ben, reiß dich gefälligst zusammen", raunte sie ihm zu. „Du kannst hier nicht einen Schnaps nach dem anderen in dich hineinschütten. Wir haben schließlich Gäste. Du ruinierst ..."

„Lass mich in Ruhe, Nora. Gottverdammt! Lass mich endlich ein für alle Mal in Ruhe."

Er sprach ebenso leise, wie sie es getan hatte, und doch fühlte Nora sich, als hätte er sie angeschrien. Verletzt holte sie tief Luft und wandte sich ab. Sobald sie sich ein paar Schritte von ihm entfernt hatte, beschloss sie, ihrem Gefühl zu folgen und zu ihm zurückzugehen, da sah sie, dass unterdessen Andrea zu ihm getreten war, ihm fürsorglich eine Hand auf den Arm legte und im Flüsterton auf ihn einredete.

Aus einiger Entfernung warf Nora erneut einen Blick auf die Szene, die sich dort an der Bar abspielte.

„Was ist los, Nora? Du siehst aus, als ob dein bester Freund gestorben wäre."

„Oh, Gregor! Nein, nein. Mit mir ist alles in Ordnung. Ich war nur gerade ein wenig in Gedanken." Sie lächelte Gregor und seine Frau Elfie, die an seinem Arm hing, freundlich an. „Amüsiert ihr euch?"

„Na, und ob." Elfies hellbraune Augen blitzten temperamentvoll auf. „Es ist geradezu unanständig, wie sehr ich diesen Abend genieße."

Sie lachte und Nora lachte automatisch mit. Wie sie erwartet hatte, mochte sie Elfie Warner.

Anlässlich seines Geburtstages hatte Ben das Ehepaar Warner, Verena und Hendrik schon vor dem offiziellen Beginn der Feier auf einen kleinen Begrüßungsschluck in die Penthousesuite eingeladen. Deshalb hatte sie bereits die Möglichkeit gehabt, ein paar private Worte mit Gregors Frau zu wechseln. Wie selbstverständlich hatten sie sich sofort geduzt, und Nora hatte das sichere Gefühl, dass sie Elfie nicht unsympathisch war.

„Trotzdem müssen wir leider bald los", sagte Elfie jetzt. „Unser Babysitter ist wahrscheinlich sowieso schon mit den Nerven am Ende." Wieder lachte sie. „Ich könnte auch allein vorausfahren, Schatz", wandte sie sich an ihren Mann. „Falls du gern noch bleiben möchtest ..."

„Nein, natürlich nicht, mein Engel, wir fahren zusammen." Gregor lächelte seine Frau an, griff nach Noras Hand und küsste sie auf die Wangen. „Nora, es war ein sehr schöner Abend." Er warf einen kurzen, vielsagenden Blick zur Bar. „Ich denke, Ben wird nicht sonderlich böse sein, wenn wir uns nicht persönlich von ihm verabschieden."

Nora folgte seinem Blick. „Er wird es nicht einmal mehr bemerken." Ihr Lächeln verrutschte etwas. „Kommt, ich bringe euch in die Lobby."

Als sie zurück in den Wintergarten kam, stand Ben noch immer an der Bar. In der einen Hand hielt er ein Glas mit klirrenden Eiswürfeln und Whiskey darin, den anderen Arm hatte er locker um Andreas Schultern gelegt.

Nora sah nur einmal kurz hin, kümmerte sich dann aber wieder um ihre Gäste. Niemand, der sie nicht besonders gut kannte, sah ihr an, wie es in ihrem Inneren wirklich aussah. Sie kochte vor Empörung und brennender Eifersucht. Trotzdem tanzte sie mehrere Male, unterhielt sich angeregt und spielte weiterhin die perfekte und charmante Gastgeberin. Plötzlich war es fast drei Uhr morgens, und die meisten Gäste waren gegangen.

Nora nahm sich endlich ein Glas Champagner und setzte sich an einen abgelegenen Tisch, um Verena und Hendrik zu beobachten, die versunken und verliebt miteinander tanzten.

Sie waren inzwischen das einzige Paar auf der kleinen Tanzfläche, und der Anblick wirkte anrührend auf sie.

Ich hoffe wirklich, ihr werdet glücklich zusammen, dachte sie nicht ohne einen Anflug von Wehmut. Warum nur hatte sie selbst Hendriks Liebe nicht erwidern können? Hendrik war so durch und durch gut, so herrlich verlässlich und vernünftig, so beständig in seiner Art, klar und durchschaubar.

Und unglaublich langweilig!

Nora unterdrückte ein Lächeln, als sie sich das eingestand. Ihr Blick löste sich von dem einsam tanzenden Paar und suchte Ben.

Wie ein scharfer Dolch fuhr der Schmerz durch ihren Körper. Er stand noch immer an der Bar und küsste Andrea gerade auf die Wange. Seine rechte Hand glitt träge über ihren Rücken. Andrea trug ein enges, schwarzes Abendkleid, das hinten sehr tief ausgeschnitten war. Bens Fingerspitzen berührten ihre nackte Haut, während sie in seinen Armen dahinschmolz.

Noras Augen begannen zu brennen, aber sie brachte es nicht fertig wegzuschauen.

Ben! Was tust du da nur?

„Nora? Herrgott, Nora! Du bist ja weiß wie die Wand hinter dir."

Verena hockte sich vor sie hin und griff nach ihren Händen. Hendrik stand etwas hilflos hinter ihr. Verena sah kurz zu ihm auf.

„Sei lieb und lass uns einen Augenblick allein, Doktorchen. Hier ist momentan keine medizinische Hilfe vonnöten."

Hendrik räusperte sich verlegen und nickte, dann verschwand er aus ihrem Blickfeld.

„Schau einfach nicht hin. Ben hat getrunken."

„Warum tut er das nur, Verena? Glaubst du mir endlich? Er ist so rücksichtslos! Dieser elende Bastard! Dieser skrupellose Teufel! Ich könnte ihn …"

Verena verzog ihr schönes Gesicht. „Verzeih, es tut mir leid, dass ich dir widersprechen muss, aber das sehe ich ein kleines bisschen anders."

„Was?“ Nora sah ihre Freundin erstaunt an. „Was kann man denn da bitte schön anders sehen. Guck ihn dir doch an! Er ist ein Schweinehund. Ein selbstverliebtes, rücksichtsloses Schwein! Das war Ben Larsen schon immer. Du wolltest es mir ja nicht glauben.“

„Alles, was ich sehe, ist ein völlig verzweifelter und bis ins Mark erschütterter Kerl, der irgendetwas zu vergessen versucht. Ich sehe nur, dass er sich von der Kleinen sein Ego ein bisschen aufpolieren und streicheln lässt, das ist typisch Mann, wenn du meine Meinung hören willst. Er ist doch restlos betrunken, Nora! Obwohl das sonst überhaupt nicht seine Art ist, hat er in den letzten zwei Stunden Unmengen von Schnaps in sich hineinlaufen lassen. Du weißt genau, dass Ben normalerweise sehr gut mit Alkohol umgehen kann.“ Verena schnaubte. „Höchstwahrscheinlich ist ihm die ganze Geschichte morgen früh mehr als nur peinlich. Und entschuldige bitte, aber ich konnte noch nichts wirklich Anrüchiges in seinem Benehmen erkennen. Er hat einen Arm um sie gelegt und ihr ein Küsschen auf die Wange gegeben. Kein wildes Geknutsche oder so. Interpretiere da bitte nichts hinein, hörst du.“

„Und Andrea?“

„Sie ist eine erwachsene Frau, Liebes. Auch ihr ist klar, dass er zu viel getrunken hat. Sie sollte wissen, worauf sie sich einlässt. Andrea ist nicht dein Problem.“

„Sie ist verliebt in ihn, Verena, und das weiß er.“

Noras Blick ging wieder zur Bar. Ben stützte sich auf dem Tresen ab und hielt Andrea weiterhin im Arm.

„Wenn ich ihn mir so ansehe, er ist ja auch wirklich ein leckeres Kerlchen, was? Kannst du nicht ein bisschen verstehen, dass sie diese Gelegenheit wahrnimmt? Wer weiß, ob sie sich ihr noch einmal bietet.“ Verena nahm ihre Hände und sah sie eindringlich an. „Was ist heute Abend zwischen euch passiert?“

„Wieso? Was soll schon passiert sein?“

„Hör zu, ich kenne sowohl dich als auch diesen hübschen Kerl da drüben ziemlich genau. Ich habe jahrelang und ganz besonders in der letzten Zeit miterleben müssen, mit welcher Inbrunst ihr beide euch das Leben zur Hölle macht. Und ich weiß, dass der Mann restlos am Ende sein muss, sonst würde er so was wie das da nicht bringen. Du hast ihm irgendwann im Laufe dieses Abends einen ordentlichen Tritt in die Weichteile verpasst, hab ich recht?"

„Nicht, dass ich wüsste."

„Lass deine mühselig antrainierte Arroganz mal kurz beiseite, Nora Brehlow."

Noras Augen füllten sich unvermittelt mit Tränen, aber sie schaffte es, sie zurückzuhalten. „Er hat … mir einen Antrag gemacht."

„Was?"

Das war offenbar selbst für Verena zu viel.

„Einen Heiratsantrag?"

„Schrei noch lauter, Verena."

„Pardon. Und du? Was hast du ihm geantwortet?"

„Nein."

„Nein?"

„Ja. Ich habe Nein gesagt. Das war's."

Verena legte den Kopf schief. „Mehr nicht? Du hast einfach nur Nein gesagt?"

„Nun, ich habe …"

„Oh Gott, Nora, sprich gar nicht erst weiter. Ich kann es mir lebhaft vorstellen. Wie ich schon sagte, du hast ihm einen Tritt in die Weichteile und damit zielgerichtet in seine ausgeprägte Männlichkeit verpasst." Verena zögerte einen Moment, dann holte sie tief Luft. „Ben liebt dich, du blindes Huhn!"

Nora sah ihre Freundin an, als hätte die den Verstand verloren. „Allmählich habe ich das Gefühl, alle um mich herum werden langsam, aber sicher verrückt. Mal abgesehen davon, dass allein schon die Vorstellung absurd ist; wenn du ihn vorhin gehört hättest, würdest du so etwas Bescheuertes nicht von dir geben, das kannst du mir getrost glauben." Sie stand auf und warf Verena dabei beinahe um. „Entschuldige, ich werde mich jetzt still und heimlich davonmachen, sozusagen mit heroischer Miene das Schlachtfeld räumen. Gute Nacht – und gib Hendrik einen Kuss von mir.“ Nora stürzte den Rest aus ihrem Champagnerglas hinunter und marschierte aus dem Wintergarten.

Kaum war Nora verschwunden, stand Hendrik wieder an Verenas Seite.

„Was ist hier eigentlich los?“, fragte er missmutig. „Ich habe zum wiederholten Male in meinem Leben das Gefühl, als liefe irgendetwas vollkommen an mir vorbei.“

„Sie lieben sich, Hendrik. Ich weiß wirklich nicht, warum diese zwei Volltrottel es nicht endlich einsehen. Das ist einfach zu hoch für mich. Die beiden lieben sich sogar schrecklich und bringen sich deshalb noch irgendwann um.“

„Von wem redest du, Liebling?“

Verena schenkte ihrem Geliebten einen nachsichtigen Blick. „Ben und Nora. Hast du denn keine Augen im Kopf?“

Hendrik verzog verwirrt das Gesicht und deutete mit einer Kopfbewegung auf Ben, der zusammen mit Andrea an der Bar lehnte. „Ich meine, er hat mir zwar vor einiger Zeit tatsächlich mehr oder weniger gestanden, dass er in sie verliebt ist, aber eigentlich sieht das da ganz anders aus.“

„Ich weiß.“ Verena lachte und drückte ihm einen herzhaften Kuss auf den Mund. „Du kannst so eine lächerlich chauvinistische Reaktion natürlich nicht nachvollziehen, nicht wahr, mein Süßer?“

Wenn es irgendetwas gab, das Ben aus tiefstem Herzen verabscheute, dann war es der elende Zustand, in dem er sich befand, als er vorsichtig die Augen öffnete.

Fast noch mehr hasste er es allerdings, sich eingestehen zu müssen, dass er sich nicht genau erinnern konnte, was in den letzten zwölf Stunden seines Lebens passiert war. Es gab nur eine sehr vage Erinnerung daran, dass er irgendwann voller Entschlossenheit in den Fahrstuhl gestiegen und nach oben zur Penthousesuite gefahren war. Und er wusste, dass er währenddessen von dem immer wiederkehrenden Gedanken beherrscht gewesen war: Ich muss zu ihr. Ich kann sie nicht alleine lassen. Ich muss bei ihr sein, selbst wenn sie mich hasst.

Sein Brummschädel brachte ihn fast um. Ebenso vorsichtig, wie er soeben die Lider gehoben hatte, versuchte er sich jetzt zu bewegen. Langsam drehte er sich auf den Rücken und rieb sich mit beiden Händen kräftig das Gesicht. Seine Zunge war trocken und schien angeschwollen zu sein. Der widerliche Geschmack in seinem Mund verstärkte die aufsteigende Übelkeit. Behutsam setzte er sich auf. Der bohrende Kopfschmerz und das Schwindelgefühl waren ein gnadenloses Team. In Gedanken stieß er die wildesten Flüche aus, die er allesamt gegen sich selbst richtete. Seit Jahren hatte er sich nicht mehr so ungehemmt volllaufen lassen. Und seit Jahren hatte er diesen erbarmungswürdigen Zustand nicht mehr ertragen müssen.

Idiot!

Sein Blick fiel auf das grün schillernde Abendkleid, das am Kleiderschrank hing.

Nora!

Er brauchte tatsächlich eine Weile, um zu registrieren, dass sie nicht neben ihm lag.

Sie ist nicht da!

Innerhalb weniger Augenblicke schüttelte er den letzten Rest Benommenheit ab und sein Gehirn begann, wieder etwas zuverlässiger zu arbeiten. Er stöhnte auf, und als er endlich aufrecht stand, musste er sich kurz am Messingpfosten des Betts festhalten, doch dann ging es.

„Nora." Er hatte nach ihr rufen wollen, aber er brachte nur ein lächerliches Krächzen hervor, also räusperte er sich. Inzwischen war er bereits an der Zimmertür und spähte hinüber in den Wohnbereich. Nora war nirgends zu sehen.

Gegen die jäh aufsteigende Panik war er vollkommen machtlos. „Ganz ruhig, Ben, ganz ruhig", sagte er sich. „Sie könnte überall sein. Bei Verena und Hendrik, im Büro oder irgendwo sonst im Hotel."

Er handelte schneller, als es ihm guttat. Innerhalb von zehn Minuten hatte er sich die Zähne geputzt, war geduscht und fertig angezogen. Eine Rasur kann warten, dachte er. Das Blut rauschte in seinen Ohren und ihm war noch immer speiübel, als er in die Fahrstuhlkabine sprang.

Zuerst suchte er sie im Büro, doch es war Samstag und dort war alles still und unberührt. Danach fuhr er mit dem Fahrstuhl hinunter und rannte unter den konsternierten Blicken einiger vornehmer Gäste suchend durch die Halle, lief in den Wintergarten und auf die Terrasse, aber ohne Erfolg. Auch einige seiner Mitarbeiter blickten irritiert hinter ihm her. Erst an der Rezeption hielt er keuchend an.

„Guten Morgen, Herr Larsen", begrüßte ihn die Empfangsdame nervös.

Sie war um Fassung bemüht. Unter normalen Umständen betete sie ihn geradezu an, das war ihm nicht verborgen geblieben, aber in diesem Augenblick war es ihr sichtlich peinlich, wie sich ihr Chef in aller Öffentlichkeit gebärdete.

„Hallo, Gabi." Ben räusperte sich und holte tief Luft. „Sagen Sie, haben Sie Frau Brehlow heute schon gesehen?"

Sie nickte ihm verhalten lächelnd zu. „Sie sitzt seit ungefähr einer halben Stunde im Restaurant und frühstückt."

Die Erleichterung, die er empfand, war so umfassend und schwindelerregend, dass er kurz die Augen schließen musste. „Ich könnte Sie auf der Stelle küssen, Gabi. Ähm … Entschuldigung! Vergessen Sie's." Er schenkte der nun überglücklich dreinblickenden Empfangsdame ein breites Lächeln, das allerdings allein auf seine Verlegenheit zurückzuführen war, und eilte durch die Flügeltür, die ins Restaurant führte.

Dort saß sie, direkt am Fenster, trank ihren Kaffee und blätterte uninteressiert und gelangweilt in einem Hochglanzmagazin. Ben schloss für einen Moment die Augen, denn sein Herz donnerte noch immer wie ein Dampfhammer in seiner Brust, dann atmete er tief ein und aus und marschierte mit festen Schritten auf ihren Tisch zu. „Guten Morgen, Nora."

Sie sah nur kurz zu ihm auf. Ihr Blick wirkte müde und sie war auffallend blass.

„Darf ich mich zu dir setzen?"

Wortlos nickte sie und er setzte sich. Sofort kam der Kellner an den Tisch und fragte ihn nach seinen Wünschen. Er bestellte einen Kräutertee und ein großes Glas frisch gepressten Orangensaft. „Seien Sie ein Engel und besorgen Sie mir bitte außerdem noch eine Handvoll Aspirin, Chris."

„Kein Problem, Herr Larsen."

Nora sah dem davoneilenden Kellner nach.

„Bei mir hast du damals darauf bestanden, dass ich etwas esse, bevor ich die Tabletten einnehme", sagte sie tonlos, während sie mit unbewegter Miene die Zeitschrift zuklappte und beiseiteschob.

Er lächelte leicht, ging aber nicht weiter auf ihre Bemerkung ein. „Mach das nicht noch einmal, Nora."

„Bitte?"

„Ich wache auf und du bist nicht da. Meine Güte, ich habe mir entsetzliche Sorgen gemacht."

„Warum?"

„Du fragst ernsthaft nach dem Grund?"

„Ja, Ben. Ich frage nach dem Grund. Ich möchte nämlich nicht, dass du dir Sorgen um mich machst. Ehrlich gesagt stört es mich sogar, wenn du das tust."

Zum bohrenden Schmerz in seinem Kopf gesellte sich nun auch noch der gellende Ton irgendeiner warnenden Sirene, deshalb sah er sie genauer an. Nora war nicht nur einfach ein bisschen blass. Nein, sie sah richtiggehend krank aus. Unter ihren Augen lagen dunkle Schatten, die sie vergeblich mit Make-up überdeckt hatte. Er schluckte. „Nora, ich … es tut mir leid, was gestern Abend passiert ist. Ich … weiß, dass ich zu viel …"

„Du bist mir keine Rechenschaft schuldig. Es ist mir verflucht egal, was du tust."

Unter seinem rechten Auge fühlte er einen Muskel zucken.

„Okay, ich hab's verdient. Mach mir ruhig ein wenig die Hölle heiß, aber ich …"

„Willst du mich nur nicht verstehen, Ben, oder bist du tatsächlich so dämlich?"

Um diese Zeit waren sie allein im Restaurant, Nora achtete trotzdem darauf, leise zu sprechen. Ben starrte sie eine Weile verständnislos an, doch bevor er etwas sagen konnte, kam der Kellner an ihren Tisch und setzte ein silbernes Tablett vor ihm ab, auf dem eine kleine Teekanne, die dazugehörige Tasse und ein Glas Orangensaft standen. Nachsichtig lächelnd schob er außerdem eine Tablettenpackung neben das Glas mit dem Saft. Ben bedankte sich und der junge Mann ging. Nora wartete geduldig ab, bis er zwei der Tabletten aus der Packung gedrückt und sie mit dem Orangensaft hinuntergespült hatte.

„Du hast die Regeln aufgestellt, Ben. Und du bist derjenige, der sie verletzt hat, nicht ich."

„Ich verstehe nicht …"

„Nein? Oh, verdammt noch mal!" Nora beugte sich vor. „Ich will, dass du sofort zurück in das Haus ziehst. Ich werde vorerst hier im Brehlow bleiben und mir dann so schnell es geht eine eigene Wohnung suchen. Halt dich von jetzt an wieder aus meinem privaten Leben heraus, Ben Larsen! War das deutlich genug für dich?"

„Nora, sei nicht albern, wir … Ich habe ja kapiert, dass du mich nicht heiraten willst. Du warst gestern Abend unmissverständlich. Zugegeben, mein Vorschlag war sicherlich auch etwas … kühn."

Sie erhob sich, und sofort stand er vor ihr und umfasste ihre Oberarme. „Nora, hör mir bitte zu! Ich war betrunken. Ich war … Du hast meinen Stolz verletzt, verdammt! Ich … Es ist doch nichts weiter passiert. Ich habe mich sinnlos volllaufen lassen, das war definitiv nicht sehr klug. Wahrscheinlich habe ich dich damit vor unseren Gästen ein wenig in Verlegenheit gebracht, aber ich …"

„Nichts weiter passiert? Ben! Du hast am Tresen gestanden und mit Andrea … rumgeschmust."

Verblüfft registrierte sie, dass er tatsächlich verwirrt auf diese Bemerkung reagierte, doch das änderte nichts.

„Ich habe … was? Äh … mit Andrea?"

„Ja. Und nun nimm gefälligst deine Hände von mir, Ben Larsen!"

„Ich habe … Himmel, Nora! Das …"

„Ich weiß – es tut dir leid", entgegnete sie in sarkastischem Tonfall.

„Nora, lass uns bitte nach oben gehen und in Ruhe über alles reden."

„Nein, Ben! Du wirst jetzt alleine hochgehen und deine Sachen packen. Ich betrete nicht noch einmal zusammen mit dir diese Suite. Du wirst niemals mehr die Gelegenheit bekommen, mich zu demütigen – in welcher Form auch immer."

Langsam löste er seine Hände von ihren Oberarmen und trat einen Schritt zurück. Einen schmerzlichen Augenblick lang sah er ihr direkt in die Augen, endlich schien er sie zu verstehen. Seine Gesichtszüge verhärteten sich und er legte die Stirn in Falten.

„Nun, wenn du … also … die Gelegenheit beim Schopf packen willst, um unser … Verhältnis zu beenden, kannst du das natürlich haben." Sein Blick war undurchdringlich hart, seine Lippen wurden schmal. „Gib mir zwanzig Minuten, Kleine, dann bin ich aus der Suite und somit auch aus deinem Bettchen verschwunden."

Nora verdrängte den Anflug von Verzweiflung, der ihr die Luft zu nehmen drohte. „Jetzt hast du mich offenbar verstanden", wisperte sie.

„Gut." Der Muskel unter Bens rechtem Auge schien ein Eigenleben zu führen. „Wir sehen uns dann also Montagfrüh im Büro, Partner." Er zögerte kurz, bevor er sich endgültig umdrehte, um das Restaurant zu verlassen. „Pass auf dich auf, Nora", sagte er kaum hörbar.

Sie schluckte und sah ihm nach. Durch das milchige Fenster der Flügeltür konnte sie noch einen winzigen Augenblick lang die Umrisse seiner breiten Schultern erkennen, dann war er weg. Sie fühlte sich plötzlich erschreckend einsam.

In seinem dröhnenden Schädel gab es keinen Platz für einen vernünftigen Gedanken.

Mit ruhig ausgeführten Handgriffen packte Ben seine Sachen, legte zuletzt die lederne Mappe mit den Notenblättern in den Koffer und schlüpfte in seine Jacke. Ein letztes Mal ließ er den Blick durch das Schlafzimmer der Suite gleiten, um sicherzugehen, dass er auch nichts vergessen hatte, und verharrte bei dem grün schillernden Abendkleid, das noch immer am Kleiderschrank hing. Er hob eine Hand und berührte die glitzernden Schmucksteine am Ausschnitt. Traurig lächelte er in sich hinein, als er auf der Innenseite der Seide die schmalen Klebestreifen fühlte.

Nun ja. Ich hab's offenbar verbockt.

Einen Atemzug lang sog er den vertrauten Duft ein, der von Noras Kleid ausging, dann bückte er sich und griff nach seinem Koffer.

Nur wenige Minuten nach Ben verließ auch Nora das Restaurant und fuhr hinauf zu den Büroräumen. Hier oben war es vollkommen still. Vorsichtshalber schloss sie hinter sich die Tür ab, ließ sich auf ihren Schreibtischstuhl fallen und lehnte sich erschöpft zurück. Nach einer Weile erhob sie sich wieder und starrte blicklos aus dem Fenster.

Es war vorbei.

Das hatte sie ja schließlich auch gewollt. Trotzdem fühlte sie sich grauenvoll alleingelassen. Es war schlimmer als nach dem frühen Tod ihrer Mutter, viel schlimmer sogar noch als nach dem Tod ihres geliebten Vaters.

„Oh, Papa. Warum kannst nicht wenigstens du jetzt bei mir sein?", flüsterte sie in die Einsamkeit hinein. „Ich könnte wirklich deinen Rat und deine Hilfe gebrauchen."

In der vergangenen Nacht war ihr etwas klar geworden, das sie nicht einmal in ihren kühnsten Träumen erwartet hätte. Stundenlang hatte sie wach gelegen, bis sie plötzlich zu dieser fürchterlichen Erkenntnis gekommen war. Zuerst war es nur ein jäher, verrückter Impuls gewesen, der sie regelrecht überfallen hatte. Eine Möglichkeit, über die sie nur kurz hatte nachdenken wollen, aber dann hatte sich der Gedanke nicht mehr aus ihrem Kopf vertreiben lassen, bis sie sich endlich das Unfassbare eingestanden hatte. Jetzt fragte sie sich, wie sie sich nur so entsetzlich lange etwas hatte vormachen können. Schließlich war sie ja schon seit einiger Zeit kein unerfahrenes kleines Mädchen mehr.

Sie war verliebt in Ben. Nein, sie liebte ihn!

Sie liebte den Mann mit jeder verdammten Faser ihres Herzens. Und damit galt es nun irgendwie fertigzuwerden.

Flucht!

Das war der erste und einzig logische Gedanke gewesen, den sie gehabt hatte. Meine Güte, könnte ich doch nur wieder fort von hier, fort von ihm, dachte sie verzweifelt. „Dieses gottverdammte Hotel!“, rief sie zornig aus. „Warum hast du das bloß getan, Papa? Warum, zum Himmeldonnerwetter, hast du Ben und mir das nur aufgebürdet?“

Zeitgleich quälte Ben sich mit ganz ähnlichen Gedanken herum, während er in seinem Wagen saß und viel zu schnell die Strecke hinaus zum Haus fuhr.

Die folgende Woche begann trübe. Innerhalb weniger Tage konnte man plötzlich den Herbst riechen. Der eisgraue Himmel schien tiefer zu hängen und vereinzelt segelte schon verfärbtes Laub von den Bäumen. Normalerweise mochte er diese Zeit, den kaum spürbaren Übergang vom Spätsommer zum Herbst, besonders gern, doch an diesem Morgen absolvierte er seinen Lauf, als wäre er blind und taub für die Veränderungen. Er lief auch nicht sein übliches Tempo, sondern rannte durch den Wald wie ein Mann auf der Flucht vor dem leibhaftigen Teufel.

Keuchend und völlig verschwitzt stand er schließlich in der

Küche und stürzte fast eine ganze Flasche Wasser hinunter. Sein Körper war restlos ausgepowert, aber er hatte in den letzten Minuten seines Laufs eine Idee entwickelt, die vielleicht – und mit etwas Glück – die langsame, zumindest teilweise Heilung seiner Seele in Gang setzen konnte.

Andrea blickte ihm erwartungsvoll entgegen, als er anderthalb Stunden später das Büro betrat.

„Hallo, Boss."

„Morgen, Andrea. Ist Nora schon da?"

Sie schüttelte den Kopf.

„Ich hätte dich gerne kurz gesprochen. Könntest du mit in mein Büro kommen, bitte?"

„Natürlich."

Sie griff nach ihrem Notizblock, erhob sich und folgte ihm. Nervös lockerte er seine Krawatte und legte die Aktenmappe auf den Schreibtisch. „Setz dich doch."

„Danke."

Er ließ sich auf seinem Schreibtischstuhl nieder und lehnte sich leicht zurück. „Ich wollte mich bei dir entschuldigen. Für Freitagabend, meine ich. Es tut mir leid, wenn ich deine Loyalität ausgenutzt habe, das wollte ich nicht. Wie gesagt, es tut mir sehr leid. Ich hoffe, du nimmst meine Entschuldigung an."

„Du hattest zu viel getrunken." Sie zuckte die Achseln.

„Ja. Ich hatte zu viel getrunken, aber das habe ich noch niemals als Entschuldigung für schlechtes Benehmen gelten lassen."

„Ich hatte nichts auszustehen – im Gegenteil." Sie lächelte gutmütig. „Wenn ich dir tatsächlich etwas übel nehmen könnte, dann, dass du partout nicht mit mir nach Hause kommen wolltest. Du bist offensichtlich ein sehr treuer Mann."

„Ach, Andrea! Du bist viel zu gut für diese Welt, weißt du das?" Ben stand auf, trat um den Schreibtisch herum und ging direkt vor ihr in die Hocke. Auch er brachte jetzt ein Lächeln zustande. „Glaub mir, wenn ich es beeinflussen oder es mir aussuchen könnte …" Sanft strich er ihr eine weiche, dunkle Haarsträhne hinter das Ohr.

„Aber du kannst es dir nun mal nicht aussuchen, nicht wahr?"
„Nein, leider nicht. Das kann niemand."
„Weiß Nora, dass du sie liebst?"
Ben erhob sich und stellte sich ans Fenster. Er sah kurz hinaus, dann wandte er sich ihr wieder zu. „Nein. Und ich möchte auch nicht, dass sie das jemals erfährt. Kann ich mich in dieser Hinsicht auf dich verlassen?"
„Natürlich. Das Verhältnis zwischen Nora und mir hat sich irgendwie verändert. Seit wir hier in Hamburg sind, haben wir uns voneinander entfernt. Jedenfalls fühle ich mich ihr gegenüber inzwischen nicht mehr als Freundin verpflichtet. Was dich angeht, sieht die Sache allerdings anders aus." Ihre Augen verdunkelten sich leicht und sie schluckte. „Wenn du … ich meine, solltest du mich irgendwann mal … brauchen – ich werde da sein." Ihre Stimme klang belegt und sie sprach sehr leise.
„Andrea, ich …"
Abrupt stand auch sie auf und straffte ihre schmalen Schultern. „Was ich eigentlich sagen will, du kannst dich auf mich verlassen, Ben. Immer!" Sie warf ihm ein Lächeln zu und ließ ihn dann allein.
Erneut wandte sich Ben dem Fenster zu und blickte auf die Straße hinunter. Es hatte angefangen zu regnen. Der dunkelgraue Himmel und die zerfließenden Tropfen auf der Fensterscheibe passten zu seiner Verfassung. Einige tiefe Atemzüge später verließ auch er sein Büro. Andrea sah auf. Es war offensichtlich, dass sie geweint hatte, diese Tatsache drückte seine düstere Stimmung noch weiter in den Keller. „Alles okay?"
„Ja."
„Ich hatte vorhin vergessen, dir zu sagen, dass ich zurück ins Brehlow-Haus gezogen bin. Allein. Nora bleibt vorerst oben in der Suite."
Andrea nickte, kommentierte seine Mitteilung jedoch nicht. „Sie ist übrigens vor zwei Minuten heruntergekommen."
Bevor er die Kraft aufbrachte, an Noras Bürotür zu klopfen und einzutreten, musste er Sauerstoff in seinen Körper pumpen.

Sekundenlang starrten sie sich an, erst dann schloss er die Tür hinter sich und trat näher an ihren Schreibtisch.

„Ich habe dir einen Vorschlag zu machen“, sagte er, nachdem sie sich begrüßt hatten.

„Und?“

Sie bat ihn nicht, sich zu setzen, er tat es trotzdem. Noch immer war sie blass, erschreckend blass, aber er fand sie so schön, dass ihr Anblick ihm Schmerzen verursachte – sicherlich auch, weil er sich in den letzten zwei Tagen wie verrückt nach ihr gesehnt hatte. Nebenbei registrierte er, dass sie ihre Haare an diesem Morgen nicht offen trug und kaum Make-up aufgelegt hatte. Er musste sich räuspern und versuchte verzweifelt, neue Energien zu mobilisieren, denn im Augenblick verspürte er einzig und allein das Bedürfnis, sie in die Arme zu nehmen und sie niemals wieder loszulassen.

„Ich habe mir etwas überlegt, das auch dich vielleicht begeistern könnte. Eine Veränderung, was das Hotel angeht. Das heißt, eigentlich ist es eher eine Erweiterung.“

„Ich verstehe kein Wort.“

„Was hältst du davon, wenn wir ein zweites Haus eröffnen?“

„Bitte? Bist du jetzt völlig übergeschnappt?“

Ben hielt es nicht mehr auf dem Stuhl, deshalb stand er auf und machte ein paar Schritte durch das Büro. „Wir haben Erfolg, Nora. Großen Erfolg! Das Brehlow läuft perfekt. Wir wären inzwischen absolut in der Lage, ein weiteres Hotel zu finanzieren. In einer anderen Stadt natürlich – vielleicht sogar in einem anderen Land. Was weiß ich, irgendeine romantische und beliebte Ecke in England oder sonst wo.“

Nora starrte ihn wortlos an, daher trat er einen Schritt näher, stützte sich mit den Händen auf ihrem Schreibtisch ab und beugte sich zu ihr. „Ich habe die Sache von allen Seiten juristisch betrachtet. Um es also gleich auf den Punkt zu reduzieren, der uns beide vorrangig interessiert, wir würden damit den letzten Wunsch deines Vaters nicht missachten und trotzdem könnten wir in naher Zukunft an zwei verschiedenen Orten leben. Hast du mich jetzt verstanden?“

Nora sah in diese entschlossen blickenden Augen und versuchte verzweifelt, ihre Gedanken zu ordnen. „Wer …“ Nun musste sie sich räuspern. „Wer von uns sollte deiner Meinung nach das neue Hotel leiten?“

„Diese Entscheidung überlasse ich dir. Es dürfte reizvoll sein, ein völlig neues Haus einzurichten und zu eröffnen. Die Umsetzung dieser Idee wäre wohl für jeden eine echte Herausforderung. Es gibt da durchaus mehrere Möglichkeiten. Wir könnten uns abwechselnd in den beiden Häusern aufhalten und würden dennoch offiziell das Hamburger Brehlow zusammen weiterführen. Trotzdem wären wir sicher die meiste Zeit des Jahres an zwei verschiedenen Orten. Ich nehme an, dass das auch deinen Wünschen am nächsten kommt.“

„Ich werde gehen“, sagte sie nach einer Weile schlicht.

„Dir gefällt also meine Idee?“

Geh zum Teufel, Ben Larsen, dachte sie und kämpfte gegen die quälende Traurigkeit an, die nun ihr Leben zu bestimmen schien. „Ja, deine Argumente sind bestechend und überzeugend.“ Nun stand sie ebenfalls auf. „Wir müssen nach einem geeigneten Objekt suchen. Ich bin allerdings unbedingt dafür, hier in Deutschland zu bleiben.“

„Okay, einverstanden.“

Ihre Atmung beschleunigte sich. Plötzlich fühlte sie neue Energie in sich aufsteigen. „Ich werde mich sofort darum kümmern. Rudolf … Rudolf von Winterberg könnte sich für uns ein wenig umsehen. Was meinst du? Er kommt viel herum und kennt sich hervorragend mit Immobilien aus.“

„Guter Einfall. Willst du ihn anrufen, oder soll ich das übernehmen?“

„Ich gehe sowieso heute Abend mit ihm essen. Überlass das also ruhig mir. Übernimm du den Papierkram und die juristischen Belange, Herr Anwalt.“

Einen Augenaufschlag lang standen sie sich gegenüber und sahen sich an.

Für einen winzigen Augenblick glaubte Ben tatsächlich, er würde sterben, wenn er sie nicht auf der Stelle anfassen dürfte. „Dann ist ja alles so weit klar."

Ich muss hier raus!

„Du weißt, wo du mich finden kannst", stieß er rau aus und verließ mit raschen Schritten Noras Büro.

Mit der tatkräftigen Hilfe von Rudolf von Winterberg fanden sie viel schneller ein geeignetes Objekt, als sie erwartet hatten. Sie konnten sogar zwischen einem sehr schönen Gebäude in der Bremer Innenstadt und einem ehemaligen Schullandheim in Österreich wählen, das direkt an einem herrlich klaren Bergsee lag und bereits seit einiger Zeit zum Verkauf stand.

Die Standorte waren von so unterschiedlicher Natur, dass es aussah, als würde es lange Diskussionen geben, doch sie entschieden sich überraschend schnell und einhellig für das Haus in der Nähe von Salzburg. Gerade weil es sich wegen seiner Lage vollkommen vom Hamburger Brehlow unterschied, fiel ihnen die Wahl nicht schwer. Damit war das Berghotel Brehlow geboren.

Bereits vier Wochen nach Bens Umzug zurück ins Brehlow-Haus und genau eine Woche bevor Thea Larsen endgültig aus Australien zurückkehren sollte, begannen im neuen Berghotel die Umbauarbeiten.

Nora und Ben arbeiteten von nun an beinahe Tag und Nacht.

„Meine Güte, wir werden noch irgendwas organisieren müssen."

„Hm?" Ben sah von den Bauplänen auf, die er gerade gemeinsam mit Nora studierte.

„Deine Mutter! Sie trifft morgen ein."

„Himmel!" Er hatte tatsächlich nicht eine einzige Minute mehr daran gedacht. Die Planung für das Berghotel nahm ihn voll und ganz in Anspruch. „Wir gehen mit ihr essen, was soll's."

„Wir gehen mit ihr essen?"

„Ja."

„Ist das Haus in Ordnung?"

Er dachte kurz nach. „Ja, alles geregelt. Sag mal, wie wollen wir ihr eigentlich erklären, wieso du nicht mehr zu Hause wohnst?"

Nora verzog unwillig das Gesicht. „Dir wird schon etwas einfallen. Es war doch auch für sie nie ein Geheimnis, dass wir beide uns nicht sonderlich gut verstehen. Erzähl ihr meinetwegen, dass wir es nicht unter einem Dach miteinander ausgehalten haben – entspricht ja schließlich irgendwie der Wahrheit, oder?"

Er musste schlucken. „Ja."

„Na also. Außerdem bin ich ein erwachsener Mensch und darf ja wohl immer noch selbst bestimmen, wo ich wohne. Dabei fällt mir ein, ich werde dir nachher die Vögel herunterbringen, damit sich Thea wieder um die beiden kümmern kann. Sie ist ja ganz verrückt nach Hugos Gesang."

Nora pustete sich eine Locke aus der Stirn, die sich aus einem der beiden Kämmchen gelöst hatte, dann widmete sie sich den Plänen für das neue Hotel, als hätte es ihre kleine Unterhaltung nicht gegeben. Ben wusste, dass es ihr nicht leichtfiel, allein mit ihm in einem Raum zu sein. Es kam nicht mehr häufig vor, darauf achteten sie sorgfältig. Ja, sie vermieden es eigentlich grundsätzlich, soweit es möglich war.

Diesmal hatte es nicht geklappt, und so standen sie nun nebeneinander über seinen Schreibtisch gebeugt und schauten sich die endgültigen Pläne für den Umbau des Berghotels an.

Ben richtete sich zu seiner vollen Größe auf und starrte wie gebannt auf die kleine Locke, die sie gerade fortgepustet hatte, dann blieb sein Blick an ihren vollen Lippen hängen, die sie mal wieder so unglaublich verführerisch zwischen die Zähne zog, wie sie es oft tat, wenn sie sich auf etwas konzentrierte. Er war inzwischen mit den Nerven nahezu am Ende, und die Nähe zu ihr forderte seine Selbstbeherrschung zusätzlich heraus. Nora bemerkte nicht, wie sehnsüchtig er sie ansah, denn sie blickte weiter hinab auf die Skizzen.

„Nora."

„Ja?“ Sie sah hoch und ihre Blicke trafen sich.

„Nora, ich ...“ Er tadelte sich im Stillen, aber es half nichts und er hob eine Hand, um die kleine freche Locke zu berühren, die ihr schon wieder in die Stirn gerutscht war. Nora schien kurz zu erstarren, dann wich sie vor ihm zurück.

„Nein! Fass mich nicht an!“

„Nora, bitte! Ich werde noch wahnsinnig.“

„Nein, Ben, nein!“ Mit heftigen Bewegungen und panisch dreinblickend schüttelte sie den Kopf. „Ich will das nicht mehr! Nie mehr! Gerade komme ich endlich wieder zur Ruhe.“

Er wusste, dass das glatt gelogen war. „Ich begehre dich so sehr, Kätzchen. Ich verliere noch den Verstand.“ Er ballte die Hände zu Fäusten und machte einen zaghaften Schritt auf sie zu. „Es bringt mich um, ich denke dauernd daran. Es war so ... Gott, Nora ... komm zurück zu mir!“

So offen und bittend hatte er noch nie zuvor mit ihr gesprochen und sie fühlte, wie sich in ihrem Inneren Hitze ausbreitete. Sollte er sie jetzt anfassen, wäre alles zu spät, das war ihr klar. Hilflos sah sie auf seinen festen sinnlichen Mund, nach dem es sie inzwischen so sehr verlangte, dass es wehtat. Sie blickte in seine schönen Augen, die sie so tief berührten, dass sie es körperlich spüren konnte. Seit sie sich eingestanden hatte, was sie wirklich für ihn empfand, hatte sich alles für sie geändert. Sie wäre ihm ausgeliefert, er würde ihr wieder wehtun können und sie müsste irgendwann noch einmal von vorne anfangen, wenn sie jetzt seinen und ihren eigenen Sehnsüchten nachgäbe.

Sie war so wild entschlossen, dass sie vor Anstrengung zitterte. „Nein. Es ist vorbei.“ Sie war sich nicht ganz sicher, ob überhaupt ein Laut aus ihrer Kehle gekommen war. Ben stand direkt vor ihr, wagte aber offenbar nicht, sie ein weiteres Mal zu berühren. Trotzdem erreichte sie die Wärme seines Körpers, streichelte sie der Hauch seines Atems. Verzweifelt suchte sie nach einer Möglichkeit, dieser peinigenden Situation zu entkommen. „Ich will das nicht mehr, hast du mich nicht verstanden?“, brachte sie mühsam hervor.

Die Muskeln unter seiner Gesichtshaut spannten sich an und er biss die Zähne zusammen.

„Nora“, flüsterte er noch einmal, aber sie drehte den Kopf zur Seite.

„Lass mich zufrieden, Ben.“

„Kätzchen.“

Oh Gott, Ben, sag das nicht zu mir, ich halte das nicht aus. „Nein, das ist vorbei.“

„Du lügst. Ich weiß es. Ich kann es fühlen.“

Sein Brustkorb weitete sich deutlich unter dem gewaltigen Atemzug, den er tat.

„Du irrst dich. Deine Gefühle täuschen dich.“ In Wahrheit hatte sie bereits weiche Knie.

Unnatürlich langsam hob er die Hände und sie merkte bestürzt, dass ihr die Kehle bedenklich eng wurde. Mit einer raschen Bewegung stieß sie ihn zurück und lief zur Tür.

Am liebsten hätte er sich geohrfeigt, weil er sich so hatte gehen lassen. Ben atmete tief ein und ließ die Luft geräuschvoll entweichen.

„Nora, bitte bleib!“

Sie antwortete nicht, sondern stürmte aus seinem Büro. In seinem Kopf war die Hölle los.

Ja, lauf nur wieder weg! Das hast du ja schon immer so gemacht, Nora Brehlow!

Sie ließ ihn einfach stehen. Es war ihr egal, wie es in seinem Inneren aussah, es war ihr seit jeher egal gewesen. In seinem Hirn reihten sich plötzlich Bilder aneinander und er sah sein zukünftiges Leben vor sich. Der Zorn auf sie und auf sich selbst überrollte ihn mit roher Brutalität und überdeckte den brennenden Schmerz.

11. KAPITEL

Einige Wochen später

Ja, ich bin auch froh, dass sie jetzt ganz aus der Stadt raus ist. Es ist zwar kein Schmetterling mehr angekommen, aber sicher ist sicher." Ben hob sein Bierglas und prostete Alexander Hellberg zu. Seit einer halben Stunde saßen sie einträchtig nebeneinander am Tresen in der kleinen Eckkneipe, in der sie sich von Zeit zu Zeit trafen, wenn ihnen nach einem guten Gespräch und einem gemeinsamen Glas Bier zumute war.

„Das hast du gut hinbekommen, Benjamin. Alle Achtung. Ich hatte, ehrlich gesagt, so meine Bedenken, dass Nora sich manipulieren lässt."

„Ja, aber meine Idee war ja auch wirklich nicht von schlechten Eltern." Ben lachte kurz auf. „Nein, im Ernst, Alex, der Zeitpunkt war außerordentlich günstig, das hat mir geholfen. Den Sicherheitsaspekt musste ich überhaupt nicht mehr ansprechen. Außerdem kenne ich Nora gut. Mir war von vornherein klar, dass dieses zweite Hotel eine echte Herausforderung für sie darstellen würde, deshalb bin ich das Risiko eingegangen, sie entscheiden zu lassen, wer von uns beiden nach Österreich geht. Wie gesagt, der Moment war perfekt. Für Nora gab es eine ganze Ansammlung von Gründen, Hamburg lieber heute als morgen zu verlassen."

Alexanders Mundwinkel zogen sich leicht nach oben. „Und du bist einer ihrer Hauptgründe, nehme ich an?"

Ben nickte, wenn auch zögernd. „Jetzt weiß ich, warum dich deine Kollegen Superhirn nennen."

„Um zu dieser Erkenntnis zu gelangen, braucht es nur ein geschultes Auge und ein gutes Gehör für Zwischentöne, Herr Anwalt. Willst du darüber reden?"

Ben starrte eine Weile auf seine Hände und winkte ab.

„Versuch es."

„Hast du überhaupt noch Zeit? Deine Frau ist schließlich hochschwanger."

„Mach dir mal darüber keine Sorgen. Linda weiß immer, wo sie mich erreichen kann, wenn es ernst wird. Außerdem ist sie nicht allein. Eine gute Freundin von uns ist heute Abend bei ihr. Allerdings bin ich sofort weg, wenn sie mich anruft, damit musst du leben." Er grinste.

„Die Sache zwischen Nora und mir ist so verzwickt, dass ich gar nicht weiß, wo ich anfangen soll." Er dachte einen Moment nach, dann setzte er seinen Freund ins Bild. Alexander Hellberg hörte sich geduldig die ganze Geschichte an. Ben unterbrach seinen Bericht nur einmal kurz, um eine neue Runde Bier für sie beide zu bestellen. Als er schließlich zum Ende kam, dauerte es einige Sekunden, bis der Kriminalbeamte reagierte.

„Oh Mann, Alter!"

„Du sagst es. Ich liebe diese Frau, Alex. Eigentlich tue ich das schon, seit ich sie kenne. Ebenso lange ertrage ich ihre Abneigung."

„Und sie wollte tatsächlich aus heiterem Himmel trotz allem Sex mit dir?"

Ben nahm einen Schluck von seinem Bier und nickte, während er sich den Schaum von den Lippen wischte. „Ja, das wollte sie – sie hat es natürlich geschafft. Oh ja, verflucht, das hat sie. Aber wir beide wissen, dass es die verschiedensten Motive gibt, um mit jemandem ins Bett zu steigen, oder? Die Palette ist vielfältig, mein Freund, und nicht unbedingt in jedem Fall schmeichelhaft."

„Jedenfalls gab es da auf ihrer Seite offenbar ebenfalls eine gewisse Anziehung, die so stark gewesen sein muss, dass sie ihre negativen Gefühle für dich überdeckt hat. Klingt nicht gerade nach Folter, wenn du mich fragst."

Sie grinsten sich in stillem Einverständnis an, doch dann wurde Ben wieder ernst. „Sie hat mich ohne Zweifel eine Zeit lang sexuell interessant gefunden, aber das ist offensichtlich auch schon alles gewesen. Im Grunde ihres Herzens verabscheut sie mich – das ist schwer wegzustecken. Verdammte Scheiße, Alex! Ich hatte nie eine echte Chance bei dieser Frau. Ich kann machen, was ich will, es ist vollkommen nutzlos. Es ist fast so, als hätte sie mich in eine Art Form gegossen, aus der ich einfach nicht rauskomme. Ich weiß, das hört sich wahrscheinlich so an, als ertrinke ich gerade in maßlosem Selbstmitleid, aber so ist es nicht. Ob du es glaubst oder nicht, die Phase habe ich schon lange hinter mir. Im Grunde bin ich nur realistisch. Nicht mehr und auch nicht weniger. Die Jahre, die sie in Frankfurt verbracht hat ... damals hatte ich die Sache ganz gut im Griff. Wir sind uns in dieser Zeit erfolgreich aus dem Weg gegangen. Da muss ich gefühlsmäßig nur wieder hinkommen, das ist alles."

„Wenn du so ein Realist bist, Ben, warum, um Himmels willen, hast du ihr dann diesen Heiratsantrag gemacht?"

Ben schnaubte. „Ja, der Antrag. Das war wirklich ein Fehler. Ich habe auf einmal nicht mehr durchgeblickt. Nachdem wir miteinander schliefen, veränderte sich so einiges zwischen uns. Du bist doch auch ein Mann. Es gibt Situationen, da kannst du nicht nach Schema F vorgehen, wenn du mehr für die Frau empfindest, mit der du das Bett teilst. Und dann diese sexuelle Anziehung, die einfach nicht nachlassen wollte, egal wie oft wir ihr nachgaben. Es war ... viel mehr als nur Sex. Meine Güte, wir konnten die Hände nicht voneinander lassen. Wir waren so ... ja, man könnte sogar sagen, wir waren zeitweise tatsächlich glücklich miteinander. Zumindest in diesen paar Tagen da oben in der Suite. Verdammt noch mal, mein Hirn war völlig vernebelt. Ich bin schließlich auch nur ein Mensch. Alles fühlte sich richtig an."

Einen leisen Fluch ausstoßend, griff er nach seinem Bier und nahm einen großen Schluck. „Solange ich denken kann, hat es nur eins gegeben, was ich wirklich aus tiefstem Herzen gewollt habe – und völlig unerwartet bekam ich plötzlich das Gefühl, dieser wahnwitzige Wunsch erfüllt sich. Für eine kurze, wundervolle Zeit glaubte ich tatsächlich, das Wunder geschieht und sie fängt an, mich zu mögen. Die Art, wie sie mit mir umging – und dann dieses besonders liebevoll ausgewählte Geburtstagsgeschenk. Es hätte nicht viel gefehlt und ich hätte ihr mein Herz zu Füßen gelegt, damit sie in aller Ruhe darauf herumtrampeln kann. Ich wollte diese Zeit mit ihr unbedingt festhalten – ich wollte Nora um jeden Preis an mich binden. Und ich bildete mir ein, wenn wir erst einmal verheiratet wären ... Nun, es war ganz einfach Glück, dass ich im letzten Moment doch wieder zu feige war, um ihr eine Liebeserklärung zu machen. Stattdessen habe ich irgendwas von wegen gutes Team in jeder Beziehung und so gefaselt. Du kannst es dir wahrscheinlich denken."

„Und du warst wirklich schon immer in sie verliebt? So richtig?"

„Ja. Das heißt, ich war knapp zwanzig, als ich es kapierte. An einem ganz normalen Dienstagmorgen wurde ich aus heiterem Himmel brutal mit meinen Gefühlen für sie konfrontiert. Mann, es hat mich fast zerrissen, damals."

„Aber ... du hattest doch mal diese Freundin. Diese goldhaarige Wahnsinnsbraut. Das Model."

„Verena."

„Ich weiß noch, du bist mal mit ihr auf einem Geburtstagsfest des Staatsanwaltes aufgetaucht. Ich habe gedacht, mich trifft der Schlag, als ich diesen Rauschgoldengel sah."

„Ja, den meisten Menschen geht es so, wenn sie ihr zum ersten Mal begegnen. Sie ist außergewöhnlich schön."

„Das kann man wohl sagen."

„Verena steht auf einem ganz anderen Blatt. Damals, auf diesem Fest, waren wir längst nicht mehr richtig zusammen. Ich meine, gut, wir sind noch dann und wann als Paar aufgetreten, wenn einer von uns beiden eine Begleitung brauchte, das war aber auch schon alles. Verena und ich haben es zu einer echten Freundschaft geschafft, die bis heute Bestand hat." Ben seufzte. „Als es anfing, war ich gerade mal zweiundzwanzig. Meine unerfüllte Liebe zu Nora schränkte meine Interessen zwar deutlich ein, hat mich aber nicht automatisch zu einem geschlechtslosen Wesen mutieren lassen." Er grinste schief.

„Du warst also nicht verliebt in Verena?"

„Weißt du, das Wort Liebe verbinde ich eigentlich nur mit Nora. Verena ist schon damals eine auffallende Schönheit gewesen. Jeder war hingerissen und fasziniert von ihrem Anblick. Ich war da natürlich keine Ausnahme. Meine Güte, das Mädchen hatte eine Art an sich ... Es gab nicht viele, die im zarten Teenageralter so ungehemmt ihren Sex-Appeal einsetzten. Verena war häufig bei uns im Haus. Dieses kleine Biest hat keinen Hehl daraus gemacht, dass sie mich ziemlich gut leiden konnte. Eines Tages hat sie mich bei passender Gelegenheit mit ihren schönen blauen Augen angesehen, sich aufreizend die Lippen geleckt und mir unumwunden mitgeteilt, dass sie mich nach reiflicher Überlegung zu ihrem ersten Liebhaber erkoren habe." Er musste lachen. „Kannst du dir auch nur annähernd vorstellen, wie das damals auf mich gewirkt hat, Alex? Sie hat sich mit diesem kleinen Manöver wie eine Made in meinen Schädel gesetzt und sich langsam und genüsslich durch mein Gehirn gefressen. Von da ab stolzierte Verena dauernd vor meinen Augen herum. Überall tauchte sie auf, egal, wo ich gerade war. Ich war jung und meine sexuellen Erfahrungen ließen noch sehr zu wünschen übrig, nicht zuletzt wegen meiner hoffnungslosen Gefühle für Nora. Während Verena ihr Bestes gab, um mich rumzukriegen, ging ich irgendwann mit mir ins Gericht. Mir war klar, dass ich so nicht weitermachen konnte und endlich anfangen musste zu leben. Ich wollte Nora vergessen, mit aller Macht." Bei der Erinnerung an diese Zeit lächelte Ben. „Irgendwie blieben Verena und ich dann fast zwei Jahre lang zusammen und wurden für unsere Umgebung sehr bald zu einer festen Institution. Du weißt, wie schnell so etwas gehen kann. Kurz vor meinem ersten Staatsexamen haben die meisten Leute uns schon als zukünftiges Ehepaar gesehen, besonders unsere Familien. Ben und Verena – Verena und Ben."

„Aber es gab immer noch Nora."

„Genau, und dagegen waren selbst Verenas Sex-Appeal und all meine guten Vorsätze auf Dauer machtlos. Natürlich habe ich Verena niemals den echten Grund genannt, denn die beiden sind seit jeher sehr eng miteinander befreundet. Ich sagte ihr nur, dass wir nicht zusammenpassen würden. Zu meinem Glück hatte sie das unterdessen auch schon festgestellt."

„Und danach? Keine anderen Beziehungen?", fragte Alexander.

Ben schüttelte den Kopf. „Nichts Festes mehr. Ich habe irgendwann eingesehen, dass ich nur an einer Frau wirklich interessiert bin, und die kann ich nun mal nicht haben. Verena und ich trafen uns allerdings noch ab und zu – und manchmal, wenn es einem von uns beiden gerade besonders schlecht ging, verbrachten wir sogar mal eine Nacht miteinander. Sie ist eine sehr unkomplizierte Person. Meistens wurde in diesen Nächten nur geredet. Als sie wegen ihrer Karriere ins Ausland ging, hörte auch das auf."

„Und Nora?"

„Was meinst du?"

„Nora wird doch auch Beziehungen gehabt haben. Wie bist du damit umgegangen?"

Ben griff nach seinem Bierglas, nahm einen ausgiebigen Schluck und zog die Stirn kraus. „In der Zeit, als wir noch beide zu Hause wohnten, versuchte ich, nicht darüber nachzudenken, es zu verdrängen. Es hätte mich verrückt gemacht, mir vorzustellen, dass ein anderer … Nun ja, wie du dir denken kannst, funktionierte diese Vogel-Strauß-Taktik nicht sehr lange. Ich habe dann miterleben müssen, dass immer mal wieder ein Junge sie abholte, um mit ihr auszugehen. Sogar einige meiner eigenen Freunde machten plötzlich ständig anzügliche Bemerkungen über sie und fingen an, ihr nachzusteigen. Zu meiner großen Erleichterung blieben ihre Bemühungen allerdings erfolglos." Er hielt kurz inne und schloss für einen Moment die Augen.

„Spuck es schon aus, das befreit ungemein", hakte Alexander nach.

„Ich kann mich nur allzu gut an den Tag erinnern, an dem mir klar wurde, dass Nora nicht mehr unberührt war. Ich habe es plötzlich gespürt, wie eine eisige Hand, die mir über den Rücken strich. Ich sah sie an und wusste es. Ich wusste, dass sie einem anderen gegeben hatte, was in meinen Augen ganz allein mir gehören sollte. An diesem Abend ging ich aus dem Haus und erlebte den ersten richtigen Vollrausch meines Lebens. Das, mein Freund, das war die Zeit, in der ich mich wahrhaftig in Selbstmitleid suhlte."

Alexander bestellte eine weitere Runde.

„Wie ich schon sagte", fuhr Ben nach einer Weile fort, „als Nora aus Hamburg wegging, kam ich etwas zur Ruhe. Nicht, dass es aufhörte, doch ich kam besser damit klar, weil ich ihr nicht ständig über den Weg lief. Ich konzentrierte mich voll und ganz auf meinen Beruf und hatte nur selten Verabredungen. Manchmal, in stillen Stunden, überrollte es mich, aber die meiste Zeit des Tages schaffte ich es, nicht an sie zu denken." Das kurze raue Lachen, das er ausstieß, klang sogar in seinen Ohren bitter. „Heute glaube ich, ich war damals innerlich leer und ausgelaugt. Natürlich begann alles wieder von vorn, als sie zurückkam. Bis dahin hatte ich mir tatsächlich eingebildet, ich hätte die Geschichte im Griff. Als Nora dann diese Liaison mit meinem früheren Kumpel Markus anfing, bin ich vor Eifersucht fast wahnsinnig geworden. Außerdem weiß ich seit einiger Zeit, dass sie zuvor in Frankfurt eine feste Beziehung hatte. Offenbar wollte er Nora sogar heiraten. Ein netter Mensch, wie ich zugeben muss, ich habe ihn inzwischen kennengelernt. Der Typ war mir sofort sympathisch. Lustigerweise ist Hendrik jetzt mit Verena zusammen und es scheint ernst zu sein."

„Und was willst du jetzt tun?"

„Ich werde versuchen, mir den Zustand der Ruhe zurückzuerarbeiten. Nora mag mich nicht, damit finde ich mich schließlich schon mein ganzes Leben ab. Ich sollte inzwischen daran gewöhnt sein." Er stieß unwillig einen Laut aus und fluchte leise. „Wir werden in Zukunft überwiegend an zwei verschiedenen Orten sein. Ich habe da meine Erfahrung. Je weniger ich sie sehe, desto besser."

„Aber es wird doch nie für lange sein. Du wirst sie immer wieder treffen."

„Ja, ich weiß."

„Wenn du meine Meinung hören willst, du machst dir da was vor, wenn du glaubst, dass es einfacher für dich wird, nur weil du sie seltener siehst. Du vergisst bei deinen Überlegungen nämlich, dass eure Beziehung inzwischen eine neue Note bekommen hat. Du liebst diese Frau und ihr hattet Sex miteinander. Glaub mir, ich habe in dieser Hinsicht auch so meine Erfahrungen gemacht. Es hilft überhaupt nichts, vor der Wahrheit davonzulaufen. Damit stellst du dir nur selbst ein Bein. Bevor meine Frau und ich endgültig zusammenfanden, hätte ich sie fast verloren, nur weil ich zu feige war, zu meinen Gefühlen zu stehen. Vielleicht solltest du mit Nora sprechen und die Karten offen auf den Tisch legen."

Ben verdrehte die Augen. „Hör zu, mein Freund, wenn ich irgendetwas ganz genau weiß, dann, dass sie das niemals erfahren darf. Ich habe garantiert nicht vor, mich ihr auszuliefern. Nein, Alex, diese Waffe in ihrer Hand wäre viel zu scharf und zu gefährlich. Nora ist kein Engel. Sie ist stark und selbstbewusst. Und egal, welchen Eindruck sie auf dich gemacht hat, lass dich von ihrer scheinbaren Zerbrechlichkeit nicht einlullen. Die Frau kann knallhart sein, wenn es darauf ankommt und sie ihre Interessen durchbringen will." Er fluchte erneut. „Ich war so ein Vollidiot, Alex. Ich hätte niemals die Grenze überschreiten dürfen. Niemals hätte ich mit ihr ins Bett gehen dürfen. Das war der größte Fehler meines Lebens."

Die Wolken hingen tief und gaben die gespeicherte Feuchtigkeit in Form eines leichten Nieselregens frei. Wie ein dichter, silbergrauer Schleier umhüllte der Hochnebel die verschneiten Gipfel, sodass man die umliegenden Berge allerhöchstens erahnen konnte.

Nora zog sich die Kapuze ihrer Daunenjacke über den Kopf und steckte die Hände tief in die Taschen. Die Landschaft wirkte ursprünglich und seltsam märchenhaft – genauso mochte sie es. Trotz des eher ungemütlichen Wetters stapfte sie gemächlich am sandigen Ufer des Bergsees entlang und genoss die Einsamkeit und die eisklare Luft.

Der Umbau des Hotels lief gut. Er lief sogar sehr gut. Die Handwerker arbeiteten an so vielen Baustellen im Gebäude gleichzeitig, dass man die Fortschritte von Tag zu Tag deutlich sah. Einige der Zimmer waren bereits fertig, und in der kommenden Woche wurden die ersten Möbel geliefert. Auch die Bar, das Restaurant und der Küchenbereich waren fast komplett. Die Halle selbst war im Augenblick noch voller Staub, aber der neue Tresen für die Rezeption stand schon an Ort und Stelle. Das wunderschöne Pinienholz wirkte sogar durch die Plastikfolie, die zum Schutz darübergebreitet worden war, edel und beeindruckend.

Wieder atmete sie zufrieden die klare Luft ein, die ihr um die Nase wehte. Wie so oft in der letzten Zeit dachte sie auch jetzt an ihren Vater und daran, wie begeistert er über das zweite Brehlow-Hotel gewesen wäre.

Sie bemerkte nicht, dass sie beobachtet wurde.

Ein blaues Augenpaar starrte gebannt durch einen Feldstecher und verfolgte jeden einzelnen ihrer Schritte.

Am frühen Abend betrat Nora das kleine Café am Waldrand, in dem sie nach ihren ausgiebigen Spaziergängen gerne saß und einen Cappuccino trank. Sie mochte dieses Lokal sehr. Die Möblierung war bäuerlich rustikal und wirkte gemütlich und anheimelnd. An den Wänden hingen herrliche Blumenaquarelle in den schönsten Pastelltönen, die dem Raum zusätzlich Behaglichkeit und eine gewisse Heiterkeit verliehen.

Der Besitzer des Cafés hieß Steffen Wendt und kam ebenfalls aus Norddeutschland. Er war ein freundlicher, attraktiver Mann mit stets zerzausten, strohblonden Haaren und himmelblauen Augen. Wenn sie ihn sah, musste sie immer an den Schauspieler Hardy Krüger in jüngeren Jahren denken, von dem Thea Larsen noch heute jeden Film auf Video besaß. Trotz seines nordischen Aussehens wirkte er in dieser Umgebung wie die klischeehafte Personifizierung des typischen Skilehrers, der sämtliche Mädchenherzen zum Glühen bringt.

Die Miene von Steffen Wendt erhellte sich, als er sie hereinkommen sah.

„Hallo, Frau Brehlow, willkommen!“, rief er ihr zu. „Ihr Cappuccino kommt sofort.“

Nora antwortete mit einem herzlichen Lächeln. Sie freute sich darüber, dass er sich gerne mit ihr unterhielt, und es tat ihr gut, dass er auf eine zurückhaltende Art immer ein bisschen mit ihr flirtete. Er streichelte damit ihre Seele ebenso sanft, wie sein wunderbarer Cappuccino es tat.

Sie öffnete den Reißverschluss ihres orangefarbenen Daunenanoraks, schlüpfte hinaus und hängte ihn wie üblich an einen der Garderobenständer aus heller Eiche. Wie so oft um diese Zeit war das kleine Café fast leer. Nur ein älterer Herr saß in einer Ecke am Fenster, trank genüsslich seinen Tee und las in einer Tageszeitung. Er blickte kurz auf und lächelte ihr freundlich zu. Nora erwiderte den Gruß auf die gleiche Weise und setzte sich an ihren Lieblingstisch. Von hier aus konnte sie direkt auf den See blicken. In der einsetzenden Dämmerung erkannte sie in einiger Entfernung gerade noch die Lichter des Berghotels. Seit über vier Wochen war sie nun hier und hatte die Stadt nicht eine einzige Sekunde vermisst.

Ben – ja, nur nach Ben sehnte sie sich schmerzhaft.

In ihren Gedanken nahm er von Tag zu Tag mehr Raum ein. Sie hatte so gehofft, dass das Gegenteil eintreffen würde, jetzt, da sie ihn nicht sah, doch es war ganz und gar anders gekommen. Sie dachte Tag und Nacht an ihn. Selbst wenn sie arbeitete wie eine Verrückte, was sie meistens tat, war er irgendwie in ihrem Kopf präsent, vor allem aber in ihrem Herzen. Sie fluchte leise, als sie bemerkte, dass ihr Hals schon wieder eng wurde. Neuerdings war ihr ständig zum Heulen zumute. Sie hasste diese Schwäche.

„Sie haben die traurigsten und gleichzeitig auch die schönsten Augen, die ich jemals gesehen habe“, stellte Steffen Wendt fest, als er ihr den Cappuccino servierte.

Nora blickte auf und versuchte sich an einem Lächeln, ohne auf seine Bemerkung einzugehen. „Setzen Sie sich heute wieder einige Minuten zu mir, Herr Wendt?“

„Gerne, aber nur, wenn Sie endlich Steffen zu mir sagen."

Ihr Lächeln vertiefte sich. „Also gut, Steffen. Ich heiße Nora."

„Und wenn wir jetzt noch das dumme Sie beiseitelassen können, verrate ich dir, dass ich natürlich schon lange weiß, wie du heißt." Er zwinkerte ihr spitzbübisch und gleichzeitig verschwörerisch zu.

Nora nickte.

„Warte einen Moment", bat er sie und holte ein Tablett, auf dem zwei gefüllte Weingläser standen. „Wir sollten das auf irgendeine Art begießen, finde ich. Dieser zarte Rosé ist eine wahre Gaumenfreude." Grinsend schob er ihr eines der Gläser hin und hob seines an, um ihr zuzuprosten. „Also, Nora, ich trinke auf glücklichere Zeiten."

Sie lächelte verhalten und stieß mit ihm an. Beim leisen Klingen der hübschen Kristallgläser schossen ihr Tränen in die Augen, und sie nahm schnell einen kräftigen Schluck und blinzelte. Der leichte Wein war in der Tat hervorragend.

„Wirklich sehr gut", lobte sie.

„Das will ich meinen."

Wie üblich plauderten sie über Belanglosigkeiten wie das Wetter und er erkundigte sich nach ihrer Arbeit. Das neue Hotel war in der gesamten Umgebung natürlich ein Gesprächsthema.

„Wann wirst du eröffnen können?", fragte Steffen.

Inzwischen war auch der einsame, ältere Herr gegangen, und sie waren allein im Café. Draußen war es bereits dunkel geworden, die meisten Menschen bereiteten sich um diese Zeit auf das Abendessen vor.

„Ich denke, in ungefähr einem Monat. Das heißt, natürlich nur, wenn alles weiterhin so perfekt läuft."

„Es muss sehr schwierig sein, allein für so ein großes Hotel verantwortlich zu sein."

„Ich leite es nicht allein." Ihre Stimme wurde rau; das konnte auch Steffen Wendt nicht überhören.

„Nicht?"

„Nein. Offiziell führe ich es zusammen mit meinem … mit meinem …“

„Mann?“

„Nein, Ben ist … also seine Mutter hat mit meinem Vater bis zu dessen Tod zusammengelebt.“

„Ah, er ist dein Stiefbruder.“

„Nein!“

Ihre heftige Reaktion überraschte ihn wahrscheinlich, aber Steffen ließ sich nichts anmerken. „Ben und ich sind nicht verwandt. Unsere Eltern waren niemals miteinander verheiratet.“

„Ah ja.“

Seine blauen Augen suchten ihren Blick. Sie bemerkte es, obwohl sie angestrengt in ihre leere Tasse starrte.

„Möchtest du noch einen Cappuccino? Geht aufs Haus.“

„Nein, ich …“

„Oder ein Gläschen Wein?“

„Nein, Steffen, danke. Ich trinke selten mehr als einen Schluck Wein. Es ist inzwischen dunkel draußen. Ich sollte jetzt besser an den Heimweg denken.“

„Ich begleite dich, das ist sicherer.“

„Ach, was soll mir schon passieren? Wir sind praktisch in der Vorweihnachtszeit, da sind die Leute allesamt friedlich gestimmt.“ Sie lächelte.

„Keine Widerrede. Es geht gar nicht darum, dass du überfallen werden könntest oder etwas in der Art. Das Wetter ist hier ziemlich unberechenbar. Besonders in dieser Jahreszeit. Du wohnst doch in der kleinen Pension von Resi Lindner, richtig? Die Wege sind schlecht ausgeleuchtet. Ich fahre dich schnell hin. Ich mach jetzt sowieso zu, und die Abrechnung kann ich auch nachher noch erledigen.“

Entschlossen erhob er sich und räumte den Tisch ab. Nora wagte nicht mehr, ihm zu widersprechen. Eigentlich war sie froh, dass sie den Heimweg bequem und trocken in einem Auto zurücklegen würde, denn draußen ging der Regen nun in Schnee über. Umso erstaunter war sie, als sie sich Minuten später neben einem ziemlich beeindruckenden Motorrad wiederfand und Steffen ihr einen Helm hinhielt.

„Aufsetzen."

Nora erwiderte sein freches Grinsen und stülpte sich das Ungetüm auf den Kopf. Der ungewohnte Schließmechanismus machte ihr Schwierigkeiten, sodass Steffen Wendt ihr zur Hand gehen musste. Aufmerksam studierte er dabei ihr Gesicht.

„Es muss ein Mann sein, der diese unendliche Traurigkeit in deinen Augen verschuldet hat. Es kann nur ein Mann sein. Habe ich recht?"

Die Tränen, die sie seit Stunden bekämpft hatte, brachen sich nun endgültig Bahn. „Bitte nicht!", brachte sie noch hervor, dann war es mit ihrer Selbstbeherrschung vorbei.

Mit einem geübten Handgriff öffnete Steffen den Verschluss des Motorradhelms wieder und hob ihn ihr vorsichtig vom Kopf. „Na, na, so schlimm?" Er legte den Helm auf dem Sitz der Maschine ab und zog sie kurzerhand in seine Arme. „Das wollte ich nicht, Nora." Sanft und beruhigend streichelte er ihren Rücken, und sie weinte haltlos in die dicke weiche Wolle seines weißen Rollkragenpullovers.

„Lass es raus, Mädchen. Ja, weine dich mal tüchtig aus."

Erst als der Tränenstrom versiegte, löste sie sich erschrocken aus seinen Armen.

Steffen zog die hellen Augenbrauen in die Höhe. „Na, für Hemmungen und Verlegenheit ist es jetzt wohl etwas zu spät", sagte er schmunzelnd. „Komm schon, Nora. Manchmal braucht man eben mal so einen richtig befreienden Heulkrampf und eine Schulter, an der man ihn ausleben kann. Glaub mir, ich kenne das. So, und nun putz dir die Nase." Er zog ein Taschentuch aus seiner Hosentasche und reichte es ihr.

„Es tut mir leid." Nora schniefte, dann schnäuzte sie sich kräftig und wischte sich die restlichen Tränen von den Wangen. „Verdammt, ich hasse das."

„Warum? Sei ehrlich, es hat dir doch gutgetan, oder?" Er lächelte noch immer. „Und wenn du dich beruhigt hast, wirst du mir erzählen, was dieser Esel dir angetan hat, okay? Komm, ich mach dir jetzt erst mal eine ordentlich heiße Suppe. Essen musst du ja sowieso etwas und zu deiner Pension kann ich dich auch später noch bringen."

Sie wehrte sich nicht, als er nach ihrer Hand griff und sie daran hinter sich herzog. Auf der Rückseite des Cafés führte eine schmale Außentreppe in das obere Stockwerk des Hauses in seine Wohnung. Dort brachte er sie hin.

„Zieh deinen Anorak aus und setz dich an den Küchentisch, am besten auf die Bank. Der Ofen wird dir den Rücken wärmen, das stärkt die Nerven."

Nora folgte seinen Anweisungen. *Was mach ich hier eigentlich?* Ich kenne diesen Mann doch kaum, dachte sie, doch es war sehr angenehm, dass er sie so umsorgte. Die Wärme des alten und wunderschönen Kachelofens, an dem sie lehnte, durchzog ihre Glieder, und die fantastische Hühnersuppe, die Steffen ihr wenig später vorsetzte, verstärkte noch das heimelige Wohlgefühl.

Während des Essens erzählte er ihr mit seiner ruhigen, sonoren Stimme ein paar Anekdoten aus dem Alltag eines Cafèhausbesitzers. Sie wusste, er tat das vor allem, um sie auf andere Gedanken zu bringen. Nach einer Weile erwähnte er, dass er selbst erst seit drei Jahren in dieser Gegend lebte. Ursprünglich stammte er ebenfalls aus Hamburg, hatte aber der Liebe wegen jahrelang in Irland gelebt. Seine Frau Gilly starb jedoch an einer unheilbaren Lymphdrüsenerkrankung, und nach ihrem Tod hatte er sein Leben völlig umgekrempelt und sich im Salzkammergut eine neue Existenz aufgebaut.

Nora war tief berührt von seiner Geschichte. „Mir tut das sehr leid", sagte sie ehrlich und schlicht, sodass er schluckte. „Du musst sie sehr geliebt haben."

Steffen nickte stumm und setzte den Becher an die Lippen. Als er ihn schließlich abstellte, fragte er: „Und du, Nora? Welchen Schmerz trägst du mit dir herum? Ist er zu heilen?"

Etwas beschämt schüttelte sie den Kopf. „Er ist überhaupt nicht vergleichbar mit deinem schrecklichen Verlust und mit deiner Trauer. Der Mensch, den ich über alles liebe, lebt und atmet. Es geht ihm gut. Er ist nicht krank und er leidet nicht. Nein, mein Schmerz ist wirklich nicht mit deinem zu vergleichen. Alles, was ich tun muss, ist, mit einer unerwiderten Liebe zurechtzukommen. Das gab es schon Millionen Mal. Es ist nichts Besonderes."

„Das sehe ich aber anders. Seelisches Leid ist nicht messbar, und wenn das Herz wehtut, aus welchem Grund auch immer, ist es eine Qual, die unser ganzes Dasein beeinflussen kann. Wie heißt es doch so treffend: Jeder Mensch muss über seine eigene Brücke gehen."

Sie brachte ein Lächeln zustande. „Du bist ein toller Mann, Steffen. Deine Gilly war bestimmt sehr glücklich mit dir."

„Ja, wir waren glücklich miteinander – das ist mein einziger Trost. Wenn ich eines sicher weiß, dann, dass ich diese Frau bis zu ihrem letzten Atemzug glücklich gemacht habe, ebenso sehr, wie sie mich glücklich gemacht hat. Das Wissen darum ist mein wertvollster Besitz." Er lächelte. „Jeden Tag sitzen dort unten die verschiedensten Menschen in meinem Café. Sie kommen gleich morgens zum Frühstück oder essen am Nachmittag ihr Stück Kuchen und trinken Kaffee, während sie auf den See hinausblicken und bei klarem Wetter die majestätisch aufragenden Berge bewundern. Ich lerne viele Leute kennen. Manchmal rede ich mit einigen von ihnen, aber ich habe niemals vorher mit jemandem über Gilly gesprochen. Noch nie."

Steffen lächelte sie nochmals an. „Es hat mir gutgetan, mit dir zu sprechen, und es wäre schön, wenn sich mit der Zeit aus unserer Bekanntschaft eine gute Freundschaft entwickeln könnte."

Nora schlug die Augen nieder. „Ich fühle mich wohl in deiner Gesellschaft, Steffen, das kann ich nicht leugnen. Es wäre auch für mich schön, wenn wir manchmal zusammen sein könnten, so wie heute, meine ich. Ich werde in Zukunft viel Zeit im Berghotel zubringen und es tut immer gut, Freunde in der Nähe zu haben."

„Fein. Dann hast du ab jetzt einen guten Freund."

Als hätten sie sich abgesprochen, standen sie beide auf, um aufzubrechen. Erst auf dem Weg nach draußen fiel ihr auf, dass er nicht in sie gedrungen war, sie nicht danach gefragt hatte, was zwischen ihr und Ben vorgefallen war. Offenbar hatte er gespürt, dass sie im Augenblick nicht über ihn sprechen wollte. Auch für diese Zurückhaltung war sie ihm dankbar. Trotzdem hatte er ihr sein Vertrauen geschenkt, ihr vom Tod seiner Frau erzählt. Damit hatte er ihr klargemacht, dass sie jederzeit mit ihm reden konnte, wenn sie so weit war.

Wenige Minuten später saß sie dann tatsächlich hinter ihm auf dem schweren Motorrad. Auf seine Anweisung hin hatte sie die Arme fest um seine Taille geschlungen, ihr Oberkörper presste sich dabei automatisch an seinen Rücken. Es war ein eigenartiges, fremdes Gefühl, auf dieser röhrenden, kraftvollen Maschine zu sitzen, aber es war durchaus nicht unangenehm. Unter dem hellen Schein einer kleinen Laterne stieg Nora schließlich vom Motorrad und reichte Steffen den Helm, den er hinter sich befestigte.

„Sehen wir uns morgen?“, fragte er.

„Ich weiß noch nicht. Kommt ganz darauf an, wie viel Arbeit auf mich wartet.“

Er nickte. „Na dann, bis bald.“

„Bis bald, Steffen. Es war ein sehr schöner Abend. Danke für alles.“

Er antwortete nicht, sondern lächelte nur und klappte das Visier seines Motorradhelms herunter. Der kraftvolle Motor heulte auf, und Steffen preschte davon. Nora verfolgte mit dem Blick den sich schnell entfernenden Lichtkegel, den der Scheinwerfer der Maschine auf die schmale, inzwischen leicht verschneite Straße warf, bis nichts mehr in der Dunkelheit zu erkennen war. Erst dann wandte sie sich um und öffnete die schwere Fichtenholztür, vor der sie stand.

12. KAPITEL

Ben saß an seinem Schreibtisch und starrte auf das handgeschriebene Kündigungsschreiben, das vor ihm lag. Mehrere Male hatte er es jetzt durchgelesen, doch der Unmut darüber wollte nicht weichen. Insgeheim war er sogar so zornig, dass er es am liebsten zerknüllt und in den Papierkorb geworfen hätte. Mindestens zum fünften Mal stieß er einen derben Fluch aus, aber auch das befreite ihn nicht im Geringsten.

„Herein!", rief er, als es an seiner Bürotür klopfte.

„Kaffee, Boss?", erkundigte sich Andrea.

„Ja, danke. Sag mal, ist Markus schon aus seinem Kurzurlaub zurück?"

„Keine Ahnung, ich finde es heraus."

Er winkte ab. „Nein, nein, lass nur. Ich kümmere mich selbst darum. Vergiss den Kaffee, ich werde unten einen trinken."

Ben setzte sich in den leeren Wintergarten und bestellte sich einen großen Milchkaffee. Kurzerhand schickte er dann die Serviererin hinüber in die Küche und ließ Markus Breitenbach ausrichten, dass er ihn sprechen wollte. Tatsächlich trat der Koch wenig später an seinen Tisch. Ben bat ihn, Platz zu nehmen, und orderte auch für ihn eine Tasse Kaffee.

„Ich habe ziemlich viel zu tun, Ben."

„Ja, ja. Das schaffen die anderen die paar Minuten schon alleine. Wir müssen reden."

Markus nahm seine Mütze ab, sah sich etwas verlegen um und setzte sich ihm gegenüber.

„Nun", sagte Ben. „Ich höre. Warum dieser verfluchte Mist? Hat dich jemand abgeworben?"

Da in dieser Sekunde der Kaffee serviert wurde, griff Markus nach seiner Tasse. Offenbar tat er das vor allem, um ein bisschen Zeit zu gewinnen, bevor er antworten musste.

„Nein, niemand hat mich abgeworben. Ich gehe zurück in die Staaten. Das hier … das ist nichts mehr für mich", sagte er schließlich, nachdem er die Tasse wieder abgestellt hatte, ohne einen Schluck genommen zu haben.

„Hat es mit dem Brehlow an sich zu tun? Bist du mit deiner Arbeit oder mit deinem Gehalt unzufrieden?"

„Nein, absolut nicht. Arbeitsmäßig ist alles in bester Ordnung. Die Küche ist klasse. Die Kollegen sind auch toll. Und ich mag das Brehlow."

Sein Blick wirkte durchdringend, fast bittend.

„Ich will hier weg, Ben, das ist alles."

„Aha, es geht also immer noch um Nora, stimmt's?"

Markus zögerte. „Zugegeben, ich hatte mich da wohl ein bisschen verrannt, aber Nora ist letztlich nicht allein der Grund. Dies ist einfach nicht mehr mein Land. Schluss und Ende. Mehr gibt es dazu nicht zu sagen." Plötzlich reckte er das Kinn vor. „Und ich glaube auch eigentlich nicht, dass ich dir eine Erklärung schuldig bin, Larsen. Vor dir muss ich meine persönlichen Entscheidungen sicher nicht rechtfertigen."

Ben hob beschwichtigend die Hände. „Natürlich brauchst du das nicht. Ich habe einzig und allein gedacht, dass ich vielleicht irgendwie verhindern kann, dass du gehst. Du hattest zwar gerade ein paar Tage frei, aber ich würde dir auch einen längeren Urlaub genehmigen, falls es hilft."

Markus schüttelte den Kopf. „Meine Entscheidung steht. Es ist kein Beinbruch für dein Hotel, wenn ich gehe. Ich schlage vor, Ramon Gomez zum Chefkoch zu machen. Der Mann ist klasse und wird sich demnächst seinen ersten Stern erkochen. Du bist auf mich nicht angewiesen. Vielleicht solltest du einen weiteren Beikoch zur allgemeinen Entlastung einstellen, mehr musst du gar nicht tun. Die Jungs in der Küche sind als Team unübertrefflich."

„Ich wollte Ramon eigentlich die Küchenleitung für das neue Hotel in Österreich anbieten. Das fällt ja nun wohl flach."

Markus kratzte sich nachdenklich am Kopf. „Ich werde nicht verschwinden, bevor das geklärt ist. Ich lasse meinen Arbeitgeber nicht im Regen stehen. Hör zu, ich kenne da einen wirklich guten Koch. Zurzeit arbeitet er in einem dieser Theaterrestaurants. Kleine, aber feine Küche. Ein noch unentdeckter Künstler am Herd. Ich schicke ihn dir vorbei. Er heißt Jens Mohnkamp. Vertrau mir, Ben, mit dem Mann kannst du nichts falsch machen. Wer weiß, vielleicht ist es sowieso viel besser, wenn der neue Chefkoch hier im Hamburger Brehlow nicht unbedingt aus den eigenen Reihen hervorgeht."

Er erhob sich und Ben tat es ihm nach. „Ich danke dir für deine Loyalität dem Brehlow gegenüber, aber es tut mir trotzdem leid, dass du gehst, Markus."

Nur wenig später klingelte im Berghotel das Telefon auf Noras Schreibtisch.

„Nora, ich bin es."

„Hallo, Ben."

Es tat so gut, seine dunkle Stimme zu hören. Ihr Herz begann laut zu klopfen. Ihr letztes Telefonat lag bereits einige Tage zurück.

„Ich habe eine kleine Hiobsbotschaft für dich. Markus hat heute gekündigt."

„Was?"

Ben gab ihr das Gespräch wieder, das er vor ein paar Minuten mit Markus Breitenbach geführt hatte.

„Verdammt noch mal!"

„Ich konnte nichts machen."

„Dann sieh dir diesen Mohnkamp an und entscheide du, wer letztlich hierherkommt. Wir müssen ja sowieso mehrere Köche für das Berghotel einstellen."

„Das stimmt, aber das wollte ich eigentlich dem neuen Chefkoch überlassen. Was sagst du dazu? Schließlich muss er ja mit ihnen zusammenarbeiten."

„Hm, ja, du hast wahrscheinlich recht. Außerdem würde es mich deutlich entlasten."

„Okay, ich schlage vor, dass ich zunächst einmal mit Ramon rede und ihn frage, ob er überhaupt Interesse hätte, nach Österreich umzusiedeln. Er hat die älteren Rechte. Er muss natürlich auch wissen, dass er auf jeden Fall Chefkoch wird. Ob nun hier oder im neuen Haus. Wärst du damit einverstanden?"

„Ja, absolut. Du wirst das schon machen."

Für kurze Zeit trat Stille ein.

„Geht es dir gut, Nora?", hörte sie Ben schließlich fragen.

„Ja, alles in Ordnung."

„Ich … Nora, ich …"

„Wie geht es Thea?", unterbrach sie ihn schnell. „Ich komme so selten dazu, sie anzurufen."

„Sehr gut. Stell dir vor, sie packt schon wieder. Die Frau hat sich in die Farm meiner Tante verliebt. Ich denke, sie spielt mit dem Gedanken, ganz nach Australien zu gehen."

„Tatsächlich? Das ist ja …"

„Ja, doch das ist noch nicht alles. Ich hatte ein wenig Angst, sie würde nach Clemens' Tod nicht mehr richtig auf die Füße kommen, aber da habe ich mich wohl geirrt. Es gibt da offensichtlich einen ausgesprochen netten älteren australischen Tierarzt, der es ihr angetan hat und sich sehr um sie bemüht. Fast jeden Tag bekommt sie Post von ihm. Man soll es nicht glauben, echte Briefe!"

Nora konnte nicht verhindern, dass sie auflachte. „Thea ist toll, Ben. Und sie ist eine attraktive Frau, was hast du erwartet?"

„Ich weiß nicht. Jedenfalls nicht gerade das. Dein Vater ist noch nicht einmal ein Jahr tot, und sie hing schließlich an ihm wie sein eigener Schatten."

Wieder Stille.

„Wann wird sie abreisen? Ich meine, ich möchte sie unbedingt vorher sehen."

„Sie will Weihnachten mit uns zusammen feiern. Darauf solltest du dich lieber schon mal einstellen."

„Weihnachten?" Eine eiskalte Faust schien sich um ihr Herz zu legen.

„Ja, Weihnachten."

„Ich weiß nicht, Ben. Ich …"

„Komm schon, Nora, für sie kriegen wir das doch wohl hin, oder?“

Wenn er wüsste, wie unkontrolliert sie gerade zu zittern begonnen hatte, würde er anders reden. „Natürlich schaffen wir das.“

„Ich könnte ja noch Verena und Hendrik dazu einladen. Was meinst du?“

„Ja, gute Idee.“ Ihre Stimme war wie immer ein wenig heiser, wenn sie mit Ben redete.

Ben genoss es, diese Stimme zu hören. Sobald Nora sprach, senkten sich automatisch seine Lider, weil er sich ganz und gar auf den Klang und das Gefühl, das sie damit bei ihm auslöste, konzentrieren wollte.

„Ich habe gestern mit Verena telefoniert“, sagte sie nun. „Die beiden verstehen sich offenbar bestens. Sie hat sich nur ein bisschen darüber beschwert, dass Hendrik derzeit so viel arbeiten muss. Er scheint im Augenblick ziemlich viel unterwegs zu sein, aber unsere Schönheit wirkte trotz allem sehr verliebt.“

„Oh ja, ich war vor einigen Tagen mit ihnen essen. Es geht ihnen wirklich gut. Ich habe das sichere Gefühl, die zwei werden es schaffen.“

Nicht so wie wir, dachte er beklommen.

„Ben, ich muss wieder an die Arbeit.“

„Ja. Ich auch.“

„Mach’s gut“, sagte Nora und legte auf.

Ben nahm den Hörer vom Ohr und ließ langsam die Hand sinken. „Bis dann, Kätzchen“, flüsterte er.

Einige Minuten blieb er so sitzen und starrte vor sich hin, schließlich bemerkte er, dass er noch immer den Telefonhörer umklammerte, und legte ihn endlich zurück auf den Apparat. Ein Blick zur Uhr sagte ihm, dass Andrea wahrscheinlich gleich Feierabend machen würde, und tatsächlich kam sie kurze Zeit später zu ihm ins Zimmer, um sich von ihm zu verabschieden.

„Schönen Abend, Andrea.“

„Wünsch ich dir auch. Bis morgen." Sie zögerte. „Ach, Ben, hast du vielleicht Lust auf ein gemeinsames Abendessen? Ich könnte uns etwas kochen."

„Sei mir nicht böse, Andrea, aber ich ..."

Sie lächelte und hob eine Hand. „Schon gut. Lass gut sein." Sie zog die Tür hinter sich zu und er war allein.

Ben lehnte sich nachdenklich in seinem Stuhl zurück und wippte mit der flexiblen Rückenlehne hin und her. Natürlich wusste er genau, was Andrea ihm soeben wirklich angeboten hatte. Er war schließlich kein Idiot. Oder vielleicht doch? Wahrscheinlich würden nicht wenige seiner Geschlechtsgenossen das von ihm behaupten, wenn sie die Szene gerade mitbekommen hätten.

Nora war schon so viele Wochen weg. Ein Sexualleben gab es seit dem verhängnisvollen Abend an seinem Geburtstag praktisch für ihn nicht, aber er konnte sich momentan nicht vorstellen, mit einer anderen Frau zu schlafen. Vielleicht würde sich daran auch nie wieder etwas ändern. Er sehnte sich nach ihr, träumte von ihr. Es gab nur Nora für ihn. Ihre leicht heisere, äußerst erotische Stimme klang in ihm nach, und sobald er die Augen schloss, sah er ihr Gesicht und ihren biegsamen Körper so deutlich vor sich, als würde sie vor ihm stehen. In seinen Gedanken war das Bild von ihr stets abrufbar, ihre Augen, ihr voller, weicher Mund. Wenn er allein in seinem Bett lag, brachte ihn die Erinnerung an die Nächte mit ihr fast um. Er hatte sie schon immer wie verrückt begehrt, aber nun ...

Doch, dachte er grimmig, ich bin ein gottverdammter Idiot!

Als er nach Hause kam, fand er von seiner Mutter nur einen schriftlichen Gruß vor, mit der Mitteilung, sie treffe sich mit einer alten Freundin. Also machte er sich das Abendbrot warm, das Thea für ihn bereitgestellt hatte. Er aß schnell und ohne besonderen Appetit und ging dann nach oben, um auch diesen Abend mit einem seiner Bücher zu verbringen. Wie üblich duschte er heiß und legte sich gleich darauf ins Bett. In der ersten Zeit nach Noras Abreise war er manchmal in ihr Zimmer gegangen und hatte gierig den zarten Duft in sich aufgenommen, der dort noch immer in der Luft hing, aber das verbot er sich inzwischen. Alles, was er sich gestattete, war, in aller Ruhe an sie zu denken und sich nach ihr zu sehnen. Dagegen war er sowieso machtlos.

Als das Telefon auf seinem Nachttisch klingelte, schreckte er zusammen. Zwei tiefe Atemzüge wartete er ab, bevor er abhob und sich meldete.

„Ben! Ben, ich habe … oh, Ben!"

„Nora, Liebes, was ist denn passiert?" Das Herz schlug ihm augenblicklich bis zum Hals. Automatisch schoss er hoch und setzte sich auf die Bettkante. Die Hand, in der er den Hörer hielt, verkrampfte sich schmerzhaft. Nora schluchzte und atmete hastig. Obwohl ihm die Angst die Kehle zuschnürte, versuchte er, möglichst gelassen auf sie einzuwirken.

„Liebling, beruhige dich, ich verstehe dich sonst nicht. Ganz ruhig, Kätzchen. Atme ein paar Mal tief ein und aus, hörst du!"

„Ben … ich … habe wieder …"

„Ein Päckchen? Ist es ein Päckchen, Nora?"

„Ja!" Sie schluchzte erneut und schnappte nach Luft. „Wieder einer, Ben! Hier! Sogar hier! Ein Schmetterling!"

„Wo bist du jetzt?"

„In der Pension."

„Hör zu, ich bin … in ein paar Stunden bei dir. Nur ein paar Stunden, Kleines, das schaffst du doch, nicht wahr? Ich werde sofort versuchen, einen Flug zu bekommen. Du rührst dich nicht von der Stelle, bis ich da bin. Das heißt … warte, bist du dort allein?"

„Nein, ich … meine Wirtin ist im Haus und einige Gäste. Aber ich … ich könnte auch noch einen Freund anrufen."

Sein Herz setzte einen Schlag aus. *Einen Freund?*

Sie hat schließlich zuerst mich angerufen, obwohl ich Hunderte Kilometer weit weg bin, versuchte er sich sofort zu beruhigen.

„Kannst du ihm vertrauen?"

„Ja, absolut."

„Gut, dann ruf ihn an, damit du nicht allein bist, bis ich bei dir bin.“

Eine knappe halbe Stunde nach dem Telefonat mit Nora saß er bereits in einem Taxi und ließ sich zum Flughafen fahren. Er hatte seiner Mutter eine Nachricht hinterlassen und auch Andrea telefonisch informiert. Außerdem hatte er ein kurzes Gespräch mit Alexander Hellberg geführt. Sie waren übereingekommen, dass er sich im Laufe des nächsten Tages noch einmal bei ihm melden würde.

Wenn alles gut ginge, wäre er in ungefähr vier Stunden bei Nora.

Nora starrte zitternd auf die offene Schachtel, die vor ihr auf dem Schreibtisch ihres Zimmers lag, und betrachtete den Schmetterling. Es war ein großer Falter – und genau wie die anderen war auch dieser besonders schön. Seine Grundfarbe war tiefschwarz. Auf beiden oberen Flügelseiten leuchteten zwei erdbeerrote Querstreifen und der Saum der unteren Flügel war ebenfalls auffallend rot. Auf den oberen Flügelspitzen zeigten sich vereinzelt zarte, schneeweiße Punkte unterschiedlicher Größe.

Vor gut einer Stunde hatte sie mit Ben telefoniert, seitdem ging es ihr deutlich besser. Sie konnte zumindest wieder gleichmäßiger atmen, obwohl sie noch immer zitterte. Jede Minute würde Steffen eintreffen, auch das wirkte sich beruhigend auf ihre Nerven aus. Es war ihr völlig natürlich vorgekommen, dass sie sich sofort an Ben wandte, nachdem ihre Vermieterin Frau Lindner ihr das Päckchen ausgehändigt hatte.

Niemand konnte sagen, wie es auf den Rezeptionstresen der Pension gelangt war, dort saß nur selten jemand. Normalerweise blieb den ganzen Tag über die Eingangstür geöffnet, sodass im Grunde jeder ins Haus konnte.

Ben!

Sie hatte sofort das brennende Bedürfnis gehabt, ihn auf der Stelle in ihrer Nähe zu haben. Jetzt hatte sie fast ein schlechtes Gewissen deswegen. Sicherlich war er inzwischen auf dem Weg zu ihr. Zum Glück war die Pension im Augenblick noch nicht einmal halb ausgebucht. Er würde mit Leichtigkeit ein Zimmer bekommen. Sie nahm an, dass er erst nach Mitternacht eintreffen würde, deshalb ging sie nach unten, um die Wirtin auf den späten Gast vorzubereiten.

„Kein Problem, mein Kind, ich lege einfach hier einen Zimmerschlüssel bereit. Der Herr Larsen aus Hamburg kann sich dann ja auch morgen früh eintragen."

„Vielen Dank, Frau Lindner, das ist sehr nett von Ihnen."

„Sie sind so blass, Frau Brehlow, Sie werden mir doch nicht krank?"

„Nein, nein, mir geht es gut. Machen Sie sich keine Sorgen."

„Sehen Sie, Kindchen, hier lege ich den Schlüssel hin. Es ist das Zimmer direkt neben Ihrem. Ist das in Ordnung?"

Nora nickte und hoffte inständig, dass ihrer Zimmerwirtin das anhaltende Zittern verborgen blieb, das sie von Zeit zu Zeit erfasste. Frau Lindner hatte sie in den vergangenen Wochen immer mehr ins Herz geschlossen und machte daraus auch keinen Hehl. Ihr gegenüber war sie stets besonders fürsorglich.

„Nebenan in der Küche läuft gerade frischer Kaffee durch die Maschine und ich habe ein paar belegte Brote im Kühlschrank bereitgestellt. Bedienen Sie sich dann ruhig. Sie können selbstverständlich noch Tee kochen, falls Ihnen das lieber ist. Kein Problem. Kalte Getränke sind ebenfalls genug da. Es wäre allerdings nett von Ihnen, wenn Sie die Haustür abschließen könnten, nachdem Ihr Bekannter eingetroffen ist. Ich habe morgen einen harten Tag und würde jetzt gerne schlafen gehen."

„Verlassen Sie sich ganz auf mich. Gute Nacht, Frau Lindner. Und nochmals danke."

„Gute Nacht, mein Kind."

Resi Lindner verschwand durch die Tür, an der mit großen goldenen Buchstaben die Aufschrift „Privat" zu lesen war. Nora überlegte gerade, ob sie wieder hinauf in ihr Zimmer gehen sollte oder ob es doch angenehmer wäre, unten in dem kleinen Aufenthaltsraum auf Steffen zu warten, als sie sein Motorrad hörte.

„Gott sei Dank", sagte sie laut zu sich selbst.

Steffen Wendt drückte bereits in der nächsten Minute die Haustür auf. Im Gehen zog er seine Handschuhe aus und nahm den Helm vom Kopf.

„Da bin ich."

Seinem Gesicht war deutlich die Besorgnis anzusehen. Sie hatte ihn am Telefon kurz und knapp über die Vorkommnisse informiert, daher wusste er nun von den Schmetterlingen. Auch er konnte ohne Weiteres die ohnmächtige Angst nachvollziehen, die diese eigenartigen Präsente bei ihr auslösten.

„Danke, Steffen. Ich bin dir wirklich unendlich dankbar, dass du hergekommen bist."

„Das ist doch wohl keine Frage, Nora." Er legte den Helm und die Handschuhe auf den Tisch der Sitzgruppe, die neben der Eingangstür stand, dann trat er zu ihr und küsste sie zur Begrüßung auf die Wangen.

„Meine Güte, du zitterst ja wie Espenlaub."

Automatisch tat er das, was gute Freunde untereinander üblicherweise tun, wenn es erforderlich ist, dem anderen seelischen Beistand zu leisten. Er legte einen Arm um sie und streichelte sanft ihren Rücken.

„Du bist jetzt nicht mehr allein, Nora. Beruhige dich. Niemand wird dir etwas tun."

Seltsamerweise wünschte sie sofort, es wäre Ben, der ihr diese ermutigenden Worte zuflüsterte. Obwohl Steffens Anwesenheit sie beruhigte, würde sie sich erst wirklich sicher fühlen, wenn Ben bei ihr wäre, das musste sie sich wohl oder übel eingestehen.

„Hast du schon gegessen? Frau Lindner hat Kaffee und Brote für uns gemacht."

Steffen schüttelte den Kopf. „Nein, habe ich nicht. Aber vorher will ich diesen ominösen Schmetterling sehen."

„Er liegt auf dem Schreibtisch in meinem Zimmer. Ich hole ihn."

„Dann schau ich in der Zwischenzeit in die Küche und sorge für unser leibliches Wohl. Ich kenne mich bei Resi gut aus. Wir können doch sicher hier essen, oder?"

Nora blickte sich um. „Ja, ich denke, das dürfte kein Problem sein. Die anderen Gäste sind schon alle auf ihren Zimmern. Ich bin gleich wieder da."

Als sie kurz darauf zurückkam, stellte Steffen bereits das Tablett mit den belegten Broten und zwei großen Bechern Kaffee auf dem Tisch der Sitzgruppe ab. Sie reichte ihm den Karton und setzte sich.

„Kennst du dich damit aus?", fragte er, während er Platz nahm und dabei den Falter betrachtete.

„Nein, aber Ben. Er konnte bis jetzt alle bestimmen, die ich bekommen habe."

„Ben. Soso."

„Bis er hier ist, werden wir uns wohl gedulden müssen. Ich nehme an, er wird gegen Mitternacht eintreffen – kommt ganz darauf an, ob er gleich einen Flug erwischt hat, und dann muss er ja noch hierherfahren."

„Dein Geschäftspartner kennt sich also mit diesen Viechern aus, sagst du?"

„Ja."

„Und das macht dich nicht stutzig, Nora?"

Es dauerte eine Weile, bis sie verstand, worauf er hinauswollte. Fassungslos starrte sie ihn an. „Steffen, entschuldige, aber allein dieser Gedanke ist absurd. Mal abgesehen davon, dass sich Ben bis vor wenigen Stunden noch ungefähr tausend Kilometer weit weg von hier aufhielt, heißt es überhaupt nichts, dass er sich mit Schmetterlingen auskennt. Er kennt sich nämlich mit vielen Dingen aus. Um genau zu sein, er ist so was wie ein Multitalent. Das war er schon immer."

„Was soll das denn bitte heißen?"

„Ben ist geradezu süchtig nach Wissen. Wie besessen liest er alle möglichen Bücher über alle erdenklichen Themen. Solange ich ihn kenne, ist er ein unverbesserlicher Streber. Das hat wahrscheinlich mit seinem ersten Atemzug angefangen. Er kann einfach nicht damit aufhören und ich glaube, es gibt nichts, das ihn nicht interessiert. Dazu kommt noch, dass er ein phänomenales

Gedächtnis hat. Sobald er was gelesen hat, speichert der Mann es für alle Zeiten ab. Er hat vermutlich eine Festplatte im Gehirn. Jeder, der Ben besser kennt, wird dir das bestätigen. Wenn du mal was nicht weißt, frag Ben. Wenn du dich an irgendwas mal nicht erinnern kannst, frag ebenfalls Ben. So ist das.“

Steffen verzog sein sonnengebräuntes Gesicht. „Klingt nach einem echten Überflieger.“

„Ach, halb so schlimm. In der Regel lässt er das nicht raushängen.“ Nora brachte tatsächlich ein Grinsen zustande.

„Na, das ist ja sehr ermutigend für einen so einfach gestrickten Typen wie mich.“

Steffen ging zwar auf ihren scherzhaften Ton ein, aber sie ahnte, dass seine Zweifel in Bezug auf Ben nicht ausgeräumt waren. Er warf einen letzten Blick auf den Karton und legte ihn beiseite.

„Trink deinen Kaffee und iss etwas. Wir werden heute wohl alle spät ins Bett kommen.“

Ben traf eine halbe Stunde vor Mitternacht ein.

Sie hörten beide gleichzeitig das herannahende Brummen eines Automotors. Nora erhob sich sofort und ging zur Haustür, um sie ihm zu öffnen. Ihr Herz begann augenblicklich höherzuschlagen, als sie ihn aus dem Wagen steigen sah.

Er schlug die Tür des Mietwagens zu und war in der nächsten Sekunde mit zwei langen Schritten bei ihr. Für einen winzigen Moment sah er sie an, dann streckte er die Arme nach ihr aus.

„Komm her“, sagte er heiser und zog sie an sich.

„Ben.“ Noras Stimme klang brüchig und dünn. Es war offensichtlich, dass sie große Angst hatte. Er konnte fühlen, wie sehr sie zitterte.

„Alles wird wieder gut, glaub mir, Kätzchen.“ Sie wieder in den Armen halten zu dürfen, tat ihm unheimlich gut. Es war ein fast erhebendes Gefühl, als sie ruhiger wurde und ihr Zittern nachließ. Er küsste sie auf ihren Scheitel und blickte schließlich auf. Ohne sie loszulassen, wandte er sich an den

Mann, der zusammen mit ihr aus dem Haus gekommen war, nun mit ernster Miene in der offenen Tür stand und ihn und Nora nicht aus den Augen ließ. Ben streckte ihm seine rechte Hand entgegen. „Benjamin Larsen."

„Steffen Wendt. Ich bin … ein guter Freund von Nora."

Ben musste sich räuspern. „Ja, ich weiß. Sie hat mir von Ihnen erzählt." Steffen Wendt war ohne Frage attraktiv, stellte Ben fest, und er spürte das bittere Gefühl der Eifersucht in sich aufsteigen.

„Hast du Durst oder Hunger?", fragte Nora. Sie war unglaublich froh darüber, dass Ben nun bei ihr war.

„Nur Durst. Ich hatte gerade gegessen, als du mich angerufen hast."

„Aber das ist doch Stunden her."

Er lächelte und drückte sie wieder an sich. „Ich habe wirklich keinen Hunger, Nora. Lässt sich hier irgendwo ein kaltes Bier auftreiben?"

„Das dürfte kein Problem sein." Sie versuchte sich an einem Lächeln und löste sich zögerlich aus seiner Umarmung.

Ben ging zurück zum Wagen, öffnete den Kofferraum und nahm eine Reisetasche heraus. Kurz darauf setzten die Männer sich in den kleinen Vorraum der Pension. Sie räumte das Tablett weg und brachte ihnen ein Bier und für sich ein Glas Mineralwasser aus der Küche mit. Ben hielt bereits den offenen Karton in der Hand und musterte eingehend den Falter, als sie zu ihnen zurückkam.

„Verflucht noch mal! Und ich hatte schon die Hoffnung, dass dieser Mist aufgehört hat. Er hat dieses Mal eine verdammt lange Pause eingelegt. Hat wirklich niemand den Kerl gesehen, der das Päckchen gebracht hat?"

Nora schüttelte den Kopf. „Nein, Frau Lindner, meine Wirtin, fand es, kurz bevor ich dich angerufen habe. Sie meinte, dass sie heute kaum hier vorne gewesen ist. Das Päckchen lag auf dem Tresen unter einer Zeitschrift, deshalb könnte es sich sogar schon seit gestern Abend dort befunden haben. Als es ihr auffiel, hat sie es mir sofort gegeben."

„Hm. *Vanessa atalanta.* Ein Admiral", stellte Ben nachdenklich fest, während er den Schmetterling betrachtete. „Ein Tag- und Wanderfalter, das heißt, er zieht üblicherweise im Herbst in den Süden, so wie es die Zugvögel tun."

Noras Blick traf auf den von Steffen. Sie zog die Mundwinkel und Augenbrauen leicht nach oben, was so viel ausdrücken sollte wie: Was habe ich dir gesagt!

Steffen schüttelte den Kopf. „Erstaunlich."

Ben setzte ungerührt seinen Vortrag fort: „Üblicherweise bedeutet in diesem Fall nichts anderes, als dass die Tiere sich manchmal etwas zu lange an besonders guten Futterstellen aufhalten und deshalb den Anschluss verpassen. Auch wenn viele von ihnen in der kalten Jahreszeit sterben, scheint es anderen überhaupt nichts auszumachen, in unseren Breitengraden zu überwintern. Mitunter bleiben sogar zwei Generationen, bevor es sie irgendwann doch wieder in den Süden zieht. Keiner weiß, warum das so ist." Ben drehte den Karton hin und her. „Sie sind äußerst anpassungsfähig. Trotzdem sind sie inzwischen selten geworden. Leider, denn ich finde, es ist einer der schönsten Falter auf dem europäischen Kontinent."

Fast behutsam legte er die Schachtel mit dem Schmetterling zur Seite, griff nach seiner Bierflasche, prostete ihr und Steffen zu und nahm einen kräftigen Schluck, womit er die Flasche auf einen Zug fast bis zur Hälfte leerte.

„Alexander Hellberg hatte bereits die Befürchtung, dass die Sache noch nicht ausgestanden ist", sagte er an Nora gewandt, nachdem er die Flasche wieder abgestellt hatte.

Sie nickte beklommen. „Ich irgendwie auch."

„Wer ist Alexander Hellberg?", fragte Steffen.

„Ein Freund von mir. Er ist bei der Kripo. Als unser Schmetterlingssammler Nora das letzte Mal eines dieser Präsente zukommen ließ, beging er dabei Hausfriedensbruch. Daraufhin schaltete ich Hellberg ein."

„Und du hast keine Ahnung, wer es sein könnte?“

„Nein, Steffen, wirklich nicht. Wir haben schon sämtliche Möglichkeiten durchdacht, glaub mir. Ich kenne niemanden, dem ich so etwas zutrauen würde, und keinen, der sich mit Schmetterlingen auskennt.“

„Außer deinem Freund hier“, bemerkte Steffen, während er Ben fixierte.

Missbilligend zog Ben eine Augenbraue hoch. „Spüre ich da etwa einen leisen Anflug von Argwohn, Herr Wendt?“

„Nicht nur einen leisen Anflug, Herr Larsen. Wenn ich ehrlich bin, fand ich den wissenschaftlichen Vortrag, den Sie uns gerade gehalten haben, nämlich eher befremdlich. Ich meine, wenn man die vorliegende Situation berücksichtigt, in der Nora sich zurzeit befindet …“

Nora kannte das spöttische, anmaßende Lächeln, mit dem Ben nun Steffen Wendt bedachte und ihn damit abkanzelte, und wusste genau, wie Steffen sich in dieser Sekunde fühlte. Es war ihr klar, dass Ben sich nun noch unbeliebter bei ihm gemacht hatte.

„Hört bitte sofort auf, ihr beiden!“ Sie sah ärgerlich von einem zum anderen. „Ihr helft mir nicht, wenn ihr euch gegenseitig an die Gurgel geht.“

„Mach dir keine Sorgen um deinen neuen Freund. Wie du weißt, neige ich nicht zu gewalttätigen Übergriffen.“

Bens Stimme und sein warnender Blick ließen allerdings durchaus die Vermutung zu, dass er Steffen nur allzu gerne an die Kehle gehen würde.

Offenbar um seinem Unmut noch einmal Ausdruck zu verleihen, holte Steffen Wendt geräuschvoll durch die Nase Luft. „Vielleicht ist es klüger, wenn ich an dieser Stelle erst mal das Feld räume“, sagte er und griff nach seiner Motorradjacke, die hinter ihm über der Sessellehne lag. „Pass auf dich auf, Nora. Du weißt ja, wo du mich findest.“

Sie und Ben standen ebenfalls auf. Steffen küsste sie auf beide Wangen, stülpte sich den Helm auf den Kopf und schlüpfte in seine Handschuhe. Ein kurzes, kühles Nicken in Bens Richtung, dann marschierte er auch schon zur Haustür hinaus.

„Danke, Steffen. Ich melde mich bei dir. Fahr vorsichtig, ja?“, verabschiedete Nora ihn. Als er gegangen war, schloss sie die Tür ab. „Er hat es nicht so gemeint, Ben.“

„Doch, das hat er. Und das Schlimme ist, ich kann ihn sogar irgendwie verstehen. Der Mann hat offenkundig eine Menge für dich übrig. Er macht sich Sorgen, das kann ich ihm nicht verübeln. Schließlich kennt er mich im Grunde ja gar nicht. Es ist also eine vollkommen normale Reaktion, wenn er mir gegenüber misstrauisch ist. Ich denke, wir Männer sollten das demnächst alleine miteinander klären.“

Nora griff nach dem Zimmerschlüssel, den Frau Lindner bereitgelegt hatte, und hielt ihn Ben entgegen. Sie hatte nicht mehr die Nerven, um sich noch länger über die beiden Kampfhähne Gedanken zu machen. „Wie auch immer, hier sind deine Schlüssel. Wir sollten schlafen gehen. Du bist sicher müde nach dem Flug und der Fahrerei, oder?“

„Halb so schlimm.“ Er bückte sich und nahm seine Tasche, die er vor dem Tresen abgestellt hatte. „Gut, dass du hier im Hause ein Zimmer für mich aufgetrieben hast.“

„Die Pension ist nicht voll besetzt“, erklärte Nora, während sie nebeneinander die Treppe hinaufstiegen. „Zurzeit ist wenig los. Von Frau Lindner weiß ich inzwischen, dass die richtige Wintersaison hier erst kurz vor Weihnachten beginnt.“

„Müssen wir uns deshalb Sorgen machen?“

Seine Frage war logisch und sie verstand sofort, was er meinte.

„Nein, eher nicht, dafür liegt unser Berghotel viel zu günstig. Und wenn schon, Ben, dann haben wir eben zu bestimmten Zeiten nicht ganz so viel zu tun wie in den Ferienmonaten, was soll’s? Wir haben doch vorher gewusst, dass dieses Haus ein völlig anderes Flair haben wird als das altehrwürdige Brehlow in Hamburg. Schließlich ist es ja auch um einiges kleiner.“

Sie waren vor ihrem Zimmer angekommen und blieben dort stehen. „Sogar die Leute wie Frau Lindner hier, die einfache

Zimmer vermieten oder kleine Familienpensionen mit Restaurant betreiben, versprechen sich eine Menge von uns. Niemand betrachtet uns als Konkurrenz, sondern erwartet, dass wir mit unserem schicken Hotel überwiegend zahlungskräftigere Menschen ins Tal holen. Frau Lindner sagte mir neulich, dass ihr ihre Stammgäste garantiert erhalten bleiben würden. Sie hat viele, die schon seit Jahren zu ihr kommen. In so einem piekfeinen Hotel, sagte sie, wohnen andere Leute als die, die normalerweise ihre Ferien bei ihr verbringen."

Ben hörte Nora aufmerksam zu und betrachtete dabei ihr Gesicht, nach dessen Anblick er sich in den letzten Wochen so unendlich gesehnt hatte. Bei der Begrüßung war es ihm sehr schwer gefallen, den Körperkontakt wieder abzubrechen. Am liebsten hätte er sie überhaupt nicht mehr losgelassen, doch die ungehemmte Freude ihres Wiedersehens war bei ihr offensichtlich schnell abgeflacht und hatte wohl eher mit der Erleichterung zu tun gehabt, weil er gekommen war. Allerdings war es auch für ihn nicht zu übersehen, dass seine Anwesenheit sie tatsächlich beruhigt hatte, und darüber freute er sich.

Da er in der einen Hand noch immer den Karton mit dem Schmetterling und in der anderen die Reisetasche trug, deutete er mit dem Kopf auf die Tür, hinter der er sein Zimmer vermutete. „Wohne ich da?"

„Äh, nein. Das ist mein Zimmer. Deins ist eine Tür weiter."

Er musste plötzlich trocken schlucken. „Ah ja. Na, dann schlaf gut, Nora."

Rasch wandte er sich ab.

„Ben?"

„Ja." Er drehte sich zu ihr um.

„Ich habe noch deinen Zimmerschlüssel." Sie grinste verlegen.

„Dann schließ mal für mich auf, Partner."

Zögernd kam sie zu ihm und steckte den Schlüssel ins Schloss. Als die Tür aufschwang, ging er an ihr vorbei und stellte endlich seine Reisetasche ab. „Sehr hübsch", bemerkte er und legte das Päckchen mit dem Schmetterling auf einer kleinen Kommode ab, die dem Bett direkt gegenüberstand.

Noras Brust begann unvermittelt zu schmerzen und sie versuchte dagegen anzuatmen, während sie reglos in der offenen Zimmertür stehen blieb und Ben betrachtete. Sie hätte ihn ununterbrochen ansehen mögen, so unverschämt gut sah er aus. Er trug schwarze Jeans und einen schwarzen, leger sitzenden Wollpullover mit einem kleinen V-Ausschnitt. Darunter schaute der weiße runde Halsausschnitt eines T-Shirts hervor. Bedingt durch seine allmorgendlichen Läufe an der frischen Luft, hatte er sich seine Sommerbräune bis jetzt erhalten können. Seine dunklen Brauen, die Wimpern und die Augen bildeten einen attraktiven Kontrast zum leuchtenden Schwedenblond seines weichen vollen Haars. In den vergangenen Wochen, in denen sie sich nicht gesehen hatten, war es ein gutes Stück länger geworden. Eine glänzende helle Strähne fiel ihm in die Stirn und ließ ihn draufgängerisch und jünger wirken als sonst.

„Nora? Alles in Ordnung?"

Sie zuckte zusammen und wandte sich sofort zum Gehen. „Ja, ja, natürlich. Ich wünsche dir eine gute Nacht, Ben. Schlaf gut." Schnell zog sie die Zimmertür hinter sich zu und kramte in ihrer Hosentasche nach ihrem eigenen Zimmerschlüssel. Ihre Hände zitterten wieder, doch diesmal hatte das nichts mit ihrer Angst zu tun.

Einige Minuten später lag Ben im Bett und ließ seinen Gedanken freien Lauf. Es hatte sein Nervenkostüm ganz schön durchgerüttelt, Nora wiederzusehen, aber das hatte er auf dem Weg hierher bereits befürchtet. Stets spürte er ein schmerzliches, körperliches Sehnen, wenn er sie nur ansah. Alles in ihm verlangte danach, sie zu berühren und sie zu halten. Dieses mächtige Gefühl ging weit über das starke Begehren hinaus, das zum festen Bestandteil seines Daseins geworden war. Nun war der Dauerschmerz tief in seiner Brust schier unerträglich und mahnte ihn schon jetzt, kurze Zeit nach seiner Ankunft, so schnell wie möglich wieder abzureisen. Die Frage war nur, ob er es überhaupt fertigbringen würde, sie allein zu lassen. Der Kerl, der die Schmetterlinge schickte, war offensichtlich hier – oder er war zumindest bis vor Kurzem hier gewesen.

Ben fluchte leise in die Dunkelheit hinein. Der Psychopath war Nora bis hierher gefolgt. Sie war ihm praktisch ausgeliefert gewesen. Fast war er dankbar für die Freundschaft, die sie zu diesem Wendt aufgebaut hatte. Auch wenn ihm die Eifersucht auf den Mann zu schaffen machte, seit er von ihm wusste. Das war nicht besser geworden, nachdem er ihn kennengelernt hatte. Der Kerl hatte augenfällig eine Menge Vorzüge, um eine Frau so weit zu beeindrucken, dass sie sich in ihn verliebte. Mit einem Schlag wurde ihm klar, dass er vielleicht eines Tages zusehen musste, wie Nora mit einem anderen Mann glücklich wurde. Womöglich sogar mit diesem Wendt. Vor lauter Wut setzte er sich im Bett auf und fluchte erneut.

In Gedanken sah er sich schon auf ihrer Hochzeit stehen. Er sah Nora in einem Traum in Weiß an der Seite dieses Naturburschen mit dem gewinnenden Lächeln vor sich – ihm war auf der Stelle speiübel.

Wahrscheinlich werde ich sie zu allem Überfluss auch noch zum Altar führen müssen, dachte er grimmig. *Scheiße! Ich könnte jetzt wirklich einen ordentlichen Schnaps vertragen.*

An Schlaf war jedenfalls vorerst nicht zu denken, also schaltete er das Licht auf seinem Nachttisch wieder ein.

Warum gibt es in diesen kleinen, verflucht gemütlichen Pensionszimmern eigentlich nie eine gottverdammte Minibar?

Resi Lindner hatte ihrem neuen Gast gezeigt, an welchem der Tische Nora vorzugsweise saß. Anschließend hatte sie ihm ein reichhaltiges Frühstück vorgesetzt, denn der Mann sah aus, als könnte er eine ordentliche Stärkung gebrauchen. Schon auf den ersten Blick war die Wirtin von ihm beeindruckt gewesen. Auch

Nora Brehlow war ihr schnell ans Herz gewachsen. Dr. Larsen entsprach absolut dem romantischen Bild des Mannes, den sie nur allzu gerne an der Seite der jungen Frau sehen würde. Sein sicheres Auftreten, die dunkle, leicht vibrierende Stimme und der durchtrainierte Körper wirkten imposant und standen in fast rührend maskulinem Gegensatz zu Noras zarter Gestalt. Deshalb zwinkerte sie ihr verschwörerisch zu, als die an der offenen Küchentür vorbeiging.

Sie wusste natürlich, dass Nora eine kluge und sehr erfolgreiche Geschäftsfrau war, doch dieses Wissen konnte das Bild der zerbrechlichen und schutzbedürftigen Person nicht vertreiben, das sie mit ihr verband. Der große gut aussehende Mann dort hinten am Fenster, der sich so herrlich dankbar und hungrig über die Rühreier hermachte, war jedenfalls ganz und gar ein Kerl nach dem Herzen von Resi Lindner.

Nach dem Frühstück fuhren sie erst mal zum Hotel. Es war nun schon ein paar Wochen her, dass Ben das Haus besichtigt hatte, damals war es noch fast im ursprünglichen Zustand gewesen. Er war überrascht und erfreut über die Veränderungen.

„Fantastisch, Nora! Das ist einfach großartig geworden. Alles so hell und freundlich."

Sie hatten sich die fertig eingerichteten Zimmer angesehen, waren in der geräumigen Küche und den Wirtschaftsräumen gewesen und standen nun in der zukünftigen Hotelhalle.

„Ich habe bereits viele neue Mitarbeiter einstellen können", informierte Nora ihn strahlend. „Stell dir vor, einige arbeiten sogar schon jetzt für mich. Und wenn Ramon sich tatsächlich einverstanden erklärt, hier die Küche zu übernehmen, kann uns kaum noch etwas passieren. Der Grundstock ist vorhanden. Ich habe Zimmermädchen, Kellner, Portiers, Gärtner – alles, was dazugehört. Gestern hatte ich das Glück, einen richtig guten Barkeeper samt seinem dreiköpfigen Team zu verpflichten. Der Mann versteht sein Handwerk und freut sich, dass er endlich mal einen längerfristigen Job bekommen hat. Die Cocktailbar des Berghotels wird jedenfalls ein Riesenhit werden, das kann ich dir schon jetzt versprechen."

„Wir brauchen noch eine Assistentin oder einen Assistenten des Managements. Du kannst hier schließlich nicht alles alleine organisieren. Das wird selbst für dich auf Dauer zu viel."

Sie lächelte. „Auch das ist bereits erledigt. Vergangene Woche hat sich eine sehr nette Frau vorgestellt. Sie ist in meinem Alter, hat das Hotelfach von der Pike auf gelernt und in einigen größeren Hotels gearbeitet. Zuletzt hat sie ein kleineres Haus in Salzburg geleitet. Ihr Name ist Constanze Baumann und ihre Referenzen sind einwandfrei. Constanze hat eine Menge Erfahrung und weiß, worauf es ankommt. Ich habe mich sofort mit ihr verstanden. Ihre Gehaltsvorstellung war überaus fair. Selbst den gesamten Personalkram wird sie mir abnehmen. Das hat sie mir schon zugesichert. Außerdem habe ich eine Sekretärin eingestellt, die uns zur Hand gehen wird. Und du und Andrea, ihr seid ja schließlich auch noch da."

Ben nickte. „Du sprichst einen Punkt an, den ich sowieso mit dir klären wollte. Da ich nun einmal hier bin, können wir das ebenso gut gleich erledigen."

Nora lehnte sich an den nagelneuen Rezeptionstresen und blickte erwartungsvoll zu ihm auf.

„Es geht um Andrea", sagte er. „Ich glaube, es ist an der Zeit, ihr auch offiziell mehr Verantwortung zu geben und natürlich ein deutlich höheres Gehalt. Sie ist von Anfang an dabei und hat uns beiden sehr geholfen, stimmt's?"

Nora hatte etwas Mühe, vernünftig zu denken und den bitteren Anflug von Eifersucht zu bekämpfen, der sofort in ihr aufstieg, als er Andrea erwähnte. Allerdings hatte sie selbst häufig über dieses Thema nachgedacht und eine angemessene Beförderung für ihre Freundin in Betracht gezogen. „Ja, du hast recht. Der Gedanke ist mir auch schon gekommen. Ohne Andrea hätten wir so manches Mal ziemlich dumm dagestanden. Sie ist … Gold wert."

Ben nickte zustimmend. „Was hältst du davon, wenn wir sie

in Hamburg offiziell zu unserer Vertretung machen? Intern ist sie es im Grunde ja bereits. Sie hat nur viel zu wenig Zeit, um sich intensiver mit den verschiedenen Bereichen der Hotelleitung auseinanderzusetzen, weil sie immer noch den alltäglichen Bürokram an der Backe hat."

„Du denkst also an eine zusätzliche Sekretärin, die ihr einen beträchtlichen Teil der Büroarbeit abnimmt?"

„Ja. Sie könnte sich dann gründlicher in die Geschäftsleitung einarbeiten."

„Einverstanden."

„Gut. Ich vermute, Andrea wird viel schneller mit ihren neuen Aufgaben zurechtkommen als wir am Anfang."

„Och, ich fand uns gar nicht so schlecht." Nora setzte ein freches Grinsen auf.

Ben grinste ebenfalls. „Stimmt, Partner. Wir beide haben das ganz gut hingekriegt."

Für einen kurzen Augenblick sahen sie sich in die Augen, dann wandte Nora sich ab. „Komm, ich zeige dir den See. Es ist traumhaft."

Sie zogen ihre Jacken wieder an, wickelten sich jeder einen dicken Wollschal um den Hals und gingen hinaus auf die Hotelterrasse. Von dort aus gab es einen direkten Zugang zum Seeufer. Es war ein herrlich klarer und eisig kalter Dezembertag. Die Wintersonne ließ das Wasser des Sees glitzern und die Natur ringsherum erstrahlen. Trotz des schönen Wetters spazierten nur wenige Menschen am Ufer entlang, sie waren fast allein. Ben atmete tief ein und blickte sich um.

„Im Sommer ist hier also deutlich mehr los?"

„Mhm." Nora drückte eine ihrer Stiefelspitzen spielerisch in den Sand und nickte. „Wintersportler zieht es eher in die bekannteren Skigebiete. Meine Gespräche mit den Einheimischen haben unsere Recherchen bestätigt. Diese Gegend ist besser für einen Sommerurlaub geeignet. Obwohl der See sehr kalt ist, soll er zum Baden herrlich sein. Er hat eine breite Flachwasserzone direkt vor dem Hotel, das ist nicht ganz unwichtig für Familien mit Kindern. Steffen hat mir erzählt, dass es hier im Sommer vor Touristen nur so wimmelt. Trotzdem ist auch im Winter einiges los. Unser Haus wird sicher weitere Winterurlauber anlocken. Ich habe an geführte Langlauftouren gedacht, es gibt tolle Loipen in der näheren Umgebung, aber uns fallen bestimmt noch andere Möglichkeiten für das Freizeitangebot ein."

Ben blieb stehen und sah sie nachdenklich an. „Du fühlst dich anscheinend recht wohl hier."

„Ja, das stimmt."

Ohne mich ist sie glücklicher, dachte er gequält. „Kein Heimweh?"

Nur nach dir. Ich habe dich so sehr vermisst. „Eigentlich nicht."

Schweigend gingen sie nebeneinanderher. Beide hatten sie die Hände tief in die Jackentaschen geschoben, weil keiner von ihnen daran gedacht hatte, Handschuhe anzuziehen. Ben sah fast ausschließlich auf den See hinaus, und Nora kickte Kieselsteine beiseite, so wie sie es immer tat, wenn sie einen Uferspaziergang machte. Plötzlich blieb sie stehen.

„Sieh mal, dahinten ist Steffens Café. Das hübsche kleine Haus mit dem verzierten Holzbalkon. Was meinst du, wollen wir ihm einen Besuch abstatten und uns einen Cappuccino oder einen schönen heißen Tee genehmigen?"

„So hast du ihn also kennengelernt, ja?"

„Ja. Steffen macht einen tollen Cappuccino mit viel Schaum und ordentlich Schokostreuseln obendrauf. Genauso wie ich ihn am liebsten mag."

Ben umfasste einen ihrer Oberarme und zwang sie so, sich zu ihm umzudrehen.

„Ist es etwas Ernstes, Nora?"

Sie schluckte. Ihre Hände in den Jackentaschen ballten sich unweigerlich zu Fäusten.

„Etwas Ernstes? Was meinst du damit?"

„Schläfst du mit ihm?"

„Ich weiß nicht, wie du … wie kannst du mir nur so eine Frage stellen, Ben?“ Nora war fassungslos. Am liebsten hätte sie ihm entgegengeschrien, dass sie nach ihm wahrscheinlich niemals wieder das Bedürfnis haben würde, mit irgendeinem anderen Mann zu schlafen. Es fehlte nicht viel und sie hätte mit beiden Fäusten auf seine lächerlich breite Brust eingetrommelt und ihn lautstark und für alle Zeiten verflucht. Wie konnte er nur? Wie konnte er so etwas nur annehmen?

Stattdessen reckte sie das Kinn vor und blickte ihn fest an. „Auf diese Frage erwartest du doch wohl hoffentlich keine Antwort von mir, oder?“

Ben erwiderte den kühlen Blick aus den schräg stehenden, glitzernd grünen Augen. Zweifellos wünschte sie ihn in dieser Sekunde geradewegs in die Hölle. Aus ihrer frostig vorgebrachten Zurechtweisung entnahm er nichts anderes als die Bestätigung seiner schlimmsten Befürchtungen. Dieser Gedanke traf ihn wie ein Faustschlag.

Verdammt! Schon wieder!

Schon wieder hatte er den Fehler gemacht, ihr eine Schwäche einzugestehen. *Das muss aufhören!* Du musst sofort damit aufhören, dich ständig so gehen zu lassen, brüllte irgendwo aus dem letzten vernünftigen Winkel seines Gehirns eine warnende Stimme.

„Du hast recht. Die Frage war dumm und äußerst indiskret. Nur weil wir beide … Es geht mich natürlich nichts an, mit wem du inzwischen das Bett teilst. Ich bin offenbar zu weit gegangen.“ Er bemerkte, dass seine Stimme so heiser klang, als hätte er gerade mit einer schweren Angina zu kämpfen.

Sie standen da und starrten sich in die Augen. Der Wind frischte plötzlich auf und wehte Nora eine lange lockige Haarsträhne über das Gesicht, die sie mit einer unbeherrschten Geste wegwischte. In seinem Brustkorb wütete ein einziger großer Schmerz, doch das verbarg er gekonnt hinter einem unbewegten Gesichtsausdruck. Beißende Kälte durchfuhr ihn und ließ ihn innerlich zu Eis gefrieren, auch dieses Gefühl war ihm inzwischen allzu vertraut.

„Ich denke, ich werde gleich morgen früh wieder abreisen", sagte er tonlos. „Das Hotel habe ich ja nun gesehen, und du hast wie immer alles perfekt im Griff."

Seine Worte trafen sie wie ein Messer direkt ins Herz. Kein Wort darüber, dass er gekommen war, um bei ihr zu sein, weil sie so schreckliche Angst gehabt hatte. Kein Wort, das ihr versicherte, er wäre sofort wieder an ihrer Seite, falls es ihr noch einmal schlecht ginge. Und kein einziges Wort, das ihr sagte, sie könne sich jederzeit auf ihn verlassen. Sie musste schlucken, bevor sie antworten konnte. „Ja. Es ist vermutlich für uns beide besser, wenn du das tust. Es tut mir leid, dass ich dich angerufen habe. Ich war wohl etwas hysterisch."

Er kniff leicht die Augen zusammen. „Ich weiß, dass du normalerweise nicht zur Hysterie neigst, Nora. Es war allein meine Entscheidung herzukommen. Es war sowieso mal an der Zeit, dass ich mir das Hotel ansehe." Er atmete tief ein. Sein Blick glitt über den Uferweg und die Böschung hinweg und heftete sich auf das einladende, weihnachtlich beleuchtete Fenster des kleinen Cafés von Steffen Wendt. „Nun, schließlich bist du ja jetzt auch nicht mehr allein und ohne männlichen Schutz. Ich sollte mich wohl besser weiterhin im Hintergrund halten, damit dein temperamentvoller Steffen mir nicht doch noch irgendwann den Garaus macht."

Nora fühlte unbändige Wut. „Ben, du bist …"

Er hob in einer beschwichtigenden Geste die Hände und lächelte spöttisch auf sie herab.

„Ich weiß, Kleine. Spar dir deine Schimpftiraden für unsere nächste Begegnung auf und geh erst mal in Ruhe deinen Cappuccino trinken. Dein neuer Lover wird sich sicher viel mehr darüber freuen, dich alleine zu sehen. Ich fahre einstweilen zur Pension und packe."

Er fixierte sie mit einem unergründlichen Blick, drehte sich auf dem Absatz um und ging mit langen Schritten den Weg zurück, den sie gekommen waren.

Nora starrte ihm zornig hinterher. Ihr Zorn wurde so übermächtig, dass sie glaubte, daran zu ersticken, wenn sie sich nicht auf der Stelle gestattete, diesen gottverdammten Kerl in Grund und Boden zu stampfen.

Aufgebracht setzte sie ihm nach. Das war auf dem nachgiebigen Sand am Seeufer gar nicht so einfach. Es dauerte einige Zeit, bis sie ihn endlich eingeholt hatte. „Ben! Zum Teufel, Benjamin Larsen, bleib stehen!"

Er tat es tatsächlich, drehte sich aber nicht vollständig zu ihr um, sondern sah mit teilnahmsloser Miene aufs Wasser und wartete seelenruhig ab, bis sie schwer atmend bei ihm ankam. Sofort sprudelte es aus ihr heraus: „Was bildest du dir eigentlich ein, du halsstarriger Hohlkopf? Kommst hierher und meinst, dich gleich wieder in mein Leben drängen zu müssen. Oh, ich könnte dich glatt erwürgen, du … du … arroganter, aufgeblasener, hirnloser, affiger … Muskelprotz!"

Endlich sah er sie an. Langsam zog er die rechte Augenbraue in die Höhe, ließ den Wortschwall ansonsten aber ohne sichtbare Reaktion über sich ergehen.

„Damit du es weißt, ich schlafe nicht mit Steffen!", fuhr sie wutentbrannt fort. „Ich habe ihn noch nicht mal geküsst! Ich schlafe mit überhaupt keinem Mann mehr, seit du … seit wir … Ach, Ben, du bist so ein starrköpfiger, abscheulicher und begriffsstutziger Kerl! Verdammt und zugenäht, ich liebe dich!"

Es war heraus, bevor sie etwas dagegen hätte tun können, und sie schlug sich erschrocken eine Hand vor den Mund und wartete erstarrt auf den Spott oder auf eine sarkastische Bemerkung, die er ihr wahrscheinlich gleich hochmütig entgegenschmettern würde.

Ben reagierte jedoch völlig anders.

Seine Augen weiteten sich für einen Moment und er sah sie forschend an, dann sackte er zu ihrer Verblüffung einfach hinunter in den Sand auf die Knie und bedeckte sein Gesicht mit beiden Händen, ohne ein einziges Wort zu sagen. Nora stand schwer atmend vor ihm und starrte bestürzt auf seinen blonden Haarschopf.

„Ben? Ben ... ist alles in Ordnung mit dir?"

Langsam nahm er die Hände weg und hob seinen Blick. „Um Himmels willen, Nora!", stieß er erschüttert aus. „Nora!"

Er sah in ihre erschrocken aufgerissenen Augen und glaubte sterben zu müssen vor lauter Glück, aber das konnte sie in dieser Minute natürlich nicht wissen. Er konnte es selber noch nicht fassen, ihm waren im wahrsten Sinne des Wortes die Knie weich geworden. Alles fiel in diesen wenigen Sekunden von ihm ab. All die Jahre des Sehnens und der Qual. Es war wie eine einzige große und umfassende Erlösung, die ihn nun heiß durchströmte und endlich die eisige Kälte aus seinen Eingeweiden vertrieb, die sich dort vor einer Ewigkeit eingenistet hatte. Jede einzelne vergeudete Minute kam ihm in den Sinn und trotzdem hätte er laut jubeln mögen vor Erleichterung und Glückseligkeit, weil all das mit einem Schlag unwichtig geworden war.

Wenn man die vergangenen Jahre berücksichtigte, war es fast schon absurd, aber ein einziger Blick in ihre Augen hatte ihm soeben genügt, um zu erkennen, dass sie nichts anderes als die Wahrheit gesagt hatte. Nora liebte ihn! Sie liebte ihn tatsächlich! Alles andere spielte keine Rolle.

„Vergiss einfach, was ich da eben gefaselt habe, ja? Vergiss es, Ben."

Ihre Stimme klang herrlich heiser und ausgesprochen zittrig, als sie diese Worte ausstieß.

„Vergessen? Niemals!" Da er sich noch immer nicht in der Lage sah, auf seinen eigenen Füßen zu stehen, umfasste er ihre Handgelenke und zog Nora kurzerhand zu sich herunter. Nun kniete sie ebenfalls im eisig kalten Sand und starrte ihm aufgewühlt in die Augen. Er ließ sie los, legte die Hände an ihr Gesicht und küsste sie mit all der Zärtlichkeit, die er für sie empfand. Mit einem Mal war alles leicht und wunderschön.

„Ich liebe dich auch, Kätzchen. Ja, ich liebe dich." Er küsste sie erneut, bis ihnen die Luft ausging. Lachend nahm er wenig später mit den Lippen die Tränen auf ihren Wangen und den Wimpern auf. „Wir sind beide so dumm gewesen, oh mein Liebstes, so entsetzlich dumm."

„Ach, Ben. Wenn ich das doch nur geahnt hätte ..."

Überwältigt presste er sie an sich. „Jetzt ist alles gut. Endlich! Endlich gehörst du ganz und gar zu mir. Ich liebe dich so sehr, Nora. Gott, es tut so gut, das endlich laut auszusprechen."

Sie sahen sich überglücklich an und blickten sich beide gleichzeitig etwas verschämt um. Sie mussten in den vergangenen Minuten ein eigenartiges Bild abgegeben haben: eine rasend wütende Frau, die einem düster dreinblickenden Kerl nachläuft und ihn dann anbrüllt, bis er schließlich vor ihr in die Knie geht. Zum Glück war weit und breit kein Mensch zu sehen.

Beide mussten sie lachen, und Ben brachte es endlich fertig aufzustehen. Er reichte ihr eine Hand und zog sie auf die Füße.

„Deine Liebeserklärung hat mich im wahrsten Sinne des Wortes umgehauen", sagte er grinsend und legte seine Arme um sie. „Ich warne dich, Kätzchen, solltest du das jemals irgendwo erzählen, egal wem, drehe ich dir auf der Stelle deinen entzückenden Hals um, das ist dir ja wohl hoffentlich klar, oder?"

Nora lachte und warf dabei den Kopf in den Nacken. „Natürlich ist mir das klar. Schließlich kenne ich dich ja gut genug."

Sein Lächeln vertiefte sich und er nahm sie bei der Hand. „So, und jetzt lass uns ganz schnell zurück zum Auto gehen und zur Pension fahren. Dort zeigst du mir dann endlich dein warmes, gemütliches Zimmer, bevor ich mich hier in aller Öffentlichkeit noch lächerlicher mache, als ich es ohnehin schon getan habe."

Die Pension von Resi Lindner war keine zehn Minuten Autofahrt vom Berghotel entfernt. Trotzdem fuhr Ben viel zu schnell, denn Nora ließ während der gesamten Fahrt nicht die Finger von ihm.

Bereits auf dem Rückweg zum Hotel, wo ihr Wagen stand, waren sie immer wieder stehen geblieben, um sich zu küssen. Nun setzte sie sich so auf dem Beifahrersitz hin, dass sie Ben ohne Schwierigkeiten den Nacken streicheln konnte. Schließlich reichte ihr auch das nicht mehr und sie löste ihren Sicherheitsgurt, rückte an ihn heran und knabberte an seinem Hals und an dem Ohrläppchen auf ihrer Seite, während sie ihm Albernheiten zuflüsterte und eine Hand unter seine offene Jacke schob. Ben stieß leise einen Fluch aus, als ihre Finger wie zufällig über den Reißverschluss seiner Jeans strichen.

„Nora! Bitte hör sofort auf damit. Hab Erbarmen."

„Es ist so lange her." Ihre Stimme war heiser vor Verlangen. Sie merkte, dass ihn das noch mehr erregte.

„Ja, verdammt! Es ist viel zu lange her."

Sie lachte leise und kehlig. Spielerisch ließ sie die Fingerspitzen über die Innenseite seiner Oberschenkel gleiten, wobei sie immer wieder die ausgeprägte Wölbung auf seinem Schoß berührte, die inzwischen den Reißverschluss seiner Jeans auf eine harte Probe stellte. Ben biss sich auf die Lippen und flehte um Gnade.

Nora betrachtete verzückt sein Gesicht. Abgesehen von ihrer Ungeduld machte ihr diese hocherotische Spielerei großen Spaß, also nahm sie all ihren Mut zusammen, um das Fass zum Überlaufen zu bringen.

„Ich bin schon ganz nass, Ben", flüsterte sie ihm zu und pustete zart über seine Ohrmuschel. Wie erwartet schaffte sie ihn damit endgültig.

„Du bist so ein Biest!"

Unruhig rutschte er in seinem Sitz hin und her und atmete keuchend. Ein feiner Schweißfilm hatte sich auf seiner Stirn gebildet und seine Augen schienen dunkler geworden zu sein.

Sie waren höchstens drei oder vier Minuten von der Pension entfernt, aber Ben hielt es keine einzige Sekunde länger aus, und so beschloss er, dass es für sie beide lebensgefährlich wäre, wenn er in seinem bemitleidenswerten Zustand auch nur noch einen Meter weiter fahren würde. Also lenkte er den Wagen kurzerhand an den Straßenrand und schickte ein Stoßgebet zum Himmel, in dem er stumm darum bat, die schmale, abgelegene Straße möge in den nächsten Minuten genauso menschenleer und verlassen bleiben, wie sie es im Augenblick war. Nora hielt die Luft an, als er den Schlüssel umdrehte und den Motor abstellte.

„Und nun?"

Sie atmete ebenso schwer wie er. Ben wollte und konnte nicht klar denken. „Das hast du dir jetzt selbst eingebrockt", flüsterte er gepresst und zog sie zu sich herüber. Mit hastigen Bewegungen öffnete er ihren Anorak und ihre Hose, dann seine. Hinterher wusste er nicht mehr, wie sie es so schnell hinbekommen hatten, dass Nora rittlings auf ihm saß und ihn begierig in sich aufnahm. Er küsste sie stürmisch, während sie ungestüm und wild ihre Hüften bewegte. Bereits nach wenigen Augenblicken stöhnte sie lang anhaltend auf und stieß keuchend seinen Namen aus. Er konnte sich ebenfalls nicht länger zurückhalten und wollte es auch gar nicht. „Nora! Nora!"

Sein Orgasmus war so umfassend, als würde er in diesen Sekunden die aufgestaute Liebe, die er in den vergangenen Jahren für Nora aufgespart hatte, direkt in sie hineinpumpen, um sie ihr zum Geschenk zu machen. Überwältigt fasste er in ihr Haar, krallte die Finger hinein und legte den Kopf zurück an die Nackenstütze, um den Augenblick dieser vollkommenen Hingabe zu genießen.

Erschöpft und mit Tränen des Glücks in den Augen sackte sie auf Ben zusammen.

Dieses Mal war ihr Zusammensein zielgerichtet, ungestüm und wenig raffiniert gewesen, doch Nora hatte den Unterschied zu ihren früheren körperlichen Vereinigungen deutlich gespürt. „Ben, Ben. Ich liebe dich, Ben."

„Ich liebe dich, mein Kätzchen. Ja, ich liebe dich."

Er küsste sie mehrmals – ließ kleine zärtliche Küsse auf ihr Gesicht regnen. Nach einer Weile begann es tief in seiner Brust zu kollern, und schließlich brach er in lautes, heftiges Gelächter aus, das sofort ansteckend wirkte, sodass Nora einstimmte.

Ben sah sich um, nachdem er sich wieder gefangen hatte, und strich sich grinsend die Haare aus der feuchten Stirn. Die Scheiben des Wagens waren vollkommen beschlagen.

„Verdammt noch mal, Nora Brehlow, wir wären wahrscheinlich in weniger als fünf Minuten in deinem warmen Bett gewesen."

Nora brauchte etwas länger, um sich zu fassen. Ihre Wangen brannten und sie konnte nicht aufhören, albern zu kichern. Kopfschüttelnd sah sie an sich herunter. Eins ihrer Beine hatte sie aus der Jeans gewühlt, ihr Höschen war überhaupt nicht mehr zu gebrauchen. Der Anorak lag auf dem Beifahrersitz und zwei Knöpfe an ihrer Flanellbluse fehlten. Auf ihrem Dekolleté erkannte man deutlich die Spuren heftiger Liebkosungen.

„Das gibt einen ausgewachsenen Knutschfleck", sagte sie augenzwinkernd und zeigte auf den Ansatz ihrer linken Brust. „Manchmal sind Sie wirklich haltlos, Dr. Larsen."

Er grinste. „Hör zu, du kleines Luder, du steigst jetzt sofort ab, sonst zeige ich dir gleich hier, wie haltlos ich werden kann."

Nora fühlte deutlich, dass das nicht nur leere Worte waren, und schob ihm die Hüfte entgegen. Als er aufstöhnte, schmunzelte sie zufrieden. „Reich mir mal meine Handtasche rüber. Da sind Papiertaschentücher drin. Ich glaube nämlich, wir haben es mit einer kleinen Überschwemmung zu tun."

Als Nora am nächsten Morgen erwachte, schlief Ben noch tief und fest. Sie lächelte, während sie sein entspanntes Gesicht betrachtete, und kuschelte sich an seine Seite. Ihre vorsichtige Bewegung veranlasste ihn im Schlaf dazu, sich zu ihr herumzudrehen und einen Arm um sie zu legen. Dann murmelte er irgendetwas in sich hinein, aber sie verstand nur das Wort Kätzchen, und ihr glückliches Lächeln vertiefte sich.

„Ich liebe dich so sehr, Ben Larsen“, flüsterte sie ihm zu.

„Ich habe über sechzehn Jahre warten müssen, um das endlich von dir zu hören, Nora Brehlow.“

Er klang verschlafen, doch er war wach.

Sie küsste ihn auf die Nase. „Ich wollte dich nicht wecken. Tut mir leid.“

„Halb so schlimm. Ich glaube, du kannst mich jetzt gar nicht mehr ärgern.“ Er grinste süffisant. „Und nach dieser Nacht schon gar nicht.“

„Na, ich würde es an deiner Stelle besser nicht darauf anlegen.“ Plötzlich stutzte sie. „Sag mal, wieso eigentlich sechzehn Jahre?“

Ben spielte mit ihrem Haar, seine Miene wurde ernst.

„Weil ich kaum zwanzig war, als ich begriff, dass ich dich liebe.“

Fassungslos setzte sie sich auf. „Du warst ... zwanzig?“

Er nickte.

„Du willst doch nicht sagen, du hast all die Jahre ...“

„Doch.“

„Ben! Wie ...?“

„Frag nicht. Ich hab es irgendwie hinbekommen, okay?“

Nora legte eine Hand auf seine Wange und streichelte ihn sanft. „Damals, als ... diese Sache am See geschehen ist ...“

Er schloss kurz die Augen und drehte das Gesicht weg. „Ich war halb wahnsinnig zu jener Zeit, völlig verrückt nach dir. Ich hätte dich fast vergewaltigt, Nora. Das habe ich mir nie verziehen, glaub mir. Du warst noch so verdammt jung und ich ... ich wollte dich so verzweifelt. Leider fehlte mir die nötige Reife, um vernünftig damit umzugehen.“

Nora legte die Hände an seine Wangen, sodass er sie ansah. „Ich hab dir schon mal gesagt, dass auch ich dich damals wollte, Benjamin Larsen. Selbst wenn du ... wenn wir in dieser Nacht am See miteinander geschlafen hätten, wäre es niemals eine Vergewaltigung gewesen. Und das ist die Wahrheit – nichts als die reine Wahrheit, Herr Rechtsanwalt. Ich habe mich grauenvoll verdorben gefühlt deshalb. Zu dem Zeitpunkt konnte ich noch nicht viel anfangen mit diesen mächtigen Empfindungen und Sehnsüchten, die du da wachgerufen hast und die lange Zeit nicht wieder verschwinden wollten, weil sie keine Erfüllung fanden. Von Tag zu Tag wurde ich wütender auf dich – und weißt du, warum ich so wütend war, Ben? Weil du mich mit diesen übermächtigen Gefühlen so plötzlich alleingelassen hattest. Ja. Sieh mich nicht so ungläubig an. Es hat Jahre gedauert, bis ich mir das endlich eingestand. Ich habe mich verlassen und unsagbar leer gefühlt, als du aufhörtest, mich zu streicheln und zu küssen. Aber ich machte mir etwas vor, suchte andere Erklärungen – und ich gab natürlich allein dir die Schuld an meinem schrecklichen Zustand."

„Du sagst das jetzt nur, um es mir leichter zu machen. Im Gegensatz zu dir war ich kein Teenager mehr, und ich kann nicht abstreiten, dass ich genau wusste, was ich da tat. Trotzdem gab ich diesem Drängen nach, ohne auch nur einmal mein Gehirn einzuschalten."

„Na ja, irgendwann hast du es ja dann wieder angeknipst, sonst hättest du die Sache wohl zu Ende gebracht, hab ich recht?"

„Hm."

Sie kicherte plötzlich und verwirrte ihn damit.

„Was ist, warum lachst du?"

„Weißt du eigentlich, dass du der erste Mann warst, der mich geküsst hat? Ich meine, richtig geküsst?"

Er schüttelte belustigt den Kopf. „Ehrlich? Na, wenigstens war ich es in dieser Beziehung." Er lachte kurz auf. „Sag nichts, ich weiß, dass das unglaublich chauvinistisch klingt."

„Ach, papperlapapp! Ich liebe es, wenn du so besitzergreifend redest", antwortete sie kichernd. „Ich muss dir noch etwas gestehen. Bei jedem Mann, der mich danach jemals geküsst hat, habe ich sehnsüchtig und gleichzeitig zornig auf diese Gefühle gewartet, die ich bei dir gehabt hatte. Ich habe nie wieder so tief empfunden, Ben. Bis zu dem Tag, an dem du es plötzlich getan hast – mitten in der Nacht vor meiner Zimmertür."

„Oh Mann, das war zwar fast aufbauender als jede Liebeserklärung, macht aber mein Verhalten von damals nicht besser."

Sie lachte. „Nun, immerhin liegst du nicht wieder auf den Knien vor mir."

„Nora, ich warne dich!" Er zog sie an sich und knabberte an ihrem Hals und an ihrem Kinn herum.

„Sagtest du nicht gerade eben, ich kann dich jetzt nicht mehr ärgern?"

Ein Brummen kam aus seiner Kehle. „Okay, okay, du machst mich schwach, aber wehe dir, du nutzt das aus."

„Sag mal, hast du eigentlich gar keinen Hunger?"

„Nein, es ist so gemütlich hier mit dir im Bett. Lass uns lieber noch ein bisschen kuscheln."

„Und das sagt ausgerechnet der Mann, der normalerweise schon in der Morgendämmerung aus den Federn springt, um durch die Gegend zu rennen? Du wolltest doch dringend heute Morgen wieder abreisen, oder habe ich mich da etwa verhört?"

Er ging nicht darauf ein, sondern küsste ihre Halsbeuge, ihre rechte Schulter und umkreiste mit den Lippen den hellrosa Fleck auf ihrem Brustansatz, den er selbst dort hinterlassen hatte. Genussvoll gab sie sich seinen Zärtlichkeiten eine Weile hin.

„Ben?"

„Hm."

„Warum hast du es mir niemals gesagt?"

Er hob den Kopf und sah ihr in die Augen. „Ich wollte einfach weiterleben."

„Ach, Schwachkopf! Wahrscheinlich wäre ich dir sofort überglücklich um den Hals gefallen."

„Du lügst, ohne rot zu werden, Nora. Nachdem du mit mir fertig gewesen wärst, hättest du meine kläglichen Überreste höchstwahrscheinlich an die Schwäne auf der Alster verfüttert. So sieht es aus."

Seine rechte Augenbraue hob sich und sie musste lachen. „Ich liebe dich, Ben."

„Ich liebe dich auch, du süße Hexe." Er küsste sie kurz und zart auf die Lippen. „Sag mal, warum zum Himmeldonnerwetter hast du mich eigentlich von Anfang an so vehement abgelehnt?"

„Ach, das ist ja gar nicht wahr."

„Komm schon, Nora. Sei kein elender Feigling und sag die Wahrheit."

Sie zögerte die Antwort noch etwas hinaus, indem sie mit einem Zeigefinger seine dunklen, geraden Brauen nachzeichnete, dann setzte sie sich aufrecht hin und schlug die Beine unter. „Weil du ein ekelhaft blasierter und aufgeplusterter Gockel warst, deshalb. Du hast mich ständig so mitleidig angesehen mit deinen Hundeaugen. Nach dem Motto: Macht ja nichts, Kleine, dass du ein bisschen dämlich bist. Es gibt schließlich jemanden, der die Familienehre hochhält, mich."

„Du übertreibst maßlos. Ich habe mich nur gegen dich zur Wehr gesetzt, mehr nicht. Und du sagst mir immer noch nicht die ganze Wahrheit."

Ihre Augen füllten sich plötzlich mit Tränen, aber sie schaffte es, sie zurückzuhalten. „Du weißt sicher, dass meine Mutter unter anhaltenden Depressionen litt?"

Ben nickte. Auch er setzte sich jetzt auf. „Ja, Thea hat mir irgendwann mal davon erzählt. Und?"

„Kurz bevor sie wieder einmal in ein Sanatorium kam, hörte ich, wie sie während eines Streits meinem Vater vorwarf, er habe ihr nie verziehen, dass sie ihm eine Tochter geboren hat, statt des Sohnes, den er sich so dringend wünschte. Er hat es natürlich heftig abgestritten, aber ich …" Nora schluckte und sah, wie sich Bens Miene veränderte, weil er zu begreifen begann und sofort alle Schlussfolgerungen zog, wie es seine Art war. „Versteh mich richtig, Ben, ich habe niemals an der Liebe meines Vaters gezweifelt, doch der Stachel saß von da an fest in meinem Herzen und ließ sich nicht mehr herausziehen. Dann ging meine Mutter fort und nahm sich ein Jahr später sogar das Leben. Sie verließ mich, ohne darüber nachzudenken, was sie mir damit antat. Ich war noch viel zu klein und viel zu dumm und redete mir damals erfolgreich ein, es wäre allein meine Schuld, weil ich eben ein Mädchen geworden bin und kein Junge. Ja, ich dachte tatsächlich, ich wäre der Auslöser für ihre Krankheit und für das Unglück in meiner Familie."

Als Ben sie an sich zu ziehen versuchte, schüttelte sie den Kopf. „Nein, lass mich erst alles erzählen, hör mir einfach zu." Sie schniefte, zog sich die Decke über die Beine und sprach weiter: „Schon während meine Mutter krank war, hatte mein Vater eine Affäre. Irgendwann erzählte er mir, dass er furchtbar einsam in seiner Ehe gewesen sei. Die Krankheit meiner Mutter hat zeitweise auch ihn zerstört. Bei dieser anderen Frau suchte er Zuneigung und Liebe, fand sie aber nicht. Alles, was ich über sie weiß, ist, dass sie damals für ihn gearbeitet hat. Dann begegnete er Thea und selbst ich konnte erkennen, wie glücklich er plötzlich war."

Sie stieß einen langen Seufzer aus und sah Ben an. Sie wollte unbedingt, dass er verstand. „Einige Zeit später kam sie in unser Haus und brachte dich mit. Ich hatte Thea gern. Alles wäre wunderbar gewesen, wenn Papa dich nicht so sehr gemocht hätte, weißt du. Ben hier und Ben da. Er liebte dich! Von Anfang an tat er das. Mit einem Mal hatte er tatsächlich den ersehnten Sohn, und ich fühlte all meinen Kummer bestätigt. Du warst so verdammt ehrgeizig und klug und so unbegreiflich erfolgreich. Zu allem Überfluss warst du dazu noch ein bildhübscher Junge, der sofort jeden um den Finger wickeln konnte. Alle waren fasziniert von dir. Niemand schien mich mehr wahrzunehmen, nachdem du ein Teil der Familie geworden warst."

Ben nahm jedes Wort auf. Seine Miene drückte Ernsthaftigkeit, aber auch Mitgefühl aus. „Neben dir fühlte ich mich kreuzdumm und unnütz und vor allem hässlich", fuhr sie fort. „Das Gefühl, du würdest mir alles nehmen, was mir wichtig war, wurde immer stärker, verfestigte sich von Tag zu Tag. Wenn ich ehrlich bin, habe ich niemals ernsthaft an Papas Liebe gezweifelt, trotzdem war ich neidisch auf jede Anerkennung, die er dir entgegenbrachte, und natürlich auf jeden deiner Erfolge. Er gab mir seine Zärtlichkeit, doch du bekamst in meinen Augen stets viel mehr. Vor allem gab er dir das, was ich unbedingt von ihm haben wollte. Papa zeigte dir nicht nur offen, wie gern er dich hatte, er nahm dich auch ernst und erkannte deine Leistungen an."

Als Ben etwas einzuwenden versuchte, hob sie eine Hand und legte ihm sanft den Zeigefinger auf die Lippen. „Ich weiß, dass du es verdient hattest, aber dir fiel alles in den Schoß, während ich mich für jeden kleinen Erfolg abstrampeln musste. Als Kind empfand ich das als furchtbar ungerecht und ich begann, dich richtig zu hassen. Papa war so stolz auf dich. So unwahrscheinlich stolz – das hat mir das Herz gebrochen."

Ben schluckte hart und schüttelte den Kopf. „Meine Güte, Nora! Clemens war auf dich mindestens ebenso stolz. Du hättest ihn hören sollen, als du deinen Uni-Abschluss in der Tasche hattest. Und vor allem – herrje, wie konntest du dich nur jemals als hässlich und unnütz empfinden? Du warst das schönste und wundervollste kleine Mädchen, das man sich nur vorstellen kann. Du warst doch sein Augenstern. Er hat dich abgöttisch geliebt, Nora! Ich bin ... völlig fassungslos."

Sie nickte und lächelte sanft. „Heute weiß ich das ja auch alles. Ich wurde erwachsen und habe irgendwann angefangen, die Welt mit anderen Augen zu betrachten. Spätestens als Papa starb, wurde mir das Ausmaß seiner Liebe noch einmal deutlich, aber da stand meine Meinung über dich schon lange fest. Wir beide hatten uns im Laufe der Zeit viel zu oft wehgetan. Sein Testament war nur ein weiterer Grund für mich, die Abneigung gegen dich beizubehalten. Die Chance dahinter habe ich eigentlich erst jetzt verstanden. Es war zur Gewohnheit für mich geworden, dich schrecklich zu finden. Und du hast natürlich auf meine Ablehnung reagiert, heute ist mir das klar. Wenn ich doch nur gewusst hätte ..."

„Wann hat es aufgehört?"

„Was meinst du?"

„Wann hast du aufgehört mich zu hassen? Oder besser, wann hast du festgestellt, dass du mich ... sogar liebst?"

„Ich weiß es nicht genau. Ich glaube, es war eher so, dass mir die Vorstellung, ich könnte dich tatsächlich lieben, absurd vorkam. Deshalb habe ich es über einen sehr langen Zeitraum perfekt verdrängt. Unser Kuss am See unter diesem eigenartigen Silbermond … danach war alles anders. Mein Leben veränderte sich vollkommen. Ich konnte nie richtig glücklich werden in meinen Beziehungen. Kein Mann hat mich jemals in meinem Inneren berühren können. Das muss einen Grund gehabt haben. Ich habe … dich schon ewig leidenschaftlich begehrt, das war das Erste, was ich mir unter großen Schwierigkeiten eingestand, nachdem ich wieder in Hamburg war. Dass es Liebe ist, die ich für dich empfinde, habe ich erst am Abend deines letzten Geburtstages wirklich begriffen."

Er zog sie an sich und wiegte sie eine Weile hin und her. „Wir haben beide Fehler gemacht, Nora. So viele Fehler."

„Ja."

Mit ernstem Blick sah er ihr in die Augen. „Eine Sache bleibt aber noch offen. Ich denke nämlich, dass ich tatsächlich etwas revidieren muss, was ich mal zu dir gesagt habe."

„Oh, ich habe da eine lange Liste von Dingen, die du mir im Laufe der Zeit an den Kopf geworfen hast und die du dringend revidieren solltest, Ben." Sie lachte.

Auch seine Mundwinkel zogen sich belustigt in die Breite. „Nein, ich meine nicht die unzähligen Beleidigungen, mit denen wir uns so nett bedacht haben."

„Sondern?"

„Mein Geburtstag – die Einweihungsfeier des Wintergartens."

Sie schluckte. „Ja?"

„Ich sagte dir, ich würde dich kein zweites Mal bitten, mich zu heiraten." Er küsste sie auf die Nasenspitze und grinste breit.

„Kannst du dich vielleicht etwas klarer ausdrücken?"

„Muss ich dich wirklich noch mal fragen, oder ersparst du mir das?"

„Ich verstehe kein einziges Wort, Ben Larsen."

„Verdammt und zugenäht, du wirst dich niemals ändern, was? Sag doch jetzt einfach Ja und die Sache ist geritzt."

Langsam schüttelte sie den Kopf und grinste ebenfalls. „Dafür kannst du viel zu wundervoll auf die Knie fallen."

Er packte sie, warf sie lang auf die Matratze, hielt sie mit einem Bein unten und umfasste ihre Handgelenke mit seinen Händen. „Sag jetzt auf der Stelle Ja, Himmelherrgott noch mal!"

Obwohl es schon fast Mittag war, hatte Ben es mit Leichtigkeit geschafft, Frau Lindner dazu zu überreden, ihnen ein fantastisches Frühstück aufzutischen.

Nun saßen sie sich gegenüber und ließen es sich schmecken. Die anderen Tische des kleinen, sonnendurchfluteten Frühstückszimmers waren natürlich bereits leer, und auch Frau Lindner hatte sich wohlwollend lächelnd zurückgezogen, nachdem sie ihren beiden Lieblingsgästen eine große Isolierkanne mit frischem Kaffee gebracht hatte. Die Wirtin hatte sogar die Tür geschlossen. So konnten sie ihr Frühstück allein und vollkommen ungestört genießen.

„Hast du schon einen Gedanken an die Tatsache verschwendet, dass wir jetzt zwei Hotels an der Backe haben, nur weil wir uns für alle Zeiten aus dem Wege gehen wollten?", fragte Nora, ein schelmisches Lächeln auf den Lippen, während sie nach der Kaffeekanne griff, um die Tassen aufzufüllen.

Er erwiderte ihr Grinsen, schob sich genüsslich einen Happen Rührei in den Mund und nickte. „Stimmt", sagte er, nachdem er den Batzen bewältigt hatte. „Und nun? Was schlägst du vor, Partner?"

Nora zuckte mit den Schultern und wurde ernst. „Ich will nicht mehr von dir getrennt sein, Ben. Nie mehr."

Sein Lächeln verflüchtigte sich und er legte eine Hand auf ihre und strich mit dem Daumen sanft über ihren Handrücken.

„Das will ich auch nicht mehr, Nora. Keinen einzigen Tag. Eigentlich wollte ich das sowieso nie." Er blähte seine Wangen auf und ließ langsam die Luft wieder entweichen. „Nun, dann sollten wir uns wohl möglichst schnell darauf einstellen, dass wir häufiger reisen werden. Außerdem sind wir in der glücklichen Lage, in einer Zeit zu leben, in der es Telefone, Computer und Faxgeräte gibt. Wir kriegen das schon hin. Allerdings, was wir wirklich brauchen, sind gute Leute, auf die wir uns verlassen können."

„Ich rufe Constanze Baumann an und frage sie, ob sie etwas früher anfangen kann, als es ursprünglich geplant war. Meiner Meinung nach dürfte das kein Problem sein, wenn ich sie richtig verstanden habe. Sie hat gerade eine ziemlich aufreibende Scheidungsschlacht hinter sich und wäre wahrscheinlich dankbar für ein wenig mehr Ablenkung und Bestätigung. Sie sagte mir, dass sie es kaum abwarten kann, bis es endlich losgeht im Berghotel. Die letzten anstehenden Umbauarbeiten kann sie also gut und gerne allein im Auge behalten, alles andere spreche ich mit ihr ab. Wir sollten ihr ein höheres Anfangsgehalt anbieten. Schließlich muss sie uns nun doch häufiger vertreten, als es eigentlich vorgesehen war."

Ben nickte. „Das ist ein guter Anfang. Wenn deine Frau Baumann ihre Sache gut macht, können wir sie in einigen Monaten offiziell zur Direktorin des Berghotels befördern. Uns bleiben knapp sechs Wochen bis zur Eröffnung. Ich denke, es reicht durchaus, wenn wir beide erst zu Beginn des neuen Jahres wieder hier auftauchen. Bis dahin kommst du mit mir nach Hause."

„Ich brauche bestimmt noch zwei oder drei Tage für die notwendige Umorganisation."

„Das ist schon in Ordnung, wir rufen Andrea an, denn ich bleibe solange bei dir. Du kannst mich währenddessen ruhig gnadenlos ausbeuten."

Er lächelte jungenhaft und löste damit ein leises Kribbeln in ihrem Bauch aus. Verliebt sahen sie sich in die Augen.

„In jeder Beziehung", fügte er schließlich augenzwinkernd hinzu.

„Es ist so viel zwischen uns geschehen, Ben."

„Ja."

„Ich weiß gar nicht so recht, wie ich das alles verarbeiten soll. Es ist so … verrückt."

„Wir gehören zusammen. Alles andere ist unwichtig."

Nora erhob sich und umrundete den Tisch, setzte sich dann direkt neben ihn. „Ich muss dir ein Geständnis machen, Ben. Ich war furchtbar eifersüchtig auf Andrea."

Frech grinsend zwinkerte er ihr zu. „Schade, dass ich das nicht gewusst habe."

„Ekel!"

Er nahm ihre Hand in seine und sah ihr in die Augen. „Ich habe niemals mit ihr geschlafen, Nora. Nicht vorher und auch nicht am Abend meines Geburtstags. Es ist mir wichtig, dass du das weißt."

Sie erwiderte seinen ernsten Blick und nickte. „Ich glaube dir."

„Aber, wenn wir schon über Eifersucht reden … du hast es mir in gleicher Weise heimgezahlt."

„Inwiefern denn?"

„Nun, mein alter Kumpel Markus, Rudolf von Winterberg, Hendrik Behrmann. Soll ich die Liste fortführen? Von diesem attraktiven Naturburschen hier vor Ort will ich gar nicht erst reden."

„Ach, du übertreibst." Nora betrachtete seine Hand, die noch immer ihre umfing. „Okay, Hendrik war meine Vergangenheit, Rudolf ist nun wirklich nur ein guter Freund, und das gilt im Übrigen auch für Steffen. Und Markus … nun, Markus war so was wie ein weiterer Versuch, der wieder einmal fehlgeschlagen ist."

„Ich bin fast durchgedreht damals." Seine Stimme klang hohl. „Allein der Gedanke, dass er …"

„Hat er nicht!", unterbrach sie ihn heftig. „Das ist die ungeschminkte Wahrheit. Ich bin diesen Schritt ebenfalls nicht gegangen, Ben. Ich war niemals mit Markus im Bett. Von Anfang an war da eine Mauer in mir, ich konnte es einfach nicht."

Bens Blick wurde weich und er zog sie an sich und küsste sie lange. Als sie sich wieder voneinander lösten, strich sie ihm tief berührt über die unrasierte Wange. Es war offensichtlich, wie viel ihm ihr Geständnis bedeutete, auch ohne dass er das in Worte fasste.

„Hast du nicht gerade selbst gesagt, wir sollten nicht mehr über die Vergangenheit nachdenken?"

Er nickte. „Richtig. Wir haben erst einmal genug zu verdauen. Vielleicht sind wir irgendwann später in der Lage, all den Mist besser aufzuarbeiten. Also kommen wir wieder zur beglückenden Gegenwart, mein süßer Schatz. Wann wollen wir meiner Mutter sagen, dass wir beide heiraten werden? Nun, was meinst du?"

„Was hältst du von Heiligabend?"

„Gute Idee. Ein feierlicher Rahmen für eine bedeutsame Ankündigung."

„Ich zweifle allerdings sehr daran, dass wir es vor unseren lieben Freunden lange für uns behalten können. Der Rummel dürfte gewaltig werden."

„Ja, wahrscheinlich. Meine Güte, meine Mutter wird denken, wir wollen ihr einen dummen Streich spielen, kurz bevor sie das Land verlässt." Er lachte auf, wurde aber schnell wieder ernst. „Nora, ich muss jetzt doch noch einmal auf diese Schmetterlingsgeschichte zurückkommen. Wir müssen uns darüber unterhalten, auch wenn es nicht so angenehm ist wie alles andere. Wir können diese Sache nicht länger verdrängen."

„Schieß los."

„Ich habe gestern Morgen, bevor wir rüber zum Hotel gefahren sind, mit Alexander telefoniert und ihn über alle aktuellen Details informiert. Er hat unterdessen mit einem Polizeipsychologen gesprochen, aber auch der konnte ihm keine neuen Denkanstöße liefern. Am meisten macht ihm die Unregelmäßigkeit zu schaffen, mit der die Päckchen eintreffen. Dadurch wird die ganze Geschichte so unberechenbar. Erst schickt er dir zwei Päckchen innerhalb von nur wenigen Tagen, und dann vergehen Wochen, bevor er erneut von sich hören lässt – das ergibt überhaupt kein nachvollziehbares Muster." Ben seufzte. „Es ist zum Verrücktwerden. Alexander hat eigentlich mit einer Abweichung gerechnet, aber auch das ist bisher nicht geschehen."

„Was denkt Hellberg wirklich? Glaubt er, ich bin tatsächlich in Gefahr?"

Ben hob ihre Hand an und drückte seine Lippen auf ihre Finger. „Er meint, wir dürfen den Gedanken daran zumindest nicht außer Acht lassen. Es ist besser, wenn wir uns nichts vormachen. Wir müssen das ernst nehmen und unbedingt vorsichtig sein. Sehr vorsichtig!"

Sie schluckte. „Wie wird das aussehen?"

„Du wirst vorerst keinen einzigen Schritt alleine tun. Und zwar so lange, bis wir der Sache endgültig auf den Grund gegangen sind. Darüber diskutiere ich nicht mit dir, also finde dich lieber gleich damit ab. Keinerlei Alleingänge mehr, Nora! Keine Einkaufstouren mit Verena oder Ähnliches – es sei denn, ich bin dabei.

Außerdem solltest du dich darauf vorbereiten, dass weiterhin Päckchen eintreffen werden. Er könnte auch seine Taktik ändern und direkt Kontakt zu dir aufnehmen. Alex meint, das wäre die übliche Vorgehensweise dieser Typen. Du solltest mit neuen Bekanntschaften äußerst zurückhaltend sein, Liebling."

Nora durchrieselte ein unangenehmer Schauder.

„Glaub mir, ich werde mich nicht dagegen wehren, wenn es darum geht, dass jemand auf mich aufpasst. Ich habe nämlich wirklich Angst."

„Angemessene Vorsicht ist tatsächlich unabdingbar, aber deshalb sollten wir nicht in übertriebene Panik ausbrechen. Wir wissen schließlich noch immer nicht genau, ob überhaupt eine echte Gefahr besteht. Soweit es mir möglich ist, weiche ich dir nicht von der Seite. Er kommt nicht an dich heran, Nora, dafür sorge ich. Wenn wir irgendwelche Schwierigkeiten bei der Umsetzung dieser Vorgehensweise haben sollten, bekommst du eben einen professionellen Bodyguard. Alex kennt da einen zuverlässigen Mann, dem er im Zweifel auch seine eigene Frau anvertrauen würde, wie er sagte. Trotzdem werden wir es vorerst allein versuchen, denke ich. Hast du mich verstanden, Nora? Es ist wichtig, dass du das alles ernst nimmst."

„Ich tue, was ihr für richtig haltet, du und Alexander, versprochen."

„Gut, dann ist das ja geklärt." Ben trank seinen Kaffee aus und sah sie erwartungsvoll an. „Nun, was hältst du davon, wenn wir endlich damit beginnen, unsere Pläne in die Tat umzusetzen? Du möchtest bestimmt auch mit deinem Freund Steffen reden und ihn über die jüngsten Veränderungen in deinem Leben in Kenntnis setzen, oder liege ich da falsch?"

„Ja, das würde ich tatsächlich gerne tun. Kommst du mit?"

„Ich sagte doch gerade, dass ich dich von nun an nicht mehr aus den Augen lasse."

13. KAPITEL

Andrea Trenkler saß auf einem der Besucherstühle in Bens Büro und starrte auf ihren neuen Arbeitsvertrag, ohne auch nur ein einziges Wort davon zu lesen. Es war nicht zu übersehen, wie aufgeregt sie war.

„Assistentin und Vertretung des Managements? Direktionsaufgaben? Aber ich … ich bin doch nur eine einfache Sekretärin. Meint ihr das wirklich ernst?“ Sie hob den Blick und sah Ben an, der ihr gegenüber an seinem Schreibtisch saß. Dann schaute sie zu Nora, die seitlich hinter ihm auf der Fensterbank Platz genommen hatte und ihr aufmunternd und vertrauensvoll zulächelte.

„Damit würden wir nie spaßen“, sagte Ben und lächelte ebenfalls. „Nora und ich sind uns einig darüber, dass wir dir eine ganze Menge zu verdanken haben. Du hast so einiges aufgefangen und abgepuffert. Es war besonders am Anfang sicher nicht leicht, so eng mit uns beiden zusammenzuarbeiten. Und du hast dich schnell in die neue Materie eingearbeitet. Dein Aufgabenbereich hat sich automatisch immer mehr ausgeweitet und dabei hast du dich niemals beschwert. Du hast sehr viel für das Brehlow getan, deshalb ist es nur logisch, dass wir alles daransetzen, dich zu halten.“

„Wir vertrauen dir, Andrea“, fügte Nora hinzu. „Du kennst den Laden inzwischen wie deine eigene Westentasche und weißt, worauf es ankommt. Und du hast keinerlei Scheu, dich an neue Aufgaben heranzuwagen, das imponiert uns. Ben und ich hatten keine Chance, den ganzen Kram hinzuschmeißen – du ja, aber du hast tapfer mit uns durchgehalten. Du bist und bleibst unsere erste Wahl. Der Rest liegt nun bei dir.“

Andrea schüttelte den Kopf und lächelte verhalten. „Danke“, brachte sie schließlich hervor. „Ich danke euch. Und ich weiß das wirklich zu schätzen, das könnt ihr mir glauben.“

„Du solltest damit anfangen, Anzeigen zu schalten. Du brauchst nämlich eine Sekretärin. Nein, am besten gleich zwei.“ Nora feixte.

„Ich? Eine Sekretärin?“

„Selbstverständlich. Und du wirst sie ganz allein einstellen.“

„Nora, ich …“

„Du bekommst natürlich ein anderes Büro. Ben hat bereits alles veranlasst. Drei Räume auf dieser Etage sind ohnehin praktisch ungenutzt. Wir bauen halt mal wieder ein wenig um, darin haben wir ja inzwischen Übung.“ Nora rutschte von der Fensterbank, trat hinter Ben und legte ihm eine Hand auf die Schulter.

Er nahm das als Hinweis und ergriff wieder das Wort: „Bevor du dich endgültig entscheidest, ob du unser Angebot annimmst, solltest du noch wissen, dass wir … nun, Nora und ich …“

Andrea nickte, sah von Ben zu Nora und lächelte tapfer. „Ich weiß schon. Ihr seid jetzt seit zwei Tagen hier, und ich habe schließlich Augen im Kopf. Ich … wünsche euch alles erdenklich Gute – ehrlich.“

„Danke, Andrea“, sagte Ben, seine Stimme klang belegt. „Das bedeutet uns sehr viel – mir bedeutet es sehr viel.“

„Ja.“ Andrea schluckte, doch dann hellte sich ihre Miene auf. „Ich brauche natürlich überhaupt keine Bedenkzeit. Ich nehme mit Freude und großem Stolz euer Angebot an.“

Nora lachte und klatschte in die Hände. „Na, bravo!“

„Dem kann ich nur beipflichten“, sagte Ben und strahlte. „Bist du mit dem Gehalt, das wir für den Anfang vorgeschlagen haben, zufrieden?“

„Natürlich … es ist … wow! Fabelhaft!“ Andrea stand auf, streckte die Arme aus und drehte sich zu Noras und Bens Belustigung einmal im Kreis.

Ben erhob sich ebenfalls, zog Nora mit um den Schreibtisch herum und legte lächelnd einen Arm um sie und den anderen um Andrea. „Wir sollten das feiern, Mädels. Kommt mit, wir werden unserer exzellenten Wintergartenbar einen Besuch abstatten, was haltet ihr zwei Hübschen davon?“

Sie setzten sich an einen der kleinen Tische des Wintergartens und Ben bestellte beim Barkeeper drei Champagnercocktails – den für Nora mit sehr viel Orangensaft. Eine ganze Weile schmiedeten sie gut gelaunt Pläne für die neuen Büroräume und stießen mehrmals auf Andreas Beförderung an.

„Nora und ich legen inzwischen Wert darauf, dass unsere Büros direkt nebeneinanderliegen. Außerdem werden sie natürlich eine große Verbindungstür haben." Ben schmunzelte in sich hinein.

„Was hat eigentlich deine Mutter zur Veränderung in eurer Beziehung gesagt?", fragte Andrea.

Nora und Ben wechselten einen kurzen Blick, bevor er antwortete: „Sie weiß es noch nicht. Wir haben vorgestern, nachdem wir wieder in Hamburg eingetroffen sind, mit ihr zusammen zu Abend gegessen. Sie hat natürlich mitbekommen, dass wir uns inzwischen gut verstehen, aber ansonsten haben wir uns sehr zurückgehalten. Meine Mutter ist so froh, dass wir uns mal nicht gegenseitig die Köpfe einschlagen, dass sie sich nicht einmal darüber aufgeregt hat, dass Nora in der Penthousesuite wohnt – und wo ich meine Nächte verbringe, danach fragt sie mich schon seit Jahren nicht mehr. So, wie ich sie kenne, denkt sie wahrscheinlich, dass die räumliche Trennung dazu beiträgt, dass wir jetzt so gut miteinander auskommen. Zurzeit steckt sie selbst bis zum Hals in den Vorbereitungen für ihren Umzug nach Down Under. Damit hat sie eine Menge zu tun. Da Noras Auto noch in der Garage des Berghotels steht, hat sie sich auch nicht weiter darüber gewundert, dass ich Nora nach unserem gemeinsamen Abend hierher gefahren habe."

„Wann soll sie es denn erfahren?"

„Wir haben an Heiligabend gedacht", sagte Nora und sah Ben glücklich an.

Andrea lachte. „Und ihr glaubt wirklich, dass Thea bis dahin nichts bemerkt? Nora! Man braucht euch beide doch nur anzusehen. Sie ist ja wohl nicht blind."

„Es sind nur noch zwei Wochen bis zu den Feiertagen. Wir

werden uns ohnehin nicht so häufig sehen in dieser Zeit. Im Hotel ist momentan viel zu tun und Thea steckt, wie schon erwähnt, in ihren eigenen Vorbereitungen. Schließlich hat sie ja zusätzlich auch noch die Feiertagsvorbereitungen am Hals. Sie möchte sich unbedingt allein um alles kümmern, weil sie nächstes Jahr wohl nicht mit uns zusammen Weihnachten feiern wird", erklärte Ben.

„Und bis dahin wirst du nicht eine einzige Nacht zu Hause bei Mami verbringen", warf Andrea süffisant ein und grinste Nora an, die das freche Lächeln erfreut erwiderte. Sie war ungeheuer erleichtert darüber, dass Andrea die Sache mit ihr und Ben so gut wegsteckte.

Auch Ben grinste. „Meine liebe Mama wird halt denken, ich hätte endlich eine neue Freundin, von der ich nicht lassen kann. Und damit hat sie ja vollkommen recht." Er hob sein Glas und prostete ihr und Andrea zu.

Den Abend verbrachten sie zusammen mit Verena und Hendrik. Ben lud zu einem opulenten Mahl ins Restaurant des Hotels ein, und anschließend setzten sie sich an die Bar, um den schönen Abend angemessen ausklingen zu lassen. Wie erwartet, war Verena froh darüber, dass Ben und sie endlich zusammengefunden hatten.

„Bitte haltet euch im Augenblick mit eurem Wissen noch ein wenig zurück", bat Nora und bedachte ihre Freundin und Hendrik mit einem eindringlichen Blick. „Wir haben vor, Thea Heiligabend damit zu überraschen."

Verena Körners wunderschöne Augen blitzten auf. „Heißt das etwa, bei euch steht bald eine Heirat ins Haus?"

Ben nickte und legte einen Arm besitzergreifend um ihre Schultern. „Ja, wir werden sogar so schnell wie möglich heiraten. Ich werde mir diese Frau nicht durch die Lappen gehen lassen, darauf könnt ihr jede Wette abschließen."

„Gratuliere! Ich freue mich sehr für euch, Nora. Ich hoffe, du weißt das."

Hendrik hob sein Glas und sah ihr lange in die Augen. Nora schluckte. „Ja, Hendrik, das weiß ich – und ich danke dir für deine Freundschaft. Sie ist mir sehr wichtig."

Es trat eine kurze, etwas unangenehme Pause ein, doch dann fanden sie schnell wieder zurück zur alten Unbefangenheit.

„Schade, dass wir Heiligabend nicht dabei sein können", sagte Verena träumerisch. „Aber ich kann meine Mutter nicht alleine lassen. Sie ist zu schwach, um wie sonst zu den Feiertagen zu meinem Bruder nach Flensburg zu fahren, also werden Hendrik und ich uns ihrer annehmen. Na ja, wir sehen uns dann am zweiten Feiertag und gehen zusammen ganz groß aus, okay?"

„Abgemacht." Nora nickte lächelnd.

Als sie sich später am Abend vor dem Hoteleingang von Verena und Hendrik verabschiedeten, drückte Verena ihr einen Kuss auf die Wange und flüsterte ihr zu: „Siehst du, ich habe dir doch gesagt, Benny-Boy ist einer von den guten Jungs. Ich kenne ihn eben." Sie kicherte. „Ciao."

„Ja, ja. Hau endlich ab und kümmere dich lieber ordentlich um dein Doktorchen", erwiderte Nora lachend.

„Möchtest du auch noch einen Drink?", fragte Ben, als sie in der Penthousesuite angekommen waren.

Nora schüttelte den Kopf. „Nein, ich will nur raus aus diesen unbequemen Klamotten. In Österreich habe ich jeden Tag Jeans, dicke Pullover und bequeme Stiefel getragen, das hat mich offenbar verweichlicht. Außerdem ist mir elendig kalt. Ich mach mich schnell fertig und schlüpfe dann unter die Bettdecke."

Er lächelte breit und hob die linke Augenbraue. „Schon überredet, Kätzchen. Ich pfeife auf den Drink."

Nach einem arbeitsreichen Vormittag und einem kurzen gemeinsamen Mittagessen, das sie zu dritt im Restaurant einnahmen, übernahm Nora es, Andrea in einige ihrer zukünftigen Aufgabenbereiche einzuweisen. Die beiden Frauen zogen sich in Noras Büro zurück.

Ben nutzte die Zeit, um ein paar Telefonate zu führen. Zuerst wählte er die Nummer von Alexander Hellberg.

„Benjamin? Gibt es was Neues?"

„Nein, nichts. Ich wollte nur mal nachfragen, ob es bei euch zu neuen Erkenntnissen gekommen ist."

„Leider nicht, Kumpel, aber sollte sich was ergeben, wirst du der Erste sein, der davon erfährt. Wie geht es Nora?"

„Ganz gut so weit. Es ist wie jedes Mal; die Angst legt sich nach einer Weile."

„Du hörst dich auch gut an."

„Mir geht's auch gut – nein, besser, mir geht es sogar ausnehmend gut, märchenhaft gut, unerreicht gut, Alex."

„Ah, hat das vielleicht mit deiner bildhübschen Nora zu tun?"

„Genau."

„Oh Mann, ich gratuliere dir, mein Freund! Das hast du wirklich verdient."

Ben lachte. „Ja, das finde ich auch. Nach all den Jahren der seelischen Qual. Nein, mal im Ernst, Alex. All das ist vergessen. Ich hätte niemals für möglich gehalten, dass man sich so fühlen kann. Ich bin praktisch über Nacht ein neuer Mensch geworden. Meine Welt ist tatsächlich irgendwie rosarot – und ich komme mir fast ein wenig albern dabei vor."

„Dazu besteht kein Grund, das sagt dir ein Mann, der damit seine eigenen Erfahrungen hat. Deshalb muss man sich nicht schämen. Es vergeht auch heute noch kein Tag, an dem ich nicht unendlich dankbar dafür bin, dass Linda mir über den Weg gelaufen ist."

„Nora und ich werden heiraten. Bald."

„Gut so. Also hast du dich aufgerafft und sie ein zweites Mal – und diesmal offenbar auf vernünftige Art und Weise – gebeten, deine Frau zu werden?"

„Sagen wir es mal so: Ich habe sie mit vollem Körpereinsatz davon überzeugt, dass sie gar nicht anders kann."

Alexander Hellbergs Lachen kollerte durch den Hörer. „Du bist unverbesserlich, Alter. Ich wünsche euch beiden Glück."

„Danke. Wir bleiben in Verbindung."

„Wie besprochen. Ich melde mich, sobald sich irgendetwas ergibt, aber erwarte nicht zu viel. Unsere Kartei hat nichts Verwertbares ausgespuckt. Tschüss, Benjamin."

„Bis bald." Ben legte den Hörer gar nicht erst ab, sondern wählte sofort die Nummer von Gregor Warners Kanzlei.

„Ben? Was kann ich für dich tun?"

„Ich habe eine Bitte, Gregor. Du müsstest ein Dokument für mich aufsetzen. Ich brauche es noch vor Heiligabend."

Im weiteren Verlauf ihres Gesprächs erfuhr Gregor die Neuigkeit über ihn und Nora. Wie Ben erwartet hatte, war sein alter Freund von dieser Entwicklung mehr als nur überrascht. Einen Moment lang blieb es still in der Leitung, bevor Gregor Warner reagierte.

„Du machst Witze, stimmt's? Ihr zwei konntet euch doch noch nie ausstehen."

„Konnte, mein Lieber, konnte. Ich habe es endlich geschafft, sie vom Gegenteil zu überzeugen." Ben lachte. „Und ich bin ehrlich gesagt schon seit ewigen Zeiten in sie verliebt."

„Hör mal, Ben, Nora ist doch aber irgendwie …"

„Sag es besser nicht, Gregor."

„Gut, gut, du musst nicht gleich ausrasten. Warum, zum Teufel, hast du dir nie was anmerken lassen, du verdammter Heuchler? Sogar als Markus sich wieder neu in Nora verknallt hat, hast du so getan, als stündest du weit über den Dingen, du falscher Hund."

„Wenn du nicht einer meiner ältesten und besten Freunde wärst, Gregor Warner, wäre deine Gesundheit jetzt ernsthaft in Gefahr. Denk ein bisschen drüber nach, in welcher Lage ich mich befunden habe, dann hast du deine Antwort. Ich wollte mir vor meinem geliebten kleinen Luder halt keine Blöße geben. Du weißt doch, wie sie mich immer behandelt hat."

„Und das ist nun plötzlich alles anders?"

„Ja, das ist es. Sie liebt mich und sie wird mich heiraten."

„Du machst dir was vor, alter Freund. Nora hat sich nicht über Nacht zu einem stillen Mäuschen gewandelt. Ihr werdet euch die schlimmsten Kämpfe liefern, du Idiot. Das ist so sicher wie das Amen in der Kirche."

Ben grinste. „Na, und wenn schon. Ich werde jede einzelne Schlacht mit allen Sinnen genießen."

„Moment, normalerweise bin doch ich derjenige von uns beiden, der die schmutzigen Fantasien hat." Gregor schnalzte mit der Zunge. „Alle Achtung, Ben Larsen, alle Achtung!"

Ben beendete gerade ein Telefonat mit Gregor, als Nora den Kopf zur Tür seines Büros hineinsteckte, um zu sehen, ob auch er mit seiner Arbeit für diesen Tag fertig war. Als er sie hineinwinkte, trat sie lächelnd ein, schloss hinter sich die Tür und sah zu, wie er hastig ein paar Notizen auf einen Block kritzelte und ihn dann zuklappte.

„Na, alles erledigt für heute?", fragte er.

„Mhm." Sie durchquerte den Raum und umrundete seinen Schreibtisch. Mit einer fließenden Bewegung glitt sie auf seinen Schoß und legte die Arme um seinen Nacken. „Du auch?"

„Ja … ich denke schon." Er drückte ihr einen Kuss auf die Nasenspitze und zog sie an sich. „Wie lief es denn mit Andrea?"

Nora schob die Hände in sein Haar und durchpflügte es mit allen zehn Fingern. „Hervorragend. Sie kapiert schnell. Wir brauchen uns überhaupt keine Sorgen zu machen … Ben."

Sein Lächeln wirkte versonnen und er sah begehrlich auf ihren Mund und streichelte sanft ihren Rücken.

„Sag's noch mal."

„Was denn?"

„Na, das weißt du doch. Komm schon, tu mir den Gefallen." Sein Blick blieb beharrlich auf ihren Mund gerichtet.

Flüchtig zog Nora die Unterlippe zwischen die Zähne und unterdrückte ein Lachen. Seit sie sich ihre Liebe gestanden hatten, machte Ben keinen Hehl aus seinen Vorlieben. Wenn es um seine Sexualität ging, kannte er keine Verlegenheit, sondern war vollkommen offen und ungehemmt. Sie hingegen war da zurückhaltender, obwohl sie es genoss und es sie sehr erregte, wenn er ihr unverfälscht und unbefangen seine Gefühle und Wünsche offenbarte. Es fiel ihr niemals schwer, darauf einzugehen – im Gegenteil. Also befeuchtete sie ihre Lippen mit der Zunge und tat ihm den Gefallen. „Ben."

„Hm." Lächelnd legte er den Kopf zurück und schloss die Lider.

Nora beugte sich zu ihm und flüsterte ihm mit heiserer Stimme ins Ohr: „Ben. Ich liebe dich, Ben."

Einen Moment blieb er vollkommen still sitzen, dann öffnete er die Augen und sah sie an. Sein Blick wirkte verhangen.

„Ich liebe dich auch, mein süßer Schatz. Wir sollten endlich Feierabend machen, wenn du mich fragst."

Er ließ die Hände abwärts gleiten, legte sie aufreizend über die Rundungen ihres Hinterteils und streichelte sie. Jetzt war es an ihr, genussvoll die Augen zu schließen. „Ja, lass uns nach oben verschwinden."

Eine Stunde später lagen sie wohlig erschöpft im breiten Bett in der Penthousesuite und Ben zog ihren Kopf an seine Brust.

„Wir haben noch nicht zu Abend gegessen, mein Magen knurrt wie ein wildes Tier. Nach all der Anstrengung brauche ich dringend Nahrung."

Nora kicherte, rutschte ein bisschen tiefer und drückte ihm einen Kuss auf den Bauch. „Oh ja, ich kann hören, wie er Alarm schlägt", sagte sie und umkreiste spielerisch seinen Bauchnabel mit der Zunge.

Ben sog geräuschvoll die Luft ein. „Gib Ruhe, Kätzchen! Dieser Tag ist noch lange nicht zu Ende."

„Ich kann es nicht ändern. Ich könnte ununterbrochen an dir herumknuspern." Nora setzte sich schließlich auf.

Er erwiderte ihr Lachen und zog sie an sich. „Das beruht absolut auf Gegenseitigkeit. Trotzdem muss der Mensch auch mal was essen. Du wirst sonst nicht mehr lange Freude an mir haben, mein Liebling." Er küsste sie kurz. „Ich sollte mich außerdem mal wieder bei meiner Mutter blicken lassen. So langsam bekomme ich ein schlechtes Gewissen. Wir können nicht dauernd zu viel Arbeit vorschützen. Sie versteht einiges von unserem Geschäft."

„Du hast recht. Fahr ruhig zu ihr. Ich werde ein bisschen lesen oder fernsehen."

„Kommt nicht infrage, ich lasse dich nicht alleine."

„Ben! Ich bin in einem großen Hotel und alles andere als allein."

Er setzte sich auf. „Hier oben würdest du es sein, Nora. Wir waren uns doch darüber einig, dass wir das durchziehen, auch wenn es manchmal lästig oder umständlich wird. Komm schon, zieh dich an. Ich rufe meine Mutter an. Vielleicht hat sie ja Lust, mit uns essen zu gehen. Es ist noch nicht zu spät, um für den Abend etwas zu planen."

„Ach Ben, ich hasse dieses Versteckspiel. Thea ist praktisch die Einzige, die nicht über uns Bescheid weiß, und ich finde es ziemlich anstrengend, gerade vor ihr so zu tun, als wäre nichts zwischen uns. Ich will mich nicht mehr zurückhalten müssen, wenn mir zum Beispiel danach ist, einfach mal deine Hand zu nehmen. Das habe ich schließlich lange genug getan."

Sein Lächeln war voller Wärme. „Okay, reden wir eben mit ihr. Was soll's."

Nora war erleichtert. „Dann bin ich dabei, mein Held."

Da Bens Mutter vorschlug, sie sollten lieber zu ihr zum Abendessen kommen, statt in ein Restaurant zu gehen, zogen sie sich an und fuhren hinaus zum Brehlow-Haus. Thea schloss sie zur Begrüßung nacheinander in die Arme.

„Schön, dass ihr zusammen hergekommen seid, Kinder. Ich freue mich auf den Abend. Geht schon mal ins Esszimmer. Und Ben, schau doch bitte nach dem Kamin. Ich komme sofort."

Während des Essens sprachen sie über Theas bevorstehende Abreise.

„Es ist alles vorbereitet. Es war zwar etwas beschwerlich, den ganzen Papierkram zu bewältigen, aber nun ist es geschafft.

Im Grunde brauche ich nur noch meine Koffer zu nehmen und in ein Flugzeug zu steigen. Es ist ein richtiges Abenteuer, findet ihr nicht?“

„Du musst uns regelmäßig anrufen und schreiben, Thea, versprich es.“

„Natürlich, Nora-Schatz. Ich werde auch sicher mehrmals im Jahr herkommen, um euch zu sehen. Vielleicht könnt ihr es ja mal einrichten, einen Urlaub bei mir zu verbringen.“ Sie zögerte und sah unsicher von einem zum anderen. „Zumindest … einer von euch beiden.“

Ben warf ihr einen kurzen, fragenden Blick zu und Nora nickte und lächelte ihn aufmunternd an. Er griff nach der Karaffe mit dem Rotwein und goss sich und seiner Mutter nach. Ihr Wasserglas war noch gefüllt.

„Mama, wir müssen dir etwas sagen. Wir wollten eigentlich erst am Weihnachtsabend damit rausrücken, aber Nora … ich … wir …“

Thea riss die Augen auf. „Ben? Was ist denn los, um Gottes willen?“

Nora beobachtete amüsiert, dass Ben tatsächlich mit einer Art Unsicherheit zu kämpfen hatte. Er räusperte sich, lächelte dann aber ebenfalls.

„Keine Panik, Mama, es ist gar nichts Schlimmes. Ganz im Gegenteil. Ich meine, wir … meine Güte, ich fange schon wieder an zu stottern.“ Er atmete tief ein. „Nora und ich werden spätestens im kommenden Frühjahr heiraten. Wir lieben uns … wir lieben uns sehr.“

Sein Blick suchte ihren. Sie beugte sich zu ihm und küsste ihn sanft auf den Mund, um ihm auf diese Weise mitzuteilen, dass er das soeben wunderbar hinbekommen hatte.

Thea Larsen saß unbewegt da und starrte die beiden Menschen an, die gegenübersaßen und sich verliebt in die Augen sahen. Der Anblick erschien ihr gleichzeitig fremd und doch seltsam vertraut. „Das ist ja … unglaublich.“

Nora und Ben lachten. „Jetzt stotterst du, Mama“, stellte Ben fest.

Bedächtig stand Thea auf und ging um den Tisch herum zu ihren Kindern. Ben und Nora erhoben sich ebenfalls. Alle drei kämpften sie erfolglos gegen die aufsteigenden Tränen an, während sie sich lange und fest umarmten. Erst nach einer ganzen Weile hatten sie sich wieder im Griff.

Thea nahm einen großen Schluck von ihrem Wein, bedachte beide mit einem prüfenden Blick und atmete tief durch. „Setzt euch. Ich habe euch auch etwas zu sagen. Der Tag ist tatsächlich gekommen. Ich muss zugeben, dass ich niemals daran geglaubt habe. Ich werde euch nun eine Mitteilung weitergeben – und zwar von Clemens.“

Ben ergriff automatisch Noras Hand. „Von Clemens?“

„Ja. Er hat überlegt, ob er es aufschreiben soll, aber dann hat er mir den Auftrag gegeben, es euch mit meinen Worten zu sagen. Das Einzige, was er aufgeschrieben hat … einen Moment.“

Thea erhob sich und verließ den Raum. Nora und Ben sahen sich ratlos an.

„Sie geht nach oben.“ Ben zuckte die Achseln.

„Ja.“

„Was kommt denn jetzt noch auf uns zu, zum Teufel?“

Nora hob ebenfalls die Schultern. „Woher soll ich das wissen?“

Dann hörten sie schon wieder Theas eilige Schritte auf der Treppe. Sie kam herein und hielt ihnen einen kleinen Briefumschlag hin.

Ben nahm ihn entgegen und sah sie fragend an. „Soll ich?“

Nora nickte und er öffnete rasch den Umschlag. Hastig zog er einen Bogen Papier heraus, faltete ihn auseinander und hielt ihn so, dass auch sie lesen konnte, was darauf geschrieben stand. Es waren nur wenige Worte, aber die raubten ihnen schier den Atem.

Liebste Nora, mein lieber Ben!
Ich habe meine Thea gebeten, Euch beiden an dem Tag, an dem Ihr Eure Hochzeit bekannt geben werdet, einige Worte von mir weiterzugeben. Vielleicht werdet Ihr auch einfach nur mitteilen, dass Ihr ein Paar seid, doch das zählt genauso.

Es gab keine Unterschrift. Die wenigen Sätze waren so charakteristisch gewählt, so typisch für ihren Vater, dass Nora sofort Tränen in die Augen stiegen. Es war fast, als hätte er soeben mit seiner knarrenden Stimme zu ihr gesprochen. Ben legte einen Arm um ihre Schultern und zog sie an sich.

Thea beobachtete die Szene und lächelte warm.

„Wie ihr aus diesen wenigen Zeilen unschwer erkennen könnt, war Clemens sich sehr sicher, dass dieser Tag kommen würde, der Himmel weiß, warum. Ich gebe zu, ich habe ihn für verrückt erklärt, aber er hat sich nicht davon abbringen lassen. Seit du und ich in dieses Haus gezogen sind, Ben, habe ich in euch beiden immer nur äußerst charakterstarke Kinder gesehen – jeder auf seine Art wütend und unglücklich."

Sie schloss kurz die Augen, sah erst ihren Sohn und dann Nora direkt an.

„Ja, ich sah zwei verzweifelte junge Menschen, die sich aus irgendeinem Grund das Leben unnötig schwermachten, statt die große Chance zu nutzen, die es ihnen bot. Ihr hättet euch zur Seite stehen, euch gegenseitig unterstützen können, aber nein, ihr habt euch bekämpft. Tag für Tag. Mein Mutterherz hat beträchtlich darunter gelitten, das alles mit ansehen zu müssen. Ihr habt mir beide sehr leidgetan. Clemens dagegen war ziemlich bald davon überzeugt, dass ihr zwei zusammengehört, ja sozusagen vom Schicksal füreinander bestimmt seid. Er hat mir kurz vor seinem Tod den Auftrag erteilt, euch mit meinen Worten zu sagen, was in ihm vorging."

Nun rang auch Thea um Fassung. Nach einem tiefen Atemzug griff sie nach ihrem Glas und nahm einen Schluck von ihrem

Wein. Nora gönnte ihr die kleine Pause, war aber gespannt, was folgen würde.

Endlich stellte Thea ihr Glas ab und fuhr fort: „Clemens … er hat sehr lange, doch leider erfolglos nach einer Möglichkeit gesucht, euch Dickschädeln die Augen zu öffnen. Nichts hat geklappt. Ihr habt es fantastisch verstanden, euch aus dem Weg zu gehen, das hattet ihr ja schon in eurer Jugend zur Perfektion gebracht. Nachdem du Hamburg verlassen hattest, Nora, wurde es für euch natürlich noch einfacher. Dein Vater verzweifelte fast. Ob nun Weihnachten oder Geburtstage, wir feierten entweder mit dir oder mit Ben. Na ja, ihr wisst ja, wie es in den letzten Jahren um unser Familienleben stand. Er hat euch nicht zu fassen gekriegt.

Irgendwann, ein paar Monate vor seinem Tod, hat er mir mitgeteilt, dass er zu dem Schluss gekommen sei, dass ihr beide von selbst zueinanderfinden müsst. Er wollte euch diesen Weg ein wenig ebnen. Aus diesem Grund hat er euch schließlich das Brehlow aufs Auge gedrückt. Er wusste schon seit einiger Zeit, dass sein Herz nicht mehr lange mitmachen würde, und hat wochenlang an seinem Testament gefeilt. Er hat kein Schlupfloch gelassen, weil er genau wusste, dass ihr es finden und nutzen würdet. Tja, und dann hatte er die grandiose Idee, meine Zukunft von eurer Entscheidung abhängig zu machen. Er war sich sicher, dass ihr mein Wohl in jedem Fall über euer eigenes stellen würdet. Gott sei Dank hatte er damit recht.“

Langsam schüttelte Thea den Kopf. Man sah ihr an, dass sie in ihren Erinnerungen gefangen war. Ihre Gesichtszüge waren weich und voller Zärtlichkeit.

„Ihr hättet ihn sehen sollen. Plötzlich fasste er wieder Mut, denn er war restlos vom Erfolg seines Planes überzeugt. Er hat gesagt, er würde jede Wette darauf abschließen, dass ihr noch vor Ablauf des ersten Jahres …“ Sie räusperte sich. „Nun ja, er war davon überzeugt, dass ihr zusammen im Bett landen würdet. Es ist mir etwas peinlich, das so auszudrücken, wie er es getan hat. Clemens bezeichnete eure Kämpfe nämlich gerne als eine Art … Vorspiel, oder als ein Ventil, um die erotische Spannung abzubauen, die er stets zwischen euch knistern hörte. ‚Schau sie dir doch nur einmal richtig an, wenn sie sich mit glühenden Augen diese harten Wortgefechte liefern, Thea', hat er oft gesagt, als ihr noch beide hier gelebt habt. Mir fehlte wohl leider das Gefühl dafür. Mich haben eure Streitereien immer furchtbar verunsichert und unglücklich gemacht, Clemens hat sie bis zu einem bestimmten Punkt sogar genossen." Thea lächelte, griff nach ihrem Wein und nahm einen langen Schluck.

Ben und sie hatten still und überwältigt dagesessen und sich an den Händen gehalten. Ab und zu hatten sie einen Blick getauscht. Bei Theas letzten Ausführungen räusperte Ben sich vor Verlegenheit, Nora fand das rührend. Schließlich war sie es, die zuerst reagierte.

„Er hat uns das Brehlow nur gegeben, damit wir zusammenfinden?"

„Es war zumindest sein größter Wunsch, dass genau das endlich passiert. Natürlich war er davon überzeugt, dass ihr alles tun würdet, um sein Hotel vernünftig und in seinem Sinne weiterzuführen, aber der Hauptgrund war, euch die Augen zu öffnen. Sein Plan ging offenbar auf, oder? Er hat recht behalten. Ihr konntet nicht mehr voreinander fliehen. Ihr musstet euch einander stellen und euch aufeinander einlassen, so oder so." Wieder wurde ihre Miene weich. „Im Übrigen muss ich zugeben, an dem Tag, als Nora aus Frankfurt kam und Clemens im Sterben lag, hatte ich zum ersten Mal das vage Gefühl, er könnte mit seiner Vermutung tatsächlich richtigliegen. Ihr habt euch angesehen wie zwei hungrige Tiere. Entschuldigt bitte meine Offenheit, aber genauso war es. Ihr habt euch hier im Esszimmer voller Zorn angeschrien und trotzdem habe ich … nun, ich habe vor allem deine Augen gesehen, mein Sohn. Ich habe gesehen, wie du Nora angeschaut hast. Plötzlich war es auch für mich erkennbar, wie verliebt du eigentlich bist. An diesem Abend fragte ich mich, wie ich das bisher übersehen konnte. Clemens hat es all die Jahre gewusst. ‚Dein Junge liebt meine Kleine mit Haut und Haaren', das hat er oft gesagt, und ich habe ihn jedes Mal ausgelacht."

Sie räusperte sich und legte die Hände um den Stiel ihres Glases. „Nach seinem Tod habe ich mir das Drama zwischen euch beiden eine Weile angesehen, schließlich bin ich zu meiner Schwester geflohen, weil ich allmählich Angst bekam. Ich hatte große Furcht um euer Seelenheil und fragte mich immer öfter, ob Clemens' Entscheidung richtig gewesen ist. Ihr habt euch unwahrscheinlich schwergetan. Es gab Tage in diesem Haus, die geprägt waren von Hass und Missgunst. Dann wieder sah ich die Qual in den Augen meines Sohnes und erkannte die Zerrissenheit, die meinem kleinen Mädchen zu schaffen machte. Ich wollte fort von hier, weil ich schon genug mit meiner Trauer um Clemens zu kämpfen hatte. Es war euer Krieg und ich wollte nicht zwischen die Fronten geraten." Thea atmete seufzend ein und nahm nun doch noch einen Schluck von ihrem Wein.

„Clemens", sagte Ben fast tonlos und schüttelte den Kopf. „Und ich dachte, ich könnte jeden bluffen."

„Ich bin unsagbar erleichtert und wahnsinnig glücklich, dass Clemens sich all die Jahre nicht getäuscht hat. Ich liebe euch beide sehr."

„Eine Zeit lang habe ich mich ständig gefragt, warum mein Vater mir das angetan hat", flüsterte Nora. „Es passte im Grunde gar nicht zu ihm und seiner Einstellung. Er hat mich in meinen Entscheidungen stets unterstützt. Das Brehlow war nie ein Thema zwischen uns, wenn es um meine Zukunft ging. Jetzt weiß ich, er hat es aus Liebe getan. Nur aus Liebe. Ich frage mich, wie er sich so sicher sein konnte. Es war nämlich verdammt knapp."

Sie sah Ben und Thea eindringlich an, dann sagte sie mit fester Stimme: „Ich habe mir eingeredet, ich würde Ben hassen, Thea. Jahrelang habe ich das getan. Natürlich dachte ich, mein Leben wäre zu Ende, als Vater starb und uns diese schwere Aufgabe auftischte. Ich hatte mir eine berufliche Existenz in Frankfurt aufgebaut und war sogar zufrieden mit meinem Privatleben, obwohl ich eigentlich so gut wie gar keins hatte. Ohne Papas Letzten Willen wäre ich nie auf den Gedanken gekommen, das jemals wieder aufzugeben. Ich hätte nie erkannt, dass ich bis dahin ein vollkommen falsches und unausgefülltes Leben geführt habe." Ihr Blick suchte den von Ben. „Ben ... Ohne dieses Testament hätten wir es niemals geschafft, davon bin ich überzeugt. Wir waren beide viel zu stur und ... viel zu stolz."

Ben wischte ihr eine Träne von der Wange. Sie sah in seine dunklen Augen und verstand. Seine ganze Liebe lag in diesem Blick. Sie lächelte und er lächelte zurück.

„Danke, Clemens", sagte er kaum hörbar, dann beugte er sich zu ihr und küsste sie zart auf den Mund.

Nora hatte sich schon fast daran gewöhnt, dass Ben sie tatsächlich niemals aus den Augen zu lassen schien. Es gab kaum noch Gelegenheiten, wo sie vollkommen mit sich allein war. Selbst im Büro standen die Türen in der Regel offen, und er nahm jeden Besucher unter die Lupe, der Andreas Vorzimmer betrat. Er ließ sogar eine kleine Glocke anbringen, die läutete, sobald die Haupttür geöffnet wurde, so entging ihm nichts.

Nur bei persönlichen Besprechungen blieb die jeweilige Zimmertür geschlossen. In den meisten Fällen übernahm Ben diese Aufgabe, denn oft handelte es sich um Gespräche mit Angestellten. Wenn sie Besuch hatte und ihre Tür schloss, unterbrach er seine Arbeit, wartete in Andreas Zimmer und behielt die Tür im Auge, egal, wer gerade bei ihr war.

Auch als Markus Breitenbach erschien und nach ihr fragte, kam Ben sofort aus seinem Büro und begrüßte ihn. „Du willst zu Nora?"

„Ja, ich möchte mich von ihr verabschieden. Dies ist meine letzte Woche bei euch."

„Komm nur rein, Markus", rief Nora. Sie hatte die Glocke natürlich gehört.

Ben war ein bisschen mulmig zumute, als sein ehemaliger Freund in Noras Büro verschwand und die Tür geschlossen wurde. Das lag nicht ausschließlich an Markus Breitenbach. Er sah zurzeit in fast jedem Mann einen potenziellen Psychopathen, der Nora quälen und ängstigen wollte. Dass er zu wissen glaubte, wie Markus zu Nora stand, machte es ihm nicht gerade leichter. Er seufzte, verzog das Gesicht und setzte sich auf die Kante von Andreas Schreibtisch. Es kostete ihn in diesem Fall besonders große Überwindung, Noras Privatsphäre zu respektieren.

„Was ist los?“ Andrea sah ihn besorgt an.

„Mir passt das nicht, das ist los.“ Mit einem Kopfnicken deutete er in Richtung Noras Büro.

Andrea lächelte nachsichtig. „Eifersüchtig, Boss?“

„Nein, nur vorsichtig. Du kennst doch die Situation.“

„In meinen Augen übertreibst du ein wenig, Ben. So langsam benimmst du dich wie ein etwas zu scharfer Wachhund. Meine Güte, das ist Markus! Er ist ein alter Freund von dir, schon vergessen? Mach dich nicht unnötig verrückt und geh zurück an die Arbeit. Ich bin schließlich auch noch da, oder?“ Sie grinste. „Wenn der böse Wolf sie gegen ihren Willen wegschleppen will, springe ich in Windeseile über meinen Schreibtisch und klammere mich schreiend an sie, versprochen.“

Er zog ihr eine Grimasse, rührte sich aber nicht von der Stelle. „Du bist mir eine große Hilfe, Andrea.“

„Ich weiß, Boss.“

Nora bat Markus, sich zu setzen, und nahm selbst wieder hinter ihrem Schreibtisch Platz. „Wann verlässt du uns denn?“, fragte sie, nachdem sie die üblichen Begrüßungsfloskeln ausgetauscht hatten.

„Ich hab noch eine Woche im Brehlow. Allerdings wird meine Abreise in die Staaten sich wohl rauszögern. Ein guter Freund kümmert sich gerade um eine Wohnung. Mein altes Domizil habe ich ja leider aufgegeben.“

„Ziehst du wieder nach L. A.?“

„Ja. Es ist … irgendwie meine Stadt, wenn du verstehst, was ich meine."

„Absolut. Mir ergeht es mit Hamburg genauso. Man merkt so was erst, wenn man mal längere Zeit fort war, stimmt's? Übrigens danke für deinen Tipp. Jens Mohnkamp ist wirklich klasse."

„Sag ich doch. Ich freue mich, dass Ramon sich dazu entschlossen hat, ins Berghotel zu gehen. Er wird so eher das Gefühl haben, dass es sich um seine eigene Küche handelt, das ist nicht ganz unwichtig für den Erfolg eines Chefkochs."

„Ja, ich weiß. Ihr Spitzenköche seid ein äußerst egomanisches Völkchen."

Markus lächelte, wurde aber sofort wieder ernst. „Wie geht es dir, Nora?"

„Gut, danke. Mir geht es sehr gut."

„Seid ihr … ich meine, seid ihr noch zusammen, Ben und du?"

„Ja, das sind wir." Sie sah, wie sich seine Gesichtszüge verhärteten, doch es lag ihr fern, mit Markus über die Einzelheiten zu sprechen. Es ging ihn schließlich nichts an, was in der Zwischenzeit so alles passiert war.

„Ist es ernst?" Das Blau seiner Augen verdunkelte sich.

„So ernst, wie es nur sein kann. Ben und ich werden heiraten."

„Heiraten? Das ist allerdings ernst."

Er schluckte und schwieg eine Weile betreten. Sein Blick tastete ihr Gesicht ab und blieb an ihrem Mund hängen. Nora versuchte angestrengt, sich ihren Widerwillen nicht anmerken zu lassen. Sie wollte mit Markus nicht über Ben sprechen. Sie wollte überhaupt kein persönliches Gespräch mehr mit ihm führen. Alles in ihr sträubte sich mit einem Mal dagegen. Trotzdem behielt sie ihre Miene weitgehend unbewegt.

„Bist du glücklich mit ihm?"

„Ja, das bin ich."

„Ich hatte eigentlich den Eindruck, es wäre anders. Ich meine … dein langer Aufenthalt in Österreich und so …"

„Das war rein geschäftlich. Du weißt, dass ich dort die Umbauten überwacht habe."

„Nun, wenn du meine Freundin wärst, hätte ich dich in dieser Zeit mit Sicherheit häufiger besucht."

„Woher willst du wissen, dass Ben das nicht getan hat?" Sie merkte, dass ihre Stimme hohl klang.

„Weil er ständig hier war, deshalb – selbst an den Wochenenden. Das Licht in seinem Büro brannte manchmal auch nachts. Er war kaum zu Hause, während du fort warst."

„Wie willst du das so genau wissen? Du warst doch gar nicht immer hier im Hotel. Wenn ich mich recht erinnere, hattest du zwischendurch sogar mal ein paar Tage Urlaub?"

„Im ganzen Hause wurde darüber gesprochen. Alle haben sich das Maul zerrissen. Viele haben sich besorgt gefragt, wie ein Mensch mit so wenig Schlaf auskommen kann. Die Stunden, in denen er täglich zu Hause war, lassen sich an einer Hand abzählen."

Nora schluckte. „Entschuldige bitte, Markus, ich glaube kaum, dass es dich etwas angeht, wie Ben und ich unsere Beziehung gestalten."

Er zuckte leicht zusammen und erhob sich abrupt. „Nein, natürlich nicht, aber du weißt, dass du mir am Herzen liegst, Nora. Ben und du … er wird dich nicht glücklich machen können, das sollte dir doch klar sein."

Nora stand ebenfalls auf. Ihr Zorn nahm zu und es fiel ihr immer schwerer, ihn vor Markus nicht zu zeigen. „Er macht mich bereits glücklich. Sehr glücklich – jeden Tag, jede Minute und jede Sekunde tut er das, aber auch das geht dich nichts an!" Sie atmete tief ein, um wieder ruhiger zu werden. Abgesehen davon, dass er sie wütend machte, tat Markus ihr leid. Sie hatte ihn verletzt, als sie die Beziehung zu ihm beendet hatte. „Ich wünsche dir alles Gute und viel Erfolg in Los Angeles."

Lächelnd ergriff er ihre Hand, die sie ihm über den Schreibtisch hinweg reichte, und schüttelte sie. „Ich wünsche dir ebenfalls nur das Beste, Nora. Mach's gut."

14. KAPITEL

„Der Baum ist wunderschön, Thea." Nora gab ihrer zukünftigen Schwiegermutter einen Kuss auf die Wange. „Herrlich! Genau wie früher. Du hast dir so viel Mühe gemacht."

Theas Augen leuchteten. „Den hat Ben ausgesucht und aufgestellt. Ich habe ihn nur schmücken müssen." Den Blick noch immer auf den strahlenden Weihnachtsbaum gerichtet, wurde ihre Miene plötzlich ernst.

Nora legte einen Arm um die schmalen Schultern der älteren Frau und betrachtete deren fein geschnittenes Profil. „Mir fehlt er auch sehr, Thea."

„Ich habe deinen Vater unendlich geliebt."

„Ja, ich weiß."

„Ich hoffe, du und Ben, ihr werdet genauso glücklich miteinander sein, wie wir es waren."

„Ich verspreche es. Wir sind es doch jetzt schon, Thea. Ben macht mich unsagbar glücklich. Wir haben so lange gebraucht und werden uns unsere Liebe nicht mehr nehmen lassen, glaub mir."

Thea umfasste ihre Hände und hielt sie fest. „Das Leben ist leider nicht immer verlässlich und fair, Nora. Wenn du viel Glück hast, findest du Menschen, denen du dein Vertrauen schenken kannst, aber dem Leben selbst niemals." Sie atmete tief ein, bevor sie weitersprach: „Bens Vater war meine erste Liebe. Eines Tages tauchte er in unserem Dorf auf, suchte sich Arbeit auf einem der Höfe und blieb. Paul war fünfzehn Jahre älter als ich und ein unglaublich gut aussehender Mann. Groß, breitschultrig und mit hellblondem Haar. Ben hat … er hat äußerlich viel von ihm." Sie lachte ein wenig. „Das heißt, wenn man mal von den Augen absieht, die hat mein Sohn wohl eher von mir. Paul hatte helle, sehr ungewöhnliche Augen. Sie waren so klar und so glitzernd wie die Wasseroberfläche eines ruhigen Sees im Sonnenschein. Man konnte eigentlich nie mit Gewissheit sagen, ob sie wirklich schön oder einfach nur … kalt waren. Nun gut, Paul verließ mich, als ich ihm sagte, dass ich schwanger war. Irgendjemand erzählte mir, er hätte noch am selben Abend auf dem nächstbesten Schiff angeheuert. Ich habe ihn niemals wiedergesehen. Damals war ich gerade mal siebzehn Jahre alt – ein junges, dummes und unreifes Mädchen vom Lande."

Nora hörte gebannt zu, denn Bens Mutter sprach sonst nie über diese Zeit in ihrem Leben.

„Meine Eltern betrieben einen Bauernhof direkt an der Nordsee, mein Vater war gleichzeitig Bürgermeister unseres kleinen Dorfes", fuhr Thea fort. „Ich machte ihnen keinen Vorwurf daraus, dass sie kein Verständnis für mich aufbringen konnten. In der begrenzten Welt, in der sie aufgewachsen waren, hatte es für sie nie eine Wahl gegeben. Ich wollte so nicht leben. Ich wollte mein Kind bekommen, denn ich hatte es in Liebe empfangen. Deshalb lief ich heimlich davon und landete in Hamburg." Einen Moment lächelte sie in Gedanken versunken. „Ich hatte ein bisschen Angst vor dieser großen Stadt, also ging ich einfach in die nächstbeste Kirche und bat um Hilfe. Tatsächlich brachte mich der Pfarrer in einem Heim für junge Mütter unter. Anfangs war es … hart. Ben hat verdammt viel aushalten müssen. In den ersten Jahren hatten wir es alles andere als leicht, aber er hat mir niemals Kummer gemacht. Im Gegenteil. Mein Sohn bedeutet mir alles. Seit jeher war er das Wichtigste in meinem Leben."

Nora schluckte. Ihre Kehle war trocken. „Mir war immer klar, dass auch ihr Narben davongetragen habt, Thea."

Einen Augenblick lauschten sie auf das Geklapper, das aus der Küche zu ihnen drang. Ben hatte darauf bestanden, für sie zu kochen.

„Hat Ben mal mit dir über seine Sicht der Dinge gesprochen? Über den Hass, den er als Junge für seinen Erzeuger empfand, und seine Einstellung zu deinem Vater?"

„Nun, ich weiß, dass er Papa angebetet hat, ansonsten kam dieses Thema nie zur Sprache."

Thea nickte versonnen. „Clemens war ja tatsächlich der einzige Vater, den er jemals hatte. Es verging kein Tag, an dem ich ihm nicht dankbar dafür war, dass er nicht nur mir, sondern auch meinem Jungen so viel Zuneigung entgegenbrachte. Dafür habe ich ihn ebenfalls geliebt."

Nora nahm Thea fest in die Arme. „Und du warst mir immer eine wundervolle Mutter, Thea. Danke für all das."

„Na, na! Was ist denn hier los?"

Ben stand schmunzelnd in der offenen Wohnzimmertür und beobachtete die rührende Szene. Sie und Thea hatten beide Tränen in den Augen, als sie sich lächelnd voneinander lösten. „Wir haben ein bisschen über Vater gesprochen", erklärte Nora mit zittriger Stimme. „Und über uns. Über dich und mich und über ..." Ihr Blick ging zu Thea. „Über unsere Mutter."

Bens Lächeln vertiefte sich. „Nun, ich hoffe, ihr habt trotz der ganzen Gefühlsduselei ordentlich Hunger."

„Natürlich haben wir das." Thea lachte ihren Sohn an. „Wir können es kaum noch erwarten, nicht wahr, Nora?"

Eine Stunde später saßen sie zusammen unter dem Weihnachtsbaum und packten ihre Geschenke aus. Thea war völlig aus dem Häuschen über das goldene Herzmedaillon mit den beiden Fotos darin, das Nora und Ben ihr gemeinsam schenkten.

„Ich werde es nie mehr ablegen", sagte sie leise. „Nun kann ich euch jederzeit ansehen, wenn mir danach ist." Sie lachte plötzlich. „Es ist doch immer das Gleiche. Erst sagen wir, wir schenken uns dieses Jahr nur Kleinigkeiten, und dann wird wieder einmal Schmuck ausgepackt. Also, ihr habt euch hoffentlich trotzdem über die warmen Pullover gefreut. Die Merinowolle stammt ausschließlich von Annas Schafen."

„Sie sind wunderschön", beteuerte Nora und brachte Thea damit nur noch mehr zum Lachen.

Ben betrachtete eingehend die flache goldene Uhr, die Nora ihm geschenkt hatte, und strahlte.

„Jetzt bist du an der Reihe, mein Liebling." Er reichte ihr ein winziges Päckchen.

Nora öffnete es langsam und war sich bewusst, dass Ben sie genau beobachtete. Die Art des Kästchens ließ einen teuren Inhalt vermuten, aber als sie den kleinen Deckel anhob, kam statt eines Schmuckstücks ein ziemlich abgegriffener Schlüssel zum Vorschein. Nora erkannte ihn sofort, ihre Augen wurden weit vor Freude.

„Die Schenkungsurkunde dazu liegt in der Suite", sagte Ben leise. „Das Ferienhaus und natürlich auch das Grundstück gehören nun dir. Ich dachte mir, du würdest dich darüber freuen."

„Oh, Ben." Tränen liefen ihr über die Wangen. Sie wischte sie lachend fort, fiel Ben um den Hals und bedankte sich überschwänglich bei ihm.

„Sachte, sachte, Kätzchen", flüsterte er in ihr Haar. Er rückte ein Stückchen von ihr ab und schob eine Hand suchend in seine rechte Hosentasche. „Weißt du, ich brauchte für diesen blöden Schlüssel dringend so ein kleines Schmuckkästchen und mir blieb nichts anderes übrig als … ah, hier ist er ja." Er grinste verschmitzt und hielt ihr seine geschlossene Faust entgegen. „Na, mach schon! Öffne deine Hand, du Frau meines Herzens."

Langsam streckte sie ihm ihre Hand hin und er legte etwas hinein. Bevor sie einen Blick darauf werfen konnte, schloss Ben ihre Finger darüber. Nora fühlte, dass es ein Ring war. Sie sah Ben in die Augen und lächelte ihn an. Dann öffnete sie die Hand und starrte überwältigt auf das Schmuckstück. „Ben, um Gottes willen!"

Sogar Thea sog geräuschvoll die Luft ein. Anerkennend nickte sie ihrem Sohn zu.

Nora hielt den Ring zwischen Zeigefinger und Daumen und betrachtete im Licht der Tannenbaumkerzen das Feuer des rautenförmig geschliffenen Diamanten.

„Gefällt er dir, Kätzchen?"

„Ob er … mir gefällt? Machst du Witze? Das ist … der unglaublichste, wunderschönste Ring, den ich jemals zu Gesicht bekommen habe!"

„Na, dann gib ihn mir noch mal kurz, damit ich ihn dir über den Finger schieben kann. Es ist nämlich dein Verlobungsring."

„Ben, wie kannst du nur … meine Güte, du bist ja völlig wahnsinnig!" Ihr Herz klopfte heftig, als er ihr den Ring feierlich auf den linken Ringfinger schob. Er passte wie für sie gemacht, sie hatte nichts anderes erwartet.

„Stimmt, ich habe auch schon gemerkt, dass der Wahnsinn nach mir greift. Du hast meinen Verstand auf dem Gewissen, Nora Brehlow."

Sie übernachteten in seinem alten Zimmer. Da Thea beschlossen hatte, noch vor dem Jahreswechsel abzureisen, wollten sie möglichst viel Zeit mit ihr verbringen, daher blieben sie.

Nach einem gemütlichen und ausgiebigen Frühstück setzte Ben sich an den Flügel und Nora rutschte neben ihn auf die Bank und lauschte seinem Spiel, während sich Thea in der Küche um den Weihnachtsbraten kümmerte.

„Früher habe ich es richtig gehasst, wenn du gespielt hast", gab sie schmunzelnd zu, als er eine Pause einlegte, um sie zu küssen. „Heute könnte ich dir stundenlang zuhören."

„Ich wusste ja gar nicht, dass du Klaviermusik so wenig leiden konntest."

Sie lachte laut auf. „Oh, die Musik mochte ich schon immer. Ich mochte es nur nicht, wenn du sie gespielt hast."

Ben lachte mit ihr und küsste sie erneut. „Das ist alles irgendwie verrückt, oder?"

„Ja, das ist es."

„Ich liebe dich."

„Ich liebe dich auch, Ben."

„Soll ich dir etwas wirklich Rührendes erzählen, Kätzchen?"

„Klar."

„Meine Mutter und ich waren gerade hier eingezogen, als ich dieses Instrument von Clemens bekam, weißt du noch?"

„Natürlich. Es war das erste Geburtstagsgeschenk von Papa

für dich. Ganz schön übertrieben, wenn du mich fragst.“ Sie grinste frech.

Ben ging nicht auf ihre Frotzelei ein. „Im Grunde hast du schon damals meine Gedanken beherrscht. Zugegeben, zuerst war es nur wenig schmeichelhaft für dich, was ich so über dich dachte. Du warst noch ein halbes Kind und ich habe in dir nur das schrecklich nervtötende Biest gesehen. Na ja, das hat sich dann ja bald geändert. Was ich sagen wollte ... ich habe eigentlich immer an dich gedacht, wenn ich hier saß und spielte. Nur an dich. Jeder einzelne Ton, den ich diesem Instrument entlockt habe, hatte mit dir zu tun und mit meinen Gefühlen für dich – egal, von welcher Art sie auch gewesen sein mögen.“ Er sah, dass sein Geständnis sie bewegte, und freute sich darüber. „Wenn ich gespielt habe, habe ich dich entweder gerade beispiellos gehasst, exzessiv geliebt oder bis zum Wahnsinn begehrt. Es gab Zeiten, da habe ich all das gleichzeitig getan. Dieser Flügel hat alles ertragen, was ich ihm deinetwegen aufgebürdet habe. Einfach alles. Und alles hatte immer nur mit dir zu tun“, sagte er leise.

Nora legte die Hände an sein Gesicht. „Ich liebe dich unendlich, Benjamin Paul Larsen“, sagte sie und presste ihre weichen Lippen auf seine.

Ben hielt still, schloss die Augen und nahm ihre Zärtlichkeiten entgegen. Als Nora den Kuss beendete, grinste er sie an. „Ich wusste, dass dich das anrührt.“

„Du hast mich auf den Arm genommen?“

Einen Augenblick war er versucht, sie weiter zu necken, doch dann wurde er ernst. „Nein, Nora. Was ich dir eben erzählt habe, war die volle Wahrheit. Aber natürlich wollte ich ganz nebenbei auch ein bisschen dein Mitleid erregen.“

„Ach, Ben!“

Ihr Lachen war wie eine Belohnung für ihn. Er stand auf und zog sie mit sich. „Komm, wir machen einen kleinen Spaziergang durch den Wald, bevor wir uns gleich wieder den Bauch vollschlagen müssen. Ich habe dir einen Vorschlag zu machen.“

Zehn Minuten später schlüpften sie in ihre Daunenjacken und Thea winkte ihnen fröhlich hinterher.

„Vergesst nicht, in einer guten Stunde wird gegessen!“, rief sie ihnen nach.

Sie schlugen einen Rundweg ein, den Ben normalerweise am Morgen lief. Die Luft war klar und kalt.

„Du wolltest mir was vorschlagen“, erinnerte Nora ihn nach einer Weile an seine Ankündigung.

Er umschloss ihre Hand noch ein wenig fester. „Hast du eigentlich vor, in das Haus zurückzuziehen, Nora?“

Sie blieb stehen, um ihn anzusehen. „Ich denke, ja. Ziemlich bald sogar.“

„Gut. Ich lebe nämlich nicht gerne an meinem Arbeitsplatz. Eine Zeit lang war es okay, aber … nun, wir sollten endlich wieder zurückkommen. Hier ist schließlich unser Zuhause.“ Er ließ seinen Blick forschend über ihr Gesicht gleiten und verweilte auf ihrem Mund.

„Du hast recht, Ben. Ich bin einverstanden.“

„Gut. Was hältst du davon, wenn wir vorher das Haus ein bisschen nach unseren Vorstellungen umgestalten? Ich meine, wir werden ja wohl kaum noch jeder ein Zimmer brauchen, oder?“

„Ach, wer weiß? Vielleicht bist du irgendwann mal ganz froh, wenn du mich aus deinem Bett schmeißen kannst.“

„Niemals!“, widersprach er vollkommen ernst und brachte sie damit zum Lachen und auch dazu, sich auf die Zehenspitzen zu stellen und ihm einen Kuss auf die Lippen zu drücken.

„Es fängt an zu schneien“, stellte Ben fest, als sie schließlich weitergingen.

„Na ja, zumindest kommen ein paar klitzekleine Flocken vom Himmel. Von weißer Weihnacht sind wir wie üblich meilenweit entfernt.“

„Du solltest dich ein klein wenig mehr in Bescheidenheit üben, Nora Brehlow.“

Das Päckchen entdeckten sie praktisch gleichzeitig, sobald sie zurück waren. Abrupt blieben sie einige Schritte vor der Haustür stehen. Ben machte einen tiefen Atemzug und sah kurz in Noras angstvoll aufgerissene Augen. „Komm schon, Kätzchen, wir haben doch irgendwie damit gerechnet, dass es nicht einfach aufhört, oder?"

„Ja, aber trotzdem."

Zwar nahm er nicht ernsthaft an, irgendjemanden zu entdecken, dennoch blickte er sich um, bevor er die wenigen Stufen zur Eingangstür hinaufsprang und sich bückte, um das kleine Päckchen aufzuheben. „Ist es dir lieber, dass meine Mutter weiterhin ahnungslos bleibt?"

Nora nickte. „Ich will nicht, dass sie sich auch noch Sorgen macht. Sie reist ohnehin in drei Tagen ab."

„Gut, dann sind wir uns also einig." Er schob das rote Päckchen in seine Jackentasche und zog den Reißverschluss zu. „Darum werden wir uns später kümmern."

Zu Noras großer Erleichterung schaffte sie es über einige Stunden tatsächlich, jeden Gedanken an das Päckchen in Bens Jackentasche zu verdrängen. Sie genossen es, gemeinsam zu essen, und verbrachten einen gemütlichen und festlichen Weihnachtsabend zusammen mit Thea, bevor sie schließlich ihre Sachen packten und sich auf den Weg zurück zum Hotel machten.

In der Penthousesuite angekommen, legte Ben das Päckchen auf den Glastisch im Wohnbereich und starrte eine Weile auf die grün schillernde Seidenschleife, als warte er auf eine Eingebung. Nora trat zu ihm und legte eine Hand auf seinen breiten Rücken. „Was denkst du?", fragte sie und sah erwartungsvoll in sein grüblerisches Gesicht.

„Ich weiß nicht recht ... ich habe ..." Er brach ab und schüttelte den Kopf.

„Was, Ben? Sprich doch bitte weiter."

Sein Blick hob sich und er sah sie direkt an. „Schmetterlinge, Nora! Ich denke die ganze Zeit, ich übersehe etwas. Ständig habe ich das Gefühl, ich müsste eine Verbindung herstellen können, aber ich finde den Zugang nicht.“ Wieder schüttelte er den Kopf. „Ich weiß einfach nicht genau, wo ich mit meinen Überlegungen anfangen soll. Das macht es so verdammt kompliziert.“

„Mach dich nicht verrückt, Ben. Wir haben alles mehrmals durchdacht.“

Er nickte, doch seine grimmige Miene verriet, dass er nicht aufhörte zu grübeln. Noch vor gar nicht langer Zeit hätte sie ihn jetzt wahrscheinlich damit aufgezogen, dass er es nur nicht ertragen konnte, dass sein Verstand an eine Grenze stieß.

„Ich werde es mal aufmachen, in Ordnung?“

Seiner Stimmlage war deutlich die Frustration anzuhören, mit der er zu kämpfen hatte.

„Ja.“

Ben nahm das Päckchen an sich und zog die Schleife ab. Wie gewöhnlich klaffte daraufhin das folienartige Papier auf. Nachdem er den Deckel abgehoben hatte, kostete es ihn einige Mühe, den kurzen heftigen Schrecken zu überspielen, der ihm beim Anblick des Inhalts durch die Glieder fuhr.

„Und?“, fragte Nora mit dünner Stimme. Auch sie warf nun einen Blick auf den Falter.

„Warte, hier ist noch mehr“, stellte er erstaunt fest und zog ein zusammengefaltetes, weißes Stück Papier aus dem Deckel. Er klappte die Notiz auseinander und las laut vor: „Du willst ihn heiraten? Tut mir leid, aber das kann ich nicht zulassen, Nora. Ben Larsen muss seine gerechte Strafe bekommen. Sein Tod wird meine Erlösung sein.“

Nach einem Blick auf Nora zog er sie sofort in seine Arme. Sie zitterte und war leichenblass. Behutsam streichelte er ihr den bebenden Rücken und wiegte sie wie ein kleines Kind hin und her, doch plötzlich hielt er mitten in der Bewegung inne, legte seine Hände um ihre Schultern und sah ihr geradewegs in die Augen.

„Jetzt hat er den Fehler gemacht, auf den wir gewartet haben.“

Er schnalzte mit der Zunge. „Das wird Alex ungemein interessieren. Er hat es vorausgesehen, dass der Typ früher oder später von seinem üblichen Muster abweichen wird. Aber dass er nun auch noch diesen Fehler macht …"

Nora schluckte trocken. „Ich verstehe nicht …"

„Überleg doch mal. Wer weiß bis jetzt von unseren Hochzeitsplänen?"

Ihre Augen wurden weit, füllten sich dann jedoch sofort mit Tränen. „Oh nein, das bedeutet ja, dass es jemand aus unserer direkten Umgebung sein muss."

Er nickte. „Ja, so schlimm das auch sein mag, wir müssen wohl davon ausgehen. Es gibt kaum eine andere Möglichkeit, nicht wahr?"

Noch einmal fiel ihr Blick auf den Falter. „Er ist … irgendwie anders … und nicht gerade besonders schön."

„Stimmt."

„Er sieht ein bisschen so aus wie diese großen, braunen Nachtfalter."

Ben atmete tief ein und wieder aus. „Ja, es ist ein Nachtfalter, aber diese Art ist manchmal auch am Tage unterwegs."

„Was ist es für einer?"

Er zögerte und räusperte sich.

„Ben?"

„Siehst du die eigenartigen Flecken auf seinem Rücken?"

„Ja. Und?"

„Dieser auffälligen Zeichnung verdankt er seinen Namen. Man nennt ihn Totenkopf."

Ihr Gesicht wurde tatsächlich noch eine Spur bleicher.

„Es ist nur ein verdammter Name, Nora, nicht mehr und nicht weniger, nur eine Bezeichnung für einen dämlichen Falter." Er zog sie an seine Brust und hielt sie fest. „Es kann nicht mehr lange dauern, Kätzchen, dann haben wir ihn. Am besten, ich rufe sofort Alex an."

„Es ist Weihnachten, Ben. Hellberg wird doch sicher zu Hause bei seiner Familie sein und feiern."

„Ich will ihn ja nur kurz informieren. Diese neue Entwicklung wird ihn außerordentlich interessieren, das weiß ich. Alex ist mit Leib und Seele Polizist."

Ben hatte noch gar nicht richtig den Telefonhörer in der Hand, als es an der Tür klopfte. Üblicherweise erreichte man die Suite über einen eigenen Aufzug, der mit einem speziellen Code gesichert war. Es gab eine Tür vom Treppenhaus aus, die war allerdings immer von außen verschlossen und wurde ausschließlich von wenigen ausgesuchten Mitarbeitern des Hotels benutzt, und selbst das geschah normalerweise nur nach vorheriger telefonischer Ankündigung.

Nora wollte öffnen, doch Ben hielt sie zurück. „Wer ist da?", fragte er laut durch die geschlossene Tür.

„Herr Larsen, hier ist Chris. Ich komme im Auftrage aller Kollegen und soll Ihnen etwas bringen."

Ben erkannte die Stimme des Angestellten, warf Nora einen fragenden Blick zu, hob die Schultern, grinste und öffnete.

Christian Kummerfeld, einer der Kellner aus dem Restaurant des Brehlow, stand lächelnd und mit einem riesigen Präsentkorb beladen vor der Tür.

„Chris, kommen Sie doch bitte herein", forderte Nora ihn auf.

Der junge Mann räusperte sich verlegen, trat aber ein und stellte den schweren Korb auf einem Beistelltisch ab, der sich neben der Tür befand. „Wir haben ... äh ... Tommy, der Barchef im Wintergarten, hat vor einiger Zeit ... also er hat nicht gelauscht, er hat es einfach mitbekommen, dass Sie beide bald heiraten werden."

Ben und Nora wechselten bedauernd einen Blick, während Chris Kummerfeld erklärte: „Vor ein paar Tagen haben Sie mit Freunden bei ihm an der Bar noch etwas getrunken und da ... hat Tommy es halt aufgeschnappt, dass Sie ... nun ja. Das ist jedenfalls von allen Angestellten des Hotels mit den besten Wünschen zur Verlobung von der gesamten Belegschaft. Wir freuen uns alle sehr für Sie beide. Ach ja ... der neue Chefkoch lässt ausrichten, dass es ihm eine ganz besondere Freude wäre, persönlich Ihr Hochzeitsmahl zuzubereiten.“ Erleichtert, dass seine kleine Rede beendet war, atmete Chris tief ein und setzte ein unsicheres Lächeln auf.

Nora und Ben bedankten sich herzlich bei dem aufgeregten jungen Mann, der sich sofort anschickte, die Suite zu verlassen.

„Bitte überbringen Sie allen Kollegen unseren Dank, Chris. Frohe Weihnachten für Sie.“

„Frohe Weihnachten auch für Sie beide. Gute Nacht, Herr Larsen … Frau Brehlow.“

„Gute Nacht, Chris“, erwiderte Nora lächelnd.

Ben stieß einen Fluch aus, sobald Chris Kummerfeld gegangen war. „Das war's ja wohl mit der Eingrenzung der Verdächtigen, verdammt! Der Abend mit Verena und Hendrik ist fast zwei Wochen her. Das ganze verfluchte Hotel weiß inzwischen Bescheid – und wer weiß, wer noch alles. Hier arbeiten weit über zweihundert Leute!“

Nora saß still auf dem Sofa und spielte nachdenklich mit dem Diamanten, der an ihrem linken Ringfinger eindrucksvoll glitzerte. „Wir können es nicht mehr ändern“, sagte sie leise. „Willst du Hauptkommissar Hellberg trotzdem anrufen?“

Ben schob die Fäuste tief in die Taschen seiner Hose und fluchte noch einmal, dann sah er sie an. „Ja“, stieß er wütend hervor. „Ja, zum Teufel, die sollen sich jetzt langsam mal was einfallen lassen!“

Nora erhob sich, kam zu ihm und legte ihre Hände auf seine Brust. „Alexander kann doch nichts dafür“, sagte sie, strich mit dem Zeigefinger zärtlich die Kontur seines Kinns nach und lächelte ihn an, bis er schließlich zurücklächelte und ihr einen Kuss auf die Nasenspitze hauchte.

„Tut mir leid, Kätzchen. Auch wenn ich es nur ungern zugebe, macht mich die Sache ziemlich nervös.“ Er atmete geräuschvoll aus. „Vielleicht sollten wir für eine Weile wegfahren. Was meinst du dazu?“

Nora schüttelte den Kopf. „Erstens können wir uns das zeitlich im Augenblick gar nicht leisten, wir stehen kurz vor der offiziellen Eröffnung des Berghotels, wenn ich dich daran erinnern darf, und zweitens ist Andrea auch noch nicht in allen Bereichen fit genug, um allein diesen feudalen Schuppen am Laufen zu halten. Auf der anderen Seite wäre es sicherlich nicht gut, ihr zum jetzigen Zeitpunkt einen professionellen Manager vor die Nase zu setzen. Insgesamt wird es keine große Belastung sein, wenn wir für zwei oder drei Tage zur Eröffnung nach Österreich fliegen, doch viel länger können wir sie nicht mit allem allein lassen. Wir werden hier gebraucht, mein Schatz."

Für einen kurzen erholsamen Moment gestattete Ben es sich, ihr einfach nur tief in die sattgrünen Augen zu blicken, dann nickte er. „Natürlich. Du hast recht und nenn mich ruhig noch einmal deinen Schatz."

Lächelnd legte sie ihm eine Hand an die Wange. „Du hast mir mehrmals versichert, dass er mir nichts tun kann, solange du in meiner Nähe bist, aber wer beschützt derweil dich, Ben?"

„Ach, du wirst diese lächerliche Drohung doch nicht etwa ernst nehmen?"

„Oh doch!"

„Nora, das ist albern!"

„Schau dir diesen Zettel an. Der Mann ist offensichtlich auch auf dich wütend. Mit dieser Notiz bedroht er klar und deutlich dein Leben … mein Schatz."

„Ich kann sehr gut auf uns beide aufpassen."

„Du bist und bleibst ein selbstherrlicher und überheblicher Bursche, Ben Larsen."

„Ja, ich weiß, und du findest das ungemein sexy, nicht wahr? Ha! Du müsstest jetzt dein Gesicht sehen. Ich liebe dich und deine kleinen Schwächen, Nora Brehlow."

„Oh, du …"

Bevor sie ihm einen Knuff verpassen konnte, ging er lachend hinüber zum Telefon und hob ab, um Alexander Hellberg anzurufen.

Am nächsten Morgen beschlossen sie, die Verabredung mit Verena und Hendrik abzusagen und stattdessen einen geruhsamen Tag in der Suite zu verbringen, und Nora rief bei Verena an. Wie sie es erwartet hatten, waren ihre Freunde nicht sonderlich traurig darüber, nach dem Weihnachtsstress etwas Zeit für sich zu haben.

„Ich würde auch mal wieder viel lieber mit dir alleine reden. Können wir uns nicht bald auf einen Kaffee treffen – nur du und ich?", schlug Verena vor.

„Das wäre wirklich schön, aber im Augenblick habe ich sehr wenig Freizeit – und die gehört Ben."

„Komm schon, Schätzchen."

„Lass uns am Silvesterabend noch einmal darüber reden, okay? Ben und ich haben bis dahin jede Menge Termine."

„Gut, aber versprich mir hoch und heilig, dass du mir eine Audienz gewährst, bevor ihr beide euch in die Berge zur großen Eröffnung absetzt."

Nora lachte. „Versprochen."

15. KAPITEL

Ben stand vor dem Spiegel im Schlafzimmer der Suite und ärgerte sich über die Müdigkeit, die er in seinen Augen sah. Mit geübtem Griff löste er den Knoten seiner Krawatte und rieb sich mit den Händen das Gesicht, wobei er aus den Schuhen schlüpfte. Die letzten Tage steckten ihm in den Knochen. Auch Nora war erschöpft, das wusste er. Sie waren beide an ihre Grenzen gestoßen, und nach einigem Hin und Her hatten sie die Eröffnung des neuen Hotels auf den ersten Februar verschoben. Sowohl die Angestellten im Berghotel als auch sie selbst konnten eine Ruhephase gut gebrauchen, bevor es dort richtig losging. Er war froh darüber, nun endlich ein paar Tage durchatmen zu können, und freute sich darauf, dass sie bald in das Wohnhaus umziehen würden. Er vermisste den kleinen Wald und die heimelige Bibliothek, die Clemens über die Jahre eingerichtet hatte, ansonsten war er fast schon unanständig glücklich.

Gleich nach der Abreise seiner Mutter waren Statiker, Innenarchitekten und Handwerker ins alte Brehlow-Haus eingefallen – und nun, vierzehn Tage nach dem Jahreswechsel, war das Werk so gut wie vollendet. Zwei Wände hatten sie einreißen lassen, sodass es jetzt im oberen Stockwerk ein neues, sehr geräumiges Schlafzimmer mit einem direkt angrenzenden luxuriösen Bad gab. Sie planten, auch die anderen Räume neu einzurichten, allerdings erst später, wenn sie mehr Zeit hatten.

Sein Brustkorb weitete sich unter einem tiefen Atemzug. Ja, er war unverschämt glücklich. Noch einmal blickte er sich im Spiegel in die Augen und seine Mundwinkel hoben sich. Es gab immer mal wieder Momente wie jetzt, in denen er sich ganz bewusst klarmachen musste, dass dies alles kein Traum war, sondern herrliche Realität.

„Du hast sie tatsächlich bekommen, alter Junge! Wer hätte das jemals für möglich gehalten?“, sagte er leise und lächelte seinem Spiegelbild zu, dann warf er die restlichen Kleidungsstücke von sich. Er sehnte sich nach einer erholsamen, sehr heißen Dusche. Splitternackt marschierte er hinüber in den Wohnbereich.

Den Telefonhörer am Ohr, stand Nora vor einem der hohen, schmalen Fenster. Als sie ihn sah, legte sie den Kopf schief, grinste ihn an und betrachtete ihn kokett von oben bis unten.

Ben erwiderte ihr freches Grinsen und vollführte eine alberne Pose. Ihr Blick gefiel ihm außerordentlich und er hoffte, sie würde gemeinsam mit ihm unter die Dusche springen. Nora lachte jedoch unterdrückt und wandte sich kopfschüttelnd ab, um das Telefonat einigermaßen gesittet zu Ende zu bringen. Allerdings wehrte sie sich nicht, als er von hinten an sie herantrat, die Arme um sie legte und schon mal vorsorglich damit begann, die Knöpfe ihrer Bluse zu öffnen, während er gleichzeitig an ihrem freien Ohrläppchen knabberte. Endlich hörte es sich für ihn so an, als würde sie sich von Verena verabschieden, mit der sie bereits seit einer guten halben Stunde telefonierte.

„Um vier? Abgemacht. Treffen wir uns dort? Ich freue mich riesig. Bis morgen dann."

Trotz seiner zärtlichen Übergriffe hatte Ben das Telefonat interessiert verfolgt. Nora wollte sich in seinen Armen zu ihm umdrehen, doch er hinderte sie daran. Also ließ sie sich ergeben mit dem Rücken an seine Brust sinken, legte den Kopf zurück und genoss seine Liebkosungen.

„Was ist morgen um vier?", fragte er und strich mit den Lippen über ihren Hals.

„Verena und ich treffen uns … auf einen gemütlichen Kaffee unten im Wintergarten."

„Ich bin dabei."

„Ben!"

„Keine Widerrede, Kätzchen. Ohne mich läuft gar nichts."

„Aber wir haben …"

Besitzergreifend legte er seine Hände auf ihre Brüste. „Ich sagte, keine Widerrede, Nora."

Ihre Freundin verzog das schöne Gesicht, als sie am nächsten Nachmittag mit Ben im Schlepptau im Wintergarten erschien. Sie begrüßten sich herzlich und auch Ben drückte Verena einen Kuss auf die Wange.

„Okay, Ben, du hast sie hergebracht, nun kannst du wieder verschwinden!“, raunzte Verena ihn an.

„Kommt nicht infrage, Schönheit. Ich bleibe.“

Nora schmunzelte in sich hinein und setzte sich in einen der gemütlichen Korbsessel, während Verena und Ben sich gegenüberstanden wie zwei Gladiatoren vor dem Kampf. Sie hatte dieses kleine Wortgefecht erwartet und amüsierte sich im Stillen darüber.

„Deine Verlobte und ich haben ein Frauengespräch miteinander zu führen, du Trottel.“

„Ignoriert mich einfach.“

„Das geht nicht. Man kann dich nicht ignorieren, und das weißt du ganz genau. Hör zu, Ben, wir sitzen hier praktisch in der Öffentlichkeit. Dort hinter dem Tresen, keine vier Meter von uns entfernt, steht ein prächtiges Exemplar der Gattung Mann. Der Kerl ist doch mindestens eins neunzig. Gib dem armen Barkeeper meinethalben eine Gehaltserhöhung, damit er uns im Auge behält. Du darfst auch gerne selber alle halbe Stunde kurz durch die Tür schauen, das soll mir recht sein, aber nun sei lieb und lass deine Zukünftige und mich wenigstens ein oder zwei Stündchen in Ruhe quatschen, ja, Benny-Boy?“

„Ich werde mich dort an den Tresen setzen.“

„Ben, verdammt!“ Verena strafte ihn mit einem wütenden Blick aus ihren lavendelblauen Augen und brachte ihn damit zum Lachen.

„Okay, du hast gewonnen. Eine Stunde, dann bin ich wieder bei euch.“

„Wohin gehst du?“, wollte Nora wissen, als er sich zu ihr beugte, um ihr einen Kuss auf die Lippen zu hauchen.

„Ins Büro – ein bisschen arbeiten.“

„Gut.“

Sie lächelten sich zärtlich an und Ben verließ den Wintergarten. Zufrieden sank Verena in den Sessel neben ihr.

„Das hätten wir geschafft! Der Kerl ist ja die reinste Klette. Ich weiß nicht, wie du das aushältst."

„Er macht sich nur Sorgen."

Ihre Freundin bedachte sie mit einem sanften Blick.

„Du hast recht. Eigentlich ist es ja auch ganz rührend, wie er sich benimmt. Du bist glücklich mit ihm, hm?"

„Ja, ich bin glücklicher, als ich es jemals zuvor gewesen bin."

„Ach, was frage ich überhaupt? Man sieht es dir ja an – man sieht es euch beiden an. Ben war schon immer ein außerordentlich gut aussehender Mann, aber nun … Weißt du, Nora, er hat eine Ausstrahlung, die eine Frau dazu bringt, die Luft anzuhalten."

„Verena!"

„Keine Panik, meine Liebe, ich bin nach wie vor verrückt nach meinem Doktor. Es ist nur … Ben ist mir eben verdammt vertraut. Das lässt sich nicht so einfach ausblenden."

Nora lächelte nachsichtig. „Ich weiß genau, was du meinst. Du brauchst dich dafür nicht zu entschuldigen. Vergiss nicht, du hast dir schließlich meinen Ex geschnappt, also kann ich deine Empfindungen recht gut nachvollziehen."

Verena erwiderte ihr breites Grinsen.

„Sag mal, wann ist denn nun eigentlich die große Eröffnungsfeier eures idyllischen Berghotels? Hendrik und ich wollen unbedingt dabei sein. Ich hoffe, du hast uns ein Zimmer reserviert?"

„Klar haben wir das getan. Ben hat bereits dafür gesorgt. Ihr bekommt eine der schönsten Suiten. Sie liegt direkt neben unserer Wohnung."

„Ihr habt eine Wohnung im Hotel?"

„Ja. Wir brauchen schließlich eine Unterkunft, wenn wir mal dort sind. Was lag da näher, als im Hotel zu wohnen. Ursprünglich waren die Räume nur für mich allein geplant, inzwischen hat sich ja einiges verändert."

Verena nickte. „Ich bin so unglaublich erleichtert, Nora. Zwischenzeitlich dachte ich wirklich, ihr würdet es nicht schaffen. Ich hatte richtig Angst um euch zwei."

„Du hast es doch nicht gewusst, oder? Ich meine, von Ben. Du wusstest nicht etwa die ganze Zeit schon, dass er in mich verliebt ist?"

Verena lachte hell auf. „Nein, sicher war ich mir nicht. Benny-Boy ist ein Meister darin, seine Gefühle zu verbergen. Obwohl ich zugeben muss, dass es da mal einen Moment gab … Leider war ich an dem Abend so beschwipst, dass ich später an meiner Beobachtung gezweifelt habe."

„Was?"

„An unserem Champagnerabend. Du erinnerst dich?"

„Hör bloß auf! Das war mir ja so was von peinlich. Er hat mich ins Bett gebracht." Nora kicherte in sich hinein. „Und?"

„Als er nach Hause kam … Es war sein Blick. Du lagst auf der Couch und er sah dich an. Die Art, wie er das tat, hat mich tief berührt. Heute weiß ich, dass seine ganze Liebe und Besorgnis in diesem Blick lag, aber damals habe ich es nicht richtig einordnen können. Nebenbei bemerkt muss ich dir ein Geständnis machen, denn ich habe dich an diesem Abend ein kleines bisschen angeflunkert. Du hast mich gefragt, ob ich noch immer an Ben interessiert sei, erinnerst du dich?"

Nora nickte. „Und?"

„Um ehrlich zu sein, hatte ich mir zu dem Zeitpunkt eigentlich vorgenommen, mir den schnuckeligen Kerl selbst wieder unter den Nagel zu reißen, und war daher abgelenkt. Ich hatte die Nase nämlich gestrichen voll von diesen schrecklichen Playboy-Typen und all den langweiligen Partys. Ich wollte ein ruhiges, geordnetes Leben an der Seite eines verlässlichen Mannes. Da ist mir sofort der gute alte Benjamin Larsen in den Sinn gekommen. Einige Tage zuvor hatte ich meinen letzten Job in Rom erledigt. Schon dort hatte ich mir alles schön zurechtgelegt. Ich wollte zurückkommen und ihn mir wiederholen. Irgendwie komisch, ich war mir sicher, dass er noch immer zu haben wäre. Natürlich hat sich dieser Plan dann schnell in Wohlgefallen aufgelöst. Ich habe an diesem Abend begriffen, dass ich Ben nicht einmal mehr annähernd erotisiere. Er hat mich freundlich, aber bestimmt abblitzen lassen. Das war für mich eine ganz neue Erfahrung." Verena lachte kurz. „Unsere Zeit war definitiv vorbei. Übrigens auch von meiner Seite aus, wie ich erstaunt bemerkte."

Nora kniff nachdenklich die Augen zusammen. „Warum erzählst du mir das? Es wäre nicht nötig gewesen."

„Ich weiß, aber ich fand es wichtig. Ich möchte absolut ehrlich zu dir sein. Unsere Freundschaft bedeutet mir viel und ich hatte ein schlechtes Gewissen wegen meiner Flunkerei." Verena ließ ihr millionenschweres Starlächeln aufblitzen.

Nora winkte lachend ab. „Trotz deiner wilden Verführungspläne warst du nicht so ganz unschuldig daran, dass ich Ben schließlich bekommen habe."

Sie kicherten miteinander wie verschworene Teenager.

„Sag mal, Verena, weiß Hendrik eigentlich über Ben und dich Bescheid?"

„Ja, natürlich. Er weiß fast alles von mir, mein Doktor. Ich halte inzwischen nichts mehr von Vorspiegelung falscher Tatsachen oder gar kleinen Rollenspielchen. Ich habe festgestellt, dass mir so was im Grunde nicht liegt. Ich will, dass Hendrik weiß, mit wem er es zu tun hat." Ihre Stimme wurde eine Nuance dunkler. „Ich liebe diesen Mann, Nora, viel mehr, als ich Ben jemals geliebt habe. Hendrik ist genau das, was ich gesucht habe. Heute weiß ich das. Er macht mich glücklich und gibt mir Frieden. Danach habe ich mich so lange gesehnt. Die wilden Partynächte sind abgehakt. Das brauche ich nicht mehr." Wieder lächelte sie. „Außerdem, meine Liebe, sind wir jetzt quitt, denn Hendrik war ja mal in dich verliebt. Und ich kann sehr gut damit leben, glaub mir. Schließlich mag ich dich. Selbst als wir noch Teenager waren, habe ich dich bewundert. Oh, ich war furchtbar von mir eingenommen, aber dich habe ich immer als ebenbürtig betrachtet."

Nora schüttelte den Kopf. „Schon ungewöhnlich, dass wir trotzdem niemals in Konkurrenz zueinander geraten sind, nicht wahr?"

Verena lachte fröhlich. „Nun, ich nehme Hendrik ein bisschen übel, dass er dir bereits mehrere Heiratsanträge gemacht hat und mir bisher keinen einzigen."

Auch Nora musste lachen. „Das wird er sicherlich noch tun. Er ist vollkommen hingerissen von dir."

„Oh ja, natürlich wird er mich bald bitten, ihn zu heiraten. Dafür werde ich schon sorgen."

„Du bist unverbesserlich. Hast du eigentlich …"

Verenas Mobiltelefon klingelte, und Nora hielt mitten im Satz inne.

„Entschuldige, da muss ich ran", sagte Verena, während sie in ihrer Handtasche nach dem Handy suchte.

Schließlich fand sie es und meldete sich. Ihr bildschönes Engelsgesicht wurde bereits in der nächsten Sekunde bleich und sehr ernst.

„Ja, Hendrik, okay. Du bleibst doch bei ihr? Ich bin in ungefähr zwanzig Minuten da. Ja, ich liebe dich auch, Schatz. Bis gleich."

Langsam ließ Verena die Hand sinken, in der sie das Telefon hielt, und atmete tief und seufzend ein. Ihre Augen schwammen in Tränen.

„Deine Mutter?"

„Ja. Hendrik ist bei ihr. Er hat sie gerade ins Krankenhaus gebracht. Er sagt, sie wird wahrscheinlich noch heute sterben. Nora, meine Mama stirbt, und ich kann nichts dagegen tun."

„Ich begleite dich. Warte, ich sag nur schnell Ben Bescheid. Er wird mitkommen wollen."

„Nein."

Verena erhob sich und griff nach ihrem schneeweißen Wollmantel, der auf einem der anderen Sessel lag. „Das ist wirklich nicht nötig. Geh du rauf zu Ben. Ich möchte nicht, dass du mitkommst. Es könnte noch Stunden dauern, bis … Hendrik wird bei mir sein. Mach dir also um mich keine Sorgen. Es reicht, wenn er sich diesem Elend aussetzen muss."

Nora dachte kurz nach. Sie kannte ihre Freundin gut genug, um zu wissen, dass Widerspruch im Augenblick keinen Erfolg haben würde. „Gut, aber du wirst jetzt nicht selbst fahren, sondern ein Taxi nehmen. Und du rufst mich sofort an, falls ich doch zu dir kommen soll – egal wann, hörst du?"

„Ich melde mich. Versprochen."

Ben saß in seinem Büro und warf ungeduldig einen Blick auf seine Armbanduhr. Seit knapp einer Stunde redeten die beiden Frauen unten im Wintergarten nun schon. „Das reicht jetzt", stieß er aus, doch als er nach seinem Mobiltelefon greifen wollte, um Nora anzurufen, fiel ihm ein, dass sie ihr Handy oben im Penthouse an eine Steckdose gehängt hatte, weil der Akku leer gewesen war. „Mist!"

Entschlossen klappte er den Personalordner zu, der vor ihm lag, und erhob sich. Bereits im Gehen schlüpfte er in sein Sakko. Im Fahrstuhl glaubte er einen Moment Noras Duft wahrzunehmen, lächelte dann aber über sich selbst.

Wie üblich begrüßten ihn mehrere Menschen, während er durch die Halle auf den Eingang des Wintergartens zuging. Im Vorbeigehen nickte er einem Kellner und schließlich dem Barkeeper zu und umrundete den Tresen, um in den abgelegeneren Bereich zu gelangen, in dem er Verena und Nora zurückgelassen hatte. Als er ihn erreichte, blieb er abrupt stehen und starrte auf die beiden verlassenen Korbsessel und die blank geputzte Tischplatte.

Der Platz war leer.

Es dauerte den Bruchteil einer Sekunde, bis ihm die Tragweite dieser Tatsache bewusst wurde, dann reagierten sein Kopf und sein Körper. Eine eiserne Faust legte sich um sein Herz, das plötzlich Eiswasser durch die Blutbahnen zu pumpen schien. Es war verrückt, aber er wusste es, fühlte die dunkle Bedrohung.

Die Gewissheit hatte ihn ebenso fest im Griff wie die grenzenlose Angst, die ihn durchfuhr wie ein vernichtender Pfeil aus blankem Eis.

„Herr Larsen? Kann ich etwas für Sie tun?"

Die besorgte Frage des Barkeepers holte ihn aus dem Schockzustand.

„Äh ... nein, Michael ... ich ..." Er schüttelte sich und riss sich zusammen. „Haben Sie eine Ahnung, wo die beiden Damen geblieben sind?"

„Sie sind vor ein paar Minuten gegangen. Soweit ich es mitbekommen habe, bekam Frau Körner einen Anruf."

Ben fluchte so heftig, dass der Barkeeper zusammenzuckte. „Oh, das war nicht an Sie gerichtet, Michael", entschuldigte er sich. „Waren sie zusammen? Ich meine, haben sie das Hotel gemeinsam verlassen?"

Der junge Mann zuckte mit den Schultern. „Tut mir leid, Herr Larsen, das kann ich Ihnen nicht beantworten. Ich bekam in dem Moment gerade eine Obstlieferung aus der Küche. Ich ..."

„Schon gut", beruhigte Ben ihn. Er griff in seine Jackentasche, musste aber feststellen, dass er sein Handy auf dem Schreibtisch liegen gelassen hatte. Einen leisen Fluch ausstoßend, verließ er den Wintergarten und marschierte geradewegs auf den Tresen der Rezeption zu.

„Guten Tag, Herr Larsen", begrüßte ihn der Empfangschef Wolfgang Wolters.

„Telefon! Schnell!", befahl Ben barsch und wartete darauf, dass ihm Wolters, dessen Miene eingefroren wirkte, den Apparat reichte. Ben rief in der Suite an und versuchte es sofort im Büro, als Nora nicht ranging, um sicherzustellen, dass sie sich soeben nicht einfach nur verpasst hatten – ohne Erfolg. Dann wählte er die Nummer von Alexander Hellberg in dessen Dienststelle. Nach dem kurzen Gespräch gab er dem Empfangschef den Hörer zurück und atmete einige Male tief durch.

„Haben Sie in den letzten paar Minuten Frau Brehlow gesehen, Wolters?"

„Nein, Herr Larsen, tut mir leid."
„Es ist wichtig, Wolters. Lebenswichtig vielleicht."
Der Empfangschef schüttelte bedauernd den Kopf.
„Und Frau Körner? Sie wissen schon, die Freundin von Frau Brehlow."
„Ich kenne Frau Körner, Herr Larsen. Jeder hier kennt sie. Frau Körner hat vor einigen Minuten das Haus verlassen. Sie hat mich gebeten, ein Taxi direkt vor den Eingang kommen zu lassen."
„Ist sie allein in dieses Taxi gestiegen?"
„Ja. Ich habe es gesehen."
Ben schloss kurz die Augen. Der letzte kümmerliche Rest von Hoffnung, den er tief in seinem Herzen genährt hatte, zerplatzte wie eine Seifenblase.
„Wer von den Angestellten war noch in der Halle?" Ben blickte sich um, während er diese Frage stellte.
„Nun ... einige Pagen, wie üblich. Gabi Schreiner stand am Computer hier an der Rezeption, Felix Brettschneider kümmerte sich um die Reservierungen. Frau Schreiner ist gerade in die Pause gegangen."
„Hören Sie, Wolters, fragen Sie jeden Einzelnen, wann und wo er zum letzten Mal Frau Brehlow gesehen hat, und notieren Sie alles genau. Außerdem sollen mindestens fünf Leute das ganze Haus nach ihr durchsuchen – und zwar gründlich, und wenn ich das ganze Haus sage, meine ich das ganze Haus! Entscheiden Sie, wer im Augenblick an seinem Arbeitsplatz entbehrlich ist. Ich selbst fahre kurz hinauf in die Penthousesuite und bin danach im Büro. Ein Herr Hellberg von der Kripo wird in wenigen Minuten hier eintreffen. Schicken Sie ihn bitte zu mir rauf. Und ... Wolters, sowie Sie die Informationen gesammelt haben, will ich alles haargenau wissen, klar? Frau Brehlow ist vielleicht in Gefahr. Ich brauche dringend Ihre Hilfe und verlasse mich auf Ihre Zuverlässigkeit und die nötige Diskretion. Brettschneider soll für Sie den Empfang übernehmen, verstanden?"
Wolfgang Wolters drückte das Rückgrat durch. „Verstanden, Herr Larsen. Sie können sich voll und ganz auf mich verlassen."

Nora kam nur allmählich zu sich. Ihre Augenlider brannten und sie hatte einen milchigen Schleier vor den Augen, so, als hätte ihr jemand Öl hineingerieben. Der grelle Lichtschein, der ungefiltert ihr Gesicht traf, schmerzte zusätzlich. Der Kopf tat ihr höllisch weh, unter ihrer Schädeldecke hämmerte es. Langsam und vorsichtig versuchte sie, sich zu bewegen, erfolglos. Sie war viel zu schwach, um darüber nachzudenken, warum das so war – also schloss sie die brennenden Lider und ergab sich der lähmenden Schwäche, indem sie sich bemühte, wieder in selige Bewusstlosigkeit hinüberzugleiten. Während sie sich etwas entspannte, wurde ihr Kopf klarer und Bilder ihrer allerletzten Erinnerungen tauchten auf.

Der Fahrstuhl.

Die Tür ist schon fast zu, da springt jemand hinein.

Erkennen.

Begreifen.

Nicht atmen! Nur nicht atmen!

Keine Luft, Furcht und schließlich nur noch Dunkelheit.

Ungute Erinnerungen. Schmerzen und grenzenlose Angst überschwemmten sie und brachten ihren Kreislauf auf Touren. Wieder öffnete sie unter erhöhter Anstrengung die Augen und drehte den schmerzenden Kopf auf dem Kissen hin und her.

Wo bin ich?

Sie wollte rufen, nach Ben rufen, aber ihre Kehle war so ausgetrocknet, dass sie noch nicht einmal ein Flüstern hervorbrachte. Dann endlich wurde ihr Blick klarer – langsam nur –, so als würde jemand Schlieren von einer Fensterscheibe wegpolieren.

Sie erkannte die Fotos – das war das Erste.

Bilder von ihr und von ihrem Vater. Fotos, die ihren Vater zusammen mit einer fremden Frau zeigten. Große Aufnahmen vom Hotel und von dem Wohnhaus. Fotos überall an den Wänden – und dazwischen Glaskästen mit Schmetterlingen.

Erneut erfasste Panik sie und schüttelte sie regelrecht durch.

Was soll das? Wo bin ich hier nur?

Erst jetzt erkannte sie, wieso sie sich nicht aufrichten konnte.

Sie war mit Nylonstricken an Händen und Füßen gefesselt. Die Stricke waren mit dem schweren Bettgestell aus Eisen verbunden, auf dem sie lag. Nora holte einige Male tief Luft, um bei Sinnen zu bleiben.

Die Schmetterlinge! Oh, Gott, Ben! Wo bist du?

Wieder blickte sie sich um. Sie befand sich in einem fensterlosen Raum. Fast kam er ihr vor wie eine übergroße Kiste, in die man sie gesperrt hatte, denn hinter den Fotos und Glaskästen erkannte sie grobe, weiß getünchte Holzvertäfelungen. Nora schluckte, als sie die Fotos genauer betrachtete. Auf einigen war Clemens jung und sie selbst noch ein Kind. Sie zeigten nur ihren Vater und sie – und manchmal diese fremde Frau. Clemens und die fremde Frau beim Einkaufen, beim Essen auf der Terrasse irgendeines Restaurants, in der Hotelhalle oder bei einem Spaziergang im Wald.

Es gab auch ein Foto von ihr auf der Beerdigung ihres Vaters. Sie wusste genau, dass sie zwischen Ben und Thea gestanden hatte, aber die beiden waren nicht da. Es wirkte, als hätte man sie abgeschnitten. Nur sie war auf dem Bild, den Kopf gesenkt, die große Sonnenbrille auf der Nase, damit nicht jeder ihren Schmerz sah.

Nora erschauerte. Ihr Entführer musste sie schon vor vielen Jahren beobachtet und fotografiert haben. Immer wieder! Überall! Er war ständig in ihrer Nähe gewesen!

Direkt über dem Bett hing eine lange, gelblich strahlende Neonröhre und erhellte den Raum bis in den kleinsten Winkel. Jetzt bemerkte sie auch den runden Tisch, der in der Mitte des Zimmers stand. Zwei Stühle, eine dunkle Kommode und ein bequem aussehender Ledersessel neben einem Beistelltisch. Wer sich in diesem Sessel niederließ, blickte genau auf die Wand mit den übergroßen Fotografien. Ein weiterer Schauder durchfuhr sie und brachte sie zum Zittern. Ihr Blick schwenkte auf die andere Seite ihres Gefängnisses. Dort gab es eine offene Nische mit einer einfachen Duschkabine, einem winzigen Waschbecken und einer Toilette. Daneben lehnte ein zusammengeklappter Paravent.

Keine Tür! Wo ist der verdammte Eingang zu diesem Raum?

Mit gehetztem Blick suchte sie die Wände ab, konnte aber keinen Ausgang entdecken. Die entsetzliche Angst kam zurück und nahm bedrohliche Formen an.

Todesangst.

Es gibt keine einzige Tür!

Voller Verzweiflung warf sie den Kopf hin und her, doch sie fand keine Unebenheit, keinen Einschnitt. Dann kamen die Tränen und machten sie blind.

Hauptkommissar Alexander Hellberg hing seit geraumer Zeit am Telefon in Bens Büro. Nora war verschwunden, inzwischen gab es daran nicht mehr den geringsten Zweifel.

Ben stand regungslos, die geballten Fäuste in den Hosentaschen, vor dem Fenster und versuchte, irgendwie bei klarem Verstand zu bleiben. Ohne auch nur andeutungsweise wahrzunehmen, was er sah, starrte er hinaus in die tief hängenden Wolken des steingrauen Himmels. Sein Unterbewusstsein schien in der Lage zu sein, ihre Angst zu spüren. Noras Todesangst übertrug sich auf ihn, wie ein heimtückisches Virus. Schon seit einiger Zeit mobilisierte er bewusst seine mentalen Kräfte, konzentrierte sich darauf, diese Empfindungen zu verdrängen oder zumindest einzudämmen. Es war wichtig, jetzt nicht wahnsinnig zu werden. Für Nora war es lebenswichtig – das wusste er so sicher, wie er seinen eigenen Namen kannte.

Hinter ihm legte Alexander endlich den Hörer auf. „Der Apparat läuft, Ben. Das volle Programm. Mehr kann ich im Augenblick nicht tun. Eine ganze Abteilung kümmert sich darum."

„Wer leitet den Fall?", fragte er rau.

„Hauptkommissar Richard Kahlenbach – aber nur offiziell. Er lässt mir freie Hand, weil ich von Beginn an involviert war. Ich konnte ihn überzeugen, mir die Sache zu überlassen, obwohl du und ich miteinander befreundet sind."

„Gut gemacht, Alex! Du bist mir bedeutend lieber als Kahlenbach."

„Du kennst ihn?“

Ben schüttelte den Kopf. „Nein, aber ich kenne deine Fähigkeiten. Ehrlich gesagt bin ich zurzeit gar nicht in der Lage, einen verwertbaren Gedanken zu fassen.“ Fluchend durchpflügte er sein Haar mit den Fingern, ließ sich auf seinen Bürostuhl fallen, stützte die Ellenbogen auf dem Schreibtisch auf und bedeckte das Gesicht mit den Händen. „Himmelherrgott noch mal! Dieses verflixte Gefühl, ich habe etwas Wichtiges übersehen, lässt mich einfach nicht los. Aber da ist nichts. Ich denke nach und denke nach … nichts! Absolut nichts!“

Alexander trat näher und umfasste seine Schultern. Ben ließ die Hände sinken. „Ich will sie zurück, Alex – lebend und unversehrt“, brachte er kaum hörbar hervor. „Wenn er ihr etwas antut …“

„Ich werde alles tun, um sie dir heil und gesund wiederzubringen.“

Er nickte. „Ich weiß. Sag mir, mit wem ihr anfangt?“

„Benjamin!“

„Ich will's nur wissen. Ich halte mich aus den Ermittlungen raus, versprochen, aber ich will Informationen über eure Vorgehensweise. Alle Informationen!“

Hellberg gab sich einen Ruck. „Bisher ist Breitenbach meine erste Wahl. Seine Affäre mit Nora macht ihn zu meinem Lieblingsverdächtigen. Ich hatte ihm sowieso schon ein bisschen auf den Zahn gefühlt, nachdem ihr mich eingeschaltet habt. Leider ohne dabei den geringsten Erfolg zu erzielen. Wir sollten aber auch nicht ganz die Möglichkeit außer Acht lassen, dass es ein vollkommen Unbekannter sein könnte. Mich macht diese Notiz nervös, die unser Schmetterlingsfreund beim letzten Mal beigelegt hat.“

„Ist Markus überhaupt noch in Deutschland?“

„Ja. Seit wir von Noras Verschwinden wissen, wird er observiert. Im Augenblick befindet er sich in seiner Wohnung, aber meine Kollegen werden in diesen Minuten bei ihm anklingeln, um ihn zu mir ins Büro zu schaffen.“

„Und seine Wohnung?“

„Sowie es einen entsprechenden Anhaltspunkt gibt, wird sie natürlich durchsucht."

„Gut."

„Hat dein Empfangschef irgendetwas herausgefunden?"

„Leider nein. Niemand hat Nora gesehen, nachdem sie den Wintergarten verlassen hat. Es ist zum Verzweifeln."

„Und die blonde Schönheit?"

„Verena hat sich vor der Tür zum Wintergarten von ihr getrennt. Sie ist sofort in ein Taxi gestiegen und sitzt noch immer am Sterbebett ihrer Mutter."

„Was ist mit dem Doktor?"

„Soweit ich es aus unserem Gespräch entnehmen konnte, weicht Hendrik Behrmann nicht von ihrer Seite. Er war schon vor ihr im Krankenhaus."

„Nun, das lässt sich ja leicht überprüfen." Alexander machte einen tiefen Atemzug. „Lass uns noch einmal auf diese Notiz zurückkommen. Es ist nicht unbedingt die Tatsache, dass er dieses Mal überhaupt eine beigelegt hat, sondern viel eher, dass er plötzlich klar und deutlich dein Leben bedroht, was mich beschäftigt."

„Damit wollte er Nora ängstigen, denke ich."

Alexander nickte. „Das könnte der Grund sein. Dennoch finde ich die Art dieser Notiz zumindest ungewöhnlich. Es passt nicht in das übliche Muster. Was ich sagen will, Benjamin, wir sollten die Möglichkeit nicht ganz außer Acht lassen, dass in Wahrheit du sein Ziel bist und Nora nur … den Köder darstellt."

Schnaufend schüttelte Ben den Kopf. „Das klingt doch alles sehr weit hergeholt, Alex. Versteh mich nicht falsch, ich respektiere natürlich deine berufliche Erfahrung und …"

„Du hast dir in deiner Zeit als Strafverteidiger garantiert ein paar Feinde gemacht", gab Alexander zu bedenken.

Ben winkte ab. „Mir fällt trotzdem niemand ein, der zu so einer Tat fähig wäre, nur um sich an mir zu rächen."

„Okay, wie auch immer … ich werde mich in mein Büro begeben, um meine Arbeit zu machen." Alexander griff nach seiner Lederjacke und schlüpfte hinein. „Du solltest etwas essen, damit du bei Kräften bleibst. Sei vernünftig und ruh dich ein bisschen aus. Versuche es wenigstens."

Ben presste die Lippen zusammen und nickte. „Mach dir um mich keine Sorgen. Kümmere dich lieber um Nora."

Ein Klicken ließ Nora zusammenfahren. Sie öffnete die brennenden Augen und blinzelte gegen das grelle Licht der Neonröhre. Dann sah sie es. Links von ihr war plötzlich ein Loch in der Zimmerdecke. Eine quadratische Öffnung, durch die eine Leiter heruntergeschoben wurde. Das Herz schlug ihr bis zum Hals hinauf und sie atmete schnell und flach.

Unter der Erde! Ich bin unter der Erde! Ich bin … lebendig begraben!

Bedächtig, fast gemächlich stieg ein Mann die Leiter herunter und kam zum Bett herüber, auf dem sie lag. Auf seinen Lippen lag ein seltsames Lächeln. Langsam ließ er sich auf die Bettkante nieder und betrachtete sie eingehend. Sein Blick tastete ihren Körper ab und blieb an ihrem Mund hängen. Nora wand sich unter der Musterung. Ekel stieg in ihr auf und die Kehle wurde ihr eng. „Du?", stieß sie heiser aus.

„Du bist also aufgewacht. Sehr gut, Nora."

„Warum tust du das mit mir?"

„Ich habe meine Gründe."

Seine Stimme klang hohl und gefühlskalt.

„Lass mich gehen. Bitte, bitte, lass mich … doch gehen."

„Den Gefallen kann ich dir leider nicht tun. Ich brauche dich noch."

Er strich ihr über die Wange und ließ seine Hand dort liegen. Nora zuckte heftig zusammen. „Fass mich nicht an!"

„Bring mich besser nicht auf Ideen, die ich bis jetzt gar nicht hatte", sagte er kalt, nahm aber die Hand fort und erhob sich.

„Was willst du von mir?", fragte sie schluchzend, doch er wandte sich ab und ging zurück zur Leiter. Wenige Sekunden später war die Öffnung in der Decke wieder geschlossen und Nora war erneut mit sich und ihrer Angst allein.

Alexander war kaum gegangen, da tauchte Andrea Trenkler in der Tür zu seinem Büro auf. Einen Augenblick sahen sie sich einfach nur an. Er hatte sie gleich nach dem kurzen Telefonat mit Verena angerufen. Offenbar war sie daraufhin sofort losgefahren.

„Ben! Ich habe draußen gewartet, solange Hellberg bei dir war. Ich wollte euch nicht stören."

Er räusperte sich und stand auf. „Gut, dass du da bist, Andrea."

„Sie werden Nora finden."

Sie kam auf ihn zu und legte ihm sachte eine Hand auf die Wange.

„Sie finden sie. Du musst nur ganz fest daran glauben."

Ben nickte stumm, und weil sich ihre Augen mit Tränen füllten, zog er sie an sich. Merkwürdigerweise gab es auch ihm Kraft, ihr Trost zu spenden. Langsam wiegten sie sich hin und her.

„Ich hasse den Gedanken, was er ihr alles antun könnte – das ist das Schlimmste."

„Daran darfst du gar nicht denken, Ben."

„Sie ist … Ich will sie verdammt noch mal zurück!" Nach einer Weile löste er sich von ihr und strich sich verlegen das Haar aus der Stirn. „Tut mir leid, dass ich mich so gehen lasse, entschuldige."

„Sei nicht albern, du lässt dich überhaupt nicht gehen. Im Gegenteil. Du hältst dich großartig."

„Schon gut, was solltest du auch sonst sagen."

„Ich meine immer, was ich sage, Ben."

Er nickte geistesabwesend. „Ich weiß. Tut mir leid. Bleibst du noch ein bisschen bei mir?"

„Natürlich. Wenn ich irgendwas für dich tun kann, dann sag es ruhig."

„Wie wäre es mit einer Tasse Kaffee? Ich muss irgendwie die nächsten Stunden durchstehen."

Später, nachdem Andrea wieder gegangen war, hielt Ben es im Hotel nicht mehr aus, deshalb setzte er sich in seinen Wagen und machte sich auf den Weg zum Wohnhaus, nur um irgendetwas zu tun.

Er wusste, dass die Handwerker im oberen Stockwerk inzwischen fast fertig waren und dass die Zugehfrau im unteren Bereich des Hauses schon geputzt hatte. Etwas ratlos schaute er sich im Flur um, dann warf er einen Blick in die Küche. Alles war an seinem Platz. Wenn es erforderlich gewesen wäre, hätten sie sofort einziehen können. Die Stelle, wo bis vor Kurzem noch der Käfig mit den Kanarienvögeln gestanden hatte, wirkte leer. Thea hatte die Vögel mitgenommen. Inzwischen waren Hugo und Adele gut in ihrem neuen Leben angekommen, genau wie ihre neue Besitzerin.

Er atmete tief ein. Bisher hatte er den inbrünstigen Gesang der beiden nicht vermisst, merkwürdigerweise tat er es jetzt. Als ihm die Kehle eng wurde, trat er an den Kühlschrank, um sich ein Bier zu holen. Nach einem tiefen Schluck stellte er die halb leere Flasche auf dem Küchentisch ab und ging zurück in den Flur.

Mit schweren Schritten stieg er die Stufen hinauf in den ersten Stock. Dort angekommen, stand er einige Sekunden in der offenen Tür zum Schlafzimmer, bevor er es fertigbrachte hineinzugehen. Das neue, übergroße Bett war mit einer Kunststoffplane abgedeckt, doch die Renovierungsarbeiten hier waren abgeschlossen. Nur im angrenzenden Badezimmer mussten die Installateure noch kleinere Arbeiten erledigen. Langsam betrat er das Zimmer, während er unablässig das prächtige Bett anstarrte, das trotz der nüchternen Plastikabdeckung den gesamten Raum beherrschte. Gleich nach den Weihnachtsfeiertagen hatten sie es zusammen ausgesucht, und vor zwei Tagen war es angeliefert worden. In seinem Kopf hörte er Noras heiseres Lachen und die frivolen Bemerkungen, die sie ihm ins Ohr geflüstert hatte, als die Mitarbeiter des Möbelhauses das Bett aufstellten.

Das Gefühl unendlicher Einsamkeit ergriff ihn, und er stützte sich schwer auf den Bettrahmen. Verzweifelt versuchte er, gegen den Schmerz in seiner Brust anzuatmen, der ihn plötzlich überfiel. Er war mit seiner Kraft am Ende. „Oh Gott, gib sie mir zurück!“ Er schaffte es nicht, auch nur noch eine weitere Sekunde diesem unsagbaren Kummer auszuweichen, also gab er ihm endlich nach. Langsam sank er auf den Boden, legte die Stirn an die kalte Folie und überließ sich dem befreienden Strom der Tränen. Minuten vergingen, dann raffte er sich auf und straffte die Schultern. Schließlich erhob er sich und verließ das Zimmer.

Du wirst hierher zurückkommen, Kätzchen. Zu mir.

Wieder im Erdgeschoss angekommen, ging er in die Küche, um sich über der Spüle das Gesicht und die brennenden Augen mit kaltem Wasser zu kühlen und sein Bier auszutrinken, erst danach betrat er das Wohnzimmer.

Die Doppeltür zur Bibliothek stand weit offen.

Er folgte mehr seinem Instinkt als einem sichtbaren Hinweis, durchquerte den Raum und ging darauf zu. Unbewusst strich er über den geschlossenen Deckel des Flügels. Sein Blick heftete sich dabei an die meterlangen Buchreihen, genauso wie er es tausendmal vorher getan hatte, seit er in diesem Haus lebte. Ja, er hatte schon sehr oft so dagestanden und sich die Bücher angesehen. Hier versorgte er sich mit Lesestoff und doch hatte er noch lange nicht alle gelesen. Vielleicht werde ich es niemals schaffen, dachte er wehmütig. Ein Leben allein würde dafür wohl nicht ausreichen. Während er die Buchreihen betrachtete, legte sich allmählich das Chaos in seinem Inneren und er ließ seine Gedanken fließen.

Hier herrschte noch immer die Ordnung, die Clemens Brehlow für gut befunden hatte. Abgesehen von den vorhandenen Klassikern der Weltliteratur hatte Clemens die Bücher nach Themen sortiert. So hatten er und Nora während ihrer Schulzeit niemals Probleme damit gehabt, das passende Buch zu jedem Thema zu finden. Es gab eine wahre Flut von Sachbüchern. Egal, was man suchte, hier fand man es. Davon hatte nicht nur die Familie profitiert, sondern immer mal wieder auch einige Freunde.

Der Gedankenflug endete abrupt und es kam ihm vor, als würde ein eisiger Hauch ihn treffen. Ben fröstelte, in seinen Ohren rauschte das Blut.

Ja! Natürlich!

Erneut sah er sich um, schritt nun zielgerichtet die langen Bücherregale ab, blickte nach oben, dann wieder nach unten, bis er schließlich innehielt und die fahrbare Bibliotheksleiter heranzog und festhakte. Er stieg auf die dritte Stufe und fuhr mit dem Zeigefinger die Buchreihe entlang, die sich jetzt auf Augenhöhe befand.

„Es ist nicht da", stellte er fest. „Verdammt noch mal, es ist nicht da! Das muss es sein!"

Mit einem Satz sprang er von der Leiter und war schon im nächsten Augenblick am Telefon im Wohnzimmer. Es dauerte eine ganze Weile, bis er Alexander Hellberg an den Apparat bekam. „Alex, mir ist etwas eingefallen, und ich denke, ich weiß jetzt, wer es sein könnte."

Er war nur kurz fort gewesen, zumindest kam es ihr so vor, nun stand er mit verschränkten Armen vor ihrem Bett und starrte auf sie herab.

„Ich … ich will nach Hause. Lass mich …" … zu Ben, setzte sie in Gedanken hinzu, als ihre Stimme brach.

„Du hörst mir nicht zu, Nora. Ich sagte doch schon, ich kann dich nicht gehen lassen. Also lass das Gejammer. Es wird dir nichts nützen."

Seine blauen Augen waren ausdruckslos, und Nora empfand unsagbare Furcht.

„Aber ich binde dich los, wenn du mir versprichst, brav zu sein", hörte sie ihn sagen.

Die Aussicht darauf, wenigstens von den schmerzhaften Fesseln befreit zu werden, lenkte sie etwas von ihrer grenzenlosen Furcht ab. Ihr Gehirn begann augenblicklich, normaler zu funktionieren.

Du musst dich zwingen, kühler zu wirken. Denk nach, Nora! Hör auf zu heulen! Bleib ruhig, verdammt!

„Ja!", antwortete sie hastig. „Ich werde brav sein, versprochen."

„Wenn nicht, muss ich dir ernsthaft wehtun, und das willst du doch nicht, nicht wahr?"

„N…nein, das will ich nicht."

„Gut, dann sind wir uns ja einig." Während er ihre Fesseln löste, starrte er ihr unaufhörlich ins Gesicht. „Du wirst Hunger haben. Ich werde dir gleich etwas zu essen bringen."

Nora brachte nur ein Nicken zustande. Stumm rieb sie sich die schmerzenden Handgelenke.

„Oh, tut es sehr weh?"

Seine Stimme klang tatsächlich mitleidig.

„Nein, nein! Es geht schon besser – wirklich!"

„Während ich dir etwas zu essen herrichte, kannst du dich ein wenig frisch machen. Es ist für alles gesorgt."

Nora unterdrückte einen Schauder. „Danke", flüsterte sie.

Rückwärts, ohne sie dabei aus den Augen zu lassen, stieg er den einziehbaren Aufgang hinauf, dann wurde die Treppe nach oben geholt und die Einstiegsluke verschlossen.

Sie war wieder allein. Regungslos saß sie einige Minuten auf dem Bett und versuchte das Chaos in ihrem Kopf zu ordnen, indem sie die Tatsachen aneinanderreihte, mit denen sie sich abfinden musste.

Sie war gefangen.

Sie war entführt und hierher gebracht worden.

Sie wusste weder, wo sie sich befand, noch, wie lange sie bewusstlos gewesen war. Ihre Armbanduhr war weg, aber er hatte ihr den Ring gelassen. In ihrer Brust begann es heftig zu schmerzen, als sie ihn betrachtete, doch sie kämpfte die aufsteigenden Tränen nieder. Den Gedanken daran, wie Ben sich im Augenblick fühlen musste, verdrängte sie ebenso – sie hielt ihn einfach nicht aus. Nein, sie wollte auf keinen Fall wieder die

Fassung verlieren. Besser war es, sich darauf zu konzentrieren, was er jetzt unternehmen würde.

Ben wird alles tun, um mich zu finden. Er ist schlau wie ein Fuchs. Er wird mich finden, das weiß ich. Ich muss nur solange durchhalten. Er wird kommen!

Nora atmete tief ein und erhob sich vom Bett. Ihre Augen brannten noch immer. Ob vom Weinen oder von der Betäubung, wusste sie nicht, es war ihr auch egal. Nicht ganz sicher auf den Beinen, ging sie hinüber in die kleine Badezimmernische und wusch sich gründlich das Gesicht. Erst da bemerkte sie, dass ihre Bluse bis zum Ansatz ihrer Brüste geöffnet war. Hastig und mit zittrigen Fingern schloss sie die Knöpfe.

Neben dem Spiegel gab es ein Regal, das sie vom Bett aus nicht hatte sehen können. Wieder durchrieselte sie ein Angstschauder. Eine vollständige Auswahl ihrer Pflegeserie stand dort, ebenso wie das Duschgel, das sie bevorzugte. Außerdem gab es eine Ansammlung verschiedener Haarpflegemittel, eine Bürste und einen Kamm. Ihr Entführer hatte an alles gedacht. Auf einer schmalen Ablage entdeckte sie eine Flasche ihres Lieblingsparfüms neben einem Körbchen mit Make-up-Utensilien und einem Becher mit einer Zahnbürste darin. Sogar die Zahnpasta war die, die sie stets benutzte. Nora fiel ein, dass er ja einmal bei ihr zu Hause in ihrem Zimmer gewesen war, um dort einen seiner Schmetterlinge abzulegen.

Während sie sich im Spiegel in ihre rot geränderten Augen blickte und verzweifelt den dicken Kloß bekämpfte, der sich in ihrer Kehle breitmachte, atmete sie tief durch.

Automatisch griff sie nach der Bürste und bearbeitete mit kräftigen Strichen ihr Haar. Die beiden Steckkämme, die sie getragen hatte, waren verschwunden. Sie musste sie verloren haben. Einige Sekunden lang starrte sie ihr Spiegelbild an, doch dann schien es ihr, als würde sie in ihren eigenen Augen Bens geliebtes Gesicht erkennen.

„Ich verspreche dir, ich werde das hier durchstehen. Ich weiß, du wirst kommen!“

„Nun, ich gebe zu, es ist ein Anhaltspunkt, aber es ist irgendwie … ziemlich weit hergeholt, findest du nicht, Benjamin?“ Selbst durchs Telefon war deutlich der Zweifel in Alexanders Stimme zu hören.

„Mir ist schon klar, dass sich das verrückt anhört, aber da ist ein Gefühl in mir, das mir sagt, dass er es tatsächlich sein könnte. In dem Augenblick, als mir dieses verdammte Buch einfiel, war sofort der Verdacht da. So schlimm diese Vorstellung auch sein mag. Du hast doch auch schon oft auf deinen Instinkt vertraut, Alex.“

„Instinkt … ja, ich weiß natürlich, was du damit meinst, aber der Mann stand bisher nicht mal andeutungsweise auf meiner Liste.“

„Das ist mir klar, auf meiner ja auch nicht. Mir fällt noch nicht einmal ein plausibler Grund ein, warum er so was tun sollte, aber als ich mich dann plötzlich daran erinnerte, dass er sich früher mal dieses Buch über einheimische Insekten bei Clemens ausgeliehen hat, ist es mir eiskalt den Rücken runtergelaufen. Ich weiß noch genau, dass ich mich damals darüber wunderte und ihn sogar damit aufzog. Wir waren in einer Jahrgangsstufe, ein oder zwei Halbjahre vor dem Abitur, und haben uns im Biologiekurs gerade mit DNA-Strängen befasst, nicht mit Insekten. Wie gesagt, das Buch ist nicht an seinem Platz. Er hat es niemals zurückgebracht.“

„Gut, aber hattest du jemals den Eindruck, er wäre ernsthaft in Nora verliebt? Gregor Warner ist inzwischen verheiratet und hat zwei kleine Kinder.“

„Ich muss zugeben, dass ich annahm, er würde wie die meisten Jungs damals eher auf Verena abfahren und nicht auf Nora. Ihr gegenüber hat er sich eigentlich immer freundschaftlich verhalten. Von meinen engen Freunden war es vor allem Markus, der unübersehbar eine Schwäche für Nora hatte.“

„Hältst du ihn für gewalttätig?“

Ben kniff kurz die Augen zu und umklammerte den Hörer fester. „Eigentlich nicht. Andererseits … eine Entführung hätte ich ihm ebenso wenig zugetraut, aber mein Verdacht ist unsere einzige Spur, Alex, mehr haben wir zurzeit nicht. Wir sollten sofort etwas unternehmen."

„Okay, Benjamin, wir werden Gregor Warner mal unter die Lupe nehmen."

„Was soll das denn heißen, verdammt noch mal? Leg los, zum Teufel! Aktiviere deinen gesamten Verein, und wenn er sie hat, holt sie sofort von ihm weg!"

„Hör zu, dein Nervenkostüm ist im Augenblick ein bisschen angeknackst. Denk mal deinen eigenen Verdacht bis zum Ende durch, Herr Anwalt. Wir müssen sehr vorsichtig sein. Falls du nämlich tatsächlich richtigliegst, kann niemand sagen, wo er Nora versteckt hält. Er wird sie wohl kaum in seinem Haus bei seiner lieben Ehefrau untergebracht haben, oder siehst du das anders? Solange wir ihren Aufenthaltsort nicht sicher kennen, sollten wir uns besser ahnungslos geben. Wir haben bis jetzt nicht das Geringste gegen ihn in der Hand. Junge, wo bleibt dein sonst so scharfer Verstand?"

Ben schluckte. Er wusste, dass Alex recht hatte. „Natürlich. Entschuldige. Was schlägst du vor?"

„Zunächst einmal werde ich meine Kollegen auf Warner ansetzen. Sie bekommen von mir zwei Stunden, um den Kerl gründlich zu durchleuchten. Wie schon erwähnt, sollten wir äußerst bedacht vorgehen. Mein Vorschlag wäre, du sammelst dich etwas, und dann schaust du bei den Warners vorbei. Offiziell willst du sie natürlich nur davon in Kenntnis setzen, dass Nora verschwunden ist. Halte die Augen offen und lass die Atmosphäre dort auf dich wirken. Mal sehen, ob du das werte Familienoberhaupt überhaupt antriffst. Es ist jetzt schon deutlich nach sechs. Ein braver Familienvater wird doch wohl den Feierabend mit seinen Lieben genießen wollen. Lass dir nichts anmerken, falls er da sein sollte, er darf nichts von deinem Verdacht merken. Das könnte lebenswichtig für Nora sein, wenn er wirklich der Entführer ist, daran musst du unbedingt denken. Halte dich nicht allzu lange dort auf. Hinterher kommst du auf direktem Weg zu mir nach Hause, damit wir alle weiteren Schritte durchsprechen können. Vielleicht haben meine Kollegen bis dahin schon was gefunden. Bei allem, was du tust und sagst, denk immer an Nora!"

„Glaub mir, ich tue nichts anderes." Er warf einen Blick auf seine Armbanduhr. „Ich brauche ungefähr zwanzig Minuten bis zu Gregor. Sagen wir mal … gegen acht werde ich bei dir sein können."

„Abgemacht. Bis nachher dann."

„Ach, Alex?"

„Ja."

„Nimm einen guten Rat von mir an. Fahr so schnell wie möglich zu deiner Frau und nutze die Zeit, die du mit ihr hast, gut."

Ein kurzes raues Lachen drang durch den Hörer an Bens Ohr, dann legte Alex auf.

16. KAPITEL

Es war schon fast halb neun, als Ben endlich vor Alexanders Haus stand und auf den Klingelknopf drückte. Linda Hellberg öffnete. Sie schenkte ihm ein herzerfrischendes Lächeln, stellte sich auf die Zehenspitzen und küsste ihn kurzerhand auf die unrasierten Wangen. Bisher war Ben ihr nur ein oder zwei Mal begegnet, trotzdem begrüßte sie ihn wie einen alten Freund. Irgendwie tat ihm das gut.

„Es tut mir leid, dass ich Ihnen den Feierabend verderbe, Frau Hellberg“, sagte er und versuchte sich an einem Lächeln. „Aber Alexander war so freundlich …“

„Ach, das ist doch vollkommen in Ordnung! Machen Sie sich keine Gedanken, Herr Larsen, ich freue mich, wenn mein Mann Ihnen helfen kann! Ich weiß, der Anlass ist nicht besonders angenehm, es ist mir trotzdem eine große Freude, Sie wiederzusehen. Kommen Sie herein! Alex wartet in der Küche. Er hat gerade Tee gemacht.“

Ben folgte ihr in die gemütliche Wohnküche des Hauses und begrüßte seinen Freund.

„Setz dich, Benjamin“, sagte Alexander, nachdem er Tee in zwei bereitstehende Becher eingeschenkt hatte.

„Ich lass euch dann besser mal eine Weile allein“, sagte Linda. „Das Baby wird sowieso gleich wach werden.“ Sie verstrubbelte ihrem Mann im Vorbeigehen das Haar und ging nach nebenan.

„Meine Güte, deine Frau ist wirklich … süß“, entfuhr es Ben.

Alexander lächelte ohne die geringste Verlegenheit, während er sein Haar wieder ordnete. „Ja, sie ist … mein Traum.“

„Das klingt perfekt.“ Ben brachte ebenfalls ein Lächeln zustande. Linda Hellberg hatte es mit ihrer warmherzigen Art geschafft, ihn ein wenig abzulenken und aufzumuntern.

Alexander nickte. „Das ist es auch.“ Er nahm einen Schluck Tee, dann fragte er: „Und? Was spricht man so im Hause Warner?“

„Gregor war tatsächlich nicht da. Elfie erzählte mir, dass er zurzeit für eine Computerfirma als juristischer Berater tätig ist. Er arbeitet offenbar irgendwelche komplizierten Verträge für das Unternehmen aus und kann deshalb nur selten bei seiner Familie sein."

„Ach? Der arme Mann."

„Im Augenblick gibt er dort nur kurze Gastspiele. Elfies Worte." Ben dachte einen Moment nach. „Hör zu, Alex, vorausgesetzt, dass ich mit meiner Vermutung richtigliege, Elfie Warner ist offensichtlich vollkommen arglos. Sie hat keine Ahnung, wer sich da möglicherweise hinter der Maske ihres makellosen Ehemannes verbirgt. Ich mache mir ernsthaft Sorgen um sie und die Zwillinge."

Alexander nickte. „Das sehen wir auch so. Seit einer halben Stunde sind einige meiner Kollegen vor Ort und beobachten das Haus."

„Das wird eventuell nicht ausreichen."

„Wir müssen Prioritäten setzen. Wenn sich alles so verhält, wie wir es uns vorstellen, besteht die Möglichkeit, dass wir es mit einem Psychopathen zu tun haben. Keiner von uns weiß, wie Warner reagieren wird oder was er überhaupt vorhat." Alexander schenkte Tee nach und löffelte Zucker in seinen Becher. „Bisher nehmen wir zwar an, dass er von Nora besessen sein könnte, aber selbst dessen bin ich mir nicht sicher. Allerdings gehe ich davon aus, dass er ihr vorerst nichts antun wird."

Ben biss die Zähne zusammen. „Du hast gerade selbst gesagt, er könnte ein Psychopath sein."

„Benjamin, du weißt, dass ich dir nichts vormachen würde. Ich kenne dich gut genug und mir ist klar, dass du deine eigenen Schlüsse ziehst, doch wenn du jede Hoffnung aufgibst, verlierst du den Verstand. Versuch, die Gedanken daran, wie es Nora gehen könnte, auszublenden, und konzentriere dich lieber darauf, sie da herauszuholen." Er setzte seine Tasse an die Lippen und nahm einen Schluck. „Einer meiner Ausbilder hat mal gesagt, dass man die Dinge, auf die man keinen Einfluss hat, so lange außer Acht lassen sollte, bis sie veränderbar werden, weil sie einem sonst unweigerlich den Kopf vernebeln und jeder vernünftigen Lösung im Wege stehen. Es ist viel effektiver, sich voll und ganz auf vorhandene Möglichkeiten und Fakten zu konzentrieren und genau damit zu beginnen. Und wenn irgendjemand in der Lage ist, komplizierte Sachverhalte über den Verstand zu regeln, dann bist du das."

Nachdenklich nahm auch Ben einen Schluck von seinem Tee, dann nickte er. „Ich verstehe, was du meinst. Leider bin ich in diesem Fall persönlich betroffen." Er räusperte sich, weil er merkte, dass ihm die Kehle eng wurde. „Du hast recht, wahrscheinlich halten mich die meisten Leute für einen reinen Kopfmenschen ... verdammt noch mal! Jeder in meiner Umgebung denkt: Ben Larsen kriegt jede Situation mit seinem Verstand in den Griff. Aber das hier ist anders!"

„Ich weiß. Ich verstehe dich besser, als du ahnst. Versuchen wir es trotzdem, mein Freund. Erzähl mir zunächst mehr von Gregor Warner. Was ist er für ein Typ?"

Ben brauchte nicht lange zu überlegen. Gregor war ihm seit seiner Jugend vertraut. Erst in dieser Sekunde wurde ihm bis in den hintersten Winkel seines Herzens bewusst, dass es hier tatsächlich um einen seiner ältesten Freunde ging, und er musste schlucken. „Gregor ist seit der fünften Klasse mein Freund ... wir ..." Er räusperte sich erneut. „Wir haben all das zusammen erlebt, was es so zu erleben gibt, wenn man gemeinsam erwachsen wird. Schule, Mädchen, erstes und weitere Besäufnisse ... du weißt schon. Wir haben uns eigentlich immer sehr gut verstanden. Vielleicht spielte es auch eine Rolle, dass wir beide bei alleinerziehenden Müttern aufgewachsen sind, denn auch er hat seinen Vater niemals kennengelernt. Später haben wir dann sogar zusammen Jura studiert, allerdings mit unterschiedlichen Schwerpunkten. Gregor arbeitet bis heute hauptsächlich als Notar und als juristischer Berater für irgendwelche Unternehmen."

„Wie kam er mit Mädchen zurecht?"

„Eigentlich ganz gut. Er sieht ja nicht schlecht aus, und er konnte sich schon immer ziemlich gut verkaufen. Jedenfalls ist er mit seinen Sprüchen bei vielen Mädchen gut angekommen. Allerdings … war es ihm nur wichtig, sie so schnell wie möglich ins Bett zu kriegen. Die einzige feste Beziehung in seinem Leben ist seine heutige Ehefrau. Solange ich ihn kenne, hatte er nichts anderes als Sex im Kopf." Es dauerte nur einen kleinen Augenblick, bis Ben klar wurde, was er da eben gesagt hatte. Mit einer ruckartigen Bewegung schoss er hoch und fluchte laut los.

„Setz dich wieder hin!"

„Scheiße!"

„Benjamin Larsen, verdammt! Beruhige dich."

„Ich bring ihn eigenhändig um, wenn er sie anfasst, das schwöre ich dir!"

„Und dann landest du im Knast und Nora kann dich einmal im Monat besuchen, wenn du Glück hast. Wirklich toll! Das ist wahrscheinlich genau das Leben, das sich dein Mädchen erträumt hat."

„Arschloch!" Mit zitternden Händen fuhr sich Ben durchs Haar. „Entschuldige bitte, ich …"

„Ist schon okay. Setz dich endlich, und mach dich nicht verrückt." Alexander schenkte Tee nach und blickte ihm in die Augen. „Hör mal, Kumpel, dir ist doch klar, dass ich dich eigentlich aus den Ermittlungen raushalten müsste. Wenn ich mich nicht auf dich verlassen kann, könnte mich die ganze Chose hier Kopf und Kragen kosten."

„Ich bin ausgerastet. Tut mir leid."

Alexander nickte.

Ben langte nach seiner Tasse, obwohl seine Hände zitterten. „Mann, ich habe schon vor über fünf Jahren zu rauchen aufgehört, aber jetzt würde ich sonst was geben für eine einzige Zigarette."

„Du wirst es auch ohne schaffen. Also weiter. Was gibt es noch über Gregor Warner zu berichten? Du sagtest, eine besondere Schwäche für Nora hast du ihm nie angemerkt."

„Das stimmt. Er hat Nora immer eher freundschaftlich behandelt."

„Und sie ist nie mit ihm ausgegangen?"

Ben lachte trocken. „Nein! Sie konnte meine Freunde nicht ausstehen. Gregor war immer ein rotes Tuch für sie. Sogar bis vor Kurzem hatte sie ihre Probleme mit ihm. Erst nachdem sie auch Elfie kennengelernt hatte, ging es etwas besser."

„Was hast du für einen Eindruck von Warners Ehe?"

„Ich hielt sie für einigermaßen glücklich."

Alexander nickte. „Besitzt Gregor so was wie ein Feriendomizil oder eine Zweitwohnung?"

„Nicht, dass ich wüsste."

„Hat er ein eigenes Büro, eine Kanzlei oder so was?"

„Ja, sogar äußerst feudal mit direktem Blick auf die Alster. Seine Kanzlei befindet sich in einem alten Geschäftshaus, in dem ausschließlich kleinere Büros und einige Arztpraxen ansässig sind. Es ist nur einen Steinwurf vom Brehlow entfernt."

„Wie viele Leute arbeiten für ihn?"

„Soweit es mir bekannt ist, hat er eine Sekretärin, die schon länger bei ihm ist, und eine Anwaltsgehilfin, die allerdings nicht jeden Tag da ist."

„Kennst du seine Kanzlei?"

„Natürlich. Ich bin einige Male dort gewesen."

„Übersichtlich?"

„Nun, das Haus ist ein schöner, reich verzierter Altbau mit hohen Decken, einer Menge Stuck und so weiter. Die Kanzlei war wohl früher mal eine ganz normale Wohnung. Es gibt ein Vorzimmer, in dem die beiden Frauen arbeiten. Eine Küche, zwei kleine Toilettenräume, ein winziges Aktenarchiv – und natürlich Gregors Büro. Mehr ist da eigentlich nicht. Und wenn doch, habe ich es nicht gesehen."

„Welche Etage?"

„Parterre."

Alexander runzelte die Stirn. „Ich denke, dort könnte er sie haben, Benjamin, und damit wir uns richtig verstehen, ich betone hierbei ausdrücklich den Konjunktiv. Kannst du eine Grundrissskizze von den Räumen machen, soweit du sie kennst?"

„Kein Problem."

„Gut. Sobald du fertig bist, fahren wir ins Präsidium."

Nora zuckte heftig zusammen, als sie erneut das Geräusch der Leiter hörte, die in ihr Gefängnis herabgelassen wurde. Langsam verließ sie die Badezimmernische und blickte Gregor Warner entgegen. Das Tablett, das er in den Händen hielt, setzte er auf dem Tisch ab. Nachdem er einen Teller und das Besteck angeordnet hatte, ließ er sich auf einem der Stühle nieder und sah sie auffordernd an.

„Setz dich, Nora. Nimm Platz und iss. Ich habe es selbst zubereitet. Meine Kochkünste sind leider nicht besonders, aber ich hoffe, es wird dir trotzdem schmecken. Ich habe auch Mineralwasser mitgebracht. Ich weiß ja, dass du nur in Ausnahmefällen Alkohol trinkst, falls du dennoch lieber Wein möchtest, sag es ruhig."

Nora schüttelte verhalten den Kopf, während sie langsam zum Tisch hinüberging und sich schließlich setzte. Erst jetzt wurde ihr bewusst, wie hungrig sie war, sie verspürte jedoch nicht den geringsten Appetit. Mechanisch schob sie sich einen Happen nach dem andern in den Mund. Ich muss bei Kräften bleiben, sagte sie sich.

Angestrengt hielt sie den Blick gesenkt, doch sie spürte fast körperlich, dass Gregor sie unaufhörlich anstarrte, während sie aß.

„Schmeckt es dir?"

Nora räusperte sich, sah ihn aber nicht an, als sie antwortete. „Ja, danke."

„Ich habe Elfie ein paar Male über die Schulter geschaut. Sie macht dieses Pastagericht ziemlich häufig. Die Kinder mögen es sehr."

Endlich brachte sie die Kraft auf, ihm ins Gesicht zu sehen. „Gregor, warum tust du das nur? Warum hältst du mich hier fest?"

Seine Miene verhärtete sich und er legte den Kopf leicht schief. „Weil ich etwas in Ordnung bringen muss, meine Liebe."

„Wie meinst du das?"

„Ich mochte deinen Vater wirklich sehr."

Nora wartete, aber er wollte offenbar keine weitere Erklärung abgeben. Stumm zog er die Augenbrauen über der Nasenwurzel zusammen, erhob sich und ging langsam zurück zur Leiter.

„Du hast mich entführt, Gregor!", rief Nora aufgebracht. „Du hältst mich hier in diesem ... Verlies fest! Und alles, was du zu sagen hast, ist, dass du meinen Vater mochtest? Entschuldige bitte, aber das ist doch ..." Entnervt brach sie ab.

Gregor drehte sich zu ihr um. „Du solltest dich nicht so aufregen, Nora, das wird dir nichts nützen."

„Verdammt noch mal, Gregor! Du machst dich strafbar! Denkst du denn gar nicht an deine Familie – an Elfie und an deine Kinder?"

„Manchmal muss man im Leben Prioritäten setzen und Entscheidungen treffen, die nicht für jeden auf Anhieb angenehm sind. Außerdem hat Elfie mir bisher alles verziehen. Das liegt in ihrer schwachen Natur."

Nora schluckte. Innerlich wand sie sich. Gregor war offensichtlich psychisch krank. Instinktiv spürte sie zwar, dass es nur wenig Sinn hatte, ein normales Gespräch mit ihm zu führen, dennoch versuchte sie es, weil es ihr Kraft verlieh. „Deine Frau ist nicht schwach, Gregor. Und sie wird dir sicher kein Kapitalverbrechen verzeihen."

Als er antwortete, nahm seine Stimme einen bedrohlichen Unterton an. „Du hast doch alles, was du brauchst, also mach nicht so ein Theater. Ich könnte auch ganz anders, Nora, darüber solltest du vielleicht mal nachdenken."

„Ich bin aber nicht freiwillig hier, und nur darum geht es."

„Du wirst dich mit der Situation anfreunden müssen, bis ich mein Ziel erreicht habe und unser kluger Ben herausfindet, wo du bist. So wie ich ihn kenne, wird das nicht lange dauern."

„Ben? Du willst also, dass Ben mich findet?“ Verständnislos sah sie ihn an. „Und was … was willst du von ihm?“

Gregors Lippen wurden zu einem schmalen Strich. Zum ersten Mal konnte Nora deutlich den Wahnsinn in seinen Augen erkennen.

„Wie ich schon sagte, ich muss etwas in Ordnung bringen. Aber ich bin großzügig und gönne ihm den letzten Triumph, selbst herauszufinden, wo du bist.“

„Den letzten Triumph? Was meinst du damit? Du … du wirst ihm doch nichts antun, nicht wahr?“

Mit herablassender Miene erwiderte er ihren Blick. „Das erfährst du noch früh genug, meine Liebe.“

Wie eine eiskalte Welle stieg die Angst in Nora auf. Unwillkürlich keuchte sie auf. „Nein“, flüsterte sie. „Nein, Gregor. Bitte, du … du darfst ihm nichts tun, hörst du.“

Seine Mundwinkel zuckten, als er zum Tisch kam. Nora wich automatisch vor ihm zurück.

„Keine Sorge, ich habe nicht das geringste sexuelle Interesse an dir“, sagte er, sammelte das Geschirr ein und stellte alles auf das Tablett. Das Glas und die Flasche Mineralwasser ließ er ihr da. „Weißt du, Mädel, ich frage mich wirklich die ganze Zeit, warum auch du letztlich auf Ben hereingefallen bist. Ich habe dich immer dafür bewundert, wie klar und deutlich du gegen ihn Stellung bezogen hast. Ich fand das sehr beeindruckend. Deine Vorstellung bei der Eröffnung des Testaments war einzigartig. Tja, ich habe mich wohl gründlich in dir getäuscht. Wie auch immer, du solltest dich nach all der Aufregung ein wenig ausruhen. Ich muss dich für heute allein lassen. Gute Nacht, Nora.“

Fassungslos, aber auch erleichtert blickte sie ihm nach, als er das Tablett nahm und nach oben verschwand. Leiser Schrecken erfasste sie, als er mit einem Einkaufskorb in der Hand noch einmal zu ihr herunterkam, er stellte den Korb jedoch nur wortlos auf den Tisch und stieg wieder hinauf. Wenig später war die Leiter verschwunden und die Einstiegsklappe zu ihrem Gefängnis verschlossen und kaum zu erkennen.

Nora warf vorsichtig einen Blick in den Korb und räumte ihn schließlich aus. Zuoberst lag eine Papiertüte mit ein paar Bananen und einigen Äpfeln darin. Dann kamen ein Wasserkocher, mehrere kleine Plastikflaschen mit Mineralwasser, eine Flasche Orangensaft, ein Glas Instantkaffee und ein Schraubglas mit Trockenmilchpulver zum Vorschein. Außerdem gab es zwei Kekspackungen, eine Tafel Vollmilchschokolade und einen hässlichen und offenbar uralten Becher aus brauner Keramik. Er hatte sogar an einen Kaffeelöffel gedacht. Nur um sich irgendwie zu beschäftigen, ordnete sie die Sachen auf der Kommode an. Direkt daneben gab es eine Steckdose für den Wasserkocher. Mit dem Behälter in der Hand ging sie schließlich hinüber zum Waschbecken und füllte ihn, dann stellte sie ihn zurück auf die Halterung. Fast ebenso mechanisch, wie sie gegessen hatte, wusch sie den Becher gründlich ab, kochte sich Kaffee und setzte sich mit dem dampfenden Becher in der Hand auf das Bett.

„Wann kommst du, Ben?“, fragte sie laut in die anhaltende Stille hinein, und plötzlich fiel ihr auf, dass es tatsächlich absolut still war.

Kein Verkehrslärm!

Es war nichts zu hören. Sie lebte in einer lauten Großstadt. Das ließ nur einen Schluss zu. Der Raum, in dem sie gefangen gehalten wurde, war perfekt isoliert, denn sie glaubte nicht daran, dass Gregor sie aus der Stadt geschafft hatte. Das wäre für sein tägliches Leben viel zu aufwendig. Niemand würde sie also hören, wenn sie tatsächlich die Energie aufbrächte, um Hilfe zu rufen. Es hätte überhaupt keinen Sinn, das wusste sie jetzt.

Langsam trank sie ihren Kaffee und hing ihren Gedanken nach. Es war das Einzige, was es für sie zu tun gab.

Gerade war sie noch so unendlich glücklich gewesen, und nun hatte das Leben ihr diesen bösen Streich gespielt.

Nora stellte den leeren Becher auf dem Nachtschrank neben dem Bett ab und wischte sich die Tränen von den Wangen. Sie fragte sich, was Gregor mit ihr und Ben vorhatte. Sie hatte

Gregor Warner nie so richtig gemocht, dennoch fiel ihr keine Erklärung dafür ein, weshalb er sie festhielt und offenbar darauf wartete, dass Ben ihm auf die Schliche kam.

Aus einem Impuls heraus öffnete sie die Tür des Nachtschranks und sah hinein, aber das Schränkchen war leer. Schließlich stand sie auf und zog sämtliche Türen und Schubladen der Kommode auf. Tatsächlich fand sie dort einige Wäschestücke, eine Jeans in ihrer Größe, ein paar T-Shirts und zwei Pullover. In einer lag ihre Armbanduhr. Gierig warf sie einen Blick darauf. Es war kurz nach ein Uhr. *So spät schon!* Vor über acht Stunden hatte sie sich von Verena verabschiedet und war in den Fahrstuhl gestiegen. Wieder drohte Verzweiflung sie zu übermannen, aber sie widerstand dem Drang, sich jammernd auf das Kopfkissen zu werfen und sich der niederdrückenden Mutlosigkeit hinzugeben.

Nein!

Sie würde stark bleiben. Sie durfte erst gar nicht daran zweifeln, dass Ben sie fand. Alles würde wieder gut werden. Sie musste dafür sorgen, sich innerlich zu wappnen, für den Fall, dass es etwas länger dauern sollte.

Ich werde hier nicht verrotten! Und ich brauche einen Plan!

Langsam ließ sie sich zurück auf das Bett sinken, um nachzudenken. Endlich konnte sie spüren, wie neue Energie ihren Körper durchströmte. In ihrem Kopf glaubte sie sogar, Bens geliebte dunkle Stimme zu hören: *Halte durch, Kätzchen, ich hole dich da wieder raus!*

Es war kurz nach ein Uhr, als auch Ben einen Blick auf seine Armbanduhr warf. Seine Augäpfel brannten und er hatte inzwischen ziemlichen Hunger, aber er war innerlich deutlich ruhiger geworden. Über seinen Zustand machte er sich keine Illusionen, er wusste, dass diese neu erworbene Ruhe auch auf seine Müdigkeit zurückzuführen war. Die letzten Stunden hatten ihn ausgepowert, seine Psyche zog nun die Notbremse. Die Hände tief in den Hosentaschen vergraben, starrte er aus dem Fenster von Alexander Hellbergs Büro in die Nacht hinaus. Allein mit der Kraft seiner Gedanken versuchte er Nora Mut und Energie zu senden und betete inständig darum, dass sie es irgendwie fühlen möge.

„So, da wäre ich wieder." Alexander stellte eine braune Papiertüte auf seinem Schreibtisch ab. „Ich hoffe, du magst Currywurst und Pommes."

Ben wandte sich langsam vom Fenster ab und nickte. „Currywurst ist okay. Ich habe inzwischen Kaffee gemacht."

Der Kriminalbeamte schlüpfte aus seiner schwarzen Lederjacke und warf sie über einen der freien Haken des Garderobenständers, der direkt neben der Bürotür stand. „Kaffee ist genau das Richtige nach dem ganzen Kräutertee bei mir zu Hause."

Sie aßen schweigend und ohne großen Appetit, nur um den Hunger zu stillen. Schließlich erhob sich Alexander und schenkte ihnen Kaffee ein. Ben räumte den Abfall in den Papierkorb unter dem Schreibtisch.

„Du hast also verstanden, was ich dir vorhin erklärt habe, ja?", nahm Alexander das Gespräch wieder auf, das sie unterbrochen hatten, um etwas zu essen.

Ben griff nach seinem Kaffeebecher. „Ich bin Jurist, Alex. Mir ist uneingeschränkt klar, dass wir rein gar nichts gegen ihn in der Hand haben. Bei genauerer Betrachtung ist mein persönlicher Verdacht … nun, sagen wir mal, für jeden anderen Menschen nur schwer verständlich, ja sogar irrelevant. Er beruht nur auf meinem Instinkt, einer subjektiven Gewissheit, die nicht logisch nachvollziehbar und fundiert ist."

„Genau! Und diese Sichtweise gilt ganz besonders für junge und hoch motivierte Staatsanwälte. Wenn du wenigstens einen stadtbekannten Gauner verdächtigen würdest, doch so … keine Chance. Wir werden also keinen Durchsuchungsbeschluss bekommen. Weder für sein Haus noch für sein Büro. Dein Instinkt ist dem Staatsanwalt völlig egal, aber das weißt du ja." Alexander fuhr sich mit beiden Händen durchs Haar. „Was haben wir schon vorzuweisen? Schön und gut, Gregor hat sich vor etlichen

Jahren bei Clemens Brehlow ein Sachbuch über Insekten ausgeliehen und es nicht zurückgegeben. Wie gesagt, vor etlichen Jahren. Dabei handelte es sich noch nicht mal um ein spezielles Buch über Schmetterlinge. Du musst doch zugeben, dass ..."

Ben räusperte sich. „Du wiederholst dich, Alex. Im Grunde wirft dieses Dilemma nur den Leuten Steine in den Weg, die im Dienste des Staates stehen und sich somit an den Dienstweg halten müssen."

„Was soll das nun schon wieder heißen?"

„Du hast mich sehr genau verstanden. Schließlich waren wir ja so klug, diesen Durchsuchungsbeschluss noch nicht zu beantragen."

Ihre Blicke trafen sich für einen kurzen Augenblick.

„Na, dann lass mich mal an deinen Gedankengängen teilhaben, Benjamin Larsen, auch wenn ich jetzt schon ahne, dass sie mir überhaupt nicht gefallen werden."

Gregor Warners Büro strahlte eine gewisse Behäbigkeit, aber unverkennbar Stilsicherheit aus. Gregor liebte es, sich mit wertvollen Antiquitäten zu umgeben, das wurde auch in seinem Büro deutlich. Wie immer, wenn Ben diese Räume betrat, fühlte er sich ein wenig in eine andere Zeit zurückversetzt. In seiner eigenen Kanzlei hatte es völlig anders ausgesehen. Sein Büro war eher sachlich und modern eingerichtet gewesen, hier gab es wuchtige Aktenschränke und Bücherregale aus dunklen Edelhölzern, einen mächtigen Mahagonischreibtisch und kostbare, reich verzierte Glaslampen auf pompösen Messingfüßen. Genau in der Mitte des Büros lag ein dicker, runder Teppich, dessen satte Farben perfekt den Stil dieses Raumes unterstrichen.

Von dem Augenblick an, da Ben das Büro betreten hatte, nahm er aufmerksam jede Gemütsregung auf, die sich in Gregors Gesicht zeigte, aber er entdeckte absolut nichts Ungewöhnliches. Nun saß er in dem schweren, mit flaschengrünem Leder bezogenen Lehnstuhl, der auf der Besucherseite des Schreibtisches stand, und nahm dankbar lächelnd die Tasse Kaffee entgegen, die Gregors Sekretärin ihm reichte. Die junge Frau nickte und lächelte schüchtern zurück, bevor sie den Raum wieder verließ.

Zu Beginn ihres Gespräches fragte Gregor natürlich nach Nora. Elfie hatte ihm von seinem Besuch am vergangenen Abend berichtet. Auch daran konnte Ben nichts Eigentümliches finden. Schließlich war es normal für einen Freund der Familie, sich zu erkundigen.

„Du solltest dir nicht so viele Sorgen um Nora machen, Ben. Wahrscheinlich brauchte die Kleine nur mal eine Auszeit und ist für ein paar Tage weggefahren."

Ben schüttelte den Kopf. „Nein, das glaube ich nicht. Das würde ganz und gar nicht zu ihr passen. Sie würde niemals so sang- und klanglos verschwinden."

„Ich habe dir doch kurz vor Weihnachten die Schenkungsurkunde für das Haus in Schleswig-Holstein aufgesetzt. Vielleicht ist sie ja dorthin gefahren, um sich zu erholen. Ihr habt beide viel gearbeitet in den letzten Monaten."

„Wie ich schon sagte, das würde nicht zu ihr passen. Vergiss nicht, Nora und ich sind inzwischen miteinander verlobt. Außerdem steht ihr Wagen noch immer unberührt in der Garage des Hotels. Nein, ich habe allen Grund, mir Sorgen zu machen."

Gregor erhob sich, schob die Hände in die Taschen seiner dunkelgrauen Anzughose und ging nachdenklich hinter seinem Schreibtisch auf und ab. „Du hast doch nicht etwa die Polizei eingeschaltet, oder?"

Als Ben den Kopf schüttelte, bemerkte er, dass Gregor stehen geblieben war und einen tiefen, bewusst leisen Atemzug machte.

„Das wäre auch ziemlich unvernünftig und übereilt. Du weißt so gut wie ich, dass die ohnehin nicht wirklich etwas unternehmen würden. Nora ist schließlich ein erwachsener Mensch und kann selbst bestimmen, wo sie sich aufhalten möchte."

„Sie hätte mir Bescheid gesagt, glaub mir", antwortete Ben absichtlich zögernd.

Die Hände in den Hosentaschen, wippte Gregor nun vor und zurück. „Wir beide haben uns doch gegenseitig immer klar die

Meinung gesagt, oder?", fragte er und ließ sich wieder auf seinem Chefsessel nieder. „Versteh mich nicht falsch, aber ... könnte es nicht sein, dass sie so was wie Torschlusspanik bekommen hat? Ich habe dich schon einmal gewarnt, und meine Meinung hat sich nicht geändert. Ich glaube nach wie vor, dass du dir in Bezug auf Nora gewaltig etwas vormachst, mein Freund. Nora mochte dich nie. Wenn man es genau nimmt, hat sie dich immer gehasst. Vielleicht war diese ganze Geschichte in ihren Augen nur der wohlvorbereitete Todesstoß für dich, weil sie irgendwann gemerkt hat, dass du auf sie abfährst."

„Nein!" Ben sprang auf, bereute seine heftige Reaktion aber sofort. „Nein, Gregor", wiederholte er ruhiger. „Sie liebt mich – und daran wird sich auch in Zukunft nichts ändern." Er hatte es nicht darauf angelegt, doch er brachte diesen Satz mit großem Nachdruck hervor. Schließlich wusste er noch immer nicht, weshalb Gregor Nora entführt hatte. Auch wenn es bisher keine Anzeichen dafür gegeben hatte, dass Gregor Warner eine Schwäche für sie hatte, musste das nicht heißen, dass dem nicht so war.

„Nun, du musst es ja wissen."

Gregor atmete tief ein, und Ben glaubte zum ersten Mal eine gewisse Spannung wahrzunehmen, die in der Luft lag.

„Was kann ich eigentlich für dich tun? Warum bist du hier? Du besuchst mich normalerweise doch eher selten im Büro."

„Ja, äh ... ich brauche deinen Rat in einer bestimmten Vertragsangelegenheit. Es geht um ein Detail im neuen Arbeitsvertrag für Andrea Trenkler."

Eine halbe Stunde später verließ er Gregors Büro. Die junge Sekretärin, die ihnen den Kaffee gebracht hatte, arbeitete an diesem Tag allein. Schüchtern lächelnd erhob sie sich, als Ben in das Vorzimmer trat, und reichte ihm seinen Mantel.

„Der Kaffee war wunderbar, Frau Sievert. Vielen Dank für Ihre Mühe."

Nicole Sievert errötete leicht und senkte den Blick. Offensichtlich brachte es sie in Verlegenheit, dass er überhaupt ihren Namen kannte.

„Das gehört zu meinen Aufgaben, Herr Larsen. Ich tue das wirklich gerne."

Ben schlüpfte in seinen Mantel, machte aber noch keine Anstalten zu gehen, sondern wandte sich ihr wieder zu. Das Lächeln, mit dem er sie bedachte, war bewusst einnehmend. „Sie arbeiten gerne hier, nicht wahr?"

„Oh ja, Herr Warner ist ein netter Chef." Sie unterstrich ihre Worte mit einem heftigen Nicken und blickte unsicher zu ihm auf. Es war nicht zu übersehen, dass die junge Frau unter seinem Lächeln dahinschmolz. Als sein Gewissen leise anklopfte, bekämpfte er diesen Impuls sofort. Im Augenblick gab es nichts Wichtigeres, als herauszufinden, wo Nora sich aufhielt. Wenn sie erst wieder bei ihm war, würde er sich für diese Aktion bei Nicole Sievert entschuldigen, nahm er sich vor. Absichtlich zögernd löste er den Blick von ihrem hübschen, inzwischen hochroten Gesicht und ließ ihn über die hohe, stuckverzierte Zimmerdecke gleiten. „Nun, dies ist ja auch wirklich ein wunderschöner Arbeitsplatz, stimmt's?"

„Ja, die Räume sind herrlich."

Nicole Sievert schaffte es offenbar nicht, den Blick von ihm abzuwenden.

„Hier hätte ich selbst gerne gearbeitet. Schade, dass ich da nicht früher drauf gekommen bin, als ich noch als Anwalt tätig war." Er sah ihr wieder in die Augen. „Sie hätten für uns beide arbeiten können, dann hätte auch ich das Glück gehabt, eine so fantastische Mitarbeiterin zu haben." Er vertiefte sein Lächeln ein wenig und gab seiner Stimme einen verschwörerischen Ton. „Natürlich hätte ich sehr schnell dafür gesorgt, dass Sie bald nur für mich allein da gewesen wären, Nicole."

Die Tatsache, dass er sie beim Vornamen nannte, bewirkte, dass die Sinnlosigkeit dieses eigenartigen Gespräches ihr vollkommen gleichgültig war, genau das hatte Ben beabsichtigt. Erfreut ging Nicole Sievert auf das Spiel ein, das er mit ihr spielte.

„Aber ich … hier wäre doch gar kein Platz, Herr Larsen", antwortete sie ein wenig kurzatmig.

Wie in mutwilligem Erstaunen hob er eine seiner Augenbrauen. „Nein? Ach, ich dachte, hier gäbe es noch mehr Räume. Ich meine, all diese Türen …“

Gregors Sekretärin schüttelte ihre rotblonde Mähne. „Oh nein, hier geht's nur in die Küche.“ Leise auflachend öffnete sie die Tür, vor der sie standen, und er konnte einen Blick in den angrenzenden Raum werfen. Es war eine sehr kleine Küche.

„Und dort“, sie deutete auf die andere Tür direkt gegenüber, „befindet sich nur unser winziges Aktenarchiv. Das ist sogar noch kleiner als die Küche, Herr Larsen. Wie Sie nun selbst sehen, hätten wir Sie nirgends unterbringen können.“ Wieder lachte sie in sich hinein.

Ben lachte ebenfalls und zwinkerte ihr zu. „Na, dann hätte ich mich eben in den Keller setzen müssen. Was tut ein Mann nicht alles für eine so tolle Mitarbeiterin.“

Das Gesicht von Nicole Sievert glühte und sie schluckte. „Hier … gibt es auch keinen Keller, tut mir leid, Herr Larsen.“ Sie strich sich hastig mit der Zunge über die Unterlippe.

„Okay, Sie haben gewonnen. Offenbar konnte es mit uns beiden einfach nichts werden“, sagte Ben schmunzelnd und griff nach ihrer Hand, um sie andeutungsweise an seine Lippen zu führen. „Ich danke Ihnen, Nicole, und bleiben Sie so tüchtig. Gregor ist wirklich zu beneiden. Auf Wiedersehen.“

Er schenkte der jungen Frau einen letzten, wie er hoffte, watteweichen Blick und ging schließlich. Wahrscheinlich ließ er sie mit wild klopfendem Herzen und verwirrt zurück. Es tat ihm ein wenig leid, dass er dieser netten jungen Frau bewusst den Kopf verdreht hatte, doch für Nora würde er alles tun.

Den ganzen Tag über tauchte Gregor nicht wieder auf, Nora wusste nicht, ob sie wirklich froh darüber war. Einerseits war es eine Erleichterung, seine bedrohliche Anwesenheit nicht ertragen zu müssen, andererseits wurde sie fast wahnsinnig vor Langeweile. Die Stunden waren leer und grauenhaft still und wollten nicht vergehen. Manchmal war sie kurz davor, einfach loszuschreien. Ihre einzige Ablenkung und Beschäftigung bestand darin, zwischendurch etwas von dem Obst zu essen oder von Zeit zu Zeit an einem Keks zu knabbern. Ihr Magen knurrte trotzdem immer lauter. Offenbar gehörte sie inzwischen zu den Menschen, die mindestens eine ordentliche Mahlzeit am Tag brauchten, um vernünftig funktionieren zu können.

Am Nachmittag versuchte sie, ein bisschen zu schlafen, aber die Möglichkeit, dass sich jede Sekunde diese schreckliche Luke hoch über ihrem Kopf öffnen könnte, ließ sie nicht zur Ruhe kommen.

Sie wollte vorbereitet sein, wenn Gregor auftauchte, und nicht als hilfloses, schlafendes Bündel daliegen. Also saß sie mit angezogenen Knien auf dem Bett, sehnte sich dabei verzweifelt nach Ben und wartete – auf was auch immer.

Panik erfasste sie, als ihr irgendwann der Gedanke kam, Gregor könnte vielleicht überhaupt nicht mehr auftauchen. Was wäre, wenn er einen tödlichen Unfall hätte? Was, wenn dieses Gebäude, in dem sie sich befand, in Flammen aufginge?

Das ist pure Folter, dachte sie wütend, die schlimmste Folter! *Die eigenen Gedanken sind ein schrecklicheres Gefängnis als jedes Verlies.*

Es war schon fast neun Uhr, als endlich etwas geschah. Die Deckenklappe ging auf und die Leiter wurde heruntergelassen. Hastig erhob sie sich vom Bett. Ihre Nerven waren inzwischen so angespannt, dass sie um ein Haar vor Erleichterung laut aufgelacht hätte. Diese Reaktion ärgerte sie.

Einen Moment später erschien Gregor mit einem Tablett. „Guten Abend, Nora. Ich hoffe, du freust dich, mich zu sehen. Es tut mir leid, dass ich erst jetzt kommen kann, aber ich hatte heute zu viel zu tun. Zu viele verdammte Termine."

Kälte breitete sich in ihr aus. Diese Kälte brachte die Wut zurück, und die vertrieb jene bedrohliche Panik, die ihr das Atmen schwer machte und ihr Gehirn langsam.

„Setz dich doch", hörte sie Gregor sagen. „Du hast sicher Hunger."

Auf dem Tablett befand sich ein Topf mit dampfender Suppe, die einen verführerischen Duft verbreitete. Ein Korb mit Brot stand daneben. Gregor füllte ihren Teller und setzte sich ihr gegenüber, wie er es am Abend zuvor getan hatte. Wortlos folgte sie seiner Aufforderung und begann sofort zu essen.

„Du fragst mich ja gar nicht, wie mein Tag gewesen ist, Nora-Schätzchen."

Leichte Übelkeit stieg in ihr auf und sie schob den Teller zurück.

„Oh, schon satt?", fragte er.

„Ja, danke."

„Ich hatte heute übrigens Besuch von Ben."

„Ben?" Sie konnte nicht verhindern, dass ihr Kopf in die Höhe schoss.

Gregors Miene verhärtete sich. „Ja, stell dir vor, dein … Stiefbruder hat sich die Ehre gegeben."

„Ben ist nicht …"

„Ja?"

„Schon gut. Was wollte er denn?"

„Och, nichts Besonderes. Es ging nur um einen Arbeitsvertrag."

In Noras Kopf arbeitete es. Sie wusste, dass Ben die Verträge für neue Mitarbeiter stets selbst ausarbeitete. Dafür hatte er noch nie Hilfe benötigt.

„Um einen Arbeitsvertrag? Für wen?"

„Natürlich für die Trenkler. Irgendjemand muss ja deine Stelle und deine Vertretung übernehmen, nicht wahr, meine Gute?"

Seine Stimme klang schneidend scharf und verfehlte ihre Wirkung nicht. Nora zuckte zusammen, die Kehle wurde ihr bedenklich eng. „Ben hat … mit dir über Andrea gesprochen?"

„Ja. Er scheint dieses Mädchen wirklich zu mögen." Gregor schnalzte anzüglich.

Nora schluckte. „Ja … ja, das tut er. Und sonst? Hat er … ich meine, hat er sonst noch was gesagt?"

„Du meinst wahrscheinlich, ob er sich Sorgen macht, wo du steckst? Na ja, Kindchen, er ist wohl zu dem Schluss gekommen, dass du etwas Abstand nötig hast, weil dir alles ein wenig zu eng geworden ist."

„Abstand?"

„Ja."

Was Gregor behauptete, war schlichtweg absurd. Sie kannte Ben. Ebenso schnell, wie sie aufgetaucht waren, verschwanden die schrecklichen Zweifel aus ihrem Kopf. Alles in allem war es mehr als offensichtlich, dass er log. Plötzlich erfasste Nora die Zusammenhänge.

Ben weiß es! Er ahnt, dass es Gregor ist! Deshalb hat er ihn aufgesucht. Er wird kommen! Es wird dir nicht noch einmal gelingen, mich an ihm zweifeln zu lassen, du widerlicher Hund!

Nach einer Weile stand Gregor auf und räumte das Geschirr zusammen. Nora rührte sich nicht von der Stelle – sie blieb sitzen und sah zu, wie er das Tablett fortschaffte und kurz darauf ihren Vorrat an Getränken, Obst und Süßigkeiten auffüllte. Sie registrierte, dass er einige Zeitschriften und einen Stapel Taschenbücher auf die Kommode legte, und seufzte erleichtert.

„Du sollst dich ja schließlich nicht zu Tode langweilen, wenn ich nicht bei dir sein kann", sagte er. Auf dem Weg zurück zur Leiter wandte er sich ruckartig noch einmal um. „Ben Larsen hat mir alles genommen, was mir jemals wirklich wichtig war. Jetzt bin ich an der Reihe. Nun wird er durch mich alles verlieren. Dich, sein Zuhause und das Hotel. Ich werde ihn vernichten, Nora. Und ich werde es genießen."

Seine Stimme blieb beklemmend ruhig, eine Welle eisiger Angst überflutete sie. Gegen die aufsteigenden Tränen war sie machtlos.

Ihre Gedanken fuhren Achterbahn. Offensichtlich war Gregor Warner in einer sehr gefährlichen Gemütsverfassung. Sie verstand überhaupt nicht, wovon er sprach, doch sein fiebriger Blick bohrte sich in ihren, und plötzlich sah sie etwas darin aufflackern, das ihr das Blut in den Adern gefrieren ließ.

„Am Ende werde ich ihn töten, Nora. Ganz langsam", flüsterte er ihr zu.

Der Unterton in seiner Stimme verriet nicht nur Entschlossenheit, sondern auch Wahnsinn.

„Ich habe die Möglichkeiten, glaub mir. Ich habe jede Möglichkeit! Er wird sterben, Nora! Mister Wunderbar wird äußerst qualvoll sterben, hast du mich verstanden?"

Zum zweiten Mal innerhalb von zwei Tagen saßen sich Ben und Alexander am Küchentisch gegenüber. Der Unterschied zum letzten Mal bestand darin, dass sie nicht allein waren. Die gemütliche Küche von Alexander und Linda Hellberg war dieses Mal nahezu überfüllt. Alexanders Frau hatte Kaffee und Tee gemacht. Auf dem Tisch stand eine Platte mit belegten Broten. Linda hatte sie in mundgerechte Häppchen geschnitten und sie appetitlich dekoriert.

„Oh, das sieht aber verlockend aus." Verena seufzte und bediente sich. „Offensichtlich hast du ein Händchen für so was."

„Da kann ich nur zustimmen", pflichtete Andrea ihr bei. Auch Hendrik und Alexander langten tüchtig zu.

Trotz ihrer Trauer um ihre Mutter hatte Verena seit Noras Verschwinden nicht lockergelassen und sich schließlich sogar mit Andrea zusammengetan. Mit vereinten Kräften waren die beiden Frauen ihm so lange auf die Nerven gegangen, bis Ben endlich nachgegeben hatte und sie in seine Nachforschungen einschloss. Nun diskutierten sie schon eine ganze Weile und hatten das anstrengende Sie schnell hinter sich gelassen.

„Du hast vorhin selbst gesagt, dass Gregor in seiner Kanzlei offensichtlich keine weiteren Räume zur Verfügung hat", nahm Alexander das Gespräch wieder auf, das sie unterbrochen hatten, als Linda die Brote und Getränke serviert hatte. „Wie kannst du trotzdem so sicher sein, dass sie dort ist?"

„Ich … schwer zu sagen …"

Verena legte eine Hand auf seinen Unterarm. „Du fühlst es, nicht wahr, Benny? Du hast ihre Nähe gespürt, habe ich recht?"

Ben räusperte sich. „Ich weiß, es klingt albern, doch so war es.“ Er betrachtete einen nach dem anderen. „Ihr könnt mich gerne plemplem nennen, aber ich habe tatsächlich gespürt, dass ich ihr dort ganz nah war.“ Heftiger als beabsichtigt schob er seine Tasse von sich. „Ich hatte schon immer ein besonderes Gespür für Nora. Ich wusste immer …“ Er stockte und erhob sich abrupt. „Entschuldigt mich bitte kurz.“

Mit entschlossenen Schritten verließ er die Küche und lehnte sich von außen an die Tür. Ein Stuhl scharrte über den Boden, dann hörte er Linda sagen: „Lass ihn, Alex, er braucht einen Augenblick für sich.“

Ben war ihr dankbar für diesen Moment, den er für sich hatte. Das Gespräch seiner Freunde konnte er auch so verfolgen.

„Was ist denn nun mit dem Keller?“, hakte Hendrik nach.

„Tot. Schlicht und einfach stillgelegt“, antwortete Alexander. „Ich habe das überprüfen lassen. Gregors Sekretärin hat Ben die Wahrheit gesagt. Kurz nach dem Krieg sind auf der betreffenden Seite des Hauses sämtliche Kellerräume mit Geröll und Trümmerresten zugeschüttet worden. Der Einfachheit halber hat man damals alle Eingänge zugemauert. Die Stellen, an denen früher einmal Türen gewesen sind, sind noch zu sehen, sie sind aber vollkommen unbeschädigt. Ich habe einen Experten hingeschickt, der sich unbemerkt umgesehen hat. Er sagt, das Mauerwerk ist seit mindestens dreißig Jahren unberührt geblieben. Den alten Plänen zufolge gibt es keine weiteren Zugänge. Die Kellerräume unter der anderen Haushälfte sind überschaubar und werden von den Mietern gemeinsam genutzt. Dort befindet sich zum Beispiel ein Abstellraum für Fahrräder und die Heizungsanlage. Nichts Besonderes also.“

„Ja, wo zum Teufel sollte er sie dann versteckt halten?“, fragte Andrea.

Ben zuckte zusammen. Plötzlich kannte er die Antwort und stürmte zurück in die Küche.

„Direkt unter seinem eigenen Büro!“

Alle Augen richteten sich auf ihn.

Alexander schüttelte den Kopf. „Genau da gab es zwar mal einen Zugang zum Keller, doch wie ich bereits sagte, ist alles zugeschüttet worden, Benjamin. Da liegen Trümmer, Schutt, Steine, Sand und was weiß ich noch alles."

„Dann hat er das Zeug weggeräumt. Dort ist Nora. So muss es sein!" Ben drückte das Rückgrat durch, nahm aber nicht wieder Platz, sondern umfasste die Rückenlehne des Stuhls, auf dem er zuvor gesessen hatte. „Gregors Büro ist ein wahres Museum."

„Stimmt", bestätigte Verena. „Ich war auch schon einige Male bei ihm. Er umgibt sich gerne mit Antiquitäten, allerlei Kitsch und alten Bildern."

„Oho!" Alexander warf seiner Frau einen schelmischen Blick zu. „Vielleicht hast du doch den falschen Mann geheiratet, Liebling."

Als Antwort erhielt er einen liebevollen Klaps auf den Hinterkopf.

Ohne sich von dem Geplänkel der Hellbergs ablenken zu lassen, fuhr Ben fort: „In der Mitte seines Büros liegt ein Teppich. Er liegt dort völlig frei – eben die typische Art, einen wertvollen Teppich zu platzieren, oder besser, zu präsentieren. Als ich euch vorhin erzählt habe, dass ich deutlich Noras Nähe gespürt habe, ist dieser Teppich vor meinem inneren Auge aufgetaucht. Ich verstehe nicht sehr viel davon, aber es ist wohl kein Perser. Er wirkt eher asiatisch, versteht ihr?" Ben holte tief Luft.

„Ein großes, klares Motiv also und keine abstrakten verschlungenen Muster?", fragte Linda Hellberg.

Ben nickte. „Genau. Bei dem Motiv handelt es sich um … einen Schmetterling – einen smaragdgrünen Schmetterling, der auf einer Blüte sitzt." Er schluckte, bevor er fortfuhr: „Ich frage mich, wieso ich nicht sofort darüber gestolpert bin."

Fassungslos sahen die anderen ihn an.

„Du bist erstaunlich, Ben, wirklich", sagte Verena schließlich. „Ich kenne dich seit so vielen Jahren und doch schaffst du es immer wieder, mich zu verblüffen. Ich wette, du hast dir diesen

Teppich nicht ein einziges Mal genau angesehen, wenn du dort gewesen bist, trotzdem hast du jede Kleinigkeit abgespeichert."

Hendrik sprang auf. „Worauf warten wir? Holen wir sie da raus!"

Ben lächelte anerkennend. „Ich wusste von der ersten Minute an, dass du ein Mann nach meinem Geschmack bist, Hendrik Behrmann."

„Moment mal, ihr beiden Hitzköpfe!"

Alexander erhob sich, doch Ben legte die Hände auf seine Schultern und drückte seinen Freund auf den Küchenstuhl. „Du wirst jetzt schön deinen Beamtenmund halten, Kumpel. Du weißt nämlich offiziell von nichts, kapiert?"

„Hör mal, Benjamin, das …"

„Sei still, Alex!", sagte Linda warnend und erntete dankbare Blicke.

Alexander Hellberg schnaubte, verschränkte die Arme und lehnte sich zurück.

„Wie spät ist es jetzt?", fragte Ben.

Hendrik schaute auf seine Armbanduhr. „Gleich neun."

„Okay, Verena, ruf mal eben unter irgendeinem Vorwand bei Elfie an und finde heraus, ob Gregor zu Hause ist. Ich … fühle mich im Augenblick nicht so recht in der Lage, mit ihr zu sprechen. Kriegst du das hin?"

„Klar. Verlass dich ganz auf mich, Benny-Boy." Sie stand auf. „Wegen all der Hektik vorhin habe ich mein Handy nicht dabei. Darf ich mal euer Telefon benutzen, Linda?"

„Was für eine Frage! Natürlich, bedien dich. Du findest es im Wohnzimmer."

„Und du, Andrea", sagte Ben, nachdem Verena die Küche verlassen hatte, „du siehst zu, dass du nach Hause kommst und dich ein bisschen ausruhst. Du hast in den letzten zwei Tagen den Laden nahezu alleine geschmissen. Wenn es etwas Neues gibt, rufe ich dich sofort an, versprochen."

„Ich bin fit und will auch etwas tun, um dir und Nora zu helfen."

„Du hast Nora und mir in jeder Minute geholfen. Ich kann mir durchaus vorstellen, dass das kein Honigschlecken für dich war. Schließlich habe ich dich mit diesem verdammten Kongress allein gelassen."

„Es lief alles wunderbar, Ben."

„Ich habe niemals daran gezweifelt. Und nun Abmarsch! Du bist ein bisschen blass um die Nase und brauchst Schlaf. Ich erwarte, dass du morgen früh ausgeruht und tatendurstig an deinem Schreibtisch sitzt, verstanden?"

Andrea erhob sich. „Verstanden, Boss."

Sie war kaum gegangen, da tauchte Verena in der Küchentür auf. „Gregor ist nicht zu Hause. Ich erspare euch die Einzelheiten. Wenn ihr mich fragt, geht die arme Elfie wohl davon aus, dass ihr Mann eine Geliebte hat."

„Noch nicht zu Hause, also … Hendrik, was ist? Bist du bereit für einen kleinen Ausflug?"

„Ich warte schon ungeduldig darauf."

„Na dann."

„Bitte seid vorsichtig. Geht kein unnötiges Risiko ein, hört ihr." Verena drückte ihnen beiden einen Kuss auf die Wange.

„Keine Angst, mein Schatz." Hendrik zog sie noch einmal kurz an sich und schlüpfte dann ebenfalls in seine Jacke. „Wir passen schon auf uns auf."

„Benjamin, du hast ja wohl hoffentlich keine Waffe, oder?", erkundigte sich Alexander.

„Nein, aber für den Fall, dass es brenzlig wird, könntest du ja zufällig in der Nähe sein, was meinst du? Du bist bewaffnet, nicht wahr, Herr Hauptkommissar?"

„Du bleibst ein elender Fuchs, Larsen. Du weißt doch genau, dass ich euch da nicht alleine hingehen lassen würde."

Plötzlich fiel Ben etwas ein. „Wartet, ich habe gerade eine Idee, die uns einiges erleichtern könnte."

„Warum wundert mich das jetzt nicht?", rief Alexander in gespielter Empörung aus.

„Ich muss mal eben mit einer entzückenden rotblonden Frau

telefonieren, die meiner Meinung nach so hoffnungslos romantisch veranlagt ist, dass sie uns liebend gerne helfen wird, solange ich nur glaubwürdig den zutiefst unglücklichen Mann gebe, der annimmt, gleichzeitig von seiner Verlobten und seinem besten Freund betrogen zu werden. Vertraut mir einfach. Ich mach das schon. Linda, meine Liebe, habt ihr ein Telefonbuch?"

Einige Minuten später standen sie alle im Wohnzimmer und verfolgten das herzerweichende Gespräch, das Ben mit Gregors Sekretärin Nicole Sievert führte.

„Verstehen Sie mich doch, Nicole, ich muss es einfach wissen! Ich halte die Ungewissheit nicht länger aus. Sie ist die Frau meines Lebens. Meine große Liebe! Ich muss wissen, ob sie bei ihm ist."

Ben hörte eine Weile zu, dann sagte er: „Natürlich. Selbstverständlich weiß ich, was das für Sie bedeutet, wenn er tatsächlich dort sein sollte, aber glauben Sie mir, Sie werden nicht arbeitslos sein, das verspreche ich Ihnen. Meine Geschäftsführerin sucht händeringend eine tüchtige Assistentin. Die Arbeit in einem großen Hotel, mit netten und ... reichen Gästen, wird Ihnen sicher Spaß machen. Sie haben mein Wort."

Er hielt kurz inne, dann huschte ein Lächeln über sein Gesicht. „Danke, Nicole! Sie sind ein wahrer Engel! In einer Viertelstunde vor dem Haus? Nein, warten Sie lieber an der Ecke ... ja, gegenüber des kleinen Alsteranlegers. Ich danke Ihnen!"

Damit legte er auf und schaute zufrieden in die Runde. „Somit bekommen wir die Schlüsselgewalt und haben ein fast unüberwindbares Problem weniger."

Wie versprochen, stand Nicole Sievert am vereinbarten Treffpunkt. Alexander und Hendrik Behrmann hielten sich im Hintergrund und blieben außer Sicht. Ben ging allein zu ihr und wechselte ein paar Sätze mit Gregors hübscher Sekretärin. Schließlich stieg die junge Frau in ihren Wagen und fuhr weg. Ben winkte Alexander und Hendrik zu sich.

„Was ist?", fragte Hendrik atemlos.

„Alles in Ordnung, ich konnte sie davon überzeugen, mir die Schlüssel zur Kanzlei zu überlassen. Ich habe versprochen, sie ihr nachher in den Briefkasten zu werfen, wenn ich niemanden antreffen sollte. Sie hat mir ihre Adresse gegeben."

„Deine Wirkung auf Frauen möchte ich nur einen einzigen Tag lang haben." Hendrik schnaufte und schüttelte zum wiederholten Mal an diesem Abend fassungslos den Kopf. „Das ist ja nicht zu glauben."

„Vorsicht, Kumpel, ich könnte deine geheimen Wünsche deiner schönen Freundin verpetzen." Ben sah die beiden an. „Seid ihr bereit?"

Als sie wenig später vor dem Eingang zur Kanzlei standen, wusste jeder, was er zu tun hatte und wo sein Platz war.

„Was ist, wenn sich die Tür nicht leise öffnen lässt?", fragte Hendrik, als Ben den Schlüssel vorsichtig in das Schloss steckte.

Ben zuckte mit den Schultern. „Dann muss eben alles verdammt schnell gehen." Entgegen Hendriks Befürchtungen schaffte er es, die Tür lautlos aufzuschieben, und sie befanden sich im Vorzimmer und somit vor dem Schreibtisch von Nicole Sievert. Alexander und Hendrik zogen sich in eine Ecke zurück, die man aus dem anderen Raum nicht einsehen konnte. Die Tür zu Gregors Büro stand einen Spalt offen und Licht fiel herein, sodass sie genug sahen.

Ben war unendlich dankbar für die Unterstützung seiner Freunde. Vor allem der Beistand des erfahrenen Kriminalbeamten gab ihm Sicherheit und Zuversicht. Es war ihm bewusst, dass Alexander Hellberg ein Risiko für ihn einging und gegen die Vorschriften verstieß, die man ihm während seiner Ausbildung eingebläut hatte. Trotzdem stand er jetzt an seiner Seite. Egal, wie diese Sache auch ausging, das würde er ihnen niemals vergessen. Er beobachtete, wie Alexander seine Waffe aus dem Holster löste und sie entsicherte. Ihre Blicke trafen sich und der Kriminalbeamte nickte auffordernd.

Nachdem er einmal tief durchgeatmet hatte, stieß Ben die Bürotür ganz auf. Gregor Warner saß am Schreibtisch, blickte von den Papieren auf, die er offenbar gerade studiert hatte, und schnappte nach Luft.

„Nanu, Ben! Du hier? Und so spät am Abend. Hatte ich etwa nicht abgeschlossen?“

Ben antwortete nicht, sondern sah seinem ehemaligen Freund starr ins Gesicht. Er hatte nicht erwartet, Gregor tatsächlich arbeitend am Schreibtisch vorzufinden, und stellte sich nun blitzschnell auf die neue Situation ein. Bedächtig schob er die Tür hinter sich so weit zu, dass seine Freunde im Vorraum zwar abgeschirmt waren, aber dennoch jedes Wort hören konnten, das gesprochen wurde. Alexander und Hendrik würden erst eingreifen, wenn es brenzlig wurde, allerdings möglichst nicht, bevor er bis zu Nora vorgedrungen war, darauf hatten sie sich geeinigt.

„Okay“, sagte Gregor. „Du bist also dahintergekommen. Alle Achtung, ich hatte eine volle Woche veranschlagt.“

Diese Bemerkung und die sich daraus ergebende Schlussfolgerung, dass Gregor damit gerechnet hatte, er werde ihn als Entführer von Nora entlarven, warf eine ganze Menge neuer Fragen auf. Für einen Augenblick war Ben verwirrt. Nach einem kurzen Räuspern hatte er sich jedoch wieder gefangen. „Nun, ich bin hier. Wo ist Nora? Geht es ihr gut? Ich schwöre dir, wenn du ihr auch nur ein Haar gekrümmt haben solltest …“

„Beruhige dich! Ihr geht es gut. Wahrscheinlich hält sie gerade ein Schläfchen.“

Ben fühlte deutlich, wie kalte Wut in ihm aufstieg. „Dann sag mir jetzt verdammt noch mal, was du mit dieser Sache bezweckst.“

Gregor presste die Lippen zusammen, erhob sich von seinem Chefsessel und ging zu einem Aktenschrank an der gegenüberliegenden Wand.

Ben atmete tief durch und wappnete sich innerlich gegen einen eventuellen Angriff, doch Gregor zog mit zielsicherem Griff nur einen der Aktenordner hervor, kam zurück und klappte ihn auf. Nach kurzer Suche zog er ein Schriftstück aus einer der Plastikhüllen und legte es auf den Schreibtisch.

„Unterschreib das, Ben. Sobald du unterschrieben hast, bringe ich dich zu Nora."

Ohne Gregor aus den Augen zu lassen, trat Ben einige Schritte näher und warf einen Blick auf das Dokument. Als er aufschaute, konnte er fühlen, wie sich einer seiner Mundwinkel zu einem zynischen Lächeln nach oben zog. „Was soll das, Gregor? Was hättest du davon?"

„Genugtuung, späte Rache ... nenn es meinetwegen, wie du willst."

„Ich verstehe kein Wort. Warum solltest du dich an mir ... und an Nora rächen wollen? Wir sind ... wir waren seit vielen Jahren gute Freunde."

Das kurze Lachen, das Gregor Warner ausstieß, hörte sich kalt und gefährlich an.

„Du hast wirklich keine Ahnung, oder?"

„Nein, im Augenblick kapiere ich überhaupt nichts."

„Du und deine Mutter ..."

„Was hat meine Mutter damit zu tun, zum Teufel?" Selbst in seinen Ohren klang seine Stimme seltsam fremd und belegt. Die Angst um Nora schnürte ihm die Kehle zu. Jetzt, da Gregor auch noch Thea erwähnte, ergaben seine und Hellbergs Überlegungen immer weniger Sinn.

Wieder stieß Noras Entführer dieses eigenartige eiskalte Lachen aus.

„Du hast mir nicht nur meine große Liebe versaut, sondern auch mein Leben. Und du hast mir meine Familie weggenommen, Ben Larsen. Du lebst in meinem Haus und führst mein Hotel."

Für einen Moment konnte Ben sein Gegenüber nur verständnislos anstarren. „Es geht also doch um Nora. Du liebst sie tatsächlich?"

Wieder das grausam klingende Lachen. „Nora? Es stimmt, ich habe sie gern, jedoch nicht so, wie du es vielleicht vermutest. Allerdings wäre ich ihr ein wirklich guter Bruder gewesen, weißt du! Nicht so wie du, Larsen." Gregor hielt kurz inne und holte tief Luft. „Nein, es war Verena, die ich geliebt habe. Es war immer nur Verena. Natürlich hatte aber auch sie nur Augen für dich, doch das war eigentlich nur das Ende der Geschichte und macht mir heute nicht mehr allzu viel aus. Elfie ist … nun ja, auf ihre Art ganz okay. Und sie ist eine gute Mutter." Fast gemächlich setzte er sich in seinen Chefsessel und lehnte sich bequem zurück. „Nimm Platz, Ben, und unterschreib endlich!"

Die Versuchung war groß. Er konnte es kaum noch erwarten, Nora wiederzusehen, aber es lag in seiner Natur, alles verstehen zu wollen. In seinem Kopf spielten sich aberwitzige Szenarien ab, die allesamt nicht den geringsten Sinn ergeben wollten.

Langsam ließ er sich auf einen der beiden Besucherstühle nieder. „Okay, Gregor, bis gerade eben war mir niemals klar, wie tief deine Gefühle für Verena waren. Du hast dich mir nicht anvertraut. So weit, so schlecht, aber erkläre mir bitte den Rest. Ich meine, das bist du mir einfach schuldig, bevor ich dieses Schriftstück unterzeichne und damit auch Nora und meiner Mutter den Boden unter den Füßen wegziehe."

Gregor erhob sich erneut und ging hinüber zu einer antiken Vitrine. Er nahm eine Karaffe und zwei Cognacschwenker heraus. Zurück an seinem Platz schenkte er ein und schob eines der Gläser ihm hin, dann hob er sein eigenes Glas und prostete ihm zu. Ben ignorierte den Alkohol.

„Du willst also wissen, wie ihr mein Leben zerstört habt, ja, du und deine Mutter?"

Ben nickte. „Erzähl es mir."

„Clemens Brehlow war in seiner Ehe nicht glücklich. Er hat seine Frau betrogen, wusstest du das?"

„Ja, das weiß ich. Er war nicht besonders stolz darauf, aber er hat niemals ein Geheimnis daraus gemacht. Noras Mutter war psychisch krank und hatte sich ihm immer mehr verschlossen. Clemens erzählte mir davon und meinte damals, dass er auf der Suche nach Liebe und Verständnis war, da er beides in seiner Ehe nicht mehr finden konnte."

„Nun ja, der Sex spielte wohl auch eine gewisse Rolle, meinst du nicht, Ben? Selbst Clemens war nur ein Mann mit Bedürfnissen."

„Natürlich, aber was hat das alles mit Nora und mit mir zu tun, verdammt noch mal?"

Wieder stieß Gregor dieses böse Lachen aus. „Meine Mutter ist früh Witwe geworden, wie du ja weißt. Sie musste unseren Lebensunterhalt allein verdienen. Nachdem ich eingeschult worden war, hat sie für Clemens als Sekretärin gearbeitet. Einige Zeit später landete sie in seinem Bett."

Ben verspürte ein unangenehmes Brennen in der Magengegend und zuckte zusammen. Noras Vater hatte ihm gegenüber niemals eine Beziehung zu Gregors Mutter erwähnt. „Und?"

„Clemens und meine Mutter waren fast vier Jahre lang ein Paar. Sogar als sie wieder in ihrem alten Beruf als Journalistin arbeiten konnte und das Hotel verließ, trennten sie sich nicht. Während der gesamten Zeit war er … wie ein Vater für mich, kümmerte sich, ging mit mir und meiner Mutter in den Zoo und manchmal auch in den Schmetterlingspark. Meine Mutter liebte Schmetterlinge über alles, musst du wissen. Zwar hatte ich Nora noch nicht kennengelernt, aber meine Mutter war ihr einige Male im Hotel begegnet. Sie erzählte mir oft von Clemens' hübscher Tochter, malte mir in den schönsten Farben aus, dass dieses entzückende Mädchen bald meine Schwester und ihr Töchterchen werden würde. Sie war vollkommen hingerissen von ihr. Noras große grüne Augen hatten es ihr besonders angetan. Sie sagte immer, sie erinnerten sie an die Flügel von Schmetterlingen." Gregor hustete trocken. „Clemens nannte mich oft seinen Sohn, und selbst für mich war es damals offensichtlich, wie sehr meine Mutter ihn liebte und verehrte. Ich war mir sicher, dass wir irgendwann eine richtige Familie sein würden. Uns ging es endlich gut, doch dann passierte etwas, das alles veränderte."

„Er lernte meine Mutter kennen", folgerte Ben.

„Genau. Aber damit nicht genug. Er schob uns einfach beiseite und brach den Kontakt bald vollständig ab. Er vergaß meine

Mutter und mich, strich uns aus seinem Leben. Meine Mutter litt furchtbar unter der Trennung. Sie begann zu trinken, verlor ihren Job und später auch ihre Gesundheit. Mit Clemens verschwand jede Fröhlichkeit und auch alles andere, was gut war, aus unserem Leben. Ich denke nur sehr ungern an diese Zeit in meiner Kindheit zurück, das kannst du mir glauben." Scharf sog er den Atem ein. „Erst als du und ich auf dem Gymnasium zufällig in einer Jahrgangsstufe landeten, wurde mir klar, wie ich wieder an Clemens herankommen konnte."

Ben fragte sich, wie er jahrelang mit Gregor befreundet gewesen sein konnte, ohne etwas zu merken. Er fühlte sich zutiefst verletzt. „Du hast unsere Freundschaft also nur forciert, weil ich bei Clemens lebte?"

„So ist es." Gregor nahm erneut einen großen Schluck von seinem Cognac und stellte das Glas anschließend geräuschvoll wieder ab. „Anfangs wollte ich nur einen Weg finden, um in seiner Nähe sein zu können. Als ich dann endlich in Clemens' Haus kam, war er tatsächlich ausnehmend freundlich zu mir."

Plötzlich keimte in Ben die Erinnerung auf. „Ja, ich weiß noch, dass ich mich ein bisschen darüber wunderte, weil ihr euch offenbar kanntet. Ich glaube, er fragte dich sogar nach deiner Mutter."

Auf Gregors Gesicht erschien ein säuerlicher Ausdruck. „Ja, und er machte mich wütend damit, dass er das so locker tat, als würden wir übers Wetter sprechen. Dann nannte er dich in meiner Gegenwart auch noch ‚mein Sohn'. Ich verlor fast die Kontrolle, so verletzt war ich damals. Das war der Moment, als ich begann, dich aus tiefstem Herzen zu hassen, Ben Larsen."

Eine Weile konnte Ben sein Gegenüber nur anstarren. Schließlich sagte er: „Du hast Nora entführt, um dich an mir und meiner Mutter zu rächen?"

„Das auch. Letztendlich geht es mir aber darum, Clemens' Lebenswerk zu zerstören. Er hat meine Mutter in den Alkohol und damit in den Tod getrieben. Schon als er dieses Testament aufsetzte und ausgerechnet mich als Notar beauftragte, wusste ich, dass ich nicht zulassen konnte, dass du einer seiner Haupterben wirst. Nora hat dich ebenfalls gehasst. Ich habe keine Ahnung, wie du es angestellt hast, nun auch sie um den Finger zu wickeln. Na ja, du hast es mit den Frauen ja immer leicht gehabt. Nora hätte ich allerdings deutlich mehr Verstand zugetraut."

Entnervt stöhnte Ben auf. „Gregor, das ist doch krank! Niemand kann etwas dafür, dass Clemens und meine Mutter sich damals ineinander verliebten, nicht einmal die beiden selbst." Noch während er sprach, stieg ein Gedanke in ihm auf, der seltsam übergangslos zur Gewissheit wurde. Unter seinem rechten Auge fühlte er einen Muskel zucken. Ben sah in das Gesicht seines Feindes, konnte das leichte hämische Grinsen erkennen, das um Gregor Warners Mund spielte, und ihm wurde plötzlich klar, dass der niemals vorgehabt hatte, ihn oder Nora jemals wieder gehen zu lassen. Für einen Moment verschwamm alles vor seinen Augen. Vielleicht nahm er die Waffe, die wie aus dem Nichts aufzutauchen schien, auch deshalb erst wahr, als Gregor sie bereits auf ihn richtete.

„Ich hätte jede Wette darauf abgeschlossen, dass du herkommst, Ben", hörte er Gregor sagen. „Du bist so gottverdammt scharfsinnig, und es war nur eine Frage der Zeit, bis du rausfinden würdest, wo Nora ist. Ich kenne dich gut. Jahrelang habe ich dich beobachtet und deine Eigenarten studiert. Ich kenne deine Stärken genauso gut wie deine Schwächen. Zugegeben, du hast eine ganze Menge Stärken, aber du bist überheblich und bildest dir zu viel auf deinen Intellekt ein. Du kannst dir schlicht nicht vorstellen, dass irgendjemand besser sein könnte als du. Deine unglaubliche Arroganz grenzt an Selbstüberschätzung und Größenwahn. So ist es auch keine Überraschung für mich, dass du einfach hier hereinspazierst und meinst, du bräuchtest mich nur einmal streng anzuschauen und könntest dann zusammen mit Nora wieder von hier verschwinden. Mir war von vornherein klar, dass du überzeugt sein würdest, du könntest diese Sache mal eben aus der Welt schaffen. Nein, mein Lieber, dieses Mal bist du derjenige, der verlieren wird." Das diabolische Grinsen vertiefte sich. „So, und jetzt unterschreibst du dieses verdammte Dokument, danach bringe ich dich zu Nora."

Ben unterdrückte seinen Stolz und den Wunsch, auf der Stelle den Gegenbeweis anzutreten und Gregor kurz und bündig klarzumachen, wer hier tatsächlich unter ausgeprägter Selbstüberschätzung litt. Er hatte Nora noch immer nicht gesehen, und die Angst um sie war ungleich stärker als jede Verletzung seines Egos. Obwohl er fest davon überzeugt war, dass sie sich direkt unter ihm in einem Kellerraum aufhielt, blieb die winzige Möglichkeit, dass er sich irrte oder dass Gregor sie inzwischen woandershin gebracht hatte. Er konnte und wollte kein Risiko eingehen. Es war wichtig, Gregor weiterhin in Sicherheit zu wiegen. Ben ahnte, dass seine beiden Mitstreiter im Vorraum langsam die Geduld verloren, aber er wusste auch, dass Alexander Hellberg ein erfahrener und intelligenter Kriminalist war. Er würde die Situation richtig einschätzen und erst zuschlagen, sobald Nora in Sicherheit war. Ben hielt es kaum noch aus, er musste sie endlich sehen und sich davon überzeugen, dass es ihr gut ging.

Er sah auf das Dokument. Wenn er es unterschrieb, würde er damit Clemens' Bedingungen für das Erbe nicht mehr erfüllen, aber das war nicht wichtig, denn diese Unterschrift würde niemals Gültigkeit haben, da zwei Zeugen nur wenige Meter entfernt standen und alles mit anhören konnten, was in diesem Raum vor sich ging. Der Jurist in ihm lächelte fast.

Hastig griff er nach dem bereitgelegten Kugelschreiber und unterzeichnete das Schriftstück. Noch während er das tat, hörte er Gregor geräuschvoll einatmen.

„Das war die richtige Entscheidung, Ben. Wie versprochen werde ich dich nun zu Nora bringen." Er sprach selbstsicher und entschlossen. „Wenn ich dich jetzt bitten dürfte, dich dort drüben in die Ecke zu begeben und dich so lange nicht zu rühren, bis ich es dir gestatte. Ich möchte vermeiden, dass du dich mir näherst, solange ich die nötigen Vorkehrungen für eure Zusammenführung treffe." Mit der Pistole in seiner Hand deutete er auf eine Stelle im Büro, die am weitesten vom Schreibtisch entfernt war.

Wortlos nickend folgte Ben den Anweisungen und durchquerte den Raum. Nachdem er in der ihm zugewiesenen Zimmerecke angekommen war, nahm er breitbeinig und mit verschränkten Armen eine bewusst selbstsichere Haltung ein.

Halb erleichtert, halb zornig beobachtete er, wie Gregor den Tisch umrundete, mit hastigen Handgriffen den Schmetterlingsteppich beiseiteschob und die darunterliegende Luke öffnete.

„Nach dir", hörte er Gregor schließlich sagen. „Nur zu deiner Information, ich bin nur einen Schritt hinter dir und der Lauf meiner Pistole zielt genau auf deinen Nacken. Es ist also gesünder für dich, jede Idee von einer Heldentat sofort im Keim zu ersticken, hast du mich verstanden?"

Noch einmal nickte Ben. Langsam bewegte er sich auf die offene Luke zu und warf einen Blick nach unten. Alles, was er erkennen konnte, war ein gefliester Fußboden und ein gebogenes Stück dickes Eisenrohr, das aussah wie das Fußende eines uralten Bettgestells. Er hätte gern nach Nora gerufen, spürte aber den Pistolenlauf zwischen seinen Schulterblättern.

„Nun mach schon!", drängte Gregor und stieß mit der Pistole kräftiger zu.

Als er halb die Leiter hinabgestiegen war, sah er sie. Nora setzte sich gerade mühselig im Bett auf. Offenbar hatte sie tief geschlafen. Als sie ihn sah, wurden ihre Augen weit und sie stand auf. Ihre Bewegungen waren beschwerlich und verlangsamt. Ben folgerte sofort, dass sie unter Drogen gesetzt worden war.

„Ben! Oh Ben!", wisperte sie mit schwerer Zunge.

Leicht schwankend hielt sie sich am Bettgestell fest und sah ihm entgegen. Ihre Augen wirkten wie zwei schwarze Murmeln. Mit einem beherzten Sprung überwand er die letzte Distanz, durchquerte den Kellerraum und riss Nora in seine Arme. Sie zitterte und drückte schluchzend ihr Gesicht an seine Brust. „Ich bin jetzt da, es ist gut, Kätzchen. Alles ist gut."

„Ben! Mir ist so … schwindlig."

„Ich bin bei dir, mein Liebling. Du wirst dich bald besser fühlen, ich verspreche es."

Die Waffe noch immer im Anschlag haltend, war Gregor auf halber Höhe der Leiter stehen geblieben. Erneut stieß er ein böse klingendes Lachen aus. „Ich unterbreche die rührende Szene ja nur ungern, aber es wäre nett, wenn ihr mir einmal kurz eure Aufmerksamkeit schenken würdet", sagte er gefährlich leise.

Ben löste sich von Nora und schob sich vor sie. „Bleib hinter mir", flüsterte er ihr zu. In Gedanken schickte er ein Stoßgebet zum Himmel und betete darum, dass sie nicht zu benebelt war, um seine Anweisung zu befolgen. Er schätzte, dass Alexander und Hendrik bereits in Gregors Büro, direkt über ihnen waren. Dennoch war da die Waffe, die Gregor auf ihn richtete. Der Zeitpunkt für ein Eingreifen musste gut überlegt werden. Auch wenn es nicht gerade angenehm war, in den Lauf einer entsicherten Pistole zu blicken, so war es ihm doch wichtig zu erfahren, was Gregor genau vorgehabt hatte.

„So, nun hast du uns beide hier unten. Bist du jetzt am Ziel?" Die Formulierung der Frage war nicht zufällig gewählt, als Anwalt würde Gregor das erkennen. Er wollte ihm damit nicht nur suggerieren, dass er wusste, Gregor hatte niemals vor, sie gehen zu lassen, sondern wollte ihn auch zu einem umfassenden Geständnis animieren.

„Tja, mein Lieber, ich fürchte, du hast bereits die richtigen Schlüsse gezogen. Es ist immer wieder beeindruckend, wie rasend schnell und genau dein Oberstübchen arbeitet."

Er spürte, dass Nora zitterte, und hörte sie erneut aufschluchzen, dennoch versuchte er sich weiterhin auf Gregor zu konzentrieren. Sein rechter Arm hielt sie unerbittlich fest an seinen Rücken gedrückt. Solange sie hinter ihm blieb, würde sein Körper sie abschirmen, nur darauf kam es an. „Wie willst du das durchziehen?"

„Keine Sorge, ich habe euer Verschwinden sehr genau vorbereitet." Gregor grinste selbstgefällig. „Die Verzichtserklärung ist nur der Anfang, mein Lieber. Du wirst ja wohl nicht wollen, dass Nora irgendetwas zustößt, nicht wahr?"

Ben hörte sein eigenes Kiefergelenk knacken, so fest hatte er die Zähne zusammengebissen. „Was hast du vor?"

„Ach, ihr beiden Turteltäubchen. Ihr habt euch ganz spontan entschlossen, deiner Mutter nach Down Under zu folgen. Die Verzichtserklärung für das Hotel habe ich, und ihr werdet mir natürlich auch noch sämtliche Vollmachten für die Abwicklung geben. Selbstverständlich vertraut ihr das allein mir an, ich bin ja euer bester Freund und seit vielen Jahren der Anwalt und Notar der Familie Brehlow. Niemand wird Zweifel haben, denn ich werde mich nicht persönlich bereichern, oh nein! Schon bald kräht kein Hahn mehr nach euch, glaub mir."

„Die Logik deines Plans erschließt sich mir nicht wirklich, Gregor. Warum sollte ich dir aus Angst um Noras Leben irgendwelche Vollmachten unterschreiben, wenn du uns doch am Ende umbringst?"

Gregors Augen wurden zu schmalen Schlitzen. In diesem Augenblick sah er aus wie eine Kobra kurz vor dem Angriff. „Weil du nicht möchtest, dass Nora leidet, hab ich recht? Und ich kann dir versprechen, das wird sie, falls du meine Anweisungen nicht befolgst. So, nun entschuldigt mich bitte, ich muss noch einige Schriftstücke aufsetzen. Ihr kommt sicher auch gut ohne mich zurecht." Rückwärts stieg er langsam wieder nach oben.

„Du bist so ein elendes Schwein, Gregor! Ich verachte dich!", meldete sich Nora plötzlich zu Wort. Offenbar hatte sie ein wenig ihrer alten Energie zurückgewonnen, nachdem sie nun nicht mehr alleine war.

Gregor hielt in seiner Bewegung inne. Es war ihm anzusehen, dass er von ihrer Reaktion überrascht war. „Oh, ich hätte dir wohl doch eine höhere Dosis des Sedativums ins Essen mischen sollen, meine Liebe."

Plötzlich passierten mehrere Dinge gleichzeitig, und Nora taumelte zurück.

Irgendwo im Büro polterte es.

Gregor, der schon fast oben angekommen war, fluchte laut, verlor die Balance und rutschte einige Stufen die Leiter hinunter, bevor er sich wieder fangen konnte.

In diesem Augenblick machte Ben einen Satz nach vorn, um den Moment der Unachtsamkeit ihres Gegners auszunutzen und ihm die Waffe aus der Hand zu treten. Gregor brüllte wie ein angeschossener Bär und schlug mit ungeahnten Kräften um sich.

„Nein! Du nicht, Larsen! Du wirst nicht gewinnen!“

„Halt den Mund, verdammt!“ Ben wehrte sich und versuchte, Gregor zu überwältigen.

Nora stand zitternd da, klammerte sich ans Bettgestell und wünschte verzweifelt, sie könnte Ben irgendwie helfen. Sie fühlte sich noch immer seltsam erschöpft, ihre Sinne waren wie benebelt. Jede kleinste Bewegung kostete sie enorme Anstrengung.

Zu ihrer Überraschung kam Alexander Hellberg die Leiter heruntergehastet, doch da lag Gregor bereits fluchend am Boden. Ben hockte halb auf seinem Rücken und hielt seine Arme fest. Gregor Warner stieß die schlimmsten Verwünschungen aus, aber das half ihm nichts. Als der Kriminalbeamte ihm die Handschellen anlegte, begann er zu weinen.

Nora glaubte ihren Augen und Ohren nicht zu trauen, Gregor Warner weinte tatsächlich wie ein kleines Kind.

Ben rappelte sich auf, kam zu ihr und zog sie in seine Arme. Nun tauchte auch noch Hendrik Behrmann auf und stieg die Leiter herunter.

„Behaltet ihn mal für einen Moment im Auge. Ich muss meine lieben Kollegen auf den Plan rufen“, ordnete Alexander an.

„Habe ich schon erledigt“, sagte Hendrik. „Ich denke, ich steige mal wieder hinauf und weise ihnen den Weg.

„Gute Arbeit, Doktor.“ Alexander nickte und warf ihm einen anerkennenden Blick zu.

Hendrik grinste. „Danke, aber ich habe nicht viel getan. Nachdem ich gegen diese blöde Lampe gestoßen bin, konnte ich mich so wenigstens doch noch irgendwie nützlich machen.“

Alexander Hellbergs Blick schweifte zu ihnen hinüber zum Bett und ein Lächeln huschte über sein Gesicht. Ben hatte Nora auf seinen Schoß gezogen und hielt sie fest an sich gedrückt. Wie ein kleines Kind klammerte sie sich Schutz suchend und leise weinend an ihn und stammelte immer wieder flüsternd seinen Namen, während seine Hände beruhigend über ihren bebenden Rücken glitten.

„Sch … sch … ruhig, Kätzchen. Alles ist gut. Es ist vorbei. Ich bin ja da. Sch …“

In seinem Kopf wirbelten tausend Fragen durcheinander, die er am liebsten sofort gestellt hätte, aber er hielt sich zurück. Er nahm Noras Verlies in Augenschein, soweit er das vom Bett aus konnte, und Übelkeit stieg in ihm auf. Er wusste nicht, was Gregor ihr angetan hatte, die Ungewissheit nagte schwer an ihm. Trotzdem war in diesem Augenblick nur wichtig, dass er sie lebend zurückbekommen hatte. Ob sie unversehrt an Körper und Seele geblieben war, würde sich bald herausstellen. Vorerst wollte er Nora nur nach Hause bringen. Dieser Gedanke behielt die Oberhand.

Die Zusammenarbeit klappte weiterhin perfekt. Noch während Gregor fortgeschafft wurde, rief Hendrik bei Linda und Verena an, um ihnen mitzuteilen, dass sie einschließlich Nora alle in Sicherheit waren, und bat sie, Andrea zu informieren.

Alexander blieb es überlassen, seinen tobenden Chef zu beruhigen und dafür zu sorgen, dass sich jemand um Gregors Familie kümmerte. Nora ersparte er vorerst sämtliche Fragen.

Ben hatte ihr seine Jacke um die Schultern gelegt, sie dann einfach auf die Arme genommen und sie hinausgetragen. Erst nachdem er sie auf die Rückbank seines Autos verfrachtet hatte, löste er sich einen Moment von ihr. Hendrik setzte sich wie selbstverständlich ans Steuer, damit Ben hinten bei Nora bleiben konnte.

„Ich melde mich später bei euch, Benjamin“, sagte Alexander, der sie zum Wagen begleitet hatte. „Mach dir nicht so viele Gedanken, ich sorge dafür, dass ich persönlich mit Nora reden kann. Wenn es ihr recht ist, kannst du gerne bei der Befragung dabei sein.“

„Gut." Ben nickte. „Ich bringe sie jetzt erst einmal ins Hotel." Er warf einen Blick auf Hendrik. „Hast du deine Tasche hier, Doktor?"

„Immer! Sie liegt hinten im Kofferraum."

„Gut. Komm besser noch mit rauf und bleib ein Weilchen. Es könnte sein, dass Nora dich braucht." Er rutschte neben sie auf den Rücksitz und zog sie an sich. „Wir sind gleich im Penthouse, mein Liebling, dann kannst du dich ausruhen."

„Ben."

„Es ist gut."

„Ich liebe dich so sehr", flüsterte sie so leise, dass er es kaum hören konnte. „Ich wusste die ganze Zeit, dass du kommen würdest."

Er drückte sie noch ein bisschen fester an sich und presste die Lippen auf ihren Scheitel. „Ich liebe dich auch." Mehr brachte er nicht heraus. Er hatte genug damit zu tun, gegen den riesigen Kloß in seiner Kehle anzukämpfen. Endlich, endlich löste sich nun auch die eisige Verkrampfung in seiner Brust.

Eine halbe Stunde später lag Nora im breiten Bett in der Penthousewohnung. Hendrik hatte sie oberflächlich untersucht, aber die Patientin war durch die Sedativa, die Gregor ihr verabreicht hatte, noch immer stark beeinträchtigt und würde schon bald in erlösenden Schlaf fallen, wie er ihm mitteilte.

Ben saß neben ihr auf der Bettkante und streichelte ihr übers wirre Haar. Eine Zeit lang versuchte Nora gegen die Müdigkeit anzukämpfen, dann fielen ihr tatsächlich die Lider zu. Als sie fest eingeschlafen war, erhob er sich und ging hinüber ins Wohnzimmer. Lautlos zog er die Tür zum Schlafzimmer hinter sich zu.

Hendrik Behrmann stand beim Fenster – in der Hand ein gut gefülltes Whiskeyglas – und starrte auf die Lichter der Großstadt. Als er ihn kommen hörte, drehte er sich um.

„Schenkst du mir auch einen ein? Aber einen doppelten." Ben strich sich das Haar zurück und ließ sich in einen der Sessel fallen. Hendrik reichte ihm einen Whiskey und setzte sich gegenüber auf die Couch.

„Wie lange wird sie schlafen?“, fragte Ben.

„Keine Ahnung. Kommt ganz darauf an, wie entkräftet sie ist und wie groß die Dosis der Tranquilizer war, die er ihr verabreicht hat. Meiner Einschätzung nach auf jeden Fall einige Stunden.“

„Meinst du … er hat …?“

Hendrik erwiderte seinen Blick. „Als Mann und als Freund verstehe ich deine Besorgnis gut, aber eine erlösende Antwort kann ich dir leider nicht geben. Ich habe sie nur oberflächlich untersucht, um sicherzustellen, dass trotz der Droge ihr Herz-Kreislaufsystem einwandfrei arbeitet. Zunächst ist es wichtiger, dass sie zur Ruhe kommt. Ein langer, erholsamer Schlaf wirkt übrigens auch aus psychologischer Sicht wahre Wunder.“

Ben setzte das Glas an die Lippen und kippte den gesamten Inhalt hinunter.

„Ihr liebt euch, Ben. Ihr werdet mit allem fertig.“

„Ach ja?“

„Ja, verdammt! Reiß dich zusammen. Es ist eine gottverdammte Scheiße, doch ihr steht das durch. Davon einmal abgesehen kenne ich sie ziemlich gut.“ Hendrik leerte sein Glas. „Nora lässt sich nicht so leicht brechen, das solltest du inzwischen wissen. Wenn es darauf ankommt, ist sie imstande, ungeheure Kräfte zu mobilisieren.“

„Ja, du hast wahrscheinlich recht. Aber … ich …“

„Ich weiß, du bist rasend wütend auf diesen Typen, das bin ich auch. Und ich kann mir gut vorstellen, dass deine Wut die meine weit übertrifft. Sie ist deine zukünftige Frau – und er ist … er war dein bester Freund, trotzdem solltest du jetzt einen klaren Kopf behalten. Schon für Nora.“ Hendrik erhob sich. „Komm, gib mir dein Glas. Wir können gut noch einen gebrauchen. Ich nehme mir nachher ein Taxi.“

Einige Zeit später klopfte es zaghaft an der Tür. Als Ben öffnete, stand Alexander davor.

„Der Mann ist psychisch schwer krank, Ben“, sagte er statt einer Begrüßung, wobei er aus seiner Jacke schlüpfte. „Was trinkt ihr da?“

„Whiskey. Bedien dich." Ben deutete auf das offen stehende Barfach in der Anrichte.

Alexander schenkte sich großzügig ein und setzte sich zu ihnen. „Wie gesagt, der hat ordentlich einen weg in der Birne. Er scheint seit Jahren schon völlig besessen von der Idee zu sein, dass du das Leben lebst, das ihm zusteht. Diese ganzen Fotos überall – Mannomann! Das Verlies hat er in jahrelanger Arbeit vorbereitet, eine wahre Meisterleistung! Den Schutt hat er in kleinen Mengen nach und nach entsorgt. Allein der Hohlraum zwischen Bodenluke und Noras Gefängnis ist so gut isoliert, dass kein Geräusch von unten nach oben dringen konnte oder umgekehrt. Augenscheinlich wollte er euch beide dort verrotten lassen. Er hat noch nicht einmal den Versuch gemacht, das abzustreiten. Vor einer Stunde hat er alles zugegeben – die Schmetterlinge und auch den Hausfriedensbruch. Ich nehme an, dir war nicht bekannt, dass Noras Vater für alle Fälle einen Haustürschlüssel bei Gregor Warner deponiert hatte?"

„Nein, zum Teufel!"

„Nun, dann weißt du's jetzt. Die Schlüssel zu eurem Haus besaß er höchstoffiziell, mein Freund. Offenbar ist er schon seit vielen Wochen mit einer kleinen Chloroformflasche in der Tasche herumgelaufen. Er hat Nora fast ständig beobachtet und nur auf eine passende Gelegenheit gewartet. Die hat sich ihm schließlich geboten, als sie an diesem Nachmittag allein in den Hotelfahrstuhl stieg. Er hat ihr ein mit Chloroform getränktes Taschentuch vor das Gesicht gepresst und ist mit ihr in die Tiefgarage gefahren. Dann hatte er einfach Glück, dass niemand ihn gesehen hat, während er Nora in seinen Wagen verfrachtete." Alexander hob sein Glas und trank es in einem Zug aus.

„Wie hat denn unser Freund Kahlenbach deinen privaten Vorstoß verkraftet?", fragte Ben vorsichtig.

Alexander Hellberg zuckte mit den Schultern und versuchte sich an einem Lächeln. „Wie erwartet hat er zunächst getobt, aber nach mehreren ausschweifenden Erklärungen meinerseits hat er verstanden, dass es für uns keine andere Möglichkeit gab.

Natürlich war er ganz meiner Meinung, dass ich euch da nicht alleine reingehen lassen konnte. Ich soll ihm einen anständigen Bericht liefern, der Rest wird sich zeigen. Warner ist geständig und eindeutig geistig verwirrt, das macht die Sache für mich einfacher." Er lehnte sich zurück. „Wie geht's Nora?"

Ben zog die Stirn kraus. „Sie schläft. Was ist mit Elfie und den Kindern, Alex?"

„Wir haben ihr eine Psychologin geschickt. Mehr kann ich im Augenblick nicht für sie tun."

Eine gute Stunde später brachen Hendrik Behrmann und Alexander Hellberg auf. Ben duschte und ging leise hinüber ins Schlafzimmer. Einen Moment lang blieb er vor dem Bett stehen und atmete einige Male tief durch. Im Dämmerlicht erkannte er, dass Nora so dalag, wie er sie verlassen hatte. Vorsichtig rutschte er unter die Bettdecke. Kaum lag er neben ihr, drehte sie sich im Schlaf zu ihm um und schmiegte sich an ihn. Lächelnd zog er ihren Körper noch ein Stückchen näher, dann fielen auch ihm die Augen zu.

Als Ben erwachte, lagen sie dicht aneinandergeschmiegt und er spürte sofort, dass Nora wach war. Sie hielt ihr Gesicht an seine Brust gedrückt und hatte ihren rechten Arm fest um ihn geschlungen.

„Guten Morgen", flüsterte er.

„Guten Morgen, Ben."

„Gut geschlafen, Kätzchen?"

„Ja."

Er rückte ein Stückchen von ihr ab, um ihr Gesicht betrachten zu können. Sie wirkte noch immer müde und abgespannt. Unter ihren Augen lagen dunkle Schatten. „Wie geht's dir?", fragte er.

„Ich ..." Nora schluckte. „Ich bin so froh, dass ..."

Aufschluchzend klammerte sie sich wieder an ihn. Ben legte die Arme um sie und zog sie an sich. Erst als ihr Schluchzen etwas nachließ, sagte er leise und beruhigend: „Es ist okay, weine dich richtig aus, mein Liebling."

„Ach, Ben!"

Langsam setzte er sich auf und zog sie mit sich hoch. Nora beruhigte sich zusehends, während sie an ihn gelehnt dasaß und sich mit einem seiner großen Taschentücher die Nase putzte. „Ich liebe dich unendlich, Nora", flüsterte Ben. Es war ihm wichtig, ihr das in diesem Augenblick zu sagen. Er wartete, streichelte nur sanft ihren Rücken und ihr Haar. Plötzlich sah sie ihm direkt in die Augen.

„Ich weiß, was du denkst", sagte sie heftig. „Aber er hat ... mich nicht vergewaltigt, Ben! Ich bin sicher, dass er es auch nicht vorhatte." Sie lächelte ein wenig. „Und wenn doch ... ich hätte mich tüchtig gewehrt, das kannst du mir glauben", fügte sie fast trotzig hinzu.

Ein Knoten löste sich in seiner Brust, von dem er nicht einmal gewusst hatte, dass er da gewesen war. Es dauerte einen Moment, bis er sprechen konnte. „Mein tapferes Mädchen. Ich bin stolz auf dich."

Sie lächelte und reckte ein wenig das Kinn in die Höhe. „Ich auch."

Ben küsste sie sanft auf die Lippen. „Alex muss dir später ein paar Fragen stellen."

Sie nickte und wirkte schon fast wieder wie sonst.

„Das ist okay."

Ein weiteres Mal küsste er sie, dann blickte er ihr ernst in die Augen und umfasste ihre Wangen. „Ich glaube, du bist viel stärker als ich, Kätzchen. Sehr viel stärker! Nach den vergangenen zwei Tagen steht das für mich fest." Sie wollte protestieren, aber er legte ihr einen Finger auf die Lippen. „Ohne dich bin ich nichts. Solange ich am Leben bin und wahrscheinlich sogar noch im Jenseits werde ich dich immer lieben."

EPILOG

Nora stand am Fenster und blickte auf den stillen, im Mondschein liegenden See. Als sie Ben hinter sich spürte, seufzte sie und lehnte sich mit dem Rücken an seine nackte Brust.

„Kannst du nicht schlafen?", fragte er flüsternd.

„Nein. Diese Nacht, Ben, diese Nacht ist so wunderschön. Schau dir nur die Farbe des Mondes an – märchenhaft, nicht wahr? Sonst ist er immer fahl und grauweiß. Doch heute ist der Mond silbern und scheint sogar zu glitzern, als würde er das Licht der Sterne einfangen."

„Genauso wie damals. Das Mondlicht hat etwas mit deinem Haar gemacht, weißt du. Es war … traumhaft schön. Dein Haar, meine ich."

Sie lachte, aber er blieb ernst. Ihre Körper spiegelten sich in der Fensterscheibe und sie sah, dass er sie liebevoll betrachtete.

„Du bist immer wunderschön", fügte er hinzu.

Federleicht legte er seine Hände auf ihre Hüften und zog dabei ihren Po an sich.

„Glaubst du, unsere Lieben haben es verkraftet, dass wir direkt nach der Zeremonie abgehauen sind?", fragte Nora und unterdrückte ein Kichern, weil Ben gerade hingebungsvoll an einem ihrer Ohrläppchen knabberte.

„Hm, immerhin haben wir ihnen eine sensationelle Feier ausgerichtet, oder? Ich denke, sie haben allesamt bis in die Puppen auf unser Wohl angestoßen."

„Du bist dir sicher, dass Alex dichtgehalten hat?"

„Klar. Man kann sich blind auf ihn verlassen. Wenn es darauf ankommt, ist er wie ein Fels in der Brandung. Außerdem war es schließlich eine besondere Ehre für ihn, nicht nur meinen Trauzeugen spielen zu dürfen, sondern auch noch den lieben Gästen meine Rede zu halten. Da wir geflüchtet sind, war er der Mann der Stunde." Ben lachte leise. „Ich hoffe, es hat ihm Spaß gemacht."

Langsam ließ er seine Hände höhergleiten, umfasste ihre Brüste und liebkoste sie. Nora atmete tief ein und genoss seine sanften Zärtlichkeiten. An ihrem Rücken konnte sie fühlen, wie sehr Ben sie begehrte.

„Kätzchen“, flüsterte er. „Komm wieder ins Bett, ja?“

„Gleich, gleich.“

Erst jetzt bemerkte er, dass sie gebannt ihre Spiegelung in der Fensterscheibe fixierte. Sie stöhnte auf, als er lächelnd auf das Spiel einging und bewusst langsam ihr Nachthemd nach oben zog, um beide Hände darunterzuschieben.

„Dieses seidige Hemdchen macht mich rasend, weißt du das?“

„Nein. Ich … oh Ben.“

„Irgendwann werde ich dir zu diesem aufreizenden Kleidungsstück eine sehr erotische Geschichte erzählen müssen, Kätzchen.“

Ihr Blick verfolgte jede Geste, jede Liebkosung seiner Hände. Mit wenigen Griffen zog er ihr das Nachthemd aus, sodass sie nun in der Fensterscheibe beobachten konnte, wie er ihren nackten Körper streichelte. Es war unglaublich erregend. Wieder umfasste er ihre Brüste, hob sie an und reizte mit sanft kreisenden Bewegungen ihre Brustwarzen mit den Daumen, küsste dabei ihren Hals.

„Ich liebe dich“, raunte er ihr zu.

„Ja … ich liebe dich auch“, stieß sie schwer atmend aus.

Langsam legte er eine Hand auf ihren Bauch und schob sie tiefer, während er mit der anderen ihre Brust liebkoste. Sein Blick heftete sich nun ebenfalls auf die Spiegelung ihrer Körper. Gemächlich arbeitete er sich weiter vor. Immer ungeduldiger wand sich Nora in seinen Armen, bis er schließlich sein Ziel erreichte und ihr damit einen lustvollen Schrei entlockte. Mit zwei Fingern drang er in sie, streichelte und reizte sie, bis sie heftig keuchte. Es war ungeheuer erregend. Er hörte sich selbst stöhnen, als sie ihren Po aufreizend an ihm rieb, und wusste, dass sie kurz vor dem Gipfel war.

„Sieh hin!“, forderte er sie auf, als sie den Kopf zurücklehnen und die Augen schließen wollte.

Nora gehorchte, und der Höhepunkt brandete mit einer Wucht durch ihren Körper, die ihn fast mitgerissen hätte.

Er wartete, bis ihr Atem sich etwas beruhigte, dann drehte er sie in seinen Armen zu sich herum und küsste sie gierig. „Wenn es erst wärmer wird, werde ich dich endlich dort unten am See lieben, darauf kannst du wetten“, murmelte er zwischen zwei Küssen und zog sie zum Bett. Lachend ließ Nora sich auf die Matratze zurückfallen.

„Das bedeutet ja, dass wir spätestens im Sommer wieder herkommen müssen.“

„Ja. Bei Vollmond. Das Mondlicht ist toll in deinen Haaren.“ Er sehnte sich so verdammt nach ihr, dass er sich auf sie schieben wollte, doch sie legte eine Hand auf seine nackte Brust und hielt ihn auf.

„Wir haben zwei große Hotels zu führen, mein Schatz.“

„Und gute Leute dafür.“ Wieder wollte er sie küssen, und wieder hielt sie ihn davon ab.

„Du weißt ja, dass ich am liebsten alles selbst mache, Ben. Flitterwochen – gut und schön, diese paar Tage können wir wohl erübrigen, aber ich halte nichts von Urlaub und so“, sagte sie in strenger Tonlage herausfordernd.

Er stutzte kurz, und Nora amüsierte sich köstlich über die Verzweiflung in seinen wundervollen Augen. Da sein Verstand gerade leicht vernebelt war, schien er ihr den Unsinn tatsächlich abzunehmen.

„Hör zu, Kätzchen, ich bin im Augenblick nicht unbedingt in der richtigen Verfassung, um mit dir zu streiten.“

Hastig schlüpfte er aus seinen Shorts und unterstrich damit eindrucksvoll seine Bemerkung. Ihre Reaktion blieb nicht aus. Jedes Mal, wenn sie seinen nackten Körper sah, war sie fasziniert von diesem Anblick. Seufzend holte sie Luft.

„Ben … ich …“

„Halt endlich den Mund."

Sein Kuss war heiß und hungrig, und mit einem kräftigen Stoß drang er in sie ein.

Später lagen sie entspannt nebeneinander.

„Ben?", sagte sie nach einer Weile.

„Mhm."

„Ich habe vorhin nur Spaß gemacht."

Grinsend hob er den Kopf und sah sie an. „Klar hast du das, du streitsüchtiges Biest. Und? Warst du mit der Wirkung zufrieden?"

„Oh, Ben Larsen, du wirst dich wohl niemals ändern!"

„Würde dir das denn gefallen?"

„Frag nicht, du kennst ja sowieso die Antwort."

– ENDE –

Susan Wiggs

Der Duft von Apfelblüten

Während Tess den Blick über die Apfelplantage und die Lavendelfelder schweifen lässt, verspürt sie eine ungeahnte Sehnsucht. Doch dieses Paradies geht ihr verloren, wenn es Tess nicht gelingt, einen alten Familienschatz zu finden …

Band-Nr. 25741

9,99 € (D)

ISBN: 978-3-95649-003-3

eBook: 978-3-95649-307-2

448 Seiten

Danielle Stevens

Wo die Nelkenbäume blühen

Trauernd reist Lena nach Sansibar. Auf der Plantage der Bennetts will sie das Werk ihres verstorbenen Verlobten Andy Bennett beenden und dessen Familiengeschichte aufschreiben …

Band-Nr. 25727

8,99 € (D)

ISBN: 978-3-86278-865-1

eBook: 978-3-86278-907-8

384 Seiten

Deutsche Erstveröffentlichung

RaeAnne Thayne

Hope's Crossing:
Nur die Liebe heilt

Hope's Crossing scheint Evie der perfekte Ort für einen Neubeginn. In der Abgeschiedenheit der Berge hofft sie, das schmerzliche Ereignis zu vergessen, welches ihre Karriere als Physiotherapeutin in L. A. beendete …

Band-Nr. 25734
7,99 € (D)
ISBN: 978-3-86278-874-3
eBook: 978-3-86278-951-1
304 Seiten

Robyn Carr

Hand in Hand
in Virgin River

Als Sous-Chefin bleibt Kelly keine Zeit für ein Privatleben. Erst nach einem schweren Zusammenbruch hält sie inne. Will sie wirklich so weitermachen? Um diese Frage zu beantworten, zieht Kelly zu ihrer Schwester nach Virgin River …

Band-Nr. 25726
7,99 € (D)
ISBN: 978-3-86278-863-7
eBook: 978-3-86278-935-1
336 Seiten

Deutsche Erstveröffentlichung